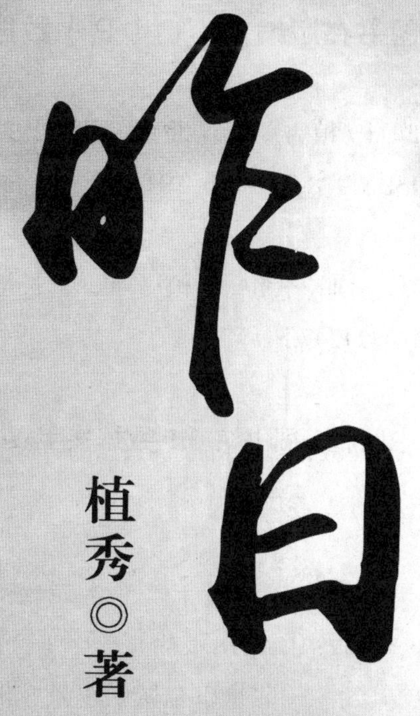

植秀◎著

UNITY PRESS
團结出版社

图书在版编目（CIP）数据

昨日 / 植秀著 . -- 北京 : 团结出版社 , 2017.4
ISBN 978-7-5126-5014-5

Ⅰ . ①昨… Ⅱ . ①植… Ⅲ . ①长篇小说－中国－当代
Ⅳ . ① I247.5

中国版本图书馆 CIP 数据核字 (2017) 第 051264 号

出　　版：团结出版社
（北京市东城区东皇城根南街 84 号　邮编：100006）
电　　话：（010）65228880　65244790
网　　址：http://www.tjpress.com
E-mail：65244790@163.com
经　　销：全国新华书店
印　　刷：北京市媛明印刷厂

开　　本：720 × 1020　1/16
印　　张：29.75
字　　数：549 千字
版　　次：2017 年 6 月　第 1 版
印　　次：2017 年 6 月　第 1 次印刷

书　　号：978-7-5126-5014-5
定　　价：59.00 元

目录
CONTENTS

第一章

门前的那棵毛白杨簌簌地摇摆着，这是入冬以来刮起的最大一阵风。枯黄的叶子飘落到雁媚的脚下，她忧伤地坐在门前的台阶上一动不动，手里捏着一片茉莉花叶，叔叔在屋子里低声说："进来吧，阿媚，外面冷。"

屋里很乱，到处是散落的书页，还有一个摔破的花盆，一株茉莉花扔在地上，叔叔在整理行包，旁边还有一个叫周根青的叔叔，他曾是爸爸的同事，在帮忙清扫地面。

雁媚依然坐着，风吹乱了她的头发，齐肩的辫子也散开了，好像今天她还没有梳理头发，脸也没有洗，眼角处还有一条已干的泪痕。就这样坐着。忽然，她脸上出现了一丝微微的笑意，像是想到了什么。在即将要离开这里的时候，她就这么想起了以前来这里时的情景：

当雁媚还是五岁小女孩的时候，在一个细雨靡靡的春天，跟随父母离开上海，坐上蒸汽机火车，来到一个僻远的中部省城的一家纺织印染厂。在一个都是由普通工人居住的院子里，有一排排灰色的平房，房前都种植的毛白杨正飞着花絮，地上滚动着绒球。雁媚抱着一个漂亮的布娃娃坐在自家门前，想是昨天才离开那条铺着鹅卵石的小路旁的家和屋后面的那片小竹林，在她浅浅的记忆里，梦似的过去了。爸爸妈妈在屋里忙着收拾房间，家里的留声机传来了欢快的歌声。不一会儿，雁媚的身边围满了如她一般大小的孩子。这些孩子们看上去都有点面黄肌瘦，衣衫不整。他们好奇地看着比布娃娃还要干净漂亮的雁媚。他们中间有小兄弟、小姐妹，都是多子女的家庭里的孩子，而唯一少见的就是养尊处优的独生子。使得这群孩子羡慕不已，并开始对她的生活存有幻想。他们用那又脏又黑的小手抚摸布娃娃，还撩动雁媚的衣裙，发现她粉色碎花布皱褶短裙下露出的是那白嫩又坚实的大腿，脚上还穿着白袜红皮鞋。

雁媚扭动着身子："你们不要碰我，你们的手好脏。"

妈妈从屋里走过来，她是个医务工作者，优雅而美丽，白皙的手里捧了一把五颜六色的糖果，对孩子们说："来，小朋友，吃糖。"

他们惊喜地伸出手来，雁媚坚持说：

"妈妈，他们不可以吃糖，因为他们的手太脏了。"

孩子们害羞地低下头，偷偷地看看自己的小手。忽然，一个小男孩跑开了，他机灵地跑到公用水池旁，拧开水龙头冲洗他那双之前还玩过泥巴的手，别的孩子也都跑过去了。

当糖果塞进口中时所流露出的笑容是多么的可爱和顽皮。尽管他们的牙齿因食物差而生得难看，但是他们的眼睛却因为单纯而明亮。他们把剥下的片片花花绿绿的糖纸，紧紧地捏在小手中爱不释手。雁媚满足地站在他们中间，犹如一个骄傲的公主对他们发号施令。而这些孩子就像她的臣民得到了赏赐，怀着可爱的真情，可以轮流抱抱她手中的洋娃娃。

爸爸从屋里出来，他很欣赏这一幕，女儿这么快就和这些邻居的孩子成了朋友。他抚摸着女儿的头，微笑着对孩子们说："以后你们做游戏的时候，要叫上我家阿媚哟！"

几年前的往事，雁媚这么清晰地记着，不觉眼圈又红了起来。

叔叔兜了一个包袱从屋里出来，对雁媚说："东西都在这里，你进去看看，还有没有要拿的。"

雁媚扒开包袱看看后，就进到屋里，从箱子里又捡了两件衣服，这是她妈妈的衣服。

叔叔问："带它做什么？"

雁媚低着头不吭气。

平平抱着她的小弟弟朝这里走来，这个小不点还不到两岁，平平抱得很吃力。在他出生的时候，雁媚记得很清楚：那天吃过晚饭后，爸爸妈妈安静地坐在灯下看书时，平平的爸爸拘谨地敲开了她家里的门："林医生，林医生，我女人，她，她……"

"她怎么了？"妈妈问。

"她发作了，走不成路，我想她是要……"

"要生孩子了吗？"

那天晚上，爸爸陪着妈妈为这个小不点的出生忙了一个晚上。后来，雁媚还问过爸爸：

“平平家已经有两个弟弟了，为什么还要弟弟？”

爸爸含笑不语。

“为什么妈妈不生小孩？我还没有小弟弟呢。”

爸爸轻轻地把雁媚搂在怀里，充满深情地说：“因为妈妈不想把她的心分给那个小弟弟一半，她只想把心全部都给你。”他眼里闪着泪光，他爱妻子，爱他唯一的女儿。

雁媚抬头看着爸爸，心里蓦然感受到了一种伟大的父爱。在她幼小的思想里，她忽然明白她为什么比别人家的孩子优裕得多。她有漂亮的裙子，而平平没有；她有漂亮的鞋子，她也没有；她有饼干糖果吃，她还没有；她有自己的小床和布娃娃睡在一起，而她却要跟弟弟们睡在一起拉扯被子，还要打架，她所有的很多东西她都没有。她明白了这些，便紧紧地偎依在爸爸的怀里。

而现在一切都在瞬间失去了，只有一个包袱，跟着叔叔离开这里，周根青叔叔送了他们很远很远的路，最后说了一句：就到这里了，慢慢走吧。

寒风凛冽的下午，雁媚跟着叔叔来到一个陌生的小城。这里没有宽阔的大马路，也看不到什么高楼，从一个简陋的火车站出来，就走上了一条狭窄的石子马路。一路上，叔叔面无表情，也没有说几句话。由于长期的艰辛工作和困难的生活，他那沧桑的额头上、眼角处，都刻着深深的皱纹，头发乱糟糟的还夹杂着许多白发。雁媚对这样的叔叔倍感生疏，因为他跟爸爸太有差别。以前，他很少来家里，雁媚对他的记忆很浅薄。只记得平日里，妈妈会整理出一些衣物，包成包裹让爸爸给他们寄去，这在雁媚的心里印象深刻。

走了很长的路，又绕过一道围墙，在一个开口的地方，叔叔停下了脚步。他换了一下扛包袱的姿势，对雁媚说：“我在这里上班，看货场，你婶婶也在这里干活。”

雁媚朝里看看，远处有一群人在一堆货物旁扛着大包往车厢里运。人群中也分不清是男人女人，全都穿着黑灰灰的衣服，还戴着帽子。

“走吧，你婶婶不在这里。”

拐了一个弯到了一个小杂院，里面住着几户人家，房子盖得错落不齐，在一块稍大的空地上安装了一个压井。这里没有自来水，几户人家都使用这个压井。井旁有两个女人在洗衣服，看到雁媚，她们忙停下手中的活，窃窃私语：听说这个小姑娘出身不好，父母死了。不一会儿，小院子里不知从什么角落里，一下子跑出来了八九个小孩，他们看着这个从省城里来的既哀愁又漂亮的小姑娘。

叔叔对一个瘦瘦的有八九岁模样的小女孩说："采勤，喊着妹妹，带姐姐进屋。"说着，他径直回屋里去了。

时间抹去了雁媚对几个妹妹的记忆。采勤从小孩堆里出来，羞怯地拉起雁媚的手说："姐姐，跟我进屋去吧。"身后还跟着两个还要小的女孩，六岁的采惠和四岁的采灵。

进到叔叔家，雁媚感到跟自己家完全不一样，屋里狭小、昏暗，又脏又乱，一个粗糙的没有上漆的柜子上堆满了乱七八糟的东西，一张加宽的木板床几乎占据了屋子的一半，旁边还有一张小饭桌，上面都是稀饭流淌的痕迹。三个小女孩鼻涕嗒嗒，穿着雁媚曾经穿过的衣裳。之前那鲜丽的颜色，已是面目全非，她们惊喜地围在雁媚的身旁，帮她取下肩上的包袱，又搬小板凳给她坐。

在里屋，给婴儿喂奶的婶婶，嘴里嘟囔了一句，就把婴儿放到床上，这是她唯一的儿子。她从里面出来，有好大的块头，比一般女人要高出很多，叔叔在她的身旁显得瘦小。她面有愠色，眼角处有一粒黄豆大的黑痣，流露出凶相。她乜了一眼雁媚，就让雁媚对她产生了畏惧。

婶婶对丈夫吼了一声："你怎么把她带回来了？"

叔叔不吭声。

雁媚忽然感到很难为情。

婶婶对丈夫又说："我回来喂奶，还要去干活。"说着，那强有力的身子，就从雁媚的面前走过。

"我一会儿还要去值夜班。"叔叔冲着她的背影说道。然后，他回过头看看雁媚，又看看自己的几个孩子，叹了一口气。

旅途的劳累，让雁媚感到很疲倦，三个妹妹却兴高采烈，叔叔没对她说什么，长期的艰辛所起的愁容，使他感到自己没有办法让雁媚过得跟她从前一样。他对大女儿采勤说："过一会儿你把晚饭做了，让姐姐先吃，采惠别瞎跑，等一会儿小毛醒了，你看着他。"

采灵问："我干啥？"

也许因为痛苦太多，忧愁的时间太长，叔叔没有笑容的脸说："你跟姐姐玩吧。"说完就进到里屋去了。

晚上，雁媚与三个妹妹同挤在一张床上睡觉，这滋味让她很不习惯。因为高兴，三个妹妹在床上又蹦又跳，被子被她们拉来拉去。闹了半天，婶婶过来吼道："安静，安静，再闹，都给我滚。"言外之意，雁媚也听出来了。

被子又脏又臭，全是她们的口水味和尿臊气。闹过一阵后，三个妹妹都安静地睡着了，而雁媚却久久不能入睡。她感到自卑，失去了往日的一切，从此寄人篱下：爸爸、妈妈，你们丢下我，就是让我过这样的生活吗？

早上醒来，雁媚迷迷糊糊地听到叔叔和婶婶的一番对话：

婶婶说："你把她弄回来怎么办？"

"什么怎么办？"

"屋里的这群孩子你还嫌不够？"

叔叔不语，起身去到厨房，婶婶跟了过去，敲打着锅盖说："多一个人就多一口饭，我一天到晚靠搬搬扛扛能挣几个钱？我养得了这么多人吗？"

叔叔瞪她一眼说："几个？不就多她一个吗？一个女孩子能吃你多少饭？好了，别再说了，她不是孤儿，她也是我的孩子。"

婶婶怒气冲冲地叫道："要气死我，要气死我。"

后来叔叔把雁媚叫到跟前说："叔叔没有办法让你过得跟你从前一样，你也要安心地在这里住下，不好也忍着。"

雁媚轻声应道："是。"

"婶婶就是这样，你不要在意她，有我呢。"

"我知道。"

"好。"

"叔叔，我还要上学。"雁媚说。

"哦，"叔叔问，"你念几年级？"

"五年级。"

"好，我知道了。"

雁媚感到有了希望，只要能去上学，日子就好过些。

傍晚，婶婶披着满身的灰尘，气喘吁吁地回来。一到家里，发现乱糟糟的屋子变了样，灯光也显得亮堂了，饭做好了，摆在小桌上，几个孩子都很安静地坐在雁媚的身旁，等她回家。因为这个漂亮姐姐，她们的笑一下子变得极为可爱。

她先用一种欢喜的目光看看雁媚，尔后，便收敛了表情，问：

"小毛呢？"

采勤说："我给他喂了面糊糊，他吃了很多。"

采惠说："我哄他睡觉，他一会儿就睡了。"

采灵说："我要吃饼子。"

"那快吃饭吧。"婶婶一屁股坐下来，开始大口吃饭。吃过一阵后，她忽然抬起头看了雁媚好一会儿：一个在逐渐发育的女孩，皮肤光洁如脂，头发乌黑柔亮，五官端正别致，脸上却透着一种哀婉，这不像是一个小女孩所能表现出来的神情。婶婶有点嫉妒，并怀疑她不是兄嫂遗留下来的孩子，而像是寄存在人间的仙女。再看看自己的几个黄毛丫头，瘦得可怜巴巴。嫉妒之火，慢慢地，无声无息地在婶婶的胸腔里燃烧起来，她捋了一把泛黄而没有光泽的头发，眨巴着干涩的眼睛，重重地放下手里的碗筷，起身到里屋。不一会儿，就听到小毛的哭声和婶婶的声音："我的乖，我的乖。"

一个星期后，雁媚被一个中年男老师带到了五年级三班的教室。教室里乱哄哄的，同学们都在大声说话，没有一点学习的气氛。雁媚想：这状况跟她原来的学校一样。

老师的目光在教室里扫视了一下，对雁媚说："先坐到后面去吧。"

一个男生嘲笑说："瘸子那有空位。"

教室的后面一排，只坐了一个女生，座位旁还放了一根拐杖。她友好地对雁媚笑笑，挪了挪身子，让雁媚坐下来。

老师喊了几下安静，无济于事，有的在尖叫，有的在拍桌子。一个调皮的男生，朝后面投掷过来一个大纸团，正砸在那个女孩的头上，同学都大笑起来，而这个女生却表现得很坦然，让雁媚刮目相看。她瞟了一眼女生桌子上的本子，知道她叫韩玉敏。

"你家在哪里？"放学时，雁媚问。

韩玉敏笑了："你还不知道吗？我们是住在一个院子里的。"

雁媚疑惑地问："我已经来了好多天了，怎么没有看到过你？"

"我很少在外面，我们家就挨着你们家。那天下午你刚来的时候，我从我家的窗口看到了你。你又干净又漂亮，像是书中描写的女孩子，后来我又从窗口好多次地看到你在井边洗衣服、洗碗，我很想跑过去跟你打招呼，跟你认识，跟你谈话，跟你一起玩。可是，我不敢，因为我是一个残疾人，我怕你瞧不起我。"

雁媚紧紧挽住她："我不会那样子。"

"这就好了，奶奶也会高兴的。"

雁媚奇怪地问："你看过很多书吗？"

"哦。"

叔叔家所居住的地方，通常被叫作小杂院，居住的几户人家，都是社会最底层的人，生活的来源都是靠艰苦的体力劳动所得，并收入甚微。有修鞋补锅的，有搬运货物的，还有砌墙修屋顶的。玉敏家就挨着叔叔家，两家简陋的房子中间有一个小小的过道。她父亲是一个搬运工，每天天不亮就拉着板车出去了，到晚上才回家。每天都是拉石子、砖块或者木头之类的东西。玉敏的妈妈，在她一岁的时候就得病死了，她有两个哥哥。可想而知，这个没有妈妈的家里该是多么艰难。幸好乡下的奶奶来到这里，用她硬朗的身子，撑起这个不幸的家庭。玉敏的两个哥哥大伟和小伟，都已辍学在外面游荡，有时几天不回家，有时又几天不出门。因为生性粗野，同院子里的小孩都怕他们，对玉敏也不敢欺负，甚至连瘸子也避讳不说，就是怕他们挥拳头。在大多的时间里，玉敏和奶奶相依为命。

星期五的下午，是学校老师专门的学习时间。不用去上课，家里就有一大堆活要做。雁媚跟童话里的灰姑娘一样，要收拾屋子，做煤球，还要烧水给三个妹妹洗头，换洗衣服。忙碌中，她很想有空余的时间，去找玉敏聊一聊，也很想知道玉敏都看了什么书。就在她到井旁洗衣服的时候，玉敏从窗口探出头让她过去。

玉敏偎依在床上在编织毛袜，膝上还放着一本书，奶奶坐在她的身旁，看到雁媚高兴地说："你过来跟玉敏玩真好。"

奶奶六十多岁，身体很硬朗，布满皱纹的脸显得非常慈祥，和蔼可亲。她操持家务，疼爱玉敏，把她当公主一样娇惯。在贫穷的家里，玉敏享受着贵人一样的生活。

奶奶从炉子上拿了一块烤红薯让雁媚吃，并笑眯眯地说："吃吧，你这样看得起我家玉敏，我很高兴，以后你要多来玩，玉敏很喜欢你。"

"奶奶，我跟玉敏会成为最好的朋友。"

"太好了，这样我就放心了，玉敏有了朋友就不会孤单，上学就有伴了。"

玉敏说："奶奶，我们还是同桌。"

"好，好，你们好好聊吧。"奶奶高兴地出去了。

片刻，雁媚问："你的腿怎么了？"

"听我奶奶说，在我很小的时候妈妈害病死了，我也得了一场病就成这样了。"

"是小儿麻痹症吗？"

玉敏点点头

"你很早就没有妈妈了？"

"是啊，是奶奶把我养大的。你呢？"

"我什么都没有了。"雁媚不禁拿出手帕遮住眼睛哭泣起来。

玉敏安慰说："不要难过，还有我们呢。"

雁媚稍微平静了，她拿起玉敏身旁的书看看，那是一本很破的书，没有书皮，里面也是断断续续的："这是什么书？"

"不知道，你把床下的箱子拉出来。"

箱子里面满满的都是书，很破旧，还泛着黄。

雁媚惊讶地问："这些书都是从哪里来的？"

玉敏小声说："是我哥哥他们从废品站里偷出来的。虽然他们不爱看书，却拿给我看。这些连书名都没有的旧书，我非常喜欢读。”

雁媚拿出一本书轻轻地翻开，这每一张每一页上的文字、诗句，都给过她心灵的滋润和熏陶，使她比别的孩子更早更优越地享受到智慧、仁爱，以及受到的文明教育。因为爸爸妈妈总是在宁静的时候看书。

突然，一个粗暴的声音在喊：“雁媚，雁媚，死丫头，死哪儿去了？”

雁媚慌忙把书放到箱子里：“是我婶婶在叫我。”

婶婶双手叉腰，当着三个女儿的面毫不留情地怒骂起来：“你这个不要脸的东西，你去她家干什么？你不知道她们家里有两个像流氓一样的浑小子？你是缺心眼，还是没长脑子？你把衣服扔到井边就不管了，连晚饭也不做，你以为我辛苦挣钱是供你白吃饭吗？他们家，一个瘸子，两个流氓，上次因为一根木头，那两个流氓还跟我打架。我跟他们做仇人，你却去讨好他们，你难道不知道在吃谁的饭吗？”婶婶骂得气喘吁吁，唾沫飞溅，三个妹妹吓得不敢吱声，小毛在里面的床上哇哇哭。

叔叔下班回家，看到几个孩子傻愣愣地站着就问：“怎么了？”

采惠说：“妈妈在骂姐姐。”

雁媚一声不响，就到厨房去了。

叔叔进到里屋，不高兴地对婶婶责备说：“你怎么又骂阿媚？”

婶婶挑着眉毛说：“我不骂她？她跑到人家家里去，把衣服丢在井边不洗，饭也不做，这样下去还了得，让我养她还伺候她？”

叔叔不吭气。

婶婶又说：“你还是想办法把她弄走，我的孩子再多我不嫌，我就是多嫌她。”

叔叔仍不吭气。

晚上，借着淡淡的星光，雁媚在井边洗衣服。天很冷，盆子里的水冰凉，她的小手都有点冻僵了。她哈了一口气暖暖手，一抬头正看见玉敏家亮着灯的窗口映出玉敏坐在温暖的被窝里看书的身影。她一直都想着那箱子里的书，她多么渴望能读到它，她已感到生活的贫乏会使心灵空虚，她需要得到精神的营养，她要从书中获得有意义的东西而让自己坚强。在艰难的生活里，如果不能坚强就会被击垮，她不能趴下。在她柔弱的躯体内有一颗不屈不挠的心，为了父母的灵魂，她也要坚强的站立。

她把盆子里的水倒掉，压出暖和的水，压井的铁柄冰冷得钻心，她搓了搓手。这时，一个大男孩，不声不响地走过来，夺过她手中的压杆，让雁媚吓了一跳。

男孩说：“我是玉敏的大哥大伟，是她叫我过来帮你压水的。你洗吧，我给你压水。”

雁媚吓得不敢抬头，婶婶总骂他们是流氓、浑小子。而且，他常常几天都不回家，因而使人怀疑他在外面的活动。可听他说话并不像婶婶骂的那样可怕。

大伟又说：“听玉敏说你跟她是好朋友，我很高兴。我妹妹太可怜，她的腿不好。以后，你要多关心她。”

“是。”雁媚慢慢抬起头看看他，感觉他是一个有爱心的人。

“玉敏没有同学跟她玩，她很孤单，希望你有空的时候常到家里来跟她玩。”

雁媚低着头轻声应道：“嗯。”

“如果谁欺负你们，玉敏不说你告诉我，我和小伟去揍扁他。”他情绪激动带点野蛮，用他平日里惯用的语言。而玉敏在外受了欺辱也从不敢向哥哥告状，就是怕他们打架惹是非，玉敏是一个多么懂事的孩子啊。

一天晚上，寂静的小院子里突然响起了吼叫声、尖叫声，还有刺耳的警笛声，那情景让人害怕。

原先的那口压井已改装成自来水，在水池旁围满了人，婶婶夹在中间在看热闹。

雁媚在帮采惠、采灵洗脸洗脚，还要洗换下来的衣服、袜子，最后还要和面、切菜，准备明天早上的饭菜，几乎每天都是这样。她在这个家里，像个受使唤的丫头，已是婶婶的正当理由。

已经四岁的小毛嚷着要到外面去，采勤唬他说：“外面黑黑的在抓坏人，你出去也会抓你的。”吓得他哇哇哭起来。

等外面稍微平静了，婶婶才回到屋里来，一进门就大声说：“看吧，这就是报应，那两个混蛋终于给抓走了。”她幸灾乐祸了。

雁媚心里很紧张，不敢问婶婶，知道这样只会自讨没趣。

采勤问：“妈妈，他们为什么抓大伟和小伟？”

婶婶得意地说：“那两个混蛋早就该抓走了，整天不干好事，又偷又抢又打人，这回是又偷了东西被抓走了。”

遭受这样的打击，玉敏一下子瘫在床上几乎下不了床，学校也去不了了。

雁媚去水池旁洗衣服，奶奶拎着水桶过来，她一下子苍老了很多，看到雁媚，她神情阴郁地说：“为哥哥的事，玉敏难过死了。”

雁媚低声说：“奶奶，我也很难过。”

“玉敏一个劲地在责怪自己，说是她害了两个哥哥。”

“这跟她有什么关系呢？”

奶奶叹了口气说：“你不知道，他们是想给玉敏做个轮椅，每天看到你搀扶玉敏去上学，心里可能过意不去。可是，我没有想到他们怎么会去偷呢？”

看着伤心的奶奶，雁媚不知如何来安慰她，发生这样的事对谁都是伤害。

奶奶擦了擦泪又说：“玉敏担心你会把她的哥哥看成是坏人而不再理她。”

“奶奶，我不会这样的。”

奶奶放心地点点头，颤悠悠地拎着水桶走了。

望着奶奶哀愁的背影，雁媚爱莫能助，只能在婶婶的责骂中，依然走到玉敏的身旁去关怀她。

中学毕业后，婶婶强烈反对雁媚继续念高中。雁媚迫于无奈，在家里极其乏味地待了半年时间。在她不到十七岁的时候，风起云涌后的一个稍微镇定的年底，婶婶带着五岁的小毛，回乡下娘家去看孩子的姥姥。临走时，婶婶还对叔叔说，打算把老人家接过来。

采勤、采惠、采灵也都长大了，她们不再依赖姐姐而有了自己的伙伴。雁媚在做完家务后，就有很多轻松自由的时间去找玉敏，陪她一起度过这个寒冷的冬天。奶奶把炉子拎到屋子中间，上面烧着热水，炉边烤着红薯。有时，奶奶还会煮上一锅玉米面粥让她们喝。两个姑娘跟奶奶在一起感到快乐。她们看书，讨论，还跟奶奶学做针线活，平静而温暖。玉敏担忧地说：“这么冷的天，不知道哥哥他们在牢里怎么样？那里一定很冷，日子也会很难熬。”

雁媚安慰说：“他们好好劳动，改造好了就会很快放回来的。”她把目光从炉火处投向窗外，忧伤地又说，“我想，牢狱还不可怕，起码生命还在，如果没有了生命，那就是一辈子的牢狱。能有等待的机会就是希望，等上一年、两年、五年，总会等到他们回来的。”

“可是，这个等待对我们多么煎熬。”玉敏难过起来，觉得都是自己不好。

奶奶撩起衣角擦了擦眼泪，想起牢里的孩子，心里也是舍不得。她挺了挺腰，给炉子添了一铲煤。在微微的火光中，雁媚注视着坚强的奶奶，心里崇敬不已。

就这样，雁媚在叔叔家忍辱负重地度过了五年的时光。在无情、冰冷、迷茫和困顿中，她感到这个世界并没有对她完全的恶意，她获得了真诚的财富，她得到了奶奶和玉敏的关怀，还有就是从那箱旧书里获得的教义。

一天，在接近傍晚的时候，婶婶领着小毛从娘家回来，她肩扛一个大包，刚进门就喊：“快来帮我一下。”

“妈妈回来了。”采惠、采灵高兴地迎上去，雁媚也急忙从厨房里出来，接过婶婶卸下来的沉甸甸的包袱。婶婶拍了拍那一贯承重的肩膀，结实而宽厚。她瞥了雁媚一眼说：“拿到厨房去，都是一些萝卜白菜。”说着也跟到了厨房，伸头看到案板上是一坨白面团，瞬间就勃然大叫，“我不在家你们尽吃白面，怎么不掺杂粮？”

雁媚说：“中午是采勤和的面。”

“你有理了是吗？中午让采勤和面，你在干什么？我不在家里你们天天吃白面，是想天天过年吗？”

“没有，婶婶，就今天，采勤说她很想吃白面馍。”

“你什么时候学会狡辩了？我不在家就是你当家吗？”

“不是的，婶婶，我没有狡辩。”

婶婶怀疑地看了看又问：“采勤呢？”

采惠说：“她去领票了，”

“你爸呢？上夜班去了吗？”

“没有，他今天是白班。”

一会儿，采勤回来了，看到妈妈惊喜地说：“妈妈，你什么时候回来的？姥姥没有跟你一起来吗？”

“她都卧床不起了。”

“她怎么会卧床不起？”

婶婶心烦地摆摆手问：“票都领回来了？”

“是。”她把一沓票证交给妈妈说，“我排了一下午队，把粮票、油票、布票、煤票还有糖票、肉票、豆腐票统统都领回来了。”她一副能干的表情。

“那是谁的？”婶婶看到她手上还有一沓票。

“是玉敏姐家的，姐姐让我也帮着领回来。”

婶婶冲着雁媚骂道：“贱货，还真会做好人去讨好他们家，你自己怎么不去排队呢？我总告诉你别去理他们，他们家有两个吃牢饭的混蛋，人家躲还躲不及，你是不懂还是装懂？我看我也是管不了你了，你长大了，你想咋样就咋样吧。”

采勤白了妈妈一眼，她对妈妈这样的态度很不高兴。

总是在婶婶骂雁媚的时候，几个妹妹都会乖乖地不吭气。她们习惯了这样的骂声，习惯了妈妈不近情理的乖张，也习惯了姐姐对这样的骂声所表现出来的忍耐。她们不会因为妈妈骂姐姐而讨厌姐姐，而是更喜欢姐姐的沉静和美丽。

采勤悄悄对雁媚说：“姐姐，我去把票证送给玉敏姐家。”

“好。”

“要是妈妈不骂姐姐就好了。”她从心里舍不得姐姐在家里这样受委屈。

一锅雪白的馒头蒸好了，屋里弥漫着浓重的香味，激发了大家难以抑制的食欲。三个妹妹都听了姐姐的话，渴望又急切地等爸爸回家，望着门口，却又不甘心地看着特殊的小毛，那样霸气地拿着大馒头津津有味地吃起来。

叔叔下班后去了趟汽车站，这几天他都这样，因为他想，他的女人带着孩子也该从娘家回来了，他很固执地等到最后一班车，才悻悻地回来。

那筐馒头，飘着淡淡的热气摆在孩子们的面前，像一顿丰盛的晚餐，让人瞧着都欢喜。能这样享受一次白面馍，对大家来说就是难得的满足和幸福。而在婶婶的眼里，就像割了她身上的一块肉一样痛。她吝啬、尖酸、刻薄，坐在一个矮凳上，目光怀疑地看着一直都静静地坐在孩子们当中的雁媚。她有奇怪的想法，怀疑上天使了什么样的魔法，能让她在逆境中出落得如百合和明珠一样。她怀有妒意，心中升腾起妒火。她不会去想，雁媚的天生丽质是出自她父母的血体，本性善良是她父母教育给她的一种品质，忍辱负重是她在困境中磨砺出的一种性格，而一味地猜测雁媚一定是把家里最好吃的食物都偷吃了。她疑神疑鬼地看着那筐飘香的馒头，又跑去看看米缸、面缸，冥顽不化地起着疑心问：

“馍都在这里吗？”

“都在。”雁媚说。

婶婶抓起一个馒头大口吃起来，正巧丈夫回来了，她用填满嘴的声音大声说：“你怎么这么晚才回来？”

叔叔慢腾腾地说：“我去车站接你，不知道你已经回家了。”

晚上睡觉时，婶婶坐在床沿上有不安的情绪，她似乎想对丈夫说什么，犹豫了一下，叔叔却问：“你不是要把岳母接过来吗？”

“她没法来了。”

“怎么？”

“跌了一跤，卧床不起了。”

“怎么又摔了？”

婶婶气愤地说：“我弟媳真坏，对我娘太狠了。前些时，我娘得病发高烧，他们不送去乡卫生院吃药，反而这大冷的天，让她一个人住在空荡荡的柴火屋里，半夜起来解手给绊了一跤，腿摔断了，现在躺在床上是动也动不了。我去看她时，那泪一直流不停。我去找弟媳评理，她蛮不讲理地跟我叫喊说：你对她好你把她弄走。我一听就来气，对二奎发了火。这个孬种说：他们对老娘伺候得比大奎好。两个不孝的孬种，都是忘恩负义的东西。”

叔叔说：“让孩子他舅想办法弄来吧，家里挤一挤也住得下。”

“怎么挤得下？房子这么小，人口这么多。再说，我娘也动不了。”她挪了一下身子，凑近丈夫说，“你说，雁媚她怎么办？”

“什么怎么办？”

“初中毕了业，总不能老让她闲在家里吧？”

叔叔说：“她不是天天在干家务吗？”

“采勤长大了，也可以做家务了。”

叔叔忧愁地看着自己的女人，深吸一口烟，惭愧地说：“哥哥嫂嫂都是有文化的人，他们一定希望雁媚能多读点书，我们连高中都不让她念，是不是太对不起他们？”

婶婶说：“我们都把她养这么大了，他们地下有知的话，也会对我们感激不尽的。让她念高中，我的孩子怎么办？我每天扛包扛得腰都要断了，累死累活挣那么一点钱，能供几个孩子读书？”

叔叔不再吭气，婶婶又说：“我想让她去下乡。”

“下乡？”叔叔很惊讶。

“是的。你不是知道我们村里去年下去了一个回乡青年吗？”

“你让雁媚去插队？”

“我不是说去插队。我这趟回去，打听到有一个国营单位在南乡建了一个青年队，他们的子弟都下过去了，去年插队到我们郭村的那个年轻人也转过去了，我想让雁媚也过去，我已经跟二奎说好了，让他帮着办。”

好久，叔叔才憋出一句：“不行。”

婶婶发火了：“怎么不行？我们这街道是没有人管，你看人家国营厂，每年都有组织的一批一批地把他们的学生送下去，几年后又一批一批地抽上来。如果跟他们在一起，说不定还会抽到国营厂去当工人呢，总比这街道上没有正式的工作混一辈子强。你以为我心眼坏，我也是为她着想。如果不走下乡这条路，她能做什么？让我养她一辈子？”

“可是她还小，还不满十七岁。”

“十七岁还小？我十二岁就在地里干活了。我不管，等开年后，她去也好，不去也好，反正这个家我是不留她了。”她脱下衣服狠狠地扔到一边，做出一种不肯让步的样子，让丈夫妥协。

一连几天，叔叔都有意对雁媚避开他惭愧的目光。雁媚心里清楚，那天晚上，叔叔婶婶的谈话她都听到了，只是对不善言谈的叔叔也不好先说什么，只有心照不宣地等待一个说话的时机。

一天下午，叔叔在去值夜班之前叫住了雁媚：“阿媚，你坐下，叔叔有话对你说。”

“是。”雁媚搬个矮凳，在叔叔的对面坐下。

“对不起，阿媚，依你这个年龄应该再继续念书才是，可是婶婶她……”叔叔羞愧地低下头。

沉默片刻，雁媚说："我知道，叔叔您就让我去吧。上学对我也没有什么意义，还是让我去下乡，这样，我也可以自食其力减轻您和婶婶的负担。"

"对不起阿媚，这些年来，叔叔真的没有办法让你过得更快乐些。"他声音低沉，还有点哽咽。

"我很好。真的，叔叔，我在您的养育下长大，我很感激您。您就放心让我去吧，我会照顾好我自己的。"她的真挚和执着让叔叔感到欣慰。

"那我去值夜班了。"

望着叔叔从屋里走出去的背影，那因负重而提前衰老的脊梁，因支气管炎症而颤动的呼吸，谨小慎微，连目光都不能明明白白地释放出来。一个可怜的背影，典型的一种软弱的男人，才造就了他的女人是一个悍妇。

新年过后的一个暖融融的日子，雁媚在悄悄地为自己准备下乡的行装，婶婶把一条破旧不堪的棉絮扔给她："拿去当褥子，明天，我送你过去。"

临行前的晚上，雁媚去跟奶奶和玉敏道别。刚走到门口，就听到屋里玉敏发脾气的声音："我这样子一点都没有意思，还不如让我死了的好。"

奶奶站在一边束手无策，这个被她宠惯的孩子，一朝这样，怕是奶奶怎样哄也无济于事。那个沉默的父亲，他更不会用任何语言来安抚他的女儿。他从没有跟她说过一句暖心的话，更没有伸手去抚摸她。他不是不善表达，而是不会表达。一个鳏夫，只有一颗寂寞疲惫的心，每日重复着简单沉重的劳动和生活。沉默使他失去了很多说话的机会，只有在一个月里的某一天，他拿到了工钱给老母亲的时候，会简单地说一句：给敏儿买点吃的，如果需要新衣服就给她扯一件。每次不经意地听到这样的话，玉敏就会对父亲产生一种敬意。所以，很多时候，她都会很懂事地听奶奶的话，忍受着残疾带给她的压力，快乐地表现着她的言行。她很早就发现，只要她快乐，奶奶就高兴，爸爸就高兴，这个家就会快乐。

这时，雁媚听到奶奶在好言相劝：

"玉敏啊，你以为雁媚是要去什么好地方吗？她是迫不得已要下到农村去，要去受苦啊。"

玉敏执拗地说："到农村去受苦我也想去，总比我这样子躺着强。我这样无能，什么也做不了，我还有什么意义和希望，我不如死了的好。"她哭了。

奶奶生气地说："你不要说这样的话，奶奶老了，更是什么事也做不了，还是让奶奶去死吧。"

雁媚推开门，走过来，坐下，离她很近："玉敏，你不能在奶奶面前说这种话，奶奶把你当成她所有的希望，你怎么会说到死？”

玉敏哭着说：“我也是心里难受，长这么大什么用处也没有。”

雁媚说：“玉敏，知道我多么感激你吗？多少日子里，因为有你，我才有勇气面对一切。你是我的好朋友，我不知道到了那个地方会不会再遇到一个像你这样关心我帮助我的人。”

奶奶语重心长地说：“到农村，那里不比在城里，会很艰苦的，你要学会自己照顾自己，干不动的活别太逞能，不要累坏了身子，奶奶也是从农村出来的，种地不是一件轻松容易的事。”

“是，我知道。”

“农村很苦，奶奶真的舍不得你去。”

雁媚轻轻地把头靠在奶奶的胸前，她需要在这样的胸怀里得到温暖。

奶奶又说：“去到那里，别跟人争，吃点亏就吃点亏，不会损失什么的。”

“是。”

奶奶走到厨房，拿来了几个平时舍不得吃的煮鸡蛋塞到雁媚的口袋里，一下子让雁媚的眼泪像诉苦似的流了下来。在婶婶家的这几年，她几乎从没有单独享受过一次鸡蛋，即使在她的每个生日里，她也从没有吃到一个鸡蛋。

“奶奶，请别让我都带走，否则我一个也不忍心吃。我离开后，您一定要保重。玉敏，我也会常回来看你的。”

雁媚从玉敏家回来，三个妹妹都在等她，她们既兴奋又快乐，因为都在争要姐姐睡的小床。女孩子都喜欢有属于自己的地方，在拥挤的家里，能有一张属于自己的小床都是一个梦想。看着三个妹妹，她们单纯、可爱又乖巧。在一起生活的几年，雁媚和她们和睦相处，感情融洽。雁媚爱护她们，她们对姐姐也很顺从，这跟婶婶那凶巴巴的样子所带来的消极影响不同。雁媚在她们面前，既像一个和蔼的家长，又像一个忠于职守的仆人。她要给她们洗头、洗澡、洗衣服，一日三餐做饭给她们吃，事事照看着她们，还要督促她们做作业，从而使她们更加依赖姐姐。离开她们的这个晚上，雁媚久久没有睡着，她的小床提前让采勤占去了，她睡在采惠、采灵的当中，听着她们的呼吸声，她的思想仿佛又回到童年的情景里。一切都像梦一样飘忽不定，时有朦朦胧胧的仙境，又有奇奇怪怪的恐惧。马上要到一个生疏的地方，又将会对她产生什么影响？就像那年跟着叔叔，踩着泥湿的路来到这里。明天，对她冷眼相觑的婶婶，又将带她去何方？

第二章

初春的早晨，一层薄薄的迷雾，如轻纱笼罩着大地；路边的小草，隐隐约约地吐着芳绿；鸟儿已苏醒，在田间雀跃，寻觅着冬眠的小虫；麦苗安然地越过了冬天，等待春日的滋润；偶尔有早起的农民，在为春耕忙碌。头班汽车开得不紧不慢，它好像没有肩负任务似的在打发晨光。乘客大多都像是农民，没有人说话，有的还在打盹。雁媚坐在车窗旁，默默地凝视着窗外，田野朴实的景色让她激动。她拉开了车窗，霎时，一股像清泉一样的湿漉漉的空气扑面而来，感觉清新。在穿越那一望无边的田野时，看到很多云雀在飞旋。她深深感慨这空旷沉寂的乡野，是否能给她一颗自由的心？

婶婶坐在她身旁，挪动了一下宽大的身体，垂着头，若无其事地继续瞌睡。直到一股凉风吹到她的脸上，她才皱了一下眉头，翻眼看了一下，打了个哈欠。隔道上坐着一个头扎方巾的农村妇女，她斜过身来问婶婶：“是来走亲戚吗？”

婶婶心不在焉地应道：“嗯，不是，哦，我要回一趟娘家，给我娘送夹袄过去。”

“你娘家在哪？”

“郭村。”

“俺是钱村的。”

“那离得不远。”

“是啊，几里路。”她探过身子，看看雁媚又问，“那是你闺女？”

“不是。”婶婶语气生硬，让雁媚感到有一种说不出的凄凉。她低下头用眼梢瞟了一下这个在一起生活了五年的婶婶，那不近人情的态度，就是再与她一起生活十年也是枉然。

车子虽然开得不快，但是，眼前的一切景物却很快地抛在了后面，车子越往前行就越感到深不可测，一种不可名状的惆怅油然而生。雁媚微微闭上眼睛，想让心情平静下来。慢慢地，就很自然地想到了妈妈，想到女儿去远行，妈妈该是多么爱怜，多么舍不得啊。假如妈妈坐在身旁，此刻她一定会幸福地把头靠在妈妈的胸前。

在全身心地沉浸在这个遐想的时候,雁媚情不自禁地把头靠在了婶婶的肩上，满足而温暖地微笑着。突然，婶婶一个硬邦邦的耸肩动作，拒绝、排斥了雁媚的依恋。她被惊醒，看了看婶婶，然后带着害臊的神情，急忙把脸扭向窗外。

汽车在一个乡镇停站，下了车，婶婶指着一条朝东走的乡村小路说："你就从这条路走过去，一直走，过一个村庄，再往前走，再过一个村庄还往前走就到了，你自己去吧，我还要到采勤的姥姥家呢。"

看着婶婶漠然的背影，连头也没有回一下，雁媚突然感觉自己像是被婶婶抛弃了一样。她孤独地站着，又软弱又畏惧，还那么的无助，她拎起行李局促不安地开始朝东行走。那条向东延伸的简朴的黄土路上，蓝天，旷野以及孤独的旅程，像一幅奥妙无穷的风景画，广袤的大地永无尽头，极目放远仍是一马平川，直至地平线。辽阔的中原竟是这般神奇，让行走在它脊背上的人，有一种亲身体验那前不着村后不着店的感觉。感叹中又恐惧这孤乡僻野，使雁媚觉得自己是多么的孤零零地在这个世界上从一切相联系的因素中分离出来。她向前走着，却忽然不知道为什么要来这里，脑子空虚得让她害怕。她停下了脚步，感到又累又饿，昨晚奶奶给的两个鸡蛋，她回家后就给三个妹妹分吃了，她不是那种占有欲很强的人。而现在，当那荒无人烟的气息完全笼罩着她的时候，她所感受到的困惑、疑惧使她不免有点紧张，并对她前面的路开始动摇。望着四野茫茫，她甚至担心迷失前方的路，太阳一下子又躲到云层里所造成的阴影，仿佛把生活中的灰心、气馁和沮丧都笼罩在她身上，她露出了性格中软弱的一面，很想哭出来。她呆呆地把目光眺向远方，在她目光所瞥到的地方，她仿佛寻觅到了能惹起她连绵梦幻的亮光，仿佛也听到了一个受人敬畏的声音：孩子你要坚强。她激动地把所有纯洁的感情和所有强烈的愿望，都集中在那处灿烂的亮光里，她感觉那就是爸爸妈妈的灵魂之光，在陪伴着她，指引着她。她受到了鼓舞，浑身洋溢着热血。太阳又从云隙里钻出来，大地一片金色，她终于看到了一个赶马车走来的人，急切地迎过去：

"请问，青年队在哪里？"

赶车的人说："就在前面，你不用进村子，就在村外的那个院子是你们青年队。”

当雁娟走到青年队院子门口的时候，才舒缓了一口气，她脸红扑扑的，额头上都是汗。她把行包放下，朝里看看，两排南北相向的房屋构成一个院落，有一棵老榆树，正枯木逢春般的吐着它的新芽，几个女生在压井旁使劲压水，洗脸，像是刚下工。雁娟不知道要怎样进去，怎样打招呼介绍自己。这时，一个身材高挑的女生，端着脸盆从寝室出来，看到雁娟，把盆子往地上一放就走了过来，一副高傲的姿态问：“你是姚雁娟？郭村那转过来的？”

雁娟很疑惑，当然对郭村也很陌生，为了让她下放到这里，不知道婶婶通过她的娘家人是怎样的在运作，就轻轻应道：“是。”

她不留情面地说：“看过你的资料，你的出身有问题，在这里，你要老老实实的。”

这样开门见山的警告，让雁娟很不舒服。

她又说：“去找个床铺，那里。”她指着女生寝室那边，又对着在压水的一个身体清瘦的姑娘说，“三妮，让她住你们的屋。”

雁娟猜测，她这样指挥安排，会是这里的头？

雁娟茫然地走过去，房间有四个床位，两个还空着，里面没有人，雁娟刚把床铺铺好，一个任性的女生，抱着她的铺盖气势汹汹地闯过来嚷嚷说：“我不要跟春莲住一个房间了，我受不了这个丑八怪。”说着，也不问青红皂白就把雁娟铺好的被褥掀到靠近门口的那张空床上，她那突兀的刚愎自用的性格，令雁娟有一种比谨慎、害怕更加谦让的胸怀。

雁娟问：“你为什么要这样？”

这个女生说：“这是我先选定的床。”

雁娟没再说什么，多年的忍耐已成了她的习惯，在还没有看清那个女生的长相时，就先领教了她的性格。

一个脸蛋像苹果一样的姑娘跟着进来说：“金凤，你怎么又搬回来了？”然后，又对雁娟看了一下。

金凤乜了一眼雁娟，就对跟进来的姑娘说：“肖玲，这个青年队是我们厂建立的，怎么外人也可以进来？”她长得很漂亮，也很骄傲，却缺少了心智这个东西，因为他父亲是厂里的领导，组建了青年队，她一定是把这一切都当成了她家的权利。

她这样说让雁娟很尴尬，像是来乞讨的一样。

一会儿，三妮端着一盆水进来了，她先对雁娟笑笑：“刚来？”

“是。”

又对金凤说："下乡才三个月，你都搬了几次了。"

"我喜欢。"说着，金凤又把一张桌子朝她的床旁拉了过去，惹得肖玲不满："你怎么这么霸道？真把这里都当成是你的了。"

她不去理会，只顾着弄自己的东西，把一些瓶子盒子之类的都放到桌子上，又把雁媚刚才顺手放上去的一把梳子扔了过来，让雁媚担心以后跟她的相处。

这时，外面的那棵老榆树上的挂铃敲响了。

不一会儿，从各寝室涌出了好多人，还有敲碗的声音。

肖玲拿上碗筷，刚走出去，又返回身，问雁媚："开饭了，你的碗带了没有？"

雁媚点点头，转而心里有点安慰。

午饭后，休息了一会儿，那棵老榆树上的挂铃又敲响了，接着，一个女生响亮的声音在喊："都带上铁锹，去地里挖沟。"随后，她就过来了，对雁媚说："你跟我来。"

别的队员都陆续拖着铁锹，发出滋啦滋啦的响声走出院子，有的还回头看看这个新来的女生会被这个独断的女队长要怎样的安排。

雁媚被带到厕所旁的一个简易的草棚旁，想是要拿农具，就朝里瞟了一眼，只看到两个大小不一的锈迹斑斑又污浊的铁桶，一个长把舀子，一把已经磨损掉一半的铁锹，还有一个扫把。她正在疑惑，女队长说了："东西在这里，一会儿你把厕所清扫一下，把粪都掏到后面的积粪坑里，以后，厕所的事就是你负责了。"

雁媚问："以前的厕所都是怎样做？"

"什么意思？"

"我是说，我没有来的时候你们怎么做？"雁媚很平静。

女队长冷笑了一下说："你白吃了两个馒头就有力气问话了？你还管以前的事？从你进到这个青年队的院口，我就警告过你，老老实实干活。"她看雁媚好美，心里莫名地生出妒意，开始就要打压她，使她不要像金凤那样因为自己漂亮就任性的不得了。

她这样来劲的下马威，一下子让雁媚涨红了脸。女队长高傲地甩了一下长辫子，她长了一双丹凤眼，鼻子很尖，下巴很尖，薄薄的嘴唇里露出的一颗虎牙也很尖，她长得很尖利，性格也很尖利。刚转身要走，又回头说："今天头一天来，照顾你不去下地，每天扫厕所要不了一天的时间，也就是一会儿的功夫，你自己安排，明天一样要下地干活。"然后，走了，走到靠近后面伙房的一间屋子里，那是一个放农具的地方，被另一个副队长布置成办公室了。

雁媚的胸腔忧伤地起伏着，不管公平不公平，她都得接受。靠近厕所的地方，气味是不好闻，心里不禁想：在叔叔家的五年，时常被婶婶责骂，在学校也遭受欺辱，现在来到这里，又遇到这样一个厉害人，看来以后的处境真是难以改善。她叹了口气，就这样忍吧。她进到草棚里，去拿这些工具。在土坯墙上，她看到一个薄薄的本子，像小学生写生字的那种挂在钉子上，就拿下来看看，里面是清扫厕所的值日表，记录着每个人的值日时间，还明显的记录着今天的值日人是金凤和赵慧兰。翻开前面，还有许多名字，她从这里知道，青年队的队长是薛剑，副队长是周建民，女队长是叶迎香，还有宋为华、田跃平、杨学林、赵军、石宝顺、张信义、张东、郭俊生、杨三妮、肖玲、吴玉琴、张丽萍、金凤、李春莲、乔艳艳、赵慧兰、丁晓秋……一串的名字，到底谁是谁，雁媚不知道，刚才去上工的一拨人，她无法接触，现在孤零零的在这里清扫厕所，也许这样的事就包给她了，心里并不乐意。

晚上，停电了，金凤把蜡烛移到自己的跟前，坐在被窝里，打发无聊的时间。她靠着墙壁，眼睛微闭，斜视，并用一种暧昧又轻佻的表情看着烛光朦胧里的雁媚，她心里有点窃喜。因为她占了一点便宜，本该轮到她去清扫厕所，却安排给了别人，而且以后也不用去做了。为今天厕所的事，像一个新闻，用到厕所的人，都会发出同样的声音：厕所比任何时候都干净。肖玲还对雁媚说：“你费这么大的劲干什么？”

也许并不是为了讨好或者得到夸奖，这本是一种习惯，对做任何事的认真，这是雁媚从小就在父母那里得到的教育。

吹灭了蜡烛，屋里黑黢黢的，雁媚躺在薄薄的被子里，感觉好冷，而且头冲着门口，门缝还吹进了冷风。肖玲和三妮挤在一张床上，两层被子盖着，暖暖和和地一直在说悄悄话。她不会和金凤协商也像肖玲和三妮那样相互取暖，她知道招惹她就是自讨没趣。就这样地躺着，卷曲着身子，难以入睡，免不了胡思乱想，想到辛苦，想到孤独，想到受到的欺辱，心里涌出来的都是冷。

这时，隐隐约约听到吹笛子的声音，声音很远，像是从荒野茫茫的小树林里发出来的，带着风的飒飒；又像是从小河里来，有一股涓涓的流水声。霎时间，如仰望到了星月，让雁媚感到身体热了起来。肖玲和三妮的悄悄话也不说了，静静的，连翻动身子的声音都能听到。

过了一会儿，肖玲说：“是跃平在吹吗？什么时候了，外面不冷吗？”

“他喜欢吹笛子，在学校的时候他就是吹笛子能手。”三妮说。

“你说过他跟你二哥以前是同学？”

“是啊，薛剑队长也跟我哥是同学，还有叶迎香，我二哥初中毕业就下乡了，他们都上了高中。”

“听说薛队长是百米冠军呢。”

“他是学校的运动员，打球跑步都很出色。”

金凤问：“薛队长去哪里了，我怎么一天都没有看到他？”

“好像一早就跟俊生一起买煤去了，到现在还没有回来吗？我看看。”肖玲从被窝里起来，趴在窗口往外看着说，“是还没有回来，马车都不在院子里。”

三妮说：“买煤最辛苦了，要到那么远的城里，还要排队，还要自己装车，怪不得周建民一次都不去。”

“他会去吗？每次下地他都有理由不去。只是做了个副队长，就像个脱产的干部，装模作样的真好笑。”肖玲不自觉地把话音说得很大，就又躺到被子里了。

“薛队长也真是，干吗要跟丑疤倌去买煤，伙房的宋为华也可以去嘛。”金凤埋怨说。

正说着，就听到了外面马车的声音。

“薛队长回来了。”她们掀开被子跳下床，连蜡烛都没有点上，金凤还差点被一只鞋子绊倒，就挤到窗口往外看。

黑黑的，看到马车拉到伙房后面去了，还看到跃平也跟在马车后面回来了。

“噢，好冷。”她们就又都钻进被子里。

外面说话的声音：“怎么回来这么晚？”跃平问。

“人很多，煤厂像是要挤爆了一样。俊生，把马牵过去，明天再卸。”

她们躺着，睁着眼睛，突然的安静，使她们一下子没了睡意，脑子也兴奋起来。就想到刚来的时候，在会议室，薛剑以一种天生就能取悦女孩子做梦的笑容调皮地说：我叫薛剑，我没有比你们更强的地方，有一点就是我年纪比你们稍微大一点，让我来当队长，我想应该还可以吧？当时，他穿着靛蓝色的灯芯绒外套，没有系扣子，里面露出一件手工编织得很精致的浅灰色毛衣，领口翻出白色的衬衫，显得英俊、成熟又颇具魅力。一双白皙修长的手，拿着点名册点名，声音好有磁性。这以后，吸引着女孩子开始做梦了。

肖玲侧过身子，头枕着手臂，和三妮又开始说话了，声音不大，但不是那种小小声：“我记得那一次，刚来不久，因为一顿饭，赵军跟丽萍打架，当时，叶迎香就大声嚷嚷说扣工分，扣工分。可是薛队长不这样，他说，我们能这样在一起生活劳动，我们就是一个家庭，我们每个人都是这个家里的成员。发生这样的事不应该，我不希望我们的队员为一点小事动不动就张嘴骂人，动手打人，这样会伤了人与人之间的感情。人的感情有时很脆弱，如果不珍惜，大家不团结，我们就没有凝聚力。我们离开家来到这里，就要把这里当成一个真正的家来爱护，来关怀，像对待自己的兄弟姐妹一样对待每一个人。这段话我一直记得，太暖人心了。”

“是啊，我也记得。当时，他真诚地看着大家，保持着他的宽容和风度，他用这样的语言很自然地做了一个表率人物。你看在这里，女生对他都很尊崇，男生对他也是服服帖帖的。”

金凤扭过来头说：“那一次丽萍就该挨打，饭做的那么难吃。”

肖玲说:“换你还不如她，就你那娇气样，还不知道能不能把面和到一起呢。”

金凤生气地说：“你也好不到哪里，就只会……”她话也没说完就气呼呼地背过身，把头蒙到被子里去了。

肖玲、三妮继续说，声音放得很小，几乎听不清，只断断续续听到：有一次……还有一次……

雁媚在那暖不热的被窝一直没有睡着，她静静地，心想，是一个什么样有风范的人让他们不住地赞赏？就自然联想到了英俊正直的爸爸，还有善良美丽的妈妈。忍不住的眼泪，让雁媚又回到不知痛苦的童年。

过了很久，金凤的鼻息声很重，雁媚又听到她俩在说：

“她是哪里的？”

“不知道。”

“听说她出身不好，还是个孤儿。”

“是啊，她长得蛮好看。”

“可是，一来叶迎香就让她扫厕所。”

“她就会欺负人。”

因为是农闲，不上早工，所以，每天也不必起得太早，只是伙房的人要先忙碌。

昨晚买回来的煤，薛队长已经安排男生在卸，铲煤声很响。

叶迎香洗漱后从压井走到寝室的门外朝里面的雁媚说：“一会儿去副队长那里领把锄头，今天要锄地。”

雁媚踌躇了，哪个副队长？

三妮主动说：“一会我跟你去。”她穿好衣服，又换上一双黑布鞋，动作很快，“走吧。”

门开着，屋子的角落里堆放着各种农具，锄头、铁锹、铲子、镰刀，有耧车、耙、叉、绳子等。靠窗户的这边，摆了一张桌子，是学生上课的那种，上面放了很多的书报、纸，还有毛笔、墨水瓶之类的东西，像办公桌。周建民坐在桌子旁，在装订一个本子。

三妮说：“拿把锄头。”

“自己拿。”他头都没抬，也没有表情，只顾着装订他的东西。他是记工员，宣传报道员，还兼职保管员，所以，他有足够的理由不去下地干活，俨然就像一个脱产的干部。过会儿，他斜着眼对雁媚瞄了一眼，又瞄了一眼。

卸完煤，男生陆续从后面走出来，尽管他们的额头上还冒着汗气，但是，脸上的表情是满足的，因为这样卸一次煤会加记五个工分。

郭俊生拉着马车也出来了，穿着薄薄的单衣，脱去的一件深蓝色的棉袄搭在车辕上，车板上的煤屑也清扫得很干净，他的脸上手上都是煤灰，脸瘦瘦的，眼睛大大的，看着很本分的样子，左脸上有一道很深的疤痕，或许就是因为这个，才被人叫作疤倌的吧。

他看见了雁媚，呆呆的，心想，她也是跟我一样从郭村转到这里来？雁媚也看他一眼，对这种不顾及自己的形象而踏实干活的人，心里充满敬意，那是她与生俱来的。他们微笑了一下，好像有相互给予的安慰。

薛剑还在后面清扫地上的煤灰，卸下来的煤已堆在伙房的外墙边，伙房里冒着热气，早饭做好了，宋为华正在外面的炉口封炉火。叶迎香走过来了，看到薛剑，扑哧笑了起来："看你脸上，跟耍猴子的人一样。"说着，就要伸手去擦，薛剑抬起胳膊，用袖子抹了一把。

"昨天买煤怎么回来这么晚？"叶迎香问。

"排好长的队。

"我们把沟都挖好了。"

"哦。"

"那个插队转过来的女生，昨天才来报到。"

"嗯。"

"我又安排了一下，把厕所也彻底清扫了，墙外的乱砖头，墙角的树枝，还把粪池也掏空了。"她说得很自在，一点都不扭捏，好像这一切都是她做的，而来薛剑这里表功。

薛剑赞许地："不错，我也感觉到厕所好亮堂。"

天气晴朗，队员们扛着锄头，三三两两的走过一条笔直的土路，跨过沟渠，来到青年队的麦田。他们很荣幸，从农民的手中获取了一大片土地，又学习到了农业生产的技能，农民伯伯还教会了他们怎样干农活。虽然才来了几个月，冬播春种、田间管理、锄地松土、积肥施肥、挖沟修渠也干的得心应手。

正要返青的麦田，青翠，旷远，还有一点料峭春寒。微风轻抚着脸，吹动着头发，凉凉的让人感觉舒服。

雁媚干得很吃力，也很小心，眼看大家已遥遥领先，自己还像个蜗牛，又想到那个女队长的警告：要老老实实的干活，心里不免有点着急，身上都出了汗。

金凤离她不远，她哪是在锄地，装模作样的用锄头点点地，一会儿就跑到前面去了。雁媚也知道这是一个可以偷懒的活，锄地的宽窄深浅，是没有什么丈量的标准，只是对劳动的一种诚实的态度，她才做的这么认真。不知什么时候，一个男生在她的身旁说："慢慢干，累了休息一下。"他留下了一个坦荡、灿烂又和暖的微笑，锄着地向前走去。不一会儿，就听到女生在地头喊："薛队长，快来歇歇。"

原来他就是薛剑队长。

雁媚很是羡慕她们，总是在休息的时候和薛队长坐在一起，听他说话，看他笑容，而雁媚却不能主动，因为她是外人，就像金凤说的：这是我们厂建立的青年队，外人怎么也来的话。阳光不照着她，别人就不会给她脸面，这让雁媚一直都有自卑。

李春莲坐在一边，孤零零的样子，因为长相而自卑。她看着雁媚，雁媚也看着她，微笑使她们挨近坐在一起。金凤总是骂她是个丑八怪，却没有发现她笑的时候并不难看，假如她常常能笑她就会变得漂亮

地头很热闹，大家并齐坐在垅上，挨近的小声说话，离得远的就大声喊。赵慧兰隔着几个女生的距离对薛剑说："薛剑哥，薛剑哥，为什么要锄地呢？"

薛剑扭过头说："上次，农民伯伯给我们上课的时候你没有听吗？"

杨学林笑嘻嘻地说："那天上课的时候，胖妞在打瞌睡，还流着口水呢。"惹得大家又一场大笑。

因为她很胖，平时很少叫她赵慧兰。她朝学林扔过去一个泥蛋蛋，又说："那，薛剑哥你给我补一课吧。"

肖玲侧过身对她说："胖妞，你薛剑哥薛剑哥的叫不停，那是你的哥哥吗？我来给你上课好了。锄地，就是要除去杂草，让庄稼快速生长，还保持水分不流失。"然后，回过头，对薛剑调皮地说，"我说得对吧。"

"说得很对。"

胖妞还在说："我家姐妹四个，我没有哥哥也没有弟弟，我当然要把薛队长当哥哥呀。"

金凤也娇滴滴地说："我也没有哥哥，薛队长也是我的哥哥。"

三妮说："你们真会套近乎，哎，不要因为你们没有哥哥就把队长当成是你们的哥哥，他是我们大家的哥哥。"

害薛剑难为情，他笑着说："你们本来就应该叫我哥哥的，在这里应该数我最大吧？跃平还比我小六天呢。"

跃平说："以后你们也要叫我哥哥。"

肖玲说："我们叫你哥哥，你就要吹笛子给我们听。"

“我吹得不好。”

薛剑又对三妮说：“你哥还好吧，从他初中下乡后就很少见到他。”

“我哥很好，也做了队长。”三妮很骄傲。

叶迎香从麦地里走过来，手指着刚才金凤锄的那行麦田说：“那是谁锄的？”

午饭后，有一段较长时间的午休，美美地睡一觉才够舒坦。雁媚要利用这样的时间去清理厕所。叶迎香把这样的任务额外地强加给了她，无可争辩。奶奶曾嘱咐过她：别跟人争，吃点亏就吃点亏，不会损失什么。

当雁媚挑着粪桶到积粪坑去的时候，碰上俊生，他是在清理马粪。

“我看到你这几天都在扫厕所，不是都要轮换着值日吗？”俊生说得很慢。

“以后都是我做。”

俊生怀疑地摇摇头：“不是的。”然后，他去帮雁媚把桶里的粪倒到积粪坑里，就背着他的箩筐走了。

雁媚回到寝室的时候，她们午睡已经醒了，正要起床，金凤用手捂着鼻子：“哎呀，好臭。”

肖玲指责说：“你别矫情了。”

“你才是得了便宜在卖乖呢。”金凤气呼呼地撕张手纸出去了。

傍晚，也就是晚饭后，雁媚去井边洗衣服，这个压井让她自然想起叔叔家以前的那个压井，不知不觉又想起那次玉敏的哥哥突然出现在井边帮她压水的情景。如今，她哥哥怎么样了？还要在牢里待多长时间？奶奶和玉敏都好吗？玉敏向往的那个年轻人在一起劳动的农村生活，其实跟当地的农民是一样的，日出而作，日落而息，简单又辛苦。

这时，雁媚听到一个温和的声音：“洗衣服？”

她抬头一看，是薛剑队长拎着水桶来接水，她轻轻应了声：“是。”就连忙挪开盆子，腾出地方让他把水桶放过来。

薛剑握住压井的把手说：“我帮你压水，这样方便些。”

雁媚的脸微微在发热，她不知道自己为什么会这样，她拘谨又害羞，轻声说：“谢谢，我还等一会儿呢。”然后就低头搓洗衣服。

薛剑把水拎到马房，要帮俊生铡草。作为青年队的队长，白天他带领队员到地里干活，晚上他喜欢到马房里来帮着做点什么。他对这个喂马的男生有很好的印象。俊生虽然不善说话，却很诚实，也很吃苦。他对马有一种特别的感情，这种敬业精神令薛剑赞赏。虽然有的队员会取笑他脸上的疤痕，还叫他疤倌，这个称呼既不文雅又有贬义，假如叫他马倌，听起来还有点友善。当人一旦有低劣的言行，受欺辱的总是老实人。但他似乎并不太在意这些，而是把他该做的事情都做好。他为马付出他所有的精力，即使在深夜里，他也会从热被窝里爬出来给马添加饲料。马在他的身旁既温驯又服帖，这也许是马通了灵性，懂得感情。往往从动物身上更能看到比人类还要真挚的秉性。这个从小就没有娘的孩子，他的成长经历很苦，一直受着后母的虐待，连小学都没有读过。去年插队他去了父亲的老家郭庄，随后又转到青年队。生活的困窘和磨难，使他早早懂事，并学会了很多的农活，连农民伯伯都把很多事情放心地交给他。他任劳任怨，与多数城里养尊处优的男生大有不同。在他用最简单的话向薛剑说出他的经历的时候，便是一阵长久的沉默。而薛剑性格的另一面，他会谦虚地跟俊生这样静静地甚至不说几句话的坐着，有时他也会躲到马房的墙角处俊生用草席间隔出的一个极小的卧房里看看书，以避开男生宿舍常常出现的打牌吆喝声。

马房里堆了好高的麦秸、谷草和玉米秆。铡好的草都放在围子里。薛剑抖了抖脱下来的毛衣，拍拍头上的草屑，对俊生说："地里要追肥，明天，把肥料拉过去。"

"知道了。"他踌躇了一下说："薛队长，我，我想问你个事。"

"什么事？"

"你什么时候这样安排的？"

"什么安排？"薛剑很奇怪。

"为什么都不值日扫厕所了，而让一个人去做？"

薛剑很迷惑："怎么回事？"

来到农村后，白天还会觉得有点意思，心里很充实。因为，所看到的天空是宽广明亮的，所嗅到的气息是清新芳香的，尽管劳动很累，心情却很舒畅。而一到晚上，就感到无所事事，有时还会遭遇停电。然而，一旦电灯亮起来，整个青年队就灯火通明，这跟不远处的村庄形成鲜明对比。

那边男生寝室的打牌吆喝声像炸裂了一样；女生这边也聚集在一起，有的在玩纸牌，有的在聊天；只有跃平喜欢跑到外面吹笛子，笛声给夜晚的青年队增添了一点年轻浪漫的气息。

薛剑把正在打牌的叶迎香叫出来，她高兴地把牌交给旁观的丁晓秋："你来吧，这可是一手好牌，肯定赢。"说着就出去了。

薛剑站在老榆树下，叶迎香大声说："怎么站那里？树下有虫子。"

薛剑挪了挪脚步直接问："你什么时候这样安排的？"

"安排什么？"叶迎香一时不明白。

"本来轮流值日做得好好的，为什么自作主张去改变？"

叶迎香反应过来了，说：“你说扫厕所？她出身不好，就要接受这样的教育。”

“她的出身是她自己选择的吗？为什么去伤害她？”

“怎么，你要对她特殊关怀，还袒护她？”叶迎香撩起一双丹凤眼问。

“不是什么袒护，是让我们每个人都平等。”

“我们都很平等，你看，那满屋子的人，谁不感到平等？”她这样像无赖的回答令薛剑反感。她继续说，“这是我们的青年队，她只是个外人，能让她来这里享受我们的待遇，就已经让她……”

薛剑叹了口气，神情严肃地说：“这样欺负一个刚刚来这里的队员，就能显示出你的能力？叶迎香，我们都很年轻，才二十岁左右，我们不该这么早就有残虐的性情，为什么要用我们手里小小的权力，就去做这种不可理喻的事情呢？”

叶迎香不吭气了，脸也微微红起来，心里愤愤地想：她还真会告状呀。

“明天起，每个人都要值日。”薛剑果断地说。

从春寒料峭，到暖意洋洋，来农村快三个月了，雁媚第一次收到玉敏的来信。那天，还在干活的时候，俊生赶马车回来，碰到一个邮递员，他把信给了他说：“你们青年队的，帮我捎给她。”

玉敏的信里这样写道：“……昨晚，我做了一个梦，我梦见自己坐在一条很长的水渠上，渠沟里是哗哗流淌的清水，我高兴地把脚伸到水里去。你就在渠的那边，我喊你跳过来，你笑着就是不理我……”玉敏信里描述的梦境令雁媚吃惊，因为这些天来他们一直都在修渠，冥冥中的灵犀，难道是因为彼此的关怀和思念而相通吗？想到奶奶，想到玉敏，就有一种像亲人般的爱萦绕在心里。

这时，春莲过来要借用一下缝衣服的针，她轻声地问：“谁给你的信？”

“我的好朋友。”

金凤讥笑说：“我这里怎么来了一只丑怪物？”

春莲翻了一个白眼，拿上针线就走了。

肖玲对她说：“你又是没事找事，这是你一个人的屋子吗？”

金凤生气地说：“你才是没事找我的事呢，我说的是我床底下有一只怪物，碍你什么事，多管闲事。”

雁媚怀疑地看着她，这个有明亮的大眼睛，有红润的小嘴唇的女生怎么有这么龌龊的心胸？她在众人面前所做出来的文静和乖巧，为什么转脸就暴露出她的低俗和虚伪？

金凤气势汹汹地走到窗口，看见薛剑在压井旁用水，马上就换了副表情走过去。

“薛剑哥，我来帮你洗衣服吧？”

“不用了，马上好。”

金凤抢过压井的把手：“我来压水。”

她朝他频频闪动着眸子，脸上带着多么不寻常的神情，一心只想引起薛剑对她漂亮脸蛋的重视。帮他做一件小事，就有站在他跟前的机会，假如经常跟他这样站在一起，心也会挨得很近，爱情也会自然产生，这是一个多么奇妙的想法。

已经好久没下雨了，天气干旱，麦子也到了拔节灌浆期，浇水灌溉成了首要的任务。所以，每天下工，都是一身泥水地回来。

晚饭后，肖玲和三妮要到别的寝室去聊天，问雁媚去不去，雁媚摇摇头。她没有习惯串门，多少年遭受到的歧视，使她变得过于孤僻、局限和迟钝。在无所事事时，她想，如果把玉敏床底下的书拿过来几本就好了。

今天是金凤值日扫厕所，她又懒又磨叽地挨到了晚上。在回到屋里时，对着雁媚就狠狠地瞪了一眼。她乖张乖戾，妒忌又小心眼，即使别人不去招惹她，她也会像对待春莲这样的人加以耻笑和蔑视，对雁媚更是嫉恨。当看着雁媚静静坐着，神情端庄，感觉她的美使自己不能生辉，她受到了损失，怀恨在心，不停地拍打她的床铺、枕头和桌子上的东西。这种不尽如意的相处，迫使雁媚从屋里走出来。仰望天空，群星闪烁，她感到自己是一只忍受鸟笼的孤鸟，无奈又沮丧。隔壁房间里传出来的笑声对她毫无诱惑，而对面马房的门敞开着，她看到俊生在对马不停地搓揉，那是一个令人愉悦的身影。

轻柔的风带走了雁媚的烦恼，她悄悄蹑足饶过那个压井来到马房。

“你在对马做什么？”雁媚问。

看到她来这里，俊生又惊喜又紧张：“我，我给马刷刷毛。”他说话很慢。

“谢谢你那天帮我捎信回来。”

俊生不好意思地笑笑，就去拿一个板凳让雁媚坐下，又继续抚弄他的马。

“你这么善良地对待马，马会感到很幸福的。”

俊生问：“它懂不懂？”

“我想它什么都懂，对它好对它坏它都记在心里呢。”

俊生朝那个墙角处用草席间隔的小屋看了一眼，问：“你有事吗？你到这里来找谁？”

“我没事，只是我看到你在对马爱抚，就走过来了。”她伸手想去摸一摸马，“它对别人会不会不友好？”

俊生说：“不会的，它高兴你来这里。”

“真的吗？当然，你对它有好的行为，它就会有好的心情，人也是这样感受的。”雁媚挨着谷草坐下来，谷草的气味使她心情舒畅。

俊生问："是谁写信给你？"

"我的一个同学，我们是好朋友，还是邻居。"

"哦。"

俊生把马牵到马架子上拴起来后坐下来。他们彼此看着，微笑着，好像他们从来都没有这样的经历，能在一个异性面前这样敞开心灵，感受欢悦。他们感到奇怪，这样坦然地坐在一起，一下子就把生活中的那些软弱和困惑，以及消沉的阴影，都抛在了外面的黑夜里，马房的灯显得明亮，他们的笑很真诚，很纯洁。

其实，就在马房角落里的小隔间，薛剑正躲在里面看书。因为在他的宿舍里，卫华领着一群男生在打纸牌，屋里很吵。又怕一不留神被女生拽去而纠缠不清。所以，晚饭后，他总会悄然溜进马房。这里没有人会发现他，而俊生那倔头倔脑不多说话的样子，也根本没有人喜欢到他这里来。在精神和物质生活都消极困乏的时候，或许书对薛剑来说是唯一补充心灵的营养。他与众不同的地方就是靠读书增加智慧；他更懂得自我培养而不至于精神颓丧；他像仰望星辰那样对偶然获得的一本好书爱不释手，百读不厌；他有强烈接受知识的愿望，因为他正在偷偷阅读一些国外哲学家的论著。如康德的《实践性批判》、黑格尔的《历史哲学》、笛卡儿的《心灵的激情》，以及狄德罗的《哲学思想录》。不知道他从哪里搞到的这些书。这些书极其深奥，读起来也很费劲。所以，他才选择这个不被打扰的地方。他听到外面有说话的声音，就从草席做成的墙壁的缝隙向外窥望，他看到两个神态安静的身影，不想突然出来惊乱他们，所以连翻书的动作都很轻很慢。

"你跟马相处是不是比跟人相处感觉更好？"雁媚问。

"嗯？"

"我想是这样吧，人有时的聒噪远不如沉静的马让人舒服。"

俊生像受宠了一样被这种美丽迷惑，他轻声说："你的名字很好听，在路上碰到的那个邮递员把信给我的时候说是你们青年队姚雁媚的，我当时脑海里就想到是你。"

"为什么？"

他嘿嘿笑笑说："就是这样，艳美，很好听的名字。"他用一种地方口音说得很慢，很讨好，神情很认真。

雁媚解释说："我不叫艳美，而是雁媚，大雁的雁，明媚的媚。"

"这样啊。"他难为情地低下头。

"那你呢？俊生，是英俊的俊，还是骏马的骏？"

"我不知道。"

"怎么不知道？"雁媚有点迷惑不解。

“我不识字。”

忽然，雁媚感到羞愧，她鲁莽地问了一个会刺痛心灵的问题，她非常抱歉：“对不起。”

“我没有念过书，后娘对我不好。”他说话时，不由得用手捂住他脸上的伤疤。

雁媚心里很难过，想到他的童年也是这么不幸。一种从父母那里继承的悲悯之心，使她产生了一个想伸手帮助他的想法：“如果你想学习，我可以帮助你识字。”

俊生摇摇头。

“怎么？”

“你有你的事情要做，白天干活很累。”

“没关系。”

“不，我很笨，学不好。”

“慢慢学，我一天教你五个字，十天就是五十个字，一百天就是五百个字，一年呢？两年呢？假如我们在这里很长时间呢？”

俊生仍摇着头。

“是不让我来这里？”

“不是，你是好人，我第一眼看到你的时候，我就知道你跟薛剑队长是一样的人。他也说过要教我认字。但是，我知道他那么忙，那么累，我不配让你们为我浪费时间，不管我认字不认字，别人都会因为我脸上的伤疤取笑我。”他神情沮丧地说。

“俊生，没有人取笑你，谁也不会取笑你，人应该都是平等的，相互尊重的。你兢兢业业地劳动，不是也得到了薛队长的尊重吗。而且我也非常尊重你。”

这时，听到外面叶迎香在大声喊：“疤倌，疤倌，看到薛剑了没有？”

俊生猛然站起来，措手不及地堵住几乎像风一样扑进来的叶迎香。她朝里张望，看到雁媚在这里，顿时心生狐疑，问：“你在这里干什么？”

雁媚冷静地说：“不干什么。”

叶迎香怀疑地在马房瞅了瞅，又用一种诡异的目光在雁媚身上打量了一下，然后转身走了。

雁媚有点紧张，叶迎香带过来的那种异样的不怀好意的东西让她不安，她对俊生说：“我该走了。”

这时，薛剑从里面出来，让雁媚大吃一惊。

薛剑说：“你们谈得这么愉快，我不便出来打扰，所以，一直待在里面。其实我也应该来参加你们的谈话的，对不对？”

雁娟感到了自己强烈的心跳，他温和的话语使她感动，他坦然的神情给她安慰，在她过于关闭和有障碍的心里，她谦卑地向他微微笑了下就逃了出去。而她的背影，久久地吸引着薛剑凝神望去，不知为什么，他突然觉得他的整个身心都弥漫着一种温暖的情愫。

“刚才叶迎香是在找我吗？”薛剑问。

俊生诚实地说：“我没告诉她你在里面，我不想让他们知道你常常躲在这里看书，要不然他们会来烦你。”

薛剑轻轻拍拍他的肩膀就出去了，他回到宿舍，他们还在打牌，而且叶迎香也在这里。

“你去哪儿了？我到处找你。”叶迎香问。

“找我什么事？”

其实，叶迎香并没有什么事，因为没有坐上打牌的位子，又不想跟那些小女生东拉西扯。她想跟薛剑化解那一次的矛盾，而不能让薛剑对她存有专横刻薄的不好印象。

她指着老榆树，找了个话题说：“这树肯生虫子，都不敢站到树下，晾晒的衣服上都是虫子，可恶心。再说，树荫挡着，屋里都进不到阳光，要不，把它砍了吧？”

薛剑抬头看着那株孤独又苍老的榆树说：“这要跟村队长商量，因为这树是村里的。”

夜色很浓，树叶在微风中沙沙地响，透过宿舍窗口的灯光，叶迎香看到薛剑那轮廓分明的脸是那么刚毅、英俊又充满个性。在中学时代她就曾暗暗地迷恋过这张脸，也许这还是个秘密。本来，依着家庭的情况，她中学毕业就要下放农村的，可是她硬要坚持与薛剑一同念了高中。现在又有机会和他一起在这里生活劳动，这是她的荣幸。沉静片刻，她轻柔地说：

“我们到外面走走好吗？”

“外面很黑。”他说。

“外面很宁静。”她诱惑说。

这时，从宿舍里传来了一阵笑声，张丽萍在讲胖妞的一个笑话：“那天我家来了一个客人，骑着一辆自行车，他的车子还没扎稳，我就急切地骑着他的车去兜风了。路上碰见胖妞，看到我，她叫着也要骑两下。我对她说，你别骑了，坐到车上来吧，我带你兜一圈。你们猜结果怎么样？”丽萍大笑起来，又说，“我骑着车子她追着跑，半天也坐不到车上来，等到要坐时，却一屁股墩到地上。噢，那墩地的声音啊，就像摔破了一个大西瓜。”全屋子的人都笑得前仰后合。

听她们的笑声如此泛滥，薛剑说："进去吧，听听她们讲什么笑话。"

叶迎香连忙说；"别进去，不要跟她们太随便，这几个女生，整天疯疯癫癫，你要有一点威严，让她们尊敬你而不是在你面前嘻嘻哈哈。否则她们不怕你，还会跟你调皮，胡闹。"

"在这里要什么威严，大家都很平等。"

"根本没有平等，高中生和初中生之间有距离，论学识她们也少学两年，她们还幼稚得很。"

"我们不能自以为是，她们很单纯，需要我们对她们的关心，在这里，她们或许依赖的是我们。"

叶迎香冷笑了一声说："别以为她们单纯，刚才我到马房去找你，就看到姚雁媚和疤倌在一起鬼鬼祟祟的样子，这样男女躲在马房里也是单纯？"

薛剑说："别这么狭隘臆断，俊生是一个老实人。"他对这样的谈话已表现出了极大的反感。他移开了视线，眼睛像深邃的天空那样冷峻。沉凝中，他脑海里映出雁媚那温婉娴静的身影和她说出的真挚的话语，她的美，就这样自然而然地进到他的心灵里。

薛剑征得村队长的同意，把院子里的老榆树砍伐掉，种上了新树苗。没有了那棵老榆树，青年队大院显得宽敞明亮，新种的小树焕发着生机。

离收割还有一段辰光，这一时段是农田比较清闲的时候。加之一场不大不小的雨，没有什么大活要干，只在做一些麦收前的工作，整整农具，积些肥料。然后，就等着一日三餐，日子似乎有点平淡。忽然有一天，领队的范师傅带着司机开着大卡车来了。他们查看了麦田后，说了一个令大家激动的消息，趁麦收前这个清闲的时间，单位领导想到这些孩子们离家的心情，安排队员们回家休息三天。

想家是每个人的心愿。而对雁媚来说回家就有点为难，她要步行很远的路程，到镇上公共汽车站等很长时间才有一班车回家。她很犹豫，最后还是收拾好东西，悄然地从热闹的院子里走出去。在院外碰见了俊生，他挑着粪筐从后面的积粪坑走来。

雁媚问："你不回家吗？"

他摇摇头。

"队里放假你也不回家？"

他点点头。

"是不是薛队长留你在这里看门？"

"不是，我从不回家，因为我没有家，这里就是我的家。"他的声音充满着悲凉，使雁媚不安。

“那我走了。”她带着哀愁准备回到那个也不属于自己的家里去。

家里刚吃过晚饭，桌子上还留着残汤剩馍。采勤不肯收拾，叫采惠去洗碗，采惠也不肯。婶婶刚要发脾气，忽然看到雁媚回来了，她惊异地问：“你怎么回来了？”

“队里放了三天假。”

“三天假？三天假也跑回来？回来干什么？”婶婶不高兴的样子问。

雁媚没再说什么，看到三个妹妹因她回来而开心的样子，她就很满足。那个小不点弟弟小毛站在一旁，怯生生的看着她，雁媚向他伸出手高兴地说：“小毛，来让姐姐抱抱。”

小毛扭动身子：“不要，不要。”

婶婶冷酷地说：“你别碰他。”

采勤很不满意妈妈这样的态度，对雁媚说：“姐姐，还没有吃饭吧，我去给你弄。”

婶婶吼道：“这桌子上还有饭，你去弄啥？”

雁媚看着桌子上几个咬剩的黑黢黢的馍头和锅底那口稠糊糊的稀饭对采勤说：“我不饿，这些就够了。”

雁媚慢慢地在吞咽这样的一顿晚饭，心里别有一番酸酸的滋味，这里毕竟不是自己的家。才理解俊生为什么不想回家而把青年队当成家的心情，同样都是受冷落的人。她慢慢地吃着，努力不去想这些伤心的事，抬头看看采惠、采灵，微笑说：“你们在家听话吗？”

采灵满腹委屈地说：“她打我。”

雁媚对采惠说：“不能打妹妹的。”

“她可烦人了，我到哪她跟到哪，像个跟屁虫，害我都不能跟同学一起玩。”

“那跟我玩吧。”

婶婶过来对雁媚说：“你明天把床上的被子都洗了，天都要热了，被子还没有收起来，采勤这个懒丫头，什么事都不想做。”

雁媚应道：“是。”

“还有，煤球也快没有了。”

“知道了。”

采勤说：“姐姐，明天干完活以后，你带我去澡堂洗澡好吗？”

采惠、采灵嚷着：“我也去，我也去。”

“不能去，谁花钱去洗澡？”婶婶大声说，她那蛮横又保守的性格，是不能接受花钱去洗澡的奢侈消费。在她看来，澡堂也是一个极其害臊的地方，让别人看到自己光光的身子太丢人了。

采勤嘟哝说：“我从来都没有用莲蓬洗过澡，那淋着洗的感觉一定跟坐在水盆里洗不一样，我的同学都洗过了。”

“不能去。”婶婶高声强调，她的声音让采勤害怕。

雁媚对采勤说：“明天在家里我帮你洗，用水壶淋着给你洗，那感觉会跟澡堂是一样的。”

采惠说：“姐姐也要给我洗。”

采灵说：“我也要洗。”

回到家最大的快乐就是感受到三个妹妹身上所表现出来的那种天真无邪。她们对姐姐十分友好，并获得一个小小的满足和骄傲。因为姐姐身上的那种独特的气质迷惑着她们，所以，她们总是围绕在姐姐的身边。为了摆脱她们的纠缠，急切地想去找玉敏，雁媚小声对她们说：“你们听话，我才会更喜欢你们，不许吵，安静做作业，我出去一下。”

采勤说：“你是去看玉敏姐吗？”

“是啊。”

采勤不高兴地说：“我一直都想姐姐回家，谁知道你心里只想着玉敏姐。”

雁媚轻轻拍拍她的头小声说：“我也想你。”

采惠问：“你们说什么？”

采勤说：“姐姐让我们不要吵，怕妈妈听见会骂人。”

采灵天真地问：“妈妈为什么不喜欢姐姐？”

雁媚说：“因为姐姐不是妈妈的孩子。”

“那爸爸为什么喜欢姐姐？”

“因为爸爸当姐姐是他的孩子。”

“哦，是这样啊。”

雁媚来找玉敏，屋里很静，门虚掩着，玉敏已睡在床上，奶奶坐在她的身旁。昏暗的灯光下，奶奶显得很憔悴，看到雁媚，她惊喜地站起来：“孩子，你回来了。”

雁媚亲切地问：“奶奶，您好吧？玉敏这么早就睡了？”

“她有点不舒服。”

听到雁媚的声音，玉敏顿时醒了，她激动地说：“你可回来了。”

“你哪里不舒服？”

“没有，就是犯困，没力气，就早早躺下了。你怎么突然回来了？”

“队里放了三天假。”

“太好了，一直想你回来。”

“我也是。”

奶奶说：“雁媚，你晒黑了，看看，跟玉敏比比，你的脸色多健康。”

雁媚看到玉敏的脸色很苍白，担心地问：“哪里不舒服？”

玉敏说：“就是头晕”

“怎么不去看医生？”

“医生给药吃了。”她的声音很虚弱。奶奶叹了口气，把雁媚拉到床旁：“来，坐下，跟玉敏好好聊。”

雁媚坐在玉敏的身旁，两人挨得很近。

“雁媚，那里怎么样？去的人多不多？他们对你好不好？”玉敏迫不及待地问。

雁媚说：“有很多人。”

“那么多人在一起吃饭，一起下地干活，一定很有意思。”

雁媚笑笑。

“他们都是什么样的人？”

“他们都很优越，回家都有他们单位的车子接送，他们的父母都在国营单位上班。”

“你和他们相处的好不好？”

“怎么说呢，心里有这么多阴影，想敞开心扉也很难呀。”

“那你一定很孤单，如果我在你的身边就好了。”

雁媚低声说：“是啊，如果你在我身旁多好。”

奶奶说：“雁媚啊，一个人在外，如果感到孤单，就要去主动接近一些人品好的人，因为在需要帮助的时候，这些人会帮助你的。”

“是，奶奶。”

奶奶让玉敏吃了药就悄然走开了，她希望她们两个在一起多说些知心话。

“到外面多晒晒太阳，别闷在家里，你的脸色很苍白。我们在农村大部分时间都是在外边，外边的阳光和空气对身体有好处。”雁媚关切地说。

玉敏说：“我不想到外边看别人行走，这样我会很自卑，我恨死了我的腿，它几乎让我失去一切。”

“不会的，你有健全的手，你有聪明的脑子，你可以干很多事情，你不能灰心。”

“可是，我这样能干什么呢？”

“你可以写字，画画。你不是看过很多书吗？你也可以试着写作，把你的感想，把你对奶奶的爱，都可以写出来，让我来做你的第一个读者，好不好？”

玉敏摇摇头说：“我太卑微，太平凡，也太局限，思想都很空乏，我写不出什么东西来，我只能给哥哥织毛衣，他们在那里一定吃了不少苦。”

沉默片刻，她们转换话题，开始推心置腹：

“玉敏，你做的梦怎么这么奇特，那时我们刚好修了一条渠。”

“真的吗？你们修渠了？我写信告诉你我梦见了一条渠，里面水很清，醒来时我都感到很奇怪。”

“那天，俊生把信给我的时候，不知道我有多高兴。”

“俊生？俊生是谁呀？”

“是我们青年队里的一个男生，他负责喂马，也干很多活。”

“他英俊吗？”

“他的眼睛又大又明亮，还是个老实人。”

“你喜欢他？”

雁媚说：“他很朴实，让你在他的身边不感到担心，还有安全感，我很尊重他。”

“还有吗？”

“不过，我们的队长很让人着迷。”

“你们的队长？”

“是啊，一个非常出色的男生，女生们都对他心悦诚服。”

“那你呢？”

“我也很欣赏他。”

“他对你有没有好一点？”

雁媚点点头，脑海里闪过那天，在马房跟俊生愉快地谈话后，薛剑突然出现在面前的情景，他说：你们谈得这么愉快，我不便出来打扰，所以就一直待在里面。其实，我也应该来参加你们的谈话的对不对？他那谦虚自律的态度，让雁媚情不自禁地联想到爸爸。半晌才对玉敏说：“你的书借我看看好吗？有时很无聊，也很空虚，我想，看看书也许会弥补一下。”

“都在下面的箱子里，你随便拿吧。”

雁媚从箱子里挑选了两本书，虽然都没有书皮，但是她知道一本是《泰戈尔诗集》，另一本是小说《牛虻》。

遵照婶婶的刻薄要求，雁媚把家里的活一样一样都做了。然后，给妹妹们洗澡。采惠、采灵洗好后，她又把盆子里放了满满一盆温水，让采勤瘦小的身子浸泡在里面。这时，雁媚觉得自己像妈妈一样在给女儿洗澡。当年妈妈也是这样轻轻抚弄着帮她洗澡的。指尖在采勤的身体上滑动，向她传递一个永恒不变的爱，采勤惬意地享受着从姐姐这里得到的一种爱抚，而不是从妈妈那里得到，她羞涩地把姐姐的手拉到胸前说："姐姐，你看。"

两朵像花蕾一样的小小的粉红色的乳苞，在她的胸前凸起，雁媚轻柔的洗着她的颈部、腋下："要发育了，快是个大姑娘了。"

采勤轻声问："姐姐，要长得像你的这么大需要多长时间？"她从雁媚的领口处看到她雪白的乳沟。

雁媚微笑说："你月经来了吗？"

采勤害羞地说："还没有，我们班里的女生都来了。"

"你发育晚，不要着急，才十四岁对不对？"

"哦。"

"假如哪一天你月经来了也不要惊慌，对婶婶说，还要注意清洁。"

"哦。"

"起来吧，我用水壶给你淋着洗。"

水从采勤的头上缓缓流淌下来，沐浴着快乐，采勤憧憬着她的少女时期的一个梦想，那就是也要像姐姐这样美丽，这样善良。

第三章

匆匆忙忙地在家停留了两天，没有带上一句婶婶的叮嘱，只揣了一束叔叔哀怜的目光和三个妹妹快乐的笑语，跟奶奶玉敏说声再见，雁媚就又回到了她的村庄。

青年队大院寂静无声，马房的门也关着，她回到寝室，整理了一下衣物，便拿出带来的书翻看着。那本诗集里的字里行间她是多么熟知，妈妈曾经就有一本《泰戈尔诗集》，那是她们所珍贵的。

“她是一个秋夜的仙灵，
披着消沉落日的微光，
带来星辰的无尽安宁的应许，
用她默默的服务引导着……”

她轻轻念着，仿佛看到了妈妈读诗时的身影。

这时，她听到了外面的马车声，就急忙跑出去问：“俊生，你去做什么了？”

俊生惊讶地问：“你怎么这么早就回来了？”

“我坐头班车，你呢，你赶马车做什么？”

“我帮村里去拉砖。”他说得很慢，头上都是灰尘。

“快来洗洗，我给你压水。”

到了中午，俊生不声不响地跑到村里，向一户村民讨要了两个还热着的饼子，他要给雁媚吃。在他的心里，雁媚很高贵。他不存邪念，甘愿像仆人一样对待她。他所做的就是让她从他的行为中感到安全和快乐，就像他对待他的马一样细心周到而全心全意。他手捧着饼子向雁媚走来，他的整个脸都激动地冒着细汗，他那诚实的大眼睛闪出光芒，他充满热情又有点局促，他把饼子递给雁媚："你，你，吃吧，我想你还没有吃饭。"

雁媚高兴地接过饼子："哪来的？你也吃，我们一人一个。"

他们静静地，好像在与马共进午餐，这情景像魔术般带给雁媚快乐："刚才我回来时，院子里一个人也没有，我有点害怕。这几天都是你一个人吗？你一个人在这里怕不怕？"他说："我不怕。"

"以前你在郭村插队的时候也很少回家吗？"

他点点头说："是，薛队长要把马牵到村里去养几天，我不愿意，我要留下来照看我的马。我怕他们不是自己的马就照看不好它们。"他从人际关系中感悟人畜感情的深浅，让雁媚也联想了很多。婶婶为什么不喜欢她，是因为她不是她的孩子；叔叔为什么喜欢她，那是他把她当孩子。俊生也是如此，他把两匹马当成他生命的一部分。他也许有不回家的理由，而真正是他平凡的感情里，有他最深沉的思想和淳朴的品格。

雁媚静静地观察着马，她几乎是旁若无人地沉浸在一种思想中。俊生小心翼翼地坐在那里，一双惊颤的眼睛怯懦地看着雁媚的整个侧影。在他将近二十年的成长岁月里，他从来不曾这样愉悦地欣赏到一个如此美丽的倩影。

一切都很安静，马房里的安静仿佛是自然给予的。半晌，雁媚回转过身来对他说：

"我想，它们带给你的快乐一定比你为它们付出的还要多。"

俊生急忙闪开他的目光，羞怯地好像自己做了错事一样。

雁媚奇怪地问："怎么？"

"不，没有。"

雁媚笑笑，她的存在对俊生无疑是一个神奇，而他却自卑地忽略了自己的质朴带给雁媚的是心灵的安慰和感动。正像奶奶说的，接触品质好的人，在需要帮助的时候这样的人会帮助你。他完全得到了雁媚的信任。

到下午时，队员们才回来。

乡村的生活依然平淡。

上次放假回去，金凤带来了一个小小的半导体收音机，这是一件稀罕物。每天吃过晚饭，她的寝室就围满了来听收音机的人。八个样板戏风靡全国，让她们百听不厌。

一天晚上，收音机里播了现代舞剧《白毛女》，这是八个样板戏里唯一一部有朦胧爱情成分的戏。这对她们怀春的年纪是一个很大的撞击，她们聚精会神地聆听这种以音乐舞蹈形式表现的爱情，如痴如醉。

“看眼前，是何人，又面生来又面熟……”音乐委婉、凄美，忍不住让人渴望，雁媚也谦虚地坐在其中，大家谁也不说话，只有音乐像溪水一样流淌，并流入到每个人的心里。不知是谁轻轻的说了一句：大春就像我们的薛剑哥。

金凤按捺不住，她要想办法去接近薛剑，就带上她的收音机，找了个机会，走到薛剑的面前：“薛剑哥，你听这个。”她把收音机给他。

薛剑拿在手上看了看说：“你的？”

“嗯。你拿去听吧，那天晚上，我们听了《白毛女》，那音乐真好听。”

“是很好听。不过，男生宿舍太乱，我怕拿去不安全，还是你们听吧。”他把收音机给她。

“薛剑哥，你拿去听吧。”她殷勤地坚持把收音机给他。

“好，我听听就还给你。”薛剑对这个稀奇的小玩意也感兴趣。

田野上，像波涛一样的麦子泛着金黄。

为做好麦收前的准备，队员们都在南场平整打麦场。

院子里清静得只有吴玉琴和张丽萍忙碌的脚步声。因为叶迎香已提前警告她们，在麦收时必须要把饭菜做好。

为华在薛剑的枕头下发现了收音机，他对这个稀罕之物也入了迷。丽萍埋怨说：“我们都快忙死了，你在干什么？”

他嘻嘻一笑，把收音机放到她们和面的案板上：“听吧，小铁梅在唱，到哪儿可以享受这样的惬意？”

“你怎么把金凤的收音机拿到这里了？”丽萍问。

“是金凤的吗？”

玉琴说：“快去烧水吧，一会他们就要收工了。”

“急什么。”为华侧过头看着丽萍，“你是从面缸里拱出来的吗？你这头上，脸上，还有身上，你干活怎么这么邋遢，玉琴都不像你。”

他带着一点喜欢，像兄长对妹妹那样对丽萍说，并用他男人的大手，轻轻帮她擦去了面粉。这一动作令丽萍心里咯噔一下，蓦然有一股热乎乎的血潮，向她的脸上涌来。她微微红着脸，笑着对他说：“快去烧水啦。”然后，她的心，她的遐想，和一种渴望得到爱情的愿望，突然让她变得很安静。

“明天我们做葱油卷，后天，我们煮豆腐大米饭，大后天，我们做香菜杂面，这几天我们一天给他们换个花样，保证他们不提意见。”玉琴向丽萍说出她的想法，她很想把每顿饭都做好，特别是在这个麦口，她不敢再发生像那一次因为一顿饭而打架的事，她老实又谨慎。

丽萍好像根本没有在听她说些什么，因为她正在全神贯注地沉凝在她的思绪中。女孩子到了这个年纪，往往神经会很敏感，或许一个眼神，一句话，一个小动作，就会对心灵有触动，丽萍被触动了。

“你也听戏入迷了？”

“什么？你说什么？”

收工后就躺倒床上的金凤对三妮说：“等开饭了帮我把饭打过来，我要睡一会儿。”

她刚躺下，丽萍来了，有点诡秘地走到金凤的床旁说：“你这个女人，可真有心机，怎么把收音机给人家听。”

金凤被噎得莫名其妙，她从床上坐起来疑惑地问：“你说什么？”

“我说得不明白吗？”

肖玲说：“丽萍，你来咋呼什么，人家金凤要把收音机给谁听关你什么事？”

丽萍笑着说：“是不关我什么事，不过，她这样的行为，不得不让人怀疑嘛。”

“你怀疑我什么？你心里有鬼还好意思来问我。”金凤心想，我把收音机给薛剑哥听，她怎么会知道？看着丽萍得意的样子，就生气地说，“去做你的饭吧，别跟那一次一样，又让赵军跟你闹起来。把饭做好是你的分内，而不是猜疑人家有什么心思。”

丽萍说：“我才不管你把收音机借给谁听呢，反正一上午它就在我们和面的案板上，我们一边做饭，一边听《红灯记》，要有多自在就有多自在。”说完扭头就走。

金凤愣了一下，就趿着布鞋跟到了伙房，看到玉琴拿着它，气呼呼的一把抢过来就走。

玉琴很尴尬，问：“她怎么了？”

丽萍说：“她神经病。”

回到寝室，金凤非常恼火地把收音机扔到床上。

三妮问：“你把收音机借给谁了？”

“谁也没借。”

肖玲得意地说：“你借他听收音机，丽萍都有醋意，三妮你看出来了吗？”

三妮说：“她俩的事我不知道。”

“丽萍说的那个人到底是谁呢？”肖玲好像是故意在煽风点火，“金凤，你借收音机的那个人丽萍怎么这么在乎？”

金凤不去理她，又躺到床上，可是睡意已经没有了。她在想，薛队长是一个很内敛的人，他不至于到处张扬我借他听收音机吧。这个死丽萍搞什么名堂，什么时候从薛队长那里拿走了收音机，还是……她越想越觉得不对劲，担心丽萍捷足先登，在薛剑面前抢了风头，就索性从床上坐起来说：“你们说，丽萍跟薛剑哥……”

“什么？”

麦收对所有的农民来说，在最严酷，最艰辛，最精疲力竭的同时，也是最渴望，最喜悦，最有一种对苍天大地的感动之情。

清早，金灿灿的麦穗在晨风中摇动，翻卷着波浪。小鸟骄傲地飞旋，鸣唱着它们的赞歌，在一望无际的麦田上，表现出它似乎拥有一切的君主风采；俯瞰麦田，仿佛是它们享受不尽的仓廪。薛剑站在一条田埂上，他没有搞什么张扬的仪式，只单单地说了一句：“开始吧，先一人一垄。”随后，宁静的麦田，便引人入胜地进入到一个繁忙的画面中：割麦、捆扎、装车以及运输。

由于以前在学校的时候，几乎年年都要到农村去支援麦收，所以，他们很早就练就了一手割麦的本领。在大家都争先恐后彰显本领的时候，只有金凤在矫情：“哎呀，好累，好累。”

半晌，伙房的人送水来了，丽萍故意装着领导的一种腔调大声喊道：“大家好，大家辛苦了，茶水来了。”那声音严重地激怒了金凤，她把镰刀狠狠地扔掉，又听到丽萍在喊，“金凤，快来喝水，你落后了。”

大家都围拢过来了。

金凤气冲冲地走过去说：“你是在幸灾乐祸吗？”

“我怎么幸灾乐祸了？”丽萍还笑着问。

叶迎香说：“金凤，你白长了这么高的个子，怎么还没有春莲割得快呢？”

金凤生气地说：“她割得快就让她都割了好了。”

丽萍极其得意地又对薛剑说：“薛剑哥，你挥舞镰刀的动作好帅，好优雅。”

薛剑说：“干活会有优雅之说吗？”

“当然有，不像有的人，手拿着镰刀像螃蟹的爪子又笨又慢。”说着还向金凤挤眼睛。她得意扬扬的笑容，令金凤气恼。丽萍似乎有点忘乎所以，又带有讨好的意思说：“别看金凤是个美人胚子，可我看她割麦的动作真不敢恭维，那屁股怎么跷得那么高，是在割麦子吗？”

一阵大笑，金凤更加愠怒，她说：“你别得意忘形了，好好去做你的饭吧，否则赵军又会扇你耳光。”

她说话的尖酸和刁钻，让活跃的气氛一下子变得不友好。丽萍怔了一下，露出尴尬的神情，随后就大声说：“你多了不起呀，不就是你老子有点势力嘛，我说得不对吗？”

这时，为华突然冷不丁地说：“金凤，你长得像个人样，说得却不像人话，有你这样说的吗？你是想撒气，还是听不懂玩笑？”

大家都集中看着为华，金凤也感到意外，她冷笑说：“你算老几？你出的是哪门子的气？”

“怎么？”为华瞪着眼睛，扬了扬手说。

几个男生怂恿着：“又要打架了，又要打架了。”

“别闹了。”薛剑简单一句，带着威严，令一触即发的冲突瞬间平静。

快晌午的时候，地里还剩几个落后的女生。

雁媚帮助春莲割完了最后一部分，春莲娇小的身子终于挺起来说：“走吧，我们还不是最后一个。”

雁媚说：“你先回去吧，我把捆好的麦子抱过去，等俊生他们来装车的时候方便些。”“别人都不管，你管它干什么？”春莲走了。

金凤是多么的烦躁和怨恨，看到别人都回家休息了，她才发现她的骄傲不堪一击。没有人肯来帮助她，即使她有美貌也没有男生来献媚，即使她家有权势也没有女生来阿谀。割了自己的一大垄麦子已经够人受的。俗人都有俗人的思想，因为知道她没有特殊的理由可以得到照顾。迁就她一次就会放纵她一次懒惰，就连叶迎香也不肯帮她一下，因为她也惧怕了这个劳动。金凤满肚子的委屈，挥舞镰刀，开始胡乱割，一点也不顾惜割掉麦穗。突然，她一不留神，镰刀划到了腿上，哎哟一声就哭了起来。

叶迎香问：“你又怎么了？”

“我割到腿了。”

“你真是，活还没有干完就割到了腿，这怎么办？”她回头看到雁媚还在把一捆捆的麦子抱到一起，她善良的表现只想让俊生装车时方便些。她从他那里得到过帮助，她也很想用这样的方式来帮助他。

叶迎香像命令一样朝雁媚喊道：“姚雁媚，你过来把金凤的这点割了，一会儿他们要来装车，她的腿割伤了，我要扶她回去。”她似乎也有理由离开这里。

被割去麦子后的田地，赤裸裸地袒露着它的胸怀，雁媚站在麦茬地上，平静得像夏日池塘里的荷花，她没有做什么反应，待她们心安理得的走掉时，她才俯下身去割金凤那垄如狗啃似的麦子。一个自私的吃不得一点亏的人，却能毫无任何羞耻之心地占了便宜，金凤回头看了一眼，那片麦地里只剩下雁媚一个孤独的影子，她极力掩饰自己几乎要暴露出来的得意样儿。

叶迎香问：“怎么？”

“我不喜欢她。”

“为什么不喜欢她？”

“就是不喜欢。”金凤说不出理由。

叶迎香哼了一声，回头朝田里又看了一眼：“她可会告状了。”她还在为那个不合理的安排而受到薛剑指责的事耿耿于怀。

“是啊，如果她不告状给薛剑哥，我们也不会再轮流去扫厕所了，真讨厌。”金凤又说，“丽萍好装蒜，她总喜欢在薛剑队长面前表现自己。”

“她又没有说错，你割麦子的姿势是不正确，难怪你割得这么慢。你应该弯下腰，弓着腿，手心向外，一只胳膊搂着麦子，然后伸出镰刀，这样一划就是一大把，而不像你捏着那一撮，这样要割到什么时候？”

金凤哪有在听，她眼睛突然亮了起来，因为她看到前方薛剑赶着马车迎面而来，那动作活脱脱的一个好把式。

走到跟前，薛剑拉住了缰绳，俊生坐在车上没有任何表情地看她俩一眼。

“都割完了？”薛剑问。

叶迎香说：“还剩一点，姚雁媚在割，金凤的腿受伤了，我扶她回去。”

金凤装出一副可怜的样子说：“割到腿上了，还流了血。”

“那快回去吧。”薛剑甚至没有看她撸起来的小腿上的伤情，就驾车直入田里。

俊生跳下马车，跑过去一把夺过雁媚手上的镰刀：“你为什么要帮她割，别人都不帮她割，你为什么要帮她割？”说完就刷刷地割起来。

雁媚默不作声，又俯下身去捆麦子。

薛剑看着雁媚，他想起那次在马房无意中听到的她对俊生说的话：你跟马相处是不是比跟人相处感觉更好。他从这句话里体会出这个受孤单的女生的一种忧伤心情。

俊生把最后一捆麦子装到车上后，对薛剑说：“你们俩坐到车上去，还有空位子。”

薛剑饶过马车礼貌地对雁媚说：“上车吧。”

“我走回去。”

“快上来。”薛剑执意伸出一只手，这只手已不像初来时那么白净而变得粗糙。

雁媚羞涩地上了马车，并挨着他坐下。

俊生轻轻挥动马鞭，马车在这条田间的路上缓慢行驶。

在车上，他们默默地谁也没有说话，薛剑神情庄重地凝视着田野，而雁媚却低着头在小心地抚弄手掌上的血泡。

薛剑转过头来问：“手磨泡了？”

雁媚急忙把手握成拳状对他微微一笑。

田野的风从雁媚的头上飘过，吹动了她的秀发，也吹散了她头发上的那股淡淡的檀香皂的香气。薛剑侧目看着她，他惊然发现这个姑娘的容貌如此端庄清秀：长长的睫毛遮盖着妩媚的眼睛；汗水滋润的额头那样明亮地增添她妙不可言的一种丽质；她的脸在阳光下像桃花般活泼并具有一种脱尘的宁静；她的嘴唇娇嫩，鼻梁挺直；两条柔顺的辫子搭在肩上；白皙的脖颈更显示出她完美的雍容；她的神情透出她独特的温婉和幽思。在万分的惊叹中，薛剑的整个心都在欣赏她。他怀疑大自然肯定怀有袒护之心，恩赐给她这样的美丽，使他不自觉地对她产生爱惜。

马车行走得那么缓慢，仿佛是俊生有意在牵制马的步履，他在暗暗制造一个良机，并快活地在吹口哨，悠然地靠在麦子上。

沉静中，这宛如天成的一个完美约会，薛剑发现雁媚的眸子里有淡淡的忧伤。他问：“很累是吗？”

雁媚诚实地点点头：“是。”然后用一种恭敬的不拘形式的态度对他说，“我想对你说，地里掉了很多的麦穗，如果不捡起来丢在那里很可惜。”

“好，我知道了。”

薛剑笑笑，从他的笑容里，雁媚看到了他风尘的谙练和一种有教养、礼貌、谦逊、自尊的品质，那是爸爸曾经所具有的，在她的心里永不磨灭的人性的光辉，在他的身上也闪烁着。

“你叫雁媚，大雁的雁，明媚的媚。”

雁媚羞赧一笑。

薛剑深情地说：“明媚、妩媚、娇媚还有柔媚，从更深的意义上解释媚是美的延伸，化美为媚，你的名字很美妙。”

这个美景良辰，他们紧挨着坐在马车上，疲惫地享受着这种超出尘世的自由和快乐。

雁媚回到寝室，她们都在大口吃饭，三妮说：“快洗洗，我帮你把饭打来了。”

“好。”

金凤不屑地说：“就剩那一点，你割这么长时间？”

雁媚反诘：“就那一点，你割了一上午。”

“不要怪我，又不是我让你帮我割的。”

“是的，我是被动帮你割的，你可以心安理得。”

割完了麦子，拾了麦穗，队员们又集中到打麦场。在酷热的太阳下，靠一种传统的脱粒方法：晒场、铺场、翻场、扬场、收场，步步紧凑。只有到马拉着碌碡碾麦子的时候，他们可以休息下来。这时，有的队员就钻到麦秸垛旁的荫凉下，东倒西歪地躺着，根本不顾及形象，就像毕加索《熟睡的农民》的一幅油画，形态各异，妙趣横生。而好多女生们，依然精力充沛地围坐在薛剑的身旁，这已是改不掉的习惯。

肖玲说：“薛队长，新麦子打下来了就能吃吗？”

“怎么不能吃？”

三妞说：“那新麦子怎样吃让它有意义？”

薛剑说：“你们决定怎样吃？”

女生嚷着包饺子，男生也嚷嚷着要包包子，在他们每个人的心里，吃最新鲜的粮食，一定是最快乐的事。

薛剑说：“行，等我们把这一切忙完了，就放一天假专门包饺子，让我们像过年一样欢庆我们的丰收。”

大家欣喜若狂，精神抖擞地把场又翻了一遍。学林接过俊生的马鞭去碾场，大家都笑看他笨拙的动作和他笑眯眯的滑稽相。

丁晓秋冲他说：“学林，平时你要小聪明也显示了你的过人之处，现在，是骡子是马把你拉到中间一遛，我们都看明白了，你要虚心学习呦。”

在笑声中薛剑说：“别这样说他，掌握了诀窍就会得心应手的。农活看似粗糙，里面也有很多细巧。平时我们动不动就叫那些没有文化的人为大老粗。其实，他们才真正是身怀绝技。就说俊生，我们这里哪个人能比得上他？虚心学习永远有学不完的东西。即使是挖一锹土，锄一把草，里面都包含着技能。”

他流露出的智慧，迫使大家对他产生爱慕。特别是女生，她们更加在所不辞地想在他的面前表现出一种迷人的俏丽来。她们喜欢围在他的身旁，把他当作大众情人，感受他独具的魅力，这对她们既是一种享受，又是一种幸福。在她们看来，薛剑不仅仅是她们的队长，带领她们劳动，最重要的是在她们单纯的心里树立了一个偶像；一个仿佛是在她们浅读的小说里的主角；一个她们仰望天空的星辰；一个令她们感到可信、踏实、安全，并能从他的身上采撷到一束梦想的人。她们给他这么高的赞誉，她们从他那里就得到了最公平的关怀。

金凤羞答答地说：“薛剑哥，你那天赶马车的姿势真帅，真神气。那些赶车的老农民就不像你这样……”

薛剑说：“什么呀。”

肖玲说：“当然了，薛剑哥就是牵着马走路的姿态就够耐人寻味的。丽萍不是也赞扬哥哥割麦子的动作很优雅吗？是不是英俊的男人做什么都这么好看？”说完她还不好意思地看看坐在薛剑身旁的跃平，她怀疑她说出的话会伤到他的自尊心，男人也会嫉妒。

薛剑说：“把我说得这么邪乎，如果你们把目光注意到别人，就会发现劳动时都是美丽的，对每一个人来说都是这样。”他把目光从她们中间瞥了出去，他在人群之外看到雁媚安静地坐在一旁。他在想这个姑娘的独特之处，内心就有一种感动，他对她有这种微妙的感动，就一步步地对她有所关注。然后，他不动声色，暗暗地把一种情愫珍藏，回过头来又说：“假如以后有一种机器开到田里，一趟过去麦子就颗粒归仓，开那样的机器那才是真正的神气。”

三妮说：“能有这样的机器吗？如果将来有这样的机器，我们可以省多少力气，那不是天天都无事可做了吗？”

丁晓秋接着说：“就是，看现在为了这一粒麦子，我们要一把一把地割下来，还要这样一遍一遍地打出来，太辛苦了。”

叶迎香凑过来说：“你们来了多长时间啊，就感到苦了，想着那一碗饭是好吃的吗？”

三妮说：“幻想谁都可以有，当然我也有幻想。如果有了那样的机器，那将是另一种状况，至少我们不会晒这么多太阳，吹这么多风。”

“谁不会做梦，我还想着天上下的雨珠都是一颗颗大米呢。”叶迎香的脑袋瓜里几乎没有什么标新立异的东西，她喜欢一成不变地以她女队长的职务来呼唤别人去干活。为此，她可以找到一种对她极为有利的兴奋点，来享受到她可以发号施令的荣耀。因为，她女队长的称号，也有一定的权威性。

肖玲说：“没有什么不可能，我想总有一天金凤的收音机里不光能听，还能看，就像个小电影。还有，再热的天也不怕，有一种制冷的机器就放在家里，让人随时都可以拿冰棍吃。”她神情认真，富有幻想，还充满憧憬。

胖妞说：“如果真有那样的事，是不是要等到我们到了六十岁的时候才有？”

叶迎香冷笑说：“痴人说梦，尽想些不着边儿的事，别说你到六十岁那么遥远的以后，即使你活到七十岁不死你也见不到。想在收音机里看电影？你干脆抬头看星星好了，天空就是一个大屏幕。”她的幻想在她狭隘的思维中变得局促。

薛剑说：“没有什么不可以，有幻想才有创造，就像飞机的发明，那也是人们从鸟飞翔的幻想中找到的灵感。对可视的东西已经早有出现，只是我们在这里太闭塞，接触得太狭隘，对一些新奇的东西闻所未闻。我们现在生存的最严酷的不是劳动的艰辛，而是无知。我们对很多事物接触得太少，我们的幻想在遭遇枯窘，我们没有想象力，就会对一些新奇的东西产生怀疑，我们在受局限的环境里只能平平庸庸。虽然我们也有很高的热情，却不能真正为幻想的东西去努力。”他把他从书里读到的一些知识，零碎地变成他的思想表现在他的语言里，他那成熟的非同一般的智慧使他在这个普通的群体里更加出类拔萃。他忽然流露出来的淡淡忧思，让气氛骤然凝重起来。她们带有太多的幻想注视着他，激动得想跟他恋爱。

沉凝中，薛剑轻声对跃平说："把你的笛子拿出来吹一曲。"

跃平从他的腰背上掏出他心爱的笛管，吹了一曲《红河谷》，他非常喜欢吹这首曲子。音乐优美，深情委婉，静静地谁也没有打扰，只有学林站在打麦场的中间，"吁吁"地赶着还不能完全听他话的那两匹马。后来大家又一致推崇胖妞唱歌，她动人的嗓音已经得到了大家的认可。她连续唱了《麦浪滚滚唱丰收》和《毛主席是咱社里人》，博得了喝彩。

赵军过来说："胖妞唱得不错嘛，如果长得像人家金凤一样漂亮，那我们青年队不就出现一个明星了。"

大家把目光都集中金凤的脸上，她高高仰起她骄傲的脸，眼里频频闪动着像秋水一样的波，她在薛剑面前一直都矜持不语，却占据了自信，而让其他女生开始伤心起来。特别是当着薛剑的面，这无疑是在挖苦她们的心。就连坐在一旁的春莲，也露出了对她嗤之以鼻的眼神来。

对农民来说，能拥有一片土地就如同拥有了整个世界。

打完麦子后，接着就是紧张的秋种，要种玉米、高粱、谷子，还要种大豆、芝麻和红薯。尝试了这样的播种，才会对收成有绝对的信心。当然，播种虽然艰辛，却也很快乐。下种有很多技巧，行间的距离，深浅多少，以及犁耧锄耙，样样都要学会。男生热衷学习犁地，女生则喜欢下种，以游戏的方法来诠释劳动的辛苦也别有一番滋味。在忙碌中，不知不觉田地里又是一片绿油油的庄稼在炫耀。然后，每天就用一种最诚实的态度来为它服务。锄地、浇水、施肥。这样的劳动虽然简单，却很劳累。所以，等待下雨是他们最迫切的。既不去锄地，又不用浇水，而且还可以不用上工。但是，这个愿望在这个秋天也没有给他们。天已经有很长时间没有下雨，地旱得很厉害，那条渠沟里的水不停地在向着地里流淌，玉米已长到齐腰深了，杂草也不示弱地疯长。

一天下午在地里锄草，太阳已经西斜，天空漂浮着一朵朵白云，田间吹来一阵阵凉风。突然有一只灰色的野兔，不知从何处窜到乔艳艳的脚下，这个生性胆小的姑娘吓得顿时尖叫起来。

"怎么回事？"很多人向她问。

艳艳结结巴巴地说："它，它，它在那里。"

野兔被她的尖叫声已吓得畏缩在一株玉米棵下，待几个男生欲擒它时，它才蓦然回过神来，嗖地跑了。他们谁也不肯罢手，开始穷追猛打，顷刻间地里到处是奔跑的身影。叶迎香叫喊着：“谁踩到庄稼我扣谁的工分。”

薛剑到县里开会去了，叶迎香带领大家锄草，面对这突如其来的状况，尽管她以一种威吓的口气，也制止不了这混乱的场面。特别是赵军、张东和张信义他们，勇猛好斗，只想来证明他们是个猎手。其他男生也在追喊着助威，几个回合，可怜的小兔惊魂未定，忽然撞在雁媚的脚下，它惊慌失措，两只如红宝石一样的眼睛疑惧地看着雁媚。

那边在喊：“野兔在那里，野兔在那里，快抓住它。”

与生俱来对幼小的生命就有一种本能的体恤，雁媚俯下身去，轻轻地抚摸了一下小兔柔软的绒毛，感觉它的身子颤抖得厉害。她轻声对它说：“快跑，回到你的家里去吧，否则他们会跑过来抓你的。”犹如一个美丽的童话，雁媚就是那童话里的仙子，那只无处藏身的小兔，迫不得已，离她而去。

这时，赵军他们追过来：“兔子呢？兔子呢？我看到你抓着它呢。”

雁媚平静地说：“它跑了。”

“笨蛋，它就在你的手里你就抓不到它？”

那边又听到金凤在尖叫：“快来呀，它在这里。”

他们奋不顾身，又跑了过去，即使踩到庄稼也在所不惜。终于，他们逮到了那只精疲力竭的小兔。赵军野蛮地把它抓在手上高高举起：“抓到了，抓到了。”

可怜的野兔，在自己的家园，就这样活生生地被掠虏，失去了它的生命，这个田野还有多少繁荣的价值？

一直到傍晚，雁媚的心情都很忧伤。为那只可怜的小兔，为那双向她求助的眼睛，她痛苦地坐在寝室里，连晚饭都咽不下去。外边的小树上，挂着那张血淋淋的毛皮，这是一副多么残忍又可悲的景象。小兔的惨死，给雁媚的心灵打击很大。她目光沉凝所有的哀伤，让同屋的她们没有任何的羞惭。金凤乐滋滋地在男生宿舍那边的围墙处架起的铁锅里，捞到了一碗兔肉，回到寝室与肖玲三妮她们一起津津有味地吃着。

第二天上午，叶迎香依然带领大家下地去锄草，薛剑带领几个男生要把仓库里的麦子翻出来晒一晒，这些天天气格外好，秋天的天空格外蓝。

仓库高高堆起的麻包里装着一次也舍不得吃的新麦子，散发着耐人寻味的清香。俊生拉来了架子车，同时也分配石宝顺、杨学林、张东和周建民一起干这个活。

周建民却对薛剑说：“我要写篇报道，没时间跟你们一起干活。”说着就径直进了他的那间办公室。

薛剑说：“现在是上工，不是业余时间。”他好像是第一次这样跟他讨价还价。

建民却说：“我现在不是在上工吗？我要写稿子，难道我是在闲坐着跟人打情骂俏吗？”他嘴角露出一点轻浮的假笑，背过身去。他对任何劳动从没有产生过热情，他鄙夷这种粗劣的劳动，他坐在这里就减少了下地的次数；他的性格有点诡异，他有一个胁肩的动作让人觉得他的阴险。他不喜欢拿着锄头或者铁锹跟大家一起下地，他像个小心眼的女人一样偷懒，把那俗陋的脱产，当成他追求的一个目标。所以才会把靠体力的劳动，看作是低级的卑贱的而加以蔑视。他毫不怀疑自己在这方面有比别人更会耍小聪明的能力。确切地说他很嫉妒薛剑，他更想成为青年队的队长，那样的话，他也许会有另一种野心，那就是在青年队里，他全盘说了算。他一心想做一个领军人物。但是他性格的阴暗部分，不能让他踌躇满志。

薛剑不想跟他再说什么，而让他认为自己太吹毛求疵。

望着这片郁郁葱葱的玉米地，雁媚怎么也想不到，昨天的那只可怜的小兔，是从哪里跑出来的，又要到哪里去?

收工后刚回到寝室，丽萍给雁媚递过来一封信。她说：“我和玉琴洗菜的时候，邮递员送过来的，我替你收下了。”

“谢谢。”

丽萍又对肖玲说：“我看见薛队长他们到场上去晒麦子了。”

金凤揶揄说：“饭到现在还没做好，你们在干什么？难道只顾着在看薛队长晒麦子吗？”

“是，我还跑过去跟薛队长说金凤是个小心眼呢。”说着就走了。

雁媚打开信，是采勤写来的，她这样写道：

“姐姐，你好！

你不在家的时候我多么想你，采惠、采灵也说，如果姐姐在家里多好。你在那里想我们吗？姐姐，我写信给你，是一定要让你知道，玉敏姐生病了，好像很严重，她奶奶天天都在哭。昨天我在水池旁洗衣服的时候，看到她爸爸用车子把她从医院拉回来了。听院子里的人说，玉敏姐得了白血病，快死了，我很害怕。”

读罢信，雁媚的心好像被刀划伤了一样在痛，心里又紧张又惊慌，好想哭出来。肖玲关切地问：

“发生什么事了吗？”

“我朋友她……”她决定马上请假回家，就去找叶迎香，她不在寝室，和周建民在一起，正在看建民写好的一篇报道。叶迎香很高兴，因为报道中宣传了她的事迹。

“是不是把我写的有点夸大了？”叶迎香还有点自知自明。

建民说：“你知道有了名气才会有出路吧？经常写写你，说不定有朝一日你还会混到公社去做个什么妇女主任呢。你看薛剑，仅仅就是做了个队长，荣誉，赞扬就都是他的，在队里还有那么多人前呼后拥地跟着他。”

“你嫉妒他？”

建民傲慢地说：“哼，我嫉妒他什么？”

雁媚进来了，她犹豫片刻，对叶迎香说：“我，找你有事。”

叶迎香撩起眉梢问：“找我什么事？”

“我要请假。”

“请假？请假干什么？”

“家里有事。”

“什么事？”她追问道。

“我朋友生病了。”

叶迎香冷笑了一声，说：“朋友生病？朋友生病是你家里的事情吗？”她嘲弄的态度，对雁媚是个伤害。

“她是我最好的朋友，她生病了，我要去看她。”

叶迎香从雁媚哀求的目光里认识到了自己的威严，她毫不让步地说：“地里这么忙，锄完地还要浇水，还要上肥，还要挖积粪池，每天都很忙，谁这个时候请假都不会准。”她神情傲慢，对雁媚不屑一顾，能这样左右一个人的意志，让她享受到了权力带给她的快感。她回头向建民炫耀了一下她得意的表情，而建民却用一种暧昧的斜视故作深沉。

雁媚转身走了，给叶迎香一个难堪。心情忧伤地站在院子，尔后，她到晒麦场去找薛剑了。

麦秸垛旁，薛剑在听学林讲他小时候爬树被树杈挂起来的故事，很搞笑，不禁随着学林的兴趣笑了起来。这时，看到雁媚急切地朝他走来，就连忙起身走过去问：“有事吗？”

“薛队长，我要请假。”

薛剑说：“请假跟叶迎香说一声就行。”

“她不准。”

“你找过她了？”这让薛剑感到有点为难，沉默片刻，他微笑地说：“如果不是很紧急的事情，你缓两天请假可以吗？直接来找我。”

雁媚吃惊地看着他，这个在她心里如星辰一样的队长也这么圆滑世故。她很生气：“我朋友快死了。”声音很大，然后转身走了。

薛剑茫然地看着这个一向文静的女生，也能从她的气质和修养中流露出一种倔强。他忽然感到自己太虚伪，为什么不能爽快地答应她请假的要求而要去顾及叶迎香？就对学林说："我回去一趟。"

雁媚就这样擅自离队，连午饭都没有吃，她心急如焚，玉敏快死的噩耗，紧紧地在揪她的心，使她冲动地不计后果。那条延绵的乡村土路这么长，中午的日光这么强烈，大地空虚的声音充满了哀怜，雁媚第一次体验到了那种归心似箭的心情。

薛剑进了马房，他对俊生说："去备马车，送雁媚一程。"

"她去哪里？"

"她请假回家。"

"好。"

"我到伙房去拿两个馒头，她急得连饭都没有吃。"他的话里吐出了对雁媚第一次的深切关怀。

正是晌午，空寂的乡野几乎看不到一个人影，独自行走的雁媚显得那么渺小，路旁的蒲公英泛着它娇艳的金黄色，翩翩的飞蝶带给雁媚一些安慰。这时，听到身后有马车的声音，她惊讶地看到是俊生神情急切地追了过来：

"快上车，薛队长让我来送你。"他跳下马车，递给她一个用浅蓝色方格子手帕包着的两个馒头说："这也是他让我带给你的，都已经晌午了，你连饭都不吃，要饿到几时？"

雁媚接过馒头低着头，她没办法看他，因为她眼睛里已充满了泪水，她不知道为什么，伤心难过的泪水和感激的泪水，一起流了下来。

一路上，俊生都很沉默，因为，他从雁媚的眼睛里发现了她的哀愁，他不敢去问她发生了什么事，他怕她难过。后来，他还是不安地说：

"我不知道你到底有什么痛苦，但是我知道我的痛苦是因为你而变成了快乐，希望你也能像我一样，因为有薛队长和我跟你站在一起。"

"谢谢你，俊生，因为你我也很快乐，只是我的朋友生病了，我才很难过。"

"你朋友生病了？她病得很重吗？"

"很重。"

"那你回去见到她对她说，我也祝她身体快点好起来。"

"我一定会告诉她的。"雁媚把手帕给他，"谢谢你。"

俊生说："不是我的手帕，是薛队长的。"

"那你替我还给他好吗？告诉他，我很感激他对我的关心。"

俊生轻轻笑笑说："薛队长的手帕你给他，你说感激他的话我会告诉他。"

雁媚笑了，这个平日里这么憨厚，这么少言寡语的他，竟也有这么调皮可爱的一面。

到了下午，俊生才赶着马车回来。一进院子正碰上叶迎香在喊上工，她也是午觉睡过了头，还慵懒地揉着惺忪的眼睛，看到俊生，她奇怪地问：

“你，做什么去了？”

俊生用他一贯的缄口应付了她。

在下地的路上，叶迎香警觉地发现没有姚雁媚的身影。她怀疑：难道是我不准她请假她也敢妄自离队？就问肖玲：“姚雁媚呢？”

金凤抢着说：“她拎着包包走了。”

“她走了？什么时候？”

肖玲说：“开饭前。”

三妮说：“她好像很急切，连午饭都没有吃。”

叶迎香感到自己被戏弄了，无视她的决定，就是在拆她的台。她自私又狭隘，认为姚雁媚的大胆行为，是对她的严重轻视，就非常生气地说：“她太目中无人了，我不准她请假她竟敢走？”

肖玲说：“她一定有急事。她说她朋友……”

“急事？她说她朋友生病了，谁知道是男朋友还是女朋友。不要脸的东西，这么早就被男人勾引，他生病了，让她急得像热锅上的蚂蚁似的，真不知羞耻。”她毫不避讳地当着这么多人的面妄加臆造，而让她们顷刻间对雁媚存有不好的印象。

金凤还趁火打劫地说：“她还收到了一封信，一定是那男的写给她的。”

在多数人认为，这么早就有男朋友谈恋爱，是一件很不光彩而且也是一件很丢人的事。虽然，她们每个人的心里都想着去恋爱，这种矛盾心理也时时困扰着她们。所以，即使对心目中的白马王子薛剑，也迟迟不敢展开攻势，哪怕偷偷写一封情书都不敢。假如雁媚真的如她所说，在遭受她们嘲谑的同时，她们对雁媚那从来都很沉静的美貌而感到堕落。

叶迎香心里很窝火，为这事她让自己受窘。她带着违背原则的岔气，还故意装得心不在焉的镇定对肖玲说：“你先领着把那片玉米地锄了，我回去一趟。”

她快步走到晒麦场，几个男生在麦秸垛的荫凉处玩纸牌。薛剑虽然看着他们，却好像在沉思。

也许因为气愤，叶迎香朝薛剑走来得动作很难看，她不善被人摆布，好像雁媚摆布了她。

“你说，怎么可以这样，活这么多，忙都忙不过来，没有批准她请假，她竟敢目中无人地走了。如果所有人都像她一样，想来就来，想走就走，那我们还可称谓是个集体？这样无视纪律是不是太过分？我要对她以旷工处理，像抓典型那样。你说吧。”

薛剑问：“怎么了？”

“姚雁媚，她向我请假我没准她，她还真敢就这么走了，你说这是不是胆大妄为？”

薛剑坦白地说：“是我让她走的，她来向我请假，说有很紧急的事情，我就批准了她。”

叶迎香咬牙切齿地说：“她怎么这么狡猾，像个狐狸精，在我这行不通，又来找你。”

薛剑平静地说：“她是对我说你没有准她请假，所以才来找我的。你也别耿耿于怀，本来我是想收工后找你，把事情向你解释一下。”

“你就爱怜香惜玉，太好说话，所以她们都摸透了你的脾气。你做好人，由我来做恶人，是这样吗？”

“这是一个很简单的事情，别理解得太复杂。”薛剑拿起木锨对几个男生喊道：“起来了。”然后，就走到场里去。

叶迎香讨了个没趣，很是恼火，真要等雁媚回来跟她秋后算账，她心里恨恨地想。

第四章

雁媚回来让婶婶大为不满：“你就是为了看她回来的吗？”她尖酸刻薄，雁媚也早已习以为常。

采勤说：“玉敏姐快死了，姐姐回来去看她也是应该的。”

“死丫头，你咋呼啥？”婶婶对采勤骂道。

采勤悄声对雁媚说：“姐姐，你快去看她吧，玉敏姐都昏迷好几天了。

雁媚心情沉重地推开了玉敏家的门，家里昏暗沉寂的气息，仿佛被死神笼罩了一样，奶奶坐在没有开灯的屋子里啜泣。看到雁媚，奶奶惊异万分，她打开电灯，拉住雁媚的手，老泪纵横：“雁媚，你可回来了，玉敏她多想你啊，昨天醒来就问，你怎么还不回来看她。”

雁媚难过地说：“我很想回来看她，她怎么了？我上次回来她不是还好好的，怎么会成这样？为什么不送她去医院？”

奶奶悲伤地摇摇头：“没用了，医生都说没用了。”

这时，雁媚惊讶地看到靠墙的地方，蹲着一个大男孩，忧愁地低着头。

那是小伟，从牢里出来了。

他抬了一下刚长出头发的光头，脸色苍白，目光里透着一种比咄咄逼人的凶相还要可怕的空洞，然后就出去了。

雁媚在玉敏的床旁轻轻呼唤她：“玉敏，玉敏，是我，我来看你来了。”

仿佛从遥远的天际传来一丝灵犀，在冥冥的黑暗中，玉敏神奇般地获得了一缕灵光，她慢慢地睁开了眼睛。

奶奶抹了一把泪说：“玉敏，你可醒了。”

生命的本能，总会那么玄妙地创造一个奇迹，可是这个奇迹，却像一现的昙花那么短暂。青春的美好，让两个纯洁的姑娘彼此拥有一份真爱。正是有这样一份沉重的爱，上苍才宽容地在玉敏生命的最后时刻，送给她一把力量。一时间玉敏清醒了，她喝了半碗粥，并且有了点精神，奶奶高兴地几乎忘掉了苦恼和担忧，她完全忽略了这种体能的恢复，有时就是临终前的最后挣扎。然后，她悄悄退出了房间。

玉敏虚弱地说：“真不知道我来到这个世界上是干什么的，难道就是让我给家人制造痛苦和麻烦吗？还是我得罪了上天要这样惩罚我？”

“别说这样的话，你没有错，只是命运这样，我们无能为力。”雁媚说得很悲观，她过早地认识了宿命，也相信命运。所以她总是以无奈的态度，来对待无可挽回的事情。对玉敏也是如此，面对她的奄奄一息，她无法用那种鼓励她战胜病魔的话来欺骗她，那可怜的希望，对她已毫无意义。她唯一能给玉敏安慰的是，我又看到你，并守在你的身边，这对玉敏来说是最好的。

玉敏已没有了任何信念，灰心丧气地要雁媚紧握住她的手。因为她已经没有力气去抓雁媚的手，她只想以雁媚生命中的活力，带给她一点说话的气力，因为她太想说好多话：

“那年，哥哥们为了给我做一副轮椅，冒险去偷东西，却害他们去坐牢，我怎么会没有罪呢，所以，我一定是遭到了惩罚。”

小伟释放回家后，在街道一家社办厂做临时工。他已经二十岁了，不多说话，就蹲在门外边，目光迟疑，全是悲伤。玉敏交代过他，如果她死了，不能让还在牢里的大哥知道，她会在天上祈祷大哥从牢里早点出来。

雁媚说：“你没有罪，也不会遭受惩罚。如果你有罪的话，那就是让太多的人为你伤心。奶奶、爸爸、哥哥，还有我。”

玉敏苦笑了一下，气如游丝地说：“如果我的罪能开脱，我的病就会好，是吗？”

雁媚哭了。

“我没有希望了。你好吗？我一直都想你回来，真好。”说后，她绝望地闭上眼睛，眼角淌着泪水。

“我在那里也很想你。”

停了片刻，玉敏喘着气说：“你们的那个英俊的队长对你好不好？”

“好。”

她安详地笑笑。

“俊生让我告诉你，他祝愿你身体好起来。”

“俊生？俊生是谁？”

“就是那个喂马的人。”

“哦，我想起来了，你那次回来时跟我说过他。”

“他是个好人。”

“哦。我想，我该是找我妈妈去了，我还没有见过她，她会不会认得我？”

雁媚说：“你不要胡思乱想呀。”

“等我见到你妈妈，我也会告诉她，你很好，让她放心。”

雁媚哽咽着说：“你怎么不想想你要尽力好起来呀。”

她继续说：“雁媚，你帮我把那件毛衣织好吧，我想给奶奶织一件厚毛衣，我不行了。”

“好，我答应你，一定把毛衣织好，等到天冷了让奶奶穿在身上。”

“你回去吧，我累了。”她闭上眼睛，嘴角有一丝笑容，睡了。

“我明天再来看你。”雁媚走了。她没有任何不祥的预感，她相信玉敏很坚强，死神不会这么轻易把她带走。她希望明天还能这样，紧握住玉敏的手跟她谈话，她们之间有太多的话要说。如果时间和生命都允许的话，她一定会对玉敏像谈书里的人物一样，谈谈他们的薛剑队长。

第二天，天还没有亮，一声撕心裂肺伤心欲绝的哭喊声划破了黑夜的沉寂。雁媚被惊醒，她猛然从床上坐起来。

婶婶以看热闹的心态，披了一件外衣，趿拉一双拖鞋，急急忙忙跑出去，不一会儿就回来说：“死了，死了，那个瘸丫头死了。”

一个多么可怕的事实，雁媚呆呆地坐着，想着昨晚她们还在一起的时光，不禁掩面哭泣。

婶婶冲她吼道：“要哭到她家里去哭，别把晦气带到这里。”

这是一个令人心碎的时刻，玉敏的爸爸，这个从不会用语言表示感情的男人，却在用他的头猛烈地撞击墙壁，直至头破血流。

最后看一眼玉敏那安详如睡去的脸，雁媚带着一颗悲伤而碎裂的心，一早要去赶早班车回青年队。婶婶拒绝她在家里多待一天，雁媚也急着要走。因为昨天没有得到叶迎香的准许，她怕待得时间太长会闹得更不愉快。临走时，采勤扑到她怀里说：

“我知道姐姐这一走要很长时间才会回来，因为玉敏姐不在了。”

雁媚安慰说：“不会的，这里是我的家，我还是会回家的。”

“如果爸爸知道你回来后又匆匆地走了，他会很难过，也会很生气。”

“对不起采勤，我要赶早班车回去，我等不到叔叔回家。你要照看好弟弟妹妹，也要多关心爸爸，我不在家你就是家里最大的孩子，你要学会做这些事。”

“我知道。”

婶婶端着水盆，拉长着脸走过来说：“死丫头，别在这里腻烦。”她又对雁媚说，“你也别不识相地老往家里跑，你的粮本在那里，我这里没有多余的粮食给你吃,不安心待在农村劳动,别人会怎样看你？还指望招工回城吗？门都没有。”她那眼神，那声音，连同她躯体里的灵魂都这么空乏。没有一点爱心，轻口薄言，把雁媚推走，就像她狠狠地把水盆里的水泼掉一样，容不得雁媚在家里多留一刻。

午饭等了很长时间，也许因为饥饿而焦躁，都涌到伙房看个究竟。事情超乎所料，做饭的大铁锅，被卫华捅了一个窟窿。锅已经从大炉灶上卸下来，炉口都是黑灰，案板上堆满了半生不熟的馒头，盆子里装着还没有炒熟的菜。薛剑和俊生赶着马车到镇上去买锅了。

雁媚回到青年队的时候，已是中午，队员们无精打采地坐在院子的树荫下，等着不知要到何时才能吃到嘴的午饭。

叶迎香不可一世地走到雁媚的面前，眼睛死死地盯着她，想用这样的惩罚，先让雁媚抬不起头。她已从薛剑对她的关怀中感到她对自己的威胁，心里猛然出现了一个念头，就是要想办法把她排挤出去。她指着雁媚说：“你可真行，没有得到允许请假你也走了，你生病的那个男朋友他好吗？不要脸的东西。”然后，又对着其他人大声说，“看那，我们都是借着父母的荣誉来到这里的，这是我们的青年队。你是谁？你的父母在哪里？他们给过你这样的荣誉感吗？一个出身都有问题的外人，也想在这里得势吗？告诉你，以后要老老实实的，别以为……”

这时，听到了马车的声音。

院子里的人都向她们看去,金凤站在寝室的门口不知羞耻的还在那嘻嘻笑着。

看着她那张冷酷无情从没有给过微笑的脸，那双任何带有温情的东西都不能将其软化的眼睛，以及微微扬起的怒眉，向雁媚投来无数的恫吓和羞辱，一下子把绝望都涌到了悲伤的心头。雁媚忽然觉得自己快要跟着玉敏一起去死了，愤恨地骂道：“你阴险，你无耻，你恶毒。”然后，愤然跑了出去，在院门口正碰上薛剑和俊生买锅回来。

正值中午，地里几乎没有一个人，太阳照耀着这宁静而充满生机的大地。而此刻，雁媚的心却是那么的凄惨和冰冷，还有饥饿和痛苦都折磨着她。她又想起了那只可怜的小兔子，自己是不是也要被他们摧残？玉敏临死前还向她承诺，如果到了另一个世界，见到妈妈会告诉她雁媚过得很好。她悲戚地说：“妈妈，我过得一点都不好。”

她在这寂静的田间茕茕孑立，不知不觉来到一个水坑旁，当她步履惊颤地绕过一株柳树走近它时，却感到它可怕的像黑洞一样要把她吸进去。她紧紧地靠在树上，目光呆滞地看着那浑浊的水坑像是在张牙舞爪。

在青年队的院子里，大家依然在耐心地等着开饭，有的队员一个午觉也睡醒了。装上新锅的炉子上，重新冒出了热气。薛剑从伙房出来，两手还是黑黑的，想到刚才雁媚跑出去的情景，不知她为何悲伤。他顾不得洗手，就去马房，刚走到门口，又听到张东从外边回来大声喊道："薛队长，赵军他们在村子的南头跟人打架。"

"打架？"他问。

"是啊，肚子饿了跑到人家的地里偷瓜吃给逮到了。"

"真丢人。"他生气地进了马房，俊生在给马添饲料，就对他说，"雁媚刚才跑出去了，不知为什么，你去把她找回来。"

雁媚颤抖地靠在树上，感觉周围布满了像死神一样的险象。在这个惊魂未定的时候，软弱让雁媚只想到了死。她想去找爸爸，去找妈妈，随玉敏一起去找他们。她活着太累，太苦，太孤独，也太受欺辱。

她抬起头，看到蔚蓝的天空，看到飘然的白云，心里好一阵激动。心想，如果那里是天堂，爸爸妈妈就一定在那里，她就不会担心跟爸爸妈妈会在荒凉幽暗的地方相会。

这时，一个急匆匆的身影朝这边跑来，边跑边喊："雁媚，雁媚。"那嘶哑的声音多么刻骨铭心。当俊生忽然看到雁媚的时候，他怔在那里一动不动。然后那么小心地移动着脚步，口齿笨拙地说："是，是薛队长让我来找你，回去吧。"

雁媚哭了。

"你怎么了？"俊生小心地问。

雁媚摇摇头。

"你的朋友她好吗？"

"她走了。"

"她死了？"俊生难过地低下头。

"昨晚，我还把你给她的祝福带给了她，她很高兴。"

"她知道我吗？"

"她知道这里有一个叫郭俊生的男生。"

俊生惋惜地说："太可怜了，她还这么年轻。"

就像麦芒卡到了嘴里，越想把它吐出来，它就越往喉咙里钻的尴尬一样，叶迎香被雁媚怒视，并愤怒地顶撞她，当那么多人的面骂她阴险无耻恶毒，她心里窝了一肚子火，而且还饿着，正找不到撒气的时候，又听说几个男生在外头打架，就很自然地转移了她发火的目标。

赵军还煞有介事地说：“都快两点了，还没有吃到饭，饿得两眼冒金花，所以，才想着去摘个瓜吃的。这帮粗野的村民，把我们当强盗一样打。哼，等以后犯到我们的手上，也会叫他们好看。”

叶迎香说：“真不要脸，还好意思说，跑到人家地里去偷东西，还跟人打架，你以为你是谁，来到这里也想称王称霸？上次，你们还偷了村民的一只鸡，还要脸吗？你们把我们青年队的荣誉都毁了。薛剑，你看怎么处理吧？”

张东耸了耸肩朝张信义伸了伸舌头。

赵军满不在乎地说：“你咋呼什么？不就是偷鸡摸狗摘个瓜什么的，怎么，你想处理我们？人家薛队长还没有说话呢？”

薛剑严厉地说：“别说了，我都害臊，还是好自为之吧。”他是多么急切地想从这里走掉，心里一直在想，是什么让雁媚悲愤地从这里跑出去？

赵军嬉皮笑脸地说：“薛队长，我保证以后不做坏事了，可以吗？”

叶迎香凶狠地说：“不可以，今天要各扣你们十个工分。”她盛气凌人的样子几乎让男生都对她害怕。

往往就是这样，无论在田地里还是在院子里，叶迎香的颐指气使和建民的阴阳怪气，已经让多数人感到讨厌，大家不喜欢他们两个对权力的欲望，而更喜欢薛剑像阳光一样的坦然、包容和友爱。

终于听到了一声：“开饭了。”

薛剑忧心忡忡，因为雁媚一直没有回来，而且俊生也没有回来。他很焦急，甚至担心还会不会发生更让人难于预料的事情。他十分懊悔自己，当时没有当着所有人的面伸手把跑出去的雁媚拉回来。

大家都跑向伙房，而他却走向院外。

在外面的那条小路上，薛剑惊喜地看到雁媚回来了，俊生像保镖一样跟在后面。

他看到她依然保持着轻盈的脚步，她的容貌里有一种比坚韧更坚决的感情；他的眼睛寻觅着她回来的那条小路延伸的绿田，还有柳树飘动时的风姿。

一天，也就是轮到雁媚值日的那天傍晚，雁媚清扫完厕所，挑着那两只锈迹斑斑的铁桶，到院子外边的积粪坑去。那里从来都不会有人来，只是需要拉肥料的时候才过来。秋天的蚊蝇很多，也臭烘烘的，旁边有一棵老构树，长得很粗壮，它吸尽了这里的营养，雁媚没有注意到树旁站了一个人。

“雁媚。”

雁媚猛然抬头，看到薛剑神情凝重地站在树下。

“你怎么在这里？”

“我也不知道为什么会来这里。”薛剑深情地看着她，轻声说：“对不起，知道你受委屈了，我没有为你分担，我也没有办法帮助你，你就忍一下好吗？”

“我没什么。”

他向她走近，看到她脸上细细的汗水在夕阳下泛着美丽的红光，他的心，他全身的血液都在激荡。他忽然觉得她的心灵、美德和纯洁，仿佛都会成为他生命里的一切，他为有这样的想法感到奇妙，并快乐地流到心坎。他对她微笑着说：“如果，这里有人对你不好，歧视你，还对你恶语相加，而我在世俗的面前，束手无策，或者，只能暗中给你一点点关怀，你会不会感到有一点快乐呢？”

“会的。”雁媚坚信地说，“谢谢你，我来到这里能够遇见你，还有俊生，并得到你们的关怀，我觉得很幸运。别为我担心，我会很快乐地干活。”她真切地说着，薛剑的真诚和友善，让雁媚似乎看到了爸爸曾经的品质，这无疑对她来说是个激励。

这时，雁媚小心地用指尖从口袋里捏出手帕递给薛剑：“这是你的手帕，俊生让我亲手还给你，我觉得他很有意思。那天，我有点冲动，没经你允许就走掉了，一定让你为难了。对不起。”

“听俊生说，你的朋友不在了，真可惜。”

“是啊。”

“所以，你要好好地生活，好好地珍惜，知道吗？”

雁媚点点头：“嗯。”然后，她拎着桶走了，留下薛剑独自站在这里。他背着众人的耳目，偷偷跑到这里，他发现自己受了局限，无可奈何。

秋高气爽，月朗星稀，好的天气也给了人一个好的心情。晚上的青年队，有女生的哼歌声，也有男生的口哨声，跃平一如既往的到野外吹笛子。雁媚在寝室里编织玉敏托付给她的奶奶的一件毛衣。她们都出去了，只有她一个人，几乎每天都是这样。当然，她也很享受这样的清静。有时，她也会拿着毛衣到马房里去织，俊生会坐在一旁帮她拿着毛线球。

“你的手真巧。”他说。

雁媚对他笑笑。

“我从来都没有穿过这种用毛线织的衣服。”俊生说这句话的时候，感到自己很卑微。

雁媚安慰说：“等年底分红了，你去买点毛线，我帮你织一件。”

“你愿意帮我织毛衣？”

“是。”

“那，你要帮我织一件跟薛剑队长身上穿的那件一样的毛衣。”他像一个天真的小孩索要着。

雁媚想了想说：“是那件浅灰色的毛衣吗？”

“是的，领子高高的，感觉很暖和。有一次他帮我铡草脱在这里，我摸了摸，好柔软，我也想有一件那样的毛衣。”

雁媚微笑说：“你放心，我会帮你织一件跟他一样的毛衣。”

俊生高兴地说：“真的一样？”

“当然，我有时候也很聪明，女孩子都应该心灵手巧，对吧？”

这是俊生看到的雁媚最难得的笑容，像五月的玫瑰一样娇艳。在他朴素的思想中，他不明白别人为什么会在雁媚面前表现出冷漠和傲慢，难道是嫉妒而产生了仇恨？他虽然感到自己很卑微，却在雁媚的面前感到了骄傲。她的善良和美，她的纯洁和心，给他的是一个童话般的美丽。而他有时也自卑和害羞。他很实在，却没有口才，即使他多么喜欢和雁媚这样坐在一起，却不多说什么话。在他的岁月里，对女性、爱，还有美，有着一种恍如隔世的空虚。他从小没有妈妈，也没有感受过女人的柔性。他继母是一个性情乖张的人，那凶恶的相貌，让他从小就生活在一个可怕的阴影下。而他的生存环境，除了贫穷就是伧俗。爱、美和温暖他都没有得到，唯一得到的是他脸上的疤痕带给他的无尽的嘲笑和愚弄。这就是为什么两个卑微的灵魂，会在这里心灵默契地相互安抚。

由于周建民写了大量的报道文章，通过一个公社的宣传干事，把他推荐到县广播站，在那里，他得到了一个临时的位子，如愿以偿地成为最早离开青年队的人。不过，不算圆满的是，他的口粮和工分还依然留在青年队。对他这样的侥幸，男生显得无所谓，女生却在暗生嫉妒。她们认为这样的好事，应该最先让薛剑队长得到。但是她们也常会担心，假如哪一天薛队长先于她们离开这里，她们虽然不会嫉妒，但是会恋恋不舍的。这样每天能够跟他一起下地干活，像众星捧月，即使在这里待得长久些，她们也会感到开心。

又到了一个金色的秋天，迎来的是秋收的一个繁忙。割豆子、割谷子、掰玉米、砍秸秆，接着是犁耧锄耙，一样一样地干，把人搞得精疲力竭。叹息时，才觉得周建民的聪明给他带来了实惠。他脱离了这种粗劣又艰辛的劳动，一副官运亨通的姿态。临走的那天，他以一种藐视的态度，在青年队大院停留了一下，长舒了一口气，一面不胜窃喜，一面拍打着身上那套崭新的深蓝色的卡中山装，拉拉风禁扣，头也不回地走了。

在地头休息的时候，大家又围坐在一起。肖玲有点激愤地说：“他凭什么上调？论品行，论吃苦耐劳，他哪一点能说上好？来这里这么长时间，他有几次是高高兴兴下地的？他骨子里就轻视劳动。光靠写几篇吹嘘的文章，就能从这里出去，难道粮食是写出来的吗？”

胖妞说：“他的心从来的那一天就不在这里了，别看他文章写的都是要扎根农村一辈子，其实都是在糊弄别人。”

丁晓秋说：“他轻轻松松走啦，为什么我们还要给他分口粮，算工分？”

大家嚷着说：“是啊，这不公平，不合理。”

薛剑对她们说：“他只是被借调，还是我们的一员，你们也别这么狭隘，每个人都有每个人想做的事，他喜欢做这样的工作，所以他才在这方面很努力。”

肖玲说：“什么很努力，我看他是偷懒。”

三妮说：“他的动机不好。”

叶迎香反驳说：“你们就会对他说三道四，嫉妒他的才能，有本事你们也去写。”

肖玲冷笑说：“写什么？大话空话就能搞好青年队？可笑。”

叶迎香不屑地说：“人家大话空话，就你实干。”

肖玲说：“我干得不好吗？”

在旁边抽烟的几个男生，都在给肖玲叫好，跃平很欣赏她伶俐的口齿。

薛剑站起来说：“都起来吧，我们接着干活了。”

肖玲说：“薛剑哥，以后，你可不能比我们先离开这里。”

“为什么？”

“因为……”肖玲又做了一个撒娇的样子。

叶迎香和金凤顿时醋意大发，她俩既用眼睛瞟她，又用嘴巴撇她。

薛剑在她们当中，不仅吸引了她们的热情，也吸引了她们的幻想。她们和他接近就感到神清气爽，看到他笑就身心舒畅，他露出雪白的牙齿微笑时的神态，令她们心驰神往。薛剑呈现在她们面前的是一个好哥哥的形象，但是她们每个人的心愿都不止这些。

傍晚，收工回到宿舍，叶迎香咧着嘴照镜子时，发现口腔里生了一个水泡，就对在缝补衣服的玉琴问：“饭做好了？”

“没有，在蒸馍。”

“一会你回伙房给我抓点盐。听说盐祛火。”

“等我把这点缝好了就去。”

叶迎香换了件衣服，等了一下玉琴，看她慢腾腾的样子，就自己去到伙房。

后面的伙房很安静，只有烟囱里袅着青烟和从伙房里冒出来的蒸气。大门虚掩着，炉灶上蒸着馒头的锅扑哧扑哧地响着。叶迎香朝里探了一下头，忽然，她看到门后的墙角处，为华和丽萍正在尽情接吻。她大吼一声："干什么？"吓得丽萍转身跑了出去。

为华不以为然地说："你来这干什么？"

叶迎香说："你说干什么？"

叶迎香羞愤地回宿舍，对她看到的情景不能容忍，她一向刻板、固执。虽然她也怀揣着一份想爱而不敢爱的情怀。在她认为，这里还不该这么早就出现恋爱的事情，却让她先看到了这么大胆放任的行为，她有点大惊小怪，甚至还不知所措。

玉琴问她："你怎么啦？"

她支支吾吾，并用怀疑的眼睛看着玉琴。

玉琴是个老实人，她很少在人群里聒噪，更不是那种喜欢传播新闻的人，她看叶迎香的样子很奇怪，就说："你是不是撞到老鼠了？看你的样子像是吓着了，伙房的老鼠可真多，刚才揉面的时候，就有一只大老鼠从丽萍的脚下窜过，吓得她直叫唤。"

这个绯闻到吃饭时也没有传播出去，叶迎香还保持了一点矜持和冷静，没有像抓小偷那样大声喊出来。

晚饭后，叶迎香急切地就去找薛剑，她认为今天看到的事情很严重，在还没有闹得满院子风风雨雨的时候，她要让薛剑来解决。她从宿舍出来，正碰见在水池边的丽萍和胖妞，她那双生硬的眼睛就像捕到了猎物一样，死死盯着丽萍，把一向大大咧咧的丽萍看得忐忑不安。

胖妞很疑惑，回到宿舍抱怨说："她为什么总是这样，摆出一副让人对她害怕的样子，她只比我们大一点就装的像个长辈似的，动不动就给人脸色。"

玉琴问："你说谁？"

"迎香姐，刚才在外边，无缘无故地瞪着我和丽萍。"

玉琴说："她出洋相了，开饭之前她到伙房去抓点盐，不一会就脸色煞白地跑回来，原来她到伙房撞到了老鼠。看她平时凶巴巴的样子，其实也是个胆小鬼。"

叶迎香来到薛剑的宿舍，他不在，只有为华一个人在，一边吹口哨一边用水抿头发。看到叶迎香，他热情地说："女队长，你来干什么？请坐。"

看他像什么事都没有发生似的，反而让叶迎香觉得尴尬，就问："薛剑呢？"

"刚出去，怎么，你找他？"

她看着为华，却在想她去伙房时所看到的情景。

“你看我做什么，我脸上好看吗？”为华坦然地问。

“我哪有看你，是你在看我。”

为华大笑起来：“迎香，你肯定有事，你的心跳我都看出来了，女孩子不寻常的时候就是这样子。不简单，你们两个队长肯定在搞恋爱，这可是个新闻啊，要我给你传播出去吗？”

他先声夺人，让叶迎香慌乱，她说：“你好意思说我吗？”

“什么好意思？我做了什么，跟你有关系吗？”

叶迎香灰溜溜地从屋里出来，又走到马房门前向里喊道：“疤倌，薛剑在吗？”

俊生坐在草堆旁对她毫无反应。

她又问一遍：“疤倌，薛剑在吗”

俊生还是不理她。

她气恼地骂了一句：“像个傻瓜。”

她受到这样的冷淡，感到索然无趣，心里很窝火，就独自走到院外。在月色朦胧的小路上顾怜自己的身影。她在想：他们接吻，我为什么要慌里慌张？这多可笑，我去管他们干什么？她当然知道，在生理和心理发育正常的情况下，谁都想恋爱。她的心开始激动，在这个有月亮的晚上，恋爱是最美好的。她按捺不住心动，迫不及待地返回去，一定要找到薛剑，把他大胆地约出来，她要改变原来的目的，不是告状，而是倾诉。

就在她要转身时，远处的一棵柳树下，有一个朦胧的身影，她的眼睛追随着那个身影，坚信那一定是薛剑。

她向着深深的小路走去。

婆娑的树影下，一个绰约的身影玉树临风地伫立着，薛剑在凝思，并抽着烟。

走到薛剑的身旁，叶迎香惊讶地说：“你怎么也学会了抽烟？”

“抽烟都是坏孩子吗？”

叶迎香笑笑说：“这么说好孩子也抽烟。”

薛剑淡淡地问：“你怎么一个人到外边来？”

她反问：“你怎么一个人站在这里？”

薛剑沉默了片刻，吸了一口烟，火光映在他的脸上，很明显的看到他高挺的鼻子，轮廓分明的脸型，如雕塑一般，还有那充满淡淡忧郁的眼睛，她不知道他有什么忧愁。

“你在想什么？是在看月亮吗？”

薛剑微微笑笑，丢掉手上的烟蒂说：“还没有什么雅兴是来看月亮，只是随便走到这里。走吧，我也该回去了，还要帮俊生铡草。”他信口说了个理由要从她的身边走掉。

叶迎香看出了他的冷淡，他没有喜悦，也没有热情，而她也不会这么轻易放他走。

她说："你为什么要经常去做铡草的事？你可以安排别人去做。如果，你一味地干这又干那，就会纵容其他人的懒惰，就像疤倌，他闲坐在那里就是在等你吗？"

"你别太有偏见，在青年队里，有谁比俊生干得还要多？走吧。"

"薛剑。"她叫住了他，迟疑片刻，她还是把那个难以启齿的话题摆了出来，"你别走，我有事对你说。"

"什么事？"

"可以把丽萍调出伙房吗？"

"为什么要调她出伙房？"

"如果你不调她，那么把为华调出来吧。"

薛剑迷惑地问："为什么忽然要这样，是丽萍要求的吗？"

她说："只怕调她出来她也不肯，不过还是要把他俩分开。"

"为什么？"

她犹豫了一下说："我不太好意思说出来，但我觉得还是把他们分开好。"

"你不能凭你个人的意愿想调离谁就调离谁，想怎样安排就怎样安排，毕竟来这里的都不是小孩。"

叶迎香神情认真地说："我也是处于一种关心才这样想的。如果我不把我今天看到的当成一个责任，我怎么会好意思去管那事？虽然说都不是小孩，可毕竟也才十八九岁，而且还离家在外，万一有什么闪失，到最后归咎于谁？"

"到底什么事？"

她冷笑一声说："我怎么向你说呢，我都感到害臊，我们青年队发生了不该发生的事情。"

薛剑平静地等着她继续说。

"我看到为华和丽萍在伙房亲嘴。"说着她自己都害羞地低下了头。

一阵沉默，四周静悄悄的，只听到晚风细细的沙沙声，那片弯月也被一团浮云遮住了。薛剑叹了口气，不知道怎样说她。她用一贯的严厉把自己的思想禁锢到这种地步，让薛剑感到她是多么的无知，多么的可怜。他委婉地说：

"迎香，我对你无话可说，都多大了？在我们这个年龄，哪个女孩不怀春，哪个男孩不钟情，这是谁能控制和压抑的吗？你可以安排别人做这做那，你也可以强制别人去服从。可是，心里的东西是可以去强迫的吗？为什么要去触动别人的感情？”

叶迎香固执地说：“这事不是这么简单，如果我们不管不问任其发展，我担心后果会很不堪的，到时候造成的影响也会很坏。万一他们太过缠绵，有什么三长两短，我们青年队的名节、荣誉都会受损的。还有……”她停顿了一下继续说，“还有姚雁媚，她还不老实，跟俊生都走这么近，还听说，她都已经有男朋友了，上次请假……”

她这样臆断让薛剑心灰意冷，在这美妙的夜晚和她在一起尽谈些这乱七八糟的东西，他感到太无聊。他凝视着远方，没有任何灯盏的旷野是那么的幽深、混沌。想象着大自然所有的一切，包括人类的思想，觉悟是该苏醒还是要沉睡？

“走吧，天凉了。”

看着他拂袖离去的背影，叶迎香叫住了他：“薛剑。”

他问：“还有什么？”

稍会儿，她低声说：“别把我看得像个凶煞，其实我的心里也有一份对美好的渴望。我在上中学的时候，就对你产生了爱慕之情，我一直把它藏在心里不让你发现，我怕我还这么小就有这样的念头是在堕落和轻浮。所以，一直都压抑着。人太压抑了就会使心麻痹，你是不是觉得我的内心像冰一样冷？我无法接受别人在这方面有大胆的举动，这是不是我心里有障碍？薛剑，你可以帮助我对吧？”

薛剑淡淡地说：“你应该先学会善待每一个人。”

她从他的训诲里感受到了一种被软化的东西，她脸发着热，十分柔情地说：“如果，有一天，你占据了我的心，我，也可以亲你吗？”她用了很大的勇气说出了这样的话，她身子颤抖地几乎要扑向他。她低着头，手捏着衣角。

薛剑面无表情说：“走吧。”

这时，从黑黑的地方，忽然传来了一群男生在吆喝唱歌的声音：

大河流水小河满呀，

我在河边洗衣裳呀。

哪位小妹妹可怜我，

快点来哟帮我洗呀。

他们走过来了，开玩笑说：“咿，两个队长在这里幽会啊。”

薛剑问：“你们从哪里来？”

叶迎香跟着说：“黑灯瞎火你们到处乱跑，别又不干好事。”

张东说：“女队长，你可不能信口雌黄，我们也跟你们一样在欣赏月亮，你看，月亮弯弯的多有情趣。”

赵军指着月亮说：“薛队长，这月亮又快过半了，上次过中秋的时候，你可是连个屁都没有。"

叶迎香冲他说："哪一天少你一顿饭了？"

"不早了，都快回去。"在他们面前，薛剑的声音和他的脚步一样果断。

犹如空穴来风。

第二天，一个令人半信半疑的消息在青年队传开。大家都在窃窃私语地议论薛队长和叶迎香昨晚在外面约会的事情。他们传播得绘声绘色，几乎搞乱了多半女生的心。她们带着不可名状的吃惊、怀疑、叹息和失望，面面相觑。最不能接受，情绪也最激动的当数金凤了，她惊慌不安地说：

"不可能，我不信，打死我也不信，薛剑哥会看上她？她长得一点都不漂亮，还总是凶狠的样子，就因为她是女队长吗？她哪一点可爱了？"

肖玲说："我才不相信呢，用脑勺去想，用膝盖去想也是令人难以置信的事。如果真是这样，薛剑哥这么逊色，我再也不要理他了。"

三妮说："都别激动，不会这样的，薛剑哥是一个内敛有品位的人，他能不顾及这么多女生的感受，就这么随随便便地心有所属吗？我想这一定是个误会，因为他们两个队长在一起，总是要谈点工作的嘛。"

"那是在谈工作吗？在美丽的月光下，赵军都说他们偎依着凝望月亮的样子那么深情，让人羡慕。谈工作，谈工作，这就是日久生情的现象，即使让你天天跟丑陋的疤馆在一起，也会生出感情来的。"金凤用她低劣的语言，连捎带扯地对一直安静的雁媚揶揄说。

雁媚坐在自己的床旁编织毛衣，她根本就无心听她们在说些什么，也不知道她们为何这样激动。她只顾低头做自己的事情。替玉敏完成心愿，帮奶奶织毛衣成了她在这里的唯一乐趣。她计划着还要帮俊生织一件毛衣，她时常在脑海里构思着那件毛衣的款式，她真心、纯洁地想给俊生一个温暖。他说他从小到大还没有穿过一件用毛线织的衣裳，这是一个多么令人心酸的故事。

当心里爱慕的人这么轻易地被别人得到的时候，那种失落是何等的懊丧。如同集体失恋了一样，几天来，女生的情绪一直都很低沉。在秋收后的一片狼藉的田地里，谁还有心去收拾那一株株枯萎的秸秆？

叶迎香对她们吆喝说："你们都磨洋工吧，这些活不干完谁也别想收工。"

她们用一种软抗的态度，懒洋洋地挥动手上的镰刀，肖玲还嘟哝说："不就是比我们大一点嘛，凭什么好事都让你给占去。"

如果不把地里的玉米秸秆清理出来，明天的犁地就要受影响。叶迎香气冲冲地跑到地头，把正在装车的薛剑叫过来，像告状似的说："不知道她们在闹什么情绪，到现在那块地里的秸秆还没有砍下来。”

薛剑朝她们走来，神情温和地说：“姑娘们，这样不行的。看太阳就要落下去了，要赶快把这些玉米秆弄出来，明天还要犁地，趁着天好抓紧把地翻出来晒一晒，这样才好种麦子。”

他用他讨好的微笑，来舒缓她们心里的不满。他随便的一个动作，一句话，都令她们赏心悦目，让她们着迷。她们甘愿相信那个让她们伤心，担忧和烦恼的传闻是子虚乌有。三妮小声对他说：“薛剑哥，我们都在生你的气。”

他不解地说：“生我什么气？”

“因为你偏心，忽略了大家的感受。”

“我有吗？”

胖妞抱着一捆玉米秆走过来埋怨说：“薛队长，你真小气，新麦子锁在仓库里不让吃，这又要种麦子，搞什么？”

薛剑解释说：“因为我们是头一年来这里，能享受到很多的议价粮，所以我们的粮食要留着慢慢吃。”

“可是我们一直都在配着杂粮吃，我们多想吃一顿我们自己收割下来的粮食。那次在打麦场，你还说吃新面粉的第一顿要包饺子，难道你是怕我们吃上饺子，才不肯拿新麦子出来吗？”

薛剑笑起来说：“对呀，想吃饺子？我也想吃，你怎么不早点提醒我？”

肖玲嘟囔说：“谁说没有提醒你，上次中秋节的时候，我们吵着要吃，可你说，叶迎香到县里开会去了，我们不能趁她不在家的时候拣好的吃。说你偏心怎么样？你心里只有她。”她终于把窝心的话讲出来了。

薛剑笑而不语。

胖妞说：“如果我们趁叶迎香不在家里的时候，就是吃一点肉让她知道了，也会把我们给噎死的。薛队长，你是不是有点怕她？”

薛剑说：“我为什么要怕她？大家在一起平等相处不是更好吗？快去干活吧，看那边都快干完了。”

傍晚，西下的太阳顷刻间淹没在晚霞中，漫天的红云犹如浪涛滚落到地平线，千姿百态的云彩变幻无穷，一会儿是一朵朵，一会儿是一片片，一会儿又是重重叠叠，这是一个多么神奇的天文景观啊。在辽阔的没有任何视野障碍的田野上，欣赏这样的美景该是多么令人心醉。

薛剑跟叶迎香商量说：“明天让为华去村里磨一袋面，让大家休息一天包饺子。”

叶迎香却说：“这半晌不夜的吃什么饺子？”

“是一个很普通的日子，只是明天犁地用不了那么多人手，让大家休息一天。以前也承诺过，吃新粮食的第一顿一定要包饺子，所以就有了这样的想法。”

叶迎香想了想，也被诱惑着说：“也行，我明天到镇上去割块肉。哈，在这里吃顿饺子该是怎样的一个情形呢？”

“会是一个让人终生难忘的情景。”

第二天一早，叶迎香就骑着从村里借过来的一辆自行车到镇上把一块又厚又肥的五花肉买回来了。看着这块肥肉，薛剑也眉开眼笑。然后就和俊生、跃平一起下地去了。跃平还拿上他的笛子对叶迎香交代说：“要多包点，我最喜欢吃饺子。”

这是一个使人神清气爽的上午，气温舒适宜人，蔚蓝的天空与土地交相辉映，阵阵凉风扑面而来，让人心旷神怡。

犁铧在静默中划过，翻涌出一道道犁花，湿漉漉的泥香弥漫在空气中。俊生驾着犁铧挥洒自如，而跃平就显得不太熟练。薛剑在地头翻地，待跃平犁过来的时候，他迎接说：“我来吧。”

执手轻轻一鞭，顺着跃平划过的犁痕，薛剑优雅地展现他劳动时的身姿。两匹穿梭不停的马，仿佛感知到主人对土地的挚爱和气宇不凡的忠诚而颔首点头。

跃平抹了一把汗，虚心地看着他们，尔后，他拿出别在腰间的笛管悠然地吹起来。优美的曲调，天籁之音，没有喧嚣，没有鼓噪，三个性格迥异的男生，也这么完美地在这片空旷宁静的大地上追求着一个高尚的境界。

而与此恰恰相反的是，在青年队大院里，呈现出一派别开生面的热闹场面。叶迎香别出心裁，留了几个能干的人在伙房包饺子，其余的都各自分得一点面和馅儿包自己的饺子。当然，玉米秆、高粱秆都派上了用场，找来的木板、纸板也各显其能，在各种各样的想象方法中，大家也都相安无事。美食的诱惑，让那些平时最不擅长做饭的男生们，也变得出手不凡。

雁媚最后一个领到了那点可怜的馅和软塌塌的面。面对叶迎香不怀好意的目光和迟缓的动作，她忍耐而平静地站在她的面前。虽然天天在她的讥刺、威风下屈身受辱，可是这么近距离的与她目光交锋，雁媚毫不畏惧。

心情就这样被糟蹋了。回到寝室，雁媚把它丢到桌子上空虚地看着它，一下子没有了对它的欲望。

这时，春莲带上她的面和馅儿过来，她不知道在哪里找了一块刨得很光滑的小木板，还拿了一节玉米秆，高兴地要和雁媚一起包饺子。她喜欢雁媚，她从雁媚的美貌中发现了她身上焕发出来的自然的美德，她敬畏这个美德。虽然她瘦弱矮小，还带着发育不良的缺陷，但是她脑袋清醒，能辨是非，她还有着比她弱小的身躯更为强壮的性格。

两个人和谐而安静地包着饺子，春莲擀，雁媚包，当看到雁媚包出来的饺子像一只只小白鹅呼之欲出时，她惊喜地称赞说：

“你包得真好，跟谁学的？”

雁媚说：“我邻居的一个奶奶，我常常看她包饺子，慢慢就学会了。”

春莲也学着包，她的手不算灵巧，动作也很生硬，包出来的饺子没有形状，她不好意思地说：“我们家从来都没有吃过一次饺子，等哪天再放假回家，我也要包一顿饺子，让爸爸妈妈吃。”她带着孝心跟雁媚学包饺子，雁媚也很细心的教她，她们快乐地把这顿在过年的时候才能享受到的美餐，当成一个娱乐。

这时，金凤和三妮端着她们的东西进屋，她俩结成对子，也找来了包饺子所用到的工具。看到雁媚和春莲在一起包饺子，金凤顿时带着蛮不讲理的躁怒，狠狠地把她的东西往桌子上一摔，那样子就像是被宠坏的孩子，既任性又撒野。

“地盘都给占去了，我们还怎么包？”她说。

三妮拽了她一下，让她不要这样：“那我们到外面去包。”

金凤说：“我不要。”

雁媚把地方让给她们，又在自己床边的凳子上开始包饺子。

金凤朝她俩睥睨，愠怒、恼火、嫌怨全都暴露出来了，更让她怀恨在心的是，那次在打麦场，当赵军夸赞她漂亮时，她忽然发现春莲的眼神在藐视她。为了在薛剑面前有好的表现，当时，她忍了下来。她带着狂妄的复仇心理，冷嘲热讽地骂道：

“我本来食欲大增，现在却倒了胃口，看着一个像癞蛤蟆一样的丑八怪，我怎么还吃得下饭？”她的骄横和自私像毒蛇伸出它细细的舌头那样急速地抖动。

春莲忍气吞声，有点怯惧，不敢跟她迎面冲突，她的软弱只能妥协。就对雁媚小声说：“我们到外面去好吗？”

雁媚说：“你是在我这里，这个房间不完全是她一个人的。”

金凤更加跋扈，她瞪着眼睛继续骂道：“恶心死了，某人简直就像只丑陋的蟑螂，像老鼠，像小麻雀，没见过人也长成这样子还好意思活着，换作是我早就找个有水的坑跳下去了。”

她的虚妄，她的猥劣，她恣肆的饮苦食毒的放浪形骸，让雁媚忍无可忍。她站起来，镇定地对金凤说：“别欺人太甚，你没有权力这样侮辱一个与你同吃一锅饭的人，没有人惹你，你这样放任，你的行为是不是太过分了？做人不能这样不讲道理。”

听到雁媚这样贬责她，金凤气得如狗急跳墙，便用更恶毒的语言辱骂道："你算老几？你也配跟我说话？你一个外人，想把你赶出去也是我的一句话。"

"行啊，你就赶我试试。"

金凤忽然感到雁媚的眼神里有一种可怕的东西，她颤抖着，咆哮着："你去死吧，你去死吧，去找你的已经做鬼的爸爸，做鬼的妈妈。"

雁媚站到她面前，心里的屈辱，犹如火山的喷薄，她那冷艳的眼睛，从没有这样虎视眈眈，她心灵里唯一珍藏的是爸爸妈妈圣洁的灵魂，岂能让她这般亵渎？卑鄙是她的本性，忍让也有一定的限度，人如果被逼到了绝顶，愤怒便成了正当的理由。雁媚朝她的脸上，狠狠地甩去了一记耳光，两人打起来了，面、馅儿还有包好的饺子都打翻在地上了。

叶迎香闻讯跑来，别有用心地扭住雁媚的胳膊，尖声呵斥说："你还了得了？看你那穷凶极恶的样子，想翻天啊！"

雁媚挣脱她的手，怒视着她。

"好，你厉害，你厉害。"叶迎香讥诮说。

金凤趁机又对雁媚推了一把，然后，开始呜呜咽咽。她占了便宜还叫屈："是她先打我的。"

叶迎香不容分说，把雁媚叫到那间所谓的办公室。自建民走后，这里成了一间存放农具的地方。她把那张落满灰尘的桌子从墙角拉出来，又在抽屉里掏出纸和笔，恶狠狠地对雁媚说：

"你别吃饭了，老老实实地写检查吧。"

中午的时候，薛剑他们才耕地回来，刚走进青年队院子里，似乎就感觉有一种异样的气氛，比想象中的热闹场景要诡异得多。赵军从后面的伙房跑出来，看到薛剑，挥动着手臂，就像狼扑咬了羚羊，乌鸦都会兴奋地鼓噪一样，他急切而幸灾乐祸地说："打架了，打架了，打得饺子都吃不到了。"

薛剑莫名其妙，牵着马就进了马房。不一会儿，春莲就哭哭啼啼地跑来了，看她瘦小的身子在抽搐，薛剑和蔼地问：

"怎么了？先别哭，你说。"

春莲哭着说："薛队长，这事你不能怪雁媚，都是金凤不好。我和雁媚在一起包饺子，金凤却在一旁羞辱我，骂我，说我长得比癞蛤蟆还要丑陋，还骂我像老鼠，像蟑螂。我不理她，她却更猖狂。雁媚替我打抱不平，对她说：你没有权力这样侮辱一个与你同吃一锅饭的人，做人不能这样不讲道理。可是，她反而更加恶毒地骂雁媚。结果就打起来了。薛队长，你应该知道，雁媚她是多么善良，她的心就跟她的容貌一样美丽。当别人都瞧不起我的时候，她却不这样轻视我。

相貌是天生的，我也无能为力。但是，有的人虽然长得好看，可同时也长了一颗像蝎子一样的心。薛队长，你不能也像叶迎香那样批评雁媚，还让她写检查。呜呜。”她又哭起来。

薛剑屏住气把春莲的话听完，俊生更是吃惊地睁大眼睛，站在那里一动不动。随即，叶迎香也怒气冲冲地朝马房走来，一进门就大声说：

“薛剑，你管吧，我是管不了了，没见过女人打架也这么野蛮。”她看着春莲，不屑地说，“你到这里来干什么？你是来告状的吗？”

春莲用一双近乎哀求的眼睛看看薛剑，然后就委屈而小心地走了。

薛剑冷冷地对叶迎香说：“你还要说什么？”

“金凤不停地在哭，她吵着要回家，她要把这件事告诉她爸爸。我怕事情闹大了，就安抚她安静，让姚雁媚去写检查。你看怎么办？”

她的声音，她的表情，都激起了薛剑莫大的反感。接着她殷勤地又说，“快去洗洗手吧，你们的饺子包好了，包了好多，我这就去给你们煮出来。”

薛剑沉郁地站着，在为一个受欺辱的姑娘忧伤，他不知道该用什么样的力量去帮助雁媚。她很可怜，而自己却无能。

终于，那令人垂涎欲滴的饺子从沸腾的锅里捞出来了。

肖玲和三妮端着饺子回宿舍，金凤还在委屈地哭。

三妮对她说：“别哭了，快吃饭吧。”

金凤像一个受了欺负满腹委屈的人，她说：“不行，我要去找薛剑哥，她凭什么打人？”

肖玲也劝说：“算了，叶迎香不是在让她写检查吗？再说薛队长刚犁地回来，你能找他说什么？而且你也不在理，还不都是你惹出来的，你不骂人她会打你？”

“我又不是在骂她，她争的是哪门子的气？”

“你骂谁都不对。”

薛剑神情凝重地朝雁媚走来，他羞惭地不是来索要一个解释，而是想来安慰她，他知道她在那间可恶的屋子里会很孤独。当看到雁媚倔强地坐着，并没有在写那所谓的检查。她的沉静，极其心切地忘记了在体内啃噬她的饥饿而沉湎于沉思中。她的沉思是那样的痛苦、悲伤，她秀美的容貌变得苍白、阴郁，目光变得凄迷、惊疑。但是，她相信自己没有错，她决不会向荒谬低头。

薛剑轻轻走到雁媚的身后，任何语言也无法表明他对她有一股怜爱备至的冲动，他没有勇气敢把她抱在胸前让她哭泣，让她依靠，只低声说：

“春莲都告诉我了，我知道你受委屈了，坚强点好吗？”

正直善良的人都会用这句话来鼓励她，可是，她对自己负担的痛苦却表现得太软弱。听到薛剑的声音的那一刻，她的整个心都像奔流的河水任其决堤，眼泪不住地流，她第一次在薛剑面前肆意地发泄心中的苦怨。

薛剑把手轻轻放在她抽噎的肩头：“不要怕，你不会孤单，我来到你的身边这么急切地想告诉你，我爱你，我比任何时候都想用爱的方式来保护你。可是，这需要一个艰难的时间，请相信我。”

他那么真诚地向她传递了一个契约，这要经过多少年的时间才能兑现？他们不知道。但是他们相信，即使离他们的愿望和信念最远的距离也足以在他们的心里寄存一个像山一样的忠诚。

雁媚接过薛剑递给她的手帕，擦去脸上的泪水，嗅着那块手帕上男人特有的气息，她感到了那种能支撑脊梁的力量。她相信他说的话，也相信他的感情。

她平静地说：“我知道了，你去忙吧。”

人放不开的时候都是因为顾虑太多。在这个青年队，薛剑担负的是对全体队员的责任。他的理智时时都在告诫他不能顾此失彼，不能感情用事。他对每个人都是如此，既表现出他的热情，也表现出他的凝重。他有时的沉思和眺望，越来越让人捉摸不透。但是，他会把他的忧思和他的无奈托付给俊生，他对他说：

“你帮我多关心雁媚吧。”

俊生疑惑说：“你是队长，为什么不保护她，让雁媚受欺负你就忍心看下去？她这么好，她从没有做错什么，为什么都要这样对她？”

薛剑心情忧伤地坐在马房的谷草旁，俊生坐在谷草上，喂马的草总是在屋里堆得满满的。他说：“你的心情我知道，我何尝不想去关心她？我跟你说实话，我非常喜欢她，她与众不同的美丽和品质，总让我有一种奇妙的想法，就是迫切地去跟她恋爱。可是我不能太急于把我的愿望表现出来，即使偷偷摸摸也不行，有些事不是你想象的那么简单。如果我一味地去保护她，关心她，甚至让她们知道我爱她，不难想象这里该是怎样的一个结局。我跟叶迎香起冲突，她所有的怨怒和嫉恨都会对雁媚而生。还有金凤，仗着她父亲的权力，或许还会窜到上头搞一些名堂，编造一些莫须有的理由。欲加之罪，何患无辞？你可以想象到这样雁媚会更遭殃。而我们又能为她做什么呢？本来这个青年队是工厂联系投资组建的，作为厂外的子弟，她还有资格留在这里吗？万一把她弄到别处去，或者又把她退回到她原来插队的地方，到时候我们怎么办？你有帮助她留下来的能力吗？我不想这样，所以我希望你多关心她。因为他们不在乎你，而我不行。多少双眼睛盯着我不放，我被她们时时纠缠，几乎没有脱身的机会。人被制约，还能随心所欲吗？”

第五章

在家过了一个短暂的春节假期，因为没有了玉敏，雁媚感到特别的寂寞和无聊。婶婶那双刁悍的眼睛，从来都没有给予她一点的温情，只嫌她回来后吃去了家里的粮食。因为帮奶奶织好了那件毛衣，雁媚不知被婶婶指桑骂槐了多少次。年底分红的那点可怜的工钱，除了给三个妹妹各买了一双袜子和一个发卡，还给叔叔买了一顶帽子，余下的都交给了婶婶，她还不知足地说："就分这么一点，你在那里都干什么了？被扣工分了吗？"她叹口气又说："算了，我也懒得知道那么多。要不是年前，因为采勤的姥姥去世，我跟她妗子闹僵了，我非得过去问问你为什么只分得这一点工钱。"她怀疑雁媚在农村一定没有好好干活，她当然知道在农村最强的劳动力一天的工分要十二个呢。她轻浮地看着雁媚，把手里紧紧抓住的钱，先放进口袋，然后又锁进箱子里。

带着一颗孤苦的心，雁媚又回到青年队。如果说过去的一年里雁媚在摆脱不掉的屈辱和挫折面前处心积虑，那么新的一年能对她有何改变呢?

而对其他人来说，大有改变的是往日的那份热情、好奇和新鲜感也在一点一点的变得怠倦。当日复一日地面对空旷的田地和毫无兴趣的生活时，那种困乏、疑惑和急躁的消极因素也留在了心里。

也许寒冷会让人阴郁，而春暖就会改变心情。开春后，除了做一些春耕施肥之类的田间管理，又开辟了一个荒地做菜园。尔后，就有很多农闲的日子，女生们开始流行编制毛衣，男生都被安排到村里去学点木工技艺。

一天上午，叶迎香带领女生把积肥池里的肥料拉到菜园子里后就收了工。大家有充分的时间，在院子里的阳光下开始编织毛衣。这几乎成了一种流行趋势，人人手里都拿着毛线活不亦乐乎。去年年底分红，虽然只分得几十块钱，除了给家里一点，大部分女生都不约而同地买了毛线。因为薛剑身上穿的那件毛衣太过迷人，她们也想为家人织一件这样的毛衣，这当然是对家人最真实的感情。让每一个平淡乏味的日子，因为编织毛衣而变得好有滋味。

而雁媚却被叶迎香刻意安排去管理菜园，并警告她说：别让地里的菜被无知的乡里女人偷走了。她的另一个目的很显然，就是不愿意在青年队的大院子里看到雁媚的身影，她嫉妒这个身影。她已经发现她太美了，因为这个美对她是个威胁。从那次跟金凤打架的事上，她感觉到薛剑表现出了一种十分暧昧的怜香惜玉，他没有用批评雁媚的行动来做任何解释，而是在一种半掩半护中不了了之。

雁媚习惯了孤独，在寂静的菜园子里干活，她完全可以用一颗自由的心来享受劳动带给她的欢乐和大自然赋予她的遐想。并且在耐心地等着俊生哪天买回了毛线拿到这里来编织毛衣。有时看到一个农妇从这里走过，雁媚会主动跟她打个招呼，搭搭话。而农妇也非常愿意和这个城里的姑娘聊一聊。人和自然，人和人原本就应该这样和谐。有时，雁媚也会带上一本书来这里放松地读一读。那本早已破旧的《泰戈尔诗集》，被她一直保存着，这是唯一对玉敏的纪念。这久违的好心情，已悄悄润入到雁媚的身体里，往日愁苦的脸，不是因为风吹日晒而黯然失色，而是因为心情的改变更加健康妩媚。

一天，太阳很好，空气又温暖又清新。队员们在麦田里锄了一垅地就收工了。尔后就像平时一样，开始坐在一起织毛衣。这情景让伙房的玉琴和丽萍都羡慕不已。

丽萍跟为华的恋爱已经自然公开，他们是第一对在这里发生爱情的人。虽然领队的范师傅来的时候也跟他俩打过招呼，让他们收敛。但是，年轻人的心是无法限制的。而其他女生都安如泰山，因为她们都在耐心地等一个人。她们心里充满着不被怀疑的自信，她们用过度的敏感相互猜疑并时时提防。那种既含蓄又不使人窘迫的情绪，总会在薛剑出现在她们面前的时候按捺不住。几乎人人都有准备，把蠢蠢欲动的心情表现出来。可是谁也没有勇气敢第一个向薛剑开这个口，因为她们渴望的爱情，让她们感到稍有自卑。

丽萍要给为华织一件毛衣，她向她们征求款式，她们就把薛剑身上穿的毛衣推荐给丽萍。丁晓秋还开玩笑说：“小心你把为华打扮得太帅气，别人会把他抢去的。”

丽萍说：“在这里我才不会担心这个，谁不知道你们个个心里只有薛剑队长。你们才应该多加小心，万一薛剑心里有了别人，看你们怎么办？”她像是一个置身事外的人，早把事情看得很明白，并以一种袖手旁观的态度，等着看一场争风吃醋的好戏。

这时，薛剑和跃平从外面回来，她们尖叫着把他喊过来。

肖玲说：“薛剑哥，你来得正好，丽萍要帮为华织一件跟你身上穿的一样的毛衣呢。”

薛剑笑道：“丽萍什么时候注意到我身上穿的毛衣也适合为华穿？”

丽萍说：“不是我注意到的，是她们。薛剑哥，难道你没有感觉吗？有人每天很用心地在打你的主意，你是装作看不到呢？还是根本没看到？非让我当着她们的面这样提醒你。”

“什么嘛。”

丽萍说：“所以你要小心，别一不留神，陷进了多人的情网，那可是危险的。”然后，她大胆地把薛剑的外衣纽扣解开，露出那件令人着迷的毛衣来。

这件浅灰色的毛衣穿在薛剑的身上，完美地透着一种高贵的气质，含蓄而深沉地表现出他健硕的体魄。在当时全国盛行的一片黑蓝色调的着装上，这件款式新颖的毛衣，无疑荡起了人们对追求美好事物的涟漪。在暗暗欣赏这件毛衣的同时，也更欣赏这个穿毛衣的人。

肖玲问：“你们都学会做什么了？”

薛剑说：“桌子、板凳。”

跃平说：“我们还会做梳妆台。”他微笑着看着肖玲。

“嗯？”她们都怔了一下，因为梳妆台对她们来说太奢侈了。

薛剑开玩笑说：“听到了吧，以后你们的嫁妆就靠跃平给打理了。”

突然，她们都害起羞来了。

雁媚从菜园里回来的时候很晚，没有人去注意她的行踪，她承受孤单的能力很强，而别人也习惯了她的这种孤独。有时，肖玲问她：“你天天一个人在菜园里感到寂寞吗？”

雁媚摇摇头：“没有。”

三妮关心地说：“如果菜园里没什么活，你只管回来，干吗一直守在那里？”

雁媚微微笑笑，她知道她俩对她没有恶意，和她们在一起的时候尽管不说什么，那种安静的气氛，也让雁媚感到安全而没有压力。当然，这是在金凤去了别的房间的时候。

肖玲说：“如果你不想在菜园里干活，你可以去找薛队长，他通情达理，善解人意，从不歧视性地去安排工作。如果你有要求，就去找他，毕竟他是这里的队长，也不能由叶迎香一个人全部包揽。”

“是。”

肖玲又说："叶迎香也太霸道了，她只想什么都是她说了算。有时我感到薛剑哥太迁就她，什么事都让着她，反而纵容她更加固执己见。"

三妮说："这是薛队长的和平原则。"

"是不是有魅力的男人既有能力又很高尚，你看男生都对他服服帖帖的。"

"当然，薛队长的手段不在凶狠、诡诈，而是宽容和善待。"

肖玲又说："你说，男生学会了木工，将来他们都有可能做木匠吗？可以想象，假如薛剑队长将来做了木匠，那该是怎样的一种情形呢？有他这么优雅的木匠吗？"

三妮说："如果那样，到时候我们可能只会注意到他做的事，而不会去注意他这个人。"

"跃平还说会梳妆台，好好笑，他哪一点像是做木工活的人，身体这么单薄。"

"跃平吹笛子的时候很有魅力的。"

肖玲说："我不喜欢男生太单薄了，男生应该长得强壮，但不能太粗糙，要温和，但不柔弱，更要有修养。"

三妮笑道："你的标准也太高了。"

"没有标准，怎么去追求？我还想他最好还有胡须呢。"

"什么？还喜欢胡须？你去找赵军吧，他符合你的这个要求。"

"别笑死我了，他流里流气的样子我最讨厌。"

"那你……"

"我喜欢薛队长。"肖玲无所顾忌，尽管雁媚也在一旁。

"我知道，这里的女生都喜欢他。"

肖玲说："是啊，我们都想跟他谈恋爱。可他根本没有在意过我们，也从不把我们的热情当回事。"

三妮说："他会把握分寸，严于自律，又小心谨慎。别看我们总是跟他嘻嘻哈哈，还不时地在他面前表露出爱慕他的意思。可他并没有对哪个女生有特别的倾向。我想他在这里绝对不会随随便便地就表露他的心迹。他对感情的事很严肃，也会替别人的感受考虑，他公平地对待每一个人，不存偏见，也不轻浮。所以，在这里我们只能把他当哥哥，而不能想着跟他谈恋爱。即使金凤有美貌，叶迎香有能力，还有其他人都不行，跟他的城府都有差距。这个青年队太小了，我想能在各方面都配得上薛队长的人，只有在这以外了。多少年后我们拭目以待，他的女人一定是个不寻常的人。"

雁媚静静地听她俩谈话，觉得三妮很聪明，说出来的话很有理性。而且，一直以来她在雁媚的面前表现得都很宽容和善良。肖玲对她的鲜明帮助，也让雁媚很感激。只要金凤不在这里，这个屋子就有一种友好的气氛。这让雁媚感觉舒服，心情也很愉快。

一阵沉默后，她们听到跃平的笛声从远远的地方传来。雁媚看到，肖玲凝神聆听的神情是那么温柔。

这时，俊生在外面轻轻喊道："雁媚，雁媚。"

雁媚随即出去，与进来的金凤差一点撞个满怀，她霸道地堵在门槛，雁媚谦让了她一下。

俊生小心地说："我，我把毛线买回来了，你去看看。"他今天拉货去了县城，回来很晚，刚吃过晚饭就心切地来找雁媚。

来到马房，俊生高兴地把他买回来的毛线拿给雁媚。他说："你看好不好，那个营业员说这是上海出产的。"

雁媚摸着毛线说："是好毛线。"

俊生不好意思地说："不知道我配不配穿它。"

"你当然配穿它。你买来了好的毛线，我就帮你织好毛衣。"他俩会心一笑。

在马房的灯光下，他俩安静地缠毛线，没有很多语言，只让他们的心快活着。好久，俊生才不安地说："我，我想让你织得跟薛剑队长身上穿的那件毛衣一样，领子高高的很暖和。而且，那毛衣上的花纹也很好看。"他怕自己的要求有点过分而难为雁媚。

雁媚说："你那一次对我说的时候我都记着呢，你可以去把他的毛衣借过来让我看看，看到了样品，我就会织得跟他的一模一样了。"

"好。"

他刚要出门，正好看见薛剑朝马房走来，他站在门口很高兴的样子。

"什么事这么高兴？"薛剑问。

他一脸憨笑说："我就要去找你，雁媚她在这里，说要帮我织毛衣。我，我想要你这样的毛衣。"

薛剑感到意外，喜悦地就进到马房，看到雁媚坐在那里，她的娴静使他动容，她的端庄对他是迷摄，他很是激动。

"一直以来，俊生都渴望有一件跟你一样的毛衣，我也愿意帮他织。"雁媚落落大方地对他说。

薛剑敞开外套说："是这件吗？"

俊生点点头："是，就是这件。"

雁媚目光泛泛地看着他身上穿的那件独具诱惑的毛衣，她不好意思凑得太近。而薛剑也觉得这样有点轻浮，他索性把毛衣脱下来递给雁媚说："你看吧，女孩子都很聪明，一看就能心领神会。”

雁媚抚摸着这件还带着浓浓体温的毛衣，看着毛衣上均匀细密的针码编织出来的花纹，使她深深领略到一个伟大女性的爱和精神都汇聚在这里。她轻声问：“是你母亲织的吗？”

“是。”

“你母亲一定很美。”

“她非常美。”

片刻，雁媚说：“我母亲也很美。”

薛剑充满深情地点点头，在言简意赅的沉默里，彼此的心灵都怀有一种对伟大母爱的崇敬。

良久，薛剑问：“整天待在菜园里会很孤单吧？”

“没有，我喜欢在那里。”

“这，我就放心了。如果有什么事，你就告诉俊生。”

“我知道。”

眼睛凝望着眼睛，让心灵的感受通过眼神来传递，用沉默蕴蓄语声，无须任何世俗的语言。正如爱神这巨大的火焰，它不是在咆哮中，而是在柔和的微风里细细燃烧。轻轻把毛衣折起，用心领神会的聪慧，雁媚把毛衣送到薛剑的手上：“快穿上吧，别着凉了。”然后她回头对俊生说，“我把毛线拿去，织好后还你一件毛衣。”那神情是多么的机灵，还带着一点难能可贵的活泼和调皮。

清新的早上，阳光照耀着菜园，黄瓜藤上开着黄花，茄子棵上开着紫花，番茄红红的带着玛瑙的特质，还有各种豆角蔬菜，展示着它们独有的蓊郁。蜜蜂在花蕊中唉蜜，蝴蝶在翩翩漫舞，空气中弥漫着芳香，小沟里流淌着清水，像一幅美景，令人陶醉。

尽管雁媚受过很多痛苦和欺辱，她还是先学会了爱。她爱这个世界，爱大自然，爱一切生命。浇水、松土、薅草、施肥，像呵护孩子那样细心。同时，也会在忙碌中赚取一点时间，在太阳高高照耀的时候，恬静地坐在树荫下编织毛衣或看看书。有时，丽萍和玉琴挎着篮子来这里掐菜的时候，她们对雁媚不可理解。带一点同情，以世俗的理解方式来理解雁媚的孤独。雁媚把自己封闭得很紧，没有谁可以探悉到她的内心。但是，薛剑还是走到她心里来了。他以正直、冷静和忠实赞助了爱情，他以智慧、感情和修养看到了雁媚身上所体现出来的那种真善的美德。

一天上午，薛剑安排队员们在院子里脱土坯。然后，就和俊生去县里买煤。

当马车行驶在田间的时候，他们刻意绕道来到菜园。薛剑是怀着怎样的一种心情，感觉有点偷偷摸摸。在麦子成熟之前这个不紧张的时间里，他几乎很少有机会独自一个人下到地里来，叶迎香总是一马当先地陪在他的身边，去查看麦田的生长情况。

已是五月，麦子长得很高，抽出的麦穗已充满了琼浆玉液，只等着它果实累累。而那片紧靠在麦地边的菜园更有耐人寻味的葱茏。雁媚正蹲在黄瓜藤架下把被风吹落的蔓枝重新捆扎，她那么用心地忙碌，全然没有听到马蹄的声音和他们走来的身影。

薛剑站在田埂上，那里铺了一张旧报纸，上面放着帮俊生织的毛衣，还有那本《泰戈尔诗集》。他随手拿起书翻到一页：你的存在对我是一个永久的神奇，这就是生活。他低吟着把书合上，轻轻放到原来的地方，又拿起毛线衣对俊生说：

"你看，你的毛衣快织好了。"

俊生小心地把它捧在手里说："再到了天冷的时候，我就可以穿上毛衣了。"他多么激动地在春天还没有结束的时候，就想到了凉凉的秋天。

薛剑向雁媚走去，轻轻喊了声："雁媚。"

雁媚蓦然抬头，她的脸泛着红光，她的笑多么迷人，还有一缕头发飘在额前。她看到了俊生和他的马车，就问："你们赶着马车要去干什么？"

薛剑说："我和俊生去买煤。"

"这时候去，午饭能赶回来吗？"

"我们带了干粮。"

雁媚转身钻到藤架下，摘了黄瓜和番茄让他们带着口渴的时候吃。

薛剑面对着她那真挚的神情，好像有许多梦想的东西都让他激动，他深情地说了一句刚才在书里看到的诗句："'你的存在对我是一个永久的神奇，这就是生活。'这句诗正是我很想对你说的。"

雁媚的脸上绽放出一种极其难得看到的恬美、满足、嘉许的笑容，谁受她这一笑，谁都会被醉倒，那真是一种令人陶醉的笑容啊。

俊生夸赞说："菜种得真好。"

这是一个多么令人感动的欣欣向荣的景象，为之惊叹的是人类的生活和人类的劳动，就是用这样的一个美丽换取的另一个美丽。

薛剑凝视着雁媚，那样深情，那样热烈，他按捺不住地伸手帮她拈去沾在她头发上的草屑，温柔地说："特别想来看你一眼，我们走了。"

"好，路上小心。"她又对俊生说，"小心赶车。"

俊生举起手上的黄瓜说："谢谢你的黄瓜。"

在通向去县城的路上，寂静的田野没有喧哗，朴实而简洁地呈现着它的光华。小麦又伸出它骄傲的锋芒迎风翻浪，云雀在欢跃，从这里飞到那里等待着它的又一个殷实的仓廪。沉默中，俊生回过头问：

“刚才，你为什么不对她说你喜欢她？”

薛剑愣了一下，顽皮地说：“你在跟前，我怎么对她说。”

俊生似乎还很认真地说：“如果我告诉她，说你喜欢她，这样好不好？”

薛剑深沉地说：“不要告诉她。”

“为什么？”

“不要告诉她，因为语言既苍白又无力，还是让时间来告诉她吧。”

对读过书的人那种在文字上拐弯抹角的说话方式，俊生一脸茫然，让时间来告诉她？这个时间是多久？

通过一段时间的技能学习，男生们不但学会了木工，还学会了制作砖坯和砌墙。他们做了很多可爱的小板凳。学林还沾沾自喜地说：以后开会的时候就不会再坐到地上了。他们学习做这些东西，每天都给他们记了很高的工分，这让他们心满意足。离麦收的日子已经很近，准备工作也开始陆续进行。然而，雁媚依旧还在她孤寂的菜园里。

一天傍晚，雁媚收起铲子箩筐铁锹之类的东西准备回去。一丝凉风留住了她的脚步，她回眸一望，夕阳渐落的瞬间，晚霞喷薄怒放，把整个西边的天岸染成一片嫣红。这是一个多么奇妙的令人眼花缭乱的景色。她凝神伫望，天真地想着这美丽的天宇或许还会有另一个人间。这种幻想很美，使她沉醉其中，以至于有个农妇走到她身旁，她也全然不知。

“雁媚，雁媚。”看她出神的样子，翠芳拍了她一下。

雁媚回过头说：“你看，那天边多么神奇，你见过这如火焰一样的云霞吗？”

翠芳不以为然地说：“你们城里人看什么都稀奇，这哪一天不是在天底下干活？我们农村人一生都是这样，抬头是苍天，低头是大地，什么样的云彩没见过？”她极其朴实地对雁媚解释她对自然的见识。然后，她大方地去到地里薅了把韭菜，热情邀请雁媚去她家里吃煎饼。

雁媚婉言谢绝，但她执意不肯，能把一个城里的姑娘带到家里，一定是个荣耀。她说：

“你就是不吃我的煎饼，我也想让你去看看，我们家院墙的周围开满了花。你不要担心，我家里只有我跟两个女儿，我男人他在城里做木工，很少回家。”她这样解释似乎更有说服力。

雁媚接受了她的邀请，她不是一个呆板的人，她性格中也有活泼的一面，那是在她孩提时代所充满的。当然，最吸引雁媚的是翠芳家围墙旁的花，那是一种什么样的花让雁媚这样激动。

翠芳的两个女儿看到雁媚，她们又惊喜又羞怯，翠芳对她们说：“这是你们喜欢的城里姐姐，我把她带到家里跟你们玩，好不好？”说着她就忙着做饭去了。

雁媚高兴地询问了两个小女孩的名字，知道她们叫大红和小红，一个七岁，一个五岁。

小院子很干净，除了堆放了一些柴火，围墙下都种上了花。那缠绵的枝藤上开满了花朵，有红的、黄的和白的，散发着香气，令雁媚兴奋不已。

“姐姐，你闻闻，花很香。”大红采了一朵红花，举到雁媚的鼻子下：“很香吧。”

“噢，好香，等到花谢的时候，姐姐也会记得这花的香味呢。”雁媚在大红的头上亲吻了一下，嗅着花香，想起当年妈妈栽种的那株茉莉花的香气，仿佛就在她的心灵里。

大红和小红，很乖巧地跟在雁媚的身边，后来，她们玩了翻线的游戏，这让雁媚想到以前跟采勤和采惠一起玩的情景。儿童的天真总是这么纯洁、美好，没有任何的邪心而使她快乐。尽管经历了很多痛苦的日子，也能更清澈更纯洁的看到了许多美好的事物，像天空变幻的云彩，花朵沁人心脾的芳香，还有人性中蕴涵的美德。

即使没有把心意表现出来，在每一个平静的傍晚，在水池边或盛饭的伙房里，只要能默默地看到雁媚的身影，薛剑才会踏实一样。这种充满亲情般的关怀已经是他的习惯。虽然在大家面前不曾说一句话，虽然也没有刻意去寻找说话的机会，彼此用眼睛来恋爱，用纯洁、谨慎和真挚的心灵来交流，就足以使他们的爱情发展得既深刻又高尚，这种对爱情默默不懈的追求，对明天就是希望。

可是，在今天的这个傍晚，薛剑一直都没有看到雁媚的身影，吃饭的时候没有看到她去盛饭，水井旁没有看到她用水，朝她的寝室开着的门窗里看，也没有发现她安静的影子，他担心她是不是还在地里，他知道她常常会为一种奇妙的景色而痴迷，就忘了回来的时间。

晚饭后，他急匆匆地往北菜园走去。

初夏的傍晚，淡淡的薄暮笼罩着寂静的田野，微微的暖风抚弄着泛黄的麦子。薛剑来这里没有看到雁媚，便用散步的形式从那条路上回来。一路上他潜思默想，心灵和思想都集中在那个可爱的人身上。

温和而惬意的乡村傍晚是迷人的，青年队的男生女生们也不受局限地喜欢约在一起来到田间散步。跃平早已习惯了在这个时候到这里来吹笛子。清越的笛声，为青年队带来了诗情画意。

肖玲、三妮、金凤，还有乔艳艳、丁晓秋从田间的小路走过，徐徐的晚风让她们心情荡漾。这时，一个英俊的身影突然出现在她们眼前。她们激动地向薛剑跑去，就像铁屑被磁石吸引。这个美妙的晚上，能和她们喜欢的人继续漫步是多幸福的事情啊。她们左右拥着他，既想拉他的衣服，又想挽他的手臂。

丁晓秋问：“薛队长，你常常独自一个人散步吗？”

薛剑说：“偶尔。”

三妮说：“夜色很美。”

“是很美。”

肖玲说：“散步时忽然觉得自己很优雅，特别是又听到跃平的笛声。薛剑哥，这就是所谓的浪漫吗？”

薛剑笑笑：“你觉得浪漫吗？”

她说：“怎么说呢，我们在这里过着闭塞的生活，干着粗劣的劳动，如果我们像世世辈辈在这里的农民那样，我们是不是有点可悲？如果这里成为我们将来的记忆，我想这个时候，跟薛剑哥一起散步的情景是最珍贵最难以忘怀的。”她怀着浪漫的心情，表达她内心的东西。她想抓住这个机会，才能够步步接近他的距离，她知道如果自己不主动在他面前露出一点自己的思想，就唤醒不了他对自己的感情。

三妮说：“肖玲，别把生活在这里一辈子的人看得很可悲，或许他们从没有想到离开这里而增加烦恼，因为我们的心不在这里，所以才想着要离开。”

薛剑说：“三妮说得对，农民不会想着要离开这里，因为这里是他们世辈的家园。没有离开的愿望就不会有烦恼，也不会觉得悲凉。刚才肖玲说的是在抒发你的情绪吗？你是有烦恼还是急着要离开这里？”

肖玲说：“我既没有烦恼也没有急着要离开，天天跟薛剑哥在一起不是更好吗？”

金凤问：“薛剑哥，你想离开这里吗？”

“还不想。”

丁晓秋说：“如果哪天你先离开了这里，我们怎么办？”

薛剑轻轻笑笑说：“怎么忽然想着离开的念头，我们在这里的生活还没有结束呢。”

肖玲又说：“薛剑哥，跃平喜欢独自一个人在这里吹笛子，他是不是很特别？”

“他是很特别。”

“那他的笛声是为谁而吹呢？”

薛剑说：“为他自己的心灵。不过，当你认为他很特别，当他的笛声让你感动时，我想应该就是为你而吹的吧。”

肖玲不屑地说：“我哪有这个感动？可能是为金凤吹的吧，你们看金凤，一直都羞羞答答的样子。”

金凤说：“你说我干什么？薛剑哥，那次跃平还当着我们很多女生的面，好像说要给肖玲做梳妆台呢，是不是？”

丁晓秋说：“是啊，当时跃平一直看着肖玲，好有心事的样子。薛剑哥，你去帮着撮合吧，别让肖玲总缠在你身边。”

肖玲忽然开放起来，她把手插进薛剑的臂弯说：“能这样天天跟薛剑哥一起散散步，赏赏夜景，谁会去跟别人恋爱呢？薛剑哥，你心里不能有人哟。”

薛剑笑笑说：“去吧，你们好好地去欣赏跃平的笛声，他在吹《花儿和少年》。你们坐到他身边，那一定是一幅很美的图画。”他轻轻把肖玲的手从他的臂弯里抽出来，并把她们打发给跃平就急着脱了身。

跃平被她们包围了。

三妮说：“跃平哥，今晚我们可是被肖玲约出来散步的，不知道她是不是有目的的专门为了听你的笛声而把我们都骗到这里来了。”

肖玲说：“什么嘛。”

丁晓秋说：“是这样的。”

跃平欢喜的眼睛一直看着肖玲，然后把笛管轻轻放到唇边，一曲美妙的音乐随着晚风在寂静的乡野飘荡。

薛剑回去后就先到马房，看到俊生一个人坐在草堆上发呆，他怀里紧紧抱着雁媚为他织好的毛衣，心情激动。一生中，这是第一件能让他穿在身上可以扬眉吐气的衣服。天虽然已经开始热了，也早已过了穿毛衣的季节，但是他依然把它抱在怀里，感受它的柔软。

薛剑问：“你看到雁媚了吗？”

俊生把毛衣举到他眼前高兴地说：“你看，她帮我织好的毛衣，我也有毛衣了。等到天冷的时候，我穿上它就会很暖和。”

“她给你送过来的？”

“是，她刚刚走。”

薛剑拿起毛衣看了看说：“织得真好。”

俊生说：“要不要我去把她叫过来？”

“不要。”

外面游玩的队员，有的手里拿着枝条，有的采了野花，哼着歌，快乐地回来了。在青年队的院子里，在众目睽睽的监督下，尽管对爱情有渴望，薛剑也不敢冒险被她们众口铄金。

早出的太阳印染一片云霞，蔚蓝的天空映照着金色的麦田，麦子成熟的季节又要来了。在对它产生兴奋的同时又对它产生敬畏，为收获所付出的辛劳是每一个种田人感触最深的累。在中国苍生的农民脸上，那深刻的皱纹，粗糙干裂的手指，谁能体惜到你盘中精美的食物，有他们多少血汗？然而，人们往往忽略的就是这些。如果思想中没有那种对劳苦人的责任，就体现不出高贵的人格。

早上，叶迎香在吆喝上工，那声音犹如把人逼到了麦口，让大家不由自主地紧张起来。

而且，周建民也回来了，他以一种随心所欲而又傲慢的姿态，要做几天的实地采访。

肖玲换好了衣服，回头问雁媚："你还去菜园吗？要割麦子了，她还会让你在菜园里？"

"不知道。"雁媚一向言听计从。

金凤讽刺说："在菜园里多好呀，那里可是世外桃源呢。"

雁媚不去理她，听惯了她的冷嘲热讽，就不会把她放在心上。她拿上东西，那本几乎天天都带去的诗集准备下地时，叶迎香进来了。对她们说："带上铁锹、脸盆去南场整地。"又对雁媚说，"你今天下到地里，把要薅的草都薅了，把地里的水浇透，就要割麦子了，割麦子了，知道吗？"她着重强调了一遍。

尽管她知道雁媚为那块菜园付出了很大的努力，能让她们每天吃到新鲜的蔬菜。可她就是狭隘吝啬，冷若冰霜，不肯给雁媚一点温和，而让金凤得意。

待雁媚先走后，三妮对金凤说："别总这样对她，雁媚她从不惹你，大家都住在一个屋子里，你总是这样嘲笑欺负她，让我们也很尴尬，人都是有自尊心的，适可而止吧。"

肖玲也说："就是，你以后别这样了，她心里也够苦的，我们再去伤害她是不是有点过分？如果你喜欢薛剑哥，你就要从他身上学到宽容和善待，薛剑哥他从没有像叶迎香那样自以为是颐指气使地对待哪一个人。"

金凤生气地说："笑死人了，我要你们来教训？你们从薛剑哥的身上学会了多少宽容和善待？你们的所作所为都是完美的吗？我怀疑你们是嫉妒我，故意找我的茬。"

三妮拉着肖玲说："走吧，以后我们都不要搭理她了。"

队员们都集中在打麦场上，翻土，泼水，平整。男生们推着碌碡滚过来滚过去。他们的力气已经很大了，多吃了几个大馒头，推起碌碡像是在玩玩具。

胖妞泼过一盆水后，对薛剑问：“这去年用的打麦场为什么要翻了重做？”她总要提这些简单的问题

薛剑对她说：“这应该跟你喜欢穿新衣服一样吧。”

胖妞一副憨态可掬的样子：“嗯？不是这样比的吧？”

肖玲走过来说：“你这个傻瓜，有这么奇怪吗？去年用的打麦场到现在已经裂缝了，表面起层了，到处是坑坑洼洼，就跟你穿的毛衣破了，把它拆了重新织一样，你是猪啊，什么都不懂，还要问这样肤浅的问题。你是刚来呢？还是什么都没有学会？闹笑话给我们听？”

一番话大家都笑了起来。

薛剑说：“这丫头的嘴吧就是厉害。”

学林凑过来说：“薛队长，将来你可不要把这样的女人娶回家呀。”

肖玲对他说：“小心你自己吧，将来别找一个母夜叉，那你的人生就完了。”

又一阵大笑。

胖妞委屈地对薛剑说：“薛队长，你知道了吧，平时肖玲在你面前表现的可爱，温柔，那是装的。其实，她厉害着呢，你可不要喜欢她呦。”

肖玲得意地朝薛剑笑着，抿着嘴，脸微微红了，她希望哪天能成为薛剑队长的心上人，就做一个真正温柔的女人陪在他身旁。这个梦，她做了很长时间，自刚来的第一天就是她梦的开始。她很耐心，也不张扬。殊不知她活泼开朗的性格，一直被那个有点害羞的跃平所关注。

在劳动中畅所欲言，尽情欢笑，从而获得心身的快乐，获得人之间的一份感情。在物资匮乏的时候，他们藐视了对物资的欲望，而能把热情积极地转向对精神的追求，那就是都心照不宣地把薛剑当成她们的一个精神偶像。

因为早上的事，金凤还在受委屈，看到肖玲在薛剑面前表现的这样得意，感觉自己受了冷落，忽然丢下手里的铁锹，到一边哭起来。叶迎香莫名其妙地去问她怎么了，她继续哭着，却说不上理由。

“你好端端的怎么哭起来了？是不舒服还是哪里痛？”

金凤哭着说：“早上你来喊上工，我，我根本没有说什么，姚雁媚她去菜园……她们指责我……呜呜。”她语无伦次，完全没有把话说明白，搞得叶迎香一头雾水。当叶迎香听到姚雁媚三个字的时候，顿然骂道：“这个妖孽，她又对你怎么了？”

金凤不住地抽噎，她不得不装得更加受委屈的样子来隐瞒真实，嫁祸于人，让叶迎香对雁媚更加切齿。

叶迎香对薛剑嚷着说：“哎，你这次可要管管了，别像以前那样总是护着她。”

“什么意思？”薛剑问。

叶迎香挑衅地看着薛剑说：“金凤又受姚雁媚的欺负了。”

三妮和肖玲同时惊异地问：“是金凤对你说的？哦，真是天大的笑话，做人要这般无耻，这样无底线，我们真的无话可说。”

肖玲快步走到金凤的面前指责说，“我实在瞧不起你，你是靠谁的势力这样狂妄，这样造作？”

金凤忽然害怕地说：“我什么都没有对她说。”

三妮也气愤地说：“怎么又扯到人家姚雁媚身上，这关她什么事呢。”

薛剑忽然感到心情很阴郁，想到在北菜园里一直孤寂的雁媚，心里就禁不住涌出一股酸楚堵在胸口。他自私而怯懦，在世俗面前明哲保身，洁身自好。等他再听到这里有笑声的时候，他感到是对自己心灵严酷的伤害，并到处是负担。他性格致命的弱点，使他在爱情的表现上，不能成为一个像巨人一样的情人，他的自我压抑让他变成了一个爱情的侏儒。

然而，多少年来，雁媚失去最多的就是笑声，只是在童年的记忆中，在花树旁和小朋友一起做游戏的时候她咯咯地笑过。如今，这样的笑声是多么不容易地出现在她的身上，她几乎成了一个不会笑的冰美人。她那淡淡的或嫣然或婉尔的轻轻一笑，也只是吝啬地给予了薛剑和俊生，有时，对关心她的肖玲和三妮也会挤出一点。她内心的快乐很多时候都是在静默中感受的。她喜欢静默，喜欢独自一个人自由地劳动，喜欢安静地坐在草地上遐想，喜欢自己对自己倾诉，喜欢置身事外与人无争。她心里充满着美丽的爱情，她不会想到自己会有百年孤独的经历，爱情会给她一个新的目标，就像她在这片菜园里，默默劳动，倾注感情，也得到了感动一样。

天忽然很闷，没有一点风，雁媚把薅下来的草抱到篮子里，她要带回去给马吃。没有杂草的菜园可以清晰的看到一条条蚯蚓伸出头向外蠕动，云雀飞得很低，在雁媚的身旁环绕。她从小沟里捧了一捧清凌凌的水，洗了一把脸，感觉很凉爽。抬头看看天色，太阳被遮在云层里，时间或许还早，她有点累，便坐下来想休息一会儿。

四周寂静无声，麦田已呈金色，布谷鸟在唱歌。雁媚把诗集翻开，轻声读起来。由于平时不多说话，她就喜欢用这样的方式来倾吐自己的语声：

“饶恕我，未来一世纪的姑娘，
如果在我的自傲中，
我幻画出你在读我的诗，

我似乎感觉到你的心跳，也听到你的低吟……”

雁媚激动地在细细品味着诗里的睿智，仿佛是那百年前的伟大诗人为百年后的她奉献了这美妙的诗句。她低声自语：老先生，是我在读您的诗啊。她把诗集捧在胸前，凝望着遥远的地平线，幽思着早已远去的前世人生，陷入了久久的沉思中。

这时，一个鬼鬼祟祟的影子，突然像一团乌云一样覆盖过来，没有等雁媚明白，周建民就把她摁倒在地上。他早已在窥视雁媚的身影，他内心的阴暗，使他对这个纯洁的姑娘一直怀有恶念；他表面上装得清高和寡欲，实际上他心里时刻牵系着名利和淫意。此刻，在这无人的地方，他疯狂作乱地想对雁媚进行欺辱和猥亵。

远方的地平线上升腾起一层层浓重的云涛，急速地朝这边汹涌滚来，把阳光完全吞没了，天空瞬间变得又低又暗，大风也开始刮起来。

“你想干什么？流氓，禽兽。”雁媚愤怒地骂着，尽管惊惧和害怕，为了保护自己的贞洁和尊严，她奋力与他作殊死的搏斗。

瞬间，一声巨雷轰鸣。

丧心病狂的建民忽然胆怯了，他带着脸上的血伤，丢下宁死不从的雁媚仓皇而逃。

雁媚倒在了地上，无力站起来，任凭大雨朝她呼啸而下。天空一片银灰色，在这茫茫的雨中，她茕茕一人，只感到那种要被雨水吞没的险象。

也就是在同时，因为天特别的闷热，大家都坐在外面吃饭。忽然一场大雨让他们措手不及。大雨来得太凶猛，造成屋里也开始漏雨。

金凤还在为早上的事生气，肖玲和三妮一直不搭理她而在忙着掀被褥，屋顶的漏雨正滴在三妮的床上，她们根本没有在意雁媚是否回来。慌乱中，肖玲从窗口看到薛剑从仓库出来，就把他叫了过来：

“外面下大雨，屋里下小雨，床都淋湿了。”三妮对薛剑抱怨说。

薛剑抬头看看屋顶说：“没办法，只有等到雨停了把屋顶修一修。”他转过头忽然发现雁媚不在屋里，就问，“她呢？下雨了还没回来吗？”

“你说雁媚吗？”肖玲说着回头问三妮，“你看见她回来了没有？”

三妮说：“没有。”

这时，丽萍一手打伞一手端着盆子进来说：“她怎么还不来打饭？每天都要等她最后一个，不吃我要倒到猪槽里了。”

肖玲接过来说：“不知道她去了哪里，先留着吧。”她把湿溻溻的馒头从菜汁里捞出来，又把菜倒到碗里。

她们要求薛剑脱去雨衣在这里坐一会儿，还说这是他第一次来到她们的宿舍，让他嗅一嗅她们的气息，她们热情又开心，而金凤还在窝心。薛剑哪有心思，他在为雁媚担忧，这大雨的天她会去哪里？他心里想着，便从屋里出来。正看见建民从外面跑回来，他脸上带着血伤，衬衣的口袋被撕开了，在胸前晃动，神情极其狼狈。薛剑觉得很奇怪，正要问问他，建民却回避了。

薛剑忽然有一种不可名状的感觉，心里有点怀疑，就没有犹豫，朝那条通向北菜园的泥路跑去。

雨仍在疯狂地下，田野一片茫茫，薛剑愈往前跑就愈觉得恐怖。他希望雁媚不在这里，他又害怕雁媚还在这里，因为他一直都在联想刚才建民逃窜的形象，他不敢想最后的结果，只想着雁媚会不会在春莲的房间，或许在别的什么地方。他无法想象在这个可怕的大雨中，还会躲着一个可怜的姑娘。他继续向前跑着，不知道自己的心为什么跳得这么厉害，而且很难受。他边跑边喊："雁媚，雁媚。"

往日那郁郁葱葱的菜园已浸泡在水中，那一垄一垄整齐的藤架已经七零八落。薛剑惊异地发现了那本诗集在大雨中片片流失，他大声喊："雁媚，雁媚。"呼喊中，他看到了一个几乎昏厥的身影躺在雨中。

薛剑大惊失色，扑过去把雁媚紧紧抱起："雁媚，雁媚，你怎么了？你怎么了？"

雁媚在惊惧中渐渐苏醒，声音颤抖地说："我害怕。"

他责怪说："傻瓜，害怕了怎么不早点回去？"

"刚才，周，周建民，他……"

"他对你做什么了？"薛剑愤恨地说，"卑鄙无耻的流氓，我饶不了他。"

这场可怕的大雨，既要摧毁将要收割的麦子，又要摧毁薛剑的心。他紧紧抱住雁媚，把脸贴在她冰凉的脸上任泪水交融。他心痛了，哭了，他第一次为一个女孩子流眼泪："对不起雁媚，我没有好好照顾你，保护你，让你受这么多苦。对不起，以后不会了，以后绝不会了。知道吗？好久以来我是多么的爱你，我从没有这么强烈地去喜欢一个人，请原谅我的软弱，我没有把它表达出来，我也没有让任何人知道，我想，这是我们两个人的爱情。"

"我知道，我也感受到了，所以才对我的人生充满了信心。"她把脸伏在他的胸前说："不要为我担心，只是刚才我忘记了回去的时间，遭遇了流氓。不过，我很勇敢，没有让他得逞。"她抬起头，露出了微笑，然后深情地又说："我也爱你。从来到这里的第一次看到你，我就多么喜欢你。因为我从你的身上，看到了我爸爸的品质。"

薛剑捧起雁媚的脸，轻轻地帮她擦去脸上的水珠。彼此用眼睛恋着眼睛，心恋着心。

上苍刻意安排在这个大雨滂沱的时刻给他们一次倾吐衷肠的机会，却只能让他们继续保守爱情的秘密。为避谗嫌，他们没有一同回去而是各分一路。

在肆虐的大雨中，雁媚丢失了那本诗集。

屋里很乱，她们百般无聊地躺在床上。大雨后什么事都做不成，赖床是唯一打发时间的办法。金凤在床上苦闷，肖玲和三妮一直都不搭理她，她的骄傲，在她俩面前不堪一击，因为她俩不吃她那一套。金凤从床上坐起，她体会到被冷落的滋味不好受，就带着迁就和讨好的口气对她俩说：

“我去叫几个人来打牌好吗？”

她俩也很理智，不想跟她僵持，三妮说：“可以啊。”

金凤穿上鞋子，肖玲又提醒说：“你别把叶迎香喊来，我不喜欢跟她打牌，争胜好强的性格在哪里都表现得充分。只能赢不能输，一输就摔牌，谁受得了她？她总以为我们都怕她，什么都要让着她，她做得一点都不像个当大姐的人。在这里我们靠劳动吃饭，谁怕谁呀。”她有意对金凤这样说，像是在含沙射影，又像在严重警告。

金凤刚要出去，却看到雁媚像个落汤鸡一样进来了。她站在雁媚的身后轻瞟着她，还带着得意的神情，她为雁媚遭淋大雨而暗自高兴。

肖玲问：“你去干什么了？”

三妮问：“吃饭了吗？”

雁媚摇摇头。

“赶快换衣服，别感冒了。”她俩热情地帮她打水，给她端饭。

雁媚取下毛巾，脱去湿透的衣服开始擦洗身子。在幽幽暗暗的屋里，她那肌骨滑润的脊背勾画出一个女性的完美，那含愁的神韵浅吟着一个令人着迷的凄美。在为之惊讶中，一种女性对女性也禁不住的赞叹，引人入胜地对她产生幻想：难不成她是落魄在人间的仙女？

从北菜园回来后，薛剑先冷静地在马房坐了一会儿，他一言不发，俊生小心地问：“你怎么了？在想什么？”

“有烟吗？我想抽一支。”

“我没有烟，我去村里给你买。”

“算了。”

一阵沉默，薛剑伤心地说：“刚才雨很大是吧，我都感到害怕。可是，雁媚还在地里。”

俊生很惊异：“怎么还在地里？”

然后，薛剑愤愤地出去了，他一脚踢开寝室的门，把躺在床上的周建民一把拉出来，二话没说，就痛打了一顿。自知理亏的建民，在大家奇怪的目光中逃跑了。

队员们都目睹了这样一场冲突，谁也不知道是为什么。

第六章

一场大雨，倒伏了大片麦子，让人痛惜。大雨来得急，走得也快，第二天就是一个艳阳高照的大晴天。紧张的时刻迫在眉睫，怕就怕它广田而薄收。

一早，叶迎香在喊上工。

雁媚昏昏沉沉，她试着起床，可是浑身一点力气都没有。昨天被大雨淋后，又受了惊吓，她感到自己还在噩梦里，直到叶迎香又在喊：“快上工了。”她还是没能起来。

肖玲关切地问她：“你怎么不起床？她在吆喝下地呢。”

雁媚恹恹地应了声：“嗯。”

“你不舒服吗？”三妮伸手摸了摸她的额头：“在发烧呀。”

她俩轻轻关上门出去了。

薛剑带领男生去南场整地，叶迎香带领女生到北菜园。昨天一场大雨，菜园已一塌糊涂。临走时，叶迎香还让丽萍和玉琴带上箩筐把要采摘的菜都摘回来。

金凤不怀好意地在叶迎香面前故弄玄虚：“迎香姐，我也不舒服，也想躺在床上不下地呢。”

叶迎香瞅了瞅问：“谁不去下地？”

肖玲说：“姚雁媚生病了，现在还没起床。”

叶迎香一听就像着火似的叫起来：“哪有这样随随便便的，不想上工就不起床？”

三妮说：“昨天下雨，好像她受了惊吓，在发烧。”

“真好笑，昨天下雨她受了惊吓？难道这雨只给她一个人下的吗？这么大的雨我也吓着了。”叶迎香说着就转身朝雁媚的房间过来，她推开门大声说，“你赖在床上不想下地了吗？菜园里一塌糊涂你就不管了？”

她把昨天大雨冲毁菜园的责任几乎全都归咎于雁媚。她独断蛮横地认为这应该都是雁媚该弄的。那片能供给每天吃菜的菜园，除了她们偶尔过去做些事以外，雁媚几乎倾注了她所有的精力、耐心和时间。当她们总闲在青年队的院子里调侃的时候，雁媚就总是默默无闻地守护在那里细心管理，她完全知道这一点。因为她内心猥琐，容不得雁媚得到一点点的便宜，那就是她们干活，雁媚歇着。

俊生在套马车的时候，看到叶迎香正冲着雁媚的房间在大呼小叫，外面还围着好多女生。

叶迎香还在说：“你搞什么特殊？这么忙的时候你装病赖床？”

雁媚勉强坐起说：“我不舒服，让我请半天假好吗？”

“你想请假就请假，你有多了不起？你也不想想你是谁？要都像你这样装病就都不要下地了。”她用这侮辱性的语言迫使雁媚挣扎着起来。

肖玲对叶迎香说：“她真的是病了，就让她休息半天，别做得这么没有人情。”

“什么？下地干活讲人情吗？”她盛气凌人的样子，让大家都对她有所惧怕。

俊生朝这里走来，他看到屋里的雁媚极其虚弱，那悲哀的逆来受顺的样子让人心痛。他一向沉默寡言，心里充满了愤怒，站在叶迎香的面前虎视眈眈。

“你，你想干什么？”叶迎香心虚地问。

“你，你，为什么欺负人？”俊生慢腾腾地说，拳头握得紧紧的。看到他这股将要发怒的样子，叶迎香心里也咯噔了一下。但是，她还是冷笑着说：

“去干你的活，用不着你来逞能。怎么？你想干什么？”

“你说我想干什么？”俊生说着就挥拳朝叶迎香的脸上打去。刹那间，一场震惊又激烈的冲突爆发了。一贯争胜好强出尽风头的叶迎香，当着这么多女生的面，被一个总在嘲讽的口吻下的疤倌打了，她的脸面，她的自尊，在没有丢尽的时候，她鼓足了劲要跟俊生大打出手。

雁媚在惊愕中拖着虚弱的身体对俊生说：“俊生，住手，你不可以这样。”

俊生怔住了，看到雁媚虚弱的样子，他不知道自己的鲁莽是帮助了她，还是更为难了她？他垂下两只手，那样羞愧地看着雁媚。而此刻，叶迎香带着女性少有的野蛮，疯狂地用她尖利的指甲，像铁钩似的向俊生的脸上抓去。

就在俊生朝叶迎香挥拳头的那一刻，春莲就气喘吁吁地跑到南场对薛剑叫喊说：“打架了，打架了。”她的能力只有先把状告到薛队长这里。

“打架？谁又打架？”薛剑问。

“你快去，你快去。”她着急得无法解释。

雁媚对叶迎香说："不要打了，就怪我好了，我这就去下地。"

叶迎香气势汹汹地看着她，把所有的怨恨就又冲着雁媚撒来："你这个狐狸精，你以为勾引了疤倌他就会替你出气吗？不要脸的东西。"她狠狠地把雁媚推倒在地。

"你这是干什么？"随之而来的薛剑气愤地说，"你怎么可以打人？你是队长，你怎么可以这样做？"

叶迎香"哇"的一声哭着跑回她的寝室。

院子里的气氛异常紧张，大家都在观察薛剑内心的一切反应。他什么都没说，也没问，只是对肖玲说："你领着女生下地，把该做的事情抓紧时间做了。"他峻厉而果断，没有任何的拖泥带水。女生们默默地跟着肖玲下地去了，金凤也灰溜溜地跟在后面，像一个窃贼在行窃的时候被捉住了双手一样尴尬。

看到俊生满脸是血，薛剑问："为什么打架？"

俊生气得话也说不上来："你，你去看看雁媚。"然后，他走了，去套马车了。

院子里只剩下薛剑一个人茫然地站着，他推开雁媚的门，看到她多么凄伤地躺在床上，他轻轻喊了声："雁媚。"

听到他的声音，雁媚把头侧向墙壁，她不想让他看到她禁不住流出来的泪水："我没事，你出去吧。"

"我想让你告诉我到底怎么回事？"

"你走吧，我什么都不想说。"

薛剑又来到叶迎香的房间，她还在呜呜地哭。

"你说，到底为什么？"薛剑问。

叶迎香委屈地说："他凭什么敢来打我？"

薛剑听她继续说：

"我喊上工，姚雁媚还赖在床上不起来，说有病要请假。"

"有病要请假又会怎样？"

"地里活这么多，哪能说不下地就不下地？再说，谁知道她是真病还是装病，如果不想上工的话，谁都会装出病来的。三妮说她是昨天下雨受了惊吓，昨天的大雨又不是光下给她一个人的，这么大的雨谁不害怕？"她煞有介事地说。

薛剑神情阴郁地说："谁会无聊地去装病？她既然有病要请假休息，为什么不可以？"

"如果都要像她那样子谁还下地？金凤吵着也要请假。"

"她要吵着请假就让她也休息好了，还能怎样？"他的声音控制不住地大起来，深深叹了口气，"人要学会宽容，要用善心待人，我以前就这样对你说过。

如果你这样一意孤行，我对你真的无话可说。”他转身就准备离开。

“薛剑。”叶迎香喊住他：“我对谁都很宽容，唯有对她，因为我不喜欢她，我怎么都不喜欢她。厌恶她的相貌，厌恶她是一个外人，我不可能对她宽容，对她善待。”

“够了。”薛剑愤怒地从这里出来，仰天长叹，金色的阳光如此灿烂，天空如此宽广，而她为什么总要这么狭隘地去不停地抽打别人心灵的伤痕呢？

看到薛剑怫然而去的背影，叶迎香感受到了莫大的羞辱，比刚才俊生当众向她示威的拳头还要难堪的羞辱，他那阴沉、愠怒而轻蔑的眼神，让她感到不安，她一向的傲慢，被薛剑蔑视的背影击得粉碎，她担心他一再责怪她不够宽容的言辞，是不是自己在他的心目中就是尖酸刻薄又恶毒的小肚鸡肠？正如愚蠢的飞蛾扑向了火，她在薛剑面前自食其果。她受到了冷漠，心里便有更多的怨恨，张开满是口水的嘴巴，伏在她的枕头上又呜呜地哭起来。

薛剑又推开雁媚的房门，站在她的床前，昨天在大雨中凄惨的一幕还历历在目。雁媚睡着了，她的脸通红通红的，眼角处还有泪水，她的心该有多么难过啊。薛剑轻轻地帮她擦去了泪水，摸了摸她的额头，知道她在发高烧。看着可怜的雁媚，他无法承受她的忧伤，而只能以他拥有的力量，继续他奔跑的耐力和速度，到几公里远的乡医院买回了药。还给俊生买了红药水，因为他知道指甲的伤是很危险的。

俊生的脸上到处都是抓痕，惨不忍睹。薛剑帮他涂上药，并对他说：“以后不许你这样冲动，这样很伤雁媚的心，而且对她也没有任何帮助。我理解你的心情，如果靠打架能改变一切的话，我也会为雁媚去打一架。可是我们不能这样，能让大家在一起友好团结，就是对雁媚的帮助。雁媚生病了，我给她买了药，一会儿你去送给她。”

俊生担忧地问：“雁媚生病了？是不是病得很重？为什么不让我赶车送她到医院？”

“她淋了雨，受了惊吓，我想吃点药就会好的，她很坚强。”

俊生愤愤不平地说：“既然你喜欢她，为什么不让她们都知道？如果她们知道你喜欢她，就不敢这样欺负她了。”

“这不是你想象的那样简单，女人在为争风吃醋上的手段都很厉害，我没有勇气面对那些歇斯底里的叫喊。我想要平静和安宁，这对雁媚也很重要。”

俊生沉思着，他脸上抹了红药水，像马戏团里的小丑一样，他没有去照镜子，也不知道自己的脸变成了什么样子。天很热，大家都在外面的树荫下吃饭，当他拿着药给雁媚送去的时候，引起了太多人的大笑，就是叶迎香跟他迎面相遇的时候，也忍不住地扑哧笑了，然后她还说：“活该。”

雁媚还很虚弱，肖玲帮她盛了饭。这时，俊生拘谨地过来，看到他那开花似的脸，肖玲也忍俊不禁，问：“你有什么事？”

“我给她送药。”

“哦。”肖玲笑笑就出去了

俊生小心翼翼地把药交给雁媚，轻声说：“薛队长给你买药了，你很难过是不是？对不起。”

雁媚说：“应该是我说对不起，都是因为我，让你也受委屈了。”

“没有。这是药，他让你一定要吃。”

“好，我一定吃。告诉他，我没事，让他不要担心。”

“那我走了，你要好起来。”他对雁媚笑笑，能为他们做这样的事他感到荣幸。他以他的朴实、忠诚和庄严，为一个美丽而隐秘的爱情架起了一座桥梁。因为在他卑微的心里，他崇拜高尚的人。他目光敏锐，思想认真，尽管他没有上过学却拥有智慧。他喜欢和尊重他们，并感到他们身上的那种品质，使他享受到尊严而能漠视低俗人对他的嘲笑。

雁媚打开药包，里面有一张字条，很清楚地写着：一天三次，一次一片，像医生那样严谨。下面还写着：雁媚，好好地吃药，健康地微笑，我爱你。虽然没有署名，雁媚已感动涕零。她吃了药，也吃了饭。正像薛剑所希望的那样，下午，她就同大家一起下地去了。

早晨天刚亮，队员们都来到地里。因为那场大雨，麦子伏倒得太多，抢割是一个首要的任务，否则麦子糟蹋在地里会很可惜。来农村接受教育，感触最深的就是对粮食的珍惜，因为他们知道这每一粒粮食都有他们的汗水。

薛剑站在地头，看着雁媚就要从自己的身旁走过，他深情的目光如晨曦一样清幽；雁媚向他回赠了一个健康的笑容。他们一直遵守着那个简朴的约定，把爱情深深珍藏，让心学会领受这其中的滋味，小心的唯恐连累和伤害到彼此。有时爱最容易使人生畏，怕就怕它会在热烈中失去，在众多窥视的目光中，想说爱你真是不容易。

在默默的割麦中，谁也没有抱怨。但是，总有那吃不得一点亏的人在叫喊：“我的这垄麦子都趴到地上了，我怎么割？”

叶迎香朝金凤过来问：“又怎么了？”

“我不会割都趴到地上的麦子。”

“慢慢割吧。”

“这要割到几时？我本来割麦子就慢，去年还割到腿了。”她带着自作的矫情，几乎要哭出来。

叶迎香回过头，习惯性地喊：“姚雁媚，你到这边来。”

“为什么？”

“不为什么，这是安排。”叶迎香不容分说，冥顽不化地对这个出身有问题的女生就是不能给予一点的宽容。

雁媚鄙视她的这种行为，没有理她。

“到这边来，这是命令。”叶迎香朝雁媚喊着。

愚蠢使她反复无常，她性格里的那种怪异的东西让她生出乖戾之气，她的脸明显露出丑陋的凶相，她的声音又沙哑又刺耳，而且还失去了一种威严。

雁媚平静地看着她，对她这种有悖于常理的小人之举唯有鄙视。正如恶劣的品质可以在她幸运中暴露出来一样，雁媚最美好的品质也正是在这厄运中被显示出来的。她目光里充满着不容屈服的力量，她的美反使叶迎香变得更加阴暗龌龊，让叶迎香惶然有点不知所措，觉得自己下不了台阶的腿在发抖。但是她还是强硬地说：

“怎么？你这样看我？不服气？我是队长，我有权指使你。”她回头把金凤叫过来说，“你来这边割，看她能怎样？”

大家都在对叶迎香的这种粗俗、愚蠢的行为加以指责，薛剑更是气愤，他走过来峻言厉色地说：

“你到底有够没有够？好好的都在割麦子，哪来的鬼名堂？多割一点少割一点能吃多少亏？非要把事情搞得这样别扭。大家都是平等的人，都在干活受累，何苦要做这种毫无意义的蠢事？”

他非常生气，紧绷着脸，令叶迎香都不敢正面看他，她悻悻地说：“不是想照顾金凤吗？她总是有点娇气，割麦的动作也很慢……”

“既然这样，就不要让她来这里好了。”他对叶迎香的愚顽感到无可救药，失望地走到一边，心里多么惭愧。建民对雁媚欺辱的阴影还没消散，叶迎香又对她这样跋扈，金凤还要滥施娇情。他心想：什么时候能给自己心爱的姑娘一个理直气壮的生活？

在一个酷热而疲惫的晚上，队员们从打麦场回来。那是在连续作战夜以继日的大干中，把麦子都装进麻包后的释放。麦秸垛高高堆起，像两座高大的房屋。清扫场地后，薛剑扯下了电线，这里变得一片漆黑。他是最后一个从打麦场回来的，他做任何事情都非常严谨、认真，从不疏漏马虎。他的思想装满了他对这里的一切责任，这也是他得到了上面领导对他的最有价值的肯定和信任。他走着，忽然，远远看到前面有一个令他激动的身影，就大步追了过去。

雁媚从打麦场回来，不是因为劳累让她步履难行，而是一种心情。她想静静地感受劳累后的倦舒，虽然衣服这么脏，手和脸都扑满了尘土，但她知道，此刻，青年队的院子里用水的人一定会热火朝天。

当然，在劳动后的快乐中，那种释放的情绪，会让他们在用水的过程中，以嬉水的方式把水泼来泼去，那场面就像泼水节。

雁媚在这里消磨，就是等他们先用水，她不喜欢参与热闹而喜欢清净，在享受清净的同时，也表现出了她的清高和自命不凡。虽然她迫于无奈，在受委屈的环境里饱尝命运的折磨和考验，但是，她一直都坚定信念，无惧无畏。此刻，万籁俱寂，她在小路上独自徜徉，在微微的困乏中望着天空，繁星，大地，树木和农田。

这时，一个轻轻的脚步追了上来：

“你怎么还在这里？是在等我吗？”夜色中，清楚地看到薛剑因惊喜而产生的心跳，因激动而表现出来的一种诡秘的微笑。

雁媚俏皮地说：“假如我知道你还在后面，那么，我就是在等你。”

这是一个多么感动的时刻，是谁又为他们安排了这个美妙的约会？在一棵能遮挡星星害羞的树荫下，薛剑把雁媚紧紧地抱在怀里低语：“雁媚，我好想你，我时时刻刻都在想你，你很累是不是？”

“我不累。”

“你生病，你受委屈，我都不能在你的身旁呵护你。”

“我很好，吃了你买的药，我的病就好了。”

“雁媚，我们这样要忍耐到什么时候？”

“不知道。”

“我好痛苦，这样偷偷摸摸，为什么我们不能像为华、丽萍他们那样大大方方地恋爱，在一起吃饭，在一起散步，我们做不到是吗？”

“这哪里是偷偷摸摸？只是我们在用另一种方式恋爱。”

“一种奇特的隐蔽的方式？”

雁媚说：“不管什么方式，它，给我力量，给我安慰。”

稍停片刻，薛剑突然说：“雁媚，我们一起离开这里好不好？”

“怎么离开？离开后又能去哪里？”雁媚很忧伤。

青年队的院子里终于安静了，在压井的四周，却如爆发了一场水灾，到处都是水凼凼。女生们在寝室里，半裸着身子，披头散发地还在说笑。

肖玲问：“是谁先开始泼水的？一个个都像落汤鸡，连头发都湿透了，跟那天雁媚遭淋大雨了一样，搞什么呀。”

金凤咯咯笑着说：“真的很有意思，很好玩嘛。”

三妮说：“什么好玩？都是你惹出来的，跟赵军争水，结果就把一盆水扣到人家身上。你开心了是不是？如果不是看在你美人的面子，依着赵军那坏脾气，说不定还要打架。”

金凤得意地说：“如果不是我挑衅，你们能这样开心吗？整个一个泼水狂欢节呀。”

肖玲问：“薛剑哥呢？我怎么一直没看见他？”

三妮说：“他是跟你们一起打水仗的人吗？”

“怎么不可以？如果疯起来的话，我看他也是很会疯的。”

金凤说：“如果当时他在场，我想女生脸盆里的水都不会轻饶他。”

三妮说：“可是胖妞就惨了，男生都喜欢泼她。”

在胖妞的房间，她正在伤心地用棉花蘸耳朵里的水，她对乔艳艳说：“看好了，我非感冒不可，现在全身都在发冷。”

“那你赶快捂在毯子里。”

叶迎香说：“疯起来的时候一个比一个厉害，如果干活的时候也有这样的疯劲，场上的活早干完了。”说着她就去上外面的厕所。

雁媚回到寝室，肖玲问：“刚才我们泼水的时候你在哪？是在马房吗？”

雁媚对她笑笑，就端着盆子到压井上去接水了。

金凤说：“明天我也要装病了，因为我也淋了满身的水。”

肖玲说：“你是改不了了吗？为什么总要说这些讽刺的话？大家住在一个房子里不能让气氛和平一点吗？”

金凤反诘说：“我又没有指名字在说她，我说我的话与她有何干？”

三妮也说：“别总仗着叶迎香偏向你，就有恃无恐，如果把事情弄得太过分了，薛队长也会很生气的。你当他会怎样看你？那天割麦的时候因为你，他对叶迎香发那么大的火你没看到吗？他会认为你太娇气，太小气，而且还有坏心眼。”

金凤说：“谁有坏心眼了？你们装得像一个有教养的人似的，动不动就拿薛剑哥出来教训人。”她气呼呼地蒙头睡了。

叶迎香从厕所出来，正好看到薛剑从外面回来，手里还拿着那盘电线，她走过去关切地问：“你怎么才回来？”

薛剑冷冷地应了声问：“这地上怎么有这么多水？”

“刚才这里打水仗了，闹得可欢了。”

薛剑并不感到好奇，也不发生兴趣，转身就要回寝室。叶迎香追着他说：“你不高兴吗？还在为那天割麦的事生我的气？”

“没有。”

“那你为什么这么多天都不理我？”

“我累了。”

薛剑冷冷地走去，让叶迎香尴尬，待他又出来打水洗漱的时候，几乎连看都不看她一眼，这让叶迎香高傲的心顿时威风扫地。她遭受到了打击，闷闷不乐地回到寝室，窝着满肚子的火进入痛苦的睡梦，直到深夜里她的一声惨叫：“哎哟，我肚子痛。”把屋里的人吵醒。

艳艳迷迷糊糊地问：“谁呀？”

胖妞睡得很沉，呼呼噜噜地还打着鼾。

玉琴急忙把灯打开：“迎香，是你吗？”

叶迎香满脸是汗，极其痛苦地说：“我快疼死了，我快疼死了。”

“哪里疼？”

“肚子，肚子疼，我可能要死了，像刀一样在绞，哎哟。”她开始呻吟，又要呕吐，脸色煞白，浑身都在痉挛。

艳艳担心地说：“怎么办？她快疼死了。”

看着叶迎香煞白的脸上全是汗水，玉琴感到这不像是普通的病，怀疑是什么急症，就对艳艳说：“哪里有医生？”

艳艳紧张地说：“不知道。现在是几点？我还没有听到鸡叫呢。”

“这时哪会有鸡叫。”

“怎么办？离天亮还早呀。”

“你快去把薛队长叫过来吧，我看她疼得很厉害，要用马车送她去县医院，如果在这里等，我怕耽误了她。”

艳艳犹豫地说：“这半夜里我怎么去叫他？”

“你看她都疼得快死了还顾虑什么？”玉琴又安慰叶迎香说，“忍一会儿，不会有事的。”

艳艳急忙套上外衣，蹑手蹑脚地朝男生宿舍走去。在没有月光的夜晚，外面一片阴森。艳艳生性胆小，在恐惧中她跌跌撞撞，不小心一个趔趄又滑倒在昨晚嬉水的泥窝里。她狼狈至极，战战兢兢地爬起来，满身都是泥巴，声音发抖地在薛剑的门前喊：“薛队长，薛队长。”

被惊醒的薛剑急忙起来，他甚至没来得及披件衣服，赤裸着他宽厚的胸脯问：“什么事？”

“迎香姐，她，她突然病得快不行了。”

“好，我马上就过去。”

到了叶迎香的床前，薛剑问：“哪里不舒服？”

因为疼痛，叶迎香一直在呻吟：“这，这里。”

薛剑怀疑说“会不会是急性阑尾炎？”就对玉琴说，“你们准备一下，我去叫俊生，要赶快送她去医院”

薛剑刚走到马房门口，电灯忽然亮了。俊生像往常一样，半夜起来给马喂草料。听到薛剑喊他，急忙把门打开问：“怎么？你这时起来？”

“快备马车。”

“做什么？”

“送她到县医院。”

“谁？”

“叶迎香，她突然病了。”

俊生无动于衷地站着。

“快点。”

他不情愿地说：“她也会生病？”然后就去穿衣服，又把马车铺上软软的草。他是一个善良的人，他做什么事都能体现他善良的本性，他不计前嫌，他懂得生病人的痛苦。

待把叶迎香安顿在车上时，隔壁的丁晓秋也出来了。薛剑说：

“正好，晓秋跟着去医院，艳艳你回去，玉琴也不要去，如果我们回来晚了，就让石宝顺先负责干活。”

从来没有这样的体验，在深夜的旷野里行走，马蹄的声音，震荡着大地的沉寂，四野一片黑茫茫，只有稀少的几颗星星泛着淡淡的光。那种你走它也走的遥远，让夜行的人焦急和不安。叶迎香不住地在呻吟，偎在丁晓秋身上，一只手紧紧抓住薛剑的手。因为疼痛，她的身子不由得在扭动、抽搐、屈倦。直到天蒙蒙亮的时候，他们才赶到县医院。经过医生的诊断和抢救，叶迎香几乎是从死亡的边缘回来的。手术后医生对他们说：“幸亏你们送来的及时，否则就有危险，她得的是一种极为特殊的突发性阑尾炎。”

看似一个普通的病情，真是耽误不得。

在医院静静的走廊上，俊生蹲在那里一言不发，薛剑和丁晓秋坐在一条长凳上。晓秋对他侧目而视，看到他充满个性的脸上全是果断、意志和一种感染力。

“薛剑哥，你辛苦了。”

“你也是。”

“以后迎香姐该怎样感激你呢？”

薛剑淡淡一笑说：“你跟我做的是同一件事情。”

“可是，或许她感谢我是一次，而感激你就会是一生。”

“怎样解释？”

“我知道她非常喜欢你，队里的女生都喜欢你，这个晚上，让我完全知道她们喜欢你的所有理由。”

“那你呢？”薛剑玩笑似的问。

晓秋羞赧一笑，坦率地说：“我当然也非常喜欢你。不过，我把你当成一个大哥哥那样，尊敬你，听你的话。”

薛剑难为情地笑笑说：“别把我想象得太好，去发现别的男生也是这样，不要以为我是队长就盲目地崇拜，会让你们失望的。”

到了下午，叶迎香的妈妈和姐姐才赶到医院。手术后的叶迎香很虚弱，已经看不到她的强悍。丁晓秋进来对她说：“你好好休息，阿姨和姐姐来了，我们就放心了。”

叶迎香问：“薛剑呢？”

“他在外边，他让你好好养病，等有时间我们再来看你。”

“好，对他说，我很感激他。”

“那，我们走了，马在外面的树上拴了一天，马倌快心疼死了。”

叶迎香羞愧地笑笑说：“他只知道喜欢他的马。”

回到青年队，女生们把丁晓秋团团围住，饶有兴趣地打听昨晚发生的事情。

胖妞抱怨说：“半夜里，你们闹哄哄的我怎么一点都不知道？怎么不叫醒我，让我也送她到医院去？”

晓秋说：“你睡得像头猪，就是猪八戒把你背去做媳妇了你也不知道。”

金凤问：“那薛剑哥是怎样知道的？”

艳艳说：“是我跑过去叫他的。深更半夜外面太可怕了，我走到水池旁的时候还滑了一跤，弄了一身的稀泥巴，那狼狈的样子幸亏薛剑哥没有看见。”

玉琴说：“怎么没看见，薛剑哥为什么没有让你去医院，还不是看到你一身泥巴了。”

肖玲说：“你就是胆小鬼，有什么可怕的，屋里睡的都是大活人，你大声喊，谁不起来？”

“哪这么兴师动众，薛剑哥还怕吵醒大家呢。”

肖玲又问丁晓秋：“你是怎么知道的？”

“我听到动静就起来了，薛剑哥就让我跟着去了医院。”然后她又诡秘地说，

“当时，夜很深，很静，还很黑，疤倌赶着马车，我和薛队长坐在车上，叶迎香躺着，不知道是谁握着谁的手，薛队长的手和叶迎香的手一直都握在一起。那情景，让谁都羡慕那生病的人。”她绘声绘色，令她们唏嘘。

“还有呢。”丁晓秋继续说，“到了医院，医生要紧急为叶迎香做手术，是薛队长在手术协议书上签的字，那应该是家人才敢签的字呀。我想，如果他们没有亲密的关系，薛队长也不会有这个勇气。”她说得深信不疑，似乎还有点悬乎，一下子扰乱了女孩子的平静。在这个穷乡僻壤，心灵的寄托和依靠，就是薛剑队长那阳光般迷人的笑容，他一直是属于大家的，而不是给予哪一个人的。也许是因为追求和嫉妒，她们忽然感到有一个奇怪的现象：那就是集体的恋爱和集体的失恋。

在空虚的心里，有一个精神上的偶像，这是她们的寄托。如果生病也会制造一个美丽的故事，就像小孩子喜欢生病能吃到糖果和饼干一样。能受到他的宠，得到他的怜，真是幸福。虽然想法幼稚可笑，但是，她们真的这样想，能生一场病该多好。

几天后，薛剑穿着他雪白的衬衫，神清气爽地叫上跃平和石宝顺一起去交公粮。女生吵着也要去，一是想去看看还在医院里的叶迎香，二是想去县城里逛逛。封闭在这个远乡的地方，能有机会出去一趟都是开心的事。看到车上还有空位，就同意先去几个，在争持不下的情况下，薛剑点名让金凤、三妮和艳艳先去。

胖妞不依不饶：“我也去，我也去。”

学林对她说：“你不能去，分量太重，会是马的负担。”

胖妞哪管这些，她第一个很利索地爬上了车。

薛剑只好对艳艳抱歉地说：“艳艳，下次有机会你再去好吗？”

艳艳很听话地点点头。

学林又对胖妞说：“你看人家艳艳多乖，哪像你这么粗野，如果半路上马走不动了，小心薛队长把你撂下来。”

胖妞扬扬得意地坐在麻包上，向他投掷一个空拳：“去你的。”

这是一次令人愉快的出行，金凤第一次这么近的与薛剑坐在一起，她裸露的手臂大胆地触及薛剑雪白的衬衫，一路上她的心都在怦怦跳。她以她那如花朵般娇艳的脸，不时侧向薛剑，渴望得到他的赞赏。她做出十分娇羞的样子，还频频闪动着她的眸子，也不多说话，她心里越是激动，就越说不出一句话。虽然她长得漂亮，却缺少了一点思想。

交完了公粮，他们就去看了叶迎香。

叶迎香很高兴，气色也很好，她说：“我明天就可以拆线出院了，我真想回青年队，大家都好吗？”

薛剑说：“都很好。”

她惋惜地说：“我一直都希望能亲手把粮食交给国家，为了这个荣誉我一直都很努力，可是偏偏不巧，让我在这个时候生病。”

胖妞直率地说：“你不知道大家对你生病有多么羡慕呢，半夜里薛剑哥送你来医院都传成了一段佳话”。

叶迎香神情温和地看着薛剑，想到那天晚上他为她所做的一切，不由得激动起来。

薛剑对她说：“以后交公粮的机会很多，你安心养病，我们也该走了。”

“薛剑。”她叫住他。

薛剑停下脚步问：“什么？”

“我有一句话想对你说。你们先在外面等一下。”她让他们先出去。

“说什么？”薛剑问。

她微微害羞地说：“谢谢你薛剑，在医院的这些天，不知为什么我一直都在想你中学时的模样。你那么可爱，那么干净。现在还是这样，这件白衬衫穿在你的身上总是这么合适，这么污尘不染。好久以来，你在我的心里就占据着重要的位子。上学的时候你是班长，我是副班长，在这里我们还是这样。我知道很多方面我让你失望了，我任性、独断、没有容忍之心。但是我努力工作，一心一意想把我们青年队建设好。在没有外来力量的参与下，我们自己管理自己，做出了成绩，大队的领导，带队的范师傅，还有上级都对我们肯定有加。我为你这么努力，你不知道吗？薛剑，我，我已经跟妈妈和姐姐谈起过你，她们很高兴。那天在病房外面看到你，她们都很喜欢你，还鼓励我要抓紧你。我觉得在这个时候有必要把我想对你说的话说出来。我们也到了一个合适年龄，如果你不喜欢我以前的强悍，我愿意在你面前永远生病。我看到你为我生病时的担忧，我知道这是你内心反映出来的一种对我的感情对不对？”

她脸上泛着红潮，眼睛那么固执地凝望着薛剑，试图想从他的眼睛里找到屈从她意志的东西。而薛剑只是平静得像一座冰山，他淡淡地说：“别想那么多，会对我造成负担，谁生病我都会尽我的能力去帮助他，爱护队里的每一个人是我的责任，你好好休息吧。”说完，就大步走出了房间。

他们在冷清清的县城毫无兴趣地逛了逛商店，三妮买了一只牙膏，金凤买了一盒雪花膏，胖妞买了一块手帕，就跟着马车回来了。一路上因为薛剑的沉默而惹不起她们说话的兴趣，只在暗暗地猜测薛剑和叶迎香的关系是在怎样地进行？刚才他们俩的一个单独谈话，不像是在谈工作，而更像是在谈他俩的私事。

石宝顺坐在前面跟俊生学赶马车。车上很空，跃平、薛剑和三个女生各坐两边，他们安静地谁也不说话。三妮在玩弄手上的牙膏，胖妞在折叠手帕，金凤想着她漂亮的脸蛋为什么不能引起薛剑的注意？平日里想象着薛剑阳光般的魅力多么诱惑，可是这样较长时间跟他坐在一起又感到他似乎很难接近。过了一会儿，三妮问：

“薛剑哥，她跟你说什么？你们确定关系了？”

薛剑漫不经心地问：“什么关系？”

“就是你们两个人的事啊。”

“我们两个什么事？”

“你是在装糊涂呀。”胖妞嘟着嘴说。

“我装什么糊涂？”

胖妞于是说：“大家都知道，那天晚上你送她到医院的时候你们俩的手一直都紧握着，还有刚才在病房里，她看你的眼神多么温柔，我们都看出来了，我们不是白痴。”

“别瞎猜。”

胖妞肯定地说：“这不是瞎猜，是我们感觉到的。”

“好了，我不做解释，你们去感觉吧。”

三妮说：“薛剑哥，你不可以这样，你知道大家对你的心情吗？如果你掉进她的情网，别的女生都会为你沮丧的。”

金凤哭丧着脸说：“薛剑哥，你不能这样。”她试着想说，却说不出来。她发现自己局限在爱说尖酸讥讽的话上面，内心除了一些对他杂乱的贪想外便空无所有。特别是在薛剑面前，几乎什么都说不上来。

胖妞说：“薛剑哥，你在青年队里最好跟谁也别去恋爱，在一起的几年里你应该是属于大家的，是我们的队长，而不是谁的男朋友。至于将来你跟谁恋爱，跟谁结婚我们不管，反正在这里不行，你应该清楚地知道这是很严重的事情。”

薛剑瞟着她们说：“你们这些女生尽说些摸不着头脑的话，还爱管闲事。”

胖妞说：“这不是管闲事，是怕我们青年队发生骚乱，因为我们每个人都很在乎你。因为你不是为华，也不是跃平，更不是其他男生，他们要怎样我们漠不关心，而对你就不同。你是我们大家追捧的人，你来这里的第一天就迷惑了我们大家的心。所以，你不能自私地只想跟谁恋爱。虽然我说的有点霸道，偏离了你的意愿，也会让你觉得我们的可笑、幼稚和不真实。但是，我们很清醒地在担心你为爱情而会伤害很多女生，也担心你为爱情而犯糊涂。真的，这是对你真切的忠告。不要认为我们幼稚而单纯，在对这个问题的分析上，我们还是有能力和主见的。”

他们都惊叹她有这样的口齿。跃平扑哧笑了，薛剑故作茫然。

跃平说：“男生太迷人了，结果就是这样，女生没有主心骨，喜欢追逐。”

薛剑把目光投向远方，轻轻吹起了口哨，也许这就是他内心的独白。听她们说这些可笑的话，他才深深理解了雁媚为什么对他们的爱情总那么顾虑重重，谨小慎微。片刻，他对跃平说：“吹支曲子吧。”

跃平从腰际拿出笛管，在手上敲了几下，微笑着，放在唇边，然后，他吹了一曲《在那遥远的地方》，顿时，声音像风一样，清亮亮地传送到旷野上。

在一个凉风习习的傍晚，跃平又到暮霭将要涌起的田里吹笛子。夕阳的余晖撩动起他的心扉，一时让他好快乐。在这个美好的时节里，想到那个像苹果一样的姑娘，那是他渴望得到的爱情。尽管他有一种男孩子少有的羞怯，但是他的笛声里流露出了他对爱情坚定的追求。他依在路旁的一棵树下沉思，不难看出他被爱情迷惑时的那种忐忑不安的神情。最后他借着夕阳的余光，鼓起勇气给肖玲写了一封情书。信很短，也表达了他的爱意。

他把信写好后天也黑了，他在这里踌躇了一会儿，便跑回青年队，大胆地把肖玲从她的寝室里叫出来。在去伙房的过道上，这里已经不会有人走过，他小心翼翼地把信递给她说：“你看看这个。”

“什么？”

“我的想法和心里话。”夜色掩盖了他的羞涩，尽管他很激动，却也说了一句自然得体的话。然后他就走了，又回到了那个吹笛子的地方，不一会儿就传来了他悠扬婉转的笛声。

肖玲感到惶惑，她站在安静的院子里开始深思。在对他还没有发生感觉的时候，却先被他撩动，她不得不去认真考虑这个问题。他的笛声，像溪水一样流到她的心坎上，她从没有这样的感动。而其他屋里的打牌声，终于让她有所觉悟。她发现跃平和薛剑有一种共同的东西，就是一种积极的极有裨益的品质。

肖玲回到寝室，屋里只有雁媚坐在床旁织毛衣。她现在在帮石宝顺织。那是有一次，俊生让宝顺看了他的毛衣，有时他也像个孩子一样喜欢把自己最好的东西拿出来显摆。结果，宝顺就托他让雁媚也帮着织一件。雁媚欣然答应，她很高兴做这样的事情，手里有活干，时间才会过得愉快。

肖玲躲在蚊帐里把信看完后在床上辗转反侧，坐卧不安，她很想找个人倾诉一下，即使雁媚没有习惯打听别人的心事，而肖玲也还做不到对雁媚推心置腹。屋里只有她们两个人，当一件事还是秘密的时候，人的行为都很谨慎又按捺不住。

肖玲撩开蚊帐，还是对雁媚说：

“你能告诉我，以你的见解，你对跃平的印象如何？”

“你是说那个喜欢吹笛子的男生吗？”

“是。”肖玲犹豫了片刻说，“她俩不在这里，我就对你说，我知道你不会把这件事传得到处都是。跃平他写情书给我，你说他好不好？”

得到她的信任，雁媚很激动，微笑地说：“他写情书给你一定是喜欢你，喜欢你是因为你有可爱的地方。他的笛子吹得真好听，我想能吹出这么好听音乐的人，他的心一定也像他吹出的音乐那么美。”

雁媚讲话清晰，有条理，使肖玲更愿意跟她交谈：“可是，他比薛队长差好多。我一直都非常喜欢薛队长那充满阳刚气的男人味，既沉稳又风趣，而他英俊的相貌和端正的人品更是吸引我的地方。在我开始有点懂事的时候，我就理想着将来要追求的男人一定是薛队长这样的。当然，我也知道愿望和现实总有距离，我也怕自己眼高手低。而薛队长也不是那种在感情上容易被驯服的人。他严格把握自己，这是最让人钦佩的。我知道有很多女生都喜欢他，怀着跟我一样的心情都想跟他恋爱。你怎样看我们？是不是觉得我们都很盲从，有点失去理智？好在薛队长他有理智，没有飘飘然，否则在青年队里一定会闹得不可开交。”

她诚心诚意地对雁媚说出这些后感到很舒服，而雁媚在以她的谦虚聆听，把她们谈话的气氛带到一个恰到好处的境地。

肖玲说：“我对你说这些，你会感到我们很可笑吧？”

雁媚微微笑笑，她本来就不善言辞，也做不到像她那样敢爱也敢说。尽管她怀有爱情，尽管她和薛剑在偷偷相爱。但是，她不会炫耀，也不会张扬，更不是那种随随便便的人。她与薛剑的爱情，对任何人都是一个隐秘。忍受这无尽的痛苦，流失无数个春宵，这是以什么样的代价换取的一个安宁？在枯燥的日子里，耐心地等待一个遥不可及的梦，要多久？要多远？谁都不知道。她轻声说：

“我不知道该怎样对你说，有人喜欢你应该是很幸福的事。假如你把他忽略了，对他漫不经心，一味地去追求你想得到的却不知道能不能得到的东西，我想这对你是不是个损失？虽然薛队长很优秀，也赢得大家的喜欢，但是，如果单纯地只想是为了爱情，我想那种喜欢就毫无意义。”

肖玲忽然对雁媚刮目相看，她不是她们认为的固陋、拘谨、呆滞和漠不关心。她很明事理，有思想，充满智慧。而且，她衣着朴素，举止端庄，从来都是规规矩矩。虽然她对交往毫不习惯，但是，她在孤寂里总是那么文雅，宁静，她眼神里有一种纯净的情绪，保持着心态的平和。她从来都不俗陋地表现出她的怨恨、烦恼和受欺辱时的气馁，她忍辱时的镇定和孤独时的静美几乎到了完美的境地。

她的品质和内秀怕是被人忽视了，而肖玲挖掘到雁媚的内心，并步步都有发现。她完全看到了雁媚身上流露出来的如宝石一般的光芒，那是任何瑕疵也掩盖不了的。她为雁媚动了恻隐之心，就对她说："以后，你有烦恼或者心事也对我说吧。"

第二天晚饭后，肖玲刻意为自己打扮了一下，她洗洗脸，抹点香脂，又梳了梳辫子。然后就有点心神不定，不知道是要去打开别人的心扉，还是要敞开自己的心扉。也不知道是先去找薛剑，还是主动去找跃平。最后，她要用她的自信冲破一个束缚，那就是直接向薛剑打开天窗说亮话。她要向他明确表示出她对他的爱慕之心。当然，她对跃平也有一种欲迎还拒的矛盾心理，在没有确实在薛剑那里碰壁以前，她抱着这个愿望不死心。她大胆地带着冒险，在他们两个人之间游戏，想先在薛剑那里碰碰运气，如果不行，她心甘情愿去接受跃平。就先去找薛剑，薛剑不在他的寝室。她踌躇片刻，决定去找跃平。当她推开门的时候，惊异地看到薛剑和跃平正在专注地看一张图纸。

那是有一次回家，跃平认识了他爸爸的一个朋友，他是搞木器设计的，跃平对木工发生了极大的兴趣，加上在这里学了点木工的手艺。所以，他跟着他爸爸的朋友到工厂去看了很多木制工艺，而且也学会了看图纸。他的思考很远，他不愿在这里待得太久，他想扎扎实实地学一套手艺，即使将来找不到工作，能走街穿户帮人家打理家具也行，希望就是能挣到钱。他开始想挣钱，因为挣钱比挣工分来的实际。他要开始恋爱，他要让他的女人以后跟着他过好日子。相比在这一点上，薛剑就要逊色多了，他对他心爱的姑娘能做什么呢？

看到肖玲，跃平竟激动地支支吾吾着："你，来找我？"

肖玲犹豫了一下说："我找薛队长。"

"找我？"薛剑看看跃平。

"是，我找你有话说。"

薛剑笑笑说："找我有什么话？是反映问题吗？"

肖玲神情认真地说："找个地方，我们谈谈。"

"在这里不行吗？"

"不行"

"那要去哪里？"

"一个只有我们两个人的地方。"她大胆又坚决地说。

"跃平在这里，我们三个人坐下来谈好吗？"

"现在我只跟你谈。"她又对跃平抱歉地说，"对不起，我找薛队长有事情说。"

趁着微微的天黑，肖玲硬要薛剑到较远的渠堤上。这里高突，可以瞭远，更适合谈心。

“你说吧，找我有什么事情？”薛剑直接问。

“没有事情，就是特别想跟你这样单独坐在一起，吹吹凉风，欣赏欣赏夜景，体验体验恋爱，恋爱的人不都是这样吗？静静地坐着，即使什么也不说。”

“小丫头，开什么玩笑。”然后，薛剑收敛笑容说，“如果我告诉你，跃平正在为一个姑娘绘制生活的蓝图时，我想你马上就会拍拍屁股上的灰尘走掉的。”

“先不谈他，只谈你。薛剑哥，你先告诉我第一个问题。”

“什么问题？”

“那一天，你为什么跟建民打架？”

“你说。”

“不知道，我们都很好奇。”

“减少一点好奇心，说第二个问题。”

“那我就问你，喜欢什么样的女孩？”

“我喜欢美丽善良的女孩。”

“我的心地就很善良，也很美丽。”肖玲很有自信地说。

“我知道，可是已经有人在喜欢你。”

“可是我喜欢你呀。”

“这样不行，那跃平怎么办？”

“我又没有答应他。薛剑哥，今天，如果我不把我喜欢你的话说出来，或许我失去的不是他，而是你。”一阵沉默，肖玲又说，“薛剑哥，我不能喜欢你吗？”

“不能。”

“为什么？”

“你说。”

“是不是你心里有别人？”

薛剑神情认真地说：“这不该成为你担忧的问题，好好想想自己，别忽视了一个真挚的感情，而去做不切实际的盲目追捧。别把我看得太了不起，我没有你们想得那么好，那么真实，比起跃平，我在很多方面都比他差远了。”

“可是，我一直都非常喜欢你。我知道，我在你眼里不过还是一个只会嘻嘻哈哈的小姑娘。当然，我也知道我跟你的距离。但是，喜欢你，追求你也是我的权力。如果你能发现我的心对你是纯洁的，热烈的，我想你就能做到屈尊俯就，让我们在爱情的位子上保持平等。如果你一直这样清高，对我表现得无动于衷，那我真的就怀疑你心里已经有人了。”她停顿了一会儿又问，“薛剑哥，你心里真的已经有人了是吗？”

薛剑不语。

“是叶迎香吗？还是丁晓秋？艳艳？或者是金风或三妮？”

“瞎猜什么呀。”

“我要知道。如果知道她是谁，我就……”

“就怎么？”

“就竞争啊，毫不退却地去竞争。”

“你在说疯话是不是？为什么要这样？”

“因为我自信我有优势，我比她们更有可爱的地方，而且，我比她们跟你的距离还是要近得多。”

“我看我要走了。”

“你不能走，你要听我说。”肖玲执拗地：“叶迎香虽然能干有个性，但是她太厉害不温柔，而且也没有我漂亮；金风虽然比我漂亮，家境也好，但是她心眼不好；三妮心地善良，也很可爱，可是她是你朋友的妹妹呀；还有艳艳，她胆小害羞，你是不会喜欢的。那会是丁晓秋？也不可能呀。至于别的女生我就不做分析，在这个青年队里或许地方太小，所以也显示不出谁是出色的，尽管我们都在默默地追求你，但是，自知自明还是让我们缺乏自信。”

薛剑说：“你就很出色，跃平他独具慧眼，早早地就看好了你。好好珍惜吧，别朝三暮四。女孩子被人喜欢应该是件很骄傲的事。如果你不牢牢地抓住，或许你损失的就不是一个恋爱的过程，而是一生的幸福。”

肖玲慢慢冷静下来，她感觉薛队长的话跟昨天雁媚对她说的话有很多共同的地方。她侧过头愣愣地看着薛剑，发现他心灵的那种智慧、稳健和掷地有声的语言跟雁媚身上所具有的那种宁静、柔美和忍辱负重的执着，能融合成一种思想那该是多么的闪闪发光。假如雁媚不是因为出身不好，或许他们两个才是真正完美的天双地配。她轻轻地叹息一声说：“昨晚，姚雁媚也是这样对我说的，被人喜欢应该是一件很幸福的事。薛剑哥，你没有注意到她吗？我发现她是一个很特别的人，她没有我们身上的那种世俗的虚荣、肤浅和粗俗不安，她总是神情淡雅地透着一种高贵的气质。即使平时金风总爱对她说尖酸刻薄的话，她也能做到忍耐和睥睨，她所表现出来的不是懦弱，而是不屑，不是屈服，而是坚强。即使别人都不在意她，我也发现了她的与众不同。”

薛剑心里怦然一跳，他感到忧伤，在这沉静的旷野上享受自由的风，却不能跟自己心爱的人自由自在。

肖玲继续说：“很可惜，是不是像她这样情况的人，即使貌若天仙，在爱情的问题上也会是障碍？那年我到西安舅舅家，他邻居就有一个女人长得非常漂亮，像电影里的明星。可是就是因为出身不好，在婚姻的问题上也是屡屡受挫，没有人敢娶她。后来在三十岁的时候找了一个又矮又丑的男人结了婚，真是可惜，我觉得那简直是一个畸形的婚配。有时看到雁媚和疤倌在一起，就会很自然地想到我舅舅家的那个邻居。”带着那点只关心世俗事情的偏见，她把雁媚也归类到那个范畴，她如此看轻一个美丽的存在，还用不良的目光看待雁媚和俊生纯洁的友情，让薛剑难过。

薛剑神情严肃地说：“为什么叫他疤倌？他不是也有一个好听的名字叫俊生吗？别让自己的言行使自己显得低俗，还会造成别人心灵的痛苦。”

“是，我知道了。”肖玲羞愧地，然后又说：“如果雁媚不是因为出身不好，还是厂外子女，我想，叶迎香也不会这样排挤她，金凤也不敢欺负她了，她一样会自信地成为你们男生……”她停住了，扭头看着薛剑。

薛剑没有勇气告诉肖玲他最深爱的姑娘就是雁媚，他为自己感到悲哀，他十分清楚自己致命的弱点就是顾虑太多，优柔寡断。他的怯懦、他的委曲求全和他在对待爱情的方式上所表现出来的一种智能的低下，使他没有冲破她们对雁媚的种种歧视和偏见，他也没有为此而勇敢的努力。在众目睽睽的青年队大院，无论是公开他们的爱情，还是隐匿他们的爱情都很难，想想有痛苦，想想很无奈。

“你们住在一个屋子里，应该去关心她，去体谅她的处境，不要去伤害她，歧视她，给她一点温和她就会感到温暖。不是吗？”他说。

“我会的。”然后又问，“你怎么了？”

“没什么，走吧，天凉了。”

对这样结束谈话肖玲很不甘心，她依然说：“薛剑哥，你应该知道我喜欢你。”

“好了，不要说这些了。”他真切地对肖玲说，“别让自己太轻浮，跃平可是很认真地在对待这份感情。不要让他失望，也不要让我失望，我们都是好朋友。人之间能产生一种感情也是不容易的，好好珍惜，这也许是你们的缘分。”

薛剑跟肖玲谈过话后，在田间独自踌躇了一会儿，就来到马房。

肖玲回到寝室，一副失望的神情，她什么都没有说就躺下了。雁媚也要睡下，隔壁的打牌声太吵，又隐隐约约听到俊生在叫她，她出去问：“什么事？”

俊生没说话，只把头朝马房扬了一下。

雁媚就跟着他来到马房，刚进去就被俊生把门轻轻关上，而他自己蹲在门外的一个木墩上抱着膀子，俨然像个看门人。雁媚正感到奇怪，突然看到薛剑从草堆旁站起来，他磁石般的目光充满着爱怜，带着微笑的安慰，深情地走到雁媚的身旁。此刻，语言最深的意义是沉默，感动中他把雁媚轻轻揽在胸前，许久不说话，凝视就是最美妙的诠释。

“你怎么了？”雁媚惊慌地想从他的怀抱里出来，“别这样，俊生在外面。”

“别动，我只想抱抱你，我今天好想你。”他在她耳边低语，“雁媚，怎么办？我好痛苦，也好无奈，我是不是因为软弱而表现得太自私？本来我应该可以像太阳照到窗台那样快乐的，没有忧虑地给你温暖，给你爱护。可是，却要这样偷偷摸摸地跟你幽会。外面的夜色很美，风吹着很舒服，这应该是我们无拘无束地牵着手在田间散步才是，可为什么要这样呢？”

雁媚低头不语。

他轻轻捧着雁媚的脸深情地说：“你的眼睛像天使的眼睛，你的美貌像天使的美貌，感受你天使一样的气息，我怎么能在这小小的空间对你视而不见？”

雁媚说：“我不知道安宁对我有什么意义，但是，我必须让自己安分，我怕自己稍有不慎的行为会惹出是非。而且，我对遭受耻笑和辱骂也受够了。作为一个厂外子女，而且还有一个不好的出身，我不敢有什么奢望，只想每天能看到你，哪怕远远的一眼，我就心满意足了。”

她轻轻推开他，走了。

第七章

收完秋后的田地，裸露出一种苍凉的空旷，准备迎接新的播种。

地里有两架耧车穿行，几个男生轮番驾耧，其他的则四人一组轮换拉耧，顺着田垄循规蹈矩，俯首帖耳。在白云漂浮的天空下，感受着温暖的太阳，呼吸着清新的空气。拉耧时的争先恐后，换班时的一哄而下，擦把汗，饮碗水，让人乐滋滋。

休息的时候，大家依然坐在一起闲谈，几年的习惯都是这样，然而，这一次，他们的话题却在迷茫中带点希望。

肖玲说："我感觉社会要开始变了，对我们该有个结果了。"

胖妞说："是不是我们可以回城了？"

三妮说："薛剑哥，你认为呢？"

薛剑说："不会太久了吧。"他凝视远方，心里也有渴望离开的念头。在这四面寂寞的乡村，这样默默无闻的生活他也感到厌烦。为了爱情，他要朝新奇的外面张望。这时，天空上有一排大雁向着南方飞去。他忽然想到很久以前，有一次在马房，他听到雁媚对俊生谈起她名字的时候说的话：我不叫艳美，而是雁媚，大雁的雁，明媚的媚。他对那第一次触动心灵的谈话一直记忆深刻。他情不自禁地朝雁媚看去一眼，那个沉静的身影，一直是他心里的迷摄。

三妮问："大雁要到哪里过冬？"

"南方。"薛剑说。

"南方是哪里？"

"一个温暖又有水域的地方。"

带着遐想，他们的目光追随着大雁的踪迹，很远。

沉静中，学林过来了，带着调皮的滑稽相说：“薛队长，你可是在女人堆里混久的人，因为你，她们是连看都不看我一眼，弄得我多悲惨，几年下来还是光棍一个。”

肖玲说：“你这臭小子，我们天天都看着你呢。”

学林笑着说：“这么凶悍的女人，跃平是怎样看上你的？”

跃平咯咯笑起来，他喜欢在这样的气氛里肖玲那机灵活泼的表现。

从那次跟薛剑谈话以后，肖玲审慎地接受了跃平。他们自然亲切又有一定的距离，他们保持爱情的发展，这对其他女生来说是个得意的事情。

这是多少年形成的习惯，只要是在田里间歇，女生们就会把薛剑霸在她们中间，这种任性又单纯的占有却也很自然。坐在一起无非就是说些无关紧要的小事，讲些平庸的笑话。但是有一点很重要，那就是她们在面对自己所喜爱的人，同这个胸怀宽广，健康正直的人做秘而不宣的交谈。她们有这样的耐心，坚持与他进行几年的精神恋爱。让心灵塞满神清气爽的东西，在枯燥的农村这是唯一的娱乐方式。而薛剑的机智总会很巧妙地在女生面前善于伪装，谁都没有发现他内心的秘笈。平时，他跟女生这样坐在一起很自然地把握着尺度，恰到好处地表现出他的开朗和风趣，宽容和关爱。他也会很得体地夸上谁一句，赞美谁一句，叫上谁的名字，说点漂亮话而令她们沾沾自喜。唯独对雁媚他从没有提到一次，那是他珍藏在心底最深的心语。他深沉含蓄地掩饰着他的情愫，从不让她们发现一次，即使有时雁媚就坐在他们的圈外，他们也没有从薛剑的眼神里发现有恋爱的迹象。但是，他的心里却在焦渴地等待，那田里的秋风在为他心灵拂尘，真诚和简约是人生的一个最高境界，不谓叹息命运的不济被下放来到这里，而真切感慨今生的相遇是一个伟大的奇观。无论对薛剑还是对雁媚，只是他们有点身不由己。

种完麦子后的一个轻松的傍晚，薛剑突然被一种行为吓了一跳，他一下子收到了几封情书。因为有大胆的女生们终于开始向他进攻。她们不再矜持，不再等待，她们预感到时机的到来。

薛剑躲在屋里，简单地看了看信，就把它们烧掉了。他很惶惑，也很不安，心里增添了负担。特别是金凤在信里写了许多伤心可怕的语言：如果你不喜欢我我会痛苦而死；如果你不接受我我会生不如死；如果我知道你爱的是别人我会在你面前去死……她那漂亮而做作的样子让他诚惶诚恐，感觉掉进了深谷。在他还没有从惊悸中回过神来的时候，叶迎香就推开了他的房门，索性就直接向他摊开了这个话题：

“我来找你就是想和你确定关系，我想我们已经不是小孩，我也是在经过深思熟虑后才到这里向你提出来的。我们从做学生时就在一起，有那么深刻的互相了解做基础，在共同的生活中又加深了感情，我想我们该是时候了，让我做你的女朋友吧。”她那么坚决，不容置疑，毋庸置疑是要把这场谈话做最后的收场。

薛剑冷静地说：“我从来都没有考虑过这个问题，我根本就没想着去跟谁恋爱。我们虽然是从同学开始一直走到现在，但是这只是一般的同学关系，我不想改变。”

“可是，我想做你的女朋友跟你交往，跟你恋爱，以后做你的女人和你结婚。虽然这话说出来我也感到害臊。但是，我还是迫切地想让你知道我对你的追求。尽管我们还在这里，或许不久我们都会离开这里有一份工作。那样我们就有很多事情一起去做。”她说得很坦率，想法也很朴实。但是她忽略了自己的自命不凡是在强人所难。

薛剑淡淡地说：“别那么认真，我没有心情想这个问题，我也说得很明白，我不想跟谁恋爱。”

“我这么追求你，你也无动于衷？”

“别让我难堪，也别让我有负担，这是两情相悦的事情。”

“你是觉得自己很高傲我配不上你？”

“如果你能忍受听我说实话，我可以告诉你，我跟你只是普通的关系，以前是，以后也是。理智一点，我们还要在这里继续生活，搞别扭了都不自在。”

“可是，我怎么办？我已经把喜欢你的想法都告诉了家人，妈妈和姐姐也在等着哪一天我把你带回去呢。”

薛剑阴沉着面孔说：“别逼我说出更绝情的话，爱情不是像你在安排工作那样所心所欲。我知道你在很多方面都表现得很努力，泼辣能干，责任心强。但是，爱情不是因你的争强好胜得到的。你要体谅别人的感受，我对你不会有爱情，就这样吧，别让我感到无聊。”

他完全是一副绝情的冷若冰霜的表情，令叶迎香无比羞愤。她狠狠地说：“你就这样对待我吗？”

薛剑无言以对。

叶迎香狠狠地说：“如果你心里想着别人而无视我对你的感情，我不会原谅你。”她转身欲走，又停下了脚步，十分怀疑地看着薛剑又说，“我怀疑你藏了一个很深的感情，我怀疑你心里已经有了一个人，你在我面前还装得若无其事的样子，迷惑我膝屈到你的面前不知羞耻地向你示爱。你是在戏弄我对不对？如果真是这样，我会鄙视你，瞧不起你，你一定是一个极其虚伪卑鄙的小人。我说的对不对？你为什么不敢看我？”

她那强行极端的蛮横，令薛剑为之反感，他背过脸对她说：“我无话可说，你走吧。”

叶迎香恼羞成怒，从口袋里掏出一封准备给他的信，在手上抖了抖就把它撕得粉碎，狠狠地掷向他：“我的一片真心就这样在你面前粉碎，你有这么了不起吗？”她翕动着鼻翼，绝望地捂住要哭的嘴巴，夺门而去，却与正好进来的为华撞了个满怀。

“怎么？你们吵架了？”

薛剑呆呆地面向后窗，暗自忧伤，他感到自己陷入到了一个沼泽泥潭，欲想挣扎就欲陷得深，无法摆脱。因为他无法暴露他的爱情，他和雁媚的关系如履薄冰。如果哪一天被她们戳开他心里的秘密，雁媚怎么办？她娇弱的脊背一定会被她们戳烂，她们的唾沫一定会把雁媚淹没，或许还会不择手段地把雁媚弄出这里，这是很可怕的。他清楚地知道她们虽然具有自然和教育赋予的一些好的品质，但也不可避免地暴露出她们所接受到的恶劣品质。特别是在这件事情上，一旦被她们发现实情，女人最狠毒的手段都会表现在争风吃醋上。

他心情忧伤地从屋里出来，眼巴巴地看到雁媚在压井打了盆水回屋，他却不敢喊她，他站在黑暗的外面烦躁不安。她们这样毫无责任地给他出难题让他身心疲惫。

只为息事宁人，薛剑处处谨小慎微，唯恐他的某一个眼神，某一句话被她们看出破绽，而使那句你心里有人的话铁证如山。

播种完麦子后，地里就没有什么活了，无所事事的农闲只会增加年轻的烦恼。一天快中午的时候，领队的范师傅和司机开来了大卡车，因为考虑到农闲，上面领导决定安排一部分队员到工厂去做零工。这是一个让人欢欣鼓舞的事情。大家争先恐后，最后决定把队员分成两组轮换着做。

既然开来了卡车，就临时决定集体放三天假，三天后，没有留在工厂干活的队员都要归队。

叶迎香来找薛剑，她心里仍然充满着那个希望。她对他说：“我们两个一起先到工厂里去干吧，这里可以让别人来负责。”她深情地看着薛剑，渴望得到他回心转意的表示。她不想跟他分开，想永远都和他在一起，做他的女人跟他结婚，在工厂跟他一起上班，一起回家。这个梦，如云烟袅绕，挥也挥不去，抓也抓不住，特别是一看到薛剑，她就老是往这里想。

薛剑根本不想回去，即使让他带领第二组队员回去他也不愿意。他要留在这里，他不忍心看到他们都有这样的机会而把雁媚丢弃在这里，还有俊生。回工厂干活的人事安排，几乎就把雁媚和俊生排斥在外。

雁媚从院子里出来，小心地不敢看薛剑一眼，因为叶迎香在他的身旁。畏惧她，是雁媚长久以来的心理障碍。她只想着赶快离开这里，因为大家都在为回家而兴奋，他们表现出来的那种惊喜和振奋让雁媚有点自惭形秽。回家对他们来说是幸福的事，而对雁媚来说就太苦涩，婶婶那尖酸的目光让她难受，而且，还会敲盆打碗地奚落说：粮票没有了，钱没有了，你这样经常回来是看我有吃不完的粮食堆在那里吗？她以过度的吝啬，加上笨重的身体，在撒过一阵气后就一屁股坐到门槛上，让雁媚进出难堪。所以，回家让雁媚感到负担。可是不回家又能怎样呢？空空的院子里或许只有俊生一个人陪着他的马，他也是常常为回家的事情发愁。雁媚犹豫地在外边的路上踯躅，空虚地望着田野和村庄，她不知道是回去好还是不回去好？

雁媚在犹豫中，不知不觉朝北菜园走去，那是她以前常常走过的一条小路。已是入冬的季节，菜园里已经没有了夏天的那种欣欣向荣的景象，只种了一些萝卜和大白菜。她默默地坐在地头，享受着温暖的阳光，心里却有无限的惆怅。她抬头看着一棵树上的鸟巢，苦笑地自言自语：如果我也是一只小鸟多好，在哪里都可以安置自己的家，大地这么宽广却没有我可以栖身的地方。她四顾，遥望，远处的村庄，在柳树的环绕中显得格外安静。她想到了翠芳姐，如果能在她家借住几天就可以不回家。她男人在外面做木工，家里只有两个小姑娘，她一定会高兴地收留她住下。想到这里，雁媚就起身朝村里走去。在村口，她意外地碰见了俊生，拉了一车谷草，这是马最喜欢吃的草。

“你到这里来干什么？不回家吗？”俊生惊讶地问。

雁媚摇摇头说：“我不回家，我到那个女人的家里去，她对我很好。”她指着前面的一户人家。

“那你……”

“你也不回家吗？”雁媚问。

俊生木然地停了下，尔后，就驾车走了。他回到青年队，院子里已经安静了，只有外面的那条路上围了一些人。队员们兴高采烈地拥挤在车上，他们的骄傲和优越完全可以在不曾见过世面的乡下的老人和孩子面前大肆炫耀一番。

大卡车在缓慢蠕动，为避开好奇的村童。

俊生跑过来朝车上喊道：“薛队长，薛队长。”

薛剑从车上俯下身子问：“什么事？”

俊生支支吾吾：“我，我……”

薛剑跳下车：“你有事？”

“我想回家。”

看他奇怪的样子，薛剑问：“怎么突然要回家？”

“你，你留下来吧。”

薛剑犹豫了片刻说：“好。”

金凤从驾驶室里探出头说：“薛剑哥，你不要留下来。”因为她父亲的权力，她一直都能享受这个座位。

叶迎香在车上对俊生抱怨说：“你真多事，让你把马牵到村里你不让，还瞎逞能，现在你也吵着要走。薛剑，你让他把马牵到村里，大家都走了，你一个人留在这里怎么办？”

薛剑对叶迎香说：“你回去好好安排，三天后，没有在工厂干活的队员都要准时回来。”

好多女生吵吵嚷嚷地也要留下来，被开动的大卡车毫无商量地拉走了。

雁媚的到来令翠芳姐格外高兴，一个城里的姑娘，把她家当成自己的家一样，这对于一个足不出村的女人来说无疑是一个荣耀。她为雁媚做了面条，还把平日里舍不得用的细布床单换上。她说：

“我知道你们城里人都很讲究，每次孩子她爸回来都说，城里人的家，又干净又整齐，不像我们乡下人邋里邋遢”

雁媚说：“你的家就很干净，院子也很整齐。”

“如果你喜欢这里就常来，我高兴你来跟我做伴。孩子她爸常常不回家，跟孩子们只会吵吵嚷嚷，你说是不是？”

“只要你不嫌我我就会常来。”

可是，就在傍晚的时候，这家的男人突然推着满载工具的自行车回来了，让她们吃惊。大红和小红欢呼地扑向她们的爸爸，翠芳惊喜的脸都泛着红光。她问：“你怎么这时回来？”

那男的嘿嘿笑了笑，就奇怪地看着雁媚。

翠芳说：“她是城里下乡知青，我邀请她到家里玩。你怎么这时回来了？”

那男的说：“碰到腿了。”

“什么？你受伤了？我看看。”她急忙蹲下撸起男人的裤腿，腿肿肿的缠着纱布，还渗着血。她心疼地说，“怎么不当心点，伤得这么重。”

雁媚站在一旁，看着这个骨骼粗壮的男人，是什么意志让他带着这么重的伤势骑这么远的路回家？人在受伤受苦受挫折的时候会想到家，在最孤独最脆弱的时候也只想到家。

雁媚让大红陪她回青年队，小红闹着也要去，被大红唬了回去。一路上大红都兴高采烈蹦蹦跳跳，跟着一个城里姐姐来到青年队，这是她最向往的地方。一个懵懂而闭塞的小孩，在她的思想里怎么也想不到城里会是什么样子的。看着美丽的姐姐，她似乎想到那有高高房子的城市，一定像姐姐这样美丽。她活泼又可爱地问了很多有趣的问题，譬如，走路是不是不踩泥巴？水是不是自己流出来的？小女孩是不是都抱着一个布娃娃？

雁媚的微笑，是对她肯定的回答。

她们到了青年队，暮霭中，青年队大院幽静得让人恐惧。每一间门窗都关得紧紧的，只有马房的门敞开着，里面亮着淡淡的灯光，雁媚握住大红的手，而大红却对她说："姐姐，这里没有大灰狼，我是诓妹妹的。"

"对，没有大灰狼。"雁媚对她笑笑，"来，我们先到马房，这里有一个喂马的大哥哥。"

话音刚落，一个令人惊异的情景：薛剑提着水桶从马房出来，蓦然看见雁媚怔怔地站在那里，她身旁还有一个怯生生的小女孩。

他丢下水桶跑过来："怎么是你？怎么是你？你怎么在这里？你不是回家了吗？我看到你走了，你又从哪里来？"他激动得仿佛觉得这个傍晚是不真实的。

雁媚说："我没有回家，我去了一个农妇家，这是她家的女儿来跟我做伴。"

薛剑充满爱惜地说："我不知道你没有回家，俊生也没有告诉我，他突然把我从车上叫下来说要回家。天呐，这是他有意安排的吗？他知道你没有回家吗？"

"我在村口碰见他了。"

"这个俊生，他一句话都不说。"

在充满谷草气息的马房，偎着淡淡的火光，第一次在青年队这样毫无拘束地享受这个恬静的时光。那个小女孩就坐在他们的身旁安静地伏在凳子上写作业。她很拘谨，也有点害羞，一直低着头写字。雁媚提醒她写作业的时候不要趴得太近，她才略微抬起头看看这个刚才姐姐说的大哥哥。

凝望火光中的雁媚，薛剑轻声说："告诉我你的故事，我想知道。"

雁媚慢慢垂下眼帘，幽幽地说："我是一个孤儿，在我十二岁那年，也就是那年的冬天，我的父母不在了。"她拢了拢头发继续说，"后来，我被叔叔领回家，婶婶是一个凶悍的女人，她从不给我一个好眼色。无论我做得再好，多么小心地讨好她，服从她，种种努力，换来的仍是她恶狠狠的责骂。不过，三个堂妹都非常可爱，就跟她一样。"雁媚摸了摸大红的头，"我从她们身上感受到温暖。还有邻居的一个奶奶，她特别关心我。否则，我真的会认为这个世界是冷酷和无情的。"

她凄苦地笑笑，往日那一缕哀伤的痕迹，淡淡地融化在温柔的火光中。能让另一个人也为她生出忧伤的是最深的爱情。薛剑轻轻握着她的手说："还有我。请相信以后的时光我会为你努力。你所有的委屈，你的痛苦，都让我来承担。我要让你幸福，让你快乐，我还要听到你开怀的笑声。"

"嗯。"雁媚哽咽了，眼里突然闪烁出晶莹的泪水。

早上，薛剑有心把马喂得饱饱的，准备精神饱满地把它牵出栅栏。他一整夜都在想，要给雁媚一个惊喜，要带她尽情地无忧无虑地玩，让她开心地欢笑，在她失去最多的笑容里他渴望听到她纯洁的笑声。现在，这里只有他们两个人，好像世界也只有他们两个人，他们可以不受局限，没有顾虑，也不会提心吊胆，小心翼翼，上苍为他们这样安排，他们就欣然接受。

初冬的田野空旷，深远，没有什么人需要下到地里来劳作，播种后的田地悠悠自得，从容不迫，等待种子的发芽而无须受人打扰。庄稼人又会去忙别的，男人们或许去修缮房屋，或去整理农具，而女人们则喜欢坐在屋山的太阳下纳鞋底，做棉衣。

吩咐好大红回家，雁媚为自己精心打扮，她要用最好的心情去赴一个美丽的约会。跟薛剑相爱这么久，总是小心谨慎，顾虑重重。现在世界给了她，她完全可以随心所欲。她从包包里拿出珍藏已久的妈妈遗留的衣服穿在身上，照着记忆中妈妈的模样打扮自己，她天性就有一种对美好事物热烈追求的特质。在她忧伤已久的脸上，现在充满的是快乐、幸福和浪漫。她对着镜子照了照，看到镜中的自己，略有怀疑。美丽使她露出了自信的笑容，她要用这个笑容去魅惑薛剑。

在延伸很远的一条小路上，薛剑牵着马站在一棵婀娜飘摇的柳树下。微风轻轻吹拂，初冬微微寒意，天上白云翩翩，太阳金光灿灿，呈现出气势盎然的恢弘。这时，田地里走来一个恰似二十世纪五十年代的佳丽，雁媚身穿一件白丝绸衬衫，领口处系着飘带，外套一件米黄色的开司米毛衣，下穿一条如天空一样的蓝色过膝长裙，绰约向人，绮丽无比，宛如天宫里的娥眉。几乎有一个年代没有看见过如此佳丽美人了，薛剑惊异地等着她款款走来。

"太美了，我甚至不相信这是真的，我还以为是天女下凡了呢。真是太美了，女孩子都穿得这么美丽，这个世界也会为之一亮的。"薛剑赞叹道。

"这是我妈妈曾经穿过的衣裳，我又大胆地把它穿在身上。因为今天，我感觉世界只有我们两个人。"

"对，就是这样，世界上只有我们两个人，还有这匹马。"他拍拍马背说，"来，骑着它，今天就让我们疯狂地玩吧，没有谁来约束我们。"

"可以吗？"

"当然可以，它很温驯，俊生把它调养得就像他本人。"

“这样会不会太奢靡，万一让别人看见了会不会指责我们？”雁媚担心地问。

“不会的，骑马有什么指责？你看看这方圆哪里有人？现在只有我们两个人，来吧。”他鼓励雁媚，几乎是把她抱到马背上的。

雁媚斜骑在马背上，感觉到小小的惊颤。然而，激动使她发出轻轻的笑声，那样生动，那样悦耳。笑对于她玫瑰般的青春，对于她坚韧不屈的个性，还有她明亮的眼睛和动人的容貌都很适合。多少年了，她失去最多的就是笑声。而此刻，她整个心灵都被笑声填满。薛剑穿着那件漂亮的灰色毛衣，气质优雅，却像一个忠实的马夫一道前行。

娴静和粗犷都那么自然。

整个下午，他们都手牵手，徜徉在田间，漫步在荒坡上。

太阳低低地挂在天空的西方，忽然让人感觉它的苍凉；草黄了，要枯萎了，那种自然凋零的景象，不可避免地使人想到冬天的冰凉；旷野的风，夹杂着细碎的草叶，吹来时的那种飘忽不定的卑弱，又使人生出一种恻隐，他们坐在田埂上默默地眺望远方。

雁媚把头轻轻靠在薛剑的肩膀上，温暖地感受着他的力量。凝神时，忽然看到远处有一对老年夫妇在地里拾柴火。

雁媚问：“我们会不会也相互依赖地走到他们那把年纪？”

薛剑坚定地着说：“会的，我们会比他们走得还要远。”他在身旁采了一朵耐寒的野雏菊，轻轻插在雁媚的发辫上，“我知道你喜欢花，最喜欢什么花？”

雁媚感慨地说：“我喜欢每一样花，因为每一样花都有它的颜色、香气和姿态。妈妈喜欢茉莉花。所以，在万花丛里，我对它也有偏偏的喜爱。它纯洁、质朴，又醇厚。爸爸妈妈的性格就是这样，无论是对工作，对朋友，还是对邻居，他们总是充满热情和爱心。最难能可贵的是他们对贫穷又卑微的人也从不轻视，而是用他们的仁慈去关怀他们。我想生命中最美好的品质也不过如此。如果人世间没有争斗，没有欺诈，没有对人性的蹂躏，人们都能在自然怀抱中平等相处，让笑声真诚地从心底流露出来，让每个人都有尊严地生活。”

薛剑凝神倾听，还有什么比这美妙的语言更能显示出人的尊贵和骄傲呢？他深情地拥住雁媚的肩膀感动地说：“谢谢你雁媚，在我的生活里，你将是我不可缺少的诗画。”

在他们对未来表现出强烈的渴望时，又无奈地感到现实的一切都不属于他们，他们还不能尽情地谈情说爱。所以，在离开这里之前，他们都会坚持爱情的秘密，守口如瓶。

然而，在这个特别的日子里，他们缠绵不已，难舍难分。也许明天，也许后天，他们就会佯装着形同陌路，形影相吊。当然，雁媚也知道在青年队薛剑不属于自己，而属于大家。她们都那么喜欢他，尊重他，爱慕他。如果过早地暴露他们的恋情，对她们也是不公平的。所以，他们就有一个痛苦的忍耐和等待。谁也看不清以后会怎样，就像这样的天气，即使是一个多么明媚灿烂的天空，有一团浮云不断地变幻、蔓延、布满，它就会预示着一场风雨的到来。

晚上，天骤然刮起了大风。

雁媚回到寝室，把白天穿的衣服又重新叠好珍藏起来，把对爸爸妈妈的思念也一同珍藏起来，珍藏在心里最深的地方。然后，她静静地坐在床上，开始回味，开始遐想。

突然，风声中又涌来了哗哗的大雨。

薛剑清扫了马房，担了两桶水，又洗了衣衫，给马添加了草料，做完了这些事情后，他就躺到俊生的床上开始看书。突然，一阵风雨把他惊动，他起身把窗户关上，把马绳又重新系好，他怕门缝飘进来的雨水会把谷草弄湿，就把草向里挪了挪。他打开门看看外面，清寂的青年队只有风雨萧萧的声音，雁媚屋里的灯光显得昏暗。风很大，雨也很大，他开始为她担忧，知道雁媚一定在害怕。那次她在菜园里的遭遇就浮现在他的眼前。忽然，他体内的那种冲动和头脑中的理智在不住的诱惑他，又在不住的警告他。他无法让自己安静下来，很渴望在这个时候守护在她的身旁。

这样的大雨，雁媚真的很害怕，她畏缩在床上，恐惧地看着房顶，那裸露的木梁上高高挂起的灯泡在晃晃悠悠；泥抹的墙壁在一块块地脱落；一只黑色的蜘蛛从屋顶上下坠，牵着一根细细的丝在爬动；风从北窗的缝隙吹进来发出了呜呜的声音，像是要把灯泡吹灭。而瞬间，就停电了。虽然知道这个空寂的院子里还有薛剑在，但是，雁媚还是想把他叫过来陪她一起度过这个可怕的夜晚。

这时，薛剑提着灯盏在门外喊："雁媚，雁媚。"

她急切地说："薛剑，你别走。"就打开了门把薛剑从雨中拉进来。

"你害怕了吗？"

"嗯。"

"不要紧，我在这里，快上床。"

雁媚才发现自己裸露着白皙的腿站在薛剑的面前。

薛剑脱去雨衣，搬了一个凳子坐在雁媚的床旁，对她说："你睡吧，我在这里陪你，等你睡着了我再走，好吗？"

"我不让你走。"雁媚羞涩地笑笑，她脸上突然涌起的血潮和眼睛里放出的光芒，多少带着一点少女的撒娇和女人的挑逗。

一切都在无声中。

昏暗的灯光下，薛剑静静地看着雁媚娇柔的容貌美轮美奂，她的眼睛是多么的深情，她的额头闪耀着月光似的宁静，一缕头发滑落在脸上让人多么的爱怜。她的美，就是人间女性的美和天仙之美的组成，因为那是高尚和纯洁的融合。

“你很美。”薛剑情不自禁地赞赏说。

“嗯？”

“不过，你缺少了自信。”

“嗯。”

“我爱你，你就应该有信心。”

雁媚点点头。

“那么，可以让大家都知道我们在相爱吗？”

雁媚摇摇头说：“不行，在这里或许不行，你应该知道这是危险的。如果因为你，女生们都来打我怎么办？”

“我保护你。”

“你保护了我，可是，又要伤害多少女生的心呢。”

看着她纯真无邪的神情，刹那间，薛剑屈服了他体内的那股不可抗拒的本能冲动，他俯下身去情不自禁地吻她的眼睛、吻她的额头、吻她的脖子和她伸过来的手，久久地陶醉于她嘴唇的温柔和湿润中，直到那藐视世俗的黎晨。

第二天，队员们踏着泥泞陆续地回来了。

世界不再属于薛剑和雁媚，原本也不属于他们，只是上苍的眷顾，偷闲给他们一个短暂的良辰。他们的面前，依然是一个扑朔迷离的世界，依然要一如既往地在别人的窥视下小心翼翼。为了避免怀疑，为了把这个爱情隐秘得天衣无缝，雁媚像一只慧黠的精灵，躲到外面，佯装着刚从家里回来一样。

随着队员们的回来，也带回了一个喜人的消息，青年队终于有了冬季应征的名额。这是下放几年来的第一次机会，对所有的男生都是诱惑。他们跃跃欲试，当然，女生也在为他们加油。特别是丽萍在期望为华，肖玲在期望跃平，其他女生都对薛剑抱着希望。接下来就是报名、体检、政审，程序繁多令人紧张焦虑。

雁媚在期望薛剑应征入伍的同时，隐隐约约地感到她跟薛剑之间有一个真正的距离，那几乎是一条不可逾越的沟壑。她相信他会在众多的竞争者中脱颖而出，她也相信他的前程会从此走向光明。

体检好身体，接着就是一个严格的政审过程。薛剑、跃平、石宝顺和张东作为实力较强的人选将面临最后的筛选。

晚上，因为无所事事，她们都裹着被子坐在床上消磨时光。

三妮问肖玲：“跃平家有没有历史问题。”

肖玲说：“他家就是往上再扒三代也是苦大仇深。”

“看看他们条件都不错，最后谁会赢呢？”

金凤说：“最后，就是看谁的关系硬了，谁不知道现在都是明争暗斗。去年我表哥参军就是我爸爸搞定的，我姨夫那老实巴交的人什么事情都做不来。现在不光要送礼，还要会送礼，走错了门送错了人都是白送。一条香烟两瓶酒，就会把那些有权人搞得晕晕乎乎。”

三妮说：“这种风气是从什么时候开始的？”

肖玲说：“谁知道，好像现在不送礼不办事似的，那些人的尊严，轻浮得就这么没有重量。”

三妮说：“送礼是一回事，我觉得自身条件才是最重要的。像薛剑哥这样工作踏实思想进步作风正派的人，国家才需要他们来保卫。”

“是啊，跃平也不错，如果能多一个名额多好，男孩子都应该去参军。”肖玲说。

金凤讪笑说：“跃平也不错？在这里谈恋爱那可是作风问题，部队是很严格的。”

肖玲反诘说：“这是你荒唐的想法，你不想谈恋爱吗？你不是一直在猛追薛队长吗？”

金凤伤心地说：“他有什么了不起，为什么那么高不可攀？为什么他目中无人？为了他，我放弃了多少回城的机会。呜呜。”她哭起来了。

肖玲说：“好了，别责怪他了。一开始来这里的时候，他就说要把我们都当成兄弟姐妹的，他怎么还会跟谁恋爱呢？想想吧，如果这次薛剑哥真的参上了军，我想他一定会有锦绣前程,说不定还会做到军官的,因为他天生就是个领军人物。”

三妮说：“是啊，如果几年后薛剑哥真的做了军官，即使他要谈对象都要部队的严格审查，那是任何一点的历史污点都不能有的。我小姨就谈了一个军官，部队还专门派人来调查我小姨的社会关系情况，弄得很紧张。”

雁媚安静地在听她们说话，心里却有一种难以诉说的滋味。她们根本不把她当回事，也不顾及她的存在和感受，这是一直以来形成的状况。

金凤哭了很长时间，雁媚也是彻夜难眠，三妮的话重重地敲击着她使她忧伤。薛剑将来的前途，会不会因为她的出身而受到影响？

一天，青年队来了两个军人，他们威武的神态让人敬畏，张东在喊：“带兵的来了。”

雁媚正在压井边用水，心里很是激动。这时，薛剑走过来兴奋地对她小声说:“祝贺我吧。”可是，雁媚却慌慌张张地逃避他，躲到宿舍里不再出来，她甚至连俊生的马房也不去了。直到那两个军人把薛剑带走，她紧张的心情才舒缓下来。

薛剑出类拔萃，不负众望，顺利地穿上了军装。可是，尽管雁媚心里对他有无限缠绵的爱恋，她也知道他们的爱情不会持久。虽然在青年队里没有人知道他们在相爱，这是一个很深的秘密，现在是秘密结束的时候了，他们的爱情不可能走到那对在地里拾柴火的老人的那把年纪，因为三妮的话一直在警告她。

几天后，薛剑穿着崭新的军装，神情庄重，儒雅而昂扬地回到青年队。男生们激动而热烈，女生们更是喜气洋洋。雁媚却自卑地守在自己阴冷的寝室里，院子里蜂簇的人群几乎永远都排斥着她。

原本薛剑马上就要走，他要把他的荣耀和穿上军装的英姿带给父母和家人。但是为了雁媚，他要在这里多待一天。而且大家一致要求合影留念，那个预约的摄影师傅要明天上午才能来这里。

晚饭后，叶迎香召集大家都到会议室去，以一种娱乐欢歌的方式为薛剑开一个朴素的欢送会。跃平吹了一首曲子，胖妞唱了一首歌。如同刚来时的情景，薛剑以他独具的魅力站在前面向队友们坦言他的惜别之情:

“对不起，我要先离开这里，请相信我，无论我走到哪里，无论我走得多远，时间多长，我们依然是兄弟姐妹。如果你们还习惯叫我薛剑哥或者薛队长的话，就让我还做你们的大哥和队长吧，我缠绵这样的荣誉。在这个离别的晚上，我真心对你们说，你们是我永远牵挂的朋友，你们每个人的声音、笑容，你们给予我的支持和热情，我想我一生都不会忘掉。我爱你们每一个人。如果以前我对你们有不妥的地方，请你们原谅。谢谢。”

他激动而深情，表白的这么得体，这么谦和。尽管他是女生们的众望所归，也从不骄傲而忘乎所以，平易近人地与大家和睦相处，亲如兄弟姐妹，赢得了大家对他的尊重。唯一让人恼火的是，他的迷人之处，搅乱了女孩子的芳心而对他朝思暮想。在这里的很多日子，大家都是依赖于这种真挚的感情维系着一种纯真的友谊。

“人们说你就要离开村庄，为什么离去的这样匆忙……”雁媚悄然坐在角落里，胖妞宽厚的身子遮挡着她，习惯性地默默无声，使她在这个集体总是这样卑弱和微不足道。

回到寝室，肖玲和三妮还饶有兴趣地谈论薛剑的那套军装穿在他身上的独一魅力，金凤毫不掩饰她彻底失恋的痛苦，倒床睡了。雁媚更是在讳莫如深的爱情中忍受煎熬，没有人知道他们曾经相爱过。她心里充满了悲伤，感觉胸口堵得慌。

虽然她在安静地听她们说话，却不能像她们那样随心所欲想说什么就说什么，即使语无伦次瞎胡诌都无所谓。在这个将与薛剑分别的晚上，也许她们会带着一种简单的快乐去做一个好梦。而对雁媚来说，这也许是她的生命又经历的一场巨大的伤心离别。她低着头在钉纽扣，不能让她们感觉到她在忧伤。

这时，她听到俊生在外面小声喊："雁媚，雁媚。"

待她出去后，金凤冷不丁地掀开被子问："疤倌来找她干什么？"

俊生小心地把雁媚拉到一个僻静的地方低声对她说："他在南场的麦秸垛旁等你。"

雁媚说："告诉他，我不去。"

"为什么？"

"我很害怕，不能去。"

"你不要怕。"沉静中，俊生的大眼睛在黑夜里闪着光。他执拗地说；"如果你不去，他会等你到天亮。"

雁媚坚决地说："你去跟他说，让他不要等我。"

俊生固执地拉着雁媚朝南场走："你别担心，我在保护你们，不会让别人发现。你快去，别让他等得太久，他明天就要走了。"

天气骤冷，飘着细细的雨雪，天空昏沉得没有一颗星，地上也看不到一盏灯，两座高高堆起的麦秸垛影影绰绰，让人不寒而栗。

黑暗中，薛剑神情宁静，温和而耐心，丝毫没有那种急躁和不安。他伸出双手把雁媚拉到胸前。在即将离别的这个夜晚，他的深沉如山一样。

雁媚低声说："我看你一眼就走，我想，该是你把我忘掉的时候了。"

薛剑一愣，说："怎么说这样的话？为什么要把你忘掉？"

雁媚不语。

薛剑说："雁媚，知道吗，我多么努力地争取到这个机会，为了你，我也要先离开这里，以后我才有可能把你也带出去，这是我渴望已久的想法，将来，我们到一个全新的地方开始生活，你没有信心吗？"

雁媚伏在他的肩头，感觉他身上的军装那么硬、那么冰，她阴郁地说："我知道，我们不会有将来，我跟你有太大的差别，在有些方面我们甚至有性质上的不同。你前途远大光明，而我却布满荆棘，我从这里走出去的每一步都会很艰难，甚至遥遥无期，我不能影响到你，就让我们在这里分手吧。"

薛剑疑惑地问："你怎么突然有这么奇怪的想法？是因为我穿上了这套军装吗？还是因为你对我的真心产生怀疑？如果这样我可以告诉你，我也敢对天发誓，无论我走到哪里，无论我走得多远，我都不会变心。如果你觉得我们掩盖爱情的秘密已经毫无意义，我明天就向大家宣布我爱你。在今后漫长的人生路上，我需要你来陪伴我，知道吗？”

雁媚说：“你千万不要告诉他们，就让它成为一个永久的秘密。在别人毫无所知的情况下，我们还是分手吧，就在这里平平静静地分手。因为我的情况很特殊，我不能影响到你未来的人生，我们是不同的人，我们有不同的人生。就在这里分手，我对你没有丝毫责怨。”

薛剑坚决地说：“我怎么可以跟你分手？你应该知道我们是不能分开的，你把一切都给了我，为什么还要分开？离别已经让人心痛，为什么还要把心分开？”他把雁媚拉到怀里，紧紧地抱着，抱得那么热烈，那么悲壮，“如果离开你，我就失去了一切，我还要这些做什么？我可以为你放弃，让我们在一起，即使在这里再待上十年二十年我也愿意，只要我们能在一起不分开。”

雁媚说：“别说这些不负责任的话，也不要有这种目光短浅的想法，你现在已经是一个神圣的军人了，别因为而我变得盲目和冲动。我已经厌倦了这里的生活，我也不希望你为我而断送美好的前程。这里所有的人，你的父母和家人，也不会允许你这样做的。你就放心走吧，别在意我，也别为我担心，即使我是一个容易遭受欺辱的人，我也有办法来对付的。多年的磨砺，我已经不是个胆小鬼，请你相信这一点。”她勉强给他露出了一丝微笑，“希望你的人生美满，希望你幸福。”

“离开你，我到哪里去找我的人生，找我的幸福？”

雁媚平静地说：“对我也一样，如果我自私地拥有了你，从而让你失去一切可得到的荣耀，我还会有什么？在自责和懊悔中生活？在谴责和怨恨中生活？与其这样还不如让我去死。分手吧，只当是为了我，让我平静地待在这里不被困扰。我已经身心疲惫，我对一切都感到畏惧。”她推开了他的肩膀，含泪的眼睛也看到了他的泪滢。

薛剑说：“给我时间，让我证明给你看，为了你，我也要比任何时候都做得更好，相信我。”

他刚毅的神情那样倔强，他愈是执着愈让雁媚感到惊心，因为她想到三妮说的话：如果几年后，薛剑哥真的做了军官，即使他要谈对象都要部队的严格审查，那是任何一点历史的污迹都不能有的，这让雁媚感到它的严重性。她相信薛剑负才兀傲，会做上军官，他天生就是一个能提纲挈领的人，他在青年队的所有表现就已经为自己证明，她不能做他的绊脚石。“我相信你会做得很好。谢谢你几年来对我的关心和帮助。千万不要给我写信，否则我打开信的手会发抖。”

“好，即使我不给你写信，你也要相信我。”

“我先走了，你要多保重。”那悲哀的声音是多么难以形容。要坚持再说一遍“我先走了，你要多保重”该是多么的艰难。然后她毅然决然地走了。

薛剑哀求地：“雁媚，雁媚，无论如何你都要等我回来，一定要坚持等我回来。”

第二天上午，那个预约的摄影师傅背着照相器材来到青年队。这是一个激动人心的时刻。在几年朝夕相处的日子里，也许这一瞬间将定格成为永恒。为了配合薛剑那身帅气的军装，大家都不约而同地换上了军装。流行穿军装，曾风靡了很长时间。人性中那点爱美的因素，也只能这样趋之若鹜。当然，军装也使男生们焕发青春，女生们英姿飒爽。一时间，青年队像军营一般，大家在薛剑那身标准的军装旁媲美，没有自卑，薛剑充满温和的笑容，一直是他最谦逊的风度。

上午，新鲜的空气和奇迹般出现的阳光使大家神清气爽。昨晚的天空是阴沉沉的，还下着雨雪，薛剑的心也是阴沉沉的，尽管雁媚那么坚决地要跟他分手，他也知道他们永远不会分开。他坚信未来的日子是属于他们，而能在这里不露哀伤的痕迹。

“可以开始了吗？”他问叶迎香。

“都准备好了。”

薛剑环顾了人群，发现雁媚还躲在屋里，就对肖玲说：“你们屋里的人都准备好了吗？”

肖玲说：“怎么办？雁媚说她不想照。”

“你去把她叫出来，大家要一起照相。”

叶迎香说：“她不照就算了。”

薛剑坚决说：“一定要把她叫过来，我们难得在一起照相，我们都在这里，我不希望缺少哪一个人，这是一张集体照。肖玲，你去把她叫过来。”

叶迎香却转身走过去，她站在门口大声说：“姚雁媚，你不来照相吗？别因为你而耽误大家照相。”她说话生硬而尖刻，带着十分不满的情绪看着屋里的雁媚。

雁媚头发蓬散，正准备洗头，她想用这样的方法来掩盖她哭红的眼睛和满脸的哀愁。

叶迎香生气地对薛剑说：“我看，她是存心要跟我们作对。”她招呼大家跟着摄影师傅，又选了一处适合照相的地方。

薛剑走到雁媚的屋前，看到她头发湿漉漉地披在肩上，呈现给他的是一个哀婉的背影。他说：“去跟大家一起照相，我不希望这张照片里没有你的身影，那样我会遗憾的。快来，大家都在等你。”

“不要等我，你们照吧，肥皂泡泡弄到眼睛里了，眼睛红红的不好看。”

“没关系，来吧，别让我哀求，大家都在看着。如果你不来照相，这张照片对我就没有任何意义。”

一个瞬间留下了一段历史，他们每个人的思想、追求和愿望都浓缩到这张照片里了，当它像一份珍贵的礼物送到每个人的手中时，它所包含的那份真情让人激动。

薛剑走了，几乎带走了大家的心，而只留下这张照片。照片上他那么英俊，略带深沉气质的凝重被拥簇在中间，跃平在他的左侧，学林在他的右侧，后面的最边上站着俊生，他穿着雁媚为他织的毛衣，那样神气专注地睁着大眼睛凝视着前方。

女生在前排，叶迎香、肖玲、三妮和金凤霸占了中间的位置。雁媚站在边上，挨着胖妞，她穿了件乡土气很浓的花布罩衫，与她们全副武装的打扮格格不入。女生们还雍容的把发辫一条搭前一条搭后地展示一种骄傲的姿态。而雁媚在情急之下，却松散着湿漉漉的头发，那呼之欲出的哀愁，让薛剑在看照片的时候多么心痛。

一切又如往常，只是比往日缺少了一种在某种意义上可称谓是精神上的风花雪月。没有薛剑身影的青年队，在这个冬天显得很冷清、单调而没有生机。

薛剑临走的时候，他特意对叶迎香说道：“好好带领大家再坚持一段时间，要努力改变工作态度，对谁都要一视同仁，让自己有一颗宽容的心。”

叶迎香开始深思检点自己。

一天，她对雁媚说：“你去负责喂养后院的那两头猪吧，别的你都不用去做，你喜欢孤单，这活也适合你。”

第一次感受她的温和，让雁媚有点受宠若惊。她说：“好。”

直到新年快临近的时候，他们收到了薛剑的第一封来信。尽管大家都很激动，可是信的内容却简单的让大家有点失望：

队友们，你们好！

从离开你们的那天，我就开始想念了。来到部队一切都很严格，白天训练，晚上学习，每天都很紧张，完全没有我们在一起时的那种轻松和自由，不禁使我常常怀念我们在一起的时光。

祝愿你们身体健康，事事顺利！

寥寥数笔写出了他的惆怅。胖妞还埋怨说：“就这么几句，太让我失望了，连一个名字都没有提到，这是怎样的一封信啊？”

叶迎香拿着信在她面前扬了扬说：“你以为他是专门写给你的信吗？”

三妮说："刚到部队，训练学习这么紧张，要静下心来写封长信恐怕没有时间，就原谅他吧。或许他把我们大家都当成他最好的朋友而不分彼此。所以，就没有刻意提到谁。"

胖妞说："肖玲、金凤回家去了，如果她们看到这封信也会抱怨的。"

丁晓秋说："那么你也给他回一封这样的信：队长，你好。从你离开后的那天，我们就开始想念你了。你走后的青年队一切都很懒散，白天睡觉，晚上打牌，每天也很紧张，完全没有我们在一起时的那种快乐和兴趣，不免使我们常常怀念我们在一起的时光。祝愿你身体健康，事事顺利！"

胖妞拍手称快说："好，就这样写，这是对他的这封信的严重惩罚和报复。"

三妮拿过叶迎香手上的信说："给我吧，等肖玲和金凤回来了让她们也看看。"

雁媚在后院的猪圈里清扫便污，俊生过来对她说："薛队长来信了，我去问过那个邮递员，他说没有我的信，也没有你的信，怎么办？"

雁媚说："什么怎么办？"

俊生又说："他走的时候对我说，会把写给你的信让我收。"

"我跟他结束了，他不会给我写信的。"

俊生很认真地说："可是，我还是对那个邮递员说，如果有我的信和你的信，要亲自交到我手上，他答应了。"

雁媚慢慢地低下头，想要忘记和结束这场爱情是多么困难。对薛剑也一样。

夜晚，站在军营的外面仰望着稀落的星辰，没有人知道他曾经多么深爱着一个姑娘。那刻骨铭心的爱情，像烈火一样炽热，是靠什么样的意志把它紧紧地隐藏在心里那么严谨，不露痕迹？离别的那一刻，在众目睽睽之下，他对雁媚回眸的那一瞬间让他至今懊悔。他觉得当时他应该不顾一切地跑过去，当着所有人的面对雁媚说：我爱你，你一定要等我回来。可是，他没有。他坚持着深奥的沉默来到这里，在超强度的训练和紧张的学习中，只有在这短暂的熄灯前的片刻，伫立在星空下尽情思念。

也是这夜阑人静的时刻，雁媚用同样朴实的方式对远方倾诉，直到思念让自己感到切肤的痛，她才从寒峭的黑暗里回到灯光暗淡的寝室，屋里只有三妮。

因为天冷，三妮早已钻进了被窝，待雁媚回到屋里，她才兴奋地谈起了薛剑的来信：

"你知道薛队长来信了吗？他是对全体队员写的信。"

雁媚轻轻问："他好吗？"

"他没写什么，就三言两语，她们都在抱怨他呢。"

雁媚没说什么，然后就躺在床上微微闭上眼睛。

三妮又说："他谁也没有提到，只笼统地称队友们你们好。我觉得他的内心很复杂。临走的那一天，我发现他的神情很抑郁。她们说这是离别时的心情，可我总觉得好像还有隐情。"

雁媚没有说话，静静地躺着。

"你睡着了吗？"三妮问。

"没有。"

"那封信在我这里，我想等金凤和肖玲回来时看，你想看看吗？"

"我想看。"

三妮就把信纸递给雁媚说："给你，信封不知被她们传哪去了。你看吧，片片只语或许对你不重要，而对她们就不同。叶迎香上中学的时候就开始暗恋薛队长了，金凤一直也在追求他，还有其他女生都对他倾心爱慕。可是我觉得薛剑队长对感情很麻木，对谁都若即若离。或许，这就是他的处事方式。我二哥下乡的那个青年队，有一个长得很英俊的男生，一定也如薛队长这样深得女生的宠幸。可是，他却不能把握自己，傲慢、自负，还飘飘然。一会儿跟这个谈朋友，一会儿又跟那个谈恋爱，结果怎样，女生们常常因为他争风吃醋在青年队打架，反而让他觉得有趣。他的声誉很差，我二哥他们都瞧不起他，鄙视他的行为。相比这一点，薛队长就有涵养得多。他用严肃的态度对待爱情，尽管那么多女生爱慕他。他对我们照顾得像兄弟姐妹，对谁也不歧视，对谁也不轻浮，让我们很明显地可以看到他对俊生也能如此关心，常常帮他喂马铡草。我记得肖玲对我说过，以后不要叫俊生是疤馆了，薛队长对她说：为什么叫他疤馆？他不是也有一个好听的名字叫俊生吗？别让自己的言行使自己显得低俗，还会造成别人心灵的痛苦。当时，我内心触动很大，在高尚的人的影响下，很自然地会让自己的言行端庄起来，这就是他的魅力所在。他对春莲也有溢美之词，夸她老实乖巧，而且对你也从没有像叶迎香那样刻薄。他从不感情用事，即使对金凤的美貌和她家里的权势也从没有露出丝毫的巴结和讨好。他堂堂正正做人，清清白白处事，是我最欣赏的，当她们都口无遮拦地向他表白多么喜欢他的时候，我也对他充满着一颗爱慕之心。只是他是我二哥的同学，更多的时候我是出于对他的尊重，把他当成哥哥一样。"她滔滔不绝，完全没有发现雁媚打开信的时候那双手是怎样的在发抖。

雁媚心情激动地看着那封简短的信，上面熟悉的字体让她倍感亲切。那一次她生病的时候让俊生送药来，里面就夹了一张字条：好好地吃饭，健康地微笑，我爱你。那洒脱的字体印在她的心里永远难忘。

为了欢度即将到来的春节，青年队提前宰杀了那两头又肥又壮的黑毛猪，在大铁锅里熬煮了一个上午。午饭的时候，大家都大快朵颐地吃了一顿后，又每人分得一块。带着这个奢侈的年货，满心欢喜地回家过年。所以，有了这个实惠，新年一过，叶迎香就又抱回了一群粉嫩的猪崽，高兴地对雁媚说：“你还继续养猪吧。”她对干净的猪圈感到满意，对那群猪崽抱有希望。

雁媚轻声说：“好。”就忽然觉得猪崽身上的那股脏臊气让她恶心。

一连几天雁媚都有这样的感觉，恶心，想呕吐。她怀疑是猪身上的气味让她反感，就很用心地把猪圈清扫得干干净净。一时间好些，而第二天还是那样，她甚至害怕到猪圈里去。她不知道自己怎么了，是不是得病了，得的什么病她不知道。她很困惑，无人倾诉，妈妈曾经是医生，如果妈妈在，一定会知道她得的是什么病。她很忧虑，又很害怕，自然就想到了玉敏，那个被病魔夺去生命的姑娘，怀疑自己会不会也被病魔吞噬？她越是疑惑，就越是担忧，伴随浑身乏力，食欲不振，雁媚相信自己真的得病了。

晚上，忙完事情后，她只想早点去睡。可是，寝室常常被她们占去，肖玲她们叫来了跃平、丽萍和为华在屋里打牌。之前还担心薛剑的那封短信，肖玲、金凤看过后会不会抱怨，其实这是三妮的多虑。那个离开她们去远方的白马王子对她们已经不重要了，她们有自己的生活。所以，每天晚上聚在一起打牌成了他们的唯一乐趣。这样，雁媚就只好到马房里坐在草堆上小憩一会儿，可是马房里的气味也让她感到难受。

俊生关切地问：“你脸色不好，是不是生病了？哪里不舒服？”

雁媚说：“就感到很难受，说不出是什么滋味。”

“你是不是太想念他，薛剑队长走了也有两个月了。”

“我没有想他。只是猪圈里的气味我受不了。”

“那你对叶迎香说你不要喂猪了。”

“可是你马房的味道我也受不了，以前不是这样的。我不知道这是什么病，就想到玉敏生病的时候，也是这样整天没有力气。”

俊生紧张地说：“你不要瞎想，明天我带你到乡医院去看医生。”

“那猪怎么办？”

“让春莲帮你喂，要不我让宝顺帮你喂也行，你帮他织过毛衣他会帮你喂的。”俊生想了想又说，“不然我带你到邻近的村子里去找那个老中医，让他给你把个脉，配一剂药，你的病就会好的。”

雁媚问：“他摸一下脉，就能知道我得的是什么病吗？”

“嗯，这方圆几十里的人都去找他看病，让他摸一下脉他就知道是什么病，然后他把药配给你。”

雁媚不自觉地把右手按在左手腕上，感受自己霍霍跳动的脉搏，不知道明天那个老中医将会为她诊断出一个什么不可收拾的病来。

第二天一早，俊生赶着马车悄悄等在路口，雁媚艰难地喂好猪后就跟着他去求医。

那是一个很安静的村子，离青年队有八九里的路程。因为天气寒冷，一路上也看不到几个人。在村口，有一间极其简陋的草房，门前很宽敞，有一株高大的槐树，旁边有一个大箩筐。俊生把马车停在槐树下，就蹲在门口，雁媚进到屋子里，里面很乱，堆放了很多各种各样的枯草，那个老中医蓄着白花花的长胡须，面容清癯，目光深邃，看到雁媚，奇怪地问："你像是城里人。"

雁媚点点头："是。"

他让雁媚坐下："来，把手给我。"

沉凝中，老中医看看蹲在门外的俊生对雁媚说："哦，是喜脉。"

雁媚几乎一点都不懂他说的话，傻乎乎地问："什么是喜脉？那是什么病？"

老中医说："不是病，就是怀孕了。"

"啊？"雁媚一脸茫然，完全弄不明白的样子。

老中医又为她摸了摸脉，然后肯定地说："是的，你怀孕了。"

犹如一个晴天霹雳，让雁媚眩晕，她怎么也不敢相信这个事实，几乎是用哀求的口吻说："不对吧，您是不是搞错了，我在生病，我恶心呕吐，还浑身没有力气，这是病症，您怎么那样说？"

老中医神情严肃地说："傻姑娘，怀孕都不知道吗？"

恍然，让雁媚在这个老者面前感到万分的羞臊："对不起。"就跑了出去。

俊生吓得愣在那里，然后他又小心地去问了老中医："您，您，说得对不对？"

老中医没有回答，而是默默地去弄他的草药，年轻的无知好像对他是个伤害。

接下来的日子对雁媚是多么的残酷和羞耻，她常常躲在猪圈旁战战兢兢，凝神发呆，惶惶不可终日。她对明天感到恐惧和害怕，更没有力量来抗争和承受这个可怕的事实。

她呆呆地站在猪圈旁，那股臊气迫使她不停地呕吐，惊悸而慌乱。

"开饭了，你还愣着干什么？"三妮对她的喊声把她吓了一跳，她拖着沉重的脚步，即使不想吃饭，她也装着去打饭勉强下咽，她怕自己行为怪异而引起她们的注意。

她躲避人群，虽然平时她也总是这样离群索居，可是现在她却担心有无数的眼睛会盯着她。她神经衰弱，严重失眠，心力交瘁，已无法承受这样的压力。但是，她还是带着一点侥幸和怀疑，悄悄跑到几公里远的镇上找到一家小书店。也许因为孤僻、闭塞、孤陋寡闻，也没有人在这方面为她指点迷津。所以她才这么无知，像个傻瓜。

她局促不安地站到书店的柜台前，那个营业员是一个跟她年纪相当的姑娘，雁媚向她询问了有关医学知识的小册子，姑娘就从身后的书架上取出一本薄薄的《农村卫生常识》递给她说：“你看看这个是不是你需要的。”

雁媚看看目录，里面有关于女性、生理卫生以及怀孕哺乳方面的知识，她脸上赫然显露出羞涩的红晕，花一毛六就把书买下了。那个姑娘还随口问道：“你是赤脚医生？”

“哦。”雁媚很慌乱。

她在书中看到怀孕初期的症状是：晨吐、断经、乳胀，伴有身体乏力、嗜睡，这些反应都出现在她的身上，毫无疑问她真的是怀孕了。

那个梦魂萦绕的雨夜，涌动的激情和欢乐加深成为的爱欲成了雁媚最苦恼的叹息。

俊生没有办法帮她，他甚至担心雁媚在他面前表露出来的那种羞耻让他不安。他唯一可做的就是抢着帮雁媚打扫猪圈，或者去路口等那个邮递员，他最大的愿望就是能在这个时候收到薛剑的来信。

“怎么还没有他的来信？”当邮递员让他两手空空的时候他是多么失望。

他回去对雁媚说：“我去问那个邮递员了，他说没有信。”

“别提他，不要提他。”这个时候，雁媚也不知道对薛剑是爱还是恨，她既痛苦又失魂落魄而没有任何主张。

日子一天天过去，等待没有任何意义，如果事情一经败露，雁媚没有力量去面对一切。也许她的一切和薛剑的一切都会完蛋。她必须断然决定，孤注一掷，到县城医院去求助一个陌生的医生。也许这样，就不会有人知道。

她对俊生说：“明天，你有时间帮我喂猪吗？”

“有。”他又问：“怎么？你是不是有事？”

“没什么事，我感觉很闷，我想出去透透气。”

“哦。”

第二天一早，天还没有黎明，同屋的女生还在熟睡中，雁媚就悄悄出去了。去县城的路有几十里，对步行的人来说是多么的艰难。

晨雾笼罩着旷野，却找不到晨曦的痕迹，四周一片黑茫茫，除了那看不尽的沉雾和叫不破的寂静外，便一无所有；冰结的水沟里，暗藏着一丝诡秘；路旁摇曳的树干上发出一声怪响。四顾、倾听、眺望和默想，跟随风声把思想带走。雁媚空虚、凄然地在寂寞的大地上行走，她感到自己是多么的渺小、卑弱和羞耻。

此时，她只想在纯洁的空气中尽情呼吸，让精神和灵魂挣脱世俗的束缚，去做一个不计后果的荒谬事。

在路上，她遇见了一辆赶早的马车，那个赶车人温和地对她说："你去哪？要不要带你一程？"

雁媚欣然上了他的马车，无论马车要去哪里，这条通往县城的乡村公路，雁媚要一直走过去。

马车在辙痕上颠行，她想起以前，那一次与薛剑并肩坐在马车上的情景：那是在收割的时节，一个美好、奇妙又有点忧伤的接触。生命的患难、痛苦和孤独，使她在对一切堕落、卑劣的藐视时，又切身地感受到了人与人的一种真情。从而，她开始用认真和谨慎的态度接受爱情。如今，离别的薛剑去了一个遥远的地方，他们之间的距离加深成千山万壑，既遥远又险峻。而现在，她身负一个朦胧的生命，这是她的罪孽还是对她的惩罚？让雁媚那苦难的命运又一次遭受厄难。

她坐在马车上感到寒冷，晨风湿漉漉地扑面吹来，浓浓的雾气，使她看不清前面的路，也看不清后面的路。马行走得不是很快，因为雾的障碍，那匹老马孤独的脚步走得很艰难，雁媚的心也在艰难中颤抖。她不住地在心里低声喊着：薛剑，你知道这是怎么回事吗？你在哪？她看过他的来信，却不知道他在什么地方，她想给他写信，却不知道他的地址，那封信的信封不知被谁收藏，雁媚无从打听。

爱，本应该让一个新生命有朝霞般的希望，而她却要残忍地去扼杀他。尽管在她的意念里有一个声音在回荡，她却无奈地强迫自己不能犹豫。她在凛冽的寒风里冷酷地看着这个世界，雾雾的天，雾雾的地，她的心也是一团浓雾。直到太阳的光辉把雾气都吸了进去，大地在一片光明中她才不觉得害怕。

到县医院的妇科门诊已经是上午九时多，看诊的是一个个子矮胖的中年女医生，她漫不经心地问："怎么了？"

雁媚声音低低地说："我，做流产。"

医生伸出一只手："证明。"

雁媚惊异地："什么证明？"

"结婚证。"

在她的蔑视下，雁媚畏惧地说："我没有。"

"介绍信。"

雁媚摇摇头："也没有。"

医生冷冰冰地说："没有怎么行？"

"您就帮我做了吧。"

医生一副坚持的态度说："我不能帮你做。"

雁媚哀求说："医生，您帮帮我吧，不要让我走投无路。如果您不给我一点仁慈的帮助，我的一切都完了。"

医生面无表情，最终眼泪也没有唤醒她的恻隐之心："站起来吧，要知今日何必当初？女孩子别以为有漂亮的脸蛋就学得不要脸，这样会被人瞧不起的。"

她的忠告让雁媚无地自容。

她依然坚决地说："去把证明开来，否则，我是绝对不会给你做手术的。"

雁媚无奈地退出了诊疗室，她感到绝望，无力地靠在走廊黑糊糊的墙壁上，全身发抖，甚至感到麻木、疲倦，腿也发软。她不知道接下来怎么办，就稍微闭上眼睛想休息一下。突然，她感到腹部有一阵轻微的痉挛，又像是跳动。她屏住气，想真真切切地感受这是一种什么现象，她想起她在那本《农村卫生常识》的小册子里看到怀孕早期的胎动情况，难道腹部的跳动就是胎儿在动吗？

她痴痴地站在走廊旁，看着一个个病人从她面前走过，六神无主，只感到心潮翻腾时突然有一种戛然停止的平静，一种想从世俗的偏见和狭隘中坚韧地逃脱出来的超拔。她一动不动地站在那里，一只手抱着另一只手臂，在那件朴素的罩衣下面，犹如罩了一尊冰冷的雕塑。这尊雕塑流淌着血，跳动着心，还有一个承受苦难的灵魂，充满着尊严、傲骨和不容欺凌的力量。腹部又一阵跳动，虽然很轻微，也让雁媚强烈地感觉到了那是一个细弱的生命在昭示着他的存在。

医生从诊疗室出来，轻视地看她一眼说："没有证明，你就是等到明天也不行。"

雁媚的脑海里一片茫然，她在竭尽全力地寻找她的岸标，她依然一动不动。

过了一会儿，医生又出来了，终于说："你真要做流产，就先来填个表格吧。"

雁媚迷乱地摇摇头："不。"

良久，雁媚才从医院出来，她信步走了几条街，满处都是她不认识的人。她完全忘了身体的疲惫，人在迷茫的时候都是这样子。她沿着那条出城的柏油马路走，她的眼睛迟钝地扫视着那凌乱的城乡交界的景色，带着饥寒和疲惫，她不知道她的意志能否再走回青年队。

你是谁？你将从哪里来？

你愿意做我的孩子，让我做你的母亲？

你愿意跟我一起承受痛苦，承受孤单？

我不知道我保存你是我的自私，还是你的执着？

回来的路上，雁媚一直在默默地同一个独特的、纯洁的、宽广的心灵交谈，她充满着一股愤世嫉俗的勇气，要把这个刚强的生命一起带回去。

已是下午，走出那个活跃的小县城，就是一片清寂的乡野。她孤独地走着，尽管回去的路还这么遥远，尽管她还有许多忧愁，她也准备抛开一切，去迎击更可怕的讥讽、羞辱和惩罚。

请让我留在你的身边，

永远陪伴你不再孤单。

我是你的心灵，

我是你的血液，

我也是你生命的爱情。

仿佛有一个声音在对她倾诉，那么美妙，那么动人，那么意味深长。

在一个路口，雁媚惊异地看到了一辆熟悉的马车停在那里，俊生坐在地上，朝着她回来的方向凝望。

“你怎么在这里？”雁媚问。

俊生喃喃地说：“我，只想在这里等等你，看能不能遇见你。我想，如果你去了县城就会经过这里。”

雁媚感动地哭了。

俊生担心地说：“我不知道你去那里做什么？你是不是去了医院？”

“回去吧。”

“你不该做这样的事，你应该知道薛剑队长是多么爱你，你就不能等他回来吗？”

雁媚轻声说：“我什么都没有做。”

俊生的大眼睛里闪烁着一丝快乐的光芒，他真切地说：“你不要怕，我会帮助你，他们不会怀疑薛队长。”

雁媚擦掉了泪水，她相信自己不是靠绝望去逃避痛苦和危险的人。

刚回到青年队，迎面就被叶迎香尖声呵责说：“你一整天都出去干什么了？连个招呼都不打，你以为有疤倌在帮你喂猪你就可以逍遥了吗？”她又对俊生吼道，“疤倌，你这么随随便便地赶着马车出去，你当这是你家的马车吗？你们两个在搞什么名堂？”她用猥琐的眼神看看俊生，又看看雁媚，冷笑了一声就进到马房。她似乎在动脑筋，又在打算盘。

为了腹中的胎儿，雁媚抱定了一个目标，哪怕遭到所有人的唾骂，眼前的一切对她已经没有意义，整天被束缚在恶俗的工分里是多么的可怜，即使前途渺茫没有希望，她也要抛开这一切。当胎儿在她的体内将要隆起的时候，当她的心灵和这个细小的心灵相呼应的时候，她毅然决然地收拾行装，要做长期离开这里的打算。她果敢地对那个一向轻视她、羞辱她、摆布她的女队长叶迎香郑重地说：“我要请假。”

“你要请假？”叶迎香不屑地问。

“是。”

“为什么请假？”她逼视着问。

“这是我的事情。”

“你的事情？真可笑，你想请假就能请假？难道你不知道你是谁了吗？”犹如惹毛了的斗鸡，叶迎香犟着脖子，固执地唱着反调，“我不准。”

雁媚平静地说：“我向你请假，因为你是队长，我尊重你。即使你不准，我也要请假，只是我不会哀求你。”

叶迎香被激怒了，她用尖刻的声音大声说：“你要请假我就是不准，别说求我，就是跪下来给我磕头我也不准。怎么？你突然了不起了，敢这样对我说话？”

怒火在雁媚的胸腔里燃烧，在这个新的一年的阳光下，总感到有新的希望，却冷不丁被她这样无情地羞辱，让雁媚忍无可忍。她不能再屈服于她恶毒的控制，只能以逃避的方式离开这里。无论离开后的道路多么险恶，她也要走出这个让她卑贱又给她一场爱情的青年队。

肖玲和三妮对雁媚好言相劝，让她不要冲动，但是无济于事。她说：“我一定要走，你们多保重，我不会忘记你们给予我的关心和帮助，谢谢。”

肖玲问：“你有什么事？要很长时间吗？”

“不知道。”然后，雁媚就走了。

叶迎香恼怒地看着雁媚愤然离去的背影，又回头看到别人在用一种暧昧的态度看着她，似乎在嘲笑她的骄傲遭到了打击，她冲着头也不回的雁媚气急败坏地说：“好，你走，走了你休想再回来。”

此刻，雁媚的脑海里是一片空白，悍然不顾地不去想后果。即使回到那个家里又会得到什么样的安慰？让一切都见鬼去吧。一个生命在她的腹中与她血脉相连，呼吸与共，他的存在为雁媚诠释了坚强的真谛，她从没有像现在这样充满着无所畏惧的勇气。

俊生追上来了，他穿着那件雁媚为他编织的毛衣，脸通红通红的，不知是汗水还是泪水都流淌在他的脸上，他难过地说：“你，要走了？”

“对不起，气冲冲地跑出来，也没有跟你说再见。”

“他一定会想你的。”

雁媚哭了：“俊生，谢谢你，一直以来对我的最无私的帮助和关怀，才使我对一切美好的事物依然这样执着的追求。现在，我没有办法，不得不走，至于将来怎样我无所谓。但是，我希望你能够顺利，有一条好的出路。”

“我知道你这一走会很长时间，薛队长走了，你也走了，留下我在这里还有谁会看得起我？”他眼里充满了泪水。

雁媚说：“你比谁都做得好，你应该先看得起自己。”

“嗯。”

“不要哭，我走了。”

俊生说：“以后，我知道你会很难，但是你一定要好好地活着，为了他，你也要好好的活着。”

雁媚说：“我会好好地活着。俊生，我不知道这是不是命运的安排。当初我来这里的时候，我邻居的奶奶就对我说，要主动接近品质好的人，在需要帮助的时候他会帮助你。所以我就很荣幸地接触到了你。在这么多年里，你像哥哥爱护妹妹一样爱护我，让我感到很幸福。我不知道这样与你分别需要多久才能见到你？但是我要告诉你，以后，将来，或许有一天你有了自己的孩子，你一定要让他识字读书，不能像你这样。我知道这不是你的错，对不起。”

俊生使劲地点头。

离别是痛苦的，让泪水化做滴滴的思念洒满这片田野。再回头，那风中仍是一个形销骨立的身影。

第八章

婶婶宽大的胯骨顶着一个瓷漆斑驳的盆子从水池旁洗好衣服回到自家狭小的院前，一抬头看到雁媚拎了不少行李回来，惊讶地问："你怎么这时回来？你抽上来了？"

"没有。"

"那怎么还带回来这么多东西？"

雁媚放下行李小心地说："婶婶，我想回来住一些时间。"

"回来住一些时间？怎么？你在那里待不下去了还是被撵回来了？"婶婶警觉地问。

雁媚回避她的追问，回到屋里，里面没有人，叔叔去上班，妹妹们去上学，小毛也开始念一年级了。院子里的孩子都在长大，各家都在门前私自搭建了简陋的屋棚，把本来就很狭小的院子挤得满满的。叔叔家的门前也只剩下一小块地方，婶婶晾好衣服进来说："采勤都去干活了。"

雁媚问："她不去上学？"

"还上什么学？家里这么多人，采惠、采灵都像男孩子一样能吃饭，她是体恤家里，想早点挣钱，现在在工地上搬砖头呢。"

听婶婶这样说，雁媚心里很忧虑，想留在这里艰难地度过一个时期，那一定是比乞丐来讨饭还要难堪。

婶婶一屁股坐到当门的矮凳上，雁媚很谨慎地坐在离她远一点的小桌子旁，她们相互看了看却没有什么话可说。婶婶的脸上自然流露出来的那种多嫌的神情，让雁媚感到她永远也不会像对待自己的孩子那样对待她。而雁媚也没有太高的奢望，她只是在这里停靠一下，像一只倦鸟栖息在随时都会被坠落的窝巢。虽然迫不得已，但是她也感到这里的安全，因为这里没有人会向青年队传递信息。婶婶因为跟她娘家人大打出手而断绝了关系。所以，她要坚决地赖在这里。她静静地看着婶婶，很想说出心里的语言：

婶婶，为一个生命的存在，我怎样向您坦白？若是您不说话我就忍着，用您的沉默来安抚我慌乱的心。我要等待、忍耐和屈服。或许，能在您爱自己孩子的余温里采撷一缕温暖像酵母那样来充满我。

婶婶，您也是女人，能不能在我一生最重要的时候宽容我，理解我，接受我。我会用生命的爱来回报您。请留下我，而不是在您的威严下慑服。让我平静，容我懈怠。

婶婶空乏地说："你看我做什么？"

雁媚不好意思地说："我看婶婶年轻的时候一定也有娇好的容貌。"

像是一个讨好，婶婶竟然笑了。而后，她板着面孔说："到底回来做什么？"口气硬得容不得雁媚再一次向她示好。

这时，小毛背着瘪瘪的书包，鼻子下拖着两条鼻涕哭叫着跑回家："妈妈，妈妈，他们打我。"

婶婶猛然站起来跑到外面骂道："兔崽子，为什么打我的小毛？"

几个小男孩看到婶婶都吓得站在那里，其中一个男孩说："他拿我的手枪。"

"你的手枪？你的手枪从哪里来？"

"我爸爸给我做的，那是我的手枪。"小男孩说。

婶婶问小毛："你拿他的手枪？"

小毛任性地说："不给就是不给。"他把手枪藏在身后。

婶婶从他的背后拿出手枪看看，那是一个用木头刻的很简单的东西，磨得很光亮，可以看出那个小男孩对它的爱护："什么破玩意，我们以后要拿真枪。"婶婶就把它扔了。

小毛"哇"得大哭起来。

尽管婶婶这么不喜欢雁媚回来，但是妹妹们却很高兴。采勤虽已是大姑娘了，可是身材还很瘦小，采惠、采灵却长得高高壮壮，像婶婶的体型。叔叔苍老了许多，他对雁媚如自己的孩子，既不做假惺惺的客气，也没有严厉的表情。他对雁媚的爱护就像在暖水瓶里的水一样感觉不到外面的热量。

叔叔的爱不用语言，而采勤却有很多的话要对姐姐说。她喜欢姐姐，她从姐姐的身上感受到一种独特的魅力，那是在同伴们中找不到的一种具有美质的东西。在她浅显的认识和思想中，姐姐的内在，一定具有比其容貌还要美的内容；姐姐的沉静、包容、善良和坚韧，融汇在她的体内焕发着一种秀色可餐的美丽；姐姐高贵的气质对她的懵懂是个冲击；亲近姐姐和姐姐谈话对她的青春是个激励。在她的成长经历中，除了照顾弟弟妹妹，要做许多的家务外，她最欣慰的是姐姐成了她的知心朋友。

晚上，她要和姐姐一起睡在门外搭建的屋棚里，这样可以通宵说着知心话：

“姐姐，那里有男生喜欢你吗？”

雁媚笑而不语。

“我知道姐姐这样美丽，一定会有人喜欢的。”

雁媚点头默认。

“那姐姐，你也喜欢他吗？”

“喜欢。”

“他好不好？是什么样的人？”

雁媚反问：“你希望他是什么样的人？”

“我希望他忠厚老实，不跟人打架，不说脏话，还勤勤恳恳干活，我就喜欢这样的人。

或许是因为妈妈太厉害了，总感到自己的处境很糟糕，每次看到妈妈无缘无故地奚落你，我都很担心，所以我常常就想，姐姐将来找对象就一定要找一个人品老实，性格温和的人。”

雁媚笑笑，关切地问：“干活累不累？工地上的活是不是很重？”

“不累，我和艳玲负责搬砖头，拎泥灰，干干歇歇也不觉得累。而且工地上也有师傅很关心我们，看到我和艳玲都是小姑娘，重活都不让我们干。”

“是啊，哪里都有心地善良的人。”

采勤问：“姐姐，你在家里准备住几天？”

雁媚阴郁地说：“采勤，这次回来，也许我会住很长时间，我不知道结果会怎样，但是，我希望能得到你的理解和支持。”

“你有事吗？”

“是，我有点事。”

“是什么事？”

雁媚还没有勇气告诉她，只是惋惜地说：“为什么不把书念完，这样会不会很遗憾？”

“不会，我不觉得有遗憾。从上小学开始，我们都是在学校一年一年混过来的，也没有真正学到什么东西。即使混到一张毕业文凭又能证明什么？反正干活都是用力气不用脑子，像我们这种贫贱的人，也只能做那种贫贱的工作。我也想早点挣钱补贴家用，采惠、采灵吃起饭来像个男孩子，妈妈整天说这两个丫头像小子，都是白养了她们。因为妈妈的饭量大，所以把粮食看得很紧。我每个月也能挣到二十块钱，买米买面也足够了。姐姐，你要永远留在家里我才高兴呢。干脆你不要回农村了，跟我一起去干活好不好？这样你挣钱了，妈妈就不会反对你在家里，是不是？”

雁媚拉着采勤的手说：“对不起采勤，我现在很无奈，很需要你来帮助我。”

“怎么？”

“姐姐有点事，我还没有对任何人说，更不敢对婶婶说。所以，我一定要得到你的帮助和理解。”

采勤疑惑地问：“姐姐，你发生什么事了？”

雁媚犹豫了片刻说：“睡吧，明天你还要去干活。”

采勤说：“姐姐，不管你发生什么事，我都会帮助你的。你别担心，不愿回农村就留在家里，爸爸他绝对不会说什么。至于妈妈也是瞎咋呼，你不用在意。反正我在挣钱，虽然不多，但是，只要能让姐姐留在家里，我就是不买一件新衣服，不买一双新鞋子我也愿意。”

采勤朴实的话语令雁媚心酸，她禁不住泪水盈眶：“谢谢你，采勤。”

深夜里，雁媚听着采勤发出均匀的鼻息声而久久不能入睡，思绪万千。她腹中的生命在一次次活跃地跳动，而她却在为明天犯愁，明天怎么办？

她心里充满了恐惧，也充满了思念：

薛剑，在这转辗反侧的深夜里，我好想你，也多么想让你知道，有一个倔强的生命正悄悄地向我们走来。感谢你给我的爱情，使我义无反顾地保存了他。不管未来的人生多么艰难，我也要对这个神奇的生命承担一切神圣的责任，我要爱他，抚育他。

她以她坚强、高尚和执着的心灵倾诉，她仿佛得到了远方的力量，不再感到担惊和忧虑，任何险隘都无法阻挡她迎接明天的太阳，无论明天的肩头多么沉重，处境多么艰难，那个以她的名誉、贞洁和尊严孕育的生命；以她的心灵、真知和爱情孕育的生命，就是天宇中最闪亮的星辰，她坚信不疑。她心里顿时充满了喜悦，她不再感到害怕、恐惧，她也不会逃避、躲藏，她坚强的足以站在险恶的关口四处眺望，毫不畏惧地寻找到一条宽广的大路，她要沿着这条大路一直走下去。她下定了决心，然后心情坦然地睡着了。

自从雁媚走后，青年队院外的那条小路上总有一个翘首期盼的身影。俊生比以往更加沉默寡言，每天除了干活就是沉默，唯一让他激动的是望到了那个远远骑车过来的邮递员，他会跑过去问有没有他的信。邮递员会很礼貌地对他说：对不起，今天还没有你的信。这样，俊生就会倔强地对邮递员说，有我郭俊生的信你一定要亲自交到我手上。邮递员就会笑笑安慰他说：放心吧，我会亲自交给你的。

这天，他又失望地从小路上回来。忽然，叶迎香冲他说：“疤倌，我看你真的是傻了，姚雁媚走了你就这样舍不得？你整天魂不守舍地在那个路口就是等她回来吗？我告诉你，这里不会让她回来了。”她凶恶地还带点讥讽，然后又说，“快到马房整理自己的东西，从今天起，不要你喂马了，跟大家一起去下地，免得你害了神经病。”

俊生惊异地说：“不，我不能让别人来喂马。”

“是你当家还是我当家？我这样安排，你只能服从。”

俊生气得跑回马房，看到赵军正在像布置新房子那样往墙角上糊报纸，而把俊生的东西扔了一地。

欺负弱者是一个丑陋的现象，它在蒙昧人的心里作祟。如果说，雁媚遭受欺侮是因为她家庭的问题，那么，俊生被人伧俗刻薄，却是因为他的卑寒和相貌的缺陷。在生存的环境里与愚昧的人为伍一定是不幸。而薛剑和雁媚对俊生来说，那是他时乖运蹇里有光风霁月的感动。他们以宽阔的胸襟，坦荡的心境和谦虚平等的态度尊重他，从没有因为他是文盲而耻笑他无知，也没有因为他脸上的疤痕而嘲笑他叫他疤倌。他们从来都鄙视别人对他这样的叫法，他们的修养让他们懂得尊重别人的人格。所以，他们良好的品质对俊生影响很大。在他卑微的心里享受到了平等尊重的待遇，接受了一种人性的教育。在很多个平庸沉默的日子里，思念成了俊生最美好的享受。他们都走了，留给他的就是美好的回忆。现在他比任何时候都沉默寡言，甚至与谁都不说话。当然，他也在别人对他的冷漠中遭受冷落。他被逼着与他的马分开，而随大家一起下地干活，干活回来他就跑到那条小路上对着空旷的田地发呆。大家都嘲笑他傻了，不去理会他，把他当成一个真正的傻瓜。

一天，一个平凡的日子，或许对俊生来说是极其的不平凡。刚从地里收工回来，他忽然看到那个邮递员被许多人包围住，他们都高兴地拿到了自己的信。薛剑这次很奢侈，他不知花费了多少时间，几乎给每个人都写了一封信。这是一个多么令人激动的时刻，平静的青年队又开始喧闹了。

俊生紧张地愣在那里，不知道会不会也有他的信，他失去了平时一向去问邮递员的勇气，拘谨地站在一边。直到那个邮递员大声说“郭俊生，郭俊生你的信”时，他几乎是扑过去把信拿在手上的。他心跳加速，平生第一次像个有文化的人一样也收到了一封信。他拿信的手在颤抖，那雪白的信封上写着郭俊生的名字，那个俊是英俊的俊还是骏马的骏不重要，重要的是他的名字写在这信封上，并且从那么远的地方邮递到他的手上。

信很厚，沉甸甸的，他捧在手心里却感到茫然，手足失措。这封厚厚的信对他来说就像天文密码，让谁来破译？他的目光在激动的人群里浮掠了一下，他对谁都怀疑和不信任。

薛剑的来信一定大同小异，只是更亲切地叫上他们的名字，更温暖地询问他们的近况，更友善地为他们说一句吉言，并汇报一下自己在军营里的艰苦训练，野山行军和紧张的学习生活。他对每一个人都有一句特别重要的话：

“春莲，你是一个好姑娘，人老实，也很机灵，不要自卑，自信才会美丽。”春莲很受鼓舞，她甚至在用她的笑脸来表现她被人忽略的俏丽来。

“胖妞，我没有忘记你还有一个好听的名字叫赵慧兰。那天晚上，你用美妙的歌声为我送行，让我至今难忘。希望你的歌声也像你丰腴的身材一样雍容。”胖妞非常感动。

金凤悄然回到寝室掩面而泣。信里对她说：“你很漂亮，让心灵也如你的容貌一样，你就非常出色。”

对三妮说：“你善良朴实，跟你的二哥有很多相同的地方，这也是我与你二哥成为好朋友的原因。”

对肖玲说：“你是一个精明活泼的姑娘，选择跃平做男朋友就是你精明的选择。好好珍惜，我相信他会带给你一辈子的幸福。”

对丽萍说：“你泼辣直爽，大大方方，为华喜欢你，我也欣赏你，吃连队的饭菜，也时常会想起你做饭的味道。”

等等，等等。

他细心周到地关心每一个人，并加以溢美之词，这是他的独特之处。想想他说的话，想想他的声音和笑貌，似乎一下子都活灵活现地又重新深入到他们的中间。

薛剑给叶迎香写了一封推心置腹，语重心长的长信，具体写了什么她对谁都没有说，她看完信以后，就跑到地里偷偷哭了一场，连午饭都没有下咽。从她的神情中可以看到她的内疚和惭愧。她在沉思中反复琢磨着薛剑对她的忠告：要学会宽容，要善待每一个人，这是能做好队长的基础。要试着改变自己那任性的刚愎自负的性格，要把自己看得平凡而不是高人一等。他在信里还着重写道：“要用良知爱护每一个队员，即使对郭俊生和姚雁媚也应如此。要用体恤的心灵去包容一个受伤的心灵，而不是冷酷无情地去排挤和折磨。不要让自己过于偏执狭隘，作为我们是同学和队友的关系，我真心对你说这些。一个女性，如果没有善良的心她就会变得邪恶，这是很可悲的。当然，在年轻和理智中这些都是可以改变的。我相信你会把对工作的热忱充满在你的心里，而使自己也具有人情味，努力做到让别人喜欢你而不是畏惧你。”信中的语言峻厉而深刻，意味深长，对叶迎香的触动也可想而知。

文字产生的魅力和诱惑，让俊生感到万分羞愧和自卑，他紧紧捏着那封信，急得手心里都是汗。他不是急着想知道信的内容，而是急得不知什么时候雁媚才能看到这封信。他知道这封信对雁媚非常重要。

雁媚走了，留下了一个空空的床铺，同宿舍的女生还是关心到了她，自然就想到了俊生手里的信。肖玲对三妮说：“我们去帮俊生读信吧，他不识字。”

她们的热情却把俊生吓了一跳，他紧张地说：“不，不，我不让你们读信。”然后就把信揣进内衣口袋，手捂着，唯恐被抢走似的。

肖玲还嘟哝地骂了他：“神经病，你能看懂几个字？”

俊生跑到村头一处曾经是烤烟叶的土坯房子里躲了起来，他觉得这里很安全，没有人会到这个四面透风的地方来。他坐在一块砖头上拿出信反反复复地看。雪白的信封上，郭俊生三个字既显赫又醒目，他有一种快感和骄傲。这三个字雁媚曾经一笔一画地教过他，他知道他俊生的俊就是英俊的俊，生是生命的生，生活的生，他记得很清楚。他把信在手上不住地抚摩，尽管他多么急切，多么冲动也不舍得把信撕开。他知道这厚厚的信纸里，是薛剑对雁媚倾诉的千言万语，这是一封写给雁媚的信，是借助他名字的荣誉。薛剑临走的时候曾经交代他，让他留意写给他的信，因为薛剑还有顾虑，不敢直接把信写给雁媚。此刻，他心中充满着期待，希望雁媚早点回来看到这封信，他相信这封信对雁媚一定有所鼓舞，会帮助她度过这个艰难的时期，并让雁媚深信她和薛剑之间那如高山一样坚定的爱情。

他把信又塞进内衣口袋，像藏宝似的藏在心里。要何时开启？何时读到它？他不知道，他只知道雁媚走了，要很长时候不能回来。他也不知道到哪里可以寻找到她？他怀着忧愁和焦急的心情，无能为力，只能做孤独的期盼和等待。

他想起雁媚走的时候对他说的话：等有一天你有了自己的孩子，你一定要让他识字读书，不能像你这样。他深刻领会了其中的含义。没有文化被人瞧不起，没有文化自己也遭痛苦。如果也能像他们一样识字，就不会有这样不会读信的尴尬。薛剑把希望寄予他，让他来传递，可是，他什么都做不来，甚至无法把发生的一切都告诉给他。他觉得自己就是白痴，是傻瓜，是笨蛋，是个无用的人。他痛苦不安地待在这里很长时间，极其心切地忘记了吃饭。在凝神中他迷迷糊糊地进入到一个奇怪的梦里：他在一个荒野上遇见了雁媚，他告诉她薛剑来信了，他就把信给了雁媚。她拿信的手很轻柔，读信的声音很甜美。忽然，雁媚走了。他在梦里为她担心，雁媚柔弱的肩膀怎样承受那个巨大的名誉和精神的压力？就这样，他像个孩子那样没有时间观念地躲在这里很久，到了下午他才恍恍惚惚的醒来，回到青年队，叶迎香没有责备他，只是说："你到哪里去了？"

雁媚回家已经好多天了，她没有勇气面对婶婶，常听到婶婶敲打着锅盖在抱怨说："做了这么多的饭，一顿都吃完了，照这样吃下去还不把这个家吃个底朝天？"

采勤说："妈妈，过两天我就发薪水了，买米买面的钱就有了。"

婶婶瞪着眼睛："你以为那点钱什么都能买回来吗？"然后，她的眼珠子转了一下忽然发现雁媚长胖了，就哼了一声说，"光吃饭不干活，没两天你就长胖了，你可真有福啊，让采勤挣钱养着你？"

雁媚说："对不起婶婶，每次回来都会给你增加负担。可是，我是把这里当成了自己的家一样。如果您实在无法把我当女儿一样，那么我也求您用宽厚的胸怀让我在这里待一段时间，因为我想留下来。"这是雁媚发自内心的哀求，一个快要做母亲的人对一个母亲的哀求。

婶婶怀疑地问："你不回农村了？"

雁媚摇摇头。

"那你在这里要住多久？你话里是什么意思？"

这时，叔叔下夜班回家，看到婶婶那一脸的凶相，阴沉着脸说："又怎么了？"

叔叔又矮又瘦，稀疏的胡须好像从来都没有认真修剪过。他脸色灰黄，目光呆滞，不知是不是常年值夜班的缘故。他在婶婶高大的身体旁显得很唯唯诺诺，迁就和忍让使他成为一个不爱多说话的老实人。雁媚看着叔叔，担心她的事情一经暴露，叔叔那矮小的身躯有没有保护她的力量。

叔叔说："不想回农村就不要去了。"就这么简单的一句，没有问起更多的原因，让雁媚心里热乎乎的。

然而，隐匿在体内的秘密不会长久，婶婶凶厉的眼睛已经发现她胖了，这是一个危险的开始。向谁启齿？怎样开口？一直困扰着雁媚，她愈想揭开就愈觉得艰难。在世俗的眼里，这个隐秘充满着羞耻和罪恶。一经暴露，她一定会经历一场比暴风雨还要疯狂的辱骂。婶婶一向粗俗暴躁，她不会容忍雁媚再一次玷污她的家门。还有一向拘谨的叔叔，他可怜的目光怎样看待这个突发的事情？他一定会受到严重的伤害。对单纯可爱的采勤来说也是残忍的，她会出现什么惊愕的表情？想了这么多，雁媚简直不寒而栗。但是，她想无论如何她也要找个时间先对叔叔说。

邻居奶奶坐在自家门前糊纸盒。自从失去玉敏后她显得更加苍老。大伟也已经从牢里释放回家，他混迹了很多江湖朋友，能够揽到在家里做的活计。雁媚每次做完家务就喜欢来帮奶奶糊纸盒。奶奶对她说："如果你在家里住得时间长了，我让大伟也帮你弄些回来，一天挣几毛，一个月也有二十几块钱，你说呢？"

"是啊。"

对奶奶也像亲人，心里的话好想对她说出来，只是这样的话太难张口。雁媚像做错了事情的孩子，在奶奶面前表现得极其羞愧。

奶奶关切地问："你是不是哪里不舒服？看你的脸色很差。"

雁媚低头不语，默默地在糊纸盒。

"是不是在家里多住了几天，你婶婶又在唠叨？"

"不是。"她勉强让自己平静，却不得不在心慌，她低声对奶奶说，"奶奶，也许我要很长时间回不了农村。假如我做了错事，奶奶，您不会讥骂我吧？"

奶奶怔了一下说："傻孩子，奶奶怎么会骂你？我把你当成玉敏一样的孩子。"说着奶奶禁不住伤心地哭了。然后怀疑地问，"你做了什么错事？"

"一件很丢脸的事。"雁媚敢对奶奶诉说，因为她们都有善良的胸怀，能够容纳彼此的孤独和痛苦。

一阵沉默，奶奶明白了，她扔掉手里的盒子把雁媚抱住："可怜的孩子，怎么会这样？你婶婶知道吗？"

"还不知道。"

到了下午，叔叔值夜班之前的一个时间，家里很安静。叔叔坐在矮凳上默默地抽着烟。雁媚小心地坐在他的面前，两个本不善多说话的人，此刻，怎么也找不到打破沉默的话语，彼此就这么奇怪地看着。片刻后，雁媚羞怯地说：

"叔叔，对不起，我不得不对你说出一件事情来，我知道这件事情会让叔叔蒙羞，我也知道它隐瞒不住。对不起叔叔，请原谅我，我没有办法自行解决。否则，您骂我打我都行，就是别赶我走，我已经无处可去。"

叔叔惊疑地看着雁媚，等待她继续说："叔叔，我怀孕了。"

一个巨大的震惊，让叔叔夹在手指上的烟滑落到地上，他颤抖地睁着一双惊愕空乏的眼睛，如遭雷击了一样神志不清。好久，那双深重的眼睛里开始浑浊，声音发颤地问："是这样吗？"

雁媚点点头："我没办法向婶婶开口，我试过很多次就是怕她暴跳如雷，我犹豫了很长时间，想着还是先让您知道。对不起叔叔，我给您丢脸了。"

一阵痛苦的沉默，叔叔问："谁欺负你了？"

雁媚羞愧地低着头。

“唉！”叔叔长叹一口气，眼睛里流下了两行浑浊的泪水，他悲戚地说：“对不起，阿媚，叔叔没有保护好你，让你跟着叔叔受委屈。”然后，他捧着脸呜呜地哭起来。他鬓角的青筋在霍霍跳动，那双嶙峋的手遮掩的不是羞耻而是惭愧。兄嫂撒手人寰，把他们唯一的女儿留给他，而他却没有像父亲那样顶天立地，让这个孩子受尽了痛苦和磨难。满腔的悲怆使他禁不住地哀恸，伤心欲绝。

正如所担心的那样，雁媚怕叔叔受到伤害。这个老实的男人，虽然不多说话，也不多发脾气训斥人。但是，他那忍伤藏痛的万古愁容，却是另一种恐怖的哀号。雁媚羞愧万分，深感自己闯了大祸，而让叔叔不堪一击。她说：

“对不起叔叔，您打我骂我吧，也许这样您会好受些。”

叔叔抬起哀伤的脸说：“接下来怎么办？要不要让采勤陪你到医院去偷偷把孩子打掉，这样，不让你婶婶知道。”

雁媚说：“叔叔，我想把他生下来。我知道这样做在世俗的眼里是一件极其丢脸的事。可是，我非常想得到他。所以，在我目前没有地方去的时候我要留在这里，这样婶婶知道后一定不会高兴，或许还会撵我走。我知道这是一个不可饶恕的错事，我只能依靠叔叔帮我度过这个时期。等我生下孩子后，我准备回到我父母生前所在的地方，现在都时兴接替父母的班，我也有这个打算去那里试一试，我要靠我自己的力量来养育这个小孩。别的我什么都不去想，羞耻也好，丢脸也好，反正就是这样。所以，叔叔我求您跟婶婶好好地谈一谈，让我平静地在这里住些日子，我准备跟玉敏的奶奶一起糊纸盒，这样也可以挣点钱。如果农村的口粮要不回来，我想这样也可以解决一下。”

叔叔问：“你们青年队知道吗？”

“不知道。我跑回来，甚至连假都没有准请。至于将来如何，前途、工作、户口我都已经置身事外。”她果敢地表现着一种对生命和精神的超拔。

叔叔肯定地说：“好，这样想是对的。等我有时间，我到你们青年队去给你请假，你不要害怕，我也会瞅机会跟你婶婶好好说的，你就在这里安心住下，有我在她不会对你怎样的，大不了她骂你几句你也忍着好不好？”

“好。”雁媚心里的石头终于落下，她看到叔叔的愁容也在慢慢舒缓。

几天来家里都很安静，货场的活也很多，婶婶从早忙到晚，连正眼看看雁媚都没有，只是把她换下的脏衣服丢给雁媚就去干活了。

雁媚拣起那脏衣服，看着婶婶出去的背影，她心里莫名地涌出一股酸楚。一个女人的肩头，靠掮、靠驮、靠扛来承受家庭的重任该多么艰辛啊。

晚上，和采勤睡在一起，因为雁媚真真切切地感到肚子隆起来了，所以，总是很小心地躲开她的目光。只是这个傻乎乎的姑娘还全然不知，她还有趣地说：“姐姐，你身上长胖了，跟我一起干活的艳玲，一胖都长到脸上，那张脸就像十五的月亮又大又圆，很好看。”

雁媚微微笑笑。

采勤饶有兴趣地又说：“我很羡慕脸盘大的女孩子，看着很丰满，不像我瘦瘦的一副可怜相。姐姐，你说男人是不是都喜欢像艳玲那样容貌饱满的女孩？”

“不会吧，每个人的喜好是不同的。”

“那，是不是漂亮的女孩才会被人喜欢？”

雁媚说：“不是的。女孩子不一定非要漂亮才会被喜欢。女孩子应该聪明，有灵气，而且心地要善良。只有心灵美了，容貌也会美的。对男生也一样，能受人喜欢的男生，他必须要有善良的本性，宽阔的胸襟，深沉的思想和严谨认真的工作态度，这是一个人的基本修养。没有这些，只喜欢一张好看的脸是没有意义的。我们青年队就有一个男生，他长得不算英俊，也没有上过学，但是他却比别的男生更有男人气概。他负责喂马，对马的爱护就像对自己的亲人一样。也许他在别人眼里是卑微的，而我把他看得很高大，我觉得这才是真正的男人，我欣赏这样的人，也很感激他，在那里几年，我得到过他的很多帮助。”

“他一定也喜欢你。”

雁媚凝视着屋棚里那小小的窗口，无时无刻的思念把她又带入到了一个沉静的时刻……

薛剑躺在床上，凝视窗外，思绪绵绵，无法入睡。营房里的灯火早已熄灭，战友们沉睡的鼾声，打破了深夜的宁静而显得异常诡异。这样不知过了多长时间，他又听到外面有一声似野兽的号叫让人毛骨悚然，同时还伴有从山那边吹来的山风，穿过山林发出的簌簌的声音。在这个严重失眠的夜里，他感到特别难受。南方潮湿的空气使他气闷，他心情很阴郁，直愣愣地看着模糊的窗外，思念心里的姑娘：

雁媚，你好吗？信看到了吗？为了怕惹起别人的猜疑，造成你有负担，我把写给你的信夹在了俊生的信封里，他一定会找你读信的。我不知道我的行为是不是太幼稚？为什么我不能理直气壮地在信封上写上你的名字？我们彼此守着这个爱情的秘密是不是很可笑？我们为什么不能让别人知道我们在相爱？是不是因为没有人知道我们的爱情，才显得这么平静？我收到了他们的来信，唯独没有你的，我很担心，也很着急。我从他们的信里没有得到你的丝毫消息。你还是那么孤独吗？为什么不写信给我？让我这么苦苦地等。雁媚，你不要固执，也不要有忧虑，你绝不可以这样毫无道理又愚蠢地放弃我们的爱情。在这个世界上你要相信我对你的爱。如果你坚持要保守我们爱情的秘密，我仍然会做到隐忍不语。但是，你一定要等到我回到你身边的那一天。

黑夜里，弥漫着薛剑真切的心语，他想了很多要说的话，他几乎冲动地想从床上跳下来把这一切写成书信寄给雁媚。雁媚一直不给他回信让他焦虑不安。在这个远隔千山万水的地方，他还能用什么方法来获取雁媚的消息？可怜的俊生他只字不识，这让他感到多么失望，他甚至怀疑雁媚或许还没有看到那封信，否则，她不会做得这么绝情。

在一次次失望的期待中，他常常会把思念带到他单调又紧张的军营生活中。他把那份美好的爱情深深地藏在心里，因为他坚信他们会有一个美好的时刻相聚。就这样，在疲惫，困惑和迷茫中昏昏睡去时，迎接明天的是一个几乎可以抛开一切忧愁、烦恼和思绪联翩的紧张集训。

“姐姐，你在想什么？”

采勤打断了雁媚的幽思，她悄悄地擦了擦眼泪转过身来说：“没想什么。”

“姐姐，我看你很忧愁，你不是有事情需要我的帮助吗？”

雁媚轻轻问：“采勤，你说，如果一个女孩子，她还没有结婚就怀上了小孩，你怎样看这个问题？”

采勤惊异地说：“不结婚就有小孩？那多丢人啊，这个女孩一定没羞，不要脸。去年后街就有一个女孩，才十八岁，不知道是跟哪个男人鬼混怀了孕，大家都骂她是破鞋，他爸爸还拿棍子打她，结果她一气之下喝毒药死了。”

黑夜里，听采勤讲这个惨烈而伤痛的故事，让雁媚感到恐惧。她说：“大家都骂她，为什么没有人去同情她？采勤，假如，我做了这样的事情，你怎么看我？也会骂我吗？”

采勤说：“姐姐真是的，这事怎么可以说到自己身上？”

在里屋，叔叔坐在床旁的矮凳上低头抽烟。

婶婶说：“你傻愣着干什么？几点了还不上床睡觉？”

叔叔捻灭烟蒂，抬头看看已经躺在床上的女人，慢慢地说：“我想跟你说个事，只是，你听到后别冲动。”

“什么事？”婶婶翻身坐起。

“你披件衣服，我给你讲。”叔叔走过去坐在床沿上，很近距离地看着自己的女人说，“这个，我跟你结婚也十好几年了吧？想想那时好像也不远，小孩子都长这么大了，还这么多。”

叔叔从来没有这样带着怀念充满感情地说话，让婶婶感到奇怪。她轻声嗔怪说：“你搞什么？是什么事让你这样怪里怪气的？快上床来。”她挪了挪笨重的身子，腾出位子，含着羞看着自己的男人。他经常上夜班，难得有一个休息的日子。这个晚上忽然让她感觉很温馨，她从丈夫那愁苦的脸上发现了一层朦朦胧胧的肉体欲望和一种讨好的情绪，煽动了她的激情，使她那方阔扁平粗糙的脸上顿时布满红晕。

叔叔无动于衷，他说："如果能经常想起自己年轻的时候，是不是就会理解一个年轻的心情？"

"神经病，你怎么了？"婶婶的情绪被扰乱，她带着愠怒说。

"唉。"叔叔叹口气说，"你不要责怪雁媚，也不要骂她，年轻都有做错事的时候，或许这就不是她的错。从来到这个家里，我们也很少关心她，这段时间就让她安心待在这里，以后她是不会多烦你的。"

叔叔的一番话让婶婶摸不着头脑，她张大嘴巴斜着眼睛，眼角处的那粒黑痣很明显地在表示她生气了："她做了什么错事？还是她告诉你我在虐待她？是没有让她吃饭吗？"

"不是，她从不跟我说这些。只是，我要对你说，她有身孕了，一时回不了农村。"

"什么？噢，天呢，丢人，丢人，丢人呀！"瞬间，像洪水冲垮了堤坝疯狂的咆哮，婶婶怒不可遏就奔出房间。

叔叔拉住她说："你干什么？我不是事先让你不要责骂她吗？"

"我骂她？我还想扇她一个耳光，不要脸的东西，做这样丢人的事来败坏我的门风，怪不得我总看她的腰这么粗，她还想糊弄我？"

听到婶婶的骂声，雁媚预感到暴风雨的来临，她紧张地从床上坐起来，婶婶凶悍的身躯就破门而入：

"你这个不要脸的东西，做了这么丢人的事，竟怀着一个野种想赖在这里。天那，我家里怎么有这样不要脸的人，你还待在这里干什么？"

采勤惊恐地看着瞬间发生的一切，妈妈像个野蛮的泼妇，而姐姐像一只畏缩在角落里瑟瑟发抖的孤鸟，流着泪对婶婶说："对不起婶婶。"

婶婶扑了过来："你说，是哪个坏男人弄大了你的肚子？我明天就到你们青年队里去，我要扒他的皮，抽他的筋；我要送他进监狱让他身败名裂，我要跟他没完没了。"她口吐白沫，不依不饶地摇动着浑身发抖的雁媚。

采勤疑惧地对妈妈说："妈妈，夜晚你别这样大呼小叫，吵醒了邻居多不好。"

婶婶一把揪住她："你这个死妮子，去跟小毛挤在一起睡，别在这里惹了臊气，她是不会把你带好的。"

叔叔像个幽灵站在门外说："好了，你够了没有？"

婶婶大声说：“我要骂，不停地骂，一直骂到大天亮，让前街后街的人都来看看这个不要脸的骚货。”

没等她从叫骂的快感中冷静下来，叔叔猛然挥拳重重地砸在她脸上：“这件事不用你管，她不是你的孩子，是我的孩子；她住的不是你的房子，是住我的房子；她吃的不是你的粮食，是吃我的粮食。你再敢骂她一句，我就跟你拼命。”

婶婶说：“为了这个贱货，你要跟我拼命？天哪，这还怎么过日子啊？”

叔叔的脸上出现了一种罕见的肃杀相，目光里充满着咄咄逼人的寒气，青灰色的脸在灯光下显得阴森，牙齿咬得紧紧的，刚刚挥动的拳头还没有放下来，等待第二拳的出击。

婶婶终于在她的男人面前认识了他的厉害，她有所害怕，便捂着发痛的脸回到她的房里。

叔叔看看雁媚，眼里充满了爱怜，他什么都没有说，只把门轻轻关上就走了。

雁媚孤零零地蜷缩在屋棚的墙角里，对往后的生活，她感到了无尽的渺茫和绝望。受鄙视、受羞辱，遭粗暴、遭谩骂，这些雁媚都能忍受，唯一让她心痛的是叔叔那哀伤的神情，让雁媚看到了他内心可怕的受伤。在无能为力的叹息中，在无路可寻的迷途上，雁媚空虚地对希望没有了要求，难道带着羞耻苟且地活着？正像刚才采勤说的那个后街的女孩，在世俗的恶骂声中悲愤地选择了死亡做自己逃脱的路。在这个悲伤痛苦的夜里，雁媚也想到了死。她透过小小的窗口，对着天宇上爸爸妈妈的灵魂诉说：爸爸，妈妈，女儿做到如此，你们可否原谅我？如果你们原谅了我，我就有勇气活下来，如果你们也感到羞耻责骂我，那么我就会以死来洗清我的耻辱。她在黑暗中凝神遥望，外面黑黑的看不到天空，她担心爸爸妈妈在那个难以估计的遥远天堂，因为她的罪孽走不到那里。

这时，雁媚的腹部一阵强烈地跳动，那个朦胧的生命仿佛在敲击着生命的大门，在向她签订生命的契约。她悲伤地说：“如果我死了，你怎么办？”她实在不忍心去扼杀这个以她苦难的爱情得来的生命。她要保护他，要用整个生命、贞洁和名誉来保护他。因为她相信他的存在将是她所有的希望和未来。

雁媚在迷失中觉悟，仿佛看到了爸爸妈妈那深度的灵光，正借助星辰的力量倾泻到她的窗前。一种对生命的执着使她坚强起来，她眼里饱含的泪水足以把顽石滴穿。她从屈辱中成长，柔弱的肩膀就能承受更多苦难，她成了一个世俗的叛逆者：

“孩子，我什么都不怕，你有权力来到这个世界。”她坚强的信念如金子般闪烁，让她又一次超脱生死的界限，寻找到明天的曙光。

犹如火山喷薄后的冷却，一切又重新平静下来。

采勤失去了快乐的语言，刻意回避姐姐，她的怀疑、惊诧和害羞的心理为姐姐感到难为情。而婶婶的左眼圈已变成了青紫色，她没有再发怒，雁媚也时时小心地躲着她，不跟她正面迎视。只是尽自己的所能，既操持家务，又去糊纸盒。

大伟生得又黑又壮，跟当年在压井旁帮雁媚压水时已判若两人。但是，他目光里的那股更有男人味的眼神，让雁媚感觉很温和。他经常能领回来纸板和糨糊，让雁媚和奶奶一起糊纸盒。雁媚很高兴接受了这样的工作，她比以前快活了。

有时，大伟像兄长一样对雁媚说："你有什么难事跟奶奶说。"然后就走了，有时几天都不回家。

奶奶对雁媚说："别看这个孩子生得粗糙相，心地还是好的。去年从牢里回来，当知道玉敏不在的事情后，他哭得有多痛啊。那年就是为了妹妹才跟小伟一起去偷的车轮子。可怜的孩子，吃了几年的牢饭，现在总算回来了。尽管他整天在外面瞎忙活，我也不去多管他，知道他生性不坏，一定不会再去做坏事。昨天，他向我问起你的情况，我不敢跟他说什么，如果他知道谁欺负你了，一定会去闯祸的。玉敏不在了，他是把你当成了妹妹一样，知道吗？雁媚。"

雁媚噙着泪说："我知道。"

小伟不辞而别去了南方。他们的父亲，那个老实巴交的男人，每天从早到晚就是拉着那辆扶手已磨的锃亮的架子车去拉货。贫穷使他潦倒，怯弱，挺不起腰身，屋里只剩下奶奶守着这个残破的家。

很多时候，雁媚忙完了家务就来跟奶奶一起糊纸盒。在简单的劳动中，她感受快乐也感到充实。奶奶也把她当成亲孙女一样时刻关心着她，常常会不声不响地放下手里的活去给雁媚打两个荷包蛋。雁媚总是感动的热泪盈眶。

"傻孩子，不要总是哭，奶奶愿意这样做。如果玉敏还活着，我看到你们在一起该多高兴啊。现在只有你，奶奶不疼你疼谁？别跟我犟，赶快吃，你需要营养，等这批活干完了，我还要帮你做小孩的衣服呢。"

就像回到了亲人身边，雁媚在奶奶这里得到了亲情的安慰。这样平静地待在这里，没有人会对她追问太多，如同脱离了喧闹的人群，默默地躲在这个小杂院里足不出院，与世隔绝，做着还能挣到钱的事情。当她把挣到的钱全部交给婶婶的时候，那个一向凶巴巴的女人的眼睛里，就只剩下一点不屑和冷淡了。正像那一次她男人这样对她说的：她不是你的孩子是我的孩子，她住的不是你的房子是住我的房子，她吃的不是你的粮食是吃我的粮食。这句话提醒了她，婶婶终于表现出了对雁媚的妥协。

婶婶接过雁媚给的钱，数了数说："你农村的口粮，不打算想办法要回来了？"

“我想就是再去要，他们也不会给。上次叔叔去过一趟，他们就很坚决不给。”

“你让大伟去要，让他带几个流氓去大闹一场，看他们给不给？”婶婶狡猾地为她出谋划策。

雁媚说：“我不会让他去做这样的事情。婶婶，即使没有口粮，我也会多干点活补贴家里。大伟说，过两天他会领到糊鞋衬的活，比糊纸盒还要挣钱。”

婶婶揶揄说：“我是管不了你，反正你也不是我的孩子，你想怎样就怎样吧，我只当是出租房屋给你住。”

尽管婶婶这么愚顽、固执和无情，雁媚还是体谅了她，知道她在货场扛运货物的辛累。所以，即使雁媚拖着多么沉重的身孕，也一日三餐为这个家操劳。有时，她也跟着奶奶学做小孩的衣服，她还编织了好多漂亮的小毛衣。她喜欢做这些事情，可以把她的苦闷、忧愁、孤独和自闭都一针一线地缝制在衣服里，耐心地等待这个小生命的来到，因为他是个奇迹。

日子到了八月，一个闷热的晚上，采勤从外面回来，拿了几个用报纸包的青苹果带给姐姐：“姐姐，吃苹果，这是我到艳玲家的苹果树上摘的，没有让采惠、采灵她们知道。”

雁媚说：“你应该让她们吃，还有小毛。”

“我不让他们吃，我是专门为你摘的。下午干完活，艳玲对我说她家里的苹果树结了很多苹果，我就厚着脸皮跟她去她家摘了几个大苹果，等过几天我再去摘。”

“人家不高兴你就不要去，我不要吃。”

“没事的，艳玲知道我是为姐姐摘苹果，她很高兴。姐姐，你听说过吗？多吃水果，小孩会长得水灵。”

雁媚笑了。

采勤快乐地说：“姐姐，我总是在想他是男孩还是女孩，如果是女孩，她一定会像姐姐这样漂亮，对不对？”

无论是男孩还是女孩，对雁媚来说都是她在这个世界上唯一的珍宝，比她的生命还要珍贵的宝贝。

采勤看到了姐姐做的小衣服，她惊奇地说：“姐姐，你会做小衣服？这么小，好可爱。”

雁媚说：“那边的奶奶在帮我做，我也学着做。”

采勤把小衣服拿在手上抚摸着说：“想想我们也是穿这么小的衣服长起来的，太有趣了。姐姐，你以前见过刚出生的小孩吗？这么大，妈妈生小毛的时候我看见他就是这么大。”她的手做了比画。

雁媚说："小时候，跟我一起玩的小伙伴平平家里生小弟弟，是我妈妈帮助接生的，第二天我跑到她家里去看了那个小弟弟，就这么大，真的很小，还闭着眼睛，软乎乎的。"

"等姐姐的孩子出生了，我天天都抱他。"采勤高兴地说。

而雁媚莫名地忧伤起来，对这个即将来到的生命，她不知道能不能这样在平静中顺其自然。

"姐姐，都说要生孩子的女人是很幸福的。可是，我看到了姐姐的痛苦。我不知道姐姐甘愿背着一个臭名声把这个小孩生下来对不对？还有那个男的，他值不值得你为他牺牲掉你的名誉，你的贞洁，你的前途和你的宝贵青春。虽然你想得到这个小孩，那往后怎么办？如果一辈子在农村抽不回来怎么办？带着孩子在农村那是一个什么样的生活呀？"采勤担忧地说。

"我没有想这么多，我也不敢去想以后，这个时候想什么都毫无意义。因为我已经没有任何办法去改变，只有把他生下来，该面对的都要去面对。"雁媚平静地说。

"是啊，天无绝人之路，总会有办法的。"采勤安慰说："就算没有工作又能怎样？妈妈从农村出来，一辈子都在做小工，靠搬搬扛扛不也把我们几个小孩养大？我在工地上掂泥兜，也能挣到钱，只要可以干，什么样的活我们不能做？"

"谢谢你采勤，有你在我身边我什么都不怕，只是姐姐弄成这样子，我一直都在担心你会怎样看我？请理解我吧，有些事我自己也弄不清为什么会有这样的结果。在世俗的面前，我一定该是被骂成不要脸的女人，没有自尊，没有自爱，也不知羞耻。但是，如果是你，如果在你的身上发生了那样的感情，我想你也会身不由己的。"

"你很爱他？"

"非常爱。"

"然后他不顾你的感情就把你抛弃了？"

"不是这样的。"

"那为什么你躲着不让他来承担这个责任？是不是他抽回到城里？或参军或上大学去了，你怕他受到连累？"

雁媚深重地说："这是一个很隐秘的故事，我不能把他暴露出来。名誉是世界上最要紧的一个东西，对我已经毫无意义，但是对他就非常重要。我不能让他因为名誉的损失而毁掉一切，都是我自己的决定，他什么都不知道。我不顾一切选择要把孩子生下来，因为我知道，我生命里的爱都在这里，我不能抛弃。虽然我将面临失去很多，前途未卜。而且，我每天都不敢走出院子，羞于见任何人，怕别人戳我的脊梁骨。我把自己藏得像个逃犯，搞得身心疲惫。所幸的是这里没有我下乡一起的队员，只要婶婶不再回到她的娘家，我就不担心这件事会传过去而惹麻烦。”

“因为我舅妈严重地伤透了妈妈的心，我看她是永远都不会再回去了。姐姐，你们那里真的没有人知道吗？”

“我想是吧。”雁媚相信俊生会为他们保守这个秘密。

就在这个炎热的夏天还没有结束的时候，薛剑收到了跃平的一封来信，告诉他准备接替父亲的班回城。信里还写了其他队员的一些情况，却没有雁媚的任何消息。他常常忧虑地想，他们是不是太忽略雁媚的存在？而同时他也感到放心，也许正是雁媚像以往那样平平淡淡，才被他们这样怠慢。他总是这样想，他要求自己这样想，才能在紧张的训练之后安心学习。他有很高的追求，为自己制定了一个很大的目标，他一定要做到他曾经向雁媚承诺的那样：给我时间，让我证明给你看，为了你，我也要比任何时候都做得更好。所以，他一直都在不懈地努力。现在，即使没有雁媚的任何消息，他也坚信雁媚有一颗坚强的心。她一定会好好的生活，哪怕孤单，寂寞，受冷落，这些都无法征服雁媚的意志使她软弱。薛剑坚定地相信，他们的爱情会自然而然地进入到一个更高尚，更纯洁，更美好的生活中来。他耐心地等着，等有朝一日他回去的时候，他要把他们的爱情公布出来，把雁媚带到他父母和兄弟的面前。这是一个机灵有趣的想法，他为这样的想法感到喜悦。纵然他们分别，远隔千山万水，在每个日日夜夜的焦虑和渴望中，他仍能做最顽强、最努力、最积极、最理智的等待。

晚上，刚刚睡下，在没有任何先兆的情况下，雁媚命运中最庄严最神圣的时刻来了。她突然觉得肚子开始痛了。采勤急忙叫了妈妈，尽管婶婶咕哝了一句：真是作孽，还是积极地起来，穿上衣服，把雁媚送到医院。

医院的走廊上极其昏暗，稀稀的几盏灯泡高高地挂在房顶，墙壁呈灰黄色，水泥地也是被踩得黑糊糊的，在产房的门外有一条充满污垢的长椅，采勤扶着姐姐坐下，婶婶推开了产房的门，一个护士伏在桌子上睡觉。

“你醒醒，要生孩子了。”婶婶把她拍醒。

她迷迷糊糊地应了声，打了个哈欠问：“刚来？”

“是，肚子开始疼了。”

护士进到里屋，把值班的医生叫醒：“张医生。来了一个产妇。”

“好，你先给她做检查。”张医生就又歪头睡了。

护士把雁媚叫进去做检查，疼痛使雁媚一直忍着而不吭一声，有一种羞耻感让她觉得呻吟、叫喊都是难为情的，特别是当着婶婶的面。然而，婶婶还是萌生了一点女人的恻隐，她关心地说："如果很痛就叫两声。"

雁媚很感动，对婶婶笑笑，她很容易做到这种谦逊和尊敬来保持她跟婶婶敏感的距离，在这个时候，没有什么比婶婶的关怀更能给她增加精力。

检查后，护士就走到里屋对张医生说："骨盆已经开了，好像就要生了，你起来吧。"

张医生漫不经心地起床，穿上白长褂，捋了捋头发，又照照镜子，慢腾腾地从里面出来。一个三十岁左右的女人，有一种典型的工农兵大学生所具有的傲气。她卷起袖管，很明显地露出一块亮晶晶的女士手表。她把手高高扬起，看了看手表上的时间，然后拿出病历开始做常规记录。当问到丈夫姓名时，雁媚羞臊地说："没有。"

张医生迷惑地说："什么？没有？"

婶婶在一旁说："她还没有结婚，是在农村搞大了肚子。"话里带有讥谑，令雁媚在医生面前无地自容。采勤也不满意妈妈的回答，她乜了妈妈一眼。

张医生轻视地说："怎么下到农村都这么胡闹？没有人约束就放纵了吗？我已经接手了好几个这样的产妇，真的很不像话。"

她傲慢不恭，表现她的优越；她头上高高戴起的白帽，空虚得没有思想；她硬邦邦的脸上，找不到爱的因素，难道她不能体会爱的含意吗？她也很年轻，看样子也不过三十岁呀。

她轻瞟了一眼雁媚，问婶婶："是你女儿？"

"不是。"婶婶的表情已经完全证明了她们不是母女关系。

突然，张医生脸上掠过一种诡异的微笑，她亲切地对雁媚说："过来，我看看。"她细致认真地给雁媚检查后，就让她到走廊外面再走走，然后把婶婶叫到里屋。

"什么事？"婶婶问。

"她不是你女儿，是你什么人？"

婶婶说："她是我男人的侄女，她父母很早就没了，一直留在我家里。"

"那，她生下小孩后你们准备怎么处理？她还是个姑娘。"

"是啊，我也在为这个事情发愁。她现在还在农村，是偷偷跑回来生孩子的。如果给我留在家里，我也不高兴，我也有好几个孩子呢。"

婶婶的话正中张医生的心怀，她说；"我有个表姐，都三十多岁了，结婚好多年一直不能生育，他们非常着急，很想领养一个，不管是男孩还是女孩。"

"你的意思是想要这个孩子？"

“是啊，我表姐和表姐夫都是国营厂的工人，条件好得没说，保管孩子去到他们家里会享福，会受宠，而且也不会亏待你们。”

婶婶喜出望外，如攀上了一门高亲。她像能够掌握一个人的命运的实权的人物一样满口答应：“好，好，把孩子送给你表姐。”

“这样，我就去联系我表姐，让他们尽快过来守在这里，等孩子一落地就让他们抱走，免得夜长梦多。”

婶婶从那个钻营的交易中走过来，掩藏着她敛财的欲望而换了一副慈善的面孔。她用宽大的身体，假惺惺地让雁媚靠过来：“来，孩子啊，生小孩是痛苦的事，你靠在我身上，不要怕，婶婶也是生过几个小孩的女人。”

在自己就要做母亲的时候，第一次听到婶婶充满温情的语言，享受婶婶宽厚的胸膛里流淌出来的母爱，让雁媚多么感动。她安详地靠在婶婶的胸前，感觉那么踏实，那么欣慰。她想到平日里对婶婶产生的怨气，心里是多么的愧疚，她流着泪说：“婶婶，对不起，有好多事我都做得不好，惹您生气了，您原谅我了是不是？”

“乖孩子，不要说这些，等生完孩子养好身体再回到农村去，他们不会知道你在这里发生的事情。你还像原来一样，对他们说你生病了休息了一些时间，他们也不会怀疑什么，而且也不会影响到你以后抽调回来的。就当一切事都没有发生过，好不好？”

采勤高兴地说：“妈妈，你是看到姐姐生孩子这样痛苦，就想到了生我们时的情景吗？女人生孩子是最伟大的，所以妈妈就很伟大。我很高兴妈妈这样爱姐姐，等将来我生孩子的时候，有妈妈在我身边我也不会害怕。”

婶婶宽容地对她笑笑说：“傻丫头，说的什么话。”

雁媚艰难地在忍受剧烈的疼痛，她额头冒着滴滴汗珠，咬紧牙关，两手紧紧地抓住床帮。终于，在熬过了漫长的黑夜后才把孩子生了下来。当听到孩子清脆的啼声时，雁媚坚强的身子终于放纵地舒倦在产床上沉沉睡去。这个新的生命，神奇地睁着一双纯洁的眼睛看着这个世界。采勤激动地说：“他的眼睛好美好亮。”

婶婶看看婴儿，麻木地不知道如何区分哭声和音乐；冷漠地不知道去想眼睛和星辰。她胸怀狭窄地只在想那笔交易要收到的赏钱。

张医生把襁褓里的婴儿从采勤的手中抱走，细心地看了很久，喜不自禁地把婴儿带到了早已在办公室等候的一对夫妇那里：“是男孩，一个非常漂亮的男孩。”

这对夫妇迫不及待地扑了过去，那女的双手颤抖地抱着婴儿，激动地说：“太好了，太好了，我就喜欢男孩，一个多么可爱的孩子。宝贝，是我的宝贝。”

那男的乐滋滋地说：“这个小家伙了不得，你看他额头宽宽的，一定是个聪明的孩子。”

那女的完全控制不住心情的激动，喃喃地说：“这是我的心肝宝贝，我的天使，我的骏马，我的星星，是天上的那颗最亮的星星。”

张医生提醒说：“快点回去吧，趁早上人少，我一会儿下班就去你们家。”

“好，好。”那男的从口袋里掏出一沓钞票说，“把这个给她们。”

“多少？”

“三百。”

“这么多？那你们快走吧，我来应付她们，对任何人也别说是在这里抱的。”

“好。”这对夫妇像捧星星一样把一个母亲的骨肉捧回到他们的家。

他们走后，张医生把婶婶叫过去，采勤追上来问：“小宝宝呢？那个小孩呢？我怎么没有看到他？”

张医生没有理睬她，就把婶婶拉到办公室并关上了门，她拿出钱对婶婶说：“给，这是一笔不小的数目，这件事我们就结清了。”

婶婶接过那沓钞票，忽然感到有点不安。

“你数数，三百块。”

“我就不数了。”婶婶紧张而小心地把钱塞进口袋，两个素昧平生的女人做了一笔成功的交易。她像个苛刻的奸商，而婶婶却像个十足的缺心眼的卖主，两个人蝇营狗苟。

张医生还狡猾地说：“记住，别让她知道孩子的去向。”

“是。”

“你出去吧，我也要下班了。”说着她脱下了白长褂。

婶婶从办公室出来，正好撞到焦急的采勤，她问：“妈妈，婴儿呢？我到处都没有看到婴儿，护士那里也没有。刚才医生抱着，转眼就没有了，你们把他抱到哪里去了？”

婶婶把采勤拉到一边小声地说：“你别吵，小孩被别人抱走了。”

“什么？”

“这不是你管的事情。别在这里胡闹。”

采勤惊愕地看着妈妈，气得说不出话来，她的泪水冲出了眼眶，哽咽地说：“妈妈，你怎么做这种缺德的事？你有什么权力把姐姐的孩子送人？”

婶婶骂道：“死丫头，我做了什么缺德事？我是为她好你不知道吗？一个大姑娘怎么养小孩？她靠什么养他？快回去，给她端点饭来。”

采勤倔强地说：“姐姐什么都没有，就只有他，他是姐姐的生命和希望，你竟敢把他给别人，妈妈，你这样做于心何忍？”

婶婶蛮横地说："你给我闭嘴，一个私生子有什么可骄傲的带在身边？即使我不把他送人，她也会把他丢弃的。"

"妈妈，你就这么不懂姐姐的心？她千辛万苦，忍受多少磨难把他生下来，你不知道这一切都是为什么？你真是太残忍太冷酷了。"说着，她跑到病房趴在姐姐的床旁呜呜哭起来。

婶婶追过去，用她强悍的手臂像抓小兔子似的把采勤拎了出来："你给我滚回去，别在这里胡闹，小孩子已经被人抱走，你再哭再闹也没有用。"

婶婶那铁石一样的心肠让采勤绝望，她愤恨地说："我回去跟爸爸说，你擅自把姐姐的孩子给别人。如果别人抱走了你的小毛你是什么感受？妈妈这样无情无义，我真的很难过。"

婶婶狠狠地骂道："吵死了，死丫头，你快滚回去。"

看着采勤跑掉的身影，婶婶摸着口袋里的钱的手都在出着冷汗。

雁媚安详地睡着，带着甜美的微笑，婴儿清亮的啼声仿佛还在她的梦里萦绕，像流淌的旋律。她想伸出双手去拥抱他，可是她怎么也动不了，好像被一个梦魇压迫着。她身体极度虚弱，疲惫不堪，她一直昏睡不醒。同病房的产妇和家属，都在关注她的清醒，婶婶疲惫的身子坐在床边，她用手支撑着打瞌睡的头，没有人敢问她什么，她也不跟别人说话，只是闭着眼睛在思忖着怎样对付一个梦醒的眼神。

采勤气喘吁吁地跑回家，刚走进院子就看到玉敏的奶奶在焦急地向外张望，看到采勤，她极其心切地跟着问："采勤，你姐姐生了吗？"

采勤噘着嘴就哭，吓得奶奶颤颤悠悠："你姐姐发生什么了？"

刚下夜班的叔叔，两眼充满了血丝，他整个身子都在痉挛，他惊恐地问："你，你说，到底怎么了？"

"妈妈自作主张，把姐姐的小孩送给别人，那是姐姐的小孩。"

奶奶和叔叔有惊无险，同时嘘了一声，奶奶声音发颤地说："哎呀，吓死了我了，还以为发生了更可怕的事情呢。"

叔叔额头上的青筋在鼓鼓地暴跳，他咬牙切齿地说了一句"这个臭女人"就跑了出去。

同病房的一个婴儿的哭声终于把雁媚吵醒，她睁开眼睛微笑着对坐在床旁的婶婶说："婶婶，是我的孩子在哭吗？您把他抱过来，我想看看他。"

婶婶假惺惺地说："你醒了，昨晚很痛是不是，先喝点水，我让采勤回去拿饭了。"

雁媚吃力地坐起来四下看看："我的孩子呢？他是男孩还是女孩？"

婶婶殷勤地给她端碗水说：“快来喝点水。”

雁媚心切地说：“我想看我的孩子，他在哪？”

婶婶放下手里的碗，拉着她的手温和地说：“雁媚啊，我也是想了又想，觉得你不适合养小孩。”

“您这是什么意思？”

“我想，你也会有我这样的想法，把小孩送给一个好人家的，是吧？”

雁媚惊异地看着婶婶，恍恍惚惚地感到眼前的东西在摇动，她把苍白、消瘦的手从婶婶的手掌里抽出来，惊疑地问：“婶婶，您说了什么可怕的话？”

“你好好休息，等恢复了身体再回到农村去，如果不想回去，婶婶也高兴你留下来。知道你在农村也很辛苦，我也舍不得，我也是从农村出来的，能够体会你的处境。”

尽管婶婶说得这么真切，也没有感动雁媚，她仿佛失去了理智，无法让自己平静。她要她的孩子，她在哭喊着要她的孩子。

顷刻，婶婶恼羞成怒：“你要你的孩子，你还有脸要你的孩子？那个小孩一生下来就死了，你到哪里去要你的孩子？”

雁媚失声痛哭：“我要我的孩子，他没有死，我听到了他的哭声。您把他给我，那是我的孩子。”

婶婶撕破脸皮，破口大骂道：“不知羞耻，还有脸要你的野种？我不管了，你去找吧，他死了。”她说着这么粗俗恶毒的话后就夺门而出，还把门摔得很重。

雁媚多么可怜，她脸色苍白，没有力气，伤心欲绝。她想要她的孩子，她要用一个孤独而愁苦的母亲的全部激情来爱这个孩子。他在哪？是死了还是真的被人抱走了？这简直是在摧残雁媚的心啊。

同病房的一个产妇家属对她说：“你的孩子没有死，我在走廊上看见一对夫妇把他抱走了，是你婶婶和张医生这样做的。”

雁媚凝神发呆，尔后，她拖着极度虚弱的身子，一步一步挪到了院长办公室。在这个简陋的办公室里，上了年纪的老院长戴着一副黑框眼镜，正在专注地看一张X光片。雁媚声音微弱地说：“院长医生，求求您救救我，把我的孩子还给我。”说着就昏了过去。

老院长极其震惊，他在妇产科的办公室，把桌子拍得咚咚响，峻严厉色地说：“真是胆大妄为，抢别人的孩子，简直就是强盗。我让你们立即把孩子找回来，否则我开除你们。”

一个医生说：“院长，昨晚是张医生当班，她跟这件事情有关。”

当一个母亲的心在流血的时候，这个城市里的一户人家却充满了欢声笑语。这对幸福的夫妇，围绕着一个小小生命，犹如上天的恩赐，令他们爱不释手；小生命绽放出来的一片绚丽的光芒，给这个寂寞的家庭带来了一个完整的温馨；久久渴望的夫妇，如同找到了潺潺的清泉让他们尝到了无尽的甘甜和满足；家里的那个男人，小心翼翼地把婴儿放在他们早已准备好的那个精巧而舒适的摇篮里，那个女人一刻不离地守护在摇篮旁如痴如醉；下班后就赶过来的张医生，完全是一副充满成就感的姿态对他们说：

“当我知道生孩子的产妇是一个姑娘时，我就想到了你们。那个姑娘很漂亮，简直美若天仙，从遗传的角度来判断这个小孩将来一定英俊。我问了那个女人，她不是妈妈，只是婶婶，而且也有把小孩送人的想法。所以，我就立即联系了你们。我也是一直把你们的事情放在心上，知道你们这么多年的辛苦盼望，连老天也开始动心了。你们看他长得多神气，手指长长的，将来还一定是个大个子呢。”

女的突然站起来抱住张医生，一只脚还在地上跺了几下：“太感谢你了，太感谢你了。”像是感激不尽的样子，然后，又俯下身子看着婴儿。

男的感激地说：“真是太感谢你了，你把这个孩子带给我们，就是在救我们的命。你知道你的表姐每天都是怎样地在消沉、沮丧和阴暗的心情下生活吗？她心灰意冷，常常是以泪洗面。现在，这个可爱的精灵，给我们带来了阳光。你看看你表姐，她的脸上从来都没有这样的笑容，她的脸颊从来都没有这样的红晕，她的眼睛还没有从这个小天使的身上移开，从把他抱回来她就一直这样。有时，突然的幸福，会让人变得有点傻气，是不是？”

张医生乐呵呵地说：“表姐，你清醒一点吧，别太沉湎于得到孩子的幸福中，等他闹起人来哭叫的时候，说不定你还要打他的小屁股呢。”

女的激动地说：“我不会打他，他是我的宝贝，我会每天把他捧在手心里爱他。你看他多么安静，多么听话，他一定是个乖孩子。”

这时，医院的一个护士急急忙忙地推开了这个幸福的家门，张医生惊讶地问：“小田，你怎么到这里来了？”

小田神色紧张地说：“快把孩子送回去，家属闹事了？”

“什么？”

“院长发火了，说不把孩子还给人家就要开除你。”

沉浸在幸福里的这对夫妇，被这突如其来的事变弄得不知所措。当张医生极不情愿地把孩子从摇篮里抱出来的时候，女的突然发出了一声凄厉的惨叫：“不，我不能让你把他抱走，他是我的孩子。”

男的僵直地站着，突然的损失，使他的脸上的肌肉都在抽搐。他没有眼泪，却有比眼泪更加难受的哀痛。他无动于衷，呆呆地，没有力量去安抚自己已经失常的女人。那个幸福就这么一瞬间，像流星划过天空，闪烁了一下，就灼伤了他们的心。

事情发展到这种程度，婶婶也有点惊慌失措。雁媚在治疗室救治，她坐在外面的长椅上冷冰冰地看着忙碌的医生从她的身边走来走去。她把手伸进衣服的口袋，那沓钞票鼓鼓的让她不安。她很困倦，却依然保持着她的欲望。想到那三百块钱可以满足她的多少要求啊！她想给自己的男人买一辆车子，还想给自己买一块手表，再想给自己的几个孩子从里到外都换上新衣服。可是，她却又要失去这些，不得不留下来要与那个医生再做一次一手交钱一手交人的买卖，心里很不情愿。她目光迟疑地看着走廊的那头，突然，叔叔矮小的身躯闯入到她的视线，她本能地从椅子上站起来。

"你都做什么了？你都做什么了？"叔叔朝她吼叫，尽管那瘦小的身子在自己的女人面前不堪一击，但是他紧握拳头虎视眈眈。

婶婶狡辩说："我是担心她养不了孩子。"

"谁给你的权力让你这样有恃无恐？你以为我一辈子让着你是让你感到我怕你吗？你把自己纵容得像个毒蛇，你怎么这样狠毒？你这个毒蛇的女人，你的心肠比毒蛇还狠。你一直都在欺侮她，而我却忍气吞声。"叔叔发怒的声音像黑夜里咆哮的风一样冷峭。

婶婶第一次真正地领教了一个男人的厉害，她理屈词穷，不再狂妄，那粗糙的脸上起着褶皱，心虚地看着自己的男人。

"你把孩子找回来，你一定要把孩子找回来，否则，我跟你没完。"

一个男人发威的尊严，彻底扫荡了一个女人的威风，婶婶嗫嚅地说："他们一会儿送来。"刚才院长在办公室发火的情景她有看到，她知道她口袋里的钱已经不是她的了，她的贪心让她极不情愿地把口袋里的钱掏出来："等小孩送来的时候给他们，我也累了，搞得我一夜没有睡觉。"

她走了。

叔叔冲着她的背影骂道："贱骨头的女人，看到钱连脸都不要了。"

婶婶终于爆发了，她扑向她的男人："不要脸的是你们，你的那个当婊子的侄女，偷了男人，生了野种，你有什么可光彩的？我都怕在这里丢人现眼了。"

他们在医院的走廊上打了一架。当婶婶蓬乱着头发气势汹汹地从医院里出来的时候，正碰见采勤和采惠拎着饭盒来医院。她二话没说，照采勤的脸上狠狠地抽了一个嘴巴："你这个忤逆的死丫头，我是白养了你。"

采惠吓得一怔，她看到了妈妈脸上有一种使人惊骇得面目全非的东西。她又一次在女儿们的面前暴露了她丑陋、低劣又可疑的一面。

采勤捂着火辣辣的脸叫了声："妈妈。"

孩子终于回到了妈妈的怀抱。

雁媚紧紧抱着他流泪不止。

叔叔意味深长地说："阿媚，不要担心，我，还有采勤、采惠都会帮助你把孩子养大的。只要有我在，婶婶她不会对你怎样。"

雁媚感动地说："谢谢叔叔，一直以来您都像父亲一样给我爱和力量。我没有什么可担心的，对婶婶我也同样会理解。叔叔，您就不要再去责怪她，她生活得很艰难，每天还要干很累的活，我还给她添麻烦。等叔叔回去后，您一定要好好安慰她。"

叔叔很欣慰，向雁媚露出笑容。

采勤说："姐姐，你的善良和美丽，都会像种子一样在他小小的心灵里发芽，你看他的眼睛多么明亮，像夜里的星星一样纯洁。"

采惠说："姐姐，他不哭闹，是个好孩子。"

雁媚喜悦地说："那采惠也是个好阿姨。"

"我这么小就当阿姨了，采灵比我还小，等他会叫我阿姨的时候，是不是很好玩？"

采勤说："你要做个好阿姨，不要整天跟采灵吵架，还欺负她。"

"哦。"采惠机灵地点点头。

就在叔叔家门外搭建的屋棚里，成了雁媚和她亲爱的孩子栖息的地方。婶婶不让进屋里，叔叔也没有再去惹她，一切又恢复到原来的平静。当把爱和生命连在一起的时候，雁媚才深深地体验到了命运赠予她的幸福和快乐。三个妹妹喜欢跟她一起享受这样的快乐。

采灵问："姐姐，他有名字吗？我们叫他什么？"

雁媚说："你想给他起名字吗？"

采灵忽闪着眼睛认真地想着，采惠也在沉思。采勤说："这是姐姐的孩子，应该是姐姐给起名字。"

雁媚笑了，她很幸福，怀着对新生命的深深祝福，她凝视着婴儿可爱的小脸，努力在搜寻他跟薛剑相同的地方。她对爱情忠实又坚定，奉献她的贞洁和敬意。当然，薛剑也是她生命里最美好的幸遇。她在心里默默地说：薛剑，你知道吗？这是你的孩子，他在我的臂弯里。

采惠问："姐姐，名字想好了吗？"

在深深的思念中，雁媚轻声说："他经历黑夜的挣扎，在黎明时来到这个世界，我们叫他雪晨好不好？”

雪和薛是谐音，这是雁媚早有的想法。

她们都觉得名字很有趣，采勤说：“姐姐，现在还刚刚是秋天，怎么会有雪？”

雁媚说：“我喜欢雪，它晶莹剔透，洁白无瑕，让他的人生像雪一样清白，让他的世界像雪一样纯净，这是我的希望。你们喜欢吗？”

她们拍手称赞。雪晨，一个多么好的名字。从此以后，天地间就有了一个叫雪晨的男孩成了雁媚生命的全部。尽管在低矮的屋棚里，雁媚也有足够的修养去领悟那孤独时的意义，她还具有层出不穷的思想在幻想孩子的明天。他进入到她的世界，将会给雁媚带来种种的淘气和调皮，可爱和欢笑，这些都能满足雁媚的心，照亮她未来的生活。

奶奶又端着一碗黄澄澄的鸡汤来到屋棚。

“奶奶，您怎么又端给我吃？您留着自己吃。”雁媚常常受这样的感动。

“我吃还有什么用？雁媚，你一定要把身子养好，以后的日子还很长，靠你一个人养育孩子是很艰难的，没有好身体不行。快吃吧，趁你婶婶不在家。”奶奶俯下身去看雪晨，“多乖的一个孩子，模样长得多好。”

奶奶高兴得合不上嘴巴，像自己得了重孙。谁都知道，生命虽然短促，增岁便是美德的任务，奶奶朴实的美德，在平凡的生活中，像春天孕育的植物，秋天获得的果实。她的爱温暖、坚定、宽宥，她善良的胸膛一直是雁媚在阴霾和困顿中拨开云雾寻找晴天的力量，她可以在奶奶面前撒撒娇：“奶奶，他晚上闹人。”

“小孩哪有不哭的。有没有要洗的让我来洗。”

“采勤一早都帮着洗了。”

“都是乖巧的孩子，不像你婶婶。”奶奶又问：“鸡汤好喝吗？”

“好喝。”

“昨天，我对大伟说把家里的那只母鸡杀了炖汤喝，可他说，母鸡在下蛋，留着吧。到晚上他就拎回来了一只黄母鸡，他是个有心眼的孩子。”

雁媚说：“如果玉敏好好活着，有这样的哥哥该多幸福。”

“是啊，可怜的孩子。雁媚，你要好好的生活啊。如果你婶婶不管你和孩子，就让我来管，如果你还要回农村去，就把孩子交给我吧。”

雁媚深受感动：“谢谢奶奶，在我失去父母后我遇见了您，我知道这一定是上苍给我的补偿，让我不受损失地感到亲人就在我的身旁。奶奶，我爱您。”

“好孩子，奶奶也很满足。虽然没有了玉敏，但是还有你，奶奶的晚年没有虚度，是不是？”

雁媚深情地把头靠在奶奶的胸前，人世间的真情无须用血脉相亲。爱在一颗无私博大的心里，正如阳光无私的照耀，让无花果裂开它新鲜又甜蜜的美味。

可是，当秋菊在光明中展开花瓣的同时，阳光的背面是什么？谁能理解黑暗和不测的风云？在平静的日子里，忽然有一天那么怪异，那么阴沉。这天，采勤休息在家。为了让姐姐完美地休息这一天，她包揽了所有的家务。到午饭的时候，婶婶揶揄说：“真是了不得，像供奉的皇奶奶一样，什么事都不要做了。”

叔叔瞪了她一眼说：“就一顿饭没有做你就发脾气，再说采勤也休息在家。”

婶婶摆摆手说：“我不跟你吵架，反正她快满月了，我已经没有耐心把她留在家里，她该去哪里就去哪里吧。既然我是个恶毒的女人，就让我来做恶毒的事情。”

叔叔“啪”的把筷子打在桌子上说：“我哪里都不让她去。”

小毛问：“妈妈，你要把小弟弟弄到哪里去？”

婶婶发出了一阵怪腔：“哎呀，我的小傻瓜，他不是你的弟弟，他是个野种。”

采灵说：“他叫我三阿姨，叫你是舅舅。”

小毛很迷惑，为一个奇怪的称谓他感到既兴奋又好奇，在他的小脑瓜里他似乎还不懂为何做了舅舅？小虎家的一个婴儿就是小虎的弟弟，为什么他不能做这个婴儿的哥哥？

婶婶粗暴地拍了采灵一记耳光：“没羞的东西，当什么三阿姨，快吃饭。”

采灵“哇的”哭了。

叔叔长叹一口气，神情阴郁地说：“我看你就是这样子了，我一辈子都是对你忍气吞声，让着你，就让我再让你一次。”他放下碗筷进到里屋闷闷不乐地躺床睡了，谁也没有感觉到这话里的不安与不详。就像外面的天气，早晨还是好好的，上午开始阴沉，吃午饭的时候开始下雨，秋雨滴滴答答，有一种凄凉油然而生。

雪晨一反常态，不知哪里不舒服一直在哭闹。婶婶在屋里嚷嚷说：“吵死了，吵死了。都是在哭死人啊。”她照着还在哭哭哭啼啼的采灵又是一巴掌。

一句晦气的话，从婶婶的嘴巴里出来，她像个缺心眼的女人那样乖张乖戾，毫不顾及。采勤不声不响地收拾饭桌，她对妈妈怀有长久的紧张、谨慎和压抑心情，她学会了忍受。

到了下午，雨还没有停，风也一阵一阵地吹着屋棚的屋顶，发出啪嗒啪嗒的声响，灰色的雨雾把天空遮掩得很低很暗。叔叔要去值夜班，他刚把雨衣披在身上就又脱了下来，尔后，他进到雁媚的屋棚里。

“叔叔，您要去上夜班吗？”

“是。”他看看雪晨说，“他睡了。”

“刚睡下。”

叔叔浅浅一笑，那笑容是雁媚难得看到的。他说：“小鬼长得像他外公，你父亲多么英俊，不像我长得像一根老苦瓜似的。”

“叔叔年轻的时候也是很英俊的。”

叔叔坐下来，沉默了一会儿说：“叔叔是睁着眼睛看黑夜，闭着眼睛睡白天，我上班的时间大部分都是在晚上。”一句谐谑的话道出了叔叔常年上夜班的辛酸。他表现出一种轻松的神态，如一个深重的男人忽然卸下了沉重的负担。然后，他自惭形秽地又说：“叔叔就这样了，叔叔无能。”

雁媚忧虑地说：“叔叔，您别说这样的话，如果不是叔叔把我当女儿一样关心，我不知道我在这个孤冷的世界上还能依靠谁？谢谢叔叔。”

叔叔却愧疚地说：“对不起，阿媚，如果你爸爸妈妈知道你在我这里受这么多委屈，他们是不会原谅我的。”

“不会的，叔叔，您这么爱我，爸爸妈妈会感到欣慰的。”

“好，我去上班去了。”他起身出去了。

“您路上小心。”

叔叔披上雨衣，走了几步又折回来，站在门口说：“阿媚，一定要把雪晨养大，再苦也要把他好好养大。”

叔叔今天怎么了？让雁媚觉得奇怪，他从来都没有这么反常的缠绵，他那苍凉的脸上像秋天灰色的雨水让人心情忧伤。雁媚说：“叔叔，我会好好地养大雪晨，您走好，小心路滑。”

到了晚上，雨停了，只有风声在凄厉，一抹淡淡的月光从云隙里穿透洒在雁媚小小的窗口，也柔和地映照在雪晨的脸上。他恬静地翕动着嘴巴睡着了，而雁媚却在这深夜里，蓦然涌出了一种深愁和对明天的突然的恐惧。

在这深深的夜里，一个平凡的生命，日复一日年复一年，兢兢业业地在那堆高高的货物旁恪守着他的职责。

这是一个平常的日子，谁也没有在意会突然事变迭出。婶婶从拉灭灯泡后就开始呼呼大睡。她身体强壮，但还是梦多，她打着呼噜，却恍恍惚惚地看到了一些稀奇古怪而且刺眼的东西从她的身旁坠落，她对这眼花缭乱又模糊不清还带点伤感的梦境并不心悸，也没有醒悟。直到黑影敛迹，寂静消失，天开始亮的时候，一个突如其来的擂门声，把全家人都惊醒：“大嫂，大嫂，快起来，老姚出事了。”

婶婶没来得及趿上拖鞋，就慌里慌张地把门打开：“怎么回事？”

来者是一个跟叔叔年纪相仿的男人，他紧张又悲痛地说：“他，现在在医院里，死了。”

犹如一个晴天霹雳，令人难以置信。昨天还是好好的，今早怎么会死掉？雁媚惊恐不已，她冲动地对那个男人很不礼貌地说：“这不是真的，你是在胡说对不对？你怎么一早来跟我们开这样的玩笑？”

来者说：“他夜里突发脑溢血，发现他的时候，已倒在货物旁就死了。”

“啊！”一声惨叫，婶婶一屁股坐到地上大哭起来。

雁媚傻呆呆地愣在那里，她的心都要碎了，她无法接受这个事实。昨天下午，叔叔栩栩如生的身影还在眼前晃动，他温暖的话语还在耳旁回响，怎么现在一下子就永远没有了？

来者把婶婶搀扶起来，要安抚一个痛哭流涕的女人不是容易的事。她捶胸顿足，号啕大哭。后来是大伟把她拉到了医院。

叔叔走了，雁媚没有了依靠。但是叔叔临终前的话雁媚会永远记住：一定要把雪晨养大，再苦也要把他好好养大。在暴风雨来到之前，雁媚已做好了心理准备。办完丧事，心情还没有从悲痛和哀恸中冷静下来，婶婶就如同一头发怒的野兽冲进雁媚的屋棚，把她的东西都摔了出来：“你给我滚，你马上就给我滚，我一眼都不能再看到你，你这个不要脸的丧门星，都是你害死了他。”

她的叫嚣把雪晨吓哭，雁媚抱着雪晨，恐惧地看着恐怖的婶婶发飙。她什么都不说，如果这样能减轻婶婶痛苦的话，她容她这样发个不停。婶婶不肯罢休，又是哭，又是骂，完完全全是一个无所顾及的泼妇在撒野。这种使人神经崩溃的行为，对于雁媚生活的困窘、磨难和不幸更是一个险厄。

雁媚低声下气地说：“对不起婶婶，我理解您的悲伤，我何尝不是这样。叔叔是我最亲的亲人，我也在深深的悲痛之中。我可以走，如果这样能减轻您的悲伤和痛苦，我马上就走。”她轻轻放下雪晨，去整理被婶婶摔到外面的东西。

她已经受惯了穷苦的滋味，也受惯了遭人欺辱的滋味，她克服羞耻的心理，义无反顾地下定决心要离开这里。

家里充满着阴沉沉的气息，采惠、采灵都去上学了，采勤忍着悲伤仍然去做工，婶婶坐在门槛上喘息，虎视眈眈地看着雁媚平静地在收拾东西。她目光呆滞，充满着怀疑、忧伤和对生活厌倦的神情，她那宽大的身子已经软弱无力。不知又想起什么就禁不住地又放声哭起来：“我可怜的男人啊，你就这样不声不响地走了，连句话都不给我留下，你好狠啊。”她边哭边说着揪心的话。

收拾了一个包袱，虽然简单，却全部都是雁媚最珍贵的。她抱着雪晨向婶婶做最后的道别：“婶婶，我走了，您多保重，告诉妹妹们，我会想念她们。”

婶婶一双发痴的眼睛看着雁媚，她心一横，眼泪就干了。但是，此刻雁媚真的要走，她的心里还是有点惶恐。让她这样无依无靠地抱着孩子去哪里？假如男人地下有知的话，自己会不会遭到天谴？她感到心虚、害怕，便把目光躲向了别处。

一切都不再留念，雁媚毅然转身去跟奶奶告别。

奶奶担心地说：“孩子，你要去哪里？”

“我想去我父母曾经生活和工作的地方。”

“回去行吗？那里举目无亲。”

“不知道。”

奶奶挽留她说：“别走了，留下来吧，你婶婶不容你我留你。”

雁媚说：“谢谢奶奶，我已经下好了离开这里的决心，您一定要多保重，我不知道这一走何时才能见到您。”

奶奶擦了擦眼泪说：“你也要保重，无论走到哪里都要好好地把雪晨养大。”

“我记着您的话，一定会把雪晨好好地养大。”

离别是痛苦的，但是，不要难过。

看着亲切的面孔，却失去了往日的笑容。

轻声说一句再见，不知何时有相互的消息，

留下您衰老的身影，

我只能这样回到我童年的过去。

再见，亲爱的奶奶，

即使路途艰难，我永远会记住您给我的温暖。

仿佛是一首哀伤的歌，在雁媚心里低吟。她从小院里走出来，她走在街上的足音太过凄凉，而满街都是热闹的场景。

雁媚抱着雪晨，坐上了拥挤的火车。为了雪晨，她必须要为自己找一份稳定的工作。虽然这份工作在她的愿望中还是那么的渺茫。但是，世界在不断地变化，人也在变化。时间虽然不能回到从前，回到当年爸爸妈妈领着又漂亮又快活的她来到这里的时光，她依然坚信她疲惫的脚步总有停歇的地方。她充满了一颗自由的心，周围是清秋，头上是澄明的天宇，她的希望就在脚下。

路很长。

第九章

一晃十年的时光，一切都发生了变化，雁媚记忆中的屋前的那排毛白杨没有了，门前光秃秃的，堆放了一些杂物。儿时的小伙伴不知去向，只看到一些布满皱纹的长者和那些未知名字的小孩。雁媚没有去打扰他们，她静静地离开了。

雁媚抱着雪晨直接走进了工厂人事办公室。她请求一份工作，因为她知道政策规定，子女可以顶替父母的工作，这是她唯一的希望。

办公室有一个三十多岁的男性工作人员，他问："什么事？"

"我要工作，我要接替我父母的工作。"

"你是谁？"

"我的父亲姚杰铭，我的母亲林美岚。"

他犹豫地看着雁媚抱着的孩子说："你这种情况恐怕不行，接班也是有规定的。"

"什么规定？"

"已婚子女是不能接替父母工作的。"

"我没有结婚。"

"那，这个孩子？"

"是的，他是我的孩子。"

他慢条斯理地说："这是一个极其特殊的情况，我不能做决定。"

雁媚知道跟他啰唆无济于事，她索性直接去找到厂长，就像那时在医院里，她直接去找院长才要回了雪晨一样。她推开了厂长办公室的门，单刀直入地说："厂长，我要工作，我必须要工作。"

这个头发已经花白的厂长奇怪地问："怎么回事？"

雁媚说："我叫姚雁媚，我的父母曾经在这里工作过。现在，为了我的孩子，我需要工作。"

厂长疑惑地："你的父母？"

"我的父亲姚杰铭，母亲林美岚。"说出父母的名字，雁媚几乎要哭了。

"你是他们的女儿？"厂长很惊异。

雁媚点点头："嗯。"

"你可以到人事科去。"

"我去过了，被拒绝了。"

"为什么？"

"说我不符合规定。"

"这是你的孩子？"

"是的，他是我的孩子。哪个规定是天定的这样难以改变？哪个孩子不是母亲生育的？我是未婚妈妈，也许在世俗的面前很难接受我这样的人。但是，厂长，您一定也有孩子，您不会用铁石的心肠和一无所有去养育他们。哪个孩子的生命不是因为爱？我也是用希望和爱才拥有了我的孩子。为什么不能给我工作？为什么要把我摒弃在严格的规定之外？"

看着这个倔强的姑娘，厂长写了张字条，说："去吧，把这个拿给他们，你马上就可以上班。"

雁媚激动地说："谢谢您，我会努力工作的。"

在厂长的特别关照下，雁媚不但有了一份稳定的工作，而且在生活上也得到了安排。正如世上所有的生灵，无论他多么弱小，只要是为了自己的孩子，即使面对巨大的险难，他也会勇敢地挺身而去，这是上苍赋予的一个神奇的力量。

她得到了一间很小的房子，这是她生活的开始，她以她坚韧的智慧，穿透人生的苦难和悲情，开始适应这种新的生活。

时间在沉默地流淌，让生者有不朽的爱，让死者有不朽的荣誉。带着风雨寒暑的伤痕，雁媚抱着雪晨，终于来到父母的坟茔上告慰他们的天灵。她惊奇地看到父母的坟山高高的，依稀还可看到新添的泥土，在那块刻着父母名字的墓碑上，还有清晰的墨印，一株蓊郁的蔷薇藤环绕着坟茔，这是妈妈生前喜欢的花树。总有那些善良的人们，以这样的方式回报父母曾经给过他们的关怀。

雁媚跪在父母的坟前痛心疾首："爸爸，妈妈，对不起，过了这么多年才来看你们，请原谅我吧。我现在很好，有了工作，还有雪晨。爸爸，妈妈，不要责怪我，因为爱我无法拒绝。请你们接受他吧，我相信这用爱情得来的生命是纯洁的，是不会玷污你们的灵魂的。请在蓝天之上为我们祝福，爱我和雪晨。不要让我们孤单，不要让我们无依无靠。”

回到爸爸妈妈的身边，雁媚感到亲切和温暖，尽管墓地是那么的凄凉。

一年后，也就是在雪晨开始蹒跚学步的时候，在军营里磨炼了两年的薛剑又欣喜地拿到了医科大学的录取通知书。这个曾经握过锄头，握过枪的勤奋青年，在未来的人生路上将准备握上手术刀。这是一个很高尚的荣誉。他告别了战友，心中最渴望、最激动、最归心似箭的是他要找回深藏在心里最隐秘的爱情。

全家人都在享受他的荣耀。他朴实的母亲，最大的愿望是他将来能够成为一个伟大的医生。由于长年类风湿病痛的困扰，这个母亲更能体恤病人的痛苦。只有有了好的医生，才有病人痊愈的希望。他的父亲和两个弟弟也充满着同样的荣誉感。

念高中的大弟弟薛涛羡慕地说：“哥哥，你将来可是白衣天使啊。”

念初中的小弟弟薛山俏皮地说：“还是白马王子呢。”

这是一个很普通的家庭，父亲是一名诚实敬业的机械工程师，母亲是一位充满爱心的小学教师，两个弟弟正在读书。薛涛将赶上最好的时运，明年高中毕业就直接面临高考。作为长子，薛剑最出色的表现，既是父母的骄傲，又是弟弟的榜样。在这个温馨的晚上，一家人坐在简朴整洁的家里，薛剑很认真地对他们谈了他的想法：

“爸爸，妈妈，我在农村的时候，曾经深深地爱过一个女孩，这次回来我就是想跟她确定关系，并征得你们的同意。如果你们肯接受她，我想明天就把她带回来，先做你们的女儿，可以吗？”

母亲慈祥地说：“既然在农村时就爱上了她，为什么不早点把她带回到家里来？”

“因为一些问题，她怕影响到我的前途，所以拒绝与我发展恋爱关系。我知道我们都深爱着彼此，不会轻易分开。”

父亲问：“她现在在哪里？”

“或许还在农村。两年来我都没有她任何的消息，给她写过信，她也没有回。我们的恋爱因为遇到了一些障碍，一直都很隐秘。她是一个孤儿，她受了很多欺侮，处境也很凄惨。”

母亲同情地说：“当然，你把她带回来，让她感到这里就是她的家。”

薛涛说：“哥哥，你们的恋爱一直很隐秘，是不是追求哥哥的女孩子太多？怕她们争风吃醋，相互排挤而产生矛盾？”

薛剑苦笑了一下："在这方面我有点优柔寡断。"

父亲说："你确定她还会在农村吗？"

"我想她会在那里，她无依无靠没有地方可去。而且，国家还没有对知青有什么解决的办法。"

母亲担心地说："现在好多知情都接替父母的工作回城了，不知道那里还有多少学生？"

"我明天就过去，如果她还在那里，我一定把她带回来。"

薛山高兴地说："哥哥，你有了女朋友，那我们不就有嫂子了。"

薛涛说："爸爸妈妈没养女儿，早就盼着哥哥有女朋友。哥哥，她漂亮不漂亮？"

薛剑轻轻拍拍他的头说："我不告诉你，你去猜吧。快去做功课，明年你也要榜上有名。"

"放心吧，我的目标是清华。"

"别太虚张声势，还是踏实一点。"

薛山调皮地说："哥哥也不要虚张，我等着明天见嫂子，只怕人家不肯跟你回来，让我们空喜一场。"

薛剑隐笑不语，心里忽然有一种莫名的担忧。他虽然极其心切地等待明天，却不知道明天带给他的是什么样的激动，或者是一个意外的失落？在父母和弟弟们把明天看得很神秘很特别的时候，薛剑隐隐约约地在怀疑明天的不真实。

离开农村去了远方，当又重返这片田野时，薛剑的心里涌出了无限的感慨。不但为土地，为播种，为收获，为付出的劳动，更为一个姑娘。在分别后的每一个魂牵梦绕的日子里，假如一切都在游戏中，唯独对爱情是最认真的。想起那个阴郁的晚上，在黑影笼罩的麦秸垛旁的凄凄别离，是多么的刻骨铭心。而眼前的乡村的景色依然和从前一样，安静、美丽。蔚蓝的天空映照着绿油油的大地，呈现一种祥和的气息。鸟儿欢快的歌声，引导他踏进曾经生活过的青年队的院落，随即就看到几个陌生而靓丽的小女生对他惊奇又欢快地相迎：

"你是不是那个薛剑大哥？"

薛剑奇怪地问："你们怎么认识我？"

她们拍着手高兴地说："真的是你。"

一个女孩说："我们是去年到这里来的，常听姐姐们谈起你，让我们总感到你的影子还在这里。所以，一看到你就确信了我们的直觉。你跟照片上的你相比还要英俊，难怪她们对你总是赞不绝口。"

另一个女孩说："她们总是给我们绘声绘色地讲一个老故事，故事的主人就是你。"

薛剑略带羞涩地笑着问："她们呢？"

一个个子稍矮的姑娘说："她们都快变成老太婆了，一放工就躺在床上，还使唤我们给她们端水端饭。"

另一个黑黑的女孩快乐地说："她们已经没有心思待在这里了，这里已成了我们的天下。"

院子里除了她们的笑声外，薛剑还看到几个小男生稚嫩的面孔。马房的门关着，门前堆得很乱，他直径走到女生宿舍那边，推开雁媚曾经住过的房门，屋里只有三妮和金凤。看到他，恍若是一个巨大的惊喜，三妮丢下手中编织的毛衣，猛然从床上下来，金凤神情憔悴，木然而立。突然，她扑到薛剑的身上呜呜地哭起来。薛剑没有拒绝她，待她冷静后说："怎么这么激动？"声音不大。

三妮说："你怎么突然到这里来了？"

"想你们了，来看看，怎么？就你们两个人？"

"现在是新人笑来旧人愁。去年来了一批新人，我们这些老的，走得也差不多了。接班的接班，上调的上调，可怜我们几个孤零零地留在这里。昨天胖妞和丁晓秋才请假回去，如果知道你今天突然来这里，她们一定会懊悔地捶胸顿足。石宝顺领着男生到县里去拉东西。叶迎香走后，他当了队长。"

金凤低着头一句话也不说。

薛剑安慰说："不要担心，机会总是会有的。"

金凤拿了一个杯子说："我去给你倒杯水。"

她出去后，三妮对薛剑说："她家里落难了，她不敢回家，所以我就留下来陪她。"

"你做得对，这种事往往受连累的都是子女，多给她一点关怀，别让她感到这个世界好像没有了依靠。"他沉郁地把目光落在雁媚曾经睡过的小床，低声问，"她呢？"

"你说肖玲？"

金凤端水进来："薛剑哥，你喝水。"。

三妮说："上个月她才走，跃平给她弄了个回城指标，抽到食品厂去了。"

"雁媚呢？"他的声音，让人不可避免地怀疑他内心有所动机。

她们惊异地看着他："你问雁媚？"

金凤说："她早就走了，你走后不久，她就走了。"

"走了？"

三妮说："是啊，你走后的第二年开春，叶迎香还让雁媚养猪，可是，我看到雁媚好像身体很虚弱的样子，她又不对我们说什么。忽然有一天，她收拾了东西要跟叶迎香请假，叶迎香不准，结果她还是坚决地走了，从此就再也没有回来。大概过了两个多月，来了一个男人，说是她叔叔，想要一点口粮。叶迎香拒绝说，不干活还想吃饭，没有这么便宜的事情。后来叶迎香还问他雁媚为什么不回来。她叔叔支支吾吾地说：她生病了。接着他又说她找好了一个男人，要到他那里去。我们都很吃惊。"

薛剑的脸上突然布满了像雪霜一样冰冷的神情，把失望、痛苦、伤心和不能接受的复杂情绪都交织在一起。如果这一切是真的，薛剑真的想好好地骂雁媚一顿：傻丫头，你多么可恶，你让我多么难受，为什么不等我回来?

三妮继续说："去年有一天，叶迎香到公社开会回来对我们说，姚雁媚走了，真的永远不会回来了，有一个三十岁左右像干部模样的男人调走了她的户籍和档案。我们就猜测她是不是跟了这个男人，靠婚姻从农村回城也是一条捷径。"

薛剑心情忧伤地凝视着窗外，他点了一支烟沉闷地在幽思。

"你怎么了？"

"没什么，俊生呢？"

"这个倔子，"三妮骂了句说："那次，我们看到他也收到了一封你的来信，想到他不识字，而且雁媚也不在这里，我和肖玲就好心跑过去想帮他读信。结果，他傻乎乎地对我们说：不让你们读信。搞得我和肖玲很没趣。"

"后来呢？"

"他把信揣进他的内衣口袋，唯恐我们会抢走似的。"

金凤说："他好像精神受了刺激，从姚雁媚走后他就像掉了魂似的整天惶惶惚惚。他不说一句话，就傻呆呆地到外面的那个路口等着，不知是在等你的来信，还是等雁媚回来。"

三妮说："他真的很奇怪，他一定是迷恋上了雁媚。后来，叶迎香又不让他喂马，这对他打击更大，从没有看到哪一个人会对马产生这么浓厚的感情。那天，他真的就像傻了一样，抱着马很长时间。"

"那让谁喂马？"

"叶迎香让赵军喂马，他整天都吊儿郎当的。有一次，他深更半夜赶着马车，拉了十多个人到县城去看电影《追捕》，散演后，突然发现跑掉了一匹马。你知道这件事多么严重地刺痛了俊生。他没敢去找赵军发火，而是去找了叶迎香，他一把揪住她的衣领怒吼说：都是你，都是你。他简直是疯了，叶迎香感到害怕，本来当队长丢一匹马就是一个很大的责任。而且，赵军那二百五的脾气也没有人敢去惹他。所以，叶迎香一直都生着闷气。”

金凤说：“俊生发怒时的样子很可怕，比那一次为雁媚跟叶迎香的冲突还要可怕。”

三妮说：“也许，沉默的男人就是这样，不是在沉默中消失，就是在沉默中爆发。事后，俊生就走了，一去不复返。叶迎香也撂下摊子一走了之。她回去后，为跟妹妹争夺她爸爸的工作，也闹得不可开交。”

薛剑已经没有心情听这些，失去雁媚，就是失去了他的所有，他孤独而沮丧，来到外面的田间。乡村的景色依然如故，明媚的阳光没能使他倾倒，而使他黯然神伤。他沿着那条通向北菜园的路踯躅独行，心无旁骛地想着那个美丽又娴静的身影。想起那一次与她一同坐在马车上的情景，那是他们第一次这么近的接触，他嗅着她身上的那股淡淡的檀香皂的气味，让他纵然有一种奇妙的情愫，从而使心随着坠入到了那个深深的爱恋中；那个冷风潇潇的夜晚，离别成了一曲长恨，但他始终怀着最期待的悍勇。就在他思念的枝头开始绽放花瓣的时候，他突然得到的空寂是对他最深痛的打击；那个恐怖的大雨天里，雁媚可怜地躺在雨水里楚楚哆嗦的身影，是他心里永远的一个痛楚。他忧伤地站在田埂上，心里呼喊着：雁媚，为什么要这样？难道你就这样无视我对你的感情？荣誉使他羞愧，因为他在得到它的同时也失去了爱。这个爱，本来是那么的纯洁，那么的真挚。他想起那个沉静而充满激情的风雨夜晚，刻骨铭心地领受了一个伟大的恩赐，让天空的光明把躯体和灵魂从世俗的世界里拯救出来，那一刻永恒地把他们的心和血，肉和灵都融化在一起。他对着空旷的田野呼喊：“你是我的，你属于我，你的生命，你的灵魂，你的爱情都是我的，为什么要这样冷酷地离开我？为什么不等我回来啊？”

当爱失去了它的光辉，他诚惶诚恐地感到世界几乎也失去了它的颜色。他迎风伫立在空旷的田野上，凝视着那虚无的地平线，想到像似昨日才怀揣着爱情离去，今日珍藏着爱情回来，而此刻，他把爱情丢失了。

然而，在世俗的生活中，一个姑娘养着一个不清不白的孩子，人们会用不能理解的眼光看她，用低劣的语言讥笑她。无论雁媚走过哪里，她的身后总有人对她指指戳戳，骂她风流不正经。多少年，雁媚都是在羞辱和磨难中成长起来的，她藐视这一切，坚强地挺起身来，鼓足了勇气。

她在仓库工作，是一个普通的保管员，这份工作带给她的是一个清净，她喜欢这里的工作，她也适合这份工作。她对工作尽心尽力，有条不紊，她把她良好的品质带到她的工作中而能漠视日常的琐碎。有时，也会遇到儿时的伙伴对她的惊异和好奇，他们有的也接替了父母的班。她见到过平平、兰兰和小勇，这些曾经一起在院子里做游戏的小伙伴，如今是相见不相识。人情就是这样，时间把它冲淡，彼此冷冷地看看，打声招呼就很勉强。

一天，兰兰来到仓库，她对雁媚不屑地问：“你是雁媚？”

“不认识我吗？”

“你结婚了？”

“没有。”

“可是，都说你有一个孩子，是真的吗？”她语气里有明知故问的诡谲。

雁媚不亢不卑地说：“是的，我有一个儿子。”

仓库后面有一块荒地，疯长着蒺藜牛蒡之类的毫不悦目的杂草，因为这里要盖新的厂房。一个领导把雁媚仓库的一个库工叫去做临时除草的活。

很多时候都是这样，聪明人自有层出不穷的方法来欺哄太过忠厚老实的人，往往会把那些既简单又笨重的活分派给那些头脑和思维不够灵光的人而忽略他们的能力和自尊。这个领导是这样对那个库工说的：傻哑巴，仓库里没有活的时候你别坐着，到后面去除草。他语气里带有戏弄，却让这个傻哑巴像接受了命令一样。老实人就是这样像牛蒡子一样执着，而没有非分之想。

这个被人叫作傻哑巴的男人，因为思维迟钝，口齿不清而得了这个绰号。他有一个很祥和的名字叫和平，雁媚从来不叫他傻哑巴，而叫他和平，给他应有的尊严。就像在农村时，别人都叫俊生为疤倌，雁媚从不这样，这种有辱人格的言行她极其反感。对弱者，对那些比自己还要卑微渺小的人，雁媚总是表现出她的谦卑，这是她的本性，无须做作。

然而，和平对每一项工作的执拗和认真，也让雁媚由衷地羡慕。因为头脑简单思维迟钝的智障者，他没有杂念，没有贪欲，没有跟人攀比的虚荣心，更没有心机去伤害别人。他就是他，在自己单纯的世界里，踏踏实实地享受劳动的快乐，而没有常人所有的烦恼。人世间的纷纷扰扰，伤感和痛苦，在他的头脑里不会形成意识。虽然别人看他会产生忧虑，替他发愁，那是别人的事。他是快乐的，无忧无虑的。

等到下班时，雁媚最心切的就是到育儿室抱回雪晨，这是她一天里最快乐的时刻。

雪晨坐在车椅里咿呀学语，看到妈妈他会高兴得手舞足蹈。跟他同坐一个车椅里的小男孩叫亮亮，他在哇哇地哭，他的妈妈还没有赶来。

当雁媚来这里接雪晨回家的时候，总有很多诡异的眼神看着她。她们对这个没有结婚就有孩子的女人有好奇心而加以关注，像长舌妇听到了奇闻逸事一样把头凑在一起交头接耳。

雁媚从不把目光投向她们，她看着雪晨，宁静地对他微笑，对坐在一起的亮亮，也给予亲切的笑容："亮亮不哭，让阿姨先抱抱你。"

不一会儿，亮亮的妈妈风风火火地跑来了，当看到雁媚抱着她的孩子时，那种不识好歹的表情，就像母鸡丢失了它的蛋一样地叫唤："谁让你抱我的孩子？"在她认为，雁媚是一个不干净不正经的坏女人。

雁媚平静地对她说："他在哭。"

"哭也不让你抱。"

"是，以后我不会再抱他了，对不起。"雁媚很生气，她把亮亮轻轻放回到车椅里，然后，去握雪晨的小手。

雪晨很安静，他在用纯洁的眼睛看着妈妈。

突然，亮亮的妈妈又叫道："是谁把我亮亮的脸挖破了？张阿姨，你看到了吗？亮亮满脸都是血啊。"

张阿姨走过来，看到亮亮的脸上有一道细小的指印说："哎哟，你大惊小怪，可能是刚才跟雪晨坐在一起的时候不小心碰到的。"

这个女人像一条疯狗难以对付，她伸长脖子嘶哑着喉咙骂道："只有坏女人才生坏孩子，不要脸的东西，小小年纪就伤人，长大了还了得？"

她满口脏话，不堪入耳，她的大脑里没有思想的神经，她的身体里只有一个肮脏的灵魂，她可怜的不知道最凶猛的野兽在看到它的幼雏被抚摸时也会驯服起来。她这种没有道理的行为，让雁媚表现出了一种冷峻、严厉、既不可侵犯又不可辱的凛然神情。她向她狠狠地甩去了一个耳光，这是她第二次不顾一切的行动。那一次在农村，金凤用肮脏的嘴巴玷污她父母圣洁的灵魂，她没有饶恕她。现在，这个可恶的女人，又用她龌龊的嘴巴侮辱雪晨纯洁的生命，雁媚也不会放过她。她说：

"我为你是亮亮的妈妈感到羞耻。"

这个发疯的女人，怎么会领悟话里的含义？她甩开亮亮扑向她的小手，鼓足了力气向雁媚还击。雁媚一下子遏止她的喉管，那身从农田里练就出来的顽强的力量，那颗从屈辱中磨砺出来的坚强的心，没有人可以把她击垮，让她屈服："你再敢撒野，我就扼断你的喉咙。"

雁媚抱着吓得哭起来的雪晨回家，只感到心里有太多的悲凉，处在人群里活着真难。但是有一个信念一直在支持着她，叔叔临终前的遗嘱：一定要把雪晨养大，再苦也要把他好好养大。还有奶奶的嘱托：无论走到哪里都要好好把雪晨养大。是一个神圣的使命担在她的肩头。

“雪晨，不哭，你要像妈妈一样坚强，眼泪是帮不了什么的，忍让也只是软弱的表现。我现在终于明白了，迁就恶人就是在伤害自己，以后我们什么都不要怕。”雁媚吸吮着雪晨的泪水，对他轻声低喃，她从来都没有像现在这样既纤弱又坚韧不屈。

一个出格的母亲和一个无辜的孩子，生活在这个世界上总是这么沉重。尽可能避开别人对她的指指点点，这是雁媚唯一逃脱的办法。很多时候，雁媚和雪晨相依在小小的屋里，即使在外面受多少委屈，她可以在家里慢慢冷静。多少年的颠沛流离，寄人篱下，损失最多的就是没有一个属于自己的家。现在，她可以在清寂的家里自己温暖自己，即使向隅而泣，吐尽心里的积怨也会感到舒畅。雪晨纯洁的生命，无时不在这里为她唱着赞歌。他的哭，他的笑，都像音乐一样给雁媚无限的安慰。在每一个寂寞的孤灯下，凝望着雪晨天使般的眼睛是雁媚最幸福的时刻。在无数个怀疑幸福的日子里，幸福仿佛在梦里，有时梦会把她惊醒。

一天夜里，雨水击打着她的窗台，电闪划破她的房间，轰隆隆的雷声把雁媚惊醒。她急忙打开电灯，俯身去看雪晨。睡前，雪晨哭闹过，只是哭了，也没有发现他有异常。而现在，雪晨的脸红红的，呼吸也很急促，眼睛还不时的在翻动，样子很可怕。雁媚用手摸了摸，感觉他的额头很烫。雪晨生病了，这让雁媚万分紧张和难受。慌乱中她哭了起来，怨恨自己的疏漏，而没有发现雪晨睡前的哭闹是身体不舒服的原因。她极其心切以至不愿等到天亮，她怕她迟缓的动作会造成一个可怕的损失，因为她的生命是为雪晨而存在的。她毫不迟疑地抱起雪晨就往医院跑。

去医院的路很长，顶风冒雨的行走很艰难。然而，她以她生命的无畏和坚韧经受这样的考验，她要把雪晨好好养大不能有任何差错。她哭着对雪晨轻轻喊：“宝贝，就要到医院了，你哭一声，让妈妈知道你的需要。”

这时，一阵风吹翻了雁媚的雨伞，雨水呼啸地向她扑来，情急中，有一个下夜班的好心人停下了脚步：“是伞坏了吗？我来帮你弄。”他还脱下了雨衣披在雁媚的身上。

“这么晚要到哪里去？”他问。

“孩子生病了。”对他，雁媚没有戒心。

“走，我送你到医院去。”他的诚恳，雁媚没有拒绝。

当然，接受爱心远比付出爱心更能让人感动。这种感动为平凡的生活增加了激情。生活中，每个人都需要帮助，每个人也可以去帮助别人。让心情快活起来，泰然自若的把孤独、自卑、忧愁和羞耻摒除，用积极又健康的心态，全力去抚养和影响雪晨这是最重要的。让相依为命的每一天，都幸福和美丽。就像每一个日出，谦虚的人总感觉它又是一个新的太阳。

平静的生活像河水的流淌，每天呼吸着新鲜的空气，把雪晨送到幼儿园。现在他已经四岁了，在幼儿园那像七彩虹一样的门前，母子轻轻一吻：“妈妈再见。”“宝贝再见。”一声道别，是对每天下午的一个承诺。

有时，在雁媚遇到临时加班任务时，就会有好心的邻居把雪晨从幼儿园接回来。他很懂事，一点都不给别人找麻烦，总是安静地坐在小凳子上，朝着妈妈下班回家的路凝望，一直望到妈妈的身影在傍晚的霞光里出现，他就会快乐的扑过去：“妈妈。”

“宝贝，是奶奶接你回来的吗？”

“是的。妈妈，班里的小朋友都走了，老师说，今天姚雪晨的家长怎么回事？”他很委屈。

“对不起，妈妈加班回来晚了。”

“明天还加班吗？”

“不知道，有些活是临时才有的。”

他撒娇地说：“我想让妈妈来接我。”

“好，妈妈会努力做到的。”

邻居大妈对她说：“以后你工作忙的话，就让我来帮你接雪晨回家。他很听话，我让他进屋他不肯，给他吃饼干他也不要，就坐在门口等你回来。”

雁媚说：“谢谢大妈，给您添麻烦了。”

“别说这样的话，知道你一个人带着孩子很难，需要我们帮助的时候我们会帮助你的。”大妈朴实的话语让雁媚感到温暖。

得到关怀的心情是美丽的，在充满爱的小屋，雪晨是雁媚生命的全部。他稚嫩的声音，天使般的笑容，亮晶晶的眼睛和安静的神态，连同他纯洁无污的心灵，都像芬芳的香气，吸进雁媚的肺腑。

然而，雪晨小小的心里，隐藏着一个天真的谜语，他从不说，也不问，那就是别的小朋友都有爸爸，而他没有。他表现得太早懂事，总是默默地偎依着只有母爱的怀里，这让雁媚心里总是伤痛。每天除了上班，雁媚所有的时间和精力都用在雪晨的身上。她从不一个人奢侈地闲逛，也不跟人闲聊，上班回家成了她全部的生活内容。虽然单调、寡闻，但是她觉得很充实。她给雪晨洗澡，梳理他的小发型，为他精心烹制膳食，为他编织毛衣，每做一件事就像在制作艺术，很美，很优雅，很精致。一天美好的时光，直到把雪晨安顿在床上还没有结束。雁媚要一如既往地给他讲故事，念儿歌。不厌其烦地给他讲《小蝌蚪找妈妈》《毛毛虫变成花蝴蝶》《独角兽保护小羊羔》和《小白马和它的朋友们》等故事。也许雪晨还不能全部懂得故事里的寓意，但是那些充满善心、友爱和真理的人文关怀，一定会在雪晨幼小的心里滋生，像花朵开放。他总是神态安静，认真聆听，眨着眼睛，放出光彩，直到美丽的童话带到他的梦里，伴他一天天长大。

多少个寂静幽思的晚上，静静地坐在雪晨的身旁，听着他轻柔的呼吸，凝视着他熟睡的小脸，雁媚隐约地发现，他的眼睛，睫毛，鼻子和嘴唇，都透着薛剑的气息，和他有很多相似的地方。这个沉醉的时刻，思念像燃烧的火焰，让心又一次焦灼，薛剑是那股清泉，灌满她的心窝。轻轻打开日记，让笔尖倾泻流淌心里的爱情。这是一份常人无法理解的牵挂，这是一种无人可以感受的翘望。当用心去呼唤薛剑名字的时候，才知道什么是相思入骨。

雁媚铺开信纸，激动地给薛剑写信：

薛剑你好！

我不知道怎样告诉你一个巨大的惊喜。在没有得到你祝福的时候，在你毫不知情的情况下，我自私地把一个生命带到了人世间。请理解我，因为我太孤单，因为我一无所有。现在，我比任何时候都拥有最多，我很幸福。他是一个乖巧的孩子，像天使一样。他是你的生命，也是我的生命；他是你的灵魂，也是我的灵魂，他是我们爱情天空上的那颗闪烁的恒星。他的存在让我更加坚定了生活的信心和勇气。

黑夜过去了，黎明的曙光照耀着我，我心里的一切阴霾都已经消散。现在，我充满信心地想着你，渴望你。不知道那个软弱的，孤独的，逃避的姑娘还在不在你的心里？

信写好后，雁媚却不知道要寄到哪里，时间都过去这么久了，她也不知道薛剑现在在什么地方，她沉思了很长时间，最后，还是把写好的信夹在了日记里。

在过去的这些年里，薛剑是多么渴望他的那份感情，那是他青年时代第一次体验到的最深刻的恋爱，他从没有忘记她。

从那次回到青年队得知那个令人失望的消息后，薛剑情绪低落了很长时间。他懊悔、痛苦、惋惜，甚至很生雁媚的气，责怪她不该这样对他。他忧伤地回到家里，沉闷地在家待了几天后就背起行囊走了。大学毕业后，他荣幸地分配到北京的一所大医院里工作。这是一份令人羡慕的职业。他是一个款款娇子，他帅气、稳健、积极又谦逊，并且出类拔萃，在群雄角逐中，他被老院长慧眼相识，成了他手下的一个年轻医生。

医院高大楼房的后面，有他一间小小的宿舍，在简单床头上，贴了一幅希波克拉里的宣言。他要用这种执着、刚柔和创造性的灵感，把这个宣言作为他一生为医学的追求。

每当夜晚，繁星满天，无数的回忆，使他无法忘记曾经与那个美丽的姑娘的每一次偶然，每一个眼神，每一场荡气回肠的相拥和为分离而痛苦的动容。心里总是这样念叨：雁媚，你过得好不好?

时光匆匆流走，岁月也已经遥远，从凝神中回过头，他小屋的灯依然亮着，而前面是他医院高高的楼房，灯火璀璨，这是他已经开始的生活。

然而，就在一天早晨，他早早来到医院，当他在空无一人的办公室刚刚坐下，打扫卫生的阿姨来了，他便起身来到医院前面的花园，试着以一种天真的行为来寻找自然的骄傲。早晨清新的空气让人舒畅，小鸟悦耳的啭鸣让人快乐，美丽的花园让他心旷神怡，他渴望用这些自然的事物来建树自己心身完美。

往往很多时候，奇特的事情就会发生在最平常的一个不经意的一瞥。在这个花园的小路上，有一个晨跑的姑娘，穿着红色运动衫从薛剑的身旁跑过。她回头看了看这个穿白衣袍的医生在闲情逸致，他略带深秋的凝思和玉树临风的气质，使她很突兀地对他有一种奇妙的感觉。她远远的对他有所关注，像一只无线的风筝被她用心牵引。直到薛剑离去，她狡黠地尾随着他，发现他坐在医生的位子上，神情庄重地等候他的病人。

一个中年女人被丈夫搀扶着来到薛剑的面前：

“请问，您哪里不舒服?”薛剑和蔼地问。

女人在呻吟，她丈夫说：“一直也搞不清楚她是哪里不舒服，一会儿头痛，一会儿胸闷，总是心情阴郁脾气烦躁。去了几家医院，医生都没有看出毛病，她不信，偏说医生都在隐瞒她，天天怀疑自己得了绝症，害怕死。医生，你好好给她看看。”他极其信任地看着薛剑，迫切希望他诊断出个结果，而能对她对症下药。

薛剑为她量了血压，听了心音问：“您具体是哪里不好?”

女人说：“我怕是真的得了绝症，医生才安慰我说没有毛病，其实我感觉自己很不好，医生你可不能骗我，你要想办法医治我，否则这样拖下去我会死的。”

薛剑说：“不会的，你血压很正常，心律也很好。”

她丈夫说：“她头痛就怀疑得了脑瘤，胸闷就担心得了肺癌，整天忧心忡忡疑神疑鬼，去了好几家医院，也做了好多检查，医生都说没什么，她就是不信。医生，你今天就彻底的给她好好看看，毫不隐瞒地把病情都对她说。”

“医生从不对病人隐瞒，告诉我，都做过什么检查?”

她丈夫从包里拿出各项检查的报告，X光片，以及血尿的化验单：“你看，这都是上个月检查的，医生说都很正常。”

薛剑接过来看看说：“是没什么。”

女人说："你一定是新来的医生，根本看不懂，我不相信你，我要找这里的专家看。"

薛剑安慰说："检查报告上是没什么，就是让专家看也看不出问题。我是一个新医生，一个医生所积累的经验都是从病人身上得到的。谢谢您，如果您相信我，就让我继续问您几个问题，您是不是时常觉得心悸，乏力，气短还易怒？"

他们夫妇同时答道："是啊，是啊。"

"您想到这是更年期的反应吗？"

女人说："不会的，跟我一起工作的姐妹们她们都没有这种情况。"

"人与人的体质不同，更年期的时间有早有晚，害病的程度也有轻有重。"

她丈夫说："那几家医院的医生也是这么说的，说她是更年期综合征。"

女人说："我怀疑你看不了我的病，就说我是更年期。"

薛剑认真地对她说："您的血压很正常，呼吸和心跳也很正常，看过您的各项检查也没有问题，我想您是不是有点过度的忧虑？一个医生在病人面前是不会撒谎的，只有庸医才会对病人夸大其词，因为他要从中牟利。阿姨，我的母亲在更年期的时候也有这种情况。我给您开点药，调节一下身体，因为内分泌紊乱会导致情绪的波动。平时您要心胸开朗，保持乐观，病很快就会好的。"

女人看着薛剑那么真诚，心里油然感到欣慰。一个医生在病人面前是不会撒谎的，只有庸医才会对病人夸大其词，因为他要从中牟利。她仔细琢磨着这句话有一定的道理，她才得以舒心。

看病的患者很多，他们都在焦虑中等待医生的就诊，这让薛剑感到医生的责任重大。用爱和微笑迎接他的病人，以真诚的态度对待每一个病人，无论病人的贫富贵贱，这是他在学做医生之前就学会的。哲人曾说：先做人，再做医生。他把这当作他的座右铭。

过了几天，那个晨跑的红衣姑娘，拿着挂号单坐到薛剑的面前。她还是穿着那套红色运动衫，头发高高扎起，动作干练地把挂号单递给薛剑医生，装模作样地说："请告诉我您的贵姓，方便让我对您称呼。"

薛剑神情坦然地说："我姓薛。请问，你哪里不好？"

"那么，我就叫您薛医生是吗？"

"谢谢。你哪里不舒服？"

"请让我再问你一个问题，你结婚了吗？有女朋友吗？"

"你很奇怪，单身医生不能给你看病吗？"

她心里窃笑，说："好吧，我头晕，胸口发闷，还有……"

薛剑挂上听诊器要为她听心音，她拒绝说："我不让听。"

“怎么？”薛剑感到奇怪。

她又说：“我心口不发闷，就是有点头晕。”

“那量下血压。”

她笑笑说：“算了。”

薛剑严肃地说：“你来看什么？”

“来看医生。”

“来这里的人都是看医生的，没有谁像你这样搞不清自己是不是有病了就到这里来。如果你不知道自己是不是有病，那么，就请你先离开去清醒一下，让后面的患者来看。”

她说：“我很清醒，我是特意来看医生的，如果头晕和胸闷是复杂的病，那么就简单地看看我的胳膊。”她把一只雪白的手臂伸向他。

薛剑感到可笑，觉得她存心是来跟他捣乱的。他让她把手臂收回去。

她容光焕发，活泼开朗，富有朝气，完全不是来看病的，反而像是来赴约或是来求职的。她自报家门说：“我叫朱玫怡，今年二十四岁，大学毕业后在机关工作。如果单纯地对工作去认识的话，或许我比你还要有点经验。你是刚来不久的医生吗？”

薛剑淡淡地说：“好了，你请离开吧，我要给病人看病。”

“我不是你的病人吗？我也是排队挂了号的病人。”

薛剑觉得她在戏弄他，冷冷地说：“对你这样的病人，我没有医治的方法，你另请高明吧。”

朱玫怡笑着说：“你一个新上任的医生就这样应付你的病人？”

薛剑没理她，叫了下一个病人，进来的是一个农民模样的男人。玫怡对他说：“你先去外面等一会儿，马上就好。”

薛剑很生气：“你到底要干什么？凭什么让我的病人出去，你不看病是来捣乱的吗？”

玫怡满不在乎地说：“那天早晨跑步的时候，看到你在花园，我不知道为什么现在我又跑到这里来了。如果不让我影响你的工作，就答应我下班后跟我约个会，地点就在我第一眼看到你的地方。不能失约，否则我还会再来。”说完，她狡黠地笑笑就走了。简直不容置喙。

哪来的丫头？这么独断专横，强人所难，对他先发制人。社会刚刚开始变化，那个正襟危坐的年代也刚刚结束，人们才从禁锢和封闭中走出来，这个姑娘就如此开放，让薛剑感到不可理喻。

下班后，薛剑冷静地想了想怎样去跟那个姑娘约会？他隐隐约约地觉得他去赴这个约会，不是一个简单的在一起的相识，或许是一个长久的相知。自从雁媚离他而去，感情的事在他的心里沉寂了很长时间，想再一次有一份真爱，他没有把握。那种让他从一个眼神一个微笑的凝视中铭刻出火花的感觉，已经在他的神经上不是那么敏感。尽管那个姑娘大胆、热烈地向他进攻，他还是很犹豫。

他换上一件白衬衫，下着一条长军裤，既朴素又稳重。他走过一条撒满槐米的小路，像金色的沙粒细细碎碎地弥漫着清幽幽的香气。他心平气静，绕过一片草地来到花园，在用鹅卵石铺就的一条很漂亮的弯曲的路上等候。见鬼，哪里是她第一眼看到我的地方？薛剑想。

这时，身后有个快乐的声音："薛医生，你真是目中无人，怎么看着我还这么熟视无睹？"

他回过头，没有想到在路旁站着的一个身穿白色衣裙，文雅娴静，长发飘逸的姑娘，就是之前那个傲气十足的看病女孩，他赫然一笑："是你吗？"

"怎么？我的容貌这么难以深入你的心里？你这么快就把我对你微笑的脸忘掉？不过，你还是蛮守信用的。"

薛剑也以戏谑的口吻说："在我还不知道你是谁的时候就来赴这个约会是很盲目很冲动的，因为我怕在我坐诊的时候你又要来捣乱，所以就来了。"

他俩都轻松地笑了。

这条幽静的小路，既能听到鸟的啾啾，又能嗅到花的清香。花园里开着各种各样的花朵，在夕阳的映照下，花的色彩显得格外绚丽。有几只鹊鸟倏忽地掠过花丛，瞬尔，又飞了过去。朱玫怡热情活泼，神情快乐，她婀娜的衣裙在傍晚的风中摆动，她落落大方，毫无约束地说："看你的年纪，我应该叫你老薛？还是哥哥？"

"叫我老薛你要尊敬我，叫我哥哥你要尊重我，自己选吧。"薛剑的诙谐透着他的机智。

玫怡含笑说："以前我妈妈是从北京嫁到了上海，我想我是不是要从上海嫁到北京？所以，我等好时机，就像艄公等候他乘船的人。"

薛剑淡然一笑："我不会上你的船。"然后他神情严肃地又说，"我不是北京人，我是河南人，我孤身在这里什么都没有，只有一张栖身的床铺。"

"不管你是哪里人，不管你是不是一无所有，能让我遇见你对我就是一切。我已经改变了主意，北京气候干燥不适合我。所以在我回上海之前，我要寻觅到一个真爱把他带回去。"

薛剑认真地说："寻寻觅觅像在做游戏，那是你们小孩子的事，我已经过了浪漫的年纪。今天来这里跟你见面，一半是有点好奇，一半是我要安心工作，仅此而已。好了，太阳就要落下去了，我们也各自回去吧。”

玫怡执拗地说：“我不回家，我要纠缠你，你答应与我有第二次约会，我才放你走。我从小就有一个习惯，我认准的事情或者我认为这应该是属于我的时候，我就会不放手。这是我的执着，也是我的努力。不要认为我是在蛮横无理，其实我也有可人的一面。抛开优越的家庭不说，我自身的条件就毫不逊色。大学毕业后就有一份不错的工作。所以，骄傲的心理也纵容了我，让我有一种高高在上的虚荣心，这是我的弱点。但是，请你相信我的真诚和坦率。那天早晨跑步的时候，就是在花园的这个地方，我忽然看到了一个身穿白衣的男子，他一下子把我迷惑去了。他的气质，他的神情，他淡淡的阴郁正是我这种收放自如的人所倾慕的。请让我直言不讳地对你说，我渐渐地在喜欢你。至于你对我的印象如何那是需要时间的。当你发现我的热情和积极会影响到你的时候，我相信你也会喜欢我的。人之间的感情很奇妙，一见钟情便会发生一个奇迹。我跟你是不是就有这种玄妙莫测的缘分？现在我大胆地站到你的面前，不是在向你炫耀我的年轻和美丽，而是在向你炫耀我的勇气和对你的爱慕，你无动于衷吗？”

她的一番话，激活了薛剑沉寂已久的心如冰释的河流缓缓地流动。他沉默了一会儿说：“一起去吃晚饭吧。”

他们在一个小面馆要了两碗面，两碟小菜。

“看你成熟的样子，有三十好几了吧？”玫怡笑着问。

“或许是经历得太多，人才显得老成，其实我还不到三十岁。叫我老薛太牵强，就叫哥哥吧。”

“我喜欢成熟的男人。你都经历过什么？”

“下乡、入伍、上大学、做医生，难道经历的不够吗？我看你仅仅是多念了几年书，就像什么都懂的样子。”

“我还以为你会说我单纯呢。你经历得很多，那你的人生就会很丰富，以后回想起来都是很有意思的事，我羡慕你。而我出了高中，就又进了大学的门，对很多的事情在认识上就表现得很肤浅。”

“我看你还蛮有心机的。”

“当然，对心中的白马王子，我会毫不犹豫地穷追不舍，这是我在大学时学会的，到了现在才派上用场。”她咯咯地笑起来，又问，“你有初恋吗？”

薛剑诚实地说：“有。”

“那你很危险呦。现在呢？”

薛剑深沉地说：“我在农村的时候，深深地爱上了一个姑娘，那是我人生的一段很美丽的恋爱。”他神情幽忧地凝视着窗外，喧嚣的马路，来往的行人都匆匆忙忙，或许每个人都有自己丰富的故事。重拾那段缠绵悱恻的记忆，心里只有隐隐的伤痛。离开后的天空，只有一片冷冷的月光。他一直在怀念雁媚的孤独，怀疑是谁在给她温暖给她爱？看着眼前这个热情奔放的姑娘，为何在许许多多的人之中偏偏又和她相识？

玫怡问："你在想什么？是我让你又想起你的初恋？那后来呢？"

"后来就失去了音讯。"

"你没去找她吗？"

薛剑摇摇头说："去找过，不过，听说她已经有人了。"

玫怡笑了，她没有了顾虑，说："初恋是对未来婚姻的考验，在我十八岁的时候也有过一次短暂的恋爱，有一段时间我还为他寝食不安呢。过了那个危险期，反而对待爱情开始慎重、淡定、节制，而不去空想。所以在大学的几年里我一直都很谨慎，从不轻易涉足。尽管也有很多爱慕者。那天早晨与你相遇，肯定对我是个奇迹。因为那一刻让我有了感觉。你应该就是我的真命天子。我的性格有点张扬，但不做作，我受不了那种发嗲的风格。而我却用顽童的行为，大胆地走到你面前表白我喜欢你。"

"在你认为自己在这方面表现得很谨慎的时候，我却认为你很霸道。我们彼此都不了解，相对来说还是陌生人，你怎么敢相信你的眼力就能看清对方？到现在我还不知道你是谁？仅仅就知道你叫朱玫怡吗？"

"这个嘛很简单，我大学毕业参加工作，现在，我是出差来这里开会。在闲暇之余我去看望我的外公外婆。有时也住在他们家里，那天我顺着花园的小路跑步，晨跑是我的习惯，坚持了很多年，从中你可以看出我的执着。能够遇到你，我想，这一定是上苍的安排。因为对有缘分的人，它会设置一个机会让他们不期而遇，这就是所谓的千里姻缘。"

薛剑慎重地说："我的工作还刚刚开始，我很想留在这里，这对我来说是很难得的机遇，所以我非常珍惜。同时，我也非常感激我的院长对我的信任，他接受我在这里工作，我不能辜负他。所以，我实际的对你说，我们有很多不适合的地方,首先两地分居是一个不容忽视的问题。也许我比你大很多,想得也比你客观，生活不是靠偶然的相遇和浪漫的交往，它是严谨的。今天我们这样坐在一起谈谈话，就当是两个出行的人在火车上的偶然相遇，火车到站了，我们也各自走了。"

玫怡说："我不这样把这个偶然的缘分看得这么简单，我很执着，说得通俗一点是我很固执。如果你非常热爱你医生的职业，我想在哪里做医生都是一样的，无论哪里的病人都需要医生的关怀和救治。我的想法是，你可以跟我到上海去做你的医生，决不会逊色你在这里的位置。"

“你很单纯，任何事不是你想象的那么简单，那么易如反掌。人是思想者，都受着约束，不是你想来就能来想走就能走的。即使我想随你去，院长也不肯放我，问题就在这里。”薛剑讲到了一个实际的情况。并对他们第一次的接触，就用这样的速度把话题扯到一个议事日程上感到唐突。

玫怡充满信心地说：“你放心，我回去跟我外公讲，就没有担忧的问题。”

“你外公？”

这顿简单的晚饭，他们用了很长时间，而且，还在这个小面馆里毫无顾虑地私定终身。虽然很迅速，但也在语言的交谈中水到渠成。

玫怡回到外公家，还没有回答外婆的问话：干吗出去这么久？就又寻到了一碗冷饭：“我又饿了。”

外公放下手里的报纸问：“你在忙什么？”

“恋爱。”

外婆亲昵地说：“调皮。”

“真的。”玫怡撒娇地说，“外公，您一定要答应我一件事，就像当年您放手让妈妈嫁到上海一样，您也要把您手下的一个医生让我带到上海去。”

“什么意思？”

“我今天突然恋爱了。”

“跟谁？”

“薛剑医生。”

“什么？你跟我打听这个人就是在跟他恋爱？”

“是的,那天我跑步的时候,不经意的对他一瞥,我就认定他是我未来的丈夫。我是不是说得太轻浮？不过，我这么大了，早已是恋爱的年纪。当年妈妈二十四岁的时候，你们就把她嫁了出去，我想我也该结婚了。”

外公说：“我们不管你嫁人不嫁人，那是你父母的事情。只是你跟我医院的医生恋爱，让我怎么答应你？”

“答应放他走，我回去后就给他找接受单位，就这么简单。”

“鬼丫头，我也是选好的人才，你却捷足先登。”

“当然，就跟妈妈看上爸爸。是不是外婆？妈妈没有让你们失望，爸爸更让你们骄傲。”

外婆说：“不抽烟，不酗酒，没有恶习，端端正正做人，踏踏实实做事这是最好的。女孩子嫁人这是最基本的条件。婚姻是大事，走错一步就会痛苦一生。”老人用朴素的语言解释对婚姻的认识。择偶的标准在每代人身上都有不同的要求。但是，人们对生活的共同向往，都是健康、积极、美好的，把真诚和责任作为爱情的保障。

三个月后，他们以最快的速度结了婚。一年后，薛剑才调回到上海妻子的身边。也就是在同时，他们有了一个漂亮的女儿，取名叫薛珠，一个动听又有趣的名字。他们家庭美满，而且两人在事业上也是如日中天。就在薛珠半岁的时候，医院又给了薛剑一个绝好的机会，派他到美国去进修。这对追求事业的男人来说是一个伟大的梦想。

运气对薛剑来说是太玄妙，在偶然、巧合和正点的时刻总让他碰到。他刚调来这里不久，医院有一个去美国进修的名额。大家都觉得他年轻，他那清澈的眼神，他那适中的身材，以及淳朴审慎的言谈和既庄重又活泼的微笑引人信任。

他得天独厚，却能在幸运面前保持冷静。而妻子朱玫怡就显得过于激动，她相信丈夫的能力，她从不怀疑丈夫还会有更辉煌的前途。她容光焕发，浑身洋溢着活力。虽然，她心里实在舍不得丈夫去那么遥远的异国他乡，而且薛珠还这么小。但是，她决不会扯丈夫的后退，并大力支持。她亲手为丈夫整理行装，满脸都是幸福的笑容。她感到丈夫的辉煌，像所有的阳光都照耀在她的身上一样，使她推开窗户就好像看到了通向罗马的金光大道。

薛剑坐在女儿的摇篮旁，他刚毅的脸上流露出不舍的柔情。一个父亲的心要很执着的关注着女儿的笑容、语言和成长的脚步。可是，如果离她远去，将有一段回忆的空白，这是很遗憾的。

玫怡嘲笑说：“你跟我见到你第一眼时的感觉很不一样，总想着你的自信会让你在事业上登峰造极。而你现在所表现出来的儿女情长，让你一点都没有男子气概。到美国进修学习，这是多少人梦寐以求的机会，可你却表现出了不积极的因素。你是在担心薛珠吗？还是怀疑我不会把薛珠养大？你尽管放心，薛珠还有我妈妈帮助照顾呢。”

薛剑轻轻握住女儿的小手，深情地对妻子说：

“请帮我好好培育薛珠，她是我们唯一的女儿，她成长的每一天对我们都有意义，我不在她身边的日子是个损失，你要帮我弥补。”

玫怡说“难道我不是你唯一的妻子吗？与我分开的日子难道不是你的损失？大丈夫志在四方，哪这么婆婆妈妈？你应该偷着乐才是。几年学成归来，一个快乐的跑着跳着扑向你叫你爸爸的小女孩，一定让你惊喜。在你没有付出心血和辛苦的时候,你襁褓中的婴儿就长大了,你还有什么可犹豫的？你应该想到的是我。”

“要不要让我的妈妈来帮助你？”

“不用了，这里离我妈很近，不要让她跑这么远的地方来。你也不要牵挂，最好什么都不要想，一心一意地学习研究你的医术。学成后，一个博士多了不起。

将来做主任，做院长，做专家，那样的人生该多么辉煌。”她有足够的耐心和虚荣心相信自己的丈夫，为了这个荣誉，她必须推丈夫前进。

薛剑说：“我的欲望没有这么高，我只是去学知识，能更好地服务于我的患者，家里就拜托你了，替我更多地爱护薛珠。几年的时间不算短，这个过程对我们都是考验。”他眼里充满了泪水，这是一个男人最深沉的感情。别妻离子，漂洋过海。

第十章

告别了那个美丽的夏天，已经长成男孩模样的雪晨，在妈妈的精心打扮下背着书包要上学了。

雪晨穿着雪白的衬衫，一条浅蓝色的背带长裤，柔软的黑发被妈妈梳理得很别致，牵着妈妈的手高高兴兴地来到学校。一路上，他对别人看他的一种异样的目光感到奇怪，就小声问："妈妈，他们为什么老看我，是不是我有特别的地方？"

雁媚说："没有，你很平常，不要去在意。今天妈妈把你送到学校，你就是一名小学生，不再是幼儿园里的小朋友。学生跟幼儿是不一样的，有学习的任务，而不是贪玩。"

雪晨懂事地点点头："我知道，每天要写作业，还要读书，做完功课后才能去玩。"

"对。还有，班里有很多同学，大家要和睦相处，要把每个同学都当作自己的好朋友。"

"我知道，妈妈。"

这所学校，曾经也是雁媚读小学的地方。以前，学校门前的那两株高大的广玉兰树盛开洁白的玉兰花的情景，依然还在雁媚的脑海里记忆犹新。如今，树早已被砍掉，门口光秃秃的却挤满了人，还有几个摆摊货小商贩在叫卖。

雁媚对雪晨说："雪晨，你自己进去吧，找你的教室，找你的座位，每间教室的门口都写着班级的名称，你就去找你的一三班。如果找不到你可以问老师，也可以问同学的家长，或者问高年级的同学都可以。你长大了，是一个男孩子，不能做什么事情都要依赖妈妈。"

雪晨轻声问："妈妈，别的家长都进到学校里面了，你为什么不进去？"

雁媚抚摸着雪晨的头，亲切地说："好孩子，走到学校的门口，一切就该是你自己的事情，自己的事情一定要自己去做。去吧，勇敢的跟着他们走，我相信你会找到你的教室。"她又帮雪晨整了整衣领背带，目送他走进学校，融入到新学年第一天的人潮中。

几乎是有多少学生就有多少家长，甚至大人比孩子还多，这是当今社会的一个极其普遍的现象。从孩子上学的第一天开始，就是家长做梦的开始。希望儿子成龙，希望女儿成凤，而往往忽略了那个漫长的成长过程。

聪明的雪晨，找到了他的教室，他礼貌地对站在讲台上的一个年轻女老师报告："老师，您好，我是一三班的姚雪晨。"

老师高兴地说："对，花名册上有你的名字，是自己来的吗？真好，去找个位子先坐下来吧。"

一个小女生热情地招呼雪晨坐到她的座位旁："姚雪晨，你坐这里。我叫吴倩倩，窗口那里有我的爸爸妈妈。"她性格活泼，自报家门。又问，"你的爸爸妈妈在哪里？"

雪晨说："我的妈妈上班去了。"

这时，老师用清脆的声音开始说："小同学们，你们好，我叫王学茵，是你们的老师。从现在开始我要教你们识字，算术，我们还要一起唱歌。希望你们好好学习，都做好孩子。"

教室里响起了孩子们的掌声。

到了放学的时候，雪晨最心切的就是想把他在学校第一天的感受都告诉给妈妈。

"妈妈，你知道吗？我们老师的名字叫王学茵。"

雁媚在做饭："你们老师的名字真好听，她一定是一个漂亮的老师，我说的对不对？"

"对的。妈妈，我们老师对我们说，希望我们好好学习，都做好孩子。"

"你今天的表现，让老师满意了是吗？"

雪晨点点头，然后，开始滔滔不绝地说，"妈妈，跟我同桌的是一个叫吴倩倩的女生，她很爱笑，她的爸爸妈妈一直在窗口看着她；坐在我右边的是一个男生，他总在那里大声说话，老师批评他了；坐在我前边的一个男生，他很胆小，同桌的那个女生拿了他的东西他就哭起来；我后面的那个女生胖胖的，正在上课的时候，她就跑了出去，老师问她做什么？她说她要撒尿，同学们都在笑她。"

雁媚说："小孩子刚到学校，有些规矩还不懂，慢慢就会知道的。你不可以去嘲笑他们，绝不可以欺负弱小的同学和女同学。要知道，一个男生欺负弱小的同学，欺负女生是一件很丢脸的事，你决不可以去做这样的事情，知道吗？”

“我知道。”

“今天学的是什么？”

“拼音。”

平静的生活给了雁媚一颗平静的心，她已经没有别的想法，只想一心一意地培养和教育雪晨。

这个被她当作心愿藏在心里的宝贝；这个寄予她希望和爱情的星辰；这个让她对生命怀有诚实和感动的精灵，是她生命里的一切。他的血液里有他的血，也有她父母的血，这太令人激动了。每一天他们都在感受一个全新的太阳。他们的生活既纯洁又稳定。轻轻道声再见，挥挥手，然后各自到各自的岗位，自然又充实。

到了周末，雁媚喜欢带雪晨到郊外的农村，他们总是以这样朴实的方式，在大自然纯净的空气中做与世无争的休息。她相信大自然会给雪晨带来人生更有意义的熏陶。当然，有时，在感到人际关系的生疏或者嫌隙的时候，雁媚就喜欢悄悄地转向这里。她对田野有一种与生俱来的感情，这份感情，是她从父母那里继承过来的，她要把它影响给雪晨。

乡野很美，阳光下的庄稼郁郁葱葱，远处的农庄在绿树的环绕中显得格外宁静，朴实的农民们在田间劳动。无须用语言，雪晨一定会感知他每天吃的粮食和蔬菜是多么的来之不易。他思想的天资，已经能够体会劳动的意义。

“妈妈，这就是你对我讲起的农村？你也像他们一样劳动？”

“是的，把种子播到地里以后，就要为它浇水，施肥，还要锄草。每一项做起来都很辛苦。所以，爱惜粮食是最重要的。”

他们坐在一条渠堤上静静地欣赏，感受、眺望、娱乐和休息，他们完全把对大自然的领悟和把大自然的财富施予了自己。

雁媚说：“以前妈妈也修过一条渠，比这条还要长，等到天气干旱的时候就向地里灌溉清水，那哗哗的流水流到田里的情景很美。”

雪晨眨着眼睛，想到渠沟里哗哗的流水，他怀疑妈妈一定有许多奇妙的故事。

他说：“妈妈，等我明天上学，我一定告诉吴倩倩说我和妈妈到农村来了。我要告诉她我看到了吃草的小羊，地里生长的庄稼，还有很多跳跃的蚂蚱和花蝴蝶，她一定会羡慕我的。”

“对，把你的快乐告诉吴倩倩，她也会快乐的。”雁媚感慨地又说，“妈妈在你这么大的时候也很快乐，每天和小朋友无忧无虑地做游戏，跳橡皮筋，踢毽子，采摘野花。那时候，你外公外婆还活着，我们居住的院子后面有一片苹果树，我们喜欢躲到树荫里捉太阳，那是很有趣的游戏。每当从树荫里钻出来的时候，就会感到阳光格外明亮，抬头也总会看到南来北去的大雁在空中飞翔。一直过了这么多年，心里依然还有那种快乐的感觉。”她总是把雪晨当成一个可以推心置腹的说话对象。

他们牵着手在田间的小路上徜徉，雪晨还调皮地脱去鞋子，赤足踩在松软的泥土上。他快活地跑来跑去，雁媚提醒他小心，别踩到碎玻璃。这使她又想到以前，妈妈为什么总会非常小心的把碎玻璃单独存放起来，从不跟垃圾一起倒掉。因为妈妈体恤农民，知道垃圾沤制成肥料后会撒到地里，怕农民赤脚在地里干活而扎伤了脚。妈妈的体贴和细心所表现出来的那种天生的美质和自然的美德，雁媚一直都铭记在心里。

这时，雪晨在喊：“妈妈，你来看。”

雪晨正在专注地注视着一只将要破茧而出的蛹蝶，它那么吃力地鼓动着翅膀，一会儿沉寂，一会儿蠕动。雪晨担心地说：“妈妈，它会死掉吗？”

雁媚说：“它是一只蛹蝶，就要变成一只蝴蝶了，没有痛苦的挣扎，它就没有飞行的力量。你还记得妈妈曾经给你讲过的毛毛虫变成花蝴蝶的故事吗？那只毛毛虫波蒂，就是经历了千辛万苦，才奋力地从茧子里飞出来的。现在它也在奋力挣扎，冲破束缚。你看那只蝴蝶飞得多么自在。”

雪晨顺着妈妈手指的方向，看到一只蝴蝶在翩翩飞舞，然后他看着蛹蝶说：“妈妈，我可以帮助它吗？”

雁媚说：“很多时候人需要帮助，而它们不需要，因为它们有一种自然的能力。走吧，离开这里，不要惊动它。”

他们带着乡土和风尘快乐回家，雪晨一只手握着一把野菊花，一只手握着一个用南瓜叶子包住的蚂蚱。

生活虽然清贫，但是，每一天都过得充实和安宁，这对雁媚是很重要的。然而就有一次今天跟昨天不同，一个年轻漂亮的单身母亲，在仓库默默地做保管工作，有时，就会惹来好奇的目光和怪异的念头。

一天下午，仓库来了一个男人，他三十多岁，是厂里有名的无赖。因为品质恶劣，没有女人跟他。在偶然的一次，他贼溜溜的眼睛发现了这个仓库的保管员是一个孤单的美人，便动了邪心：“听说，你是一个单身妈妈，没结婚就先有了小孩？”

“请你离开，这里不是闲杂人员停留的地方。”雁媚斥责道。

他厚颜无耻地说：“为什么要让我离开，这里很安静，就我们两个人，你一个单身女人，我一个单身男人，我们在一起不是很配吗？”说着，就把一只手搭在雁媚的肩上。

雁媚狠狠地推开他说："滚开，离我远点。"

他一副毫无教养又不像话的样子说："你别装正经了，连孩子都生了，我们不可以吗？"

雁媚怒斥道："你快滚，不然我叫人了。"

他笑嘻嘻地说："你把人叫来了我也不怕。美人，来让我亲一口。"

"卑鄙无耻，这是上班的时间，你竟敢这么放肆，你是在蔑视法律还是无视厂规？"

他用恶臭的嘴巴凑近雁媚说："我现在只想你。"

无赖就是这样，雁媚忍无可忍，狠狠地甩他一个耳光："无耻的东西。"

他这样肆无忌惮，逼着雁媚动手，在她总得到这种欺侮和羞辱时，她的冰冷和镇定足以对付这种邪恶又低级的人。

他歪着脑袋，龇牙咧嘴："你敢打人？"说着就要向雁媚扑去。

这时，和平从外面进来，他冲过去把这个可耻的男人拖了出去。

"你这个傻哑巴，白痴，你疯了是不是。"他狼狈地被和平揪着往外拖，他几乎不是和平的对手。和平的倔强、执拗和他脑子里的那种极其单纯的认死理，加上他长期搬扛货物的肌肉发达的手臂，冲着那股傻劲他就是不丢手。一直把这个无赖拖了很远，引来了很多人围观。和平还用哇啦哇啦说不清的语言警告他，并在他的面前晃了晃拳头。

这种使人惊骇的场面又出现在雁媚的面前，想到无赖总是这样可恶，不会善罢甘休，雁媚很害怕。

这时，二号仓库的保管员走过来，她是一个中年女人，叫严连珍，她对雁媚说："刘建德又跑到这里来打鬼主意了？我看傻哑巴正揪着他呢，幸好这个傻哑巴还不傻，知道保护你。"她又关心地说，"你也应该找一个人了，一个孤单的女人养着一个孩子又辛苦又寂寞，如果遇到这种心术不好的坏人，就会来打你的歪主意，谁都知道他是厂里有名的无赖。如果你有人依靠，他就不敢来欺负你，苍蝇也是专叮有缝的蛋呀。"

雁媚低头不语。

严连珍充满同情地又说："你是不是还在等孩子他爸？他还会来找你吗？都过去这么过年了，他也没有给你一点信息，你还傻痴痴地等他干什么？我也弄不懂你，为什么把自己藏得这么深？为什么不向我倾诉？把你心里的苦怨，你心里的想法对我说一说。我也是个热心肠的人，很想帮助你，即使你不愿意告诉我你以前所发生的事情，而我也不会去猜疑你的过去。但是，这样总看着你一个人孤零零，我心里也很同情你。现在又有人想来欺负你，打你的坏主意，我这个当大姐的不会坐视不管。我认识一个人，他是我丈夫的同事，各方面条件都不错，去年他老婆意外死了，他想找一个人，你考虑一下。”

雁媚心生怠倦，淡淡地说：“谢谢你连珍姐，该下班了。”

今天的日子令人忧伤，雪晨在学校也遇到了烦心事。

在下午的一节语文课上，王老师让同学们用简单的语言讲述：爸爸妈妈和我。同学们表现得都很积极，很热烈，谁都想当着全班同学的面讲述自己的爸爸妈妈。因为在他们的心里爸爸妈妈是至高无上的。

一个小男生讲：“我的爸爸是一个卡车司机，开着一辆好大好大的卡车到很远的地方去，妈妈和我在家里总盼着爸爸平安回家。”

王老师夸他讲得好。

一个女生讲：“我的爸爸个子很高，我的妈妈很漂亮，我听到别人说他们是郎才女貌。他们喜欢带我到公园看动物，我最喜欢看猴子了。”

“我的爸爸在工厂上班，我的妈妈也在工厂上班，他们每天都一起上班一起下班。”

“我的爸爸是警察，我的妈妈是售货员，他们都非常喜欢我。”

同学们争先恐后，积极发言，课堂里充满了生动活泼的气氛。

雪晨安静地听着，他很想把妈妈讲出来。可是，他很犹豫，把轻轻举起的小手又轻轻地放下了。这个小小的动作被老师看到，为了鼓励他，王老师特意叫了他的名字：“姚雪晨，你来讲。”

雪晨站起来认真地说：“我的妈妈是最好最美丽的妈妈，她喜欢带我到郊外的农村去。因为那里很宽阔，也很丰富多彩。那里有许多可爱的昆虫，有勇敢的蝴蝶，还有偷吃庄稼的蚂蚱。我看到一个老爷爷牵着一头老牛从田地里走过，也看到一群白羊在路边吃草，它们的粪便像一粒粒黑珍珠。还有……”

教室里哄堂大笑起来，一个男孩说：“那是羊屎蛋，我也见过。”

王老师说：“雪晨讲得非常好，跟妈妈到农村去玩，一定很有趣吧？”

同桌的吴倩倩站起来说：“老师，他没有讲爸爸，因为他没有爸爸，他是一个石（私）生子，是石头变得石（私）生子。”

教室里骤然安静了，王老师严肃地说：“不要瞎说。”

吴倩倩委屈地说：“真的，我没有瞎说，是我妈妈说的，他是一个石（私）生子。”

“好了，以后不要这样说，雪晨是一个聪明的好孩子。”

第一次听到这样古怪又难为情的话，让雪晨感到多么的恐惑。即使老师夸他是一个聪明的好孩子，也无法补救他心灵猛然遭受的刺激。没有爸爸的孩子就是石（私）生子？这个问题一直困扰着他。妈妈曾经对他说过他有爸爸，在很远的地方还没有回家。他弄不懂什么是石（私）生子？吴倩倩也是听她妈妈说的，大人都知道，为什么妈妈没有告诉他？放学回去的路上，他一直在沉思这个问题。可是，后面追赶着几个调皮的小男生，他们在无知地取笑他："哇，哇，雪晨是个石（私）生子，雪晨是个石（私）生子，雪晨是石头变的石（私）生子。"

他们无知的行为，加重了雪晨的疑惑，他悄悄躲到路旁的一棵浓密又粗壮的梧桐树下。这里很安静，也很隐蔽，他不知道让自己怎么去想这个问题。一块石头能变成一个小孩？即使再单纯的思想也感到可笑。可是，吴倩倩是听她妈妈说的，大人不会这样无聊地骗小孩。他又想到了平日里别人看他的眼光很特别，很怪异，他从这点感觉吴倩倩说话的真实性。他凝神发呆，苦思冥想。这时，他突然发现树旁有一块椭圆形的鹅卵石，他开始心跳，小心地四下张望了一下，便把它拣起来，擦去它上面的泥土，捧在手里就一直没有回家。

雁媚心情阴郁地回到家里，屋里很冷清，雪晨还没有回来，心里很担忧。因为每天下班回家，她都能看到雪晨安静地在写作业。而雪晨也很遵守回家的时间，从来不到处乱跑，也没有去别人家的习惯，他常常是一放学就回家等妈妈。因为妈妈对他说过，如果下班回家看不到他就会很着急。他很早就学会了体谅妈妈。

可是，不知道为何雪晨到现在还不回家？雁媚开始心神不宁，冷冰冰的厨房没有唤起她做晚饭的欲望。而在平时，她对这顿简单的晚饭是多么的用心。她焦急不安地去问了邻居，隔壁大妈说，她一直都没有看到雪晨回来。又问过同学，也不知道雪晨去哪了。

雁媚开始惊慌，到处寻找，呼喊，因为天已经黑了。

这时，向她走来一个好心的男人，他说："你是在找小孩吗？你到那边的路旁去找找，刚才天还亮着的时候，我在那边的路旁看到一个躲在树后面的小孩坐在地上发呆，不知道是不是你家的孩子。"他的手向西挥了挥，又向南指了指。

"谢谢。"雁媚就心切地朝那边跑去。

朦胧中，她看见一个小小的身影在树干的后面发呆，她轻轻走过去："雪晨。"

一颗小小的童心，在为一块普通的石头着魔，因为他有天宇的思想，想知道生命的来历。从小到大，他感受过无数奇怪的目光，难道自己就是这样与众不同？这个好久的疑问，在他的心里形成了一个谜。当有人向他直截戳开这个隐秘，他便深信不疑。妈妈的叫喊他全然没有听到，直到那轻轻的脚步让他如闻空谷足音：

"雪晨，你在这里做什么？知道妈妈到处找你有多么心切？"雁媚几乎要发火，但是她忍了下来。这多少年里，她什么苦，什么委屈没有忍受过，在还不清楚他为什么这么孤独地坐在这里的原因时，雁媚怕伤害他。

雪晨恍然惊了一下："妈妈。"

"你怎么躲到这里不回家？"

雪晨扑向妈妈："妈妈，我渴。"

"渴了怎么不回家？"雁媚有股酸酸的泪水要流下来："我们快回家。"

回到家里，雪晨猛喝了一大杯水，雁媚责备说："渴了不知道回家吗？一个人愣在那里干什么？如果不是一个好心的叔叔发现你躲在那里，妈妈到哪里去找你？妈妈找不到你就要着急，就要发疯，你不能理解吗？"

雪晨愣愣地看着妈妈，他在想妈妈怎么可以把一块石头孵化成一个小孩？像母鸡孵化小鸡那样。他的样子让雁媚觉得奇怪："你怎么了？雪晨，怎么这样看妈妈？你有什么事？"

他摇摇头，把小手藏在口袋里。

"你手里是什么？"

他又摇摇头。

"快告诉妈妈，到底是什么？"

他还是摇摇头。

雁媚去拉他的手，发现他手里紧紧握着一块石头："拿石头做什么？"

雪晨惊疑地看着妈妈，嗫嚅地说："他们说我是石（私）生子，是石头变的。"

"谁说的？"

"是吴倩倩的妈妈对她说的。"

雁媚无奈地叹了口气，对那个灵魂可怜的妈妈，她只有叹息，为什么要嘲弄这无辜的孩子来满足她冷酷无情的好奇心？雁媚把雪晨搂在怀里对他说："别信他们的，宝贝，这不是个秘密，让他们去说好了。谁都知道妈妈有你这个儿子，你不是拣来的，也不是石头变的，你是妈妈亲生的。怀你在肚子里十个月，你那么小，当然不记得。你吃着妈妈的乳汁一天天长大，我们在一起的每一天都没有分离过，你怎么能相信那种鬼话？冷冰冰的石头怎么会有灵性？从妈妈的肚子里分娩出来的孩子才会有灵性。这血，这肉，还有心跳和头脑，你怎么不想到这些，我的小傻瓜。"

雪晨委屈地说："因为我从来都没有爸爸，他们就说我是石（私）生子。"

"你有爸爸，他在很远的地方还没有回家。"雁媚不知道这样骗了他多少回。她心里很愧疚，不知道这样隐瞒对雪晨是不是伤害？在单亲的家里，雪晨的心里已经有重重的氤氲，他时常怀疑，已经在他的身上出现了那种谨慎和孤僻，让雁媚看到了自己曾经忍受屈辱时的影子。担心的事情总是这样，在你还没有任何防备的时候袭击你。

“你有爸爸，他在很远的地方还没有回家。”这样诓骗雪晨要到几时？雁媚没有信心。因为她感觉到薛剑已经不可能再回到她的身边。她轻轻捧起雪晨的脸说：“对不起雪晨，妈妈对你说，因为我没有把线绳拉紧，让爸爸像一只断了线的风筝飞走了，妈妈已经找不到他了。”她忽然感到奇怪，怎么把他比喻成一只风筝？她害怕提到风筝，害怕触及到那一次跟爸爸妈妈一起放风筝的情景：

那年三月的一天，阳光明媚，和风徐徐，它既适合放风筝，又适合清理衣橱，冬去春来季节更换，不穿的棉衣棉裤都要洗晒收藏。孩子们都到草地上去放风筝了，院子里安静了许多。一条条绳子上晒满了被褥、衣裳，如彩旗飘扬，门前还晒着棉鞋、木箱和零零碎碎的东西。女人们有的在清扫门庭，有的在擦洗门窗，整个院子里充满着祥和和安宁。后来，妈妈和邻居的阿姨们都放下手里的活，来到草地上，接过孩子们手中的线也要放风筝。她们头发松散，面颊红润，围裙还系在身上；孩子们更是兴高采烈，小男孩在草地上翻筋斗；小女孩在拍手跳舞。忽然，雁媚手上的线在缓缓地垂落，那只风筝飞啊，飞啊，无影无踪。好像带走了她的父母，也带走了她的爱情。

泪水禁不住地流淌，这样向雪晨坦白，无疑是在扼杀他的希望。爸爸飞走了，也许再也不会回来了。看着妈妈伤心的样子，雪晨顿然明白了一些事情，他知道那是大人的事情。他对妈妈说：“妈妈，我们两个人在一起不会孤单。”

“对，我们不想这些，妈妈要去做晚饭，我的宝贝一定饿了。”

雪晨坐到桌旁打开作业本，他没有写字，而是在想那只风筝。妈妈又玄妙地把爸爸比喻成一只断了线的风筝飞走了，他在想那只风筝会飞去哪里？

然而，他们没有想到的是，那只断线的风筝，已经飞到了一个遥远的地方。

在一个宁静的下午，薛剑伫立在白纱飘动的窗前，凝视着异国他乡的天空，窗外美丽的景色和人文的活动，勾起他想家的心情。他手里握着一封家书，那是妻子朱玫怡写来的。信里写满了她的牵挂、思念和期望，还有女儿薛珠的健康、可爱和活泼。她已经在蹒跚起步，咿呀学语。看到这些，禁不住使薛剑心潮激荡。在更多地想女儿，想妻子的时候，他油然也想到了他的父母和兄弟，亲朋和好友。在这个诱发浮想联翩又充满诗意的窗台前，他也强烈地想到了他第一次的爱情。他曾经那么深爱的那个姑娘，为了他锦绣的前程，她放弃了他。而现在，在得到这一切的时候，他深刻的懊悔那个愚顽的年代多么可笑地捉弄了人。离别后的日子，虽然他再也没有得到过她的任何消息，但是，他也时时地在为她祝福：雁媚，你一定要过得好啊。

一个年轻的医生查理来到他的身后：“薛剑，你在想谁？是妻子还是情人？”

他回过身淡然一笑说：“窗外很美，我在欣赏它。”

查里说：“我知道你们中国人都很含蓄，不会把心里所想的东西说出来，我从你的眼睛里已经看到了，你在想念你的妻子和你的国家。”

“对，我是在想他们，特别是我唯一的女儿，她还那么小，刚刚在学走路，那摇摇摆摆的样子一定很可爱。”

“是啊，对唯一的女儿不能亲身感受她的成长真是一个损失。我的女儿已经四岁了，她非常可爱，每天回家，我都会给她带一块小小的巧克力，那是很幸福的事情。可是，在她出生的时候，我没有及时赶到她的身旁，一直到现在我都觉得很遗憾。要知道一个生命的诞生，那一刻是多么的辉煌，像一道天文景观。哈雷彗星要七十六年才光顾地球一次，人的一生能遇到几回？对孩子也一样。你们中国人都提倡生一个小孩，这是很珍贵的。所以，你们中国人就普遍地把你们的一个孩子比做太阳，对不对？”

他说得很坦率，也很真诚，而薛剑却在体会相思铭心的感受。

“走吧，我们去喝一杯，这样你就可以把思愁忘掉。”

雁媚做好了晚饭招呼雪晨来吃饭，他依然坐在那里沉思。

“怎么还没写作业？”雁媚问。

“妈妈，我在想那只风筝，它会飞到哪里去？他真的就找不到了吗？”雪晨诚实地说。

“好了宝贝，我们不要再想这个问题，我们赶快吃饭。我想等你长大了，也许会找到他的。我们都耐心地等着好吗？”雁媚说得很平静，却如把一个伟大的任务交给了雪晨。在他小小的心灵里，他会向妈妈默默承诺，那就是等他长大了，一定要找回那只飞走的风筝，找回杳无音讯的爸爸。

这顿晚饭吃得很安静，因为，今天所发生的事情，在他们的心里都激起了涟漪，他们在用无声的语言让心情平静。在无数个这样孤单的日子里，享受平静跟享受幸福一样珍贵。

然而，始料不及的是他们在用认真而严肃的态度营造平静生活的时候，却又遭到了粗俗低劣的人对他们的非礼。

那个无赖刘建德，真的没有善罢甘休，他喝足了烧酒，卷着一个大舌头在雁媚的门外喊道：“美人，你出来呀，我要等你出来。”说着就把酒瓶砸到雁媚的窗下。

雪晨吓了一跳，他紧紧偎依着妈妈：“妈妈，是坏人来了吗？”他小声问。

“别怕。”雁媚安慰说。

无赖还在喊："姚雁媚，你出来，让我看看你。"

"妈妈，别给他开门。"雪晨坚决地说。

这时，他们听到隔壁大叔在呵斥："刘建德，你真是胆大妄为，无法无天了，竟敢到这里来撒野耍流氓。你快走，不然我喊保卫来抓你。"

刘建德瞪着醉醺醺的眼睛嚷嚷说："你他妈的管什么闲事，我刘建德要找女人。"

大叔一拳把他打翻在地："丢人的家伙，走，到保卫科去，你在这里耍流氓。"

刘建德像癞皮狗一样抱着一棵树说："我不走，我要找女人，我到现在还没有女人，我想死女人了。"

大叔又狠狠地给他两个嘴巴："不要脸的东西，没出息的家伙，你看人家是孤儿寡母好欺负吗？快走，不然我打死你。"

他受到了威胁和恫吓，灰溜溜地看着大叔，最后保卫人员把他强行带走。

待外面稍微平静，雁媚惊悸的心才缓缓松懈下来。她小心地把雪晨从怀里放开。

仿佛是从压迫的噩梦里苏醒，雪晨惊异地问："妈妈，他为什么要这样做？"

雁媚说："恶人在做恶事的时候他不找理由。好了，没事了，是隔壁的爷爷帮助了我们。"

雪晨眨着眼睛，他想到了那只挣扎的蝴蝶，妈妈说它不需要人的帮助，而人需要帮助。今天晚上发生的事情，是隔壁爷爷帮助了他们才免遭欺辱。他完全明白了那只蝴蝶为什么敢于在茧壳里挣扎出来。没有痛苦的挣扎它就没有飞行的力量。他要坚强，不能软弱。他对妈妈说："妈妈，别怕他，等我长大了就没有人敢来欺负你。"他明白了长大的意义，他把长大看得很神圣，所以，在这个长大的过程中，他会很努力。

寂静的夜晚，屋里点着一盏孤灯，雪晨睡着了，他轻轻地呼吸，像一首淡淡的月曲。因为释放了他心里的那块石头，他才有安宁的睡眠，他脸上才有慧黠的微笑。或许，他在梦里正在追赶着那只断线的风筝。他翕动的嘴唇在轻轻地喊："爸爸。"那声音多么甜美，多么自然，没有一点忸怩，让雁媚感到心痛。她翻出那张照片，薛剑入伍前留下的一张青年队集体的合影。照片上，雁媚站在边上披散着头发，一双含愁的眼睛充满着深沉的别痛。薛剑被宠着站在中间，那身崭新的军装显得威武，那向前凝视的目光里，依稀可以寻觅到他的柔情。雁媚久久地凝视着照片，眼睛禁不住地模糊，她好想告诉梦中的雪晨这就是爸爸。一直以来，她总是这样迟疑、顾虑，她没有勇气把照片上这个英俊威武的军人指给雪晨看。因为她知道薛剑已经不属于她，也不属于雪晨。他已经是别人，或许，他已经有了自己的家庭，有了自己的妻儿。

第二天一上班，严连珍就跑到雁媚的仓库惊讶地问：“昨晚刘建德又跑到你家里去闹了？”

“是，我没有理他。”

“听说，他被带到保卫科关了一晚上。看目前，他是不敢再来侵犯你了。可是雁媚，你还是听我的吧，都说寡妇门前是非多，你一个单身女人让不怀好意的男人总有可乘之机。即使你逃过了这一次，你能保证就不会有下次？所以，找个人就有了依靠，就可以过安生的日子。昨天我给你说的那个人，你应该好好想一想，别错过了机会，那个人也想找一个人，如果你们能相互照应，安安静静地过日子不好吗？”

雁媚有点动摇，问：“他在哪里工作？有几个小孩？”

严连珍说：“工作是不错，在政府机关，孩子在上学，好像，好像身边就一个，也是男孩。”

雁媚想了想说：“我要回去跟雪晨商量一下。”

“你跟孩子商量什么？那是你的事情。”

“是我和他的事情。”

严连珍笑了：“行，我就等你的回音。”

初冬的太阳照在教室里暖洋洋的，同学们正在兴致勃勃地听雪晨站在讲台上讲故事：

“一只老鼠从一只狮子的面前跑过去，把熟睡的狮子吵醒，狮子很生气地跳起来，一把捉住老鼠要把它弄死，老鼠哀求说：只要你肯放过我保住我的性命，我将来一定会报答你的。狮子冷笑着说，你一个小小的老鼠，要怎样报答我？于是，便放了老鼠。后来狮子被猎人逮到，用粗绳子绑着放到地上，老鼠在洞里听到狮子的吼叫，就钻出来用牙齿咬断了绳子，释放了狮子，并对它骄傲地说：你当时嘲笑我帮不了你，现在你知道我的本领了吧。”

故事讲完了，大家都拍手鼓掌，老师高兴地说：“雪晨讲得真好，是从书里看到的吗？”

“是，伊索寓言里的故事。”

其他的同学也嚷嚷说：“我也会讲故事。”

一个叫张咏的同学给大家讲了一个风筝的故事。他讲的是童话里的风筝，而雪晨心里的那只风筝，却是他在睡梦里时时呼唤的一个遥远的秘笈。

放学回家的路上，雪晨竟然异想天开，他总感到有个浑厚的声音在向他呼喊：我认识你，你是雪晨，是我的孩子。他激动地想伸出手去拥抱这个虚幻的声音。

蓦然间，他听到一幢老房子里飘来了一首清亮的歌，那么优美，那么空灵，每一句都那么清晰：“落雪不怕，落雨不怕，哪怕大风吹我也要去找我的爸爸……”

歌声戛然而止，雪晨凝神伫立，他不肯移动脚步，在寻觅着歌声的踪迹：“……我要我要找我爸爸，无论走到哪里我也要找我爸爸，我的好爸爸你在哪？如果见到他就劝他回家……”

歌声对雪晨有极大的震动，把他紧紧牵制，歌里有一个跟他一样的男孩，也在寻找他的爸爸。雪晨下定决心，将来一定要去找爸爸。

因为上班忙，做饭就显得仓促，而晚饭，雁媚就会倾注她所有的感情。精心烹制，做一顿漂亮可口的饭菜，把全身心的爱倾注到这盘餐中。再听着雪晨朗朗的读书声，这一切让雁媚感到是多么的美妙。轻轻叫一声：雪晨，吃饭了。雪晨放下书本，哼唱着那首《找爸爸》的歌走来。他甜美的声音，点缀着温馨的小屋，如五月花的芬芳。他歌声的语言，让雁媚隐隐约约地感到那正是他梦里的心愿。她暗暗地思忖：这首歌从何而来，这么深刻地注入他的心灵？雁媚的眼里悄然盈满了泪水，她不想惊动他的歌声，却情不自禁地把雪晨拥在怀里。母子相对无语，歌声也在凝思中停止，雁媚轻声对他说：

“雪晨，妈妈再给你找一个爸爸好不好？”

雪晨奇怪地问：“什么样的爸爸？是那只断了线的风筝爸爸？”

“不是，有一个人他想做你的爸爸。”

他不想让他的梦破碎，他固执地想着在他长大的时候梦就会成真。他已经比同龄的孩子更懂得爸爸的意义。他说：“妈妈，我们不是要找到我们自己的爸爸吗？”

“我怀疑我们找不到他了。雪晨，你很孤独，妈妈也很孤独，找个爸爸回来，他或许还会带来一个跟你一样大的男孩，这样我们在一起可能会更快乐。你想想，是不是这样？还有，我们联合在一起的力量就会很大，没有人再敢来欺负我们，你说是不是？”

他渴望家里有爸爸的感情，他还从没有体验过这样的感情，他很激动，他那宽宽的额头中表现出了他天真的思想。他问：“妈妈，那个小孩他会喊你妈妈吗？”

雁媚愣了一下，笑着说：“我想会的，让我把给你的母爱也给他一半，他就会喊我妈妈。假如这样的话，这个家里就有爸爸、妈妈和两个孩子，你有信心吗？”

雪晨点头说：“有。”

星期天的下午，严连珍在她的家里安排了雁媚跟那个男人见面，当雁媚去的时候，那个人已经在那里坐着。

“他叫赵如林，是我丈夫的同事。”在主人的介绍下，他们彼此简单地寒暄了一声便坐了下来，严连珍摆上了茶水和香烟也出去了。屋子里没有别人，只有他们两个。赵如林显得有点紧张，他看到雁媚如此端庄文静，还这么年轻，心里在怀疑严连珍是使用什么高超的口才说服她来跟自己相亲?

雁媚平静地看着他，他有一个强健的体格和忠厚的相貌；他的神情稍有慌乱，他拿烟划火柴的手在微微发抖；他的表情有明显的窘困，他向雁媚展现的笑脸险些不自在；他看上去年龄接近四十岁的样子，这使雁媚并不怀疑他的诚实和可靠。沉静片刻，雁媚大方得体地说：

“听连珍姐说你有一个孩子。我也有一个孩子，已经念小学三年级了，他很聪明，也很懂事。”

赵如林如实说：“我有四个孩子，只有一个儿子跟在我的身边，还有两个儿子和一个女儿在乡下我父母那里。孩子他妈死了以后，我就把他们送了过去。我想，等我找到了一个人后，就把他们都再领回来。”他小心地看着雁媚的神色，不知道他的实际情况对她是不是一个障碍？在这之前，严连珍也交代过他，让他说得保守一点。他想过这个问题，如果隐瞒事实，他觉得是在欺骗人家，如果如实的讲出来，他又感到是个危机。他既彷徨又犹豫，害怕接受失败。

雁媚慢慢地低着头，她对他开始的一点好感，瞬间变成了负担，她没有信心带着雪晨融入到这个多子女的家庭。她知道这么多孩子生活在一起，如果不能相互谦让，就会相互争斗，这样不但不会有快乐，而且烦恼会更多。她的胸怀还没有宽阔到能够吸纳这么多复杂的人际关系，她还不能够做到以她爱雪晨的襟怀去爱别人家诸多的孩子，她怕她如果有不谨慎的行为会伤害到别人的孩子。而且，她也不能委屈雪晨。她提早想到了这些，就理智而没有迟疑地准备结束这场所谓的相亲。在彼此还没有走进心里的时候就退出来，她毅然决然，坚定地足以承受这样的自主和自由。她说：

“对不起，我没有考虑周全就来这里与你见面，希望你不要介意我的冒昧和失礼。我想我该走了。”

赵如林急切地说：“你是因为我孩子多是吗？如果这样，我可以把他们都留在乡下。”

雁媚摇摇头，她感到极其负担，很抱歉地说：“我只能对你说对不起。”

她这样既没有风度，也没有耐心就匆匆地走了，她感到羞愧，把事情弄得很难堪。

赵如林没再坚持，他哀求的眼神显得怠倦，他没有力量摆布她，挽留她，得到她。

回到家，雪晨问：“妈妈，那个人愿意做我的爸爸吗？”

雁媚说：“对不起雪晨，妈妈没有为你找到爸爸，因为妈妈没有信心去做别人孩子的妈妈。”

“为什么？”

“因为妈妈担心，内心存有的私念会轻视别人家的孩子，怕每次分苹果的时候，总会想把那只最大最红的苹果留给你而忽略和伤害到别人孩子的心灵，这样不好。”

“我可以把那只最大最红的苹果让给他。”

雁媚很感动：“原谅妈妈吧，爱有时很自私，妈妈的心里只爱你，就像当年外公外婆的心里只爱我一样。”

回忆像拉开的窗帘，透过明净的窗口，雁媚又想起了那年，妈妈帮平平家接生小弟弟的情景。当时她问爸爸：平平家已经有两个弟弟了为什么还要弟弟？为什么妈妈不生小孩？爸爸是那样深情地对她说：因为妈妈不想把她的心分给那个小弟弟一半，她只想把心全部都给你。雁媚深深地体会到了爸爸妈妈最真挚的爱都完完全全的给了她，现在，她也要把最真挚的爱都完完全全地给雪晨。她怕孩子多了，她的心就会动摇。这种亲情的爱是很特别的，当然也是很自私的。这是人性的本能所表现出来的特殊性，无法抗拒。就像河流冲破所有的堤坝，山峰依然还在。它是永恒的、纯洁的、高尚的，它不会因为爱自己的孩子而被别人说是自私，它伤害不到任何人而能使爱如芳华。

雪晨偎依着妈妈说：“妈妈，我也只爱你。”

朴实的生活有朴实的思想，过惯了这种清寂又简单的日子，雁媚不想改变。所以，她才没有信心去面对那个鳏寡的男人和他的孩子们。虽然，她有一颗与生俱来的善良和同情的心，但是，在这里是不一样的。她一直都小心谨慎，她长期的慎独所形成的性格，既自闭又自负。她清心寡欲，深居简出不爱接触人，却在认真生活。她给了雪晨一种高尚积极又充满爱的生活，使雪晨童年时代的不幸和缺憾得以完美的补偿。所以，雪晨也是幸运的，正如他曾经说的，我的妈妈是最好最美丽的妈妈。那么他一定也是最幸福最快乐的孩子。

星期一早上，刚打开仓库的大门，严连珍就跑来劈头盖脑的对雁媚奚落说：“你也真是，怎么能这样毫无礼貌的转身就走呢，你以为你有多了不起吗？我还担心人家赵如林会对你有看法呢，算我白给他说了你的一通好听的话。”

雁媚对她说：“对不起。”

“对不起就了事了吗？你让我多丢面子。”

“丢你的面子？”雁媚生气地说：“我不能顾忌你的面子来丢掉我的生活。”

“呵，你的生活？”严连珍讥笑说：“你又不是黄花闺女在他面前有什么可拽的。你嫌人家的孩子多，你不是也带着一个孩子吗？还是一个私生子，这是不光彩的事，你有什么可挑剔的？人家是国家干部，你一个穷工人又有什么可清高的？我好心同情你，怕你们母子受欺侮你就这样不领情？算我煞费苦心，害我家老王还责怪我多管闲事。”

雁媚对她说：“连珍姐，本来我是很尊重你的，我不能理解你的这种毫无道理的指责。我的事不是依着你的任性而决定的，我错就错在没有考虑周全就去见了那个人。即使这样，又能伤害他什么？你不要这么激动，说这么多难听的话。我对你很失望，我一直把你当成大姐。这件事就到此吧，我要开始工作了。”

严连珍心里很窝火，就又追着雁媚骂道：“看你清高的样子，不早就是一个烂货，你以为你还有贞洁吗？”

她这样撕破脸皮，向雁媚投掷了一把多么肮脏的烂泥巴，令雁媚气愤，她回敬说：

“你太龌龊了。”

“什么？我龌龊？”严连珍向雁媚扑来。

这时，在搬扛布匹的和平，他放下东西，猛然冲过来推着严连珍往外走：“走，走，走……”

她恼火地说：“你这个傻哑巴，你像狗一样吗？”

和平还是执拗的说：“走，走，走。”

他是个老实人，似乎还带着一点傻气，他从不会盘算着害人。但是他的眼力能辨是非，这正是许多智力健全的人所不能做到也不具备的优点。他就是用这种方式，事事帮助和保护雁媚。

严连珍讥笑说：“这傻哑巴跟你是什么关系？”

既然她肆无忌惮，雁媚也可以放肆还击：“你让我看到了你的险恶，你竟能说出这么低能的话，你的大脑不比和平健全，因为你一下子没有了人格。我讨厌你，看不起你。”

她恼羞成怒，又要扑过来打人，被和平紧紧遏止。她奋力挣脱，忽然看到有一群人朝这里走来，她憋着怒火灰溜溜地走了。

这个貌似有一副热心肠的女人也这么低俗，令人难受。得不到宽容的雁媚，忧伤地站在高高的货物旁嗒然若丧。

厂长、技术员罗明还有客商等一行走进库房。在查验货品的时候，罗明对雁媚不经意的一瞥，发现了一个女子幽婉的容貌里有一种哀愁。

他平时很少来库房，在车间忙得比较多，他很年轻，是两年前分配到这里的大学生。人感情里所存在的那种特制的因素，就会深不可测地产生一见钟情的意外火花。

在客商甄选货品的时候，厂长朝雁媚走来，他对整洁有序的库房很满意：“你工作得很好。”

雁媚虚心地：“谢谢。”

“生活有困难吗？”

“没有。”

他们出去时，厂长像谈家常似的对他们说：“她是我们以前的技术员姚杰铭的女儿，她的母亲林美岚曾是厂里最漂亮的一个医生，她长得就像她的妈妈。现在她又是一个未婚妈妈，身边有一个男孩，在世俗的眼里好像不太容易理解和接受这样的事情。”

技术员罗明心里怦然一动，他情不自禁地回头又看了看雁媚，她忧伤的容貌，从这一瞬间便给了他最深最好的印象。

放学了，读三年级的雪晨已经做上了班长，他把放学的队伍从学校里带出来后，就一欢而散，各走东西。有几个调皮的男生在欺负一个个子稍矮的男孩，还嘲笑说：“哇哇，亮亮是个大笨蛋，亮亮是个大笨蛋。”

那个叫亮亮的男生，胆怯地低着头，雪晨安慰他说：“快走，不要理他们。”

冬天的太阳从西边的屋顶上坠落，阴沉沉的下午很快就转为黄昏。雪晨在一个路口停顿，从笔直的一条路上，可以看到妈妈下班回家的身影，他想等妈妈。

他站在寒冷的风中，身旁飘落着枯黄的树叶，天空灰暗的颜色，呈现出一种冬日凋零的景象。他快乐地在拣树叶，手上捏了一大把，他充满了这个年龄的孩子所具有的天真、活泼和顽皮。这时，他看到妈妈跟一个走路有点不利索的男人走在一起。

“妈妈，”他的眼睛盯着和平，觉得这个人很奇怪。

“雪晨，你冷不冷？怎么不先回家？”

和平冲着雪晨傻笑，还拍着手，嘴巴里乌拉乌拉的：“好哇，好哇。”

雁媚对他说：“他是跟妈妈一起干活的和平叔叔。”

回家后，雪晨疑惑地说：“妈妈，你怎么跟那样的人走在一起？”

“他怎么了？”雁媚问。

“他的样子有点傻。”

“不要从外表看一个人，他一点都不傻，他是个好人。”雁媚把雪晨拉到跟前，抚摸着他的肩膀说，“雪晨，不要轻视这样的人。要记住，跟卑微的人在一起的时候不要有矜矜，而要表现你的谦恭；对那些所谓高贵的人，也不要露谄媚之态，而要保持你的尊严。不要觉得自己有多了不起，就去嘲笑和贬低那些在某些方面比你弱的人，绝不可以嘲笑那些在心智和身体上有缺陷的人。就是这些人，他们也有高贵的人品。就像刚才的那个叔叔，他就懂得怎样去帮助别人。他虽然卑微，甚至还被人瞧不起，但是，他没有坏念头，也没有烦恼。我喜欢跟这样的人接近而可以没有提防的心。坦然地去关怀这样的人，就可以得到他们最无私的帮助。在他们的身上，你可以看到人性的东西，让自己知道人生平等的价值。当年你的外公外婆在世的时候，也是这样对待每一个人的。无论他们贫富贵贱，有时，他们会把朴实的农妇带回家里吃顿便饭，施舍给贫困的人一些衣物，半夜里起床为病人看病，都是常有的事。他们常常用爱心温暖别人，即使他们的生命没有了，还有很多善良的人还记住他们。我们在他们的墓地上不是也常常看到鲜花和新添的泥土吗？所以，我们要公平地对待每一个人，特别是对那些需要怜悯和关怀的人。或许妈妈就是一个卑微的人，才渴望有平等、理解和宽容。雪晨，请相信妈妈对你说的话，培养你做一个真正的人是妈妈的责任。有一个伟人说过这样一句话：有好的母亲，才有好的儿子，有好的儿子，才有好的国家。妈妈要做一个好妈妈，你就要做一个好儿子，我们的国家才会更好。”

雪晨凝神聆听，他没有打断妈妈的一句话，在他的心灵里，愿意接受这样的教育。

他对妈妈说：“妈妈，今天老师说亮亮有点笨，就有同学嘲笑他，说亮亮是个大笨蛋。”

“老师这样说有点不恰当，同学们也不应该嘲笑他。”

“因为亮亮到现在还不会背乘法口诀，他的算术做得一塌糊涂。”

“那你要帮助他，你是班长，这是你的责任。”

“嗯，知道了。妈妈，当别人喊他大笨蛋的时候，他很害怕，是我把他送回家的。”

“你做得对。好了，我去做饭了。”雁媚亲切地拍了拍他的头，就去到厨房。

雪晨跟着过来说：“妈妈，以后放学我都在那里等你好不好？我不想一个人回家，我感到屋子里很冷，有妈妈跟我一起回来，我才觉得温暖。”

“这是你怯懦的一种表现，你要克服它。”

其实，雁媚也有这样的感觉，屋子里清寂的气息让她阴郁，他们的小屋从没有像别人家里那样洋溢着人声鼎沸的气氛，他们总是宁静地享受孤单。几乎这么多年里，他们从没有到哪里去过，也没有谁来找过他们。但是，有一种千丝万缕的牵挂，也让雁媚时常动容。她想奶奶，想采勤，当然也想过婶婶。

“等到新年时，妈妈带你去看一个老奶奶，一个奶奶，还有三个阿姨和一个舅舅好不好？”她忽然激动的对雪晨说。

一下子有这么多亲戚，让雪晨吃惊，他说：“妈妈，我怎么不认识他们？”

“你当然不认识他们，在你很小的时候，我抱着你从那里出来，这一晃就十年了，妈妈很想他们。”她凝注着思念的感情，真挚而笃诚，她对婶婶也没有丝毫的记恨。在这么多年的忙碌中，她不是那种太容易忘记谦逊和尊敬而使记恨来消耗她精力的人，她有一颗宽宥的心而保持她的美德，她怀有爱而能慷慨地敞开心怀，她下了决心要带雪晨回去一趟。

第十一章

告别了那个秋天的日子，天空阴沉沉地吹着风。傍晚，采勤下班回家，突然发现姐姐不在她的屋棚，就急切地去问妈妈："怎么回事，姐姐抱着雪晨去了哪里？"

婶婶躺在床上，丈夫的突然去世，对她打击很大，这样躺了一整天，少气无力，然后，坐起来，拢了拢头发，才懒洋洋地说："走了，去了她该去的地方。"

采勤惊异地问："是去农村吗？"

"不知道。"

"妈妈，你怎么这样冷酷无情？你让姐姐带着雪晨到农村去，她还怎么活呀？"她难过地哭了。

婶婶掀开被子跳下床，愤恨地说："你这个没出息的东西，你爸爸死了我也没有看到你这样哭，让她走了就这样挖痛你的心？你为什么不体谅妈妈有多么伤心？如果不是因为她，你爸爸也不会死得这么早啊！"

对妈妈的愚顽和偏见，采勤感到悲哀，她说："妈妈，你不能说这种不讲道理的话，爸爸是突发脑溢血死的，跟姐姐没有关系，你怎么能怨姐姐？"

婶婶蛮横地说："就怨她，如果不是为她，你爸爸就不会操这么多的心，他是积劳成疾猝死的，知道吗？"

"妈妈，你这样固执我跟你没话说。但是，你这样做是不对的，你就不怕别人说你太恶毒？而且，爸爸也会在天上看着你。"

婶婶怒火冲天："谁要怎样说就怎样说吧，我什么都不怕。死丫头，如果你嫌我恶毒，你也走好了。"

一直过了很长时间，采勤跟婶婶都处在冷战中。叔叔死后不久，采勤接替了工作。采惠、采灵长大后也都没有继续念书。采惠在一家服装厂工作，采灵跟着别人学做服装生意。小毛因为学习不好，也早早地辍了学。婶婶曾经的梦想是让他长大参军，后来又希望他上大学。但是这一切都成了泡影。他虽然有一副像婶婶一样粗壮的骨架，块头大大的，却什么都不想做，整天游手好闲，无所事事，婶婶对他很忧心，知道这结果都是从小把他宠坏的。后来婶婶对他苦口婆心：如果什么都不想做，就跟着采灵去做生意吧。婶婶对他的期望就只剩这一点了。

过去了这么多年，他们的家也从原来的小杂院搬到了一处陌生的楼房里。婶婶也老了很多，头发都已经花白，当年的那股傲气和凶悍，也像一块尖利的石头被风吹雨蚀磨去了它的棱角。她坚硬的身板，已经疲惫地再也扛不动那五十公斤的大包而浑身酸痛,贴满了膏药。她蜷缩在黑洞洞的楼房里没有开灯,孤独又委顿。

采勤二十七岁了，还没有结婚。很早的时候她交过一个男朋友，因为婶婶不满意强行把他们分开，以至于使她沮丧了很长时间。直到去年，她又交了一个男朋友，尽管婶婶还不满意，也没再多管。因为房子还没有分到，就一直在推迟婚期。她对妈妈的怨恨也已经冰释，现在，她是最有责任照顾妈妈的人，总是陪在她的身边。

这天傍晚，采勤下班回家，看到妈妈畏缩在藤椅里沉思，她现在总是在想过去的事情。

“妈妈，你怎么不开灯？”采勤问。

婶婶揉了揉眼睛说：“开灯也是这样坐着。”

“你在想什么？”看到妈妈这样子，感觉好孤单，好可怜。

婶婶长叹一口气说：“是啊，我在想，我们以前的小杂院里住着多舒服啊，进进出出都很方便，很自由。现在让我畏缩在这楼房里真难受，邻居们都关着门互不来往，上楼下楼感觉全身都没力气。年轻的时候那么要强，再重的包都往身上掮。那时候，我多么羡慕国营厂的工人。可现在，采灵、小毛不进工厂做生意也能挣好多钱。可是有了钱又能怎样？反而觉得心空了。采勤，妈妈以前是不是做得太过分了？”

“妈妈，你怎么想起说这些？”

婶婶惭愧地说：“妈妈以前真是太狠了，现在觉得很惭愧，真不知道以前的那股泼辣野蛮劲是冲着哪门子的气？”

采勤笑笑说：“妈妈年轻的时候是太暴躁，动不动就发火骂人，我很害怕妈妈的。”

婶婶说：“我熬好了粥，你端出来吃吧。”她神情黯然，凝视着夜色笼罩的窗户，幽幽地又说，“妈妈以前做得太不应该了，对你阿媚姐姐从来没有给过一次好脸色。现在我好痛悔，我真是一天都没有好好地对待过她，糊里糊涂的就是因为穷，妈妈怎么那么吝啬锅里的一口饭呢？”她突然呜呜地哭起来。

采勤安慰说：“都过去这么多年了，妈妈也不要太难过，现在妈妈能明白过来，妈妈就是一个心地善良的妈妈，姐姐她是不会怨恨妈妈的。”

“她应该怨恨我才是呀。”

“不会的，妈妈，阿媚姐姐为人宽厚，心地善良，她是不会去计较过去的那点是非恩怨的，她是一个最知恩图报的人。即使她在遭受厄难心受折磨的时候，她也不会用仇恨的眼睛去看任何事物，更不会粗俗地去怨恨谁。她身上有一种高贵的品质，那是一般人所没有的。所以，妈妈你不要忧虑，等过年放假的时候我去找找她，把妈妈现在的心情告诉她，她一定会非常高兴的。只是，这么多年里她音讯全无，也不知道她过得好不好。”

婶婶问：“知道她在哪里吗？”

“不确定，以前我问过大伟的奶奶，她说姐姐可能回到伯父伯母那里去了，不知道是不是这样。所以我和志刚决定到那里去问问。”

“那你知道你伯父伯母以前住在什么地方吗？”

“我在以前的旧柜子里找到过当年伯父寄钱给我们的汇款单，上面还写有地址呢。”

“好，最好找到她，让她回家来。”婶婶终于把雁媚当成她的孩子盼她回家。

星期天，雪晨把同学亮亮带到家里来玩，雁媚热情地招待了他，为他削了苹果，还拿出糖果给他吃：“我很高兴你是雪晨的好朋友，欢迎你到家里来。”

亮亮笑着说：“老师喜欢雪晨，不喜欢我，说我笨。”

“老师喜欢雪晨，也喜欢你。你一点都不笨，只要你认真听课，每天回到家里好好复习，背背口诀，你做算术就不会做错了。”

“我家里很吵，爸爸喜欢喝酒，还带人来家里打麻将。”

“妈妈呢？”

“她也不管我。”他说这些的时候低着头，他在为自己的处境害羞。

雁媚鼓励他说：“你应该对爸爸妈妈说，要把安静的时间给你。因为你要写作业，还要温习功课。”

“他们不听我的，有时他们还打架。”

雪晨说：“妈妈，让他到我们家来做作业吧？”

“可以呀。不过，亮亮要告诉爸爸妈妈你在这里，否则他们找不到你会着急的。”

“好的。”亮亮笑了，露出两颗像小兔子一样的门牙，可爱极了。

新年就要来临，儿童玩耍的爆竹声把一种祥和的气息带到空中。家家都开始大扫除。在明净的窗前，雁媚换上了新窗帘，雪晨还帮助妈妈打扫了房间。虽然每一个新年都是在孤寂和清冷的感觉中度过，但是他们对每一个新年都充满希望。雪晨长大了，他是雁媚的幸福和骄傲。正因为心里有这种荣耀，雁媚就更加迫切地想带雪晨回到那个曾经收留过她的家。过去的恩怨早已化为一缕云烟消散，思念与日俱增。想奶奶，想三个妹妹，对婶婶也一样。爱在漫长的分离中醒来，像晨雾一样浓郁，渴望的心情也像二月的春风，宽容地把冬天的寒冷吹走。

放假的那天早上，雁媚简单地收拾了一个行李就带着雪晨去赶火车。他们走在清冷的街上，使雁媚又想起很久以前，也差不多是雪晨这么大，叔叔领着她离开这里的情景。而今，她又要带着自己儿子再回到那个曾经让她受伤，又让她得到爱的地方。

雪晨问：“妈妈，那里怎么有一个老奶奶？还有一个奶奶？”

“那个老奶奶是我的奶奶，而我的婶婶是你的奶奶，所以，你叫我的奶奶就是老奶奶。”

即使还不太明白，雪晨也没有再多问，他不是那种打破砂锅问到底的孩子，很多问题，他喜欢自己去想，去思考。

雁媚又说：“那里有三个阿姨，她们都是又漂亮又善良的人。我想现在她们都认不得你了，我抱你离开的时候你还那么小。现在你长大了，是一个非常优秀的小学生，可以想象她们看到你该是多么的高兴。”

雪晨闪动着眼睛，脑子里开始奇想，他为这次出行感到激动，他可以见到很多的亲戚，还可以亲身体验只能从书本上认识的火车。

火车站里人山人海的场面令人迷茫，售票口长长的排队让人一筹莫展。雪晨担心地问：“妈妈，我们能坐上火车吗？”

雁媚说：“能坐上，只是会很晚，怎么办？”

“那我们去排队吧。”雪晨很有信心。

随着买票队伍的缓慢移动，他们终于快移到了前面。一个打扮入时的女人走过来，左顾右盼了一会儿，然后，对雁媚小声说：“帮我捎带买张票好吗？我可没有耐心到后面去排队。”

雁媚摇摇头：“不行。”

她又哀求说：“帮我买一张吧，我急着回家呢，要不我给你加点钱？”

雁媚却说：“我可以帮你买票，但是，后面的人会同意吗？站在这里的每一个人都很急切，大家都归心似箭。”她很固执，不会纵容这种自私的行为，她的后面还有很多遵守秩序排队买票的人，有老人，有抱孩子的妇女，还有回家的学生。

这个女人骂了一句：“不识好歹。”就灰溜溜地走了。

也就是在同时，采勤和他的男朋友志刚来到了这个城市，他们按照以前的一张汇款单上的地址，打听到了伯父伯母曾经工作的单位，又在工作单位的门卫处打听到了雁媚的家。

他们敲响了门，里面却寂静无声。

隔壁的大妈对他们说：“我看到雁媚和雪晨拎着行李好像出远门了。”

“他们去哪里了？”

“不知道，我没有问她。”

天黑了，雁媚领着雪晨在寻找她记忆中的道路，那商店、门院和石灰墙，都已经被拆除成了一片废墟和瓦砾，风一吹到处都是灰尘。看到这种面目全非的情景，不知所措，雁媚看着雪晨，雪晨望着妈妈，两个孤独的斜影在路灯下惆怅。

就这样，在新年的头一天夜里，雁媚带着雪晨在一个又脏又暗的家庭小旅店住下来。他们又冷又饿，吃了一点带来的食物，喝了一杯旅店里的温开水。这一晚的苦涩对雁媚是多么的难以诉说。透过那扇挂着窗帘的窗口，他们看到了新年的礼花。在家家户户都喜气洋洋地过新年的时候，他们却偎依在这个阴冷的小旅店里讲《卖火柴的小女孩》。雪晨已经明显地表现出了他演讲的天赋，他的声音是那样动听，他讲出来的语言那么动情。在这个孤寂的夜晚，一切都像安徒生笔下的小女孩在火光里渴望梦到的一样。雪晨也做了一个奇妙的梦：在火树银花的晚上，空气中飘荡着美食的香味，他看到了一个老奶奶，她慈祥地对他说：乖孩子，你就是雪晨。他高兴地扑向她。忽然，老奶奶消失了。雪晨被惊醒，他伸出手在黑黢黢的屋子触摸到了妈妈凉凉的手。

“妈妈，我做梦了，我也梦到了一个老奶奶，还梦到一棵开满火花的树，还有很多好吃的东西。”

雁媚抱住他：“对不起雪晨，新年里妈妈带你到这个鬼地方来。”

“妈妈，我们找不到他们怎么办？”他担忧地问。

“找不到他们我们就回去，家里一定要比这里温暖得多。告诉妈妈你想吃什么？”

他机灵地想了想，他想不起来想吃什么，说：“妈妈，这里太冷，我想回家。”

雁媚心痛地说：“好孩子，我们马上回家。”

家，让他们感受到这个世界乃是爱所形成的，它比任何时候都具有感召力。在茫茫的人海，浮华的人世，这个简朴而温暖的家，就是雁媚和雪晨的世界，他们共同拥有的就只有这些。每天，在灯光与星星同时亮起来的时候，母亲和孩子共进一顿晚餐，在简单的餐桌上，他们最能感受的是这种简简单单的生活带给他们的普普通通的幸福。把心灵、人格和爱，都尽善尽美地带入到这平凡朴实的生活中，才能从容地度过严寒酷暑。

“今天什么是你最高兴的事？”雁媚总喜欢这样问。

雪晨想了想说：“今天语文课的时候，我带领同学读课文，感觉像自己做了老师一样，我很高兴。”

“有不高兴的事吗？”

“王晶晶把我的铅笔弄断了，还影响到我写作业。”

“你为这件事生气了吗？”

“是。”

“好了，每天把不高兴的事情忘掉，把高兴的事情记在心里，以后在你的记忆里就都会是美好的事。”

雪晨微笑地看着妈妈，他相信妈妈说的每一句话。一个年轻的母亲，她给予孩子的是爱的教育、心灵的教育和美德的教育。正像雪晨常常捧读的那本《爱的教育》书一样。在雁媚小的时候，她的爸爸妈妈也曾经像礼物一样送给她一本《爱的教育》。而今，雪晨也在读这本书。把人性的爱，生命的至真和人格的完美，以她的言行对他潜移默化，以她的真善对他实施教育。让雪晨那清澈的童真，最早感受人类品质的积极和高尚。

三月的春天明亮而柔和，午后的云霞像盛开的春花，小鸟舒展它的翅膀飞翔，孩子们追逐着放学回家。在那条常常经过而不曾改变的回家路上，雪晨怎么也想不到有一个年轻的叔叔微笑着向他走来：

“你是雪晨，对吗？”

雪晨疑惑地问：“你怎么知道我的名字？”

年轻的叔叔笑着说：“为了认识你，想跟你做朋友，我费了心思才悄悄地打听到你。所以就在这里等你。我很荣幸，第一次就等到了你。”

“为什么你要这样？”

“因为我好奇，我想认识一个叫雪晨的男孩，听说他聪明懂事，而且特别英俊。”

雪晨警惕地说：“你是不是一个专门诱骗小孩的人？喜欢用这种花言巧语引诱他？”

叔叔说：“我不是骗小孩的坏人，你可以看我的相貌上并没有邪恶，我对你的微笑是诚实的，我看你的眼睛是纯洁的。我可以告诉你我叫罗明，跟你妈妈在一个工厂上班，我诚心诚意地想和你做朋友。”

“你认识我妈妈？”

“认识，不，应该说还不太认识，我在她工作的仓库见过她。但是，我特别想认识你，就急匆匆地从工厂里跑出来，因为我知道你这个时候放学，以后我们可以常常见面吗？”

雪晨忧虑地说：“我不知道你的意图是什么，虽然我们天天在这个时候放学，但是，每个礼拜我要做两天的值日生，会回来得晚些。”

“好，我知道了。”罗明欢喜地说：“你放心，我的意图很美好，请不要让我先告诉你，以后你会知道的。快回家吧，否则妈妈会等你。明天，我还会在这里等你，如果我没有先到，就请你等我一下，我会遵守诺言，一定来的。”

雪晨迷惑不解，看着这个和蔼的叔叔，他不知道这其中的奥妙。

罗明又对他说：“这是我们两个人的秘密，先不要让妈妈知道。”

回到家,雪晨没有把这件奇怪的事告诉妈妈,因为这是个秘密,他要保守诺言。

雁媚问：“今天做值日生了？”

“没有。”

“妈妈比你先到家呦。”

他犹豫地看着妈妈，神情很认真地说：“妈妈，如果我有事，每天可以晚点回来吗？”

“有事晚点回来当然可以，可以告诉我是什么事吗？”

雪晨摇摇头。

“怎么？不能让我知道？”

他点点头。

“这是个秘密吗？”

“是。”

雁媚便不在心上，觉得这是一个孩子的天真。

第二天下午，雪晨果真在那条回家的路旁的一棵浓密又粗壮的梧桐树下，看到了那个叔叔。这里很安静，曾经是他为一块石头着魔的地方，他激动地叫了声：“叔叔。”

罗明高兴地说：“我们都非常遵守约定。”

“叔叔，你也是这个时候下班？”

“不，今天还没有下班，我是在送样品的路上绕道过来的，我有十分钟的时间，我们可以谈谈吗？”

他们在树旁坐下，面朝着一片小小的草坪和美丽的夕阳。罗明说："一回生，两回熟，我想等到明天，我们在一起的时候就是好朋友了。"

"叔叔，我已经把你当成好朋友了。昨天，我没有告诉妈妈我们之间的事情，虽然她很想知道。"

"你做得对，像个男子汉。爱妈妈吗？"

"我非常爱我的妈妈。我觉得她一定是世界上最好最美丽的妈妈。"

"对，我也喜欢你的妈妈。"

雪晨很惊异："你也喜欢我的妈妈？"

"是，你几岁了？"

"十一岁。"

"读几年级？

"四年级。"

"在你的记忆中有没有爸爸？"

罗明向他提了一个很敏感的话题，让雪晨惊疑，他轻声说：

"我没有爸爸，我从来都不知道他是什么样的一个人。妈妈说，他像一只断了线的风筝飞走了，我常常在想，他会飞到哪里去？"

"妈妈还对你说过什么？"

"没有。"

罗明轻轻地抚摸着他的头："回去吧，明天再见。"

雪晨感到奇怪，他不明白叔叔为什么要勾引他的不愉快。

罗明走了几步又回头对他说："你要好好爱妈妈。"

一连几天，他们都在这个幽静的地方见面。一个大男孩和一个小男孩结成了知心的朋友，他们渴望从彼此的心里说出最真切的话语，体验最深切的感情。

一天上午，罗明突然接受了一个临时出差的紧急任务。他没有来得及告诉雪晨，他知道失约就是失信，这是对孩子的责任。他带着遗憾，匆匆乘上列车，去了南方。

到了放学的时候，雪晨像小鸟一样快乐，他依旧来到这个跟罗明叔叔约会的地方。亮亮紧跟着他使他讨厌："你快回家去，我要在这里等一个人。"

"我跟你一起等好吗？"亮亮很讨好。

雪晨坚决地说："不行，这是我和他的秘密，你不能知道。"

"我们是好朋友，为什么不告诉我你的秘密？"

"秘密是不可以随便告诉别人的，我也不会告诉你，你快回去吧。"他俨然像一个恪尽职守的人那样严格地遵守着条约。

雪晨坚持在这里等候，尽管等了很久也看不到叔叔的踪影，他依然相信叔叔会来。他性格中存在的孤僻的弱点，使他多少有一点执拗的表现。也许他已经从罗明的身上，发现了一种他从未体验过的父爱的热情，才这样孜孜不倦地为他的内心所追求的目标而期待。

雁媚已经做好了晚饭，却看不见雪晨回家，即使做值日生也该回来了。他问过妈妈，如果有事可不可以晚点回来？雁媚虽然答应了他，却没有在意他是为什么事要晚回来？她给了雪晨很多自由的空间，她完全相信雪晨的聪慧足以承担这样的自由。而此刻，天已经暗了下来，雁媚不免有些担忧。她出去寻找，顺着他上学去的道路，蓦然，又想起他曾经为石头着魔的地方。她在那里陡然看见雪晨独自一个人傻愣愣地站在路旁，梧桐树的阴影笼罩着他，周围也没有什么人。雁媚担忧地走过去问：

“雪晨，你傻站着干什么？你每天都是这样傻站着吗？你说你有事，这就是你的事情？你不知道这样不回家,妈妈就会很着急？你到底怎么了？快告诉妈妈，是什么事情又让你着了魔？”

雪晨不安地看着妈妈，他无法向妈妈说实话，他知道遵守诺言保守秘密乃是一个男孩子要懂得的诚信。虽然，他还不能明白罗明叔叔为什么要把他们之间的事情当成一个秘密让他隐匿。但是，他隐隐约约地感到，他在依赖一种妈妈也不能给予他的从男性的阳刚中渗透出来的一种特殊的爱，他渴望得到他。

回家后，雁媚耐心地问：“对妈妈坦白，你到底站在那里做什么？我看到你傻乎乎的样子很为你担忧。”

雪晨很有顾虑，他看到妈妈要知道原因的态度很坚决，但他还是不想对妈妈说实话。没有等到罗明叔叔，已经很失望，并且怀疑他为什么不守信约？难道他是在逢场作戏，徒托空信，寻一个孩子开心？然后他又反驳了自己的想法，感觉罗明叔叔的笑容是那么的真切，让他好好爱妈妈的话语是那么的温暖。他对妈妈说：

“妈妈，我在等一个人，可是他今天没有来。”

“等谁？”

“一个叔叔。”

“叔叔？为什么等他？”

“因为我们约好了要见面的，可是他没有来。”

他那认真的表情，使雁媚忍俊不禁。对孩子的天真她并没有放在心上。她轻轻拍拍雪晨的头说：“好了，去洗手吃饭吧，以后别瞎等了，天都黑了还不回家，妈妈会担心的。”

“我知道了。”雪晨抛开了没有见到叔叔的失落，高兴地对妈妈说，“妈妈，学校要开运动会了。”

“有你的项目吗？”

“有啊。妈妈，你知道我跑得很快吗？我要参加两个项目：六十米短跑和跳远的比赛。”

雁媚心里一阵颤喜，她静静地凝视着雪晨，他的神情，他的相貌，他说话时的动作表情跟薛剑是多么的相似。当年在农村的时候就知道薛剑是学校的体育健将。如今，雪晨也要参加体育比赛。她心里很欣慰，喜悦地对雪晨说：

“你要加油。”

学校一年一度的春季运动会，在春光明媚的四月天举行。

校园里是一片黄鹂般欢跃的小学生，他们的信心像升腾的彩色气球一样高涨，在彩旗飘扬的道路两旁，葱茏的绿叶布满了白杨的枝头，春风卷起的杨絮像一朵朵滚动的绒球，小鸟的啭鸣是一首热情的序曲，伴随着孩子们的歌唱。在跑步的比赛场上，雪晨像一只欢腾的小鹿，他第一个冲到了终点。大家齐声欢呼，他被簇拥着像一个胜利凯旋的战士。亮亮掏出手帕为他擦汗，倩倩为他端水，老师抚摸着他的头对他连声称赞；他满载着荣誉和奖品高兴地放学回家，只想着要把这个喜悦快快告诉给妈妈。他脚步轻捷，跑跑跳跳，追赶着一缕柳絮。斜阳西下，他快乐的脸上有一层像云霞一样的光芒。在走过那棵梧桐树的时候，突然，有一个亲切的声音在叫他：“雪晨。”

他猛然回头，看到了微笑的罗明叔叔站在树下：“对不起，叔叔突然有事出差去了，没来得及告诉你，你等我了吗？”

雪晨点点头：“是，我等了叔叔很长时间。”

“真抱歉，你看，我刚下火车就跑到这里来，可以看到我的诚心吗？”他指着树后面他的行李，“来，到这里来。”

他们又坐在这个既隐蔽又宽敞的树下，雪晨说：“叔叔，我很想你。”

“我也是，特别想你。”

雪晨拿出比赛获得的奖品自豪地说：“叔叔，今天学校体育比赛，我得了跳远和六十米短跑两个第一，这些本子和铅笔都是奖品。”

“你太了不起了，妈妈会为你骄傲的。”然后罗明打开他的行李箱，拿出一个折叠的东西说：“叔叔也给你带了一个礼物。”

“什么礼物？”

罗明把折叠的东西打开，它是一只雄鹰展翅的风筝，雪晨惴惴不安地说：“为什么要送我一只风筝？”

“我记得你告诉我说你的爸爸像一只断了线的风筝飞走了。我想，假如你找不到那只风筝，那么就让我来做那只风筝，我的愿望就是你的风筝。”

雪晨是多么的紧张，他觉得这个礼物太大了，他不敢接受：“我不要，妈妈不让我要别人的东西，我没有办法把它拿回家。”

“没关系，收下它吧，叔叔是非常用心地挑选了这个礼物，因为这个礼物里有叔叔的梦想。”

雪晨不敢朝着他梦想的方向去想，在他看来叔叔很年轻，似乎还像个大哥哥。

罗明轻轻地拥着雪晨的肩膀，他借用泰戈尔的诗句对着雪晨深情地低吟：“我想对你说出我要说的最真挚的话语，我怕你不信；我想用最宝贵的语言来形容我对你的喜欢，我怕得不到你的赏赐；我想与你不分离的这么亲近地坐在一起，我怕分别的时刻就要来临；我每一次见到你就会激动的心跳，我无法轻松地面对你，因为我对你有贪婪的心。”他充满柔情蜜意，完全表露出了对一个孩子的真挚感情。然后，又轻轻地说：“回去吧，带上这只风筝，如果妈妈问起来你就实话对她说。”

他那深刻而委婉的思想以及流露出来的忠实的态度让雪晨惊喜。他忽然激动地问：“叔叔，你结婚了吗？”

“叔叔没有结婚。”

“既然这样，叔叔可否做我的爸爸，跟我妈妈结婚？”

他的坦率和坚决让罗明所料不及，他激动地把雪晨抱在胸前：“你的想法就是我长久以来的想法，在我第一次看到你妈妈的时候，就这样想了。所以，我执着而努力地认识了你。”

雪晨慧黠地点头微笑。

“快回去吧，会有一天，我们和你的妈妈一起去放风筝。”

暮色渐渐临近，雁媚站在门前，朝雪晨回家的小路凝望，她欣然看到雪晨像一棵隐在婆娑树上的星星闪闪走来。

“宝贝，你很了不起，我听到你的同学说你比赛得了冠军。”雁媚高兴地说。

雪晨没有表现出他的喜悦而在想着那只风筝，他不知道如何告诉妈妈这个重大的心愿。回到屋里他把他的奖品都拿出来，也把那只风筝拿了出来。

“这都是你的奖品吗？”雁媚问。

“是的，妈妈。不过，这只风筝……”

“风筝？”

他吞吞吐吐地说：“妈妈，我渴望得到这个风筝。”

雁媚觉得很奇怪：“怎么？”

“妈妈，你曾经说过，爸爸像一只断了线的风筝飞走了，而现在我又有了一只风筝，我很想得到它。”

这是一个孩子的世界，雁媚只在他的一隅，为了不击碎他心中的梦而没有去干预更多，她甚至连问都没有多问就把风筝放下了。这触痛心灵的伤逝仿佛是很久远的事了，想起那年跟爸爸妈妈在院子后面的空地上放风筝的情景，心里就有无限的感慨。雁媚忽然又问：

“哪来的风筝？”

雪晨迟疑地说：“妈妈，不要让我告诉你这只风筝是哪里来的，我只想让妈妈知道我多么渴望有风筝，我会把线紧紧地握在手中，决不让它飞走。妈妈，难道你不想再有一只风筝吗？”

雁媚发现雪晨的思想多么深沉，他竟然能说出一个孩子还达不到的语言，她激动地捧着雪晨的脸轻柔地说：“妈妈不要风筝，妈妈有你就足够了。我爱你，宝贝。”

一个女人的忧伤，这么不经意地被一个回眸深深地留在了心里。从那次罗明到仓库第一眼看到雁媚起，就开始经历一场生动又谨慎的春心荡漾。虽然罗明以前也有过短暂的恋爱，却没有深入到他的内心。有时，他表现出了一种过于挑剔的行为，而拒绝了热心人的关怀。作为一个大学生，分配到工厂当然是很抢眼的，追求他的人也很多。但是，他总是那样清高而加以回避。从那个带着淡淡哀愁的身影映入到他的眼帘里，他就再也没有平静。他不知道自己怎么会有这样奇怪的感觉，他也想到了他们之间年龄的差异。他才二十多岁，似乎还是一个大男孩的岁数。雁媚却跟他的大姐年纪差不多。他有四个姐姐，在如此强大的女性阵容面前，他独享的优越可想而知。但是，他对这种感情的冲动却与日俱增，而且越来越强烈。有时，在冷静的时候，他也认为这有点荒唐，所以，也踌躇了很长时间。可是，在他身不由己地陷入到这种单相思的痛苦中的时候，他机灵地又想到了一个极为天真幼稚的方法，并用这种做游戏的形式，打听到了那个像精灵一样的男孩。后来，他就开始了他的第一步计划，先去认识这个孩子，跟他做好朋友加深感情，创造一个水到渠成的机会。想到有一天，他跟雪晨成了世界上最好的朋友，到了难舍难分的地步，他们再一起面对雁媚。他很深沉地与雪晨保持这种奇妙的关系，而迟迟不敢站到雁媚的面前，因为他没有足够的信心去对待年龄的障碍。可是，当他需要到仓库抽检货品的时候，他总有迫不及待的心情想去接近她。他的眼睛常常含着羞怯，他的微笑充满着温柔，他的心脏一走进库房都禁不住地加速跳动，他所表现出来的这种情绪，反而让雁媚觉得他很有孩子般的可爱。事实上她对一切都一无所知。

一天上午，罗明来到仓库，他来时雁媚正在和和平清点货物。女人的美丽，常常表现在她勤恳工作的时候，哪怕是汗流满面，头发凌乱。

他说是来查验货品，其实也只是一个幌子，他想趁这个机会，向雁媚透露一点他和雪晨之间的信息。他知道雁媚对什么事还浑然不知，更不知道他在动用一个小孩的心机。而雪晨也如钢铁般的男子汉一样，坚定地守着他们的信约。

“罗技术员，需要给你帮忙吗？”雁媚问。

“谢谢，不需要。”他回答的时候心里很紧张。

雁媚便不再去打扰他，回到工作室，刚刚坐下，就听到严连珍在喊：“傻哑巴，帮我搬东西去。”

和平慢吞吞地站着不做行动，她正要发火，转而看见罗明在那里，便变了一张笑脸，热情地走过去乐呵呵地说：“罗技术员在这里，哦，我想问一下，你有女朋友吗？”

罗明对她微微一笑。

她饶有兴趣地接着说：“我可是要主动给你做红娘了。有一个姑娘是医院里的护士，模样长得很标致，家里条件也很好，我看你跟那个姑娘蛮相配的。如果你喜欢，我就帮你们认识认识，怎么样？你有二十四五了吧？那个姑娘二十三。”

罗明淡淡地说：“谢谢，你回你的库房去吧，和平都过去了。”

严连珍坚持说：“罗技术员，我可是认真对你说的，不是在开玩笑，你以为我是说说而已吗？论年纪我也是你的长辈，我怎么可以跟你开玩笑？我这个人天生就是热心肠，喜欢做好事。能促成一个和美的姻缘，也算是在做好事对吧？你好好想想，做个决定，哪天去跟那个姑娘见见面。”她充满热情而忽视了对别人察言观色的能力，她没有发现罗明的脸上是冷淡的表情，而能不遗余力地继续夸夸而谈，“那个姑娘是医科专业毕业的护士，又朴素，又积极上进，去年还得了先进工作者，医院对她很器重，要培养她做护士长呢。”

罗明说：“谢谢，我已经有女朋友了。”

严连珍感到很意外：“这样啊，你有女朋友了？真是，让我对你白费口舌。”

“对不起，你一直在不停地说，我没有办法打断你。对你的热心我很抱歉，快回你的库房去吧。”

她悻悻地走了。

罗明忐忑不安地进到雁媚的工作室。他很拘谨，不知道面对她能说些什么，就随手翻阅着账本。他的手在微微地发抖，他的心慌得很厉害，眼睛也不敢正视雁媚。他那无法掩饰的窘态，在雁媚看来，一定是刚才严连珍说的一通话造成了他的尴尬。她想安慰他，却找不到合适的语言，她本来就不善言辞。这样默默地坐了一会儿，雁媚说：“她是个热心人，只是不知道你已经有女朋友了。”

罗明羞赧一笑，像一个害羞的大男孩一样局促不安。他坐在雁媚面前，浑身发热。雁媚的端庄、贤淑和静美，使他认识到他的追求是得体的，高尚的。即使以后会有世俗的语言对他的行为有所议论，他也坚信他的愿望就是他人生的幸福。现在，他想用工作的方便，大胆地向雁媚表露心迹，却因为心情的慌乱而影响了语言的表白。

雁媚问：“是高中毕业就参加统考的大学生吗？”

“是，毕业后就分配到这里来了。”

雁媚羡慕地说：“你很年轻，很有希望，而我们就错过了很多，没有机会好好念书，又下放到农村，几年的时光就这样过去了。”

说起这些，雁媚竟然有点伤感，世间的苦乐，人生的潮汐，命运的冷暖，谁有力量去左右？人赤裸裸地来到这个世界，要经历无数个严寒酷暑，谁有那么好的时运只生活在春暖秋凉的时节？命运也是如此，在很多身不由己的处境中，摆脱不掉的苦难只能勇敢地去忍受，并以全身心的平静，向着宽广的方向凝望。归于平淡，安于平凡，这就是她与雪晨所拥有的最朴素，最安宁的生活。满足了这些，才能够体会平凡的意义。所以，在面对罗明的时候，雁媚由衷地想到，雪晨会有一天也长成这样，高高的，壮壮的，又阳光，又健康，还充满朝气。

她说：“你的父母一定会为你感到骄傲。”

罗明安静地在为他内心所保存的隐秘颤喜，他的手又在玩弄一只圆珠笔以掩饰他的不自在。他说：“是的，我母亲有时会为了我做出过分炫耀的行为。我知道我很一般，但是在她的眼里就不同，我理解她。我有四个姐姐，我是家里最小的孩子，也是唯一的男孩，我受宠的程度比别的孩子会更严重。但是，我很庆幸我的父亲对我的严格，而没有使我飞扬跋扈。我很崇敬我的父亲，可惜他却英年早逝，这对我是个打击。所以在我的身上存在着一种显而易见的弱点，那就是固执，意志脆弱。也许从小是在姐姐们的呵护下长大的，所以，我对比我大的女性有一种特别的亲切和依赖。”

他简朴的故事惹得雁媚感动，她说：“在女性的环境里生长，对男性是会有影响，但我看你很有阳刚气。”

罗明心情放开了，他笑了笑说：“可我骨子里面柔软的成分太多。我是一个很容易多愁善感的人。”然后，他犹豫了片刻，不安地看看手表，神情庄重地开始向雁媚坦白，“我，特别喜欢雪晨。”

雁媚惊异地问："你怎么认识我的孩子？"

"我跟他是好朋友，有很长时间我们都彼此守着我们的密约。或许你一点都不知道，我们常常在一棵梧桐树下见面，说着知心的话。他非常可爱，很聪明，又懂事。我喜欢他，他也喜欢我。"

雁媚惊异地看着他，这是多么不可思议的行为啊。当知道雪晨在等一个叔叔的时候，雁媚根本没有放在心上，只以为这是一个孩子的天真。她问："雪晨对我说他在等叔叔，那个叔叔就是你吗？"

"是，我们总会在他放学的一个短暂的时间见见面，我们保持了很长时间。有一次我临时出差，没来得及告诉他，害他一定像小傻瓜一样的等了我很长时间。"

"那只风筝也是你送给他的？"

"是的，因为雪晨对我说，爸爸像一只断线的风筝飞走了，所以，我很想帮助他找回那只风筝。"

"为什么要这样？"雁媚感到紧张。

罗明认真地说："因为你，在我第一次看到你的时候就突然有了这样的念头。我被你深深迷惑。当然，我也警告过自己这是不可行的，你应该是姐姐，我不能对你有任何不安的想法。但是，理智也没有使我冷静，尽管我克制和沉默了很长时间。我曾多次来到你的库房，悄悄地注视你而使你觉察不到。我从你身上感受到了一种特别的气质，一种美的品质，一种从小跟姐姐们在一起也没有感受到的魅力。我被你吸引而不可自拔，我想我一定是坠入到了一个不可理喻的感情中。我无法直接面对你，我怕遭到你的嘲笑，或者对我的不屑一顾，我又怕我的积极会使你退却。我想了很多，也矛盾了很久，最后，我还是在这迷茫的单相思里找到了解决的办法。我去接近你的孩子，是雪晨让我抛开了忧虑，现在我们成了最亲近的朋友，我们在一起是多么快乐。我们没有年龄的差别，就像一个大孩子和一个小孩子在一起玩耍。我知道雪晨对我的依恋，我也离不开他，我们在一起的时光总是过得特别愉快。"

他忘情地讲着他的体验，他把这种奇妙的感情当成是一个生动的幸福，他的脸上露出了迫切的喜悦，耐心地等待雁媚的反应。雁媚却骤然凝滞，脸色煞白，心情慌乱，她没有耐心听他说这么荒诞不经的话，她催促他赶快离开这里。

罗明说："我可以问心无愧地对你说，我没有任何不轨的想法，我是很谨慎地走到你的面前的。我渴望与你恋爱，请把它看作是纯洁的而不是荒唐的。我能说出这些是需要勇气的，希望你也要有这个勇气面对我。我们都有一个自由的心接受我们之间将要发生的感情，就算是为雪晨，我们也要努力。因为他非常需要一个男人的力量来影响他。我觉得我跟他有一种天生的缘分，即使我没有资格做他的父亲，我也想做他最亲近的人，难道你不想他的需要吗？”

“别太天真，我没有心思跟你开这个玩笑，这是不可能的。我的生活很平静，请你别来扰乱我们。”雁媚冷冷地撇下他留在这里而走到幽深的库房里面，她忽然感到有一束羞耻的光照着她使她害怕。

下班回家的路上，天空吹着忧伤的风，飘着阴郁的雨，雁媚的心情也是这样阴沉沉的。走过岁月的寂寞，她几乎也没有了什么激情，因为她全部的心血都给了雪晨。她没有想到他还不满足，他渴望得到父爱，他渴望家里有男性力量的支持，这些都是她无法给予的。现在，罗明突然闯到她的面前，令她措手不及，诚惶诚恐。她不能接受这荒谬的行为，她的心无法再承受一次像生下雪晨时的那种被世俗羞辱的痛苦和折磨。即使以一种宽容公平的态度去面临爱情，但是年龄的差别就是一个无法逾越的沟壑，这是冷酷的事实。雁媚的心从没有在她的欲望中贪婪过一次，她心无旁骛地在属于她的生活里只享受孤独和平静。特别是在感情的问题上，她显得过于迟钝、怠倦，心灰意懒，甚至对薛剑她也不去多想。她的性格更加孤僻，在别人的观察中她似乎就是一个另类。然而，她能以慎独的修养，积极执着地对待生活。

靡靡的细雨，打湿了雁媚的衣裙，吹乱了她的头发，她极其心切地朝着雪晨喜欢着迷的地方走去，遽然就看到雪晨执拗地站在那里。他目光凝视着灰暗的天空，双手捧着飘落的细雨，全然没有发现妈妈已经站在他的面前。

“雪晨。”雁媚心里突然有股酸酸的感觉。

“妈妈，你怎么会走到这里？”他很奇怪。

“快回去，头发都打湿了。”

“妈妈，雨很小。”

“你是在等那个叔叔吗？”

雪晨点点头。

“回去吧，下着雨，叔叔不会来了。”

他非常固执：“叔叔会来的，妈妈，你先回去，我见见叔叔就回家。”

“听话，不要见他。”

“不行的妈妈，这是我们每天的约定。”

“不要管什么约定，妈妈不喜欢你跟那个叔叔见面。”

“为什么？”

“好了，我们回去再说。”

这时，罗明坚守着他的约定来到这里，雪晨挣脱妈妈的手跑过去：“叔叔。”

雁媚淡淡地对罗明说：“你走吧，我正要带雪晨回家。”

罗明微笑着说：“是，每天能看到他心里就很高兴。”他又对雪晨说，“快跟妈妈回去，好好做作业。”

回到家里雪晨很遗憾地问：“妈妈，你为什么不让我跟叔叔见面？”

雁媚反问：“你告诉我，为什么要跟那个叔叔见面？”

雪晨不理解妈妈的意思，但是，在他的心灵里也许正是为了那个风筝，才渴望能天天跟叔叔见面。他静静地看着妈妈，眼睛里闪烁着水晶般的光芒。他表情诚实，还包含着想为妈妈承担一切责任的心愿。他在逐渐懂事，开始他的思想、观察和细心。他甚至很早就发现了妈妈笑过后微微露出的忧伤。一个在自闭、孤独的家庭里最容易产生的抑郁，在他的身上也明显地表现出来。但是，更多时候，他能够在妈妈特殊的影响下形成自己独立、成熟、充满智慧的性格。雁媚也总会潜心地把纯洁、美德、谦逊和意志，连同她父母的人格都传送给雪晨，使他的心灵里一直都流淌着如清泉一样的活泼和机灵。

突然，在他微笑的脸上露出了坚定的神情，他说：“妈妈，叔叔还没有结婚，让他来做我的爸爸我觉得应该这样。我跟他在一起的时候感到他的爱就像是爸爸一样的宽厚。妈妈，别把我当成一个小孩，我已经长大了，再过一年我就该上中学了，我知道这样做是对的。当看到别人家有爸爸妈妈在一起的时候，就会想到我和妈妈的孤单，要我一个人爱妈妈是不够的。”

雁媚惊异地看着雪晨，一个年纪尚小的孩子，怎么会有这么深刻的思想？这么丰富有力的雄辩？这么宽阔的爱？

“有爸爸妈妈和孩子的家才是一个完整的家，我跟妈妈都缺少了像叔叔这样的人。叔叔对我说，他喜欢我，也喜欢妈妈。”

这本该是一个手里要时常有玩具的孩子，从哪得来的睿智？也许跟着孤单的母亲在逆境中过早地品尝了人生，才渴望爱如绿草绵延。他是一个捕捉阳光的孩子，他会把一束阳光捧在窗台上让家里闪闪发光，他想为妈妈，也想为自己。

雁媚的心里是多么激动，忍不住地想哭，她把雪晨抱在胸前：“对不起雪晨，妈妈没有这样想过，所以就不会按照你的意愿去做。以后别这样了，如果被人发现，妈妈又会遭到耻笑。叔叔这样年轻，怎么可以做你的爸爸？”

“可是，这也是叔叔的想法呀。”

“这是个荒唐的想法，不要去理他，你要知道这也是为叔叔好。因为你还是个孩子，大人的事你还不懂，生活的每一天都会有不曾预料的事情发生。现实生活就像一根绳索，羁绊着人们难以挣脱。不要让叔叔因为我们受到伤害，也不要让叔叔为我们遭受耻笑。而且妈妈也不够坚强，妈妈没有力量和勇气去承受别人的嘲讽和更刻薄的话。在世俗的偏见中，妈妈勇敢地把你生下来就已经很不容易了，我不想再经历一次这样的恐惧。”

雪晨很惶惑，对耻笑他有切身的体会，他有与别人不同的出生经历，他目光常常会看到别人对他的诡异的眼神。他被人嘲笑为私生子，在这样的阴影下，是妈妈的精心抚育，他才慢慢地走出这个窘境。在很多孤单痛苦的日子里，他和妈妈相依为命，在他逐渐形成的思想中，他觉到妈妈应该需要一个像叔叔这样的人，这是他的初衷。他不明白如果这样，叔叔会受到什么样的伤害？而妈妈又为何这样恐惧不安？

万籁俱寂的夜里，雪晨睡着了，他翕动着鼻翼柔和地呼吸，那只漂亮的风筝就挂在他的床头上。而雁媚却久久不能入睡，她只身孤影伫立在窗前，凝视着天上那寂寥的星辰，怅然，忧伤。淡淡的月色，在她的窗前留下斑驳的疏影，她在深深地怀念着那个曾经在她愁云惨雾的岁月里给过她光风霁月的爱情的薛剑；她的回忆在萧萧瑟瑟的痛苦里低吟。尽管这么多年来她一直坚定地克制，她以一种不可屈服的意志过一种平静淡泊的日子，薛剑也在她失去的爱情中变得遥远而模糊，而他那露出雪白牙齿微笑的脸，依然在雁媚的心里记忆犹新。

人世间的事情就是这样子，在它欺骗你使你失去一部分的时候，同时也会补偿给你一部分，雁媚所得到的就是最珍贵的雪晨。即若每天以孤独和痛苦面对生活，她仍能以崇高的心情理解雪晨纯真的梦想。虽然她无法给予雪晨梦里的爱，他需要男性硬朗朗的呵护，雁媚已经尽力了。

第十二章

华灯映照的晚上，在一个温馨的家里，一个小女孩稚嫩的声音越过海洋，飘向了世界的另一端：

“爸爸，我非常想你，听妈妈说你就要回家了，这几天我都好高兴。我长大了，你会认不得我的。”

薛剑心情激动，五年漫长的时间，竟然不知道女儿的笑容是多么的甜美，多么的灿烂。当年离开她的时候，还在摇篮里。而今，她已经在用清灵的声音喊爸爸，诉说她的思念。他声音颤抖地说：

“宝贝，我的薛珠，爸爸也非常想你，我很快就会回家，很快就能见到我的薛珠，爸爸爱你。”

“我也爱你。”

“我的女儿一定像天使一样美丽。对不对？”

“是的。”薛珠骄傲地说，“妈妈给我买漂亮的裙子，还有漂亮的发卡，幼儿园的老师都夸我是漂亮的小姑娘。”

“你让小朋友羡慕了吗？”

“嗯。昨天圆圆跟我打架，她拉掉了我的发卡，我向老师告状了。”

“别在意宝贝，不要为这样的小事就去告状老师，爸爸会给你买更漂亮的发卡。”

“爸爸，你还要给我买巧克力和冰淇淋。”

“好，爸爸一定给你买。但是以后不要再跟小朋友打架了，要做一个好孩子。”

“好的。爸爸，我今天就戴上小红花了。”

他们父女对着话筒亲切交谈，丝毫没有那种距离造成的生疏感。虽然，爸爸的形象在薛珠的心里是那样的模糊，她还没有真正地见到过爸爸。在爸爸离开她的时候她还那么小，在摇篮里躺着。但是，她禀赋里的活泼，使她对遥远的爸爸从没有拘谨和陌生。恰恰相反，她像所有喜欢炫耀爸爸的孩子那样，对她的爸爸也常常赞不绝口。爸爸在她的心里，就像天上的太阳，自然又神奇。

在柔和的灯光下，玫怡雍容的脸上充满了喜悦和期盼，她抢过话筒娇嗔地说："你跟孩子啰唆什么？这是越洋电话很贵的。好了，不多说了，知道我多么盼你回来吗？我爱你，再见。"就挂了电话。

薛珠扭动着身子："不要，我还要跟爸爸说话。"她觉得跟爸爸说话是有趣而快活的。

"爸爸在工作，他很忙，你跟他捣乱他就不能快点回家，知道吗？"

即使一句诓人的话，对薛珠也像真理，她想念爸爸，盼他回家，如果放下电话，爸爸就能很快回来，她愿意这样做。她又对妈妈撒娇说："妈妈，如果爸爸回来不认得我怎么办？"

"怎么会呢，我把你的照片寄给了爸爸，他看到照片就跟看到你一样。"

"不是这样的，爸爸看照片的时候就不能抱我，我想让爸爸抱我，他一定还没有抱过我呢。"

"在你婴儿的时候，爸爸天天都抱着你，还给你唱摇篮曲。可是你老爱调皮，爸爸就生气走了。"

薛珠信以为真，眨巴着眼睛："是这样吗？"

玫怡笑了说："不是的，妈妈跟你开玩笑。爸爸是一个医生，他要做最高明的医生，所以就要到国外去学习更多的知识。薛珠也要好好学习，将来也要出国留学是不是？"

她竟然说："不是。"

玫怡又说："你要好好学画画，将来做画家，你还要学钢琴将来做钢琴家，爸爸妈妈就你这么一个女儿，我们希望你能成为一个出色的人。所以，从现在开始，你就要刻苦学习，将来才能够实现梦想。"

她问："什么是梦想？"

"就是心里的愿望啊。"

薛珠迷惑不解。

在郁金香弥漫的时节，心也随着花香飘荡。薛剑放下了电话，女儿清凌凌的声音还在耳边萦绕，无尽的思念，使他不禁感到漂泊在外的孤独和痛苦。他去到一家别致的商店，为爱美的女儿买了一只精巧的发卡和一只毛茸茸的浣熊玩具，他十分满意地从商店里出来，走在异国的街道上。浓郁的橡树，摩天的高楼，别致的洋房，以及宁静的街心公园，还有安详和平的白鸽。异国的风景对他是何等的空虚，他渴望他的祖国，他的家，他的亲人，妻子和女儿。时光在这里流失，回家也指日可待，归心似箭，容不得他再去消磨黎晨和黄昏。

他坐在绿莹莹的草地上，看到一个金发碧眼的小女孩，好像就跟女儿薛珠一般大。她把一只彩色的皮球滚落到他的身旁，薛剑帮她把皮球拣起来，小女孩很友好地用她的母语说：

“这是我的皮球，请您把它还给我。”

薛剑微笑着把球给她说：“我是在帮你拣皮球。”

“谢谢。”她快乐地接过皮球跑了，像一只洁白的雏鹅。薛剑想，女儿也是这样可爱吧？

他静静地坐在这里沉思，微风摇动的枝叶和飘落的花瓣，莫名地使他动容，他起身走进盎然的人群。忽然，他听到身后有人用汉语在喊：爸爸。他蓦然回头，那是一个十一二岁的中国男孩在喊他的父亲。薛剑激动地停下脚步，他不晓得此时是离家更远还是更近？这喊声这么完美，这么温馨，完全渗透到他的灵魂里。他毫不犹豫地奔向他工作学习的地方，他要求自己抛开一切，要以最优异的成绩完成学业，因为他急切地想回家。

导师审阅了他的论文，用赞许的微笑给予他几年来学习的最高荣誉：“留下来吧，把妻子和女儿也带来。”

他果断地说：“她们不会来的，她们爱祖国就如爱她们的丈夫和父亲，我也该回去了。”一句很朴实的话，让他的导师对东方仰起了崇敬的笑脸。

“妈妈，今天爸爸要回家了，我就可以不要去上课了。”薛珠把画笔丢在一边央求着。

“不行，爸爸乘坐的航班是在下午，上午绘画课你一定要去。”妈妈的严厉，给她造成了压力，她不得不又拣起画笔，心想，也许爸爸回来了，她就可以不要去上那么多的班，那么多的课。

玫怡把自己打扮得如黄玫瑰一样雍容。她白皙的脖颈上戴了一条闪闪发光的金项链，肩头上垂着耳环，左手腕上是一块精致的女式手表，右手腕上是一只镂空的手镯，着装华丽，像贵妇人一样充满着珠光宝气。她陪女儿到幼儿绘画班，这一个礼拜才有的一堂课她看得很重要。她脚步轻捷地拉着薛珠从小巷子里出来，遇见熟识的人她会主动打招呼：

“你家菁菁是去上画画课的吧？”

“是啊，你家薛珠也去学画画？她不是在学钢琴吗？”这个从体型上看是等待发胖的女人说。

玫怡不屑地说："小孩子要对她全面培养，弹琴画画都是陶冶情操的嘛。"

薛珠在妈妈的身旁，扭动着身子表示她的反感。

又一个女人走过来惊讶地说："薛珠妈，你的衣服真漂亮，是你丈夫在国外给你买的吗？"

玫怡得意地拉拉衣服的前襟说："是在华侨商店买的。"

她以这种满足虚荣心的喜悦，使她们带有一种嫉妒的心理，而发现她所佩戴的首饰，也刺着她们的眼睛。

这个女人按捺不住地伸手摸了摸玫怡的衣服，啧啧称赞说："你的丈夫在国外一定给你挣了不少钱吧。"

"哪里，他是去学习的。"

"快回来了吧？"

菁菁妈说："还回来做什么？现在有多少人都想出去，都说外国是天堂。"

薛珠反驳说："你们胡说，外国不是天堂，我爸爸就要回来了。妈妈，我不要去上课了"。她固执而坚决，既要挣脱妈妈的手，又要逃避妈妈的眼，她小小的躯体里有一种天生不可驯服的性格。

回家的心情是多么激动。

薛剑从舷梯上走下来，他深情地望着天空，才真实地感到这片天空下有他立足的根基。他随着人群走出来，脚步踔厉风发，在听到那一声声的问候时，竟对母语有一种敬畏的冲动，祖国的大门前一定站着他的亲人。

玫怡领着薛珠早已等候在这里，面对涌出来的人群，薛珠目不暇接，在用心寻找她的爸爸。她从每个经过她身边的男旅客身上寻找可疑点，她的神情里流露出一种天真、甜美和快乐的遐想，她的脑海里是一片洁白的天空，她对父亲的印象如一颗星辰那样奇妙，她的脸出现了兴奋的光彩而显得特别机灵。这时，妈妈突然放开了她的手，把她撇在那里，略带疯狂地扑向了一个男人。

玫怡以多么心切的举动拥抱着丈夫的归来，她在薛剑的耳边呢喃："亲爱的，我多么想你，这五年的时光对我是多么严酷。你终于回来了，这不是在梦里吧？我常常在梦里这样，醒来时却只看到天花板。这一定是真的，我摸到了你坚实的肩膀和胸膛上的体温。"她激动、委屈、幸福，还带着喜悦的眼泪，紧紧地抱着丈夫，全然忘记了周围的人，还有薛珠。

薛剑抚摸着她的肩膀，轻柔地说："我也是非常想你，想薛珠。家里都好吧？父母他们也都好吧？"

"是，他们都好，她爷爷奶奶那里，上个星期还来过一封信呢。"

“薛珠呢？”

这时，玫怡才猛然想起薛珠，她急忙离开薛剑的怀抱四处寻觅。一个体形高大的旅客把薛珠严严实实地遮挡在他的身后，玫怡惊慌地喊：“薛珠，薛珠。”

薛珠一直站在那里没有离开，她看着妈妈不顾一切地扑向了那个男人，她相信那个人一定就是爸爸。曾经多么渴望见到爸爸，而此刻她却表现出了怯生；她跟爸爸在电话里交谈是多么自然，而现在她却有点手足无措。她目不转睛地看着爸爸，几乎可以看出她要喊爸爸的嘴唇在轻轻抖动。在她的印象里，爸爸好像就是这样，又好像不是这样。她又喜悦又安静，带着一点点的狡黠，等着爸爸向她走来。

薛剑微笑着向女儿走来：“你就是我的公主，我的天使，我的白天鹅吗？”

“爸爸，我是薛珠。”

爱，恍若渡过了一片大海，拥抱了一个时空，爱，把心安顿在家里，才使黑暗的灯盏给生命以甜蜜的温馨。

薛珠偎依在爸爸坚实、温暖而有力量的怀里，她有一种盛满心灵的快感而弥补她多年来没有享受过被爸爸抱着的感觉的不足。她向爸爸喋喋不休，还带着小小的贪心，撒娇地问：“爸爸，你还会离开我和妈妈去那么远的地方吗？”

“不会了宝贝，我要守着我的薛珠长大，我要看着我的薛珠变成一个美丽的大姑娘。”他充满着一个父亲的柔情，在共同的时光里，他会全身心地以责任、忠诚和庄严的感情来爱女儿，他的修养和智慧，一定会使他成为一个好父亲，他人生的每一个角色都会扮演得很出色，很光彩。

薛珠说：“妈妈让我长大了当画家，当钢琴家，也去那么远的地方留学。”她幼稚的口气里有诚实和坦率，也有迷惑和怠慢。

“这是妈妈的一个远大的想法，你也这样想吗？”

“我不喜欢画画，也不喜欢弹钢琴。”

“那你喜欢什么？”

“我喜欢骑车子玩，还喜欢到公园看猴子，猴子可调皮了。”

“爸爸会带你到公园去看猴子的。”

他简单的一个承诺，给薛珠的是一个惊喜，她不肯离开爸爸的怀抱，像一个可爱的小赖皮。这使玫怡的忍耐达到了她抑制的局限。她躯体里那健康、积极的欲望，在她的脑海里，心脏里，血液里和神经里发热膨胀。她穿着一件淡紫色的睡衣，像一束紫罗兰，迈着轻盈的步态，从卧室里出来，对薛珠催促说：

“快去你的小床睡觉。”

“不要。”薛珠在爸爸的怀里蠕动着。

“听话，爸爸累了，他也要睡觉。”

薛珠仍不肯，她这样被抱着是多么幸福的事。爸爸是天空，也是大海，在那神光合离中，她正享受着伟大的父爱而不可满足。但是，她那为爱欲的快乐而心跳的年轻的妈妈，在昨日远去的柔情蜜意的渴望中，对女儿产生了一丝的妒意。玫怡几乎要强行把薛珠从丈夫的怀中抢去扔到她的小床上。薛剑微笑着，把激情掩盖在他不可征服的意志中，对玫怡说：

“别动她，她就要睡着了，在我的臂弯，她一定会做个好梦。”

“昨晚，我做了一个梦，我梦见妈妈和我，还有罗明叔叔，来到一个荒坡上，坡上面长满了绿莹莹的草，还有一棵好大的树。我们在那里放风筝，它飞得很高很高，高得几乎都看不到了，后来真的就不见了。妈妈，知道我心里多么着急吗？我对着天空到处寻找。突然，天上一下子布满了星辰还闪烁着光，很奇妙，天空不停地在变幻，满天的星星又变成了漫天飞舞的风筝在我的身旁飘动，消失。梦境很美，却很空虚。妈妈，这有什么预示吗？”

在吃早饭的时候，雪晨对妈妈讲了他的梦境，对那些满天的星星和那个飘忽不见的风筝他感到不安。

雁媚说：“做梦会有什么，白天看到的和想到的都会在梦里出现。”

“可是，梦里的星星跟天空上的星星是多么不一样，觉得自己身临其境，又好像在天上，又好像在地上，这是多么奇怪有趣的梦啊。”

“这是梦的一种虚幻，别对它太认真。”

雪晨还是担忧地说：“可是梦里的风筝又飞走了。”

“别胡思乱想，就要考中学了，你要专心致志。”

“我知道。不过，妈妈，你也不要太固执了，我们班李超的妈妈，前不久也结婚了，他的爸爸抛弃了他们，又有一个新的爸爸来爱他们，我觉得这样很好。虽然李超不喜欢他的新爸爸，但是我不会像他。假如罗明叔叔做了我的爸爸，我会像爱妈妈那样爱他的。”

“上学去吧，路上小心。”

雁媚轻轻地打发雪晨去上学，留下她孤零零地站在窗旁凝思。她一直都不敢接受这个如雪晨渴望的爱情，她知道这里面有一个会令人痛苦，也会令人可笑的东西，她是以一种既灰心又谨慎的心情，坚守着自己的孤独。她形单影只的自卑和极力保持生活平静的能力，使她一直都在拒绝罗明走到她的面前。而罗明也是处处谨慎，不敢轻举妄动。尽管他对雁媚已经有一种强烈的爱情，还是在以理智和冷静的态度耐心等待。

一天下午干完活，和平蹲在库房门前吃萝卜，这时，严连珍来了，看到和平大口吃萝卜的样子，她咂着嘴说："真恶心。"

雁媚轻蔑地瞟了她一眼。

严连珍说："你，怎么要这样看我？"

雁媚不理她。

连珍紧跟着走过来说："咦，你那是什么样子？一个不正常的女人。"

"告诉你我很正常。"雁媚回应说。

严连珍灰溜溜地又说："听说你的儿子很有出息，学习成绩总是名列前茅。"

"那是他在努力。"

"都说这样的孩子聪明，果然不错。"

她语言暧昧，还带有羞辱的嫌疑，雁媚不想跟她起冲突，她尊重上班的时间，并冷静地告诫说："回你的库房去吧，别在这里无聊。"

"什么？我无聊？"她倚老卖老，正要追到雁媚的工作室发怒，突然看见罗明朝库房走来，她随即变成了笑脸迎候："罗技术员。"

"你在这里做什么，你库房的门开着。"罗明对她说。

她没有她这个年龄的庄重，却有她这个年龄不该有的轻浮，笑嘻嘻地说："我来拿拖布。罗技术员，你说你的女朋友是做什么的？"

罗明冷淡地说："不要关心我的事，快回你的库房去。"

她不甘心地走了，又回了几次头，她对这个年轻的技术员对她不友好的态度表示不满。

罗明进到雁媚的工作室问："雪晨考中学的成绩要公布了吧？"

"还没有。"

"再过几天，就是雪晨的生日。"

"是的。"雁媚慢慢地沉浸在那个阴郁的日子里，在这十多年的时间里，她殚精竭虑，心无旁骛地在世俗的偏见中，坚定勇敢地生活。

罗明微笑着，大胆地对雁媚说："雁媚，跟我结婚吧。"

雁媚阴沉着脸说："你到这里来就是为了说这个？不要做得这么超逸，造成我的负担，我渴望平静的生活。"

"我会给你平静的生活。"

"不会这么简单，你最好离我和雪晨远点，在现实生活中，你去追逐空想是很危险的。不要让我感到恐惧。"雁媚表现出了她的软弱，她没有力量去应付以后的事情，她一开始就觉得这是不可行的。尽管罗明这样固执地，默默地追求了她将近三年的时间。

罗明没有再说什么，他沉默而驯服地走了，他神情茫然地站在仓库外面的空地上对着库房沉凝。这个乏味的地方，并不适合表白心迹，他暗暗地思忖，他要开始真正的行动。

在将要升学的这个假期，是一个轻松又等待的日子，除了帮妈妈做些家务，雪晨很多时间都在图书馆里阅读或者跟同学到体育场打球。他热爱体育，喜欢运动，这样也渐渐改变了他孤僻的性格。就在他生日的这天下午，他和同学张辉在图书馆里消磨了一段时间，他被一本科幻杂志吸引，专注而快乐地读了几篇文章。然后，他们心切地又跑到将要为之读书的重点中学看发榜了没有。他们来得很巧，公布栏里刚好贴上了大红榜，在最显眼的地方，雪晨看到了他的名字。

温柔的黄昏吹着徐徐的微风，带着衷心的欢畅，雪晨快活地跑回家，他只想把这个喜讯赶快告诉妈妈，让她美丽的笑容为他最不寻常的今天增加新的内容。

往日回家的路，已找不到和罗明叔叔密约的痕迹，几乎有很长时间他们都不再见面了。为了听妈妈的话，为了怕伤害到叔叔，很多次回家经过这里的时候，雪晨都刻意绕道而行。在今天这个特别的日子里，他忽然很想罗明叔叔。与张辉分手后，他又坚决地选择了那条快乐的回家之路，那株浓郁的梧桐树下给他带来了很多美好的回忆。

“雪晨。”

一个亲切的声音让他蓦然回头：“叔叔。”

罗明说：“我在这里等候，想试着碰碰运气看能不能等到你。我在那边的草地上看夕阳，景色很美，心情也很美。我在想，今天如果等不到你，我会毅然到你的家里去。太好了，我看到你朝这里走来的时候是多么激动，我们终于又见面了。你好吗？为什么这么久不跟我约会？”

雪晨说：“因为妈妈，妈妈好像有顾虑，她不高兴我们见面。对不起叔叔，我想妈妈是在考虑叔叔的处境。”

“我知道，我理解你的妈妈。”他从口袋里拿出一只崭新的钢笔，“送给你雪晨，做你的生日礼物，还有一个礼物，到晚上才会知道。”

雪晨很感动：“谢谢叔叔，你还记得我的生日，我太高兴了。早上起床的时候，妈妈的第一声祝愿就是生日快乐，我能想象到，在我出生的那一天，对妈妈来说是多么不寻常。而今天对我也是一样，因为我被重点中学录取了。也许因为激动，我情不自禁地又到这里来，没想到叔叔也来了。”

“这一定是我们的灵犀相通。今天对我也很特别，因为我比任何时候都有能力超越自己，我下了决心，要把我的心给你和你的妈妈。”

雪晨惊喜地说：“真的吗？”

“是的，我跟你一起回家可以吗？”

“好，我跟妈妈说你是我的朋友。”

雁媚正在厨房做晚饭，她有极好的心情想为雪晨做一顿可口的美食。在雪晨生日这个美丽的日子里，她要把她的爱都添加到食品中去。她精心而考究，像制作艺术品一样把各类蔬菜水果搭配在一起，既让它赏心悦目，又让它充满情趣和诗意。她禀赋中对美，对艺术的敬重，总会带到她最平凡朴素的生活里来，她很认真地让她的日子过得既简单又尽善尽美。

雪晨在她的身后轻轻喊了声：“妈妈。”

她回头问：“是去打球了吗？”

“没有。”他小心地看着妈妈，脸上洋溢着奇妙的微笑，“妈妈，我带来了一个人。”

“你的同学吗？”。

“妈妈，是我把他带来的。”

雁媚觉得奇怪：“谁呀？快让他进来。”

罗明微笑地走过来，令雁媚大吃一惊：“你怎么来了？外面坐着这么多乘凉的邻居，你怎么可以到这里来？”她恐慌地感到自己的家就是禁区。

“对不起，恕我冒昧，渴望来这里是我已久的心愿。今天是雪晨的生日，用这个美妙的日子，成为我来这里的理由，可以吗？”

雁媚的脸上起了玫瑰色的红晕，她的一缕头发松散在额头前，她的神情很慌乱，炉子上的蒸锅在哧哧地冒着气，她不安地说：“你不该来这里。”

罗明笑着向雪晨调皮地挤挤眼睛，然后对雁媚说：“让我来告诉你这个好消息，雪晨以优异的成绩考上了他理想的中学。”

“公榜了？”

“是的，妈妈，下午我和张辉从图书馆出来后，就去学校看看，很巧，公布栏里刚刚贴上了大红榜，在最明显的地方我看到了我的名字。”

“太好了，妈妈真高兴。”

罗明说：“我也很高兴，仿佛今天是我的荣誉，所以就来到了你这里。”他用活泼的语言引诱雁媚神情安定，他那可爱的表现，把这种突兀的行动，当成是一次很自然的沟通和接触。

晚饭后，他们把雁媚撇在一边，两个人像忘年知交的朋友一样，坐在雪晨的小床上促膝谈心。罗明感受着屋子里的温馨，为心里的甜美而微笑。书桌上整齐地摆放着书籍，那都是雪晨喜爱读的书。罗明还翻阅雪晨的笔记、书本，他在一本《爱的教育》里看到一枚用茉莉花叶做成的书签，那上面还留着淡淡的幽香。

雪晨说：“是妈妈把它夹在书里的，这本书妈妈也喜欢读。”

“这是一本很美妙的书吗？”

“是的，书里充满了很多朴实高贵的品质，我们都被感动过。良好的品质和宽广的爱心，对所有人都很重要。”

罗明很惊讶他的理解。

雪晨继续说：“书里讲述的故事浅显易懂，他有一个小学生所观察到的世界之心。也许妈妈和我在孤独的生活里渴望得到温暖和尊重一样，在这本书里我们也能感受真情。人的平等，受到的尊重，不应该是因为地位和出身，爱的教育应该是平等的。从小妈妈就教育我好好做人，只有做了真正的人，才能做真正的事，我明白这样的道理。”

他那高贵又漂亮的额头上流露出这种独特超群的智慧，令罗明惊叹和怀疑。他还是个孩子，怎么能有这么宽广丰富的胸怀？这么纯洁深刻的思想？难道是大自然的孕育对他怀有偏爱之心？罗明说：

“我怀疑你不是小孩，你怎么能懂得这些？妈妈是你获得智慧和拓宽思想的源泉吗？”

“是的，妈妈从不把我当小孩，她早早地就用大人的思想引导我。也许，妈妈是因为孤单，才把我当成了她依赖的朋友。所以叔叔，我很想让你用你的方式来爱我的妈妈。”他毫不怀疑，等待罗明对他的承诺。

罗明神情坚决地点点头，他非常喜爱地抚摸着雪晨，又看看手表上的时间说：“去看电视吧，有一首好听的歌会为你演唱。”

雁媚默默地坐在香气弥漫的厨房里，她以这种逃避的方式在苦思，她的情绪被撩动而颤抖，因为在她的心里依然还珍藏着一个美好的秘密。而此刻，她茫然若失，渴望倾诉：薛剑，你真的把我彻底忘了吗？她情不自禁地又在内心呼喊他的名字，说这种黯然神伤的话，她感到心里很难受。

罗明走到她的身旁，轻声对她说：“跟我们一起看电视吧。”

电视里的歌声是《鲁冰花》，伴着歌声缓缓滚动着字幕：“今天是雪晨的生日让歌声为雪晨祝福爱你和你的妈妈罗明”

雁媚的脸突然变得煞白，她生气地说：“为什么要做这样的事情？”

“我是想让所有的人都知道我爱你。”

“你考虑我的感受了吗？你让我这样被动，这样难堪。”

“我只想给你幸福不让你孤单。很久了，我都想站到你的面前向你表白我的心愿，因为顾虑重重，我也犹豫了很长时间。今天，我这么坚决地来到你的家里，就请你不要犹豫。年龄和经历都不会成为我们相爱的障碍，失去信心才会阻挡我们在一起。”

好像觉得这样的爱情会有痛苦，为什么要爱呢？雁媚已经是清心寡欲，别无他求，她最大的奢望就是过平静的生活。她有严重的自卑感，对待他的爱情也是心灰意冷。因为在看到罗明充满阳光的脸上，她隐隐约约地也感到了阴影。她哀求说：“你走吧，我们是不可能的。”

“我们之间没有什么不可能。”

“我大你好几岁，还有一个孩子，在任何人的眼睛里都会成为一个笑柄。我已经脆弱得无法承受这些。”

罗明依然坚决地说：“不会这样的，爱没有界限，没有谁来阻挡我们。你应该用漠不关心的态度去面对闲言闲语，不要在乎别人会怎样想，怎样说，这是我们的事情。”

“不行。”

“看在我和雪晨这么真挚友爱的关系也不行吗？或者，你是不是还在想雪晨的爸爸？”

“不是这样的，你这么年轻，这么有希望，让我在你的面前怎么不自卑？”

“请你不要这样，否则我也会不安的。我并不想知道你以前的爱和痛苦，那都是过去。现在我只想给你新的爱情。我的心已定，不会改变，请让我为你努力一百次吧，没有时间让我们犹豫。”他稍停片刻说：“你也知道，每次厂里盖了新楼房，都优先分配给了双职工。如果这样，你和雪晨孤零零地生活在这个狭小潮湿的屋子里，什么时候能分到房子？实际的考虑这些，你也应该想着和我结婚。厂里新盖的楼房就要竣工，如果错过了这一次的机会，你又要等多少年？雪晨都要上中学了，还这样挤在狭窄的房间里多么委屈。不瞒你说，我已经跟厂长申请过，我告诉了他我的想法。他很赞许，并承诺说会给我们特别留一套。所以，我们没有时间在这里徘徊不定。当然，这是我用真诚的心，考虑到的一个最实际的问题。”

雁媚责怨说：“你怎么可以这样？你是想用欺骗的手段弄到房子吗？”

“别说得这样不好听，因为我真心爱你和雪晨，没有别的理由。请相信我吧，这么长的时间，我也问过自己这样行不行，苦苦地思索过，也苦苦地斗争过。从我第一眼看到你开始，到现在也有三年的时间，经过这么长时间的斗争，我才终于有勇气站到你的家门前。请让我进来，跟你一起寻求生活。”

尽管他这么真诚，雁媚还是感到惶惑，她哀婉地说：“不行，这样会很荒唐。当初我生下雪晨，就做了这种被人耻笑的出格事，我不能再做一次这样被别人认为是出格的事情。即使我不去在意别人怎么看，可是你还有你的家人，你考虑过他们没有？对你这么幼稚的行为，他们会怎样理解？又怎样去接受？我求你快走吧，以后不要来这里，我们是不可能的，我们之间的差别太大。至于你喜欢雪晨，这是不奇怪的，因为他很可爱，而对我就不会有人理解。”她用这种近乎绝望的口气，拒他于千里之外。

罗明执着地说：“雁媚，或许你也曾经爱过，你一定知道当爱一个人的时候，他内心有多么大的力量让他不屈服。别阻止我，无济于事，我走了，以后我还会来。”他朝里屋的雪晨挥挥手说：“雪晨再见，明天我会来，后天我也会来，以后我每天都会来。”

他这样洒脱地走了，留下他们母子相对无语，在沉凝中，雪晨轻声问：“妈妈，给我生命的是因为爱？还是恨？”

雁媚愣了一下，心想，在雪晨还不成熟的思想里怎么会有这么沉重的问题？她说：“因为你，妈妈也爱过。”

夜已寂静，心中布满了畏惧，在这个狭小潮湿的屋子里的每个角落，让雁媚突然感到了它的萧落。罗明来了，却让她对那个失去的爱恋有一种最刻骨的懊悔。在无所凝望的等待中，也许再也等不到他了。多年前的那一次，在黑夜的麦秸垛旁的背弃，使她永远失去了他。她以对爱情的认真、责任、谨慎和无奈，屈服了那个年代对人性的制约和侵夺。

第十三章

过去的时光，像风一样吹过后不留痕迹，但是，在心里却有一种一触即发的感叹，那就是埋在心里的最隐秘的往日恋情，薛剑他从没有怠慢。从国外学成回来后，他就全身心地投入到为医术的服务中。

医学是一门非常严谨的学科，医生又是一个必须严谨认真的职业。从深入到这个领域起，薛剑就带着他原有的风格，积极深沉地在静穆肃然的医院里从事他为医学的研究和救治。他还是那样优雅，帅气，他在工作中表现出来的专注、沉着和睿智，仿佛他天生就是做医生的料。尽管他还握过锄头，扛过枪，这些都没有损失掉他用一双白净修长的手指，细腻的去拿手术刀。他要做一个好医生，这是他在做医生时的誓言。他清醒地知道，医生的职业是一个纯洁与光明的职业。所以他总是以清高的姿态，从不参与职业以外的事物纷争。他默默无闻地为了阳光做了医生，他要做一束阳光给他的病患以温暖。每天穿梭在医院的走廊、病房和实验室，笑容可掬地向病人献上他亲切的问候，给他们生命的希望。一个轻柔的抚摩，一句朴素的话语，或许就是病人精神上的光风霁月。

早上查房，他微笑询问一个患者：

“老伯，还痛吗”

“不痛了，感觉像没病一样。”老伯笑呵呵地说。他是前几天刚做过手术的病人，他的胃部因为肿瘤已经切除了一大块，他的思想很放松，精神也快乐，医生对他的安抚，就是医治他的最好手段。

尽管在病魔的面前有难以预料的险象，但是，一个医生的温存和关切，就是病人看到希望的勇气，这是一个简单朴素的行为，要长期做好并不容易，只怕用冷冰冰的表情，一句话就把痛苦而脆弱的病患，噎到冷酷的绝境。病人的幸与不幸，既在乎医生的医术，也在乎医生的医德。

同病房的另一个人，是一个嗜酒如命的肝病患者。一天晚上，他醉倒在路上险些丧命，送到医院时已经命在旦夕。在那个深夜里，一个电话把薛剑从睡梦中叫了过去，他毫不迟疑，把他起死回生。他对薛剑医生充满了感激：

“谢谢你医生，如果不是你对我抢救及时，或许我已经命归黄泉，我都那样不省人事了。”

薛剑轻轻拍拍他的肩膀说：“好好保重，不要再执迷不悟，生命是你的，也是你家人的。”

“是，我会记住你的话。我的孩子还小，我的工作很重要，我不会再糟蹋我的生命，不管我的生命是否长久，但是，我要让我的心先健康起来。”

“好，我们一起努力。”他的微笑，让病患感到了生命的保障。

在这个貌似神圣的地方，医生和医生之间往往在展示医术的同时，也会暗暗地玩弄心术。这一点，薛剑有较为迟钝的反应。他清心寡欲，为人朴实，从不跻身染指；他以他端正的行为，在医院为自己建立了最好的口碑；他有很高的声誉，却做得非常谦逊；他把热情都放在工作中，而对别的却是漫不经心。有时，对人际关系中的那些微妙的嫌隙，他也会以一种谨慎的姿态处理得恰到好处。因为他没有功利之心，所以对谁都构不成威胁，他近乎完美的待人处世的方式，就是对谁都不过分的热情，对谁都不过分的冷淡。他不傲慢轻视手下，也不阿谀逢迎上司。他信心坚定，生活有节制，结交朋友也很慎重，他几乎很少结交朋友。他生活单调，不是多姿多彩，更没有添加酒肉，他最瞧不起那些因喝酒而多说话的人。他喜欢沉静。当然，会有人说他呆板，不懂人情世故，他的妻子朱玫怡也是这样说他。但是，他独特的气质，脱俗的举止，乃是受人欣赏的亮点，他迷惑女人的魅力依然不减当年。他几乎又成了年轻女医生、护士和女病患们欣赏、追捧和倾心谈论的对象。

朱玫怡一意孤行，为自己的事业作了一个很大的改变。由于她厌恶了工薪生活而要开始她下海的搏斗。她递交了一分辞职报告后，就从容地从单位出来，到学校把放学的薛珠接回家。到家后，她让薛珠练一会儿琴，以便让自己坐在家里沉思她的行为是不是冲动。

薛珠很不高兴：“妈妈，我不要练琴，我要出去玩。”

“练一会儿吧，趁爸爸还没有下班。你要知道克莱德曼为什么把钢琴弹的这么好？因为他勤学苦练。你不用心练琴，以后怎么能成为一个钢琴家？”玫怡很耐心地对女儿说。

“我不喜欢当钢琴家。”

“这不是你喜欢不喜欢的事情，爸爸妈妈就你这么一个女儿，你就是我们所有的希望。妈妈要培养你成为一个高贵的与众不同的人，在茫茫的人海里，你应该是一颗亮晶晶的星星，而不是默默无闻，毫无建树。如果你庸庸无为，这样对我们就没有意义。”

薛珠根本听不懂妈妈说的是什么意思，她眨巴着眼睛，流露出她坚决的，带点野性的疑惑说：“我怎么可以变成星星？璐璐的家里也是她一个小孩，她的妈妈为什么不让她做这样的事情？”

“她跟你不一样。”

“怎么不一样？”

“因为，因为……”玫怡一时很难回答她，她想了想说，“因为你是薛珠，爸爸妈妈心中的明珠，明珠就应该闪闪发光。”

玫怡发现了女儿想象力的天赋，她更加相信薛珠是一个聪颖的孩子。她骄傲地看着女儿，她俊秀的身段，圆润的笑脸，活泼的举止，传神机灵的眼睛，既可爱又让人舒心，她具有天鹅一般的妍美，当然也赋予了她一个天鹅一样的希望。

薛珠被迫坐到钢琴旁，向妈妈讨价还价说：“我只弹一会儿。”

“玫怡伸出一个手指：“一个小时。”

“不，一会儿。”

“一个小时。”

“不，我就弹一会儿。”

“好。”玫怡对女儿妥协。

就在汤普森《月亮上的人》刚刚飞出窗外，薛剑就下班回来了。这甜美的琴声是他拒绝一切事外活动的理由。他悄然走到女儿的身后，却被妻子急忙拉了出去：

“别惹她，刚刚才让她安静下来。她还跟我闹着要出去玩呢。”

薛剑说：“在她没有兴趣的时候不要强迫她。”

“我没有强迫她，是在慢慢地诱导她，为了她将来的人生更辉煌，你应该跟我一起努力，而不是说这些消极的话。”

“她是个孩子，该玩的时候应该让她没有负担的去玩，而不是整天把她控制在家里坐在琴旁练她不喜欢的曲子。”

玫怡生气地说：“我担心你用这样的方式会让她一事无成。”

薛珠没有感觉爸爸在她的身后，弹过一阵后，她停下来了，像顽皮似的开始玩弄手指，她的这个动作，激起了玫怡的恼火：“你怎么又停了下来？是多动症吗？怎么这么不专心？”

她慌乱地去看妈妈，却发现爸爸在她的身后：“爸爸。”

“宝贝，我在听你的琴声，真好听，让我坐在你的身旁看你弹琴好吗？”

爸爸的话激起了她的表现欲，她说：“好的，爸爸。”然后，她骄傲地开始弹琴，神情特别专注，虽然琴声还不太流畅，却使薛剑如沉醉了一样：

“薛珠，如果喜欢弹钢琴，就要更努力的学习，爸爸非常喜欢听到你的琴声。”

薛珠撒娇地说：“可是，我现在很想去玩。”

“想玩吗？当然可以。”

“我到弄堂里去骑车子玩。”她快乐地逃离了钢琴。

玫怡很不高兴，对丈夫说：“她在好好地练琴，你为什么去打扰她？”

薛剑说：“她练得很好，只是想出去玩一会。”

“对这样的孩子，必须施加压力，否则，她会对什么都没有兴趣。”

“压力会造成相反的结果，不能对孩子拔苗助长，你不懂吗？”

“拔苗助长？可笑。你知道贝多芬为什么能成为不朽的音乐大师？不就是在他小的时候，他父亲用近乎暴虐的手段，逼着他登上了音乐的最高殿堂。如果不是他父亲的威慑，拔苗助长，他也只不过是个面包师，这个世界就不会有贝多芬。”

“薛珠就是薛珠，她既成不了贝多芬，也成不了莫扎特。你别期望太高，这样不切实际。让她平平凡凡做她喜欢做的事，这是最好的。”

玫怡冷笑说：“你就是这样不追求更高的目标，安于现状，做老好人。所以，我们到现在还跟着你住在这样的弄堂里。我的同事沈丽萱，她的丈夫也是一个外科大夫。可是人家像发了财似的，光私下里的红包就像流水一样流进他们宽敞明亮的家。而你呢，多么的高尚，还要把分到手的房子让给别人。你是谦虚吗？我看你相当自负，在这个年代只有傻瓜才这样做。”

薛剑阴沉地说：“人家要怎样发财那是人家的事，你为何要去羡慕？住大房子也好，住小房子也好，去想想整个上海还有多少没有房子住的人家？你应该为自己庆幸，你应该为自己的丈夫从不索取病人的红包而骄傲。而不是有不平衡的怨气去跟别人攀比。毕竟那是不良的行为。人应该依着良知去想，哪件事可以做，哪件事不可以做。”

“我怎么去跟别人攀比了？我怎么心里不平衡了？我不是一样心甘情愿地跟着你住在这潮湿阴暗的房子里。我的丈夫也是一个外科大夫，因为正直，我什么时候逼着你去向病人讨要红包了？”

薛剑朝她投去了温柔的一瞥：“是的，你做得很好，你从没有为此怂恿我去做那种低劣的事情。我们这样平平静静的生活，我们很幸福对不对？”

玫怡娇柔笑了："怪不得我爸爸这么喜欢你这个女婿。好了，我要去为我的好丈夫做晚饭了。"她系上围裙，侧过头看看丈夫，想把她辞职的事告诉他，却欲言又止。

"怎么？你是想让我来做晚饭吗？"

"那你来吧。"她索性又解掉围裙幸福地为丈夫系上。看着丈夫熟练的动作，她觉得他很可爱。想着丈夫坚守着本分，而自己却心猿意马。她犹豫了一下，对丈夫说，"薛剑，我停薪留职了。"

"什么？"薛剑很吃惊。

她说："我需要忙碌，我要去闯荡，时下都热衷下海，我也要跳下去。每天，坐在办公室里，一杯清茶，一张报纸，我感到太乏味。我脱离上班的时间，到市场去逛了一圈，我发现了很多商机，所以就决定了。"

薛剑把切菜刀往案板上轻轻一丢，生气地说："为什么不跟我商量自作主张？你当我不重要？全不把我放在眼里？你想这是你一个人的事情吗？为什么总是这样我行我素？"

他生气的表情令玫怡不安，她说："当时我什么都没想，就这么决定了，从办公室出来的时候，我也想到了你。没感觉到我刚才看你的时候的忐忑心情吗？"

"你这样冲动，就不想后果？离开你的工作，你还能做什么？"

"我当然可以干很多事情。现在到处都是商机，如果天天犹豫，只能坐失良机。现在社会上发财的人不都是在经商吗？既然国家都这样开放了，我们为何还要死守陈规？像我们这样靠工资生活，只会越来越寒碜。我想让薛珠将来成为一个钢琴家，我就要为她做最大的投资。我们也要住宽敞明亮的房子，我们也要享受富足的生活，像那些有钱人那样，我也能戴上钻戒。我们为什么不可以正当的去追求这些？"

薛剑阴沉地说："我给你的还不够吗？"然后，他解掉围裙，坐到一边去了，他没有心情来做这顿晚饭。

玫怡嘲笑说："怎么，你生气了？连晚饭都不做了。我知道这不是我一个人的事情，我当然也是为了我们这个家。我不知道坐在办公室里清闲舒服？何要去奔波忙碌？我也知道开创事业不会一帆风顺。但是，让我安于现状对我的人生也没有意义，为什么不能在我精力旺盛的时候让我去体验奋斗的滋味？所以，即使你不支持我，也不要反对我。"

这时，薛珠骑着小车闯进了家门，玫怡大声怨道："真不知道这个孩子像了谁？哪来的野性？"

第二天，薛剑为病人做了一例手术，手术很复杂，做得过程也很长。看到他严肃、深沉、庄严而熟练地站在手术台前，大家都相信他的能力会让一切顽疾都在他的手下清除。终于，他轻轻说：“好好帮他缝合。”

在洗涤室，助理医师李静说：“薛医师，你今天的表情太严肃了，让我们都很紧张。”

“怎么？”

“你心里有不开心的事吗？还是在为病人痛苦？”

“好好休息吧，你也辛苦了。”

他淡淡地离开了水池，却被李静追了过来：“薛医师，我们去喝杯酒好吗？”

“我为什么要跟一个女孩子去喝酒？”

“不可以吗？假如有一个认识你、尊敬你、崇拜你和爱慕你的人，天天跟你在一起工作，献给你一个十分迫切的，认真的，诚恳的追求，你将怎么办？”

薛剑付之一笑说：“我就要像幼儿园里的老师那样说：小朋友不要调皮，把手背在后面。”

她扑哧笑了，就紧追着他说：“假如我没有任何动机，单纯的就想跟你去喝杯酒，你还会担心什么呢？”

薛剑淡然一笑，到了他这个年纪，会让理智约束自己的行为。有时，他像一个思想守旧，不肯接受新鲜事物的，迂腐的，不爱活动的知识分子。

换好了衣服，从医院出来，李静坚决地跟着他，极其执拗地想霸占薛剑今天下班后的时间。他坚守的堡垒，下班就回家的戒律被她蛊惑，最后还是被李静拉进了一个酒吧。

正是傍晚，外面忙碌的行人熙熙攘攘，他们在窗旁的一个位子坐下。

李静说：“你看外面，是不是感到人太多了，人人都在抱怨人多的问题，可是那都是多了谁呢？”

薛剑说：“这是一个很有趣的问题，既然人这么多，那么就让自己多安静。”

李静笑笑说：“即使在更多的人群里，谁又能在乎谁？其实，人生活在这个世界上，真正能牵挂、嫉妒、产生爱和恨的人很少。离开自己生活和工作的环境，随便走到哪里，所遇到的都是陌生的人，看到的都是陌生的面孔，就很自然地对他们产生无所谓和不相干的感觉。所以，这茫茫人世，能让你相识相知的人没有几个，能在脑海里读出名字的也没有多少，人的缘分就这么偶然。尽管如此，人与人之间还是产生了比任何动物之间更要复杂一百倍的关系，那就是各种各样的人际关系。对不对？”

薛剑问：“你想的真多，把我拉到这里就是听你发表言论？”

“不是的。薛医生，我感觉很空虚。”

“感到空虚，就去找个人恋爱。”

“恋爱很容易吗？薛医师，能允许我向您倾诉吗？”

“怎么？”

“因为你我和男朋友分手了。”

薛剑板着面孔说：“因为我？别无聊，我不喜欢跟人开这种低级的玩笑。”

“你当然一无所知，这是我的问题。”

“你让我来这里充当什么角色？我还有必要坐在这里吗？”薛剑推开酒杯，“走吧。”

“别走，我不会给你压力，也不会给你负担，你可以用一种漠然的态度听我说。薛剑医生，我跟他谈了差不多有三年的恋爱，现在，我对他越来越没有信心，尽管他家里很有钱，可是他缺少了一种像你身上所具有的气质，我是一个充满浪漫爱幻想的人，总不自觉的拿他跟你做比较，一种精神上的东西真是相差甚远。”

薛剑说：“你是在奉承我还是在胡闹？对你三年的感情就这样游戏？如果他没有优点，你怎么可以跟他保持三年的恋爱关系？我不喜欢朝三暮四的人。一个人的自尊和自爱特别重要，否则太轻浮了会被人鄙视的。”他语言深沉而无情。

李静说：“你别误会，我并不是在用我的年轻和美貌来勾引你，我也知道你对妻子的忠诚像山一样坚定，没有哪个随便的女人敢来打你的主意。不过，坦白地说，任何跟你接近的女性都会被你迷惑，对吧？”

“走吧，你让我觉得跟你来这里喝酒很没意义，从一开始你就不切实际的在追逐空洞的东西。如果你想让自己表现得不同一般，在这个时候，对你的男朋友你不应该是离开他，而是要改变他，要发现他的优点，而不是拿他的不足跟别人去比较。每个人都有长处和短处，世界上没有一个人是完美的人。”

李静哀求说：“薛医师，再坐一会儿吧，以后，我不会让你这样委屈地坐在这里了。可以想象你的夫人是多么幸福，让我都对她怀有嫉妒的心理，每天跟这么优秀的男人朝夕相处，那该是一个什么样的好心情啊。”

薛剑怀疑这些女人是什么样的欲望鼓动着她们不能安分？不能满足？玫怡辞职下海是要追求金钱，她抛开男朋友是要追求精神，这就是女人的虚荣吗？

李静又说：“薛医师，你的妻子是不是你的初恋情人？你们是不是用最纯洁的感情，一见钟情，相互倾慕而走到现在？告诉我吧。”

她漂亮的姿色多少带一点轻佻的痕迹，她对薛剑的什么都想探颐索隐。她让薛剑吃惊，神经敏感，不可避免地唤起了他个人生活中的片片联想，和对那方始消失了的初恋的回忆。他从酒吧里出来，孤独地徜徉在黄浦江畔，江面上的凉风轻拂着他的面颊，江岸边的灯光照耀着他的沉思，他那封锁在梦里的初恋，就这样既热烈又放纵地跳跃在他的眼前，那是他经历过的一场最深刻，最感动的爱情。他情不自禁地在心里一遍又一遍地喊着：雁媚，我为什么总是想你？

静默的星星从黑暗中窥视，让他感到羞愧，妻子耳坠的摇颤声和女儿甜美的笑声，像沉醉的风向他扑来，那个遥远的带着忧伤美丽的初恋，在他的心里开始慢慢地沉寂，他必须在宁静的江岸边的回忆中回家。

晚上，雪晨在朗朗读书，雁媚在编织毛衣。她天生有这样的爱好，喜欢编织毛衣，这种静的运动她感到美妙。她用灵巧的双手，总让雪晨在穿着上大方得体。他是一个漂亮的男孩，他得天独厚的聪慧，给妈妈带来了生活的幸福，使雁媚的每一天都为他而增加妩媚的笑容。在这个幽静的时刻，雪晨读书的声音像淙淙的流水。你的存在对我是一个永久的神奇。雁媚想到了泰戈尔的一句诗。

痛苦仿佛是昨日之事，心里不再有畏惧。雁媚每天早于黎明醒来，就是要找到那束黎明的光。雪晨长大了，是雁媚的骄傲和欣慰。用一句最关切的话，目送他骑车去上学的背影，英俊少年的希望就在雁媚的心里。当年叔叔临终前的叮嘱和邻居奶奶的话：一定要好好把雪晨抚养大。多少年里，一直都在激励着雁媚。而今，雪晨长大了，他已经是一个令人骄傲的中学生。在他成长的岁月里，他有自己宽阔的思想和正直的品格，他从妈妈那体恤心灵的品质里汲取了更为健康纯洁的美德。这些或许都是从他的外公外婆那里遗传过来的。从小他就以妈妈善良的眼神窥视这个世界，由此感到善心可依。

“……如今，每当想起这些，我惊叹一个年轻的母亲要经受那么多的侮辱和压力，这需要多么大的勇气和毅力。叹服她竟然用坦然的无所畏惧的心，面对挫折和痛苦而没有丝毫抱怨。她从不说自己可怜，也不嫉妒他人的幸运和优裕，她所期望的是每个人都有诚实善良的心。无论贫富贵贱，都能以诚相待。在我很小的时候，我就得到了妈妈这样的教诲：一个天真无邪的孩子，变成一个懒惰自私的无赖，这是母亲的罪过。妈妈不想犯罪，所以，她把整个的心和爱都在培养我做一个正直善良的人。”

这是雪晨的一篇作文《我的妈妈》，在学校引起了高度的赞誉，为此他获得了中学生作文比赛的一等奖。

一天上班的时候，严连珍像被疯狗咬到了一样，刚走进雁媚的库房，就哇啦哇啦地说：“咦，你真了不得，你是凭这张还没有来得及衰老的脸，把罗技术员哄骗到手的吗？太不可理解了，怪不得他老是往你这里来。你知道现在大家都在怎么议论你吗？说你是妖媚，心怀不轨，不择手段，就是想分到房子。去年不是有假结婚的例子吗？你的手段不过也是这样。”

雁媚冷冷地对她说："别过于操别人的心，这样会伤了你的身体，你的疑心也要收敛，我要怎样关你什么事？"

她不识相地又说："是不关我的事，不过，找个小弟弟一样的男人太可笑了吧？我看他比你的儿子也大不了多少。"

"回你的库房去吧，我不要跟你说话。"雁媚转过身去。

"你不要跟我说话，难道我高兴跟你说话？不要脸，不知羞耻，我看你就是狐狸精，骗取了他对你的同情，还要骗取新楼房。"她无所顾忌地骂道。

雁媚对和平说："去把门关上，我们到后面去干活。"

和平一把把严连珍推出门外，使她趔趄了一下，她正要发火，却看到罗明朝这里走来，她便胁肩谄笑，并用好奇心窥视他的面部表情。尔后，不知趣地走了

罗明进了库房，看到雁媚情绪忧伤，问："怎么，有不高兴的事？"

"没有，我不想在上班的时间看到你。"

"对不起，我来这里是工作的。"他狡黠地笑笑。

雁媚担忧地说："我们是不是在做一个被人耻笑又滑稽的事情？你出现在我的面前就让我感到压力，我真的很在乎别人的议论，它让人很难受。"

罗明安慰说："你怎么又担心这个？过自己的生活管别人去说。你不是曾经那么勇敢地面对过无数次的歧视和羞辱，在最困难最孤独的时候你都不怕，现在有我在你的身边你还怕什么？不要为这事伤脑筋，房子就要分下来了，我们很快就会结婚。"他以他执着的微笑，坚决让雁媚相信这是真实的。他的情绪既稳重又快乐，他看着雁媚，并在悄悄地思考着他将要对她的责任，他觉得自己有信心给雁媚幸福的生活。而雁媚却沉湎在忧虑中，他表现出来的那种喜悦是她的负担。她疲倦的避开他的眼神，她不敢去思考她和他的幸福，她一直为这事感到空虚，她甚至害怕等到房子分下来的那个时刻。

罗明又说："如果你感到苦闷，周末我们带雪晨到郊外去玩。他告诉我说你常常喜欢带他到农村去欣赏大自然，这是令人愉快的事，它会帮助你忘掉烦恼对不对？"

这是一个宁静而凉爽的秋日，广阔的天空一片蔚蓝，阳光柔和，空气清新，乡村的景色依然迷人，到处都有值得去看，值得去欣赏，值得去触摸，值得去感动的事物。穿过一条曲径，他们来到一处僻静的开满野菊花的荒坡，这是一个绝好的地方，对悠闲的人来说这里太美妙了。雪晨饶有兴趣地还带上那只风筝，他一直精心地保存到现在。

纯净的上空，除了几只云雀在盘旋，那只高高扬起的风筝就显得格外醒目。

雪晨牵制着风筝，时而追逐，时而伫立，他快乐地把风筝的线牢牢地攥在手

中，那个久远的梦，仿佛将要在他的手上成真。爸爸像一只断线的风筝飞走了，而今，他拥有了真正的风筝。他回头对罗明笑笑，雁媚和罗明缓步跟随其后。眺望那只飘动的风筝，雁媚心里顿然有一种不可名状的东西紧紧地攫住她。她不知道为什么乡村的旷寂给她带来了无限的惆怅。当看到那些轻飘的、无智的、栩动的小生物在她面前飞来翩去时，竟然很感动。

他们静静地坐在草地上没有交谈，却进入到一个长久的沉默。在渴望未来的同时，雁媚想到了过去的一些事情，那段下乡的经历。她说：

“我种过麦子，也收割它，玉米、高粱也种过。当年，也在一个荒坡上开辟菜园，我亲手种过很多蔬菜。黄瓜、番茄、辣椒、茄子还有大白菜和萝卜，这些看似很简单的活，做起来也不是容易的。现在想想那个时候真的很辛苦。如今，我却在这里悠闲地感慨，是不是很可笑？”

罗明说：“不可笑，让你回忆起以前会很伤感，因为在那里你爱过，也恨过，是吗？”

“过去的爱，过去的恨都已经没有意义了。”

罗明深情地握着雁媚的手说：“别太沉湎于你的孤寂中，让我来爱你吧。”

雁媚羞怯地抽回了她的手，凝视着那只风筝，幽幽地说：“我二十岁的时候，不顾羞耻地把雪晨生下来，在面对世俗的责骂中，你应该知道这需要足够的勇气和个性来支持自己的信念。而对现在来说，这是一个值得庆幸的事，我幸福地拥有了雪晨。他是一个聪明的令人骄傲的孩子，这多少年里我的生命和爱都是为了他。因为有一个嘱托在支持我，一定要把他好好养大。在这漫长的岁月里，我孤苦的时候，我也渴望有一个人在我的身边帮助我；我空虚的时候，我软弱的时候，我也想到过爱情。可是，罗明，我依然固执的认为我们很不合适，我的年龄比你大很多，我还是个未婚妈妈，没有谁会给我这个权力让我得到你。或许旁人，或许你的家人，他们会毫不留情的来阻拦我们。我预感到会有这样的结果，所以一直都很害怕。我知道雪晨非常喜欢你，我也喜欢你。在我跟雪晨这么大的时候就失去了我的父母，我也没有兄弟姐妹，能够认识你像朋友一样亲近，我已经很满足。雪晨叫你叔叔，我觉得你应该是他的兄长和朋友，如果这样，我很欢迎你经常到我家里来做客。”

罗明微笑着说：“你为什么要像少女一样羞怯，像孩子一样天真？坦白说，从见到你的那一刻起我就认定了你。年龄的差距根本不是问题，重要的是心与心的距离，我们已经离得这么近了不是吗？对于雪晨，我从来都没有把他当成一个小孩，我们是情投意合的朋友。以后，他随便叫我什么都行，叔叔也好，爸爸也好，甚至叫我哥哥我都会很高兴。我爱你和雪晨，别让我推卸这个责任。我也二十七岁了，早已是成家的年龄，妈妈和四个姐姐她们都很为我的婚姻操心，每次回家她们都会不厌其烦的督促我去相亲，去跟以前的女朋友重归于好。所以我不是太想回家。我家在一个僻远的县城，妈妈曾经是供销社的营业员，四个姐姐都已经出嫁却嫁得不远。我们家缺少了男性，有时我也为此感到自卑，特别是在爸爸去世的那些日子，我非常痛苦。我崇敬我的父亲，他虽然是一个普通的邮递员，却兢兢业业几十年如一日，无论刮风下雨，就是在大年三十他也毫不怠慢地把信件包裹送到客户的手上。他这样的精神对我影响很大，所以我也在积极努力地工作。我可以毫不隐瞒的对你说，我的缺点就是有点脆弱，害怕经受打击，你一定不能给我失望的打击。知道吗？”

“那么，你把我们的事情告诉过家里吗？”

“还没有。我想等把房子弄好后我回家一趟，把我要结婚的消息告诉她们，可以想象家里所有的女人该是多么的激动。”

雁媚担心地问：“如果她们反对你怎么办？”

罗明信心百倍地说：“不会的，从小她们都对我百依百顺，从不勉强让我做违背我意愿的事情。我在这里能跟你过一种幸福的生活，这是她们所期望的，她们为什么要反对？”他带着天真和单纯的质朴，还有一点孩子气的微笑，相信他的幸福就要来了。也许他没有经受过被动和压抑的痛苦，也许他在家里的独特地位使他处处一帆风顺，他的自信远远地超过了他的那点自卑。

雁媚谨慎地把目光朝别处凝望，敏锐又含蓄地不再表达她的思想，她不知道在将要面临他回家的时候，又会是一个什么样的结局？她没有勇气去想他的妈妈和姐姐们都是什么样子的人，她脸上微微的笑容，也在她的凝思中消失。

这时，天空突然涌来一层灰色的云翳，风也刮了起来，雪晨手中的风筝开始摇摆，他急忙收线。可是，它却绊在了草坡上的一棵树上，再也拉不上来。

雪晨很惋惜：“怎么办？”

罗明安慰说：“没关系，让它挂在树上吧，至少它不会飞得无影无踪。”

他们走在清寂的乡村小路回家，雪晨对罗明讲了一个有趣的故事：“叔叔，知道吗，我小时候有一次妈妈带我到郊外去玩，也在像这样的一条小路上，我看见了一种稀奇古怪的东西。”

“什么东西？”

“它黑黑的，圆圆的，硬硬的，在太阳的照射下还泛着光，我以为我发现了珍宝，高兴地把它们捡起来都装到口袋里。这时，妈妈问我你捡这个干什么用？叔叔，你知道我捡的是什么吗？”

罗明哈哈笑起来：“你捡的是羊的粪便对不对？”

“知道我当时多么尴尬，我把手使劲的在衣服上搓，怕有臭味，其实它什么味都没有。”

“是啊，小时候的尴尬，现在讲起来就觉得很有趣，是不是每次想到这些，妈妈也会笑起来。”他神情快乐地看看雁媚，发现她的沉默很忧虑。

雪晨恋恋不舍，又回头看看那只挂在树上的风筝，心里很遗憾。这时，他又看到一个毛驴，拉着重重的车子陷在了路旁的小沟里，那个赶车的农民，很粗野地在抽打它，他义愤地跑过去谴责说：

“它已经很用力了，你为什么还要打它？你为什么不把你车上的东西卸掉再把车子拉上来？毛驴的力气没有马那么大，你不能强迫它。”他又对罗明喊道，“叔叔，快来帮帮忙。”

虽然是以双职工的名誉分到了房子，雁媚预感到会有一个不小的风波再一次发生到她的身上。她和罗明的关系公开暴露后，她一直在紧张和害怕的情绪中惴惴不安。然而，人们对她的议论并不像她想象的那么可怕，人们开始用理解、关怀和同情的态度对待她。

一天下班回家的路上，雁媚碰见厂长，他主动对雁媚说：“我很想找个时间跟你谈一谈，正好在这里碰到，就随便说一说吧。怎么样，都好吧？”

“谢谢您，我都好。”

“罗明把他的想法都告诉了我，我很支持他，他是一个很积极努力的人。”

“是。”

他微笑说：“我跟你的父母是同时代的人，我却比他们苟活到现在。以前跟你的父亲在一起工作的时候，他人格的魅力让我敬仰。还有你美丽的母亲，这么多年里我从没有把他们忘记。如今，我也准备退休了，在我离开这里之前，我第一次没有遵守规章制度，破例使用了特权，在这次房子分配上，我特意为你们保留了一套。”

雁媚担心地问：“这样会不会给您找麻烦？”

“不会，大家都很理解，他们会用宽容的态度对待这件事情。”

雁媚激动地说：“谢谢，真的太感谢了，让我以我父母的名义享受特权，我很不安。”

“没什么，跟罗明结婚后就是双职工，以后也可以分到房子的，只是先让你们得到了。不要有负担，以后工厂效益好了，要盖很多的房子，会让全厂的职工都住上新房子的。”这是厂长离任时的心愿。他又对雁媚说，“好好珍惜你的爱情，不要在意别人会怎样议论，你应该得到幸福，让你的父母在天之灵获得安宁。”

“是。”

雁媚得到了鼓励，不再忧虑，脚步轻盈地回到家，做好了午饭，罗明来了，他手里拿了一把钥匙，在雪晨的面前晃了晃，像孩子般高兴地说：“我们要搬新家了。”

雁媚问：“钥匙都拿到了？”

“是。雪晨，等搬了新家，那感觉一定要比在这里好很多。”

“叔叔，是几楼？很高吗？我喜欢住在高处，那样会看得很远。”

“我的想法跟你一样，所以我挑选了很高的楼层，是五楼，怎么样？”

“好呀。那这里的房子怎么办？”

“这里要拆除，重新建造新楼房。”

“那以后每家都会住上新房子是吗？”

“是啊，都会住上的。”罗明高兴地又开玩笑说，“如果妈妈以后老了，爬不动楼梯，我们可以背她上楼。”

雁媚说：“还没有吃饭吧？坐下来跟我们一起吃。”

他向雁媚微笑，他觉得自己幸福极了，他充满信心地做好了准备，要完全融入到她的生活中。

雁媚冷静地提醒他说：“你还是先回家去一趟，把我们的事情告诉给你的家人。”

“会的会的。”他快乐地，津津有味地吃了两大碗饭，他表现出来的那种既显顽皮又露天真的情绪，让雁媚毫不犹豫地撇开了还有顾虑的想法。

吃过午饭，他们就迫不及待地来看他们的新房子。在上楼的时候，雁媚发现原来平平和兰兰她们又和她成了邻居，她们非常友好地问候了一声，就各自走到自己的新房子里去了。

两扇朝阳的大窗户把阳光很贪婪的请到了屋子里，雪白的墙壁在阳光的映照下熠熠生辉；推开南面和北面的窗口，顿然感到一阵风穿透了整个房间；眺望天空，在毫无障碍的视野中是那样宽阔、深邃；俯瞰楼前的那排挺直傲立的杉树，曾经是很神秘的像塔尖一样的树梢，也在他们的眼前袒露无遗。站在高处的感觉真好，雁媚很喜欢。

罗明兴奋地说：“我会用心布置好这个家，我会用爱让这个家到处都是温馨，我要给雪晨买一张舒适的小床，还要买一个漂亮的书橱，在里面摆上雪晨的书和我的书。我还要买高档的家具和现代化的电器，我们要尽情享受生活。”

雁媚淡淡地说：“有一句格言说：宁愿用一小杯真善美组织一个美满的家，不愿用几大船的家具组织一个索然无味的家庭。我觉得这句话很真实。也许我过惯了平淡的生活，我对物质的要求不是很强烈，对那些虚张的摆设我不感兴趣。

想生活的幸福，那些都是次要的。”

罗明深情地看着雁媚，并暗自庆幸，一个没有虚荣心的女人是那样的伟大和高贵，他毫不怀疑的得出这个结论。

接下来的日子，他们开始用最朴实的方法把新房子打扫得干干净净，明窗净几。在这个空无一物的房子里，雁媚最先搬进来了一个书橱，因为罗明已经把他宿舍里的书都拿过来了。

这个星期天，罗明一个人回家去了。雁媚就和雪晨慢慢地整理东西。他们在新房子里消磨了一个上午，他们很喜欢这里的清静和明亮，还有那清新的空气和凉爽的风。那窗纱被风吹动的姿态很美，坐在屋子里就能眺望蓝天的感觉很美，对朴实的人来说，这小小的居住条件的改善，就让他们心满意足。

雪晨神清气爽的把旧房子里的书都搬了过来，整齐地摆在书橱里，还有罗明的书也摆在书橱里。他们还从罗明喜爱阅读的书里寻找他的思想。雪晨手里捧着一本卡耐基的《人性的光辉》，调皮地说：“妈妈，你也喜欢罗明叔叔对不对？”

雁媚的脸上泛着淡淡的红晕，她从雪晨明亮的眸子里，看到了他坚决要得到的东西。沉思片刻，雁媚幽幽地说：“雪晨，我在想，有的人活着却被人忘掉，有的人死了还常常被人记起。就像你的外公外婆，这么多年了，还有很多善良的人在缅怀他们。虽然他们是平凡的人，但是他们品格像不灭的星辰。所以，妈妈对你的期望也是这样，朴朴实实，端端正正地做好你自己。”

“我知道，妈妈。”

然后，他们快乐地坐在地板上，把那些书逐一分类，并极其专注地投入到阅读中。

雁媚感慨地说：“在我小的时候，家里也有一个书橱，那里面摆放了各类书籍。有你外公喜欢看的传记、哲学和科教类的书，有你外婆喜欢阅读的诗集和小说。受他们的影响我也学会了看书，并喜欢读一些很有深刻意义的小说，对优美的诗歌我也很欣赏。从书里面可以悟懂很多道理。它教会你诚实、谦虚；它引导你正义、善行；它会给你信心和勇气，使你成为一个心灵健康，思想完善的人。一个伟人这样说：书，是天才留给我们人类的遗产。所以，家里珍藏一些书籍，就如珍藏了智慧和财富。”

雪晨惊异地发现平凡的妈妈也有这么充满睿智的思想,他觉得妈妈很了不起。

雁媚又说：“我是生不逢时，没有好好地多念几年书，糊里糊涂初中毕业就下放到农村。如果不是遇到了邻居的奶奶和玉敏阿姨，我就没有机会读到好多有意义的书。”

雪晨说：“我知道，是书帮助妈妈用一颗无畏的心来接受生活的磨砺和考验的。”

这个星期天，已经很长时间没有回家的罗明突然回家了。

这是一个极其简朴的旧式平房，它的四周已经呈现出一派动迁的迹象，外面的喧嚷已在逐渐打破这里的平静。当罗明推开家里小院子的门的时候，正在那里洗衣服的四姐惊叫了起来：“小明，你回来了？你这个没良心的，怎么这么长的时间不回家？你是去了北京还是去了广州？你是离家很远吗？就几个小时的路程也这么难回来？害得妈妈整天在家里唠叨。”她又是高兴又是责怪。

罗明嘿嘿一笑，问：“妈妈呢？”

“刚才还在这里，是不是去了邻居家？”说着她就跑出去大声喊，：“妈妈，快回来，你的宝贝儿子回来了。”

罗母闻声跑回来:“我的乖,你是没有家在这里吗？怎么这么长时间不回家？”

“这不是回来了吗？妈妈您好吧？”

罗母喜不自禁地端详着儿子，这个被她娇宠的儿子是她的全部骄傲。她问：“工作累不累？吃的好不好？离家又不是十万八千里，坐个车就可以回来一趟，为什么要等这么久才回来？”

罗明说：“在厂里吃得很好，有时星期天有加班，有时又想贪睡个懒觉，所以就这样了。”

罗母对四姐说：“快去把你的大姐二姐三姐都叫来，说小明回来了，再买肉回来包饺子。”她高兴的好像家里要举办一个庆典。

她们很快都来了，把罗明团团围住，像众星捧月一样唯他独尊。他的回来，无疑让这个家有一种像过节一样的气氛。

罗明问：“你们都来了，姐夫和外甥他们怎么不来？”

大姐说：“现在的学生都没有礼拜天的，你姐夫呢又出差去了。”

二姐说：“你二姐夫在工地上回不来。”

三姐说：“你三姐夫昨晚上夜班，现在还睡着呢。”

四姐说：“你四姐夫一早领着乐乐去他奶奶家了。”

罗明说：“怎么又是我一个男人坐在你们中间？”

四姐说：“你应该感到庆幸，你是爸妈的杰作，可以想象当年爸妈生下我的时候他们是多么沮丧，而生下你的时候又是多么惊喜。我跟你最大的差别就是我受歧视你受宠。”

大姐说：“是啊，我做全家人的饭的时候，每次都要给你单独开小灶，我们吃萝卜的时候你吃鸡蛋，我们吃窝窝头的时候你吃白面，家里因为有了你，我们都有了嫉妒心。”

二姐说：“小时候光为你洗衣服一天不知要洗多少遍，妈妈因为你也滋长了虚荣心，她喜欢把你打扮得干干净净带你到处去串门，她是多么风光地喜欢到处炫耀你啊。”

三姐说：“小时候我是你的警卫，要事事处处的保护你，我的同学都说我有一个尾巴，因为你，我既有负担又有职责。”

四姐说：“因为跟你抢东西，我不知道挨了妈妈的多少打。”然后她对妈妈说，“这是很不公平的。”

罗母说：“不管公平不公平，儿子永远是儿子，你们都是嫁出去的人，等以后搬了新房子也都是小明的。”

她们又很快活的把话题扯到罗明的婚姻上，她们迫切地想知道他现在有没有女朋友，她们所表现出来的关怀比她们的妈妈还要着急，她们不断地埋怨他在这方面太消极，太迟钝，太漫不经心。

大姐说：“你同学宋新民的小孩都已经两岁了，难道你不想让妈妈早点抱上她的孙子吗？”

四姐说：“这个自私的家伙，妈妈整天为他唠叨他是一句都听不到。”

二姐说：“是不是小明太挑剔，想等着找个最好的带回家？”

三姐说：“我想也是，凭小明的模样，追求他的人一定很多，对吧小明？”

罗明笑而不语，他脸上禁不住显露出来的快乐让她们发现了可疑的迹象。

四姐说：“我怀疑小明或许已经有女朋友了，他一定是看到我们越这样着急，他就越开心，这个坏东西。”她亲昵地拍着罗明的背。

罗明终于说：“是的，妈妈、姐姐，我想告诉你们，我要结婚了。”

这是一个震惊的时刻。罗母惊喜的发颤，她不相信地问：“你要结婚？你什么时候有了对象？你怎么不早告诉妈妈？”

二姐说：“小明，你是在跟我们开玩笑吗？上次回来的时候你还说没有对象，现在要结婚了，这是一个什么样的恋爱速度？你遇上了一个特别心仪的姑娘吗？”

罗明说：“是啊，我是准备结婚了，她是我在三年前就默默喜欢的人。我们在一个单位工作，我们彼此都很了解。为什么我一直没有告诉你们，是因为我信心不足。现在，我比任何时候都更加坚定。”他的声音很果断，眼睛里有一种在寻觅着她们惊愕的表情里突然流露出来的喜悦。

大姐说：“你都喜欢人家三年了，也不告诉妈妈和我们，你是不在乎我们就自作主张要结婚？”

“我想这应该是我自己决定的事情。”

二姐说："什么是你自己决定的事情，这才是妈妈和姐姐们最关心的事情。你知道妈妈的心情吗？她对你寄予了比她生命还要重的希望。"

"我知道，不管妈妈对我寄予什么样的希望，只要我能幸福的生活，就是她最大的希望，对不对妈妈？"

罗母激动地说："对，对，小明，你要结婚了，妈妈是多么高兴，你要把她带到家里来呀。"

"是的，我是准备要把他们带过来的。"

"他们？"

妈妈姐姐异口同声，她们表现出来的诧异令罗明感到意外，他继续说："我非常喜欢她，还有她的那个可爱的儿子，我跟他们在一起的时候我感到非常幸福和愉快。"

突然，如大雾弥漫让她们不知所云，面面相觑。罗母问："你要结婚，跟一个孩子有什么关系？"

四姐问："你要跟谁结婚？"

二姐紧张地说："你说这么吃惊的话是真的吗？你喜欢她，还有一个男孩？难不成你要跟一个寡妇结婚？"

三姐说："别急，让小明慢慢解释。"

罗明说："她不是寡妇，她是一个美丽善良的人，雪晨是一个聪明懂事的孩子，我非常喜欢他们。"

她们越来越迷糊，越来越不敢相信他说话的真实性。罗母已经露出了惊恐，她颤抖地问："你到底要跟什么样的人结婚？"

四姐说："你是不是插足了别人的家庭，爱上了别人的老婆？"

罗明生气地说："你怎么说得这么粗俗，我跟她相爱是真诚的，我们的爱情是纯洁的。"

大姐说："我不管你是跟一个寡妇结婚，还是充当了第三者，这样的事已经伤害到了我们每一个人。你没有看到妈妈的脸都煞白了。即使我们历来都对你百依百顺，但是我们不能容忍这样的事情。婚姻大事岂能这样随便？你是残疾？还是缺心眼？是思维有问题吗？怎么能做出这种让人不可理喻的事来？你想想，妈妈会同意你这样吗？还有我们几个姐姐，能对你这种怪异的行为坐视不管吗？你是家里唯一的男孩，妈妈生来就爱面子，你跟一个都有小孩的人结婚，邻居会怎样看我们？即使你不在这里过日子，那妈妈怎么办？你让她天天听人家议论吗？太荒唐了，都让我哭笑不得了。"

二姐说："从来妈妈都以你为炫耀的资本来满足她的虚荣心，我们做得再好她也全不看在眼里。而你稍有一点成绩妈妈就会跑到邻居的家了不厌其烦地把你夸赞。现在，你要跟一个有小孩的女人结婚，你让妈妈的面子往哪放？”

罗母声音发颤地说：“小明，你是在胡说对不对？你根本不会这样，你连素梅都不喜欢，怎么会去喜欢那样的女人？快告诉妈妈，这不是真的。”

罗明说：“是真的，妈妈，我们已经分到了房子很快就要结婚。她叫姚雁媚，他的儿子叫雪晨，我已经离不开他们了。如果你们感到惊异奇怪的话，就奇怪我的痴迷吧。在这三年多的时间里，我默默地喜欢他们而不能自拔。我用心去接触他们，我跟雪晨做了最好的朋友，我们在一起就会快乐的忘记时间。开始我没有信心，是雪晨明亮的眼睛让我懂得了爱情的意义。在雁媚的身上，我看到了人类最美好的品质，因为她有纯洁无瑕的心灵。”

四姐尖刻地说：“笑死人了，都带着一个这么大的孩子的老女人，还谈什么纯洁无瑕？你醒醒吧小明，那个女人一定给你灌了迷魂汤让你执迷不悟。”

罗明冲她发火说：“你不要胡说。”

三姐说：“我们先别定论，等见到她本人再说。我相信小明他不会这么冲动，这么胡闹，毕竟他也是成年人，而且还受过高等教育。他有自己的思想，再说小明从小都诚实善良，做事也很认真谨慎，能让小明喜欢并倾心爱慕的人，一定有她独具的魅力。纯洁的爱没有过错，相信他吧。”

在气氛稍有缓和的时候，罗母那开始下坠的脸上突然扭曲地叫喊说：“不，我决不能让我唯一的儿子娶一个寡妇，就是死我也不同意。求求你小明，你不能这样做，我的乖儿子，你回去后就跟她分手吧，答应妈妈不要跟她结婚。”

她哀求着，又凄厉，又坚硬，让罗明不可避免地陷入到痛苦和绝望中。他低声说：“妈妈，我从小都很听您的话，受您和姐姐们的宠爱，我虽然没有变得骄横，但是却有点自卑。有时候我怕自己太娇弱成不了男子汉，所以事事都谨小慎微。自从遇见她以后，我才有了自信，因为我感到我的内心有一股强烈的激情，那是一个做男人的责任和爱。请不要对我要求什么，我要过我自己的生活，我要有自己的幸福。妈妈，您就答应吧。”

罗母坚决地说：“休想，我不能答应这么荒谬的事。你去外面问问，有谁家的一个风华正茂的大小伙去跟一个老女人结婚的。太丢人了，让我的儿子做这样的事情，除非让我去死。”

她固执地把眉毛挑得很高，那一向见到儿子就情不自禁地眉飞色舞的神情已经无影无踪。而对罗明来说这一切太残酷了。他遭受了打击，他在绝望中低着头，他不知道还能跟妈妈说些什么能让她消气让她同意。他的几个姐姐还在对他虎视眈眈，简直不容他再哀求。一切都改变了原来的样子，她们不再宠他，不再对他百依百顺，她们的目光冷若冰霜，无情地划伤他的心，摧残他的意志。

大姐温和地说：“小明，你是家里唯一的男孩，你在这个家里的分量你是知道的，你的幸福对我们来说是比任何人对你都更加诚心诚意的希望。婚姻大事不是喝口水那样简单，那是要携手与你生活一辈子的人，你怎么能随随便便？很早的时候，我们几个姐姐都在想，将来小明的女人应该是世界上最漂亮最美丽最优秀最配得起我们家小明的人。看到你一步步长大，上大学，还有一份好工作，年纪轻轻就做上了技术员，我们多为你骄傲。你的人生这样顺利，你的婚姻就该更加美满。你才二十七岁，这是一个最好的年龄时段，你的女人应该比你小一点，像仙女一样的姑娘，而不是已经有一个小孩的女人，这样多让我们伤心失望。这是一个不能成为事实的结果，你应该理智和清醒。否则一味地头脑发热，被那个女人蒙骗，将来你会懊悔的。”

罗明依然坚决地说：“我要结婚，谁也不能阻挡我，如果你们不同意我就永远不回这个家了。”他愤然地跑了出去。

她们惊慌地喊：“小明，小明。”

罗母在六神无主的一刹那，突然坐到地上歇斯底里地哭喊说：“我的坏孩子啊，是什么样的女人把你迷惑了让你变成了这样子？你们快把他拉回来，我的乖孩子，回家连口饭都没有吃就走了，他是存心在伤我的心啊，我的不听话的孩子。”

三姐说：“妈妈，您别这样叫喊，邻居听见了多难堪，我们是不是也应该为小明想想。”

四姐说：“为小明想什么？想让他跟那个女人结婚？你真是。”

罗母从地上起来：“不行，我要去找他，我要到他们的单位去找他。”

三姐说：“妈妈，你先冷静一点，别因为冲动把事情闹僵了。其实小明是很倔强的，他认准的事是不会轻易放弃和改变的。不要去激怒他，给他时间让他慢慢地去沉静。否则，他真的不再回家怎么办？你不就失去了一个儿子？”

罗母喘息地说：“他不回家，就是走到天涯也是我的儿子，谁也休想把他骗走。”说着就又蹲到地上呜呜地哭起来。

罗明从家里跑出来后就直接乘车走了。他的心情很遭，忧伤很重，他不敢这样就站在雁媚的面前。他在外面逗留到天黑，在夜色可以遮盖他痛苦的愁容的时候，他才来到雁媚的家。那个低矮的平房已经空了，东西都搬到新房子里去了，只剩下一些厨房里零碎的东西，雁媚正把这些装进一个篮子里准备和雪晨一起拎走。

罗明神情阴郁地问：“都搬完了？怎么不等我回来一起搬？很辛苦是不是？”

雁媚说："隔壁大叔家搬完后，就帮着我也把家搬了，只剩下一点厨房里的碗和盘子。"

罗明对雪晨说："我把妈妈叫出去，你自己能行吗？"

"可以。"

他深情地凝视着雪晨，轻轻地抚摸着他的头，然后，又爱怜地抱了他一下，低声说："雪晨，我爱你。"

那语气带着激动的颤音。他的臂膀很有力，他的胸怀很厚实，这是雪晨从没有感受过的一种从躯体里流动出来的父爱，为了这个他已经等了很久。雪晨微笑着，以他灵性中可贵的想象，相信以后他们在一起的日子会非常甜美。

罗明把雁媚带到一个幽静的地方坐下来。深秋的风很凉，夜空很深邃，那轮苍凉的孤月泛着淡淡的幽光。有种说不出的滋味，让雁媚隐隐约约地感到，罗明心思的繁重。她坚持等待，不做任何的猜测，即使心里突然涌出了一片疑云，也保持着她的平静。

沉默中，罗明焦虑不安，不住地叹息，眼睛也是湿汪汪的。许久后，他低声说："雁媚，你对我会不会灰心失望？"

"怎么？"

"我想马上跟你结婚，明天好吗？我们明天结婚。"

雁媚在黑暗里看到了他的忧伤，他没有一丝欢悦，在天长地久的渴望中他却很困惑。

"告诉家人了？"

罗明沉默不语。

"家人都反对是不是？"

他不善撒谎，他脸上的表情引起了雁媚的怀疑。他说："谁也无法阻挡我与你结婚的愿望，她们不理解也好，不为我祝福也好，我想这是不重要的，重要的是我和你，我们要有绝对的信心对不对？"他紧紧握住雁媚的手，"答应我，明天跟我结婚，我们去把结婚证拿回来，我们举办一个世界上最简单的婚礼，让雪晨为我们证婚，这样就足够了，好吗？"

雁媚把手从他的手掌里抽出来，回过身面向那条回家去的路，心情开始复杂。曾经预感到的一切可怕的不可征服的东西笼罩在她的心头。

"我知道了，一开始我就知道很难。对不起，让你在你的家人面前为难和伤心了。就这样吧，别去勉强，让它在平静中结束。"她起身说："我也该回去了，雪晨独自一个人在家里。"

"别走。"罗明紧紧拉住她，他像个孩子一样软弱，"不要离开我，你不能这样走。我坦白告诉你，妈妈反对我，姐姐们也反对我，这是我不曾预料的，即使这样也动摇不了我跟你结婚的决心。我们明天就结婚，我一天都不要等，我没有信心等到她们同意，我怕时间拖得愈久，我就愈没了结果。我不能没有你，你要知道你的存在对我多么重要，雪晨对我多么重要。”

雁媚说：“我知道家人对你也很重要，我不能让我们的关系处在危险中，我不能因为得到你而让你失去妈妈和姐姐们，我也不能因为得到你而让她们憎恨我和雪晨。不能这样。”

罗明痛苦地说：“你怎么说得这么随意这样无所谓？难道你仅仅就是把我当成了一个小孩这样无足轻重？你不懂我的心吗？当我带着喜悦的心情回家把我人生最幸福的事情告诉她们却遭到反对的时候，你知道我的心情吗？我渴望得到你的安慰，渴望你与我站在一起。即使妈妈不认我这个儿子，姐姐不认我这个弟弟，只要我们能够在一起，我们也会很幸福的，不是吗？”

“不会的，不会的，你不能这样，否则我会遭到谴责，一辈子都不会安宁。”

“你应该知道，我的生命里如果没有你我会怎样？求你别让我失去理智。”他看到雁媚性格中那毫不屈服和毫不妥协的意志，正要把他逼到绝境。

雁媚说：“如果我自私地得到了你，我也会失去很多。求你别让我羞愧，我还要为雪晨负责。”雁媚又一次把她的手从他的手掌里抽出来，尽管他们的手都很冰凉，他们却不能相互温暖。尔后，雁媚毅然走了。

犹如一阵狂风，再一次把雁媚的一切都带走，抢她的梦，夺走她的幸福。

雁媚脚步艰难地上了新楼房的台阶，一步一步地挨近了家门。

雪晨安静地在他的房间里做作业，雁媚没有去惊动他，而是悄悄地去到厨房把雪晨拎过来的东西归放起来。她的心情很忧伤，动作很迟缓，在心不在焉的惶惑中，不小心打碎了一只盘子，她知道她的梦也碎了。

雪晨慌忙跑来：“妈妈，你怎么了？”

“不小心掉了一只盘子。”雁媚小心地避开雪晨的眼睛，因为她感到自己很难受。雪晨把盘子的碎片捡起来，看着妈妈在忙碌，然后说：“妈妈，明天我们又要考试了。”

“哦。”

“上次考试，张辉有两门不及格，老师在课堂上批评了他。”

“怎么会有两门不及格？他不是学习很努力吗？”

“是啊，自从他的爸爸妈妈闹离婚开始，他就整天苦恼，没有心思学习。”

“这多不幸。”

“他的妈妈也够狠毒的，天天在外面跳舞，认识了一个有钱的男人就把他和他的爸爸抛弃了。”雪晨愤恨地说：“世上怎么会有这么可恶的妈妈，抛家离子，就是为了过自己的安逸生活吗？”

他看着妈妈，对妈妈流露出崇敬的神情。妈妈用不同凡响的毅力忍受清贫和孤苦，用单薄的力量让他获得比别人孩子都更富足更完美更灿烂的生活，他很想对妈妈说谢谢。这时，他发现妈妈的身子在颤抖，吃惊地问：“妈妈，你怎么了？”

雁媚禁不住掩面哭泣：“妈妈很难受。”

“是哪里不舒服？还是罗明叔叔对你说了什么？”

第二天中午，一个猝不及防的事情就发生在雁媚家的楼下。

罗明的妈妈率领他的众姐姐们，突然以一种来者不善的架势恭候在这里。因为她们已经打听到了那个叫姚雁媚的女人就住在这幢楼上。在雁媚还没有下班回来的时候，她们表现得都很有耐心，只是那种陌生的冷淡，让邻里们感到奇怪，没有人知道她们是谁？又来做什么？

就在雁媚走过来的时候，冷不丁被罗明的四姐指着嚷嚷道：“是她。”这个没有教养的行为，让雁媚吓一跳。

罗母冲过来，像失去理智的疯子哭闹起来：“你为什么抓住我的儿子不放，你是想毁掉他的一生吗？你有什么资格跟他结婚？你这个不要脸的女人，你使用了什么手段欺骗了我的小明？”

几个姐姐也扑上来，讥讽、嘲骂、伧俗、恶击，像野兽张着狰狞的獠牙一样嚣张，使雁媚气得一句话也说不上来。她默默地坚持站在她们的中间，她所有的能力都在承受她们对她的咆哮和诋毁，她艰难地抑制自己的情绪，来保证她的尊严不受凌辱。她冷静地对她们说：

“对不起，你们请回吧，您的儿子永远是您的儿子，我跟他已经没有任何关系。”她以一种超拔的力量拨开她们，从这可怜的、庸俗的、没有理性的矛盾和谬误的人群里逃了出去，匆匆上楼。家，让她感到可靠和安全。

在纷乱中，罗明的三姐规劝说：“我们快走吧，把事情弄得这么糟糕，如果小明看到了我们这样的行为，他该多么怨恨我们。”

其实，罗明就在离她们不远的地方，他亲眼目睹了这荒谬的一切。他万万没有想到家人会带给他这样毁灭性的后果，他被这严重的恶行击退而崩溃。他没有勇气走到这前面，一开始，雁媚就怕伤害到他，而事实上是他严重地伤害了雁媚。他感到惭愧、懊悔、罪恶，他曾经像一个天真的孩子索要的一切美好的、纯洁的希望，顷刻间在他的眼前訇然坍塌，他再也没有勇气出现在雁媚的面前。

雪晨放学回家，楼下那渐渐散去的人群让他感到蹊跷，特别是他看到了几个陌生又冷漠的面孔，还朝着他楼上的家虎视眈眈。他不知道刚才这里发生了什么，当他回家看到妈妈在暗自落泪，就联想到昨晚妈妈的忧伤，他用一种在他这个年龄的孩子还不能够形成的思维，理解了这一切，他很懂事地安慰妈妈说：

“对不起，妈妈，是不是我不该认识罗明叔叔并把他带回家？我刚才在楼下看到那几个女人，我不知道她们都对你做了什么？她们很凶吗？”

“没有，你不要担心，这不是谁的错误。每个人所站的立场不同，她们有理由跑到这里来做一些偏颇极端的行为，妈妈理解这些。受点侮辱，遭到讥骂都无所谓，妈妈经受这样的事太多，妈妈能忍受。放心吧，我不会气馁，也不会悲伤，只是想到罗明叔叔他该怎样承受这样的痛苦？”

罗明把自己关在宿舍里，哭得像个孩子一样伤心欲绝，任凭妈妈和姐姐们把门敲得嘭嘭响，他也无动于衷，空虚绝望，他没有任何信心来挽回这样的残局，他羞愧地再也无脸去见雁媚和雪晨了。

在她们不停的叫喊中，罗明终于爆发了，一声惨叫便迷失了一切，他冲动地拎起行李包夺门而走。

“小明，小明，你要去哪里？”罗母追着他。

他那坚硬的，顽固的行动，是一种恐怖的险象，让她们真正地开始担忧。

三姐拉住他说：“小明，你冷静一点，事情我们还可以帮助挽回。”

他悲愤地说：“你们不该这样对待她，你们不该这样对待她，你们这样做，简直是要逼我去死啊。”他跪在了地上，声音里有一种心碎的惨烈，吓坏了他的妈妈和姐姐们。然后他毅然决然地走了。

她们颤颤悠悠地跟随其后，他每向前走一步都让她们如坐针毡。他要去哪里？他是不是疯了？眼看他就要丢下他的工作、他的生活而登上了一趟南行的列车。这一刻，他的妈妈在懊丧中失声痛哭，姐姐们也在相互的埋怨中不知所措。一声汽笛，仿佛是一声哀恸，一切像真的失去了一样。罗母追赶着火车，喊了声“小明”就晕厥了。

第十四章

当受伤的心灵还有痛的时候，让时间来安抚，从每一天的天空和光明中找到温暖；从每一天的土地和植物中得到慰藉，在度过了一个又一个的酷暑严寒的岁月后，总有一颗坚强的心在对生活奉献她的敬意。

雪晨长大了，成了一个标致的大小伙。他英俊，高大，再有半年时间他就要考大学，这对雁媚来说是她人生最大的成就。她得到了最深、最有益的安慰，为了这一切，她的心灵从来没有空虚过。

除夕的傍晚，雁媚在铺着一条粉色桌布的餐桌上摆了一个水杯，里面插了一枝腊梅。那是她在外面的雪地上捡到的，有几个顽童在雪地上玩耍，不知在哪折了枝梅花，随后，就丢弃在雪地上。它在雪地上映射出来的光芒让雁媚激动，她把它捡回家插在水杯里。它的傲然，一定会为他们的新年带来一个吉祥。

晚饭后，雪晨和妈妈总会像朋友一样快乐地交谈。他们谈话的内容很广泛，既谈节日民俗，也谈天文地理。雁媚会从雪晨那里获得一些书本上的知识，雪晨也会从妈妈那里汲取人生的道理。这样水流不腐，让心灵受到滋养，即使生活艰辛，日子清寒，他们也能以一种积极的态度，让心胸宽阔而不狭隘，让头脑清晰而不僵化。虽然生活带给他们太多的寂静和无奈，他们也能以心灵的欣赏、阅读和感受来体验这种宁静。

窗外礼花闪烁，白雪飞舞，雪晨突然抑制不住地想起了罗明叔叔。他们曾经有过许多美丽相约的黄昏；他们有过许多朝霞一样的愿望。虽然已成空梦，但是留在心底的仍是最深的感动。他感受了真诚和爱，他理解了痛苦和无奈，他学会了体贴和宽容，他把这份友谊一直都珍藏着。而雁媚却在这个火树银花的除夕之夜，想到了太多与她生命有过牵连的亲人和朋友。她想到了奶奶，想到了采勤，也想到了婶婶，还有她在农村时的那些关怀过她的人。她对薛剑更有着一种刻骨铭心的思念。特别是这样跟雪晨面对面坐在桌旁的时候，她凝视着雪晨，他的相貌，他的神态，他的言行举止，他微微露出白齿的笑容，都跟薛剑太相似了。她不由得怀疑，为什么不受他的一点影响，而能这样完全继承他的衣钵？生命就是这样奇特吗？如今，雪晨也已长到了薛剑那时下乡的年龄，一切的爱油然而生。而雁媚不敢让自己放纵其中，因为那是一个太伤重的回忆。

雪晨轻声问：“妈妈，你说罗明叔叔他会去哪里？又过了一年他还不肯回家吗？我觉得他意志太脆弱，不敢面对挫折而选择逃避，男人不应该是这样的。”

雁媚没说什么，她心里有很多愧疚，因为她过于的谨慎和自负，而没有体谅疏远他的痛苦，她没有寻求缓和的办法而断然地拒绝了他的哀求。他遭受了打击，便用这消沉的行为破坏了他的信念。他逃跑了，直到现在还杳无音讯。

雪晨又说：“妈妈，你怎么这么傻，甘愿做一个没有丈夫的女人，没有婚姻的母亲，那个男的怎么这么不负责任？害你怀上我他就一走了之？”

“你怎么突然说这样的话？”雁媚很惊异。

“不知为什么，我忽然好恨他，他都对你做了什么？”

雁媚说：“不要去恨，这是不好的行为。妈妈可以告诉你，其实他什么都不知道，即使你的存在他也一无所知。是妈妈太自私，因为太想得到你，才不顾一切地擅自把你带到了这个世界上。当一切这样发生的时候，妈妈没有考虑到会伤害你。对不起，雪晨。”这是雁媚对雪晨最深的愧疚，她找不到任何一个理由来摆脱她所承受的这个苦恼，她只能用双倍的爱和双倍的心来爱这个从没有见过父亲并在名节上受委屈的孩子。

“妈妈，您不要对我说对不起，我真的很感激你用爱给了我生命，感激你把我生下的那个苦难的日子，感激你用心血抚育我的每一天，还感激你教会我很多东西，让我好好学习，品行端正。在我还不懂事的时候，你就先教会我这些。妈妈，我做得还可以吧？”

“是啊，你是一个优秀的孩子，妈妈一直都为你骄傲。”

在温暖的灯光下，雪晨想起他小时候曾经唱过的那首歌：落雪不怕，落雨不怕，哪怕大风吹我也要去找我的爸爸……他轻声问：“妈妈，你还想他吗？”

“谁？”

“爸爸。”

雁媚的脸上突然涌出一片酡红，轻声说：“你长得很像他。”

“妈妈，等我，或许有一天，我一定要去找他。为了你们曾经的爱情，为了他曾经对你的承诺。”

雁媚说：“一直以来，我也有这样的想法，我要让他知道，他的生命不是他一个人，还有一个跟他身体和相貌一样的人。但是，我怕这个想法会扰乱他的生活，也会动摇我们的生活。现在，对妈妈来说平静和安宁就是幸福，我现在真的很幸福。”

这个最普通的幸福，一直充满在清贫的家里，让心灵尊贵，让精神富足。他们获得了一个信息：白雪覆盖的新年的第一个阳光会非常迷人，那是他们透过窗口眺望到的雪停后的天空，布满了冰冷的寒星。

第二天早上，雪晨跃身起床，他推开了窗户兴奋地对妈妈说：“妈妈，外面很美，是一片雪的波涛，我们做什么？去还没有踏足的雪地上留下我们的脚印好吗？”

他灵性里总会有这种孩童顽皮的一面。雁媚欣然答应了他，因为她也保持了一颗不枯竭的童心，她喜欢用这样独特的方式为朴素的生活寻找乐趣，就是做一顿早饭，她也以快乐的心情做得很精心。她几乎就是一个完美主义者，她会把一个简单的食物，通过她指尖的运动，变换成一份受人感动的美餐流淌到心里。雪晨也具备了这样的品质，他很早就学会了整洁，他知道整洁是每个人都应该具有的美德。所以，在日常琐碎的细节和小事上，他从不依赖妈妈为他干这干那，他的独立性很强，他对做任何事都严谨认真，从不马虎。

突然，他们听到有轻轻的敲门声，这声音让他们奇怪，让他们生疏。

雪晨问：“妈妈，是谁会敲我们的门？”

“去把门打开。”

门外，站着一个个子不高的女人，雪晨问：“请问，您找谁？”

这个女人惊喜地问：“你是雪晨吗？”

雪晨疑惑地说：“你怎么认识我？你是找我妈妈还是找我？”

女人激动地说：“我找你，也找你的妈妈，知道我多么想你们吗？”

雁媚从厨房过来，几乎不敢相信此刻的真实：“采勤，是你吗？”

采勤一下子扑到雁媚的怀里，把她紧紧抱住：“姐姐，阿媚姐姐，怎么这么长时间才见到你，我快想死你们了。”

雁媚哭了：“我也想你们，因为找不到你们，也不知道你们都怎么样了？婶婶她好吗？还有妹妹她们？快坐下，你怎么突然来了？我做梦也没有想到你会来，我都不敢相信这是真的。”她激动地拉着采勤的手，眼里闪烁着喜悦的泪，这是多少年后才洋溢在她身上的热情。

采勤说：“以前我也来找过你们，那年也是在过春节的时候，我和还没有结婚的丈夫找到了这里，那时你们还在平房里居住。你的房门锁着，你隔壁的一个大妈说你和雪晨出远门了，我不知道你们会去哪里就失望地走了。总想着有时间再来找你们，可是，就这样忙忙碌碌，又拖了这么久，真的很对不起。”

雁媚恍然说：“那年，是你们来找我的吗？真有意思，不巧的安排让我们又拖延了见面的时间。就在那个新年的前夕，我带着已经念小学三年级的雪晨去看你们。可是，那个院子已经变成了一片废墟，我不知道你们都搬到了哪里。我和雪晨就在那个晚上，在一家又脏又冷的小旅店里挨了一夜。第二天回来后，听隔壁大妈说，有一对年轻夫妇来找我，我很纳闷，怎么也想不到会是你们呀。既然找到我了，怎么不留封信？”

“当时，我是想给你留封信的。可是，这么多年了，有些话不知从何说起，也不知道你的心里是不是在怨恨我们家，怨恨我的妈妈。”

“没有。”

“你还是一个人吗？”

“我和雪晨两个人。”

采勤难过地说：“为什么要过这样的生活？你没有勇气嫁人吗？”

“我想这是命运的安排，我没有刻意去改变它。我和雪晨相依为命，我们的生活很平静，很幸福。”

“雪晨都长这么大了，我简直都认不得了，当年你妈妈抱你走的时候，还在刚满月的襁褓里。现在是一个英俊的青年，太让人激动了。”采勤激动地说。

雁媚对雪晨说：“她就是采勤阿姨，如果不是她帮助我们，我都不敢想你被哪户人家抱走了。太可怕了，如果没有你，妈妈的世界又该是怎样的空虚？”那是一个不堪回首的瞬间，那是一个失去雪晨的痛苦晕厥。雁媚凄伤地对采勤又说：“有些事情真的不敢去多想，想起来就情不自禁地会惊悸，会发抖。如果当时，我有一点懦弱，有一点屈服，我想雪晨恐怕就永远不会在我的身边了。”

采勤眼含泪水说：“因为我知道姐姐什么都没有了，就只有雪晨，我不能让他们夺走你的生命和希望，那样对你太残酷了。”

雪晨感动地说：“谢谢采勤阿姨，在妈妈的心里，你永远都是她最亲的亲人，她从来都没有忘记你们。”

“我也没有忘记你们，我依然还清晰的记得你婴儿时的模样，那么漂亮，那么可爱，你的眼睛那么纯洁，像天上的星星一样明亮，你就是一个天使，我多么喜欢抱你。来，让阿姨再抱抱你。”采勤抱住雪晨，“太好了，抱着雪晨宽厚的肩膀，我是多么幸福。阿媚姐姐，你把雪晨养大该是多么的不容易啊。我的儿子快七岁了，他又淘气又调皮，让我费尽心思。现在，我真正体会到了养小孩的艰难。所以，也总是会想到那时父母是怎样把我们养大的。”

雁媚问：“婶婶她好吗？”

采勤低沉地说：“不好。”

“怎么？”

“她生病了。阿媚姐姐，你能跟我回去吗？妈妈最后想看你一眼，她在梦里也常常念叨你，我想她是真心想你了。”

雁媚担心地问：“她得了什么病？”

“癌症。”

“啊？”

“已经到了晚期，医生说情况很糟，现在她时醒时昏。本来是不想来打扰你的，但是，想到妈妈在她生命的最后，一定对你有愧疚，有遗憾，所以还是来找你了。”

“为什么不早点来告诉我？婶婶得了这样的病，她一定很痛苦。”

“我们也束手无策，开了刀，也做了化疗，还用了很多民间的药方，都无济于事。”

“可是，婶婶怎么办？”

多少年后，雁媚终于来到了婶婶的病床前。

眼前的情景很惨烈，令雁媚悲伤。当年婶婶结实的腰板，能扛得起五十公斤重的麻包，而今，却这么干瘪地蜷缩在白色的被褥中。她一只枯干苍白的手裸露在外面，雁媚轻轻地握住它，呼唤着昏迷中的婶婶：

“婶婶，是我，雁媚和雪晨来看您了。”

婶婶气如游丝，她的神志还有点清楚，微微地睁开了眼睛，泪水从她的眼角里流出来，滑过布满皱纹的鱼尾，翕动了一下嘴唇，她什么都说不出来了。

采勤俯在婶婶的耳旁说：“妈妈，阿媚姐姐和雪晨都来看您了，姐姐从来都没有怨恨您，她一直都在惦记您，以前她来找过我们，因为搬家她没有找到。妈妈，姐姐她非常想您，希望您的病能够好起来。”

仿佛心灵受到了安慰，婶婶从痛苦的表情里泛淡出一丝笑意，她微弱的目光在雁媚和雪晨的脸上移动。一种爱，从压在她心神上的那个沉黑的梦魇中醒来，她无力的手指，勉强地触动了一下雁媚的手，她的悔恨释然于怀，她受到了真诚的谅解，手被雁媚紧紧地握住，想要说话，却只能喘息，嘴角流着口水，脸上那一丝笑纹也在慢慢地消失，她正在一点一点地衰竭下去，呼吸也断断续续。然后，她的身体开始僵硬，冰冷的皮肤也出现了紫色的斑块。她的眼珠子不再活动，已经失去了世界之光的迹象。到了接近傍晚的时候，她终于安然地离开了这个世界。在这个灵魂脱离躯体的可怕时刻，一切都发生得那样从容，谁也没有发出呜呜咽咽的痛哭声。为了让她的灵魂得到安息，采勤和弟弟妹妹们一直都很安静地站在一旁，他们更愿意留下时间，来弥补和挽回妈妈对阿媚姐姐曾经的不足。这个结局很完美，婶婶一定如释重负，走向了她的男人那里。

黑夜里有一种静美，愁和怨也伴随着生命的耗尽，如烛火湮灭。在婶婶留下的那间孤寂的房子里，采勤陪雁媚和雪晨在这里住下，这是她们膝足长谈，彻夜不眠的一夜。

雁媚问："你把孩子留家里行不行？"

采勤说："孩子在他奶奶家，我可以尽情地和你在一起，就像那个时候一样，我们常常这样睡在一张床上有说不完的话。那时生活虽然很苦，可我也觉得很开心呀。"

"是啊，很多和你在一起的时光，都成了我美好的记忆，我不会忘记那些日子你带给我的快乐。"

"姐姐，我何尝不是这样快乐。你给我洗澡，给我梳头，你让我从你的身上感受到一种妈妈都没有给过我的温柔。每次想到这些，我脑海里就会浮现你美丽善良的身影。"

"我也是，常常会想起你给过我的关怀和支持，在我最困难最矛盾的时候，你也事事周全地照顾了我，我真的很感激你。"雁媚又问，"你快告诉我，那个奶奶呢？她怎么样？她好吗？"

采勤说："你离开后的第二年，奶奶得了一场大病，从此身体每况愈下。自从搬离了那个小杂院后，就一直没有他们的消息。好像是在两年前的一天，我在街上偶然遇见了大伟，他告诉我说奶奶已经过世了，还向我询问了你的情况。我说我也不大清楚。他责怪我说我们这一家人做得太绝情，让我感到很羞愧。"

雁媚哀伤地说："奶奶走了，没想到那一次的分离，就成了永别，人生太残酷了。"

"是啊，人生最终都很悲惨。想想妈妈的一生也够可怜的，从旧社会走来，在艰苦的岁月里养育我们姐弟四个，中年的时候又失去丈夫，到现在也没有安安稳稳地过几天舒心的日子，就被病魔缠身，这样痛苦地走了。"

"没有早点发现婶婶的病吗？是不是没有得到及时的治疗？"

采勤遗憾地说："是啊，有时我真的很内疚。平时妈妈独自一个人守在家里，我知道她很孤独。采惠上班的地方远，采灵和小毛整天忙着做生意，我让妈妈跟我去住，她又不肯。所以，病了，饿了也没人管。虽然儿女很多，到头来还是受孤单，人生就是这样空虚。现在爸爸妈妈都没有了，心里总有一种说不出的滋味。”

雁媚悲戚地说：“在我比雪晨还小得多的时候，我突然失去了爸爸妈妈，我幼小的心灵第一次悲惨地体验到了死亡。在我感到暗无天日的时候，是叔叔把我领回到你们家。人生就是这样，在面对伤痛和苦难的时候，也正是我们将从厄运中逃离出来的时候。我们遇上了这样的生活，就让我们这样生活下去，即使承受痛苦也是应该的。”

采勤说：“姐姐，你为什么要过这种孤独的逆来顺受的生活？你为什么不去寻找你的幸福？你就这样还准备孤身一人的继续生活下去吗？将来雪晨离开你成家立业了你怎么办？”

“我没有想那么多。”

“你就是为了那个人，值得这样牺牲你的一生吗？”

雁媚不语。

“姐姐，我已经都知道了。”

“知道什么？”

“杨三妮你认识吧？”

“杨三妮？”

“就是你在农村的时候，你们青年队的一个女生。她说她还跟你住一个宿舍。”

“哦，是的，你怎么认识她？”

采勤说：“她是艳玲的嫂子。艳玲你还记得吗？我曾经在她家的苹果树上摘苹果给你吃。”

“我记得。”

“这是很久以前的事了。有一次，艳玲约我到她家里去玩，当时她的哥哥嫂子还住在家里。家里人很多，屋子也很拥挤，我们就在她嫂子的房间里逗她的小侄玩，并翻看他们的相册。突然，我在相册里看到了一张照片，跟你也有的那张照片一模一样。我就问她的嫂子：你也下过乡？她嫂子说：是啊，你看，这就是我。她把照片上的那个长辫子的姑娘指给我看。我就说：你是跟我的姐姐在一起的。她惊讶问：谁是你姐姐？我就把照片上的你也指给她看。照片上的你，披散着头发站在边上的神情与他们是多么的格格不入啊。然后，她惋惜地说：你姐姐在青年队里受孤单受冷落。我说：我姐姐很美，心地也非常好。她说：是啊，可是，因为家庭问题受了影响。后来，我就问：谁爱过我姐姐？她一愣，问：怎么？我就坦白地对她说：我姐姐生了一个孩子。她大吃一惊说：你姐姐生了个孩子？后来她就怀疑地又说：难道是跟疤倌吗？我突然感到很后悔，我不该跟她说这些的。姐姐，对不起，我想知道她说的那个疤倌是谁？真的是他吗？”

雁媚疲惫地沉浸在往事的回忆里，她无须向采勤再做什么解释，只有心神怠倦的沉思。

采勤继续说："听她嫂子说，你们的那张集体照是为了送别你们青年队队长去参军而留下的纪念。她还激动地对我说，那个队长是你们青年队每个女生心中的白马王子。后来，她把那个疤倌也指给我看，我只觉得心里有一股怪怪的感觉，好像被一种东西堵在了胸口。姐姐，我很怀疑她说的话，这不像是个事实，那个人真的是雪晨的爸爸吗？"

雁媚迟疑地看着采勤，她也被这样的传闻惊得无话可说，她没有办法去遏止别人对她的臆猜，只感到很荒谬。人们喜欢用这种超乎寻常的联想，来确定一个特别偶然的事件，她还能说什么呢？

采勤担忧地说："姐姐，我是不是多嘴了，不该向她说起你的情况？"

雁媚淡淡地说："都过去这么久了，一切也都无所谓了。当时，为了隐瞒这个秘密，我是怎样的提心吊胆，处心积虑，可以想象在那时发生那样的事是多么可怕和恐怖。无奈中，我不顾一切地逃离他们躲了起来。回来后也是整天战战兢兢，诚惶诚恐，不敢面对婶婶，觉得自己像犯了滔天罪行，做了不可告人的坏事一样得不到饶恕。那时，最纯洁的想法就是一定要得到他。"她轻柔地看了一眼已经睡着的雪晨，眼睛里是泪花。

采勤说："可是，那个疤倌也不值得你为他空守一辈子啊，你有什么理由不去结婚？这样荒废你的美丽，你的青春。"

雁媚无奈地说："我生命里总有太多的遗憾，当我用心去爱一个人的时候，却得不到他，所以就没有了信心。"

"为什么要这么没有信心？我看姐姐红颜依旧，追求你的人一定会有。是不是姐姐的要求太高？或许是因为失去了太多，才不愿这样随随便便地拥有？"

"也许是这样，因为我的初恋太完美，至少我是这样认为的，从而使我太清高；也许因为失去了太多，才不愿这样随随便便地拥有；再不然就是内心太自卑，担心自己在别人的印象里是一个庸俗放荡不安分的女人，所以才这么谨慎；在这么多年的孤独里，也许因为心里一直保存着那份美好的爱情，所以，即使让我永远都这样孤身下去我也无怨无悔。"

采勤怀疑地说："那个疤倌很完美吗？"

"雪晨的爸爸不是他，是他帮助我们偷偷相爱。因为在那个特定的环境里，我特殊的身份，相爱真的很难。"

"那雪晨的爸爸是谁？"

"就是照片上那个穿着崭新军装将要去入伍的人。"

“你们青年队的队长？那个女生心中的白马王子？”

“是的，他很受女生的喜爱。”

“他现在在哪？”

“不知道。”

就在雪晨准备考大学的这一年，薛珠也将要小学毕业。

在过去的时间里，薛剑一直都在默默地做医生。他的生活很平静，他的工作很顺利。这几年间，他还去过西藏，做为期一年的巡回医疗。因为工作忙，他已经有好多年没有回过老家。无奈中，在这个新年里，他让他的父母来到上海，他的两个弟弟也分别从广州和西安两个不同的地方携家带口来到他这里与他们一起欢度春节。

他们搬了新家，因为玫怡讨厌住在那个阴暗潮湿的弄堂里，跟那些低俗的人挤那条总是有水凼凼的小路。她几乎花去了他们所有的积蓄，最早购置了房屋。玫怡还精心把房子装修得非常华丽，更换了家具，添置了高档的家用电器。她喜欢显摆，薛剑也放任了她而不去干预。房子是两室一厅，并达不到玫怡的满意，她还想着将来有更大的房子，既要有薛珠的琴房，又要有薛剑的书房，还要有自己的健身房。现在，那架光泽锃亮的钢琴，就委屈地塞在薛珠的房间里，那个小小储藏室，改做了薛剑的书房，尽管很小，薛剑也喜欢静静地待在里面，玫怡时常嘲讽说，那是他沉思的小屋。

这个新年，是一个丰盛的家庭聚会，让薛剑感受到了一种很久都没有感受到的幸福和快乐，也弥补了他多年没有回家的遗憾。

父母身体健旺，他们兄弟三个都蛮有出息地各奔前程。当一家人这样难得聚在一起的时候，那情景特别美妙。两个老人笑逐颜开；三个如天使一样的孙女承欢膝下；三个儿媳漂漂亮亮地坐在一起谈她们的生活；三个儿子认认真真地谈他们的工作。这是当今中国亿万家庭中最普通也最至善至美的人家。

这样美好的日子，也随着短暂的假期很快结束。父母不肯留在他这里，也匆匆地回到他们自己的家。送走了他们，薛剑突然感到屋子里很空，他的心也很空。特别是父母临上火车时对他说的一句话，让他久久的沉思：再忙也要抽一点时间回去看看啊，那里不光只有我们，还有你的朋友。一句意味深长的话，使薛剑不由自主地把过去养育他的家，培养他成长的故土，他年轻时走过的历程，都充满在他的心里。就自然而然地想到了很多的同学和朋友，想到了他最难以忘怀的那段下乡的岁月。因为在他的心灵深处，一直隐秘着一个往日恋情。他时常在想她，他无法忘记她，在他感受新年的快乐的时候，他很想知道她是不是也快乐着。这样的想法，常常会在他的思想里形成一个谜，让他不停地去猜。他不知道为什么在长久的杳无音讯的几乎都已经生疏的情况下，他对雁媚还有那种不可言喻的思念和牵挂。她曾经委身于他的那个依恋，使他更坚定，更不可抗拒地做了一次最深刻的回忆，让心放纵地跳动。然后，他才以对家庭的忠诚沉静下来。

作为医生，薛剑医术精湛，性格成熟。他有一种独特的魅力，这种魅力来源于他的庄重和温雅。他保持着身材适中，穿着得体，他颇有自然的优雅。他的手指修长、敏锐，让人毫不怀疑他与生俱来就是一个外科专家。他工作时，眼睛显得特别深沉，镇静，不滞于物。他做事认真的态度，使他的病人都感到安全。他赢得了极好的声誉，慕名向他求医问药的人很多。尽管这样，他也表现着他的谦虚，从不傲慢张扬。他对每个病人都有体恤的心。也许，在穿上白衣之前，他切身体验过农村的劳动和军营的生活，他就更知道朴素自然的心灵是多么重要。

当春天的夕阳坠入到那片恬静的云霞中的时候，七月的夏天来了。

一天，薛剑做完了一例胸腔肿瘤手术，疲惫地从手术间出来，在穿过走廊的时候，他看见一个身体略胖的大妈在弯腰系鞋带，他就俯下身子帮助大妈系上了鞋带。大妈感动地说：

“薛医生，你怎么可以帮我系鞋带？”

薛剑微笑地说：“我怎么不可以帮您系鞋带？大妈，医生还没有尊贵到不能屈下身子帮病人系鞋带。”

“有你这样的好医生，我们病人还担心什么？”她心情欢畅，完全看不出她是已经做过大手术的癌症患者。

薛剑说：“大妈，在医院里，最好穿那种不需要系鞋带的鞋子，这样会方便些。”

大妈说：“是啊，可是这鞋子是我儿媳买给我的，即使有点不方便，我也要穿呀。”她以骄傲的姿态，来体现她对爱的最真实的感受。

看着大妈乐呵呵地摇摆背影，走廊上回响着她轻缓的足音。薛剑想：能让每一个病人都这样骄傲地活着，人类世界还有比这更崇高的职业吗?

当他回到办公室的时候，听同事们在议论一个不胫而走的消息，医院要委派两名医术高明，品德高尚的医生参加援非医疗队。之前，在委派援非人员的事宜上，院长已经找他谈过话。

那个李静医师，固执地依然还没有结婚，她很挑剔，也放不下择偶的标准，尽管已经过了三十的岁数，她像那些只顾着疯狂追捧偶像的追星迷一样，她的眼睛追随着薛剑走过来的脚步，油然对他产生的敬意至今还保持着。

大家在议论中怀疑，他们的主任医师薛剑又要走了。他们都舍不得他走，因为跟他一起工作是愉快的。他神情宁静，仪态庄重，谈吐总是和蔼可亲，他们从没有看到过他有过粗鲁和急躁的言行，他的修养总是这么好。

办公室的王医师说：“薛主任，我们都在议论你，并毫不怀疑地相信你又要离开我们到遥远的地方去。”

薛剑微笑说：“谁告诉了你这个结果？”他的才智和诙谐总是表现得这么恰到好处。他很内敛，在一切没有正式公布出来的时候，他从不做不负责任的传播。

“有这个可能，因为我们的习惯，喜欢把最好的去服务人家。”王医师说的是实话，这是中国的传统美德。

薛剑缄默不语，用简单的微笑保证了他的冷静。他从王医师手里接过一份病历看起来，他的这种一贯行为，总会把办公室偶尔活泼的气氛打散，这是他的弱点。

为了让气氛再活泼起来，李静说：“薛主任，假如，您真的又要离开我们到那么远的地方去，那么，在走之前，让我们来摆一顿宴席为你饯行好吗？”

薛剑说：“我早就声明，不跟单身女子一起吃饭，什么时候你嫁人了，什么时候我请你吃饭。”这似乎是个玩笑，却包含着薛剑对她的善意。因为他不愿意看到她为了那个空虚的追求，而无谓地延误她美好的时光。他们天天在一起工作，即使她常常会表现出她的殷勤和暗送的秋波，薛剑依然能用一种最自然的态度，跟她保持最平常的距离。这一点，他的妻子朱玫怡从没有为英俊倜傥，魅力十足的丈夫有过丝毫的提防和戒心。

在薛珠暑假中的一个下午，快接近傍晚的时候，玫怡接到了一个电话，她交代了一下就匆匆离开了她的办公室。

她现在在自己创办的服饰公司里风光无限。她的事业很顺利，生意做得很成功，几年的工夫，一切她想得到的东西都得到了，汽车、住房和大把大把的金钱。唯一让她还不满足和伤脑筋的是女儿薛珠太过一般。她精心为女儿勾画的人生蓝图，已经被云翳布满。薛珠不愿学画画，也不高兴学钢琴，她对什么都不发生兴趣，也没有热情，而且，学习成绩也很平平。因为小学升入中学的成绩太差，上不了重点学校，所以玫怡十分着急，各路寻找关系，托人帮忙。她找到了她的中学同学康文旭，他是这个重点中学的教科主任，玫怡把全部的希望都寄予给了他。事情办到最后，康文旭打电话约见她，他们在一家高雅的咖啡店见了面。

“对不起，朱玫怡，事情实在难办，我直接去找校长，被他回绝了，说成绩太差。”

玫怡说：“又不是差很多，不就是差十几分吗？”

“十几分？你应该知道，即使是差一分，又有多少学生在排队？”

“你没有告诉校长薛珠有特长？她会弹钢琴，还会画画。”

康文旭笑了笑说：“现在有特长的孩子很多，那些会画画弹钢琴的学生已经多得不计其数，对这次入学校的学生来说，校长还是坚持以分数为重。”

玫怡责怨说：“你们的那个死脑筋校长，难道分数高就是将来的人才吗？国家的教育什么时候要改革？真是。给他送礼他也不要吗？”

康文旭把一个信封包还给她说：“校长他不收，教书育人这么多年，他不会因为金钱的诱惑，而让自己丧失名节。”

玫怡冷笑地说：“他是不识时务，冥顽不化。现在谁不是见钱眼开？”

“你说得不对，别把社会上那些低劣的现象，都归罪到每个人的身上。不是谁都不顾廉耻地去贪求。正直清廉的人很多，你的丈夫不就是一个行为端正的人吗？”

“你了解我的丈夫？”

“是啊，那年我父亲手术住院一个多月，我跟他接触很深。他是一个超凡脱俗的人。”

“你太吹捧他了。”

“没有，我很敬重他。怎么办，对你我只能好言劝说，薛珠上不了重点中学，上普通的也未尝不可。别太去强求，也别太去迷信重点学校，其实那里面也有弊端。它只注重成绩好的学生发展。假如薛珠到那个环境里去学习，一旦成绩跟不上，她就只会更差，而且心理上也会有自卑。”

“这个臭丫头，她会有自卑？她的脸皮特别的厚。她一点都不像个女孩子，整天活蹦乱跳，就是不能安安静静地去学习，去练琴，还对我说：如果觉得不上重点中学是一件不光彩的事情，就什么学都不要上了。你说可恶不可恶。”

“没什么可恶，这是孩子的顽皮，也是她对你的反抗。薛医师呢？他对孩子升学的事怎么想？”

玫怡不屑地说：“医院是他的家，病人是他的父母。家里的事他从来都不管，对孩子也不管。薛珠都是被他宠坏的，什么事都放任她，把她娇惯得像一匹小野马难以驯服。有时我真的很灰心，我整天忙忙碌碌，拼命挣钱，竭尽全力想培养薛珠成为一个出类拔萃的人，看来我是白费力气了。”

“有一句话说：有心栽花花不成，无心插柳柳成荫。就是这个意思，在对孩子正规的教育上，也要有自然放手的时间，因为每个孩子的个性不同，靠一种强制的手段，来要求他们这样那样都是不行的。”然后他又说，“听说你的事业做得不错。”

“还行。”

“你一个女人也真够要强的，想到过挣好多钱以后干什么吗？”

“没有。”

“那你挣钱为什么？”

“这个嘛，不是用语言可以说清楚的，就好像是在眺望大海，渴望看到它的彼岸。”

“这是高度的欲望。”

玫怡嗔怪说：“高度的欲望？我只是在做生意，在文明经商。这样算算是比你们挣得多。可是，当大把大把的钱赚到手里的时候，我也会想到，一个人的一生能享受多少？衣食住行能达到什么样的标准才算是个够？这样说来，人应该是最贪得无厌的动物。像老虎和狮子它们会在吃饱后就放弃食物到一边去呼呼大睡，而人做不到这一点。吃饱了肚子就想穿衣，住上楼房还想住别墅。贪钱财贪名利贪得醉生梦死，这样为名缰利锁也是很无奈的。”

康文旭说：“你还是有所感悟的。”

“有感悟又能怎样？在现实的社会，想让自己的思想从世俗的观念里摆脱出来也是很不容易的。”

“你的丈夫就很脱俗。”

“是啊，他总是对我说，人应该知道什么是满足。可是我做不到，凭什么让自己满足而看别人活得扬扬得意？那些名车钻石凭什么都是人家的？也许就是这样的攀比，那年，我连跟丈夫商量都没有就冲动地下海了。虽然这些年也挣到了钱，但是，也失去了很多安逸的生活。我没有时间陪丈夫散步，没有时间陪女儿读书，我满脑子都是生意和金钱。有时站在大街上看着来去的女人，我也问过自己，会挣钱的女人是不是比她们更幸福？”

“你认为呢？”

玫怡说：“我比不出来，不知道谁应该是最幸福的。如果说，一个女人有常常的宁静是幸福的话，我不算是幸福，因为我要跟人无休无止地谈生意；如果说，一个女人常常有开怀的笑声是幸福的话，我还不算是幸福，单单为了薛珠我就没有开心地笑过。我不求她将来一定要多么会挣钱。但是，我希望她像一颗闪烁的星星受人仰慕。”

“你就很让人仰慕，你的丈夫也让人崇拜，你还不满足？比比我们初中二班的同学，你算是最出众的。”

“这是不一样的，对孩子的期望比对自己的期望更重要。因为薛珠很漂亮，天生就有做明星的潜力。”

“这就是当今社会出现的一个很怪异的现象，家长不愿用平常的心把自己的孩子看成是普通的孩子，而是把他们当成太阳，强迫他们发光闪耀。”

“照你这么说，我是在枉费心机？”

康文旭劝慰说：“家长有责任也有权力按照自己的目标去培养孩子，但是决不可把目标设置得太高，那样不切实际的空望只会让你更失落，还会产生怨恨。要用清醒的眼睛，看自己的孩子就是学校操场上人头攒动中的一个，而不是天上的那颗明亮的星星。”

玫怡唏嘘了一声，说：“你真不愧是一个教师，用教育孩子的方法来教育我，托你办的事就这样应付了我，我不会怪你，只怪我的薛珠不争气。我是好高骛远，天天为她寝食难安，她一定像没事一样。”

“这就是孩子的快乐。”

下午下班时，薛剑顺路到菜市场买了菜回家。他也是一个居家的好男人。

妻子忙于生意，回家总是很晚，而且应酬很多。薛珠在暑假里，她又约了同学出去玩。家里很安静，薛剑喜欢回家时享受到的片刻安静，他愉快地准备为女儿做晚饭。

这时，他听到了女儿回家的脚步声。

“爸爸，你怎么知道是我就开了门？”

“你像弹钢琴的脚步，我在厨房就听到了。去哪儿了？”

“美佳的表姐带我们到游乐场去玩，回来后我又去了外婆家，吃了西瓜就回来了。妈妈呢？”她朝屋里张望了一下。

“快进来吧，妈妈还没有回来。”

薛珠调皮地对爸爸笑笑说：“爸爸，你别告诉妈妈我整个下午都在外面玩，她让我老实待在家里练琴，我没兴趣。”

薛剑和蔼地问：“那你对什么有兴趣？”

“不知道。不过我喜欢看外面新奇的东西。”

薛剑收敛了笑容说：“现在是假期，你可以多玩玩，爸爸不会太管你。但是，开学后，你就要好好学习。你已经不是小学生，而是中学生了，知道吗？中学生意味着什么？意味着你长大了，要有学习的自觉性。”

薛珠点点头：“知道。爸爸，我会好好学习的。可是妈妈非要让我上重点中学，我觉得因为没有考上重点而去上重点学校会很尴尬的。”

“不会的，只要你做到比别人更努力地学习，你的成绩就会比那些考上重点学校的同学还要好，你有信心吗。”

“有。”她感到快乐，她总会在爸爸这里得到宽容。她有一种天真、开朗、随和、自然的性格，她几乎没有任何忧愁伴随她成长。她每天都无忧无虑，即使妈妈怎样逼着她学这学那，她也能全不在心。她快十三岁了，有着娇好的脸蛋，弯弯的眼睛仿佛总是在笑。她稍微有点胖，她的皮肤雪白，脸色红润，她的鼻子和嘴唇都长得无可挑剔的完美，怪不得玫怡总是坚信她的相貌有一种做明星的大气。

就在他们准备吃晚饭的时候，玫怡气冲冲地回来了，她瞪着薛珠，恨铁不成钢地说："你还好意思吃饭？我都替你害臊，成绩考得这么差，谁都帮不了你上重点学校。"

薛珠说："我为什么非要去上重点学校？"

"你这个不争气不求上进的孩子，你简直要把我气死，你们班那么多的同学都考上了重点学校，我花钱让你上，你那成绩都上不了，真是可耻。"玫怡把包里的钱掏出来扔到沙发上，生气地说。

薛珠振振有词地说："有什么可耻，谁能确定一次考试就能注定一生？如果为成绩不好就感到可耻的话，我不就是一个心胸狭窄的人了吗？"

"你还有理了是不是？看看你的同学宋婷婷，路芳，她们学习好，钢琴也弹得好。可是你呢，简直就是一个贪玩、懒惰、没有目标、一事无成的孩子。"

薛剑说："好了，别一回来就说这些懊丧的话，上不了重点上普通的也一样，哪个学校不是在教书育人？别总拿薛珠跟这个比跟那个比，薛珠就是薛珠。"

这如同火上浇油，玫怡发火说："家里的事你不要管，孩子的事你也不要管，我不知道你做了薛珠的爸爸后你都为她做过什么？除了宠她、惯她、放纵她，你简直在跟我唱对台戏。"

"孩子不愿做的事，我们怎么可以去强迫她？只要学习尽力，考试没考好有什么大不了的？你整天咋咋呼呼，既要她这好，又要她那好，如果不是天才，谁能做到一百个好？"

玫怡摆摆手："我不跟你说，当着孩子的面你尽说这些纵容她的话，我饿了，我要吃饭。"

薛珠讨好地为妈妈盛了饭，递到妈妈的手上，她那坦然的满不在乎的神情，好像一切的争端都与她无关，令玫怡又好气，又好笑。她委婉地说："薛珠，你真让妈妈灰心，你知道妈妈多么想在你能够上重点中学的时候，为你举办一个庆宴，那是多么开心多么风光的事啊。"

薛剑深沉地说："这只是为了满足你的骄傲和虚荣心，能够在很多人面前炫耀你的奢侈和富足，还会有什么？别把庸俗的东西带给薛珠，她的一切都应该是纯洁的。"

玫怡粗鲁地说："好了，我们都别说了，我已经讨厌你在我面前这样表现。你是个谦谦君子，我让你感到俗不可耐。如果说当年我爱慕你的就是这种清高和超逸，现在我可以告诉你，我讨厌死了。"

薛剑不想跟她起冲突，薛珠也老实地在吃饭。

稍会儿，玫怡又问："下午练琴了吗？"

薛珠用求助的眼睛看着爸爸，轻轻"嗯"了声。

薛剑说："或许，我又要去参加援非医疗队。"

玫怡惊讶地说："什么？怎么又要你去那个野蛮的地方？不是那一年援藏的时候被派去过一次，怎么还要你去？这是你们医院的习惯吗？"

薛珠问："爸爸你非要去吗？"

"是，院长已经跟我谈过了。"

玫怡揶揄说："能不让你去吗？你有高超的医术，你有优秀的品质，你们医院是把你当成一面旗子向外扛的。可是，为什么不让你当院长呢？黄成洋不是已经坐到了副院长的位子上了吗？而你呢，还是这样默默无闻。不会溜须，不会拍马屁，不会趋炎附势，在当今社会，即使你是一块金子也发不了光。"

"别说这些无聊的话，我只想做好一个医生，在我行医的时候，我也行我的人格，别的我什么都做不来。"

玫怡嘲笑说："真是经典绝妙，薛珠的爸爸不同凡响，他的精神又要带到非洲那荒漠上去了，别人都不愿意去的地方，他总是冲锋陷阵一马当先。现在这个年代，这种高尚的人只会让人感到滑稽可笑。"

薛剑沉郁地进到他的书房，因为那里是他沉静的地方。薛珠自觉地帮妈妈收拾了餐桌，就到她的房间练琴去了。玫怡坐在客厅的沙发上看电视，这一刻，她突然感到家里好温馨。整天忙于算计、应酬、结交、谈生意，她好像忽略了家里的这种清净和温馨。平时，她的夜生活总是很热烈，不是跳舞，就是打牌，她很少有这样放松的心情待在家里。她看着电视，那些说逗、吵闹、粗劣的娱乐节目和电视剧让她感到无聊。她索性把电视关掉，静静地听薛珠弹琴。那琴声令她陶醉，她坚信薛珠会成为一颗闪耀的明星，她一定会有站在舞台上被人用掌声追捧的时刻。她用这样的狂想，让自己激动。可是，不一会儿，她的这种心情就被扰乱了，她的朋友叶惠娟和她的丈夫来造访，并邀请他们去跳舞。当他们问起她的丈夫的时候，玫怡的头朝里面扬了一下说：

"我的丈夫在他清静的书房沉思呢。"

薛剑待在他的书房里。刚才玫怡对他的讥讽让他难受，他阴郁地坐在书桌前，依凭着窗口眺望。夜幕降临的天空昏昏沉沉，每次他有烦恼，心情不好的时候，他就用这样的方式让自己情绪平静。虽然他和玫怡在性格和对生活追求的方式上有很大的差异，在家务琐事上他们也常常有摩擦和争执，但是，他不是一个喜欢吹毛求疵的人，玫怡也不是那种爱钻牛角尖的人，他们一直都努力地把握着生活的平衡，避免引起较大的冲突而让家庭出现危机。

他静静地坐着，书桌上放了一本厚厚的医学书，他没有心情去翻阅它，就又到书架上去寻找一本他似乎想看的书。他随便浏览了一下，也不知道到底想看什么书，他有点心神不宁，就顺手抓了一本加西亚马尔克斯的《百年孤独》，他这会儿的心情对孤独很敏感。他坐下来翻阅着，突然发现了里面有一张照片，就是那张他从农村去参军时的集体照。照片已经泛黄，他一直认为这张照片已经丢失。他转战了好多地方，也搬过好几次家，他不知道什么时候疏忽大意把它夹在了这本书里而一直没有找到。他很惊喜，也很激动，拿照片的手都在不住地颤抖。多少年了，这照片上的每一个人对他来说是那样的熟悉。他依然能叫出他们的名字，但是，那些名字听起来却很生疏。他的目光一直停留在那个神情忧伤的姑娘的脸上，他按捺不住地在心里轻轻呼唤着雁媚，他不知道为什么，他总会这样冲动，在念着她名字时的一瞬间，他眼里就有一种热乎乎的湿热。

尽管他的家庭给了他一个平静的生活，可是他的心里从没有放下他的那段感情。他默默地在这里又经历了一场矛盾的挣扎，有一种非常强烈的愿望想她。一切都仿佛还是昨日之事，她那忧郁的眼神，她那沉静的神态，她那逆来顺受的孤单和她那温婉柔顺楚楚动人的微笑，又这么清晰地、活泼地跳跃在他的脑海里。对那个冷酷的夜晚的那次伤痛的分别，他有过无数次的心碎、自责和羞愧。就是为了那个空洞的荣誉，那个为爱情而制造的秘密，使他脆弱地丢下了她。时间都过去了这么多年，他知道他不该这样想她。他也觉得奇怪，为什么一想到她，就有一种难以形容的激动，会把那段尘封在心里的感情，又重新在他的生命中燃起纯洁、浓烈和渴望的火焰，把他和雁媚又融化在一起。

这时，玫怡推门进来，说："叶惠娟和她的丈夫来了，邀请我们去跳舞，你出来吧。"

薛剑轻轻合上书，那张照片依然还夹在《百年孤独》里，他冷冷地说："你应该知道我不喜欢参加你们的活动。"

"不管喜不喜欢，你总该出来见人吧。客人来到家里，你是主人就这样躲着？"

"我怎么是躲着？我在我自己家里。"

"好了，别像孩子那样耍性子，你出来吧。"玫怡很有抑制力，她面带笑容，回到客厅对他们说，"他正忙着查资料，马上就来。"

叶惠娟的丈夫说："文人和俗人的差别就在这里，当我们闲下来无聊得到处乱窜的时候，他们却嫌时间不够。”

叶惠娟说：“第二个差别就是，你满脑子里装的都是计算和麻将，而人家薛医师的脑子里输入的是知识和思想。”

玫怡说：“他跟我们一样，俗起来的时候比我们还俗。”

薛剑从书房出来，简单地跟他们招呼了一声便勉强坐了下来，他从心里不喜欢别人到他的家里来，他一直认为串门是一个不好的习惯，这样会扰乱他生活的秩序，破坏他家里的气氛。他冷漠地听他们谈生意上的事情，谈他们的盈利和亏损，谈他们的舞会和麻将，他所表现出来的心神怠倦，让玫怡尴尬，她解释说：

“做医生有跟我们不同的方面，当我们每天在跟商客谈生意做买卖为有一笔钱进账而感到兴奋的时候，他们却在手术室里面对血淋淋的肉体和痛苦的呻吟，有时还有死亡。所以感受都会不同。平时我们在家里也很少有话说，因为我们没有共同的话题。我不懂什么医学，他也不掺和我的生意，我们保持着这样的距离，反而让别人看我们是一对极其恩爱的夫妻，事实上也就是这样，我们都很忠诚和依赖对方。”

玫怡的微笑很得体，她的表情很亢奋，她所表现出来的骄傲，不由得使叶惠娟看看自己的丈夫。他肥胖的体态，坐在沙发上的样子使她稍有难堪。然后，她转过那个把头发盘得又高又紧的头问薛剑：“薛医师，医院里的气氛是不是让人感到压抑？你应该经常放松地跟玫怡参加一些活动，这样才好。玫怡也常常抱怨你不理解她在外面的事业，不体会她的感受，每次我们有什么聚餐、宴会或者舞会活动，她总是形单影只。她说你很忙，医院真的很忙吗？”

薛剑说：“是很忙，不过，我不太喜欢人多的地方，玫怡也怕我跟着她会给她难看，所以，她每次参加什么活动都是偷偷溜走的。习惯了这样，反而觉得如果跟她一起出现在那样的场合会很不自在。还有，就是她不喜欢让我看到她在人多的地方出风头。”他的诙谐引得他们笑起来。

玫怡娇嗔说：“我什么时候出过风头？”

叶惠娟的丈夫问：“医院每天都死人吗？”

薛剑瞟了他一眼，对这个粗俗的问题他很反感。他说：“我们做医生的只有一个目的，就是希望所有来医院治病的患者，都能健康的出院，谈及死亡，我们也很避讳。”

叶惠娟说：“我们开心地坐在一起谈什么死？薛医师，去跟我们一起跳舞吧，今晚的舞会很隆重，听说云集了很多官运亨通的要人、商贾和社会名流。”她以炫耀他们的方式来提升自己的身价，而让薛剑轻视。

“对不起，你们去吧。”

她又说："我们好不容易才搞到的入场券，本来是想打电话约你们的，就是怕你不去，我们才亲自登门邀请的。我们的诚意都带到了你的家里，你也不给面子吗？"

"我不会跳舞，去了会碍手碍脚的。"

"这个你不用担心，舞会上的那种气氛会让你情不自禁地跳起来，没有人在意你跳得好不好。"

她的丈夫问："薛医师，也不打牌？"

玫怡忙说："别跟他谈这些。"

"喜欢喝酒吗？"

薛剑说："喝一点。"

他一拍大腿高兴地说："那我们哥俩找个时间好好地喝一杯，我最欣赏薛医师这样的人了，深沉、儒雅，有修养，有风度，不像我们这些粗人。"

玫怡戏谑说："做生意的时候你的门槛最精。"

叶惠娟说："好了，我们让薛医师跟我们去跳舞吧。"

薛剑推诿说："你们去吧，我还有事情要做，而且我也不能把薛珠一个人留在家里。"

叶惠娟的丈夫说："玫怡，对这样的男人，你可以放一百个心，他永远都不会到外面去拈花惹草。"

薛剑十分反感，起身进到薛珠的房间，并把门紧紧关上。他这样的举动，完全扫了他们的兴。

这个晚上，他们过得很不开心。客人走了，舞会也没有去成，而且让玫怡感到她在朋友面前丢了面子。她认为丈夫的行为，太离谱，太没有风度，也太不礼貌。他们躺在床上背对着对方，谁也不说一句话。过了一阵，玫怡还是不可忍受地坐起来责怪说：

"你怎么可以这样不懂人情世故？客人都来家里了，你还板着冷冰冰的面孔，装得很深沉的样子，你是在卖弄你的深奥，还是让他们对你可望不可即？"

"那是你的想法，我告诉过你，我没有习惯参与你的活动，我也不感兴趣。我不做生意，跟你生意上的人也谈不来，你要我怎样装？"

"你有什么了不起的？不就是一个医生吗？"

"你别误解我，我在做医生之前，也做过军人，也做过农民。"

玫怡冷笑着说："是啊，你有这么深的阅历，所以才会看我是这么肤浅。别忘了，我也是手持一张正牌大学文凭的生意人。"

薛剑对她笑笑，显然他是不想把一种不好的心情带到睡梦里去。他试着用玩笑的口吻说：“是的，我记得你的那张显赫的大学文凭，就放在你的抽屉里。好了，睡吧。”

玫怡忽然感到有一股流向她心窝的温柔，她侧身凝视着薛剑，柔和的灯光下，他脸部的轮廓所显露出来的一种具有刚柔相济的男性之美，顿时让她体内那敏感又发热的神经备受鼓舞，她轻轻地偎依着他躺下，温柔地在他的耳边低喃：“你是不是认为我变得庸俗和自满了？”

“你说呢？”

“我觉得你也变了，你变得固执、任性，还没有人情味，对我也不像以前那样体贴温柔了。”

“我没有，那是你太忙碌，忽略了我对你的关心。”

玫怡撒娇地抚摸着薛剑的脸说：“你真的又要去非洲？如果去一年就是三百六十五天，如果去三年就是一千多的日子，这漫长的日日夜夜我怎么办？”

薛剑没说什么，他伸出手臂把她拥在怀里。

这一夜多么寂静，熟睡的玫怡在丈夫的枕边发出安宁的气息。而薛剑却在黑夜里难以入睡。他把手臂从玫怡的颈弯里抽出来便坐了起来，点了一支烟。烟雾中，那张被他重新找到的照片，仿佛带着烟尘往事的幻象呈现在他的眼前。在时光过往的无数的活动中，在世界宽广的无数的面孔与名字之上，总有那一串串的名字和一张张的笑脸像花一样美好地留在他的记忆里：做医生之前，我做过军人，也做过农民。也许那时候是他最感荣耀的。他的脑海在兴奋地跳跃，像波浪一样地追逐，萦绕着他的是从照片上闪过来的脸。他奇怪怎么会在这睡梦初醒的时刻又想到他们？还能记得他们的名字：宋为华、田跃平、杨学林、赵军、石宝顺、张信义、张东、郭俊生、叶迎香、杨三妮、肖玲、吴玉琴、张丽平、金凤、李春莲、乔艳艳、赵慧兰、丁晓秋……从这个名字跳到那个名字，从这张笑脸飞到那张笑脸。他们重重叠叠连在一起，把他带回到那片广阔的田野。那里莹莹茫茫：

她像一个秋夜的仙灵，
披着消沉落日的微光，
带来星辰无尽安宁的应许，
用他静默的服务引导着……泰戈尔的诗句神秘又朦胧，仿佛那个仙灵，就是他心里的雁媚。在这个沉黑的夜里，浮泛着岁月的记忆，使薛剑辗转反侧。玫怡在他的身旁翻动了一下，她把一只手搭在他的胸脯上。在微明微暗的灯光下，她的脸呈现出一层幸福又甜美的红晕。薛剑轻轻地把她的手从身上移开，空虚、疲惫、漠然地吐出最后一口烟。他刚刚躺下，就突然被一阵急促的电话铃惊起：

“薛医师，请你马上过来，一起重大交通事故，有很多人受伤。”电话里是一个紧迫的声音。

“好，我马上过去。”他放下电话，刻不容缓地穿上衣服。

玫怡醒了：“怎么？”她问。

“医院有急救。”

“见鬼。”她嘟哝了一句，就又睡去了。

这是发生在城郊公路上的一起交通事故，在凌晨两点多钟的时候，一辆长途大客车与一辆大卡车迎面相撞，死伤很惨重。

直到中午，薛剑才疲惫地从急救的手术室里出来。

在走廊上，他被一个满头缠着白纱布的男人拦住，那人焦急地问：“医生，我的同伙怎么样？他会死吗？”

薛剑对他说：“他头骨碎裂，还在危险中。”

“怎么办呢？医生，你一定要救活他啊，他是我的合伙人，我们一起出来考察市场，没想到发生了这样的惨事。”

他那蹩脚的普通话，还夹杂着浓重的河南口音，薛剑不经意地问道：“从河南来的。”

“是啊，是啊，俺是来看看这里的建材市场。”为了证明自己是地道的河南人，他原汁原味地用河南话说。

薛剑感到亲切，那是他从小的口音，他摘掉口罩说：“我也是河南人。”

就在这一刻，一个震惊的，意想不到的情景，几乎把这个说河南话的男人怔住了。他被纱布包住的脸，像石膏一样僵硬，他目不转睛地注视着薛剑，难以置信的摇晃着头。这张熟悉的面孔，从没有离开过他的记忆。在二十多年分别的日子里，人到中年的这个年纪，或许相貌会在一定的程度上有所改变。但是，生命里的那种特质、神韵和自然的音容不会改变。他惊异地叫道：“薛剑。”

薛剑惊愕地看着他，他的脸被纱布整个包住，他的眼睛撩逗起薛剑的一丝记忆，他的声音让薛剑有一种似曾相识的印象，他怀疑地问：“你是跃平？”

跃平奋力一把把他抱住：“好家伙，你还真能认出我，太令人惊喜了，我怎么会在这里看到你？”

薛剑激动地说：“这是奇迹吗？冥冥之中是不是就有神奇？昨晚，不知为什么，我怎么都睡不着觉，我意外地找到了我们的那张照片，我满脑子都充满了我们在一起的时光。这是巧合还是有意的安排？让我们这样相遇？”

跃平说：“我也不相信我的眼睛，仿佛觉得是在梦里，是什么让我突然清醒？在这里真真切切地遇见了你呀。”

“你脸上包着纱布，我是凭直觉喊出了你的名字，你伤得怎么样？”

“我没事，蹭破了一点皮。”

他们到休息大厅里坐下，跃平说：“早听说你又调到上海来了，因为只顾着忙生意，连伯父伯母那里都很少去。他们都好吧？”

“他们都好，今年春节的时候，全家人都到我这里过的年。”

“那一定很热闹。”

“是啊。”

“几年前，我偶然遇见了回家过年的薛山，他对我说你很久都没有回过家。你真不够意思，出去这么多年，是不是把我们都忘了？如果不是遭遇车祸，我到哪里见到你？”

薛剑愧疚地说：“对不起，我也很惭愧。这些年都是在忙忙碌碌中不知不觉地度过的，偶尔回去一趟，也只有三天五天的时间。所以也没有刻意去看看朋友，真的很对不起。”

“好了，别这样说对不起。今天我们这样相逢，一定是上天的安排。我来的时候，肖玲就说让我给她带个好礼物回去，我想这就是最好最珍贵的礼物了，她一定会喜出望外的。”

肖玲，那个像苹果一样的漂亮活泼的姑娘，那是他们在农村时就建立起来的爱情，一直绵延到现在。

几天后，在跃平的同伙的伤势趋于稳定后的一个傍晚，薛剑和他在一个安静的酒吧聊了很长时间。这是一个不寻常的交谈，那样推心置腹地把他们过去曾经一起拥有的，愉悦的，可怀念的东西都倾吐出来，用匆匆搜索到的点点滴滴的记忆，把思绪带到了那个遥远的过去。时间没有把他们疏远，而是拉近了他们心的距离，薛剑关切地问：

“怎么样？过得好吧？”

跃平满足地说：“很好。肖玲常跟我说，她最喜欢的人是你，而你却把她交给了我。”

“她很坦白，我喜欢她这种率真的性格。我很高兴你们一起走到现在。”

跃平笑笑说：“我们有一个儿子，快十五岁了，别的什么都好，就是有点女孩子的羞怯。”

“这么说他是像你了。我的女儿快十三岁了，她的性格却很像男孩子。”

“好有意思，怎么会这样？”

“是啊，这样反差的性格未必不好。”薛剑又问，“在做生意吗？”

“是。你参军走后的第二年，我也从农村匆匆回来，接替了我父亲的班进了工厂。干过一阵后觉得很没意思，我想给肖玲一个好的生活，单凭一点工资是不行的。所以，我背着家人就辞职下海了。当然，我的举动激怒了全家人，父母责怪我把他们坚守了一辈子的职业给丢掉了，肖玲也跟我大吵大闹，没办法，我只好硬着头皮去闯荡。这些年苦吃过，累受过。还好，几年里做建材生意也挣到了不少，现在又开了一家装潢公司。”

“肖玲一定很开心，你真的给了她一个好的生活。”

“是啊，她现在像一个阔太太，长得又肥又胖，什么心都不用操，连班都不上了。”

薛剑说：“那年，我的妻子连跟我商量都没有就擅自辞掉了一份不错的工作，当时我很不理解，现在想想我是没有权力去干预她。即使是夫妻，也有她的自由。”

“你的妻子有这个气魄，这不是一般女人能做到的，商场有时比战场还要残酷。”

“个个都要凶猛，还要老谋深算？”

跃平哈哈笑起来：“薛剑，你还是那么风趣，我可以承认一点，学会了做买卖，就学会了一点世故，你做了大医院的医生，就没有想过自己去开办一个诊所？那样会挣到比你现在的工资多几倍的钱。”

薛剑说：“我认为医生这个职业，跟经商是不能相提并论的，那是丝毫都不能让锃亮的手术刀上沾染任何一点的锈渍。否则就医治不好病人的病。”

“你一点都没有变，还是那么真诚。”

“你变了，以前那个害羞的，腼腆的，喜欢吹笛子的纯清男生，是不是已经变成了生意场上的老手，你刁钻奸猾吗？”

“哈哈，刁钻奸猾还不是，不过，在那种恶劣的买卖环境里，到处都是无法平静的欲念和无法驾驭的狂妄，有时，不刁钻也不行。但是，诚信经营我还是在做。”

“这样就好。”

这时，端酒的小姐扭着屁股向他们走来，为他们续了酒，又抛了一个媚眼给他们。

稍后，薛剑问：“人到了这个危险的年纪，你在生意场上厮混了这么多年，常常出入旅馆、酒店，有没有动机拈花惹草？”

跃平笑笑说：“这个嘛，我想一个人在较长的时间里，外形上会有点改变，就像我这样开始大腹便便，但是本质的东西是不会改变的。你也了解我的本性，所以，这么多年来我始终都忠于肖玲，我很看重这一点，一个男人的贞洁，其实就是在保护他女人的贞洁。我是一个比较传统的人，对那些酒店、旅馆、歌舞厅、美容院的一些小姐，总像苍蝇一样的向你哄来，只感到心里有一种说不出的滋味，很自然的就会联想到她们的父母，她们将来的丈夫和她们孩子。我想人的一切行为，都要为这三代人负责。”

“你说得很对。”

“薛剑，我常常会想起我们一起在农村的岁月，我把那时的感情看得很重要，有时肖玲还跟我开玩笑，说她花容凋谢变成了一个黄脸婆，问我会不会变心。我觉得这个问题不该是我额外考虑的。因为我心里的真爱，依然保存着那时在农村时的最朴实的感情，对肖玲总有一种像亲姐妹一样割舍不掉的亲情。想想那个时候的爱情是多么纯洁，不附加任何条件的相爱与现在不同。”

薛剑陷入了沉思。

跃平继续说：“有时，我们下乡的几个同学也常常会坐在一起聊聊，对你都是羡慕不已。还有那些女生，你在她们心里的位子，就像现在的明星一样。她们追捧你，把你当成偶像，就连肖玲跟我结婚这么多年，嘴里还是念念不忘的提到你。我不知道等我回去后，把我们的奇遇告诉她的时候，她会怎样地惊喜。”

“我很想念他们，他们都好吗？”

跃平说：“都还可以。从农村回来后，大多都进了父母的单位。因为没有多少文化，就只能做那种用力气的工作。我是不甘心，辞了工作就出来了。后来听说建民也辞职了；为华和丽平从农村一回来就分手了；叶迎香也早早地下了岗，现在在卖早点；金凤离了婚，夫妻经常吵架，闹得不得安宁，她可真是红颜薄幸啊；三妮嫁到了别的地方，后来听说又随丈夫调到了广州。因为父母都没有了，两个兄长又都在外地，所以就没有回来过；学林道让人刮目相看，以前他在青年队活泼调皮，花里胡哨，现在是一名锅炉工，他踏实工作，任劳任怨，年年都是先进生产者。这一点我是很佩服他的，现在有谁还能十多年如一日地做好一项工作？”

薛剑的神情是多么欣慰，他为这样的队友感到骄傲。

跃平接着又说：“建民开了一个餐馆，生意做得很糟，硬是被那些手中稍有权力的人白吃白喝把他吃垮了。他很懊悔那个时候没有在县广播站站稳脚跟，鬼迷心窍，野心勃勃，结果一事无成。他怀着仇恨，认识了一个又老又丑的富婆，跟她混在一起。几个月前，他来市场买装修材料对我说，他新买了一套房子要装修，看样子过得还不错。”

薛剑不屑地说：“建民这个人，太差劲。”

跃平忽然问：“我一直都想不通，那个时候在青年队，你跟他怎么会打架？”

“因为他卑鄙。”二十多年前的一件事，让薛剑一直都耿耿于怀。

“为什么？”

“算了，都过去了。”

跃平接着说：“像我们这样的人，除了手上稍有一点钱还会有什么？因为没有社会地位，没有社会关系，做生意也是很难的。为了不让生意惹麻烦，就要把大把大把的钱拿出去，去应付、去铺路、去疏通各种关节和关系。我不知道现在都怎么了，这个社会让人怀疑，那些号称是公仆的人，早已本末倒置，他们靠手中的一点权力，常常在你的身边周旋，就是想从你的身上捞取一点钱财。有时真的感到很悲哀，所以，就特别怀念我们在农村时的那些日子，即使一块红薯，一碗玉米粥，既填饱了肚子，也填满了心。”他看着薛剑不禁又笑了，“我太兴奋了，都有点忘乎所以了，都是我在讲。”

“我也很兴奋，非常高兴这样和你在一起畅所欲言。多少年了，也没有找回这样的感觉。你真是变了很多，那个时候，你没有这么多话，你还很害羞。是吧？”

“是啊，有时去约肖玲的时候，心也会跳，脸也会红，特别是到她的宿舍去找她，我就会担心她宿舍的几个女生会对我嘲笑。每次去的时候，三妮就捂嘴窃笑，金凤会说一句辛辣的玩笑，只有那个女生沉静地对我友善地微笑。她离开青年队很早，好像你走后没多久她就走了，她叫……”

“姚雁媚。”薛剑情不自禁地说出了雁媚的名字。

“对，她叫姚雁媚，她很漂亮，却很孤独。”

雁媚，这个能触动薛剑灵魂的名字，又一次让他沉浸在深深的思念中：想起那个风寒的夜晚，在麦秸垛旁的凄凄分别，尽管时间已经过去了这么长久，但是每次的回忆都给薛剑留下了不可忍受的伤痛。直到现在，也没有人知道他曾经是多么的深爱过她。

跃平问：“你在想什么？”

薛剑回过神说：“没想什么，只是记忆里有许多遗憾的事。”

“抽空回去吧，让我们青年队的那些人能够有机会再聚一聚。”

“我也有这个心愿，而且非常强烈。”

“好，时间你来决定，我负责去联络。”

薛剑犹豫地说：“对不起，恐怕现在不行，我要参加援非医疗队。”

“什么时候？”

“下个月，有可能要去几年。”

“这么多年都等了，再等几年又何妨？相信我们会重新相聚的。”

薛剑真切地说：“会的，我们会有相聚的那一天。”

跃平兴奋地说：“如果我把这个消息告诉给肖玲，她会比我还要激动。”

“你打电话告诉她，说现在你跟我在一起。”

“那还了得，电话里一定会传来她哇啦哇啦的大叫声。我要亲眼看到她惊喜的样子，那一定是非常可爱的。”

薛剑感动地说：“我非常羡慕你们，看到你这样高兴，我就知道爱情给了你们多么幸福的生活。”

跃平问：“是啊，我很幸福。不过薛剑，那个时候，青年队里有那么多的女生喜欢你，你没有喜欢谁？”

“怎么问我这个？”

“应该有吧？”

薛剑深情地说：“是的，我曾经也像你喜欢肖玲那样喜欢过一个姑娘，而我却没有像你对肖玲承诺的那样兑现我的承诺，我失去了她，那是我最受不了的痛苦。”

“她是谁？”

雁媚从没有像今天这样，感受着激动的心跳，这是她在生活的苦涩里品尝到的最甜美的果实，因为雪晨以优异的成绩考上了大学。

带着从心底里涌出来的喜悦，雁媚早早地去上班，她想把工作早一点做完，而能赶出一点时间到学校去迎候雪晨。学校通知雪晨去拿录取通知书，雁媚把这个行动看得极为重要，极为有意义。

这时，严连珍来了，态度异常和善，她说：“雁媚，你真了不起，一个人把孩子教育得这么好，这么有出息。刚才我听说你的儿子考上了名牌大学，是真的吗？”

“是的。”

“真好啊雁媚，你有福了，苦尽甘来了，这多么不容易呀。”她难为情地说，“对不起了，以前误解了你，对你说了许多伤和气的话，你别往心里去啊。我这个人就是缺少了一点修养，爱咋咋呼呼的。你有一个这么好的儿子，我都替你高兴。看时下那些只顾着离婚的父母，不负责任地把孩子推来推去。结果，让那些无辜的孩子，心灵受到伤害，变成一个不良少年。我经常看到那些没有人管教的孩子，到处游荡，满身尘土，蓬头垢面，他们茫然地不知所措。如果这些孩子，也有像你这样的妈妈该多好。”说了这么多，她感觉舒坦了，还帮雁媚弹了弹肩膀上的灰尘。

“谢谢你，连珍姐。”

“别谢我了，我在你面前太有愧了，知道你的辛苦，却没有帮助你还落井下石地侮辱你，你一定把我看成是一个坏女人了。”

“我没有，有些可能是误会。”

“是啊，当知道你没有结婚就有了小孩，我们不能用常人的眼光来看你，我们变得诡异、虚伪、心胸狭窄而不能给予你宽容的关怀，你不会记恨我吧？”

雁媚说：“连珍姐，我没有记恨你。谢谢你的一番话，让我感到很温暖。今天有事，我想早点下班。”

“好，好，你有事快回去吧。”

这一刻，让雁媚又想起了十多年前，送雪晨入小学的情景：她站在学校的门前把雪晨放心地交给了学校，目送着他娇小的身影走进学校的门槛，汇入热烈的人群。而今，雁媚又站到了学校的门前，等待雪晨骄傲地从里面出来。

沉静在暑期中的校园突然变得异常热闹，高兴的，激动的，兴奋的。也有失落的，苦恼的，怨恨的。学生，家长，表情各异，情绪各样。一场高考像是决定着人生的成功和失败一样。

老师把一份通知书递给雪晨，赞许道：“很好，老师为你骄傲。”老师面颊清癯，目光深邃，头发也白了好多。

“谢谢老师。”雪晨接过通知书，看着。

老师走到他的身旁，拍着他的肩膀关切地说：“雪晨，我知道，你是一个在单亲家庭里长大的孩子，你的妈妈一定了不起。因为你成绩优异，学校给了我一千块钱的奖金，我知道这不是我一个人的功劳，培养一个好学生是学校和家庭共同努力的结果。当然，这里面一定有你妈妈对你的言传身教。所以，我想宴请你的妈妈，并向她表示我的敬意。”

“老师。”雪晨有点激动，向老师微笑着说：“我妈妈，是很了不起的，她吃过很多苦，也忍受过很多的委屈、羞辱和偏见，但是她很坚强。她总是把我外公外婆所具有的美德，在我的身上加以培植，希望我成为一个品学兼优的人。老师，在高中的这三年，我又荣幸地得到您的教育，这对我都是很重要的。谢谢您！”

老师欣慰地说：“人生的路还很长，好好走。”

“是。”

从老师的办公室出来，雪晨又在校园里流连了一下。那栋白色的楼房是他上课的教室，那宽敞安静的操场，是他喜欢和同学一起踢球的地方。他对这里有一种亲切感，他知道当他们的笑声从这里消失的时候，又会有新的笑语来充满。他走出校园，看到妈妈站在大门外：

“妈妈，你怎么会在这里？”

“我在等你。”

“妈妈，你看。”雪晨把通知书交给妈妈。

雁媚激动地说："太好了，妈妈没有实现的梦想都在这里。"

"妈妈，老师他想宴请你。"

"怎么要宴请我？应该是我们宴请老师才对呀。"

处于礼貌，不善交际的雁媚，还是接受了老师的宴请。她有点不好意思，说："老师，别的家长都会在这个时候特别为老师设宴，而我却这样来跟您见面。我很高兴雪晨有您这样的老师，这一定是他的荣幸，我非常感激您。"

老师说："不要感激我，应该感激你自己。我记得美国教育家巴洛是这样说的：教育是从坐在母亲的膝上开始的，凡母亲所说的任何一句话，能为孩子听到的都会影响到孩子的品格。所以，我从雪晨的身上看到了你闪亮的母性。他是一个勤奋刻苦的孩子，本来，我想把其他科目的老师也一起邀请过来大家谈一谈，最后我还是决定跟你单独谈谈。从我一接触这个班级，就对雪晨有特别的关注，他上课时那种沉静的表情，让我发现了他的独特。他很聪明，品质也端正。我很欣慰有这样的学生。当然，家庭教育是很重要的。我接触到的一些学习差的学生，他们的家庭环境真的不敢恭维，他们多数的父母，都是自私懒惰，只顾自己寻欢作乐，从不关心孩子的学习和成长的人。我为这样的家长和孩子担忧。"

雁媚说："这是一个值得关注的问题，不过也有很多孩子的家长，他们确实为孩子做了表率。所以，每年都有很多出色的孩子，在高考的时候凸显出来。"

"是啊，在我即将从教师的岗位上退下来的时候，我觉得我的责任应该还要继续，我从雪晨的成长经历中得到了灵感，想更加深刻地探讨家庭教育的作用。我也了解到很多优秀的学生，好的家庭对他们的学习有激励作用。我打算写一本关于家庭教育的书，所以就真诚地邀请你来了，我想从你这里获取一些东西。"

雁媚谦虚地说："其实我没有刻意去寻找什么教子的方法，您也知道雪晨生活在一个不够完整的家庭，为了弥补这个缺陷，他很小的时候我们就像朋友一样平等。再有，就是我从我父母那里继承的美德又感染给了雪晨，这是最重要的。如果老师您用一种对社会的责任来写一部有意义的书，我衷心地支持您。"

老师说："我不能保证我的努力会有结果，但是我有这个心愿。当我处在一个最好的位子上，从喧声的讲台走回到清静的家里的时候，我就想把我余剩下来的时间再为教育服务。中国目前太需要教育了，这种不单纯是课本上的教育，而是一种人性和品质的教育，这是一个很深刻、很严肃、很值得深思的教育问题，我想探索它。"

他神情凝重，清癯的脸上充满了刚毅和智慧，他具有那种上一代知识分子对社会对民族对教育的责任感，让雁媚不禁想到了自己的父母。她说："老师，今天跟您这样坐在一起，让我很自然地想到了我的父母，他们也都是二十世纪五十年代的知识分子，跟您一样希望用朴实的思想为社会承担一份责任。我从你们身上，可以找到人类最可贵、最谦逊、最有尊严的人格和美德。如果让这些美德像星辰一样闪烁，像海水一样不枯竭，让我们的民族成为一个有教养的民族。我想，这就是教育的意义。”

老师深邃的眼睛里闪着光芒，他从这个普通母亲的身上，发现了朴素的思想。他说：“我从你的语言里知道你的父母都是高尚的人。”

“是的。”

在靠近黄河岸边的一个清寂又荒芜的地方，安眠着两个不朽的灵魂。这消沉已久的生命，从大地的尘土里快乐地绽放出无数片片的芳草，荡漾起繁花密叶的青波。这里没有喧嚣，也没有受人惊扰的迹象。虽然雁媚不是经常来这里，但是父母的精神，总是那么体贴、庄严地把她的眼泪、叹息、欢笑和幸福编织成彩云带到这里。

这是在雪晨准备去上大学之前，雁媚带着他来到这里，告慰父母的英灵。

这里异常宁静，遍地生长着各种各样的野生植物，呈现出一种葱茏肃穆的幽深景象。雁媚发现父母的石碑上，依稀还有油墨散发出来的气味；新培上的黄土，还有泥土的清香；那株渴望把它的青藤萦绕整个坟墓的蔷薇，如今更加蓊郁、坚韧。他们惊奇地还发现，在父母高大的坟茔旁，又有一座新的坟山，墓碑上写着：周根青之墓。雁媚感到奇怪，又很疑惑，她想不起来这个人跟自己去世快三十年的父母有什么更深的交情？她在沉凝和眺望的思索中，一种模模糊糊的记忆，仿佛在岁月消失融化后的空白里越来越清晰地重新注入她的脑海，她想起那时的爸爸妈妈，是多么无私地关心过很多人。

这时，从那条荒凉的小路上，忽然走来一男一女两个人，他们哀伤地穿着黑色的丧服，神情十分悲痛。

雪晨轻轻对妈妈说：“妈妈，有人来了。”

这一刻是多么的惊疑，走来的那两个人激动地问：“你就是那个像公主一样的小姐姐？”

雁媚茫然地看着他们，在她的记忆里好像没有人把她叫作公主一样的经历。

那男的说：“也许你早已不记得我们了，也许你根本就想不起来我们是谁。但是，你在我们的心里是永远也忘不掉的。这里安眠的是我的父亲，他生了病，我们竭尽全力想医治好他。但是，老天还是把他带走了。临死的时候，他一再叮嘱我们要把他的骨灰安葬在你父母的身边。我们遵照了他的遗愿，就把他安葬在这里。我们一直都想找到你，却没有想到会在这里遇见你。这是天意吗？在我的父亲和你的父母又在一起的时候，是不是刻意安排我们这样相见？”

雁媚激动地说不出话，她隐隐约约地想起以前家里好像来过两个比她略小的孩子，她谨慎地问：“你们，是不是在那年来过我家里的那两个小姐弟？”

那女的说：“是啊，那年我七岁，弟弟六岁，妈妈带着我们从农村来到城里看我们的爸爸。听说爸爸犯了错误，要剥夺他工作的权力遣送他回乡下老家。妈妈知道后心急如焚，匆匆忙忙地赶来了。我们来到后，爸爸就把我们带到一个医务室，有一个非常美丽的阿姨为妈妈看病，还为我和弟弟检查了身体，并送给了我们一包驱蛔虫的药。后来，阿姨又把我们带回到她的家里。我们看到了一个像童话书里描写的公主一样的女孩，那就是你。你还有那么多的玩具让我们爱不释手。后来，阿姨还把这些玩具都送给了我们。这样的记忆，让我们终身难忘。”

雁媚的记忆，跟随着她的思路越来越清晰地表现出来。她说：“我想起来了，当一切又重新回到脑海里的时候，仿佛就是昨日的故事。妈妈把你们带回家里，说周师傅在这里是单身不方便，就让你们在家里吃顿便饭。到中午的时候，爸爸和你们的父亲一起回家，两家人就在一起吃了饭，不知是你父亲说的，还是我父亲说的：能这样在一起吃顿饭也许一生也不好碰到一次。这句话说得很伤感。结果，就在那年的秋天，我的父母离开了这个世界，我们那一次在一起吃的一顿饭，就真的成了一生中唯一的一次。”

女的说：“听说你父母不在了，我父亲是多么伤心欲绝，后来就长久地守在这里。在这将近三十年的岁月里，他每年都要花去很多时间来这里。他很固执，也很认真，他把这种事当成他生活的一部分。我们都理解他的心情，也很支持他的行为。”

雁媚感动地说：“我知道，在我每次来的时候，总会看到新添的泥土和新鲜的花，我很欣慰，那是我父母在生前播种的爱心，又得到了善良人的回报。”

那男的说：“我父亲老实本分，他非常崇敬你的父母。因为他没有文化，所以对有知识的人就有一种天然的敬畏和钦佩。特别是你的父母，用他们的善良和仁爱，对一个大老粗也给予了真挚的关怀，这让我的父亲感激不尽。我们都知道，他是在用生命报答你的父母。在得知你父母不幸的消息后，那段日子，我父亲几乎也死了。在痛苦和悲伤伴随他的这么多年里，我想他的心也早已被带到了这里。”

女的说：“在这近三十年的时光里，每当想起那天在你家的情景，我就有一种难以形容的激动。当时，我们只顾着玩那些我们从没有见到过的玩具，感觉是多么的新奇。到现在我都很感激那个时候，两家父母没有距离，不分贫富贵贱地在一起，真是人世间最真诚的友爱。”

雁媚感动地说：“谢谢你们，我不知道我还能用什么样的语言来表达我此刻的心情。爸爸，妈妈，还有周伯伯的在天之灵，一定会得到安慰，他们会笑看这天上人间，我们又相聚在一起。”她又问，“伯母她好吗？”

“她很好，依然喜欢在农村生活。”女的轻声又问：“那些年你是怎么过的？”

雁媚说：“很苦。”

男的说：“阿媚姐姐，这一切都过去了，都过去了。那是你的儿子？”他注意到了一直都安静的雪晨。

“是，他叫雪晨。”然后，雁媚惊异地问：“你还记得我的名字？”

“是啊，我们一直都记得呢。”

雪晨说：“叔叔，阿姨，谢谢你们，让我的妈妈像找到亲人一样幸福，我想这一切都是最珍贵的。虽然我没有经历那场患难真情，但是我在这里感受到了。无论生，无论死，就像托尔斯泰说的：‘生命的意义对于我们每一个人都是助长人生的爱。’因为爱是最美好的。”

女的高兴地说：“多么懂事的孩子。阿媚姐姐，你有这么好的孩子该多么幸福啊。”

“是啊，他就要去念大学了，我们今天来到这里就是要告慰我的父母，没想到奇迹就这样让我们相遇了。”

“是的，一个伟大的奇迹，对我们也一样。”男的拍着雪晨的肩膀说：“小伙子，你都要上大学了，太好了。”

女的说：“如果叔叔阿姨地下有知的话，看到这一切该多么高兴啊。”

雁媚在父母的坟墓默默低语：“爸爸，妈妈，感谢你们的庇护，让我和雪晨不再孤单，因为有很多人爱我们。”她又跪在周伯伯的墓前，忽然想起那年跟叔叔离开的时候，周伯伯默默地送了他们好远好远的路。她抚摸着墓碑，流着眼泪轻轻说，“周伯伯，安息吧。”

从墓地回来，雁媚就有一种难以释怀的愁结，她的生活又添加了一种负担，对周根青伯伯在漫长的岁月里所付出的真情，她只感到自己像傻瓜一样迟钝。她对雪晨说：“妈妈是不是太糊涂？明明知道外公外婆的墓前总有一把新土和一束鲜花，我为什么不去弄清楚是谁在做这样的事情？外公外婆其实都是普通人，他们却受到了这么昂贵的敬仰，而我却什么都没有做，我怎么办？我拿什么去报答周伯伯？”

雪晨安慰说：“妈妈，不要难过，我知道你的心情，接受别人的爱不比自己付出的要轻松。也许周爷爷也是这样认为的，他从外公外婆那里得到了恩惠，他就用这样的方式来报答他们。”

雁媚欣慰地点点头。

雪晨又说："人的感情就是这样朴素，这样庄重。人活在这个世界上，都是靠相互的依赖和帮助而生存的。你不是常常对我说，有很多帮助过你的人吗？你不是也对他们都心存感激吗？"

他的微笑让雁媚没有了顾虑，感觉心里是亮堂堂的。然后，开始为雪晨整理行装。

一阵沉默后，雪晨轻声说："妈妈，我离开你以后你会孤单的。"

雁媚说："好孩子，你不要担心，我会安排好我的生活。"

"可是，没有我在你身边，那日子该多么寂寞啊。"

"不会的，妈妈不会寂寞，当在独处的时候我也不会马马虎虎，我会用心过好每一天。目前，工厂的效益不太好，妈妈应该更努力工作才是。到晚上，我可以安静地给你写信，我保证每天都给你写信。"她的天性总是如此活泼。

"真的吗？"

"真的。但是，有可能我不寄给你呦。"

"那也是很美妙的事啊。也许，我就会猜想，今天妈妈又给我写什么了？"

他们总是在这样质朴的习惯中，以天真的方式寻找自然的快乐。然而，雪晨还是担心，他说："妈妈，你要不要养一只小狗？它是很通人性的，让它跟你做伴好吗？"

雁媚说："不要，妈妈很脆弱，怕付不起那份感情。养一只小狗，它就是一个活泼的生命，万一有一天，它丢失了，生病了，或者死了我怎么办？"对生命的东西，雁媚畏惧那种别离，即使是一个弱小的动物，我也做不到能承受它的伤痛。

对妈妈经受的孤独，雪晨感到惋惜。他说："妈妈，你太可惜了，也许是因为我，你才陷入到了这样的处境，你身边连个朋友都没有，是不是别人都不能理解你？"

"妈妈是没有什么朋友，小时候因为家庭问题，我就开始受孤立。后来又生下你，在世俗的眼里，我是多么的愚蠢和不知羞耻。"

"我知道，妈妈是在这样的逆境里学会坚强的。"

"是的，我必须要坚强。"雁媚很自信，然后，开始专注地整理衣服，那些雪白的衬衫、长裤还有外套，带着雪晨的气息，一件一件的经过雁媚的手指。她以爱的方式，给雪晨一种极其朴素的生活。他们的日子一直都过得很清贫、节俭；他们的家里没有一件值得炫显的摆设；他们的着装也是普通低廉的棉织品，对高档的时装和名牌的衣服他们全然不知。他们不去追求这些而能心安神宁。

雁媚说："雪晨，妈妈没有能力给你物质上更好的东西，我相信你也会做得很好。但是，我还是想对你说，你带去的这些衣服，每一件都洗得很干净，每一件都叠得很整齐。它虽然不是什么名牌，也称不上什么档次，我知道在那样的环境里会有各种各样的人，别跟人家攀比，也别把功利看得太重，别对金钱阿谀，要有傲骨堂堂正正做你自己。在获取更多知识的同时，你要想到你所服务的目标。去想想那些坑道里的工人，那些清扫垃圾的人，想想那些在高空作业的建筑工人，还有那些在农田里劳作的农民，你比谁都幸运。不要忘记这些人，你所学到的知识才有意义。"

毫不怀疑，这一定是人类语言活动中最美丽的言辞。薛晨微笑着："是，妈妈，我懂。"

雁媚拿起一件浅灰色的毛衣，那是她亲手为雪晨编织的。她说："把这件毛衣也带去，到了冬天穿上它会很暖和。"

雪晨说："是，我喜欢这件毛衣，因为它突出的是妈妈的心灵手巧。"

雁媚喜悦地说："谢谢你雪晨，我一直都在得到你的夸奖。这毛衣上的针法和花纹，还是我在农村时学会的。"她带着美丽的笑容，慢慢地回想起那时在农村帮俊生织毛衣的情景，她也想起了薛剑身上穿的那件毛衣。为了满足俊生的要求，她用心灵的聪慧给他织了一件跟薛剑身上穿的一样的毛衣。过去这么多年了，如今，她用同样的技巧为雪晨编织了很多毛衣。长大的雪晨在穿上这些毛衣的时候，完全表现出了与当年薛剑一样的气质和风采，这不得不使雁媚常常心潮起伏。而此刻，她凝视着雪晨，感觉他跟当年的薛剑是多么的相似。她被这样迷惑而动容，深情地说："那个时候我们在农村，一到农闲，女生们都喜欢以编织毛衣来打发空寂的日子。当时，我们青年队的队长，他身上穿了一件漂亮的毛衣，令很多人都为之着迷。到年底分红，很多人都去买了毛线，都想织一件跟他一样的毛衣。大家争相效仿，蔚然成风。那时，也许不单单是为了那件毛衣，更是为了那个穿毛衣的人。"

雪晨突然激动，他从妈妈沉醉的神情里足以相信这个被很多女生爱慕的队长，一定与他的生命息息相关。就问：

"妈妈，你说的这个人，是不是你的那张照片里的那个穿上军装准备去入伍的人？"

雁媚轻声说："是。"

"我知道，他就是我的爸爸。"

"你怎么知道？"

"那天，你和采勤阿姨在深夜里的谈话我都听到了，我一直不敢向你问起这件事，我怕妈妈心里有想法。我仔细地看过照片上的他，发现我跟他有相似的地方。刚才我从妈妈的眼神里也感觉到了。妈妈，你依然还在想他对不对？”

雁媚慌乱地说：“没有，我没有想他。好了，把整理好的包包先放在一边，妈妈明天送你上火车。”

“妈妈，你不要去了，我的同学们要送我。”

“哦。”

第二天，雁媚还是悄悄地来到车站，远远地看着雪晨，在同学们的拥簇下，登上了去上海的火车。虽然，她多么想在这个与雪晨分别的时刻再抚摸一下他的脸，再叮嘱他一声，但是，她只是安静地站在不易被发现的地方，就像当年在青年队为薛剑送行，她也是这样远远地不愿靠近。二十年了，那个挥之不去，反而从雪晨的身上，更加凸显出来的身影，总是闪现在她的心里。

第十五章

薛剑以他对医学的忠诚和执着，在炎热、荒芜、贫穷和疾病的非洲的某个地方，坚持了将近五年之久的医学援助，这比玫怡所担心的时间还要漫长。直到薛珠将要上高三的这个暑期，才终于得到他要回家的消息。

也许因为回家心切，薛剑的回程又提前了一天，当玫怡驱车匆匆赶到机场的时候，薛剑已经从出境的人群里走了过来。

“不是说明天的班机吗？我刚接到医院的电话就赶过来了。”

薛剑微笑地看着妻子说：“提前一天不好吗？”

玫怡眯着眼睛说：“提前一年才好呢。我都快认不出你了，怎么晒得这么黑？”

“很黑吗？我不觉得。”

“走吧，别让熟识我的人看到，还以为我嫁了个非洲人呢。”

薛剑笑了：“太夸张了，薛珠呢？”

玫怡不屑地说：“她去北京了。”

“去北京？她还这么小，怎么能让她一个人去北京？”在薛剑的心里，薛珠还是那个调皮活泼的小女孩。

玫怡生气地说：“她还小吗？长得比我还高。别提她了，这个臭丫头，想起她我就伤心。”

“怎么？”

“没什么，她知道你明天回来。”

薛剑担心地问：“她去北京做什么？”

“快回家吧。”上车后，玫怡对他说，“我又买了房子。”

“买房子？这么大的事情，你怎么从来都没有跟我说过？”

“我怎么跟你说？当你在非洲的草棚里给人行医的时候，我打电话告诉你，我们家从一个小房子里，搬到了宽敞明亮的小洋楼。你会有什么感觉？所以一直就没有告诉你。你离开的这几年，这里真是日新月异。你看这宽阔的马路两边，高楼林立，商场繁闹，都是不久前才耸立起来的。你走的时候还不是这个样子，回来的时候就完全改变了，那种兼容并蓄地让这座城市随时都发生变化的快节奏，你不感慨吗？”

薛剑深沉地说：“在非洲我们所处的地方，那里依然还生活在淳朴的原始世界里。虽然没有通信，没有现代的设施，没有高楼和现代人生活的那种噪声，但是，他们都生活得快乐和幸福。他们吃着简单的食物，穿着简朴的衣服，甚至赤着脚奔跑和追逐。我看不出他们有任何的烦恼和不安。当然，他们的这种幸福，包含着自然、恬静和满足。他们没有我们身上所暴露的那种戒备、忧虑和劳累。他们热情好客，也有非常丰富的感情。最让我感动的是，他们所拥有的土地和他们头上方的蓝天非常纯洁，没有任何污染。那里空气清新，人和动物和谐相处。他们真诚善良，一切的活动都是天真和单纯的，那里是一个纯洁的世界。”

玫怡讥笑他说：“那里是一个荒凉、落后、野蛮的世界，它决不是像你描绘的那样美丽，令人向往。每天跟那些恐怖的动物一起生活，跟爬满草席上的虫子一起睡觉，听起来就让人毛骨悚然，我受不了那样的生活。”她回头看了看疲倦的丈夫又说，“你竟然能在那种地方待那么久，你算是英雄吗？要知道这几年里，我是多么的孤独，我的心时时在牵挂着你而不能平静，知道这样我也很累很委屈吗？”

“我知道你很辛苦。但是，那里也不是你想象的那么可怕。在小镇上，那里也很热闹，当女人们穿着艳丽的衣裳头顶着水罐去汲水的时候，那真是在脑海里就可以想象的一幅油画。那里的老人都很有智慧，那里的孩子也特别天真，他们喜欢坐在一起讲一些外面世界的新鲜的故事，对我们国家也充满了神秘和好奇。”

“你很自豪是吗？”

“是的，非常自豪，他们叫我们中国医生。”

“所以，你就在那里一直不肯回家？他们热情洋溢的热爱你，需要你，挽留你，你的心里就只有他们而没有我和薛珠？”她激动的情绪是对她几年孤寂生活做出的一种强烈的反应。在她这个年纪，她已经感到夫妻长期的分别是很残酷的，她甚至懊悔当初为什么没有极力反对丈夫去那个鬼地方？带着对丈夫的深爱，她向他投去轻柔的一瞥，然后把车子开进了自家的庭院。

这是一个令薛剑想象不到的情景，眼前的这幢西式小楼让他吃惊：“哪来这么多钱买这样的房子？”他问。

“怎么，你怀疑我挣钱的能力？不过，当然也向朋友借了一点，也从我父母那里拿到了一些。”

“原来的房子不是也住得很好吗？为什么要花钱还要借钱来住这样的房子？我没有办法理解你的行为。”他回家的心情突然开始阴郁。

玫怡骄傲地说：“我喜欢这幢房子，它完全给了我成就的感觉。现在有钱的人很多，能得到这样的房子也是不容易的。我有一个朋友在搞房地产开发，他鼓励我一定要买下这幢房子，看好它的前景，将来绝对有升值的空间。我相信了他的话，也相信了自己，所以就毫不犹豫地买下了。”她眉飞色舞，喜形于色，全然不顾薛剑的心情。她把丈夫拉到屋里，穿过明亮宽敞又华丽的大厅，直接把他带到一个别致的书房，讨好地说：“怎么样？我按照你的性格和品位，把你的书房布置得很素雅，这地板的颜色和书橱木质的本色很融洽，还有这浅蓝色的窗帘，是不是感觉很幽静？很别具一格？如果你依然还喜欢独自沉思的话，这里的空间很大，你还可以踱来踱去。薛珠不会来烦你，因为在楼上靠近阳台的房间，是她像豌豆公主一样的卧室。她喜欢鹅黄色，我就把她的整个房间都弄成了那个颜色。”

薛剑没有心情听她讲这些，他已经心神怠倦，他对靠借钱住这样豪华的房子没有好感，他更不能理解的是，妻子还动用了她父母的钱。他暗暗地在为玫怡担心，怕这过分的虚荣心会毁了她自己。他从书房里出来，站在大厅里环顾，到处都显示着富有和高贵的气派。他没有为玫怡露出一个惊异的欢喜，他只淡淡地问：“薛珠到底干什么去了？”

顷刻，玫怡的兴致全没了，她生气地说：“这个臭丫头，命运真是会捉弄人，我好像是幽默剧里的一个被人笑话的丑角。从小我就像捧明珠一样地想把薛珠培养成一个画家，一个钢琴家，让她在艺术的圣殿里能够登峰造极，闪闪发光。可是，她却像一株爬壁虎，一点志向都没有，只会替别人遮荫。不努力去做明星，却疯狂地做了一个追星族。考试刚结束，她就和一群歌迷似乎还有组织地跑到北京去看谁的演唱会。尽管我很生气，却也管不了她，她变得任性、独立、自作主张。我不知道这是不是你的责任，你常年不在家，你都没有很好地管教过她。”

她先声夺人，有满腹怨气，她把对薛珠的失望和对她教育的失败全都归咎于丈夫。她一副发愁的样子看着薛剑，等待他说话。而薛剑什么都不说，一直沉默着。

“你怎么还是这种表情？”

“要我怎样？是让我去北京把薛珠拉回来吗？她说明天就回来吗？”

“是，昨晚她还打电话给我说保证会在你回家之前先到家呢。”

薛剑无所适从地站在大厅的中央，感觉自己像是到了别人的家里，而妻子的雍容华贵正与这里相得益彰。他说:“住在这样的房子里,也许薛珠感到了空虚。”

“什么?你说她感到空虚?有谁像她那样吃饱了饭就像傻瓜一样去为别人哇哇喝彩,真是活见鬼。”

“当时,你怎么不阻止她?”

“我怎么阻止?如果我不让她去,你知道她会怎样?她会向我撒野,向我挑衅。她都快十八岁了,开始对我振振有词,说到了十八岁的时候就是成年人了,她不会再屈从我的管制,如果她开始厌恶钢琴,她就会自行把钢琴处理掉,你说她是不是疯了。这个野丫头,简直不可理喻。你说,女孩子不懂事,无知疯狂没有理性。可是她们的歌迷会里,还有成年的女人,甚至还有上了岁数的女人。就是为了一个偶像,让她们大大小小的人凑在一起,真是让人匪夷所思。”

“有自己的偶像也不为过,丘吉尔也很欣赏好莱坞明星费雯丽,只是薛珠还是个学生,她应该把精力用在好好读书上面。”薛剑开始埋怨,他对女儿产生忧虑,他的心情很糟,回到这样的大房子里,他没有喜悦,却感到很空落。

玫怡满腹委屈地说:“你对女儿管过多少?你又为她付出过多少?她从婴儿到现在,这个漫长的过程你亲身体验过多少?你没有理由来责怪我还冲我发牢骚。我不是家庭妇女,我也有我的工作和事业。我整天忙忙碌碌,家里家外都是我一个人,我已经筋疲力尽,你还要我怎样?几年的分别,你回来就是用这种冷冰冰的态度对待我?真是可恶。”

她坐到沙发上开始掩面抽泣,她原本可以在这个久别重逢的美妙时刻,得到丈夫的赞美,享受丈夫的温存,感受丈夫的爱情。可是这些都没有。为了不争气的女儿,扯上了一个让人气馁的话题,破坏了一个温馨的气氛,在她炽热的心里,如泼上了冷水让她愤怒地冒烟。

薛剑走过来,把她轻轻揽在怀里说:

“对不起,我不想用这种讨厌的琐事来烦扰你。我知道你很辛苦,离开你的这么多年,在平静、单调、寂寞的日子里,我是多么想你。我坚持忍耐到现在,渴望回到你的身边。”他轻声低语,却非常强烈的撞击着她的心扉。对丈夫的忠诚和爱,最好的诠释,就是伸出了双臂把丈夫紧紧抱住。把幸福、快乐、思念和孤独统统都融化成泪水尽情地流淌。

在接近傍晚的时候,一列呼啸的火车到达了上海车站。

薛珠一手牵着爷爷,一手牵着奶奶,走出了拥挤的车站。当看到那令人眼花缭乱的都市景象时,两位老人的脸上明显地表现出了一种惊异和不安的情绪。奶奶说:“你这样把我们突然带回家,你妈妈会大吃一惊的。”

“我就是要给她制造这样的惊奇。”

爷爷说：“你是把我们当小孩子哄，实施你诡异的计划，我们都成了你的同谋。我担心你的妈妈看到我们，都会无所适从。”

薛珠开心地说：“别担心，我喜欢给他们这样的意外，特别是明天爸爸回来的时候，他该是多么惊喜。我是把你们当成礼物一样送给爸爸的。”

这个突发的奇想，还是在薛珠看完演唱会才有的，这一点她跟玫怡一样，喜欢做出其不意的举动。事情是这样的：她在看演唱会的时候，认识了一个河南的歌迷，她惊喜地还知道，这个歌迷朋友就住在爷爷奶奶家的那个地方，她几乎都没有做任何考虑，就转乘跟着这个朋友去到了爷爷奶奶的家。在那所旧式的楼房里，她看到爷爷奶奶是多么的空寂。他们一生养育了三个儿子，却没有一个在身边。薛珠顿时强烈地想到，爸爸作为长子，他有义务奉养他们。而且，家里的房子这么大，缺少的就是人气。让爷爷奶奶一起住过来家里就会变得热闹，她喜欢这样的家庭气息。她暗暗地下了决心，要把爷爷奶奶带回去。她带着少有的霸气和独断，并使用了许多蛊惑的语言迫使爷爷奶奶就范。她不给妈妈打电话商量，也不让爷爷奶奶打电话告诉妈妈，她那与生俱来的狡黠和鬼灵精怪，就是这样异想天开。她感到在妈妈毫不知情的情况下，在爸爸意想不到的惊喜中，她做这样的事情是多么奇妙，多么有趣。当然，她大胆泼辣、有见识，在她纯洁的思想里，她知道这样做是正确的。

头天晚上，她不露声色地给妈妈打了一通电话，只报了平安，别的什么都没有说。一直让玫怡蒙在鼓里，而爷爷奶奶也像两个特别听话的孩子任她摆布。后来，在她歌迷朋友的帮助下，他们安全地乘上了火车，一路上都很顺利，并成功地接近到家门口。

晚饭后，薛剑洗了个热水澡，他感到很凉爽。屋子里的空间很大，空气对流得很欢畅，只是七月潮湿闷热的气息无处不在。他去到楼上女儿的房间，桌子上的相框里夹着女儿的照片，照片上的模样，跟他想象中的薛珠已判若两人。她头发剪得很短，显得很有活力和朝气，她的笑容很甜美，她弯弯的眼睛很可爱，还透着一种灵气。薛剑在对女儿渴望的同时，他还是怀疑，薛珠怎么会这么痴迷地跑北京去看一场演唱会？他对这种行为，虽不能理解，但是也不会赞赏，更不会支持。他从来都不喜欢女孩子没有矜持地在那样热烈的场合里过于盲目的追捧、颠疯，甚至失态。他真的很不高兴他的薛珠也是这样狂热而缺少沉静。

他从屋子里出来，走到阳台上，在不知不觉的困倦中，他感到忧郁。

玫怡向他款款走来，她穿着一件鹅黄色的睡衣，袒露着圆润的肩膀，脸上流淌着温柔，眼睛里闪烁着激情，以一种骄傲、优雅、迷人的姿态，轻轻偎依在丈夫的身旁，以一种善于欣赏外面事物的冷静和愉悦，与丈夫的目光一同投向夜幕降临的天空。在眺望和沉思的一刹那，他们发现了一个惊异的，仿佛是幻觉一样的情景：薛珠手牵着爷爷奶奶，石破惊天地出现在家门前。

玫怡几乎是惊叫着奔下了楼。

也许薛珠就是用她这颗不容忽视的爱心，把爷爷奶奶带到了久别回家的爸爸的面前。此刻，大家都在惊疑中面面相觑。当这一切远比在明天还要陡然发生的惊疑中，薛珠激动地说："爸爸，你怎么先回家了？你不是明天的航班吗？我把爷爷奶奶带过来，就是准备明天送给你的回家礼物。不过，现在的感觉好神奇啊，你们都吃惊了吧？"

薛剑激动难言，看着慈祥的父母，感觉他们已如此苍老。再看看活泼的女儿，她完全是一个大姑娘了。整齐的短发，既时尚又充满个性，她青春靓丽的笑容，顿时驱散了他的一切忧虑，他对女儿说："傻孩子，要把爷爷奶奶接过来也要告诉妈妈呀，爷爷奶奶年纪这么大，身体又不好，这样长途的旅行，万一路上有什么意外怎么办？你考虑了没有？就凭你的鲁莽和冲动，把爷爷奶奶带回家来证明你什么？是证明你长大了？还是有了自己的主张？"然后他又对父母说："你们也真是，竟然跟着一个小丫头出门，为什么不事先打电话告诉玫怡？"

爷爷憨厚地呵呵笑着，奶奶亲昵地瞥了一眼薛珠，薛剑明白这是女儿的鬼点子。他轻轻地拥抱着父母，深情地说："爸爸，妈妈，真高兴这样看到你们，你们来这里我太高兴了。"

薛珠骄傲地说："怎么样爸爸，我做得不错吧？"

"你长大了，胆子也大了，是这样吗？到底怎么回事？你去北京，怎么又到了河南？"玫怡被这个突然的情景弄得不知所措，也很难接受这突如其来的状况。丈夫才刚刚到家，家里就又出现这种令人感到不合时宜的混乱。她的心情被破坏了，家里的那种宁静消失了，她体验到了一种酸溜溜的滋味。就对公公婆婆说，"我不知道薛珠怎么会跑到河南去了，她去到你们那里的时候就应该让我知道的呀，你们突然这样来了让我毫无准备，怎么可以不先告诉我呢？"

她的话让爷爷奶奶感到尴尬。

薛珠说："妈妈，你不必为爷爷奶奶准备什么。他们的生活很朴实，也很随便。你应该自然一点，不要让爷爷奶奶感到是到了儿子儿媳妇的家里，而应该是让我们感到是跟爷爷奶奶生活在一起。"

一个让人有点担忧的女儿，也有这么冷静的思索，这么宽广的智慧和胸怀来容纳这样伟大的亲情，让薛剑由衷地感动。他脸上布满了真实的感情，并果断从容地对妻子微笑，想带动她一起感受这幸福的时刻。可是，玫怡还是悻悻地把薛珠拽到了楼上，责备说：

“你有没有脑筋？也不跟我商量就这么鲁莽地把爷爷奶奶带回来，我一点心理准备都没有。爸爸他前脚到家，你们后脚就跟了回来，屋子里一下子乱起来，让我怎么应付？爸爸要休息，要安静，我也要工作，你暑假过后就要去上学，谁来照顾他们？”

薛珠理直气壮地说：“让爷爷奶奶来这里是要你来照顾他们吗？他们在自己的家里有谁去照顾他们？大叔叔在广州，小叔叔在西安，家里就只有他们两个人。爷爷奶奶这么孤单，为什么我不能把他们带过来？虽然爷爷有高血压，奶奶有严重的类风湿，但是，他们一直都坚强地自己照顾自己。多少年了，从没有开过一次口让你们做长子长媳的怎样地去照顾他们，即使有病，也从不向做医生的儿子说过一次。现在他们年纪大了，让他们跟我们住在一起不好吗？你没有看到爸爸他是多么幸福？你没有看到爷爷奶奶是多么开心？让我们的家里活跃这样的气氛不是更好吗？家里的房子这么大，在靠近我的那个屋子，就可以做爷爷奶奶的房间，你还要准备什么？”

玫怡冷笑着，气喘着，她有足够的烦恼不能接受女儿的声音：“够了，你这样固执，这样逞能，那以后家里的事都由你来管吧。可恶的丫头，你确实让我感到难过，你完全让我失望了。我一心一意的培养你能够成为一个可以耀眼的明星，可是，你这么不争气，去做了一个追星，你知道妈妈的心情吗？我的心血就这样付之东流而没有得到任何的回报。你把热情和兴趣都用在那空虚的、无知的、低俗的追捧中，仰视别人在舞台上风光，而自己却像小丑一样追来追去地叫喊，你不觉得这样可笑吗？”

“妈妈，你怎么这样说？我们喜欢我们的偶像，是因为我们感到快乐。你别动不动把要培养我去做明星的话这么随便地挂到嘴边，这样才更可笑。窑工烧出来的砖，也不都是砌在楼顶上的，别对我奢望太高。”

“你能这样虚度吗？就要上高三了，成绩还一塌糊涂，你没有紧迫感吗？你的同学有谁跟你一样整天疯疯癫癫，还像一个时时要被训斥的不懂事的小孩？到北京去看一场演唱会就已经最大限度地放纵了你，为什么还要跑到河南？你是在向我示威？还是向我证明你有敢闯世界的勇气？”

薛珠却笑眯眯地说：“妈妈，也许就是这样，脱离了你的翅膀，我感觉更有飞翔的欲望。我在北京认识了一个跟爷爷奶奶住在一个地方的歌迷朋友，是她帮助我到了爷爷奶奶的家，我是在那里给你打的电话。我让爷爷奶奶不要告诉你我在他们那里。开始他们说这样不行，后来他们就像孩子一样听话，我有很好的口才说动他们跟我来到这里。妈妈，如果你有耐心跟爷爷奶奶生活一段时间的话，你就会发现他们像小孩子一样单纯、可爱。”

玫怡嘲讽地说：“你自己就是一个小孩子，又带回来了两个老小孩，这里是幼儿园吗？”

这时，薛剑过来说：“在这里干什么？不去陪爷爷奶奶？”

薛珠说：“我正要下楼呢。”然后，她冲妈妈做了一个调皮的鬼脸就跑了。

薛剑对玫怡说：“我把父母安排在楼下了。”

玫怡漫不经心地说：“随便。”

“你怎么是这样的态度？你很不高兴吗？”

“是的，是的，我在为这个不争气的丫头气馁呢。”

“她做得不对吗？虽然有点冒失，但是我非常感激她为我做了这样的事情。”他温存地靠近玫怡，“爸爸妈妈难得来这里，不要使你的性子，别让他们看到你的闷闷不乐，请你感受我的心情，我很幸福。当我从异国他乡回家的时候，妻子、女儿还有父母都在我的身边。”

玫怡说：“我没有闷闷不乐，只是还不能适应家里突然人多的状况。”

“人放不开的时候，往往是因为顾虑太多，是不是他们来了你有顾虑？”

“我没有顾虑。我们几年的分别，我时时刻刻都盼你回家，我只渴望享受一番宁静，我就是再要强的人也是女人啊，这么久的分别我多么想你。”她委屈地扑到丈夫的怀里。

薛剑轻轻地拥抱了她：“我也想你。走吧，到楼下去，再陪爸爸妈妈一会儿，第一天的晚上，不要让他们感到冷清。”

她得到了安慰，跟着丈夫下楼，在宽敞明亮的大厅的沙发上坐下。这个晚上，就在和谐宁静的气氛中慢慢度过。薛珠饶有兴致地要爸爸讲一讲非洲，她对那个神秘的地方产生向往，不可避免地暴露出她喜欢做旅行家的愿望，玫怡讥笑说：

“不好好学习，什么家都做不了。”

“妈妈，你怎么对我这么没有信心？”

“你让我对你怎么有信心？”

薛剑对女儿说：“如果想让爷爷奶奶在这里安心地生活，你必须保证要好好学习，帮妈妈分担家务，不许再胡闹。”

薛珠说：“爸爸，这个暑假里你们不要对我太苛刻，我还打算带爷爷奶奶去看东方明珠，看杨浦大桥，还要逛外滩呢，至于学习和做家务，我都会试着努力去做。不过，妈妈也要好好地做做家务，让那些小时工少来家里几趟。”

她的话惹得玫怡大为光火，她一向不太喜欢做家务，更不懂得怎样侍奉。她坐在公婆的面前满脸倦意，也不说什么话，她随心所欲的性格在他们面前受到了约束。丈夫回来的第一个良宵被严重地破坏，而且还要在这里正襟危坐。她这样表现出来的心神怠倦，让老人洞明了她的冷淡。而一向过惯了清贫的生活，来到这样豪华的屋子里，也让老人感到很不自在。

薛剑又回到他的医院，继续他热爱的工作。

上班的第一天，刚走进办公室，他就先得到了一个消息，那个清高的李静医师，已经结婚嫁人，并且还有了小孩。这个结果就这样清清白白地没有引起任何人的怀疑和议论。尽管大家都知道李静一直都在爱慕他，追求他。在他离开的这几年，李静开始沉思、冷静、反省，尔后雀燕鼓翼般地找到了她的爱情。薛剑自然含蓄，恰到好处地处理了一件男女间常常会不由自主地要发生变故的事情。她对他暗中不懈的追求，也不留痕迹地平静下来。

当李静丰腴的身材向薛剑款款走来时，她的声音像晨鸣的鸟一样清脆："薛主任，我们又在一起工作了，在这死气沉沉的医院里，必须要有一个令人赏心悦目的感受。"

她诚恳坦率，对薛剑嫣然微笑。她改变了不少，因为受薛剑的影响，她的态度变得温和，她的爱心也在慢慢扩大，从而使病人用他们明亮的眼睛观察到这个医院里的好医生很多。

薛剑为她高兴，他用一种有趣的语言，恭喜她做了妻子也做了母亲。

然后，他对大家说："跟我来。"

走廊上回荡起他们坚实的脚步，向那些痛苦的生命带去这样的欢歌：我来是因为你需要我。轻轻推开病房的门，白色的身影就是那一束光明从容而忠实地布满病人的床前。一声亲切的问候："您还好吧。"

一个老年妇人急切地问："医生，我到底得了什么病？你要告诉我呀。"

薛剑安慰说："等检查报告出来我会告诉您的，您要用快乐的心情耐心地让医生来帮助您。"他的微笑像阳光一样驱散了她心头的疑虑。

中间的床铺是几天前才做过手术的一个中年女人，她没有力气说话，也没有力气弹动，像一块冰冷的石头一样躺着。薛剑检查了她的伤口，那浑浊的血水已经浸湿了纱布，他大为吃惊，也很生气，就把值班的护士叫来，责备说："为什么不来给病人换药？"

"对不起。"值班护士战战兢兢地说。

"在做什么？病人的生命对你们就这样无足轻重？不懂换药吗？不知道什么时候换药？"他一向的温和变得严厉，他最讨厌甚至痛恨这种对病人漫不经心的行为。在充满哀伤和痛苦的病人身旁，他始终如一地用那种庄严、体贴和认真的态度对待他们。他这样做了，他希望他的同事们也这样做。他一直认为，医生与病人接触的时候，是一个最神圣的时刻，要用温暖的手去触摸他们，而不是把冰凉的手直接伸向他们让他们寒噤；要用可亲的笑容面对他们，而不是傲慢和冷漠；要用轻柔的声音说话，而不是生硬的叫喊。这是行医的艺术，一种服务于生命的艺术。他深深地体会到这一点，把这种美好的东西带到病房，这里就不会那么阴沉、恐怖，患者就不会感到害怕、恐惧。

在靠近窗口的病床上，躺着一个生命垂危的病人，在薛剑向她走来的时候，她用极其微弱的声音说："医生，您就是那个薛医生吗？"

她脸色十分苍白，几乎没有一点血色，她还是一个学生模样的姑娘，年龄也不过十六七岁。她那么虚弱，接近奄奄一息，瘦弱得只剩下一具皮包骨的可怜躯体。面对这样一朵将要枯萎的花朵，薛剑沉默着。刚才，在办公室看过她的病历，她得的是一种无可抗拒的扩散性骨癌。这个巨大的恶魔正在加速地吞噬着她，她的生命岌岌可危，随时都有死去的可能。她已经没有了希望，她的妈妈早已哭干了眼泪，脸色又干又黄，头发也白了很多。她用干涩而空洞的眼睛，直愣愣地瞅着薛剑。都说他是一个高明的医生，不知道他能不能挽救她的女儿？从她那惊恐和悲伤的眼睛里，突然冒出了一丝亮光，她小心翼翼地把这束亮光投向薛剑。她的嘴巴微微张开，唇边在痉挛，她什么都没说，而是挪开了位子，把薛剑让到离她的女儿最近的地方。

那个女儿，真切地面对他那样的一颗心，情绪有点激动，精神也突然好了一点。她对薛剑苍白地笑了一下，轻声说："我以为我要死了，我看到妈妈哭了，也看到爸爸哭了。听医院里的人说你回来了。都说你是一个好医生，我是不是又有希望了？"

薛剑感到很羞愧，他无法承受她的希望，他眼里涌出了一股湿热，他俯下身子握住她可怜的手说："我会尽最大的努力，你也要努力，如果不够，我们就一起祈求苍天好吗？"

聪明的姑娘，领会了医生的寓意，她眼角里禁不住滚落了一滴泪水，这滴泪水足以让薛剑羞愧和自卑。因为她的身体，已经被死伸笼罩，在一步一步地沉下去。薛剑用微颤的手，替她擦去了泪水说："你是一个美丽的姑娘，跟我的女儿一般大，是在读高中吗？"

"是。"她说，"读到高中，就开始渴望上大学，在我还小的时候，爸爸妈妈就开始省吃俭用为我存上大学的钱。我总在想，如果我能上大学，我就一定要去学医学，做一个医生，像您这样的医生。住院这么长时间，虽然不知道您是谁，但是常常能听到您的名字。"

她感到很累，充满了绝望和无助，并不住地喘气。待她平静下来，薛剑轻声问：“喜欢听歌吗？”

姑娘露出了一丝笑容：“我喜欢，喜欢听费玉清的歌，清新空灵，情深绵绵，真是天籁之音啊。”

“是你的偶像？”

“是。”稍停一会儿她又说，“你说，你有一个跟我一样大的女儿？她有偶像吗？”

“有。”

她哀戚地说：“她真幸福，您也幸福，而我的爸爸就很不幸。”然后她伤心地哭了，她的身子很孱弱，几乎没有了力气。当她用最后的一点力量说完话的时候就开始大口喘息，她的生命在一步一步地脱离身体而向死亡屈服。

接下来的几天，她就陷入到了深沉的昏迷中。在一个残酷的下午，她的心脏停止了跳动。

薛剑轻轻地把白色的布单盖在她的身上，这是一个医生在对死亡也感到束手无策时所表现出来的同情。他离开的时候，看到门外站着的是那个早已哭干眼泪的母亲和那个不幸的父亲，他们已经不敢再去惊动他们的女儿。

那个母亲追上薛剑说：“谢谢你医生，在她生命的最后，你给了她这么多的关怀。虽然你离开医院好多年，但是我知道她一直都崇拜你留在医院里的名誉。我想，假如，你不离开这里，也许……”

薛剑说：“不要这样想，她得了这样的病，最后谁也帮不了她，对不起。”他回头又看了一眼那具还没有僵硬的尸体，感到羞惭，医生这个职业被病人看得这样神圣，而在死亡的面前，却是这么的渺小。虽然医生面对死亡是司空见惯的事情，可是这样一个年轻的生命，像流星划过天空的一瞬间就消失了，这对谁都是残忍的。

薛剑从死寂的气息里出来，疲惫又悲伤地走在傍晚的街道上。夕阳、灯光、喧声和匆忙的人流交织在一起，无论清新还是浑浊，谁也不会因为呼吸而争夺空气；无论快乐还是忧愁，人人都为活着而活着。薛剑心情沉重，太阳坠落时的那抹余晖，正把他的影子长长地投在路上显得形影相吊。他慢慢地走着，想让心情平静，他不愿把工作中遇到的忧伤带到家里。

这时，玫怡打电话给他，说有一个饭局让他过去，他根本没有什么心情去吃那顿晚饭，就回绝了她。

玫怡很生气，她在电话里对他说：“你总是这样子，邀请你来吃一顿晚饭这么难吗？今天来这里的是几个重要的朋友，你就这样不给面子，而让他们认为你是一个傲气十足的人。”

他说：“只要你相信我就行，算了，我今天很累。”

玫怡恼火地挂了电话，她强作欢颜回到她的酒桌旁，用一个简单的谎话晃过了他们的追问。

一桌鱼肉，让人欢喜。为了在生意场上如鱼得水，节节亨通，玫怡总要为那些在官场上一言九鼎的权威人士，定期用昂贵的热情宴请他们，套他们的近乎，拉近与他们的关系。她精明能干，也善于动用心机。为了自己的利益，她从不吝惜这样的花费。她想把丈夫叫过来，一个大医院里的名医，一定会在这里给她增添光彩。在这些大腹便便，满脸赘肉，善于装模作样的官员中，在这些玩于世故，逢场作戏，善于投机取巧的商人中，丈夫英俊的相貌，淡泊清新的气质，以及具有良好修养的言行举止，无疑在这锦衣玉食觥筹交错的气氛里给人一种别开生面的感受。然而，薛剑往往就忽略她这样的要求，从不给她机会让她在她的这些重要的朋友面前骄傲。

薛剑疲倦地往家走，空气依然闷热，夕阳退下后的薄暮正悄悄地笼罩着他家的房屋。抬头看到家里的灯光已经开亮，屋里正在播放音乐，呜哇呜哇地唱着他听不懂的歌。薛珠陶醉在歌里，她把收集的歌碟、海报，以及写真都摊在茶几上让爷爷奶奶欣赏。爷爷一个劲地乐呵呵，奶奶也在夸海报上的那个演员好英俊。

“薛珠让你们很开心是不是？”回到家，薛剑对他们说。

奶奶高兴地说：“女孩子就是可爱，我养三个儿子，缺少的就是一个女儿。现在你们三个兄弟生的全是女孩，我个个都喜欢。我真的很高兴我的孙辈们是三朵金花。没有孙子，没有男孩又怎么样？别人重男轻女我是重女轻男。那年她三婶婶生下薛瑛后对我说：要不过几年再生一个？我当即就对她说：别胡思乱想，一个女孩最好，我都没有那种传统的旧思想你为何要有？去年春节的时候，薛涛、薛山两家都回去了，我禁不住在他们面前念叨说好想薛珠，你们听薛珍和薛瑛是怎么说的？她们说奶奶偏心，就是喜欢姐姐。你们说她们可爱不可爱？”

薛珠高兴地说：“那两个小丫头，等我见到她们的时候，我要打她们的屁股，看她们还说不说奶奶偏心眼。”

爷爷说：“薛珍都长得快跟你一样高了，薛瑛也该上二年级了。”

“真的吗？那个走路还摇摇晃晃的小不点，已经该上二年级了？薛珍也快跟我一样高了？那年，爸爸在去非洲之前她们来到这里的时候还那么小，现在都长大了？哦，我好想看到她们呀。”

薛剑感慨地说：“总觉得时间过得很慢，可是不知不觉就又好几年，我去非洲之前的那个春节，全家人聚在原来的那个房子里的情景仿佛就在眼前，怎么突然就这么遥远了。”

奶奶说：“是啊，我们都这么老了，这一趟来这里后，恐怕以后就没有多少机会了。”

薛珠说：“奶奶为什么要这样说，我要你们永远住在这里，等再过春节的时候，让大叔叔和小叔叔他们全家都来这里，我喜欢家里有那种热闹的气氛。”她弯弯的笑脸特别讨人喜爱。

薛剑说：“想让爷爷奶奶永远住在这里，你就要听话多孝敬他们。”

“当然。爸爸，我还帮奶奶做饭了。”然后，她主动去准备碗筷，把饭菜端上桌。

奶奶用她因类风湿而有点僵硬的手做了红豆糯米粥，还煎了鸡蛋饼，这些都是薛剑最爱吃的。在自己的家里感受妈妈的味道，才更愧疚在这么多年里没有回去看过他们。还有那一次，在医院里碰到跃平后对他的承诺也让他耿耿在心。吃饭的时候，他说：

“妈妈，吃您做的饭，让我想起了以前在家里的那些日子，我有很多年没有回去过了,我真的很想有机会的话去看看我们的那个房子,去看看我的那些朋友。”

爷爷说：“你真的是该回去看看他们了，这几年跃平经常来关心我们，肖玲也来，他们也在想你回去。”

“我会回去的。”薛剑不由得沉思，饭也吃得很慢。

薛珠不喜欢这种突然涌出来的沉默，她试图在用一种需要解释的理由对爷爷奶奶说：“爸爸他太深沉了，他的思想和境界已经超出了妈妈所认为的凡俗之内，妈妈总说爸爸故作清高，而我认为这是一种酷。爸爸真的很酷，我觉得他有明星的风范。可惜，爸爸做了一个医生，这多么呆板，如果爸爸从事艺术，他会风靡的，一定会成为万人追捧的偶像。信不信爸爸？”她调皮地眨巴着眼睛，她感到这是愉快的发现，当初爸爸为什么没有选择艺术作为他人生的职业？她在想。

“快吃饭。”薛剑既严肃又充满善意，他对女儿的活泼由衷地喜悦。然而，他的脑海里还有一个挥之不去的身影，那个已经死去的姑娘的一丝凄惨的笑容和薛珠鲜活生辉的笑容重重叠叠地堆积在他的心上，他想抛去那个不幸的阴影，不强求去做毫无意义的对比。他永远都希望他的薛珠健康幸福地生活在平静和温暖之中。晚饭后，他把薛珠叫到了书房。

“爸爸，什么事？”薛珠有点担心地问。

“来，坐下，爸爸想跟你谈谈。”

“想跟我谈什么？”

“知道自己是学生吗？”

“当然知道。怎么？爸爸，您是不是有指责我的地方？”

薛剑说：“爸爸不是要指责你什么。现在是暑期，你可以轻松地玩玩，爸爸不会多管。但是，开学后，我希望你沉静下来好好读书，好好珍惜你的学习时光。追星、崇拜偶像，虽然不是什么坏事，但是爸爸也不希望你把精力都用在那上面。追求这些空虚的东西，只会让自己更空虚。别让我为你担忧。”

“爸爸，我很快乐，也很充实。我欣赏我的偶像，喜欢听他的歌。您别阻止我，我有我的爱好和追求。枯燥的学习我有些厌倦，我喜欢新鲜刺激的东西。看一场演唱会在某些方面我也会受益一些东西。”

“可是，那些都是虚无的东西，时间愈久就愈没有价值和意义。人应该脚踏实地做一些正经的事情。正是学习的年龄，千万不要把健康的青春耗费在那些无趣的地方。薛珠，爸爸平时很少说你，现在我真的很想让你知道，健康和学习是多么重要和宝贵的。爸爸是医生，每天都会接触到病人，当然也有像你这么大的孩子，我从他们的眼睛里真真切切地看到他们对生命的渴求，对学习的渴望。今天有一个姑娘，她得了绝症死了，她曾对我说，如果能让身体好起来，她就要先到课堂上去读书。也许这对你来说是唾手可得的事，而对她却永远没有了希望。爸爸把这个故事告诉你，就是想让你能够感受别人的痛苦。一个面临死亡的姑娘，就有这么强烈的欲望想去读书。而你呢？薛珠，我想，如果浪费掉学习的好时光，那真是在浪费生命啊，你知道吗？”

他恳切地在等待女儿的回答。

薛珠说：“爸爸，我可以对您诚实地说，我所做的并不是您所担忧的，我认为我的头脑还是很清醒地去选择了我所喜欢的偶像。因为他有与众不同的地方，他很真诚，也很谦虚，他对我们也很热情和关心。我们在欣赏他的歌声的时候，也欣赏他的人品，我想这就是偶像的魅力。爸爸，我不求您支持我，但是，您也别反对我，我不会做得太出格，我也有理智。我已经准备在高三的这个学年，会更加努力地学习。我的偶像也是这样对我们说的，要把自己分内的事情做好后再去听他的演唱会。一个对我们这样有责任的明星，真的很值得去欣赏，去喜欢。”

薛剑颔首点头，他已经感觉到女儿不是那种懵懂无知，没有主见的狂热追星迷，她有理智，也在成熟，他感到欣慰：“好，这样爸爸就放心了。”

第十六章

就在这个夏天，雁媚又经受了她人生的一场磨难。

在过去的几年里，雁媚仅靠她那微薄的收入，省吃俭用地供雪晨读完了大学后，又全力支持他继续读研究生。在她看来，知识是比任何东西都要持久永存的财富，它远比金钱和物质更能体现人的尊贵和富足。她一直为自己的才学疏浅耿耿于怀。她只念到初中，学历很低，为此她常感自卑。她没有信心和机会去做别的更能体现自身价值的工作。她仅仅安于现状，勤勤恳恳地做好她仓库保管员的工作。从农村回来后她一直都做这个工作，二十多年如一日，兢兢业业，从没有出现过任何差错。

然而，在面临市场的竞争，工厂发展的趋势和各项改革的进行，雁媚那安于现状的平静被打破了。忽然有一天，她被告知下岗而没有了工作。开始她有很多的疑惑，还去找主管她的领导，苦苦哀求他再给她两年工作的时间，让雪晨完成学业。可是，她完全白费了力气。现实社会很严酷，也很绝情，在改革的规则游戏中，当然也充斥着许许多多的像污泥一样的东西而失去了它的公平和公正。人的一切活动，都要靠一种低劣、庸俗的交情，从而纵容了一些人的堕落和贪婪。命运就这样把弱者无情地放在强者的手中任其玩弄和摆布。

让雁媚下岗，既让人惊讶咂舌，又让人感到是预料之中。惊讶的是她工作得太好，如果这个岗位换了别人，或许就是损失，几乎没有人会像她那样对工作做得如此精细、认真、井然有序。然而，别人也都能想到，她跟谁都没有交情，也不善来往，对领导也不会阿谀、溜须，更不会送礼套近乎，她与生俱来都不会做这样的事情。她性格耿直，从不喜欢那些虚伪的东西，对那些趋炎附势而成就的轰轰烈烈的排场，她总是躲得远远的。但是，在现实的社会中，如果不学会一套曲意逢迎，趋炎附势的本领，也恰恰是损伤了自己那点可怜的利益。人人都在动用心机，把那张世俗的脸，带着谄谀的假笑，去仰视他们的领导。这一点雁媚做不到，她依然很单纯地在自己的生活里独善其身。

这个世界又像翻动着潮水向雁媚汹涌扑来，她又被社会抛弃，没有了工作，没有了生活的那份平静。虽然她做了二十多年的努力，把她工作的最好部分证明给别人看。但是，一切都无济于事。那个主管是这样对她说的：我只能对你说，市场经济很残酷，这里不存在同情和怜悯，需要工作的人很多。这样一句冠冕堂皇的话而把雁媚轰回了家。当她后来得知，取代她工作位置的就是那个阴险地对她说出那句冷冰冰的话的领导的亲属时，她的愤怒随即就变得麻木了。

当光明进入到她的心灵，憎恨也离开了她的意念。雁媚不会感到自己总是这样不幸，她悄悄地把那种带有怨恨的顾虑打消，默默地去寻找新的工作。她没有把这个可怕的消息告诉雪晨，而在忍受这样的痛苦。此刻，她最心切的就是能在雪晨暑假回来之前找到一份工作。但是，一切都是那样的难，她一次次地遭受冷淡和拒绝，直至毫无结果。这使她感到茫然，无所适从。她觉得一天是多么漫长，而到了晚上，她置身在那个孤寂的屋子里，却摆脱不掉心中的苦恼。想起那个非常丢脸的不平等，她就彻夜难眠。

雪晨大学毕业后，以优异的成绩又考取了环境工程专业的研究生。他的导师秦宜坤教授，对这个学习勤奋，生活朴素的学生十分欣赏，他们之间建立了很好的师生关系，更深层地说，他们是忘年之交。

在暑期将至的一天下午，他们做完了一个课题，秦教授像待自己的孩子一样把雪晨带回了家。

家里的师母，是一个温柔善良和蔼可亲的老人，秦教授也年近花甲。他目光深邃，精神旺盛，他致力教学研究已经四十年之多。也许是因为长期跟年轻学生在一起的缘故，他有一种非常积极独特的性格保持着他年轻的心态。他喜欢跟年轻人谈话，从中可以感受年轻人的思想和心灵里放射出来的新鲜的东西，而使自己不因年龄变老而思想迟钝，见解偏颇。他也喜欢把自己所写的有关论著，先拿给年轻人看，让他们提出建议并参入他们的想法。这一点，雪晨给予了导师最积极的帮助，他们的友情，亲密又自然。

雪晨在导师的家里吃了晚饭后，又在导师的书房里，他们做了长久的交谈。秦教授激动地还谈了他在国外的女儿。从他的情绪中，让雪晨感到那是一个多么优秀的女儿让父亲如此动容。

后来，师母也来参加他们的谈话。这个贤淑的女人，生来就这么安静地喜欢听别人倾诉。她温和，谦虚，仪态万方，而且有快乐的心情，过着深居简出而且平静的幸福生活。她还询问了雪晨家里的情况。

雪晨神情坦然地说："我没有父亲，是妈妈独自一个人把我生下来并把我养大。她在工厂工作，是保管仓库的女工。对平凡的人来说，这样的工作是很可贵的。妈妈总是默默无闻，兢兢业业地工作。对我也倾注了全部的爱。我们的生活一直过得很简朴、很平静。但是，也很幸福。妈妈很朴实，我在她的身上能够看到人类行为中那最体面、最可贵、最谦逊和最纯洁的品质。她也是一个有见解能力的人，我大学毕业后，她没有一味地鼓动我去找工作，而是支持我继续读书。虽然我们的生活很清贫，妈妈一生走过的每一段路程几乎都承受了很大的压力。但是，她很坚强，从没有软弱过。"

在他们面前，雪晨不亢不卑，师母还用手轻轻地抚摸了他。她的手又柔又软，手指光滑匀称，优雅地戴着一枚戒指在闪闪发亮，她多么喜欢这个孩子。他们无微不至的关怀被雪晨从容接受，因为他的生命里太需要这种感情的东西。

第二天，雪晨用他奖学金积攒下来的钱，为妈妈买了一枚戒指。他自己都感到奇怪，是昨天师母那戴着戒指的手抚摸了他对他有触动？还是师母那安详幸福的神态刺激了他？使他认为能戴上戒指的女人就能带来幸福。他多么希望妈妈幸福啊。他激动又犹豫地在工作人员的帮助下，为妈妈挑选了一枚款式精巧的还镶嵌了一粒人工宝石的戒指，他相信妈妈纤柔的手指，戴上它会非常好看。当晚，他就搭上了回家的列车。

一早，雁媚就出去了。下岗后的这些日子，她一直都在努力地寻找工作，却没有任何结果。她仍然没有把这个令人沮丧的消息告诉雪晨，尽管她的心里跟掏空似的空虚、难受。每天在严重的失眠中艰难地熬到天亮，可是天亮后的又一个白天带给她的还是担忧。她像一片秋天的残云，无定地飘。她的处境这样的不如意，却没有任何的办法可以改变，就这样过着越来越艰难孤单的生活。她感到很累，工作如此难求，她到处寻找却到处碰壁。满街都是拥挤的人，一双双麻木、空洞、迟钝、冷漠的眼睛，都在左顾右盼，看你，看他，看这个世界。

她先来到买早点的地方，生活把她逼到了这里，她就有所打算。然而，她的打算便不堪一击。因为有很多的早点摊位在相互推挤，为抢夺生意到处都在叫喊。她疲倦的眼睛环顾了这个令人迷茫而人声鼎沸的早晨后就孤独地离开了。她踌躇不安，没有目的的在一个僻静的地方静静地坐下来。树荫下的长椅上也找不到一丝安慰，心中塞满了失望的声音。她在这里坐了很久而不想回家，她羞愧走进家门。她为自己生出了哀怜，身心疲惫找不到方向，如同又被世界抛弃了一样。

这里很安静，仿佛是世界的另一端，而就在前面的那个街道的路口处，还充斥着令人懊恼又心惊胆战的噪声。如果人们不为明天去烦恼，这样淡泊自处地坐着，该是多么轻松。然而，人们毕竟是为着明天的缘故而在今天思考。在不知不觉中，雁媚想到了很久以前，为了一份稳定的工作，她抱着刚满月的雪晨大胆地闯进一个办公室求得一份工作。在二十多年的稳定平静中，突如其来的风雨，还是把她摇落到一个痛苦的地方。也许，最痛苦的不是因为失去了那份工作，而是失去工作后的那种空虚和迷茫。

她这样安然地坐着，在冷静的状态下她思考了很多，想到雪晨这几天就要回来，她决定先抛开一切的烦恼吧。

上午，雪晨回到家里，一切都还是原来的样子，家，没有改变。妈妈喜欢整洁，家里就一尘不染；妈妈生活节俭，家里就没有添置一样东西；妈妈橱柜里的衣服还是那几件，很早以前的那件外婆留下来的衣服，依然还整齐的叠放在橱柜里。他知道这是妈妈最喜欢的衣服，他不知道妈妈是用什么样的手段把这件衣服保存得这么完好。他的书橱还是那么整齐，妈妈喜欢的诗集，她看的书，还有笔记都在书桌上摆着。他又到厨房里寻找妈妈生活的迹象，那里冷清的没有生机。他的心是多么难受。为了自己的学业，他怀疑妈妈是怎样在苛刻自己。他凄恻地坐在清寂的家里，像个小孩子那样等妈妈下班回家。他拿出那枚戒指在手里掂量着，心里却有太多的不安。妈妈过着如此清贫的日子，他却买了这么奢侈的礼物，他担心妈妈会责怪他。

中午时，他听到轻轻上楼的脚步声，他确定这一定是妈妈回来了。他去把门打开，却让雁媚大吃一惊：

"雪晨，你什么时候回来的？"

"我回家刚一会儿，妈妈，你刚下班吗？"

"那我去买菜。"雁媚掉头就下楼了。

一顿午饭，吃得既简单又安静，雁媚没有勇气把她下岗的事告诉雪晨。

沉默中，雪晨轻轻问："妈妈，你好吗？"

"是，我很好。"看着雪晨，雁媚问，"读研究生跟读大学有很多不同吧？"

"是，大学主要是学习理论性的东西，而读研就要做很多研究工作。"

"你是在研究环境学吗？对污染的治理也做研究吗？"

"是。"

"好好做吧，你看这生存的环境，已经被污染得令人担忧。"

雪晨却说："妈妈，我忽然很后悔毕业后没有去找工作，我都这么大了，还不能帮助你分担生活的困难，我感到很惭愧。"

“你怎么有这样的想法？”

“我回到家里就这么想了。真的妈妈，我心里很内疚，我知道你为了我吃了很多的苦，而我却不能为你做点什么。一个四十多岁的女人，正是风韵犹存的时候，你应该有漂亮的衣服，有丰富的饮食。可是，这些我到现在都不能给你，却让你还在过这种苦巴巴的日子。”

雁媚安慰说：“我一点都不觉得苦，我很快乐。雪晨，你不要胡思乱想，安心学习，有好的成绩就是给妈妈的一切。虽然我没有能力让我们的生活过得富足些，但是，我却因为你感到骄傲和幸福。别人也没有因为我穿得朴素而看不起我。恰恰相反，因为你，我受到了很多的尊重和羡慕。甚至常常有人来问我，雪晨是怎样成为一个品学兼优的学生。我感到很荣耀。”她对雪晨微笑，而把忧伤抛掉，雪晨也总能让她容光焕发。

雪晨凝视着妈妈，她还是那样美丽。贫困、孤独对她没有任何损伤，上天赋予了妈妈太多自然的东西。片刻后，雪晨小心地把那枚戒指拿出来说：“妈妈，你别怪我，我给你买了一枚戒指。”

“你怎么买这种东西？”

“其实，我并不懂戴戒指的真正意义，但是，我想古往今来流传了这么久，也许有它一定的道理。父母对儿女，丈夫对妻子，儿女对父母，人们都用赠送戒指的方式来表达爱意，祝愿幸福。我是这样理解的，我的愿望也是这样，希望妈妈幸福。如果这枚小小的戒指能够表达我的心意，我想我买戒指的目的就达到了。把戒指戴在手上，就如同把幸福套在身上，妈妈，你就这样想。来，你戴上它，你的手指非常漂亮，戴上它会更漂亮。”

雁媚很激动，还有点羞涩，把手伸过来，雪晨为妈妈戴上了戒指：“妈妈，我戴在你的无名指上，因为我看到师母也是戴在无名指上的。”

雁媚的脸上泛淡着微微的红晕，她把戒指退下来说：“雪晨，让妈妈戴上这么华丽的东西我感到很不适宜。假如，你说这是幸福和爱，我会把它珍藏起来。”

八月的一个早晨，金灿灿的太阳已经照在了玫怡的窗台，她还慵懒地躺在床上。昨晚，她参加朋友的聚会回来很晚，她喜欢享受灯火下的夜生活。她卧室的窗户都开着，风吹到了她的身上，她感觉特别舒服，小鸟在她的窗前婉鸣，给了她一个快乐的心情。

薛剑上楼来叫她：“起床吧，妈妈做好了早饭，等你一起来吃。”

她问：“薛珠呢？”

“在楼下，她起得很早，还跟奶奶学做早饭呢。”

“没出息的东西，她将来是想当家庭主妇吗？”

“起来吧。”

“我不吃。”

薛剑生气地说：“妈妈为我们做好了早饭，你总是这样漫不经心，你当妈妈是保姆？为什么要这样傲慢？早饭不能在家里吃吗？”

他的态度激怒了玫怡：“我不想吃就是不想吃，你非要来把我的心情搞坏。”她从床上坐起来，像个小女孩一样撒娇，还做了一个与她年纪不相称的忸怩动作说：“我问你，爸爸妈妈要在这里住多久？我可没有耐心让他们长期住在这里。晚上他们咳嗽吐痰的声音我受不了，在一起吃饭时爸爸的假牙在口腔里咯嘣咯嘣的声音我更受不了，还有妈妈那慢腾腾的动作，我在我自己的家里感到了压抑。过完了这个夏天，最好在薛珠开学之前，你把他们送回去，你不是说你还要参加一个什么队友聚会吗？你去吧，把他们一起带走。我也不是不孝顺，只是生活有差异，我的性格很独立，我不喜欢我的眼睛里有别的影子来回晃动。我可以拿钱给他们，让他们过丰衣足食的生活，但是住在一起不行。”

她像是被宠坏的女人无所顾忌，让薛剑难受，他说：“你说这样的话我很难过，爸爸妈妈来这里才一个多月，你就嫌弃他们。你有钱就可以忘乎所以吗？你以为你给他们钱就说明你有爱心吗？他们需要你的钱吗？你的言行分明是瞧不起我的父母。我不知道你怎么会这样，太让我失望了。”他转身走了。

他在餐桌旁坐下，薛珠问：“妈妈呢？她不来和我们一起吃早饭吗？”

薛剑说：“别管她，我们吃。”

奶奶说：“不吃早饭不行，空着肚子怎么去工作？”

薛珠说：“奶奶，您别担心，妈妈不吃早饭她会去外面吃，她喜欢到有钱人去的地方享受早点，这是时尚。”

爷爷说：“外面能吃什么？中年女人，更要讲究吃好一顿早饭。”

薛剑关切地问：“昨晚是妈妈在咳嗽吗？放在桌子上的药怎么没吃？”

奶奶说：“吃了。昨天可能吃了一点冷饮，气管就有点不舒服。”

“您的手呢，关节都痛吗？”

奶奶把一双有点僵硬的手伸出来说：“不痛，夏天没什么，就是到了天冷的时候，这手就不灵活了，那骨头缝里就像针刺了一样。不过都是老毛病了。”

“妈妈，我给您找一个专家去看看好吗？”

奶奶说：“还看什么，吃了一辈子的药这手还是这样。算了，有些顽固的病症，就是神医也不行。”

薛剑惭愧地说：“来这里一个多月了，我这个当医生的儿子也没有为你们检查一下身体。”

爷爷说：“身体都好好的去做什么检查？哪天不舒服吃点药就好了。你工作忙，就别牵挂我们。玫怡她在外面也很辛苦，每天回来得很晚，她要多睡一会儿就让她多睡，别去吵她。我和你妈妈也商量过了，等下个礼拜，我们就回去吧，住在你们的大房子里我们也感到不自在。”

薛剑说：“从你们来到这里，我就没有打算让你们回去。你们年纪都这么大了，薛涛和薛山也都不在你们的身边，你们回去生活我们也不放心。现在你们在我这里，薛涛、薛山也感轻松，还打电话对我说让你们安心住在这里，有机会他们都会来看你们，你们还回去干什么？”

奶奶说：“你们工作都很忙，我们留在这里总会让你们有负担。”

薛珠说：“什么负担，那是爸爸妈妈应尽的责任。而且，每天都是奶奶您在做饭，我们才吃得这么好。你们不能走，如果你们走了，家里的大门就会紧锁着，我不喜欢那样。你们在这里，无论什么时候回来，家里的门都开着，这种感觉多好啊。”

“是啊，薛珠说得对，爸爸妈妈，你们就安心地在这里住下，我们能这样每天在一起吃饭，相互照应，彼此感受，这是很幸福的。”薛剑充满着感情，他渴望这样的幸福。

薛珠说：“爸爸，我跟美佳约好了，今天要带爷爷奶奶到游乐场去玩。”

这时，玫怡走下楼梯，她头发盘得很高，穿着一身浅蓝色的套裙，高雅而傲慢地大声说：“不许去。我看你是玩疯了，你功课不复习，补习班你也不去，马上就要开学了，你想想你的一个假期都干了什么？还有多少时间留你考大学消费？”

薛珠反驳说：“你怎么知道我一个假期什么都没有做？我晚上安安静静学习的时候你看到几回？你不是天天回家很晚吗？你这样对我不会有说服力的。”

玫怡粗鲁地叫道：“臭丫头，你是在向我反抗吗？”

她走过来的那眼神和那声音，把他们吃饭的气氛破坏了。奶奶让她坐下来吃饭，她说：“我不想吃，已经有朋友约我了。”她又对薛珠说：“好吧，带爷爷奶奶出去玩的时候要注意安全。今天玩过后你就收敛吧，别让我时时为你的前途担心。”

薛珠说：“妈妈，你不需要为我担心，我又不是玩野的孩子，不是一直都在家里做功课吗？你也太主观了，总担心我在玩，而对我在学习的时候视而不见。妈妈，我真的很想对你说，你的态度太冷漠了。从爷爷奶奶来我们家，你陪我们吃过几次早饭？晚上你又在家里吃过几次晚饭？有时，我感觉妈妈回家像是住旅店，就只是回来睡睡觉吗？奶奶多么用心地为我们做可口的饭菜，她做饺子，做汤面，做红豆粥，还煎鸡蛋饼，葱油饼，在家里吃这样的饭多么温馨。可是妈妈却感受不到，你喜欢跟有钱的人一起到酒店里去吃那些在厨师的手里抓抓捏捏盘出花样的东西，那能吃出什么味道？”

玫怡恼火地对她反击说：“臭丫头，你什么时候学会对妈妈这样尖刻？你在学校所学的数理化都变成了你讽刺人的言辞？难怪这三门功课的成绩加在一起还不足两百分，你不知道羞耻还这么趾高气扬？”

薛珠笑了，她毫不在乎地说：“妈妈，你不是也在讽刺我吗？我不喜欢数理化，所以学不好它。你怎么不说我的语文，我的语文还考了八十八分呢，这是多么高的分数啊。我的英语也及格了，我的历史地理不是也很好吗？学校长跑比赛，我还得了第一名呢。”

“笑死人了，只有疯子才跑第一名。好了，我不跟你啰唆，等到开学的时候再说，我会请几个家庭教师对你轮流轰炸，我逼也要把你逼上梁山。”

“看来妈妈是要对我动真格的，你就这样对我极度的不信任而恨铁不成钢？白天是学校的老师，晚上是家庭教师，小心把我逼紧了我会离家出走的。”

“什么？”

“我开玩笑嘛。”

玫怡冲着薛剑吆喝说：“你听到了吗？你的女儿说了只有疯人院里才能听到的话，你也在那里袖手旁观？”

薛剑淡淡地说：“坐下来吃饭吧。”

玫怡勉强喝了一点粥。

薛剑上班走之前还特别关照薛珠说：“带爷爷奶奶出去玩的时候一定要注意安全，别玩得太久，早点回家。”

“哦。”

上午，薛剑为一个中年男子做了开腔手术，时间很长，当他从手术室里出来时，患者的家属焦急地迎上去问：

“怎么样医生，我丈夫他……”

“情况比预期的要好，手术也很顺利，您不要担心。”

旁边的一个男人轻轻拽住他说：“辛苦您了医生，我姐夫做这么大的手术，我们都在害怕会不会发生意外。谢谢您救了他，快去换衣服，我们在附近的酒店备好了酒席，叫上您的同事一起去吧。”

薛剑淡淡地说：“我没有习惯去吃患者家属预备的饭菜，你们也别多此一举。”说着，他就走了。

他那不近情理的傲慢，让患者家属面面相觑，他们在怀疑是不是他们讨好医生的热情不够？还是没有满足医生私下的要求？因为他们口袋里的红包还没有送出去。在世俗的医院里，事情就是这样，他们早已领教了一些医生的贪婪。在精神道德事物中，医院的严肃，医院的深刻和医院的那种审慎正每况愈下，而盛行的是一种令人担忧的风气。

薛剑来到餐厅，他是最后一个来此就餐的人。服务员已经把餐厅清扫干净，大厅里既安静又宽敞。吃过饭以后，他又坦然地在这里坐了一会儿，因为他很疲倦。

这时，他的手机响了，他有点漫不经心："喂。"

电话里传来了一个热烈的声音："薛剑，是我，跃平。"

薛剑为之一振："跃平，我听出你的声音了，你好吗？"

"我很好，出差在杭州，本来想去上海看看伯父伯母他们的，因为还有点事情没法过去了，对不起。伯父伯母都好吗？"

"都好。"

"薛剑，大家都在想你，知道你从非洲回来了，都在盼着那个聚会呢。"

"我也在等着那个聚会，你联系他们了吗？准备什么时候？"

"都联系好了，就等你了，时间你定吧，大家都很急切。"

"我也是。这样吧，我的父母上个月才来我这里，现在天气还有点热，我想等到秋天，天气凉快点好吗？"

"当然可以，可是那些女人就更加迫不及待了。特别是我家的肖玲，她简直都要疯了，她联络了那些女生，天天聚在我家里热烈地谈论你，就像现在的孩子谈论他们喜欢的明星一样津津乐道，满眼都是激情呀。"

"她们还是那样子吗？"

"是啊，真不知道你来了以后，她们还会怎样。我是警告了肖玲让她冷静点。"

他俩在电话里笑起来。

"不好意思，我都要难为情了。"然后，薛剑收敛了笑容，充满感情地说："我真的很想你们，特别是我们曾经在一起的岁月，一起耕耘土地，一起挖沟修渠，一起播种小麦。我时常怀念你悠扬的笛声，你现在还吹笛子吗？"

那笛声，随着时光的流失淡然而去，记忆在褪色的图版上又重新加深它的颜色、声音和香味，快乐地汇流成一股力量相互吸引着。

薛剑从餐厅出来，顺着树荫下的小路慢慢地走着。宁静的午后被蝉声叫醒，他渴望那个凉爽的秋日。二十多年离别的梦中，他有太多的思念和牵挂，假如还能相见，那该是一个什么样的情景？他没有做任何的预想，心里却总会涌出一股不可名状的思绪，把那一段最深奥、最隐秘、最谨慎的旧日恋情，在他的脑海里不断地如潮水翻涌。

午休的时间迟缓而冗长，他完全没有了倦意，而是一颗充满回忆的心跳。不远处他依稀听到了有人在轻轻地朗读诗歌，循声觅去，他看到一棵无花果的树荫下，端坐着一个身穿病人睡衣的姑娘，他走过去问：

“怎么不去休息？”

姑娘说：“我不想睡，我怕睡多了夜里就睡不着。知道吗，在医院的病房里，那深夜睡不着的感觉是多么可怕，那种深夜的寂静和病人陡然发出的一种怪叫，我害怕。”

“我听到你读诗了。”

“是，我在读泰戈尔的诗集，充满了一种朦胧的美，我很喜欢，所以情不自禁地就读出来了。”

薛剑就这么自然而然地想起雁媚曾经也有一本泰戈尔的诗集，她常常会带到菜园里去读。他的脑海里瞬间就浮现着当时的一幕幕情景：田埂上风吹书页的情景；诗集散落在雨中的情景；她读诗时凝神眺望的情景。在他的幻影中，雁媚的美，美化了全部的景象，而她所受的痛苦使他为之动容。他不知道为什么他还是那样地思念她。他们曾经的相爱笃诚而深厚，他知道这是他背着妻子一直深藏在心底的爱情。在午后的阳光下，一切都那么沉静，无花果的树上，缀满了紫红色的果实，它美味又新鲜。他拿起姑娘的诗集，随手翻了一下，他在一页里读到：

我的情人的消息，在春花中传播，

它把旧曲带到我的心上……

他在沉思中细细品味，对那个即将要来到的聚会，他有更强烈的要求。他渴望能见到雁媚，他渴望能得到她的消息，哪怕一点点。

爷爷奶奶没有丝毫的疲倦，在游乐场开心得像孩子，竟然还和薛珠、美佳一起坐了海盗船。美佳是个可爱的姑娘，她跟薛珠是最要好的朋友，并且还在一个班级学习。游玩的时候，她一路上都搀扶着奶奶，使奶奶非常高兴。他们一起吃了午饭，还吃了冰淇淋，因为天气很热，他们就回家了。

午休时，薛珠看了一会儿书才下楼，看到奶奶一个人坐在客厅的沙发上，就问：“爷爷呢？”

奶奶说：“还睡着。”

一切都是那样的平静，没有任何迹象在预示着将要发生的事情，薛珠对奶奶说：“爷爷像一个贪玩的小孩，他对什么都很好奇，还不知疲倦。”

奶奶说：“他对什么都发生兴趣，特别是对机械的东西，因为他是一个机械工程师。”

“爷爷很了不起。”

“是啊，他很受人尊敬。”

薛珠又端来了水果和奶奶坐在一起：“奶奶，坐海盗船的时候您怕不怕？”

奶奶说：“当然有点怕。”

“我不怕，我还坐过过山车，那更惊险更刺激，连美佳都不敢坐。”她不断地向奶奶显示她的勇敢，“奶奶，我应该是个男孩子对不对？您有三个孙女，不就是缺少一个孙子吗？您就把我当成孙子好了。我自己都发现我具备了很多男孩子的性格，妈妈用培养女孩子的方式培养我，所以她没有成功。我喜欢运动，妈妈没有发现这一点，遏制了我的体育才能，所以我才一事无成。”

奶奶说：“别责怪妈妈，她也是用心良苦，她把你养成女孩，就希望你像女孩子一样文静、优秀。你早上跟妈妈讲话的态度，奶奶不欣赏，你经常是这样吗？”

“不是的，那是因为妈妈太主观了，她总想着我是在贪玩而忽略我在用心学习。奶奶，您别在意妈妈的态度，因为成功的女人都是这样子。其实，我知道爸爸喜欢温柔型的女人，妈妈缺少的就是温柔，她太强悍、太泼辣，而且太厉害，爸爸总是对她敬而远之，很谨慎地维护着他们和谐的关系。表面上看他们是一对令人羡慕的恩爱夫妻。而实际上，我看他们有点貌合神离。只是爸爸的修养太好，从来没有对妈妈横加指责。为保护这个家庭，爸爸才气度不凡地做得这么完美。我们班有多少同学的爸爸，在外面都有低劣的行为，他们没有家庭责任感，不负责任地在外面找女人，爸爸他从来都不这样。”

奶奶紧张地说：“小姑娘家，以后你不要随便说这样的话，让妈妈知道了多不好。她每天在外面辛苦工作，要接触形形色色的人，她的性格必须要强硬。而你的爸爸是医生，他接触的都是病人，所以他应该有一颗体恤温柔的心。环境对人都有影响，你不要用涉世不深的见解来发现他们的某些不足，而是要积极地帮助他们更和谐地生活。爸爸妈妈恩恩爱爱，对你就是幸福。”

薛珠咯咯地笑了，她知道爷爷奶奶就是这样恩恩爱爱了一辈子。她起身说：“我去叫爷爷起来吃水果。”

她进到爷爷的房间，发现爷爷睡觉的姿势有点奇怪，她走近一看，顿时叫喊起来：“爷爷，爷爷。”

爷爷的脸已经可怕地变形，他没有任何反应地陷入在一个昏沉沉的境地。

“奶奶，你来看，爷爷他怎么了？”薛珠惊慌地喊。

奶奶惊吓地跑过去，她从没有遇到过这种情况，爷爷的身体在她看来一直都很健康，可是怎么会突然这样？她在六神无主的惊吓中不知所措。薛珠急忙去打电话，她握话筒的手都在发抖，她想打给爸爸，犹豫了一下，就直接拨打了救护车。

也就在同时，薛剑坐在那株无花果树下还在做幽幽的沉思。他的周围很寂静，抬头望到的天空很澄明。他不知道为什么，心里突然有一种不可名状的感觉让他阴郁。他在等着那个聚会，他在等待那个昔日的恋情在岁月的隐秘中是怎样地在暗暗流淌。二十多年的距离和生疏，一切的思念和爱还有没有意义？他感到困惑和复杂。

这时，一阵刺耳的鸣笛声划破了所有的寂静，本着对职业的敏感，薛剑立即起身朝医院跑去，他在急救室的走廊上，惊异地看到了母亲和女儿："怎么了？"他紧张地问。

薛珠哭着说："爷爷，他……"

"爷爷怎么了？是摔倒了？还是车祸？"

"我也不知道怎么了，爷爷在睡午觉，就……就……"

他看到年迈的妈妈已经颤颤悠悠，那样子恐怕就会倒下，他还是丢下她们进了急救室。

玫怡接到薛珠的电话匆匆赶来，她十分气恼地责备说："让你好好地待在家里看看书，你就是不听话，非要带他们出去玩，这下惹了大祸，是交通意外吗？"

薛珠哭哭啼啼地说："不是交通意外，我也不知道是怎么了，爷爷在睡午觉的时候就这样了。我们一起出去玩的时候爷爷还是好好的，他在游乐场里走来走去到处看，我们还坐了海盗船。天很热，爷爷喝了可乐，还吃了巧克力雪糕和冰淇淋，我们又在外面吃了饭，后来就回家了。爷爷很开心，我们没有发现他有什么不好的现象。可是在午觉起来的时候，我们才发现他……"

玫怡生气地说："讨厌的丫头，可恶的丫头，你真是会惹是生非。"她又去责怪奶奶说："你们也真是，就让她哄着你们去玩，天这么热，年纪又这么大，出去玩又费精力又有危险。薛剑呢？"

奶奶颤抖地说："他在里面。"

过了很久，薛剑才从急救室里出来，他沉重地说："爸爸中风了，很严重。"

玫怡问："那结果呢？"

"医治的过程会很长，结果也不容乐观，或许还会瘫痪。"

玫怡顿时一声尖叫："这样他们还怎么回去呀？"

听到妈妈下岗的消息后，雪晨很难过，他感到妈妈很可怜，这个世界对妈妈有太多的不公平，她失去了太多，而得到的太少，为何又偏偏剥夺了妈妈的工作？

雁媚平静地安慰他说："没什么，每个人在一生的活动中都会有失去和得到。"

她总是这样用宽容的心去理解一切，并从容不迫地为工作奔忙，尽管还没有结果，她也没有在雪晨面前流露出任何的气馁。然而，雪晨还是为妈妈担忧，他越来越感到不安，他心里有一种愤世嫉俗的任性，他最不能容忍的是，这个世界为什么不能对妈妈的孤独和寂寞表示同情？没有了工作，妈妈的生活就更艰难，她在整个孤寂中能做什么？

晚上，雪晨陪妈妈看了一会儿电视，他们静静地没有交谈。然后，雪晨就回到他的房间里。书桌上放了几本书，有些书还是罗明叔叔留在这里的，妈妈在孤独的时候也读这些书。书桌上有一本车尔尼雪夫斯基的《怎么办》，妈妈是不是也在担心她的明天怎么办？他不在家的时候，妈妈常常会坐在书桌旁看看书，她喜欢读的地方，有她反复翻阅的痕迹，他知道妈妈就是这样度过了每个孤寂的夜晚。而现在，妈妈没有了工作，她的白天也变得空虚。妈妈不善与人交往，人情也不那么充实，她孤僻的世界就变得越来越狭小。他的假期很快就要结束，留下妈妈怎么办？一晚上他都在想这个问题，他躺在床上辗转反侧，无法入睡，直到早晨，他迷迷糊糊地听到妈妈在他的耳旁说：“雪晨，起来吃早饭吧，妈妈出去一趟。”

雪晨拽住了妈妈的衣服说：“妈妈，你不要出去了。”

“怎么？”

雁媚穿的是当年她母亲留下来的一件印花衬衫，她非常喜爱并珍惜它到现在，几乎都三十多年了，它还没有破掉，也没有失去它的颜色。可以想象，那时她母亲穿上它的时候是多么优雅。而今，雁媚穿在身上，依然还是这么得体和端庄。

雪晨问：“你穿的是外婆的衣服吗？”

“是，你外公外婆走的时候，家里的一切都没有了，我就保存了几件衣服。小时候看妈妈穿这件衣服，感觉她好美，好高雅，无与伦比。”她禁不住又沉湎在她幼年时的回忆中，她童年时代的眺望是多么的单纯和美好，她深深地又说：“那时，大自然赋予了人们纯洁的空气，清澈的河水和茂密的森林。而现在，恶俗的东西太多，那些令人担忧的食品，丑陋的建筑和低俗的广告，都出现在人们的生活中。”

“妈妈，你不要片面地去理解这些，这是社会经济发展中必须要付出的一定代价。”

“是啊，我也知道。不过，每次穿你外婆的衣服，心里就会有一种怀旧的感情，不得不又想到了过去的事情。”

“妈妈，回到现实里来吧，孤独只会给你带来更大的伤感。我昨晚想了一个晚上，我想对你说，假期过后，我不能丢下你一走了之，我想让你跟我一起走。

也许到了上海，你就可以找到合适你的工作。我看到很多的外地人都能在那里生活。而且，我们也能够在一起，这是最重要的。”

“那家怎么办？”

“妈妈，如果我们离开它，它就不是家，只是房子而已。我们把它出租给别人，我们到那里再去租房子住。我想，无论房子大小，我们能够在一起就是一个家。”

雁媚环顾了家的四处说：“我舍不得换上别人住进来，让他们不负责任地把房子的墙壁弄黑，把地板弄脏，这样我不会接受。在这里，每天清晨我打开窗户的时候，都能感觉到一天里最清新的空气吹到了家里，阳光也照到了窗台上；每当我关上门窗的时候，我感觉保存的都是你的气息，让我放弃这里我不愿意。”她固执而任性，她把属于她的空间看得很神圣。因为她知道，在这个偌大的世界上，只有这小小的地方，是她在受到伤害和委屈的时候，可以软弱地偷偷哭泣，她的眼泪从来都倔强地没有在别的任何地方流淌。

雪晨说：“妈妈，你应该比我更明白，房子只是房子，而家是靠人的感情和心灵组成的。你跟我去到那里，以妈妈的喜好，那里一样会简洁、温馨而成为我们的家，推开窗户一样有清新的空气，阳光也会照到窗台。每天关上门窗的时候，一样保存的是妈妈的气息，难道跟这里不一样吗？”

雁媚在沉思中动摇，她有这样的愿望和雪晨一起过一种宽广、丰富、愉快的生活，而可以抛开这种令人颓丧的孤独。最后，他们一起做了决定，不把房子出租给别人，保存它的模样，直到有一天他们还回来。

上午，雪晨陪妈妈去逛商场，他执意要为妈妈买一套新衣裳。他知道妈妈对自己太吝啬，她很少买过新衣裳，她都是买一些廉价的布料自己做衣服穿。这对女人来说是可悲的。

他们逛了很多商店，几乎消磨了一个上午，也不知道是雁媚挑剔，还是雪晨挑剔，他们一直选不到称心如意的衣裳。雁媚要求款式大方、简洁，雪晨要求样式新颖、典雅，他们在悄悄的争辩中不得结果。而如今，市场上的服装都太奇异，怪里怪气；服装的线条太复杂，饰物太繁赘，颜色太陈旧，款式太呆板；有些服装设计者也太卖弄技巧而表现出了人心的浮躁。其实，从人的着装上最能看出人的品位。一个民族的服装也体现着一个民族的文化与品质。

最后，他们在一个不起眼的商店里发现了一套裙衫，它是青绿色的，质地和工艺都很精细，价格也适中。雪晨让妈妈去试一试，当雁媚穿上它的时候，她自己都不可思议地想，是谁在为她量身定做？

雪晨以一种耐人寻味的微笑看着妈妈，他惊叹妈妈的身材还保持得那么苗条，妈妈的脸还是那么白净，没有任何从狭隘的心胸里渗出来的那种嫌恶和自私的黑色斑痕。她容貌温和，性情恬适，真实地把成熟女人的美丽完美地展示出来。雪晨高兴地说：

“妈妈，就买它，你穿上它很合适，也很美。”

雁媚的脸上泛淡着微微的红晕，她从未发现自己对美丽还有这样的自信。她禀赋中有爱美的特性，她对着装也有一种与生俱来的高尚的审美能力。她永远都记得，在那个灰色的年代，为了爱情，她大胆地穿上了她母亲遗留的衣服去约会，为那个苍凉而神秘的初冬，制造了一个美丽而奇妙的童话。如今，她依然这样美丽，穿上一件普普通通的衣裳，就会连同她心灵里的纯洁和美德都大放异彩。

他们在一个阴凉的路旁公园休息，这里没有多少喧嚣，也感觉不到热燥，略有不足的是缺少了一种自然的随意，而过多明显地表现出了人工修饰的痕迹。平时，雁媚很少有闲静的心情坐在这里，就是在雪晨小的时候，她也是喜欢带他到郊外去接触最自然的景物。而现在，那个城乡接壤的地方，再也没有可眺望的景色，而到处都充塞着人为的垃圾。

他们沉静地坐着，没有任何的忧虑而在为今后的生活继续着自己的思想。雪晨静静地看着妈妈，心里顿时晃过一个脆弱的身影，怀疑罗明是以什么样的理由走近妈妈的身边然后又软弱地离开了她？仅仅是因为妈妈的美丽吗？

他说：“妈妈，听说过吗？四十岁以前的相貌是由上帝负责的，四十岁以后的相貌是由自己负责的。这是林肯的一个说法。也就是说，人的容貌在四十岁以前是取决于他的父母，而到了四十岁以后就取决于他的心灵。一个人的心质、灵魂，能影响他的容貌，或者说一个人的心质、灵魂能通过他的容貌得到准确的反映。这是我在一本杂志上看到的，我认为这样说是有道理的。看妈妈就是一个最好的例证。妈妈心地善良，心灵纯洁，所以才保持并滋养了这样的容貌。而时下，有那么多的女人都去做美容，连学校里的女学生也有很多去做。她们对自己的美丽信心不足，她们忽略的是心灵里的东西。苏格拉底也这样说，女人真正的饰物是美德。所以，没有美德，就没有美丽的容颜。”

雁媚说：“不要去苛求每个人的爱美方式。妈妈是时乖运蹇，在四十多年的人生里没有好好地去感受生活。很早就经历生离死别，遭受过侮辱和歧视。而今又没有了工作，总是有那么多的烦心事缠绕在我的身上。接下来的日子还不知道会怎样。我也渴望过好的生活，手头殷实而不那么拮据，生活随意而不那么呆板，可以到外面去看看山，看看海，而不是整天畏缩在屋子里满脑子在为明天发愁。对不起雪晨，妈妈不是在抱怨什么，而是在想，我跟你去到那里，我必须要找到一份工作，无论什么工作，我都要去做。”

“妈妈，别担心，请相信我们的日子会好起来的。再坚持两年，等我有了工作，我一定会带妈妈去旅行，看山看海都行。而现在，我要把你带到上海，你马上就会看到一个繁华的世界。只要不气馁，我们的明天就会有希望。”他那宽宽的额头，刚毅的嘴唇和深沉的眼睛，都充满着智慧，给雁媚最大的安慰。她心里很激动，她的笑容保持着她的青春不凋谢，她没有畏缩，也没有彷徨，而是更加坦然地准备接受生活的挑战。

已经好几天了，爷爷还处在一种昏迷的状态下。他在重症监护室里，虽然度过了危险期，但是他的病情一点都不乐观。在那张核磁共振的片子上，明显突出的顽疾，使薛剑也一筹莫展。奶奶的情绪很低落，她不停地唉声叹气，薛珠更是自责，她躲在自己的房间常常哭泣。玫怡一直阴沉着面孔，家里的气氛低沉又压抑。薛涛和薛山在得知情况后，也丢下手头的工作匆匆赶来，不约而同地先到了大哥的家里。问过了父亲的病情，安抚了伤心的母亲，也安慰了薛珠就准备去医院。玫怡态度暧昧地说：

“快去医院看看吧，你大哥已经好几天没有合眼了，我真正地认识了一个伟大的孝子，让我感动的几乎涕零。妈妈在这里吓得只会发抖，家里已经一团糟了，真是不幸。”她那漠不关心的态度，让他俩感到父母来这里的尴尬，心里不禁喟然。

薛涛说：“对不起大嫂，爸爸妈妈来这里一定给你添了麻烦，我们心里也感亏欠。爸爸突然病了，一时也让我们乱了手脚，不知所措。”

玫怡说：“我知道你们都很忙，只是我担心，如果爸爸的病不能恢复怎么办？万一瘫痪怎么办？”

薛山说：“大嫂，别说这么丧气的话，相信大哥，他会把爸爸医治好的。好了，我们要赶快去医院。”

他们不愿再跟她说些令人担忧的话，他们分明看到了她的那种出于傲慢的声音里有藐视的神情，不可避免地让他们开始为爸爸妈妈今后的生活担忧。

他们来到医院，从重症监护室的窗口，看到在爸爸的病床前，大哥那一向挺拔背影，此刻，却弯得那么羞惭。他们悄然走过去，轻轻喊道：“大哥。”

薛剑猛然抬头，两个远道而来的弟弟已经站在他的面前。薛涛还是原来的样子斯斯文文。薛山就变了很多，他身材高大，满脸络腮胡子，他问：“爸爸是高血压造成的中风？”

“是。”

薛涛问：“情况怎么样？有危险吗？”

“度过了危险期，但是要恢复不大可能，做最坏的预测，爸爸可能要瘫痪。”

他俩很担心：“那怎么办？”

薛剑说："我也很难过，也找不到更有效的治疗方法。爸爸年纪大了，做开颅手术会很危险，保守治疗也只能这样。接下来就要看爸爸的意志，或许还会有奇迹出现。爸爸一生性格豁达，面对任何困难都能保持乐观的态度，我想他会得到眷顾的。"

薛涛问："假如爸爸有可能恢复健康，这个过程会不会很长？"

薛剑说："会很长。唉，我很惭愧，作为医生的儿子，却没有把爸爸妈妈的健康放在心上。薛珠带他们来的时候，我就应该对他们做身体的全面检查，我真是太大意了。每天看爸爸乐呵呵的样子，也根本没有在意他会有什么病。所以，薛珠说要带他们出去玩的时候我都没有阻拦。"

"别再怪薛珠了，她也很难过，这根本就不是她的错。她这么爱爷爷奶奶，能把他们从河南带到这里就很不简单了。如果爸爸在河南犯病，那不是更麻烦吗？"

"是啊，我没有怪她，只是玫怡在责怪她。爸爸病成这样，家里一定很乱，妈妈该多么难过啊。"

薛山说："怎么办？我看爸爸妈妈住在你这里也不是长久之事，回河南老家也不可能，到我那里房子太小，还有什么办法呢？"

薛涛说："要不然等爸爸再稳定些，我把他们接到广州？薛珍已经住校，家里有空房间。"

薛剑生气地说："你们说这些没有头脑的话有什么用？现在爸爸病成这样子，他能去哪里？"

"可是……"因为刚才他们已经领教了大嫂的傲慢和厌倦。

薛剑的眼睛布满了血丝，他疲倦地用手拢了一下头发说："走吧，我们到外面去喝一杯。"

他们来到酒吧，拉开椅子坐下，薛山老练地招呼了服务员，点了酒菜，又为两个哥哥斟满了酒，举起酒杯爽朗地说："大哥，二哥，来，先干一杯，为我们父亲的健康，为我们母亲的健康，为我们的女儿成长，干杯！"

薛涛说："也为我们的女人干杯。"

"对，为我们大家干杯。"他兴奋地一饮而尽。

薛剑对他说："看你喝酒的样子，一定是酒场老手，胡子怎么不刮掉？"

薛山摸了摸脸，嘿嘿一笑说："这是我的性格，粗犷豪放，看着一副凶相，其实是很温柔的。时下的女人，都喜欢我这种类型的男人。表面很强悍，内心却充满着慈怜，只是我不爱出去拈花惹草，尽管身边也不乏女人对我妖惑媚狐。女人跟酒一样，沾上了就摆脱不掉了。所以，在这方面我还是很理智的。"

薛涛说：“对喝酒你也应该理智，如果一味地放任，那就是深渊。我们单位有一个人就是喝酒喝死的。那酒对他就是鸦片，一天不喝酒，就佯狂失态，喝了酒就更加疯疯癫癫。他的女人对他没有办法，他的父母对他苦苦哀求也无济于事。上个月，因为喝得不省人事，就在路边死了。虽然是一个可悲的结局，但是对他的妻子来说似乎也得到了解脱。可是人生一场，把自己弄得像野猫野狗一样的死掉，也是毫无意义的。”

薛山说：“这完全是一个没有头脑的酒鬼，而另一种就是被逼的迫不得已。酒对人的影响和作用不是说说而已。要练就一身趋炎附势的本领，你没有办法逃脱酒。为逢迎上司要陪他喝酒，为笼络下属要安排喝酒，三朋四友，婚丧嫁娶，乔迁得子，哪一次不是以送礼和喝酒的方式来维系着人与人之间的关系？我常常也会把工资的一半送出去。有时候感到人活着真的很忙、很累、很烦心、很无奈。”

薛剑说：“是不能从人情世故中脱身吗？别因为喝酒，而使自己的日子过得唉声叹气。”

薛山叹气地说：“是啊，因为喝酒，你弟妹没少跟我大闹天宫。但是，有很多时候我也是身不由己啊。工作忙，喝酒也忙，对回家的时间就太苛刻了。每次深更半夜回家，妻子女儿都睡了，自己就糊里糊涂地倒在沙发上呼呼睡一觉。在清醒的时候，也感到这样是无聊的，为什么要把精力和时间都花费在讨好别人的上面？对爸爸妈妈我也一直感到愧疚，这么多年我真的没有好好地陪在他们的身边过。虽然每年也抽空回去一趟，总是匆匆忙忙，待上三天五天就走了，也没有体会他们的孤独和寂寞，也不知道他们是不是快乐和幸福。”

薛剑低沉地说：“是啊，我心里更愧疚。在那里的邻居看来，爸爸妈妈一生好成功，好风光，三个儿子都考上了大学，都有一份不错的工作和安稳的家庭。殊不知他们失去最多的是儿孙承欢膝下的快乐和幸福。他们清贫孤独地过着自己的生活，也从不向我们开口要求什么。而我们回家去看他们的时间又少得可怜。满心欢喜地想让他们在这里跟我们一起生活，安度晚年。可是，他们又显得很拘谨。现在爸爸又病成这样子，我真不知道该怎么办？”

薛涛说：“爸爸妈妈住惯了自己的家，他们到谁的家里都会感到不自在，不过这需要一个适应的过程。我想了想，你工作太忙，大嫂也有她的事业，等爸爸情况稳定些，还是让我接到广州吧。薛珍的妈妈工作不忙，有时间照顾他们。”

“别说这种没用的话，这是不可能的。爸爸病成这个样子能让他们去哪里？以前我就打算，等我从非洲回来了，我要回去一趟，因为我下乡的队友强烈要求我跟他们聚会。我也有这个愿望，所以，就想趁那个机会把爸爸妈妈带过来跟我们一起生活。谁知，薛珠却抢先一步替我完成了心愿。那天，我心里非常高兴，我很少感受这样的幸福，在我阔别多年后回家的时候，就看见父母来到我的面前。我一直都想尽最大的努力，让他们在这里生活得快乐，生活得自由。可是，房子再大也是空虚。有时，我常常会想起我们小时候在爸爸妈妈身边的日子，那时房子很小，我们三个挤在一张床上，吵也好，闹也好，心里总是很快乐。而现在，我们能为父母做什么？让他们来到这空洞洞的大房子里感受什么？物质上的东西给不了父母幸福。我真的很惭愧，这么多年来，对父母，对我们从小生活的家，对我的同学，一起长大的朋友，我变得太冷漠，我对一切都漠不关心，像是受约束的苦僧。跃平几次来信来电话让我回去，我们一起下乡的队友也等我回去，他们那么重视我，在乎我，而我总是因为这事那事一再推诿。我真是欠下了一大笔的感情债务。对父母是这样，对我的朋友也是这样。”

薛山担忧地说：“爸爸躺在病床上，你怎么去参加聚会？”

“是啊，所以心里很难过，也感到很对不起他们。”薛剑沉思着，然后深情地说：“下乡的那几年，是我人生最难忘的一段经历，我有太多的感慨。人生的苦乐，在劳动中体会得最深刻，友情和爱情，在那时也表现得最真挚。一个身影，一个笑容，一句深切的话语，每次回想起来心里就涌动着一种激情，去眺望，去遐想。”

薛涛真切地说：“大哥，你说得很对，在我们还不够成熟的时候，感觉一切都是那么的自然、亲切、单纯和质朴。可是长大了，换了环境，接触到了更多的人世百态，就有了世故。我不敢妄加臆断，这个生存的空间是丑陋还是悲哀？每天充斥在你面前的是欺诈、坑骗、抢劫；到处都是低劣、恶俗、污浊和垃圾；人与人之间尔虞我诈，那些骗子的伎俩既高超又拙劣，却把人骗得防不胜防；利欲熏心的奸商和贪得无厌的恶官相互勾结，像病毒一样侵蚀着学校和医院，侵蚀着食品的安全和人的灵魂；再看看那些可怜的农民工，干了活却得不到正常的收入，还要苦苦挣扎着讨要工钱，这是人类社会的一个多么怪异的现象，就频频发生在我们国家。还有那些失学的孩子，那些下岗的工人，和那些难以遏制的矿难，触目惊心。当你心里还有一点良知的时候，却莫名其妙地被骗子骗得满腔怒火。我不知道这个世界怎么了，感觉像得了重病人人都在呻吟。社会的不公，造成了太多的邪恶、愚顽、抢夺和污染。一些官员胆大妄为，无法无天，而吃亏的永远是朴实的百姓。因为缺少了公正，乘虚而入的是诚信的失约，人性的麻木，精神的崩溃和贪婪的膨胀。邪恶在遍地蔓延，道德在逐渐堕落，人和人之间除了欺骗，还会有什么？对什么会有信心？谁还能用更强烈的责任感来遏制这些劣迹？可是我们由于忍让、迁怒，惯于的逆来顺受，而无法改变现状。”

他们从来都没有发现他讲起话来会这样海阔天空，无所不涉。他情绪激动，带着愤世嫉俗的怨恨，他心灵冷酷的只看到社会阴暗的一面，这不得不使他的兄长和弟弟感到吃惊。

薛山说：“噢，好危险啊，二哥，你怎么有这么多的牢骚和怨恨而表现得这样万念俱灰？你把目光放大，就会看到许多美好的事物。这个社会并不是你认为的那样令人担忧，也并不是每个人都会被恶劣的风气所腐化，而是在更健康、更文明、更完善地在向前发展。即使在生活中，会遇到一些使人懊恼的事情，也会遇到令人憎恨的坏人。但是，正直善良的人依然很多。就像我们的大哥，人品医德不是都很优秀吗？不要窥豹一斑，这是不现实的。无论社会怎样改变，都不可怀疑多数人的诚实和可靠。我们的父母，他们一生正直善良，他们用他们的言行影响着我们，我们又去影响我们的孩子，这样，你还担心谁会堕落？”

他们又惊异地看着这个相貌粗糙，思想细腻的弟弟，继续从他那薄薄的唇片中源源不断地讲出许多动听的话来：“在我们被迫让那种虚荣、贪念、烦恼和无用的东西使自己疲惫的时候，我也想过这个问题。其实做人很简单，只需要一点宽容和忍让，我相信每个人的心里都会保存着美好的东西。我们所做的就是让这个美好的东西发芽而不是枯萎。就像我们从父母那里得到的爱，从朋友那里获得的友情，甚至从陌生人那里感受信任，这些足以使我们相信人类生活中，我们不仅仅是在承受一点痛苦和磨难，更多的是我们摆脱俗累而加深我们对美好事物的认识。大哥要去参加的聚会，就是他们在农村的时候的一段美好的经历，他们保存到了现在。大哥，你一定要去参加这样的聚会，多年不见的朋友聚在一起的感动场面，不是用语言可以描述的。那种回忆、倾诉和期盼，就会唤起你心里最美好的感情。”

他充满睿智的思想所流露出来的语言，玄妙地把薛剑带回到他内心所保存的一个最美好的经历，那一直是他珍藏在心灵深处的一个最隐秘、最动人、最念念不忘的一段恋情，又这么真切地让他体验到了寻求的渴望。他在沉思中隐忍不语，心却在低吟：想起送走他的那片田野，夜晚吹起一阵凄凉的风，他留下了她一个孤独的身影。离去后的岁月，他心里一直珍藏着她的优伤和笑容，他也从没有忘记过她眼里的泪水。

在片刻的沉默后，薛剑轻声说：“我在农村的时候，曾经有一段美妙的至今回想起来还抑制不住心动的爱情。她非常美丽，心地也特别善良，我找不到合适的语言可以来形容她。我想起西班牙作家塞万提斯的一句话：女人身上最可爱的东西有两个，一是具有吸引力的美，二是纯洁无污的名誉。我想用在她身上是很贴切的。在那个单调、苦涩和贫穷的农村岁月里，她的美体现了她心灵的尊贵。”

他说这些话的时候，不自觉地眼睛有点模糊，像露珠一样晶莹闪烁，他轻轻的叹息声里有淡淡的忧伤，不禁使薛涛、薛山面面相觑。对大哥所表现出来的这种深切的感情，他们既感到同情，又感到危险。

薛涛说："大哥，我记得，那年你从部队回家的时候你对爸爸妈妈说，你爱上了一个姑娘，想把她带到家里来先做爸妈的女儿，你心里一直怀念的就是她吗？"

"是的。"

薛山说："可是，你怎么一直都没有把她带回家？"他还在为以前的事感到疑惑。

薛涛说："我不知道你们当时发生了什么，但是，我发现那天夜里睡觉的时候，你在偷偷地流泪，当时你很伤心是吗？"

薛山问："现在她在哪？你们有联系吗？"

薛剑摇摇头站起来说："走吧，我们离开爸爸的身边太长时间了。"

第十七章

雁媚没有再坚持，她放下了她的房子，随雪晨一起乘上了远行的火车。

火车穿行在黑夜中，隐隐约约的星点灯光也如流星闪过。大地在沉睡中显得神秘，寂寥。而车厢里却拥挤不堪，又脏又吵，空气十分浑浊。雪晨坐在妈妈的身边在翻阅一本杂志。而坐在他们对面的是从农村出来打工的农民夫妇，还带着两个三五岁的孩子。两个小孩在不停地哭闹。女的在哄他们，男的却闷头瞌睡。后来，被吵醒了，还牢骚地说："真他妈的人多。"

雁媚心里很阴郁，悲哀地感到低贱的穷人不被重视的困窘。人人都在为生存奔忙，走南闯北，不遗余力。她想起很早以前，爸爸妈妈带着她乘坐火车的情景，当时她还是个五岁的小女孩，快乐地跟着父母到一个陌生的地方来。而现在，她以一种茫然的心情要跟随儿子到一个她已经非常生疏的地方去。

上海的早晨秋雾霏霏，刚刚苏醒的城市，睡眼惺忪地呈现着汽车喇叭的笛笛声。无暇顾及任何奇异的都市风景，她所有的心思是想尽快找到自己的住处，把自己先安顿下来。她和雪晨用笨拙的方法，在一个老式的居民区打听房子。

正巧，一个晨练的女人走来，主动热心地把他们带到了自家的后面，那是主人家假借后围墙的方便，私自搭建的一个较为隐蔽也略为宽敞的房子。现在，她想用很低廉的租价出租给雁媚。

房子在她家楼房的背面，几乎得不到阳光，里面还堆满了杂物。雪晨并不满意，他拉着妈妈要走，雁媚却对这里发生了兴趣，她感到这里很清静，不受什么干扰，她习惯了那种默默无声的生活，最主要的是这里的租金非常便宜。而且女主人还是一个热情，开朗，也具有善心的人。

她说："这间房子，以前我的婆婆在里面住过，本来我就没有打算出租，我看到你们找房心切，就想让你们先落个脚。房子外观不好看，里面装饰得还不错，你们自己决定吧。"

雁媚说："谢谢您，我愿意住在这里。我应该怎样称呼您？"

"我姓刁，一个很难受的姓氏，其实，我这个人不刁钻，你就叫我大姐吧，以后你们需要什么也告诉我，家里就我和丈夫两个人，孩子们都不在身边。"她是一个直爽的人。

他们达成了协议，双方都很满意。

雪晨诚恳地对她说："谢谢阿姨，我妈妈住在这里就拜托您了。我在这里读书，周末的时候我会到这里来陪妈妈，如果您家里有什么体力的活，您就让我做。"

刁大姐高兴地说："多好的一个孩子，家里有这样的房客我也很高兴，就当自家人吧。"

接着他们开始清扫房子，墙壁没有了灰尘显得洁白，地上没有了杂物显得宽敞，窗明几净，焕然一新。他们不知疲倦，用最简洁的方法，最不累赘的行动和最朴实的思想安置了一个最独特的家。在接近傍晚的时候，他们又到附近的商店买了一些生活需要的东西，然后他们在路旁的石凳上坐下来休息。看着川流不息的行人，繁华的街道，还有那一座座高楼，雁媚在感慨中，已经找不到记忆流经她童年的地方。

她说："我五岁的时候随父母离开这里，在将近四十年的记忆里，我依稀记得有一条用鹅卵石铺成的小路，下雨的时候有很多的水凼凼，我穿着花布鞋喜欢在那里踩水。可现在，我根本就不知道它在哪条街，哪条巷。这里对我太陌生了。也许就是为了那仅存的一点记忆，我又跟你来到这里。看着这光怪陆离的景色，穿梭不停的各色行人，我感觉我是一个外乡的客人，与这里格格不入。"

她没有抱怨，也没有叹息，而是以一种恬淡的心情继续说："那时，你外公要到艰苦的地方去，他带上他的家眷，义无反顾地抛开了这里，是爱情的力量让他们在那里坚持到生命的最后。而现在，我们背弃了那间还留有我们温热的房子，来到这个已经完全陌生的地方，为了生活还要一切从头开始。我不知道我从这里能找回什么？"

她的心情开始像黑夜笼罩的天空那样沉郁，不可避免地在怀疑，这里会不会有一个能让她真诚付出劳动的位子？

雪晨安慰说："妈妈，别担心，一切都会好起来的。工作的事，你也不要太着急，这里有职业介绍所，你可以耐心地去找。而且，我在学校也可以做兼职，这样我们的生活就不会太困难。"

雁媚的脸上露出了笑容，她说：“是的，妈妈什么都不担心，租下了房子后心里就踏实多了。有一首诗写道，‘此心安处是我乡’，既然把家安到了这里，我就有信心在这里生活。”她把目光投向远处，她得到了一个启示，假如心情还有忧虑，就用眺望的方式加以改善。她相信，在这大千世界里，她不会感到孤独，雪晨在她的身边，她要用坚强、自尊和信念，通过心灵去接触这种新的生活。

第二天，雪晨从学校里带来了许多书籍，他知道妈妈的生活离不开书，她没有什么朋友，来这里更不认识什么人，他不在妈妈身边的时候，妈妈只能以书为伴。他把书摆在那个被妈妈擦洗得很干净的小木板架子上很合适。

房子虽小，家具也简陋，雁媚还是用心把这里布置得很温馨。她挂上了浅黄花的窗帘，铺上了淡绿色的桌布。尽管前面的高楼遮挡了阳光，屋外的墙角处，仍有一丛丛绿草，小鸟还是翩至这里，为这个角落的一户人家带来一点生气。抬头凝望狭窄的天空，竟能神态自若地在这个热闹小区的最僻静的角落里随心所欲。晚上，雪晨留了下来，他在妈妈的小床旁打了个地铺，他感到很幸福。

接下来的日子，雁媚就开始为工作奔忙。她光顾了几家职业介绍所，也找到了家政服务中心，她把她的个人资料留给他们后就开始焦急地等待回音。每天，她在茫茫的人海中踽踽独行，她感到自己很渺小，能做什么呢？初中学历，下放农村，又在工厂默默无闻地工作了二十多年，除了本分做人，踏实做事，她几乎没有什么技能。在这个变幻无穷蒸蒸日上的世界里，她认为自己就是一片落叶，一粒细沙。所以，她从没有奢望要得到什么，她只要求一份工作。她没有耐心踯躅街头，蹉跎时间，她对无所事事的空虚感到恐惧。

马路对面的一家饭店开始热闹起来，雁媚忽然冲动地想到那里会不会需要一个洗盘子的工人，她鼓励自己过去试一试。

饭店的大门前，站着两名穿制服的青年，雁媚心里很慌乱，她不知道这样的行动是不是太突兀，她十分谨慎地走过去，那两个青年很礼貌地向她鞠躬：“您好，女士，请。”她受到了贵宾一样礼遇，一时手足无措，窘得自己都不自在。她轻声问：“请问，你们这里需要洗盘子的工人吗？”

两个青年一愣，然后礼貌又含蓄地对她摇摇头。

她十分狼狈地离开这里，她为自己操之过急的行为感到可笑，她很快就融入到了形形色色的人流中，根本没有人在意她心里还在为刚才的举动惴惴不安。她一无所获地回到那个阴沉而清寂的屋子里，这里是她可以喘息、歇足的地方。她随便吃了一点东西，就开始思考着怎样打发下面的时间。这里没有人会来打扰她，房东家关上了后门，她就没有了邻居，雪晨不回来，这个角落里就没有别人活动的痕迹，走过围墙边的一条窄窄的小路，才能感受到这个小区活跃的气息。然而到了晚上，这里又黑又暗，无形中增加了雁媚对孤独和寂寞的又一种恐惧。可是，对白天的那种无事可做的无聊，无疑让雁媚的这种恐惧更是雪上加霜。她很灰心，也很沮丧，在这个阴沉沉的屋子里，她不知道怎样消磨这个无奈的下午。她坐在那个小木板架子旁，上面摆着雪晨带回来的书，是一些有关地理和环境方面的书，当然还有一本崭新的《泰戈尔诗集》。雪晨很细心，他知道妈妈喜欢阅读这样的诗集。

雁媚翻开诗集，却没有心情读它，因为在找不到工作的时候，她心灵空虚得没有方向。这时，房东大姐推开了她的门："你出去做什么了？"她问。

雁媚说："我出去走走，想找份工作。"

"找到了吗？"

"没有。"

她说："你真要找事情做的话，今天早晨，跟我一起晨练的孙姐，说她家的对门正在找一个能看小孩的保姆，你愿意去照看别人的孩子吗？"

雁媚不假思索地说："愿意，我愿意。"

"好，我这就去给孙姐打电话。"看来她是个急性子，转身就走，不一会儿就来通知说，"明天早上我带你过去。"

一切都发展得这样迅速，这样及时，让雁媚充满信心。

第二天，那个孙姐把雁媚带了过去。她跟刁大姐年纪差不多，白白胖胖的，一副富态相。

她们刚上到楼上，就听到里面的孩子在哭，孙姐摁响了那家的门铃，还摇了摇头说："真不知道这家人是怎样看孩子的。"

屋里的女人，把哭得像要断气的婴儿丢到床上，她头发凌乱，衣服不整，趿着一双不合脚的大拖鞋，把门打开。

孙姐说："我把看孩子的人给你带来了。"

"哦。"她面无表情，把雁媚让了进去，问孙姐，"在哪找的，这么快？"那口气干涩得没有一点人情味。

婴儿还在哭，孙姐退却着说："你们商量吧，我要走了，我心脏不好，听不得孩子的哭声。"她踩着碎步，把胖嘟嘟的身子带了出去。

女主人漠然地看看雁媚，流露出不信任的表情，冷冷地说："你不像是从农村来的。"

"是。"

她没有再问什么，只是说："那就从今天起，你帮我看孩子，我要急着去上班，否则在这狭小的家里会把我闷死的。工钱，对门的胖老婆跟你说了吗？"

“说了。”

“可以吧，就白天看看孩子。因为房子小，我也不留你在这里住下了。不过，你每天都要早点来的。”

“是。”雁媚应着就走过去小心地把还在啼哭的婴儿抱起来，他还那么小，才几个月大。

女主人一脸乖戾地说：“养小孩真是活受罪，听到他的哭声，我恨不得要把他弄死。”她说出这样残忍的话，让雁媚觉得这个女人很可怕。她想，婴儿能懂什么？他的哭闹，是在呼喊他的需要。

女主人进到洗手间，开始洗脸、梳头、化妆、穿戴，再出来的时候，已经跟刚才判若两人。她一下子感到气爽，说话的口气也活泼了：“好久没有这样的感觉了，一身轻的女人真自在，干吗要结婚生孩子？真是愚蠢。好了，我不管了，接下来的事情都是你的。”她自然而然地把她的负担交到雁媚的肩上。

看她走出去的背影，雁媚感到她臂弯里的婴儿真可怜。婴儿在她的怀里体验到了舒适的感觉，他不再哭了，而是很安静地看着雁媚。

这个拥挤的家里很凌乱，让一向整洁的雁媚感到不适。房子里弥漫着臊臭的气味，东西堆得一塌糊涂，换下来的脏衣服扔得到处都是，桌面上和地板上布满了灰尘。女人不爱整理房间是一个不好的习惯，她们损失的是不能享受到清洁有序的生活。不懂得怎样生活的，就不懂得怎样去爱生活。即使她很有钱，即使她很高傲，即使她还懂得浪漫。但是，生活是严谨的，它不能没有秩序，更不能忽略它的细节。

婴儿又开始烦躁，雁媚轻轻把他放在床上，解开他的衣裳，发现那个不懂事的妈妈，把婴儿的衣带勒得太紧。而且，他的脖子里、腿窝里都积藏着污垢，布满了湿疹，散发着臭烘烘的气味，这样他不会好受。

雁媚先喂他喝水，又给他洗澡，她以对雪晨小时候的方式，一样一样地付诸给这个婴儿。把他洗得干干净净，打扮得惹人爱怜。生命的本能适应在爱抚中。婴儿显得特别安静，他的小眼睛快活地四处张望，不一会儿，就舒服地睡着了。

到了傍晚，这家的小夫妇结伴而归，那女的对丈夫说：“我今天感觉像是从牢狱里出来呼吸到了自由的空气一样舒畅，公司里的人都赞美我生完孩子后体型保护得很好，殊不知我是累成了这个样子。胡光，我们不要急着回去，我们在外面轻松一下，我讨厌听到孩子的哭声。”

她丈夫胡光说：“这怎么可以？阿姨第一天才来，还不知道会怎样呢。她人怎么样？”

“谁知道，是对门的胖老婆介绍过来的。”她没有礼貌地回答说。

他们回家一看，发现家里都变了样，整齐了，干净了，连屋里的气味都好闻了。胡光礼貌地说：“谢谢阿姨，第一天来就让你辛苦了。我早上上班走得早，不知道文莉把你请来了。她不爱做家务，还急着去上班。谢谢你，我很高兴你来这里帮助我们。”

他相貌斯文，话语温和，而他的妻子却是另一种傲慢无礼的表情。她问：“宝宝呢？”

雁媚说：“吃过奶后，刚刚又睡了。”

她做出很吃惊的样子：“你怎么让他现在睡？那晚上他不是又要闹死人？”

胡光说：“小孩睡觉，哪有时间规定？”

她又问：“晚饭做了吗？”

雁媚说：“还没有。”

“我是没有交代清楚吗？难道要你来只是抱抱孩子？”

胡光对雁媚说：“那从明天开始吧，今天谢谢你了，你可以回去了。”

当雁媚走出这个家的时候，就听到文莉在大声对丈夫说：“你有什么好谢的，一遍一遍跟人家谢个没完，我们给她工钱，就是让她来做这些洗洗扫扫的事情。难道你在公司上班，老板也一个劲地向你说谢谢，谢谢。这样不觉得奇怪吗？”

胡光责怪说：“你不要用这样生硬的态度对人家，你都是养了孩子的妈妈了，还没有学会礼貌？我的妈妈就被你气走了，难道你还不收敛？家里原本一团糟，阿姨第一天来就帮你打扫得干干净净，衣服也洗了，垃圾也到了，难道你不该说声谢谢？”

她用尖刻的声音说：“这是她的职业范畴，她今天做不好我明天还会雇用她吗？我们对她不需要感情用事。主人和仆人，老板和员工就是这样，如果老板手段不狠，他的员工就不会服服帖帖地为他做事。这样的手段运用到家庭也是一样，如果主人心肠太好，这些下人就会骑到你的头上。至于你妈妈，那是她要走，我可没有赶她走。”她说话的神情，冷酷得令人难受，她那扁平而略长的脸，是多么的僵硬和刁蛮，她微微翻出的嘴唇和有一点耷拉的眼梢，毫不悦目地露出她乖戾乖张的性格。即使雁媚这么美丽的行为也打动不了她的心，那么，她该是怎样的一个铁石心肠的人啊。

都说冷漠是一种罪恶。

雁媚心里很忧伤，她知道在艰辛的生活中，她必须要忍气吞声。她要用她的善良和爱心去触摸这个弱小的婴儿，在他混沌无知的时候，向他传送美好的东西。她每天都早早地过去，当把那个一整夜不知怎样在他妈妈无情、冰冷又喜怒无常的情绪中遭受委屈的小身体抱在怀里的时候，雁媚怀着一种真挚的怜悯，为他洗脸，喂他喝奶，轻轻抱着他跟他低喃。她把这些当成是她的工作，默默努力，毫不怠慢。

生活在艰难的时候，有太多的无奈，女主人冷冰冰的面孔和一直居高不下的傲慢，让雁媚惆怅。等熬到周末回家的时候，雪晨已经在那个简陋的家里静静地等她回家。这又让雁媚深深地体验到了命运赠予她的幸福和安宁。

“妈妈，你每天都要忙到这么晚吗？”

“是，我要等他们下班回家。”

“那个小孩有多大？他可爱吗？”

“他还是个婴儿，除了喝奶就是睡觉。”

“婴儿？有这么大吗？”雪晨用手比画着。

雁媚笑了：“是。”

雪晨好奇地问：“这么小的孩子，抱他的时候是什么感觉？”

“就是用一种力量让动作很轻很轻。”

“妈妈，你还能想起那时抱我的感觉吗？”

雁媚深情地说：“怎么会忘呢？我永远也不会忘记抱你时的幸福感觉。你哭了，我就轻轻地哄你，给你唱儿歌。看到你笑了，我都会很感动，你的生命对我是多么宝贵，我失去了所有，只得到了你，我多么珍惜你。”她眼睛里闪着泪光，静静地凝视着雪晨。看他那么健康，那么英俊。他的眼睛，他的眉毛，他雪白整齐的牙齿，以及他的微笑，让雁媚真实地感到，雪晨既像薛剑，又像她的父亲，那是她生命中最完美的亲人。他带着他们的品质，那么高贵、明亮地给她最深的安慰。而她感到很惭愧，她不知道她和雪晨怎么会待在这个阴暗的角落里生活？在沉静中，雁媚忽然想起采勤曾对她说的一句话：谁爱过我姐姐，她有一个孩子。这个令人震惊的秘密，一定会在恰当的时候传播。当然，这些对雁媚都不重要了，重要的是雪晨。他的眼睛带着甜美，他的声音充满了诱惑。而使她永存不忘的是那个永恒的爱吻，创造了这个神奇的生命。她心里获得了一种强烈的感动，她轻声又说，“雪晨，妈妈什么都没有失去，妈妈得到你就得到了一切，谢谢你，那个时候坚强地来到这个世界。”

雪晨不知道是什么触动了妈妈那敏感而深不可测的感情，他看到妈妈的神情有点怠倦，就关切的问：“妈妈，你是不是很累？”

“不累。”

在这个孤零零的小屋里充满着人间冷暖。屋子很狭小，外面很阴森，雪晨已经感到在这里度过每个黑夜对妈妈是多么的残酷。为了生活，她决定来到这里，忙碌节俭找事情去做，一切都只是为了能站住脚跟。

当然，能陪在妈妈的身边是幸福的，这样和妈妈在一起吃晚饭，静静地看看书，或者聊聊天，让这里的气息浓郁起来，而不是索然寡欢，即使打个地铺躺在妈妈的床边也是满足的。然而，雁媚的心里却有太多的亏欠。她说：

“雪晨，妈妈什么都没有给你，给你的只是卑微和贫穷。二十多年前我自私地把你生下来，现在我仍然很自私地在庆幸那个自私的决定。我感激你诞生的那个美丽的清晨，感激我的生命里有你。我和你在一起，体验最深的是靠这种最简单的需求，也能过幸福美好的生活。因为你是多么高尚地接受了这样简朴的生活，而没有表现出一点的厌恶和玩世不恭。”

“妈妈，我一直都很幸福，所以才不厌其烦地说我是世界上最幸福的儿子。妈妈，我真切地感到你所具有的美德和纯洁的人格，就是我幸福的源泉。歌德说：人格是大地之子最崇高的幸福。我就是得到了这样的幸福。等将来我有了女人，有了孩子，我会把这种幸福带给他们。”他的眼睛多么明亮地睥睨了世俗生活里的琐碎和低级的欲望，而享受到人格的幸福。

雁媚欣慰地问：“你有女朋友吗？这个年龄应该恋爱了。”

雪晨笑笑说：“还没有。妈妈，我们导师的女儿明天回国。”

“是吗？”

“是啊，导师常常在我面前夸耀他的女儿。”

“那你有想法吗？”

雪晨笑了一下说：“什么想法？我现在什么都不想，心里只想着读完硕士找一份好点的工作，让妈妈从此不再受苦受累。其实，我心里很不安，我不知道妈妈在别人家里做事受不受委屈，好人家做做还行，如果遇到挑剔又蛮横的人家怎么办？”

“你不要担心，妈妈会做得很好。”

“明天星期天，那家人让你休息吗？”

“他们休息在家，就不让我过去了。”

“那明天我陪妈妈出去玩，我们不要在乎口袋里有没有钱，我带你去外滩看建筑，逛南京路看商品，这些都是免费的。”

“好啊，我也想去买点毛线，天凉了，我要给你织一件毛衣。”

“你白天在做事，哪有时间织毛衣？”

“我晚上在家里可以织，织毛衣是妈妈的乐趣。”

他们快乐地谈话、看书到很晚。

夜深了，雁媚为睡在地铺上的雪晨加盖了一条毯子。这时，突然的拍门声让雁媚惊疑。

“雪晨回来了吗？”房东大姐在问。

雁媚开了门：“什么事？他在家。”

房东大姐焦急地说：“雪晨，快起来帮帮我，我丈夫晚上跟朋友聚餐，不知吃到了什么不新鲜的东西坏了肚子，现在是又吐又拉，你帮我把他送到医院里去。”

“好。”雪晨立即起床，穿好衣服就跟着房东去到她的家，把那个已经虚脱的男人背在身上，送到医院。

自从父亲中风住进医院，薛剑几乎都没有好好地回过家，他整天整夜地待在医院里。白天工作，要手术，要研究，晚上他还要陪着父亲。

经过精心治疗，爷爷终于从昏迷中清醒过来。然而，不可乐观的是，他的身体还处在麻痹中，即使达到最好的疗效，也可能要半身不遂，这是很伤脑筋的事。爷爷也在一半的知觉和思维中，感到了事情的糟糕。他的眼神很焦虑，心情也很失望，总是用含糊不清的语言来表示他的不安。

在爷爷的生命趋于稳定的时候，薛涛、薛山也都各自回到了自己所在的地方。薛珠已经开学。玫怡依然在忙她的生意，她要扩大自己的经营范围，又准备与人合资到城乡去建造服装加工厂。为此，她遭到了丈夫的强烈反对。薛剑跟她发火，还用狄德罗的一句：越是忙碌越是破坏的哲学语言警告她。而玫怡反驳说：不忙碌哪来财富？想过好日子是伸手去抢？还是向人讨要？那些冠冕堂皇说安于现状满足生活的人，才是懒惰无能的可怜虫。他们在各自的思想里出现裂隙。玫怡一意孤行，整天城里乡下的来来去去，忙得焦头烂额，不可开交。她根本顾不上家，更顾不上生病的公公，这么长的时间里，她几乎很少来医院。而可怜的奶奶，在用她衰弱的身子每天往返医院照顾她的老伴。

雪晨背着房东大叔把他安顿在急诊的病床上。值班医生是李静，她慵倦地打了一个哈欠，问：“怎么回事？”

刁大姐对她说了病情，表情很担忧。

李静医师为病人做了诊断，结果为食物中毒。在她转身取药的时候，不经意地抬头看了雪晨一眼，她怔了一下，眼前这个英俊的青年，跟她的薛主任长得多么相像，那眼睛，那嘴巴，还有那安静的神态。她受了迷惑，伫立凝视着雪晨很长时间，然后才回头问身旁的女人：“你儿子？好英俊。”

刁大姐顺势说：“我的小儿子英俊吧。”

经过输液，房东大叔感觉舒服了他们才一起回家。待雪晨回到那个小屋子里的时候，雁媚也醒了：“怎么样？”她问。

雪晨说：“食物中毒，输了液就好了。”

“吃外面的食物真令人担忧。快睡吧，天快亮了。”

躺下后，雪晨似乎没有睡意，他在想那个女医生，为什么看他时的眼神这么奇怪？他轻轻地问：“妈妈，我跟房东家的人长得像不像？”

“怎么问这么奇怪的问题？”

“我也觉得奇怪，在医院的急诊室里，那个女医生像着了魔似的看我，还把我当成房东家的儿子。而阿姨还对她说：我的小儿子英俊吧。”

“她是在开玩笑。没什么奇怪的。”

天还没有亮，却在等待它的黎明。雁媚也完全没有了睡意，她反复地在思考着这个问题：雪晨是谁的儿子？它迅速地触动她的心灵，勾起她的幽思，她抑制不住地在心里默默诉说：你在哪里？你给了他生命，却找不到你的踪迹，可否给我一个梦想，让雪晨有一天能够骄傲地站在你的面前？

雁媚坚定地带着这个心愿，把所有的感情都紧锁在心里。她无处表达，也从不与人坦白，即使在雪晨面前，她也很少提起过他。她已感到了她和他的距离已经太远了，想让雪晨能够骄傲地站在他面前的想法也太渺茫，她几乎也死了这份心。

就这样躺着，心里奇奇怪怪地想这想那，直到玻璃窗上有蒙蒙的亮光。

雪晨悄声问：“妈妈，你没有睡着吗？”

“没有。”

“我也睡不着。”

“想什么呢？”

“我也不知道为什么，就忽然想到了一只风筝。你曾经对我说过，你没有把手中的线拽紧，让爸爸像一只断线的风筝飞走了。小时候，我就那样地信以为真。当罗明叔叔送我风筝的时候，我多么想拉紧手中的线把他留住。可是，那个秋天，我们去放风筝的时候，风筝还是丢失在那株树上了，而罗明叔叔也不知了去向。这不得不让人怀疑这个奇怪的现象。”

雁媚说：“没什么奇怪，风筝只是风筝，只是我们对它毫无意义地产生了联想。如果希望和梦真的能像风筝一样飞翔，我情愿制作一百个风筝把它放飞到天上，并且永远拽紧它的线绳不松手。对不起雪晨，让你失去这些，你心里一定很懊丧。”

“妈妈，别这样说，你没有对不起我，我也从没有懊丧，没有他我一样健康长大。我很骄傲我是你的儿子，我从没有因为没有爸爸而觉得失去什么。我想我应该比谁都幸运，因为我从你那里得到了最伟大的母爱，这是最重要的，也是最宝贵的。我真想用成吉思汗的话对你说：世界上只有一个最好的女人，那就是你，妈妈。”

雁媚多么幸福地接受了雪晨对她的赞美。

早上，在医院的大厅，值了一夜班的李静在这里碰见了薛剑，她关切地问：“伯父怎么样？”

“好很多。昨晚你值班？”

“是，正要下班。”她看到薛剑神情疲惫，心里很担忧：“薛主任，你真是太辛苦了，家里没有其他人可以陪着伯父吗？你白天工作，夜里守着，你有多少精力这样消耗？”

薛剑说：“我有两个弟弟都在外地工作，女儿在念高中，正是紧张的阶段。白天都是我母亲在这里照顾我的父亲，也真难为她。没办法，家里有这样的病人，对谁都不是一件愉快的事。”

“我能理解。”

“快回去吧，家里还有一个孩子，一晚上看不到你他会哭的。”

“是啊，他还刚两岁。”

李静走了没几步，又回过头说：“薛主任，假如我不知道你有一个女儿薛珠的话，我一定会相信你有一个儿子。昨晚来了一个急诊，他的儿子长得几乎跟你一模一样，我都很吃惊，真的让人难以相信，这世界上怎么会有长相这么相像的人？他跟你一样英俊，一样帅气，那站在一旁安静的样子跟你太神似了。我无法描绘我当时看到他的心情。我想，如果你遇到了那个男孩，你也会大吃一惊的，你一定会为那个非同一般的相似感到诧异和疑惑。”

她快活而激动，把她昨晚遇到的一件奇妙的故事讲给他听，而看到的却是薛剑毫不在意的表情。他淡淡地说：“好了，快回去吧，今天我坐诊。”

“那您辛苦了。”

这个特别门诊，病人来了很多，他们都是慕名前来求医的。当然，这也包含着对薛剑医师的信赖。患者在饱受病痛折磨的同时，最渴望的是有一个好医生为他们医到病除。他们像崇拜神一样地崇拜一个医术高明的医生，他们没有卑怯，而能把身体上最不舒适的地方呈现在医生的面前，热切地希望得到那只神圣庄严的手为他们触摸。只是医生也是个普通的人，他超凡绝伦的地方，不单单在于他的医术，而更在于他的良知和善心。正是具备了这样的特质，在有高超医术的同时，病人才会相信他，依赖他，把生命和健康的希望都寄托给他。

在这个特别的门诊室里，尽管病人很多，薛剑依然不厌其烦。他一向严谨认真的工作态度，和蔼可亲的笑容，总会像风卷阴霾先把病患心头的疑症清除。无论他们是谁，蹒跚的老人，惊惧的孩子，困窘的女人，还是被病魔折磨的没有了傲气的男人。当他们孤注一掷的求助于他的时候，薛剑最难能可贵的是做到一视同仁。他以一颗真挚博爱的心，像对待自己的亲人那样，这是他始终如一的行医原则。在白袍裹身的躯体内，他的良心从不因为染上俗陋而不安，他坚持着从不让龌龊的东西玷污他的白袍而留下劣迹；他洁身自好，在轻浮、狂躁和医德在渐渐堕落的状况下独树一帜，他以他的清高，藐视那些陈腐的，低劣的，丑陋的有悖逆医学道德的行为，而从容地保证他行医的人格和尊严。就是在每一天的工作中，他也从不以懒散和怠慢的情绪，而让他的病人对他有丝毫的抱怨，他总是设身处地地为病人着想。当然，病人最痛恨的是那种医生，慢条斯理，漫不经心，挠头搔耳，或因为其他无关的事情而丢弃病人不知去向。这是病人最常遇到的苦恼又最憎恨的事。虽然，医院的墙壁上也到处悬挂着各类的准则，但多数都是一纸空文。精神的萎靡，金钱的诱惑，总让一些貌似高贵的医生屈膝求利，在不光明的地方做肮脏的交易。到处充斥着假药，劣药和天价药，不择手段地搜刮病人的钱财。这是当今很多医院普遍存在的一种恶乱。当然，在这样恶乱的状况下，能保持冰清玉洁，出淤泥而不染，也不是一件容易做到的事情。

到中午，薛剑结束了门诊，他舒缓了一口气，起身脱下白袍，又想着病床上的爸爸和陪护在那里的妈妈。他每天都很忙碌，脑袋也没有清静过，而且跃平还给他打过好几次电话。他刚打开手机，随即就响了：

“好家伙，你在忙什么？星期天也不休息吗？一上午我都在给你打电话都打不通，是在做手术吗？”

“对不起跃平，我也正想给你打电话，你们都好吗？”

“都好，大家都在等你，那些老女生都快把我吵死了，如果你再不来，肖玲说要带一批人马冲到上海把你拽过来。”

“这么厉害，那么就让她们来吧。肖玲怎么不打电话给我？”

“她在生你的气，说你瞧不起她们。”

“怎么会呢。”

跃平深沉地说：“她们没有生你的气，她们都想你。薛剑，你真的不能抽点时间吗？你感觉不到我们在这里的心情吗？也许就是到了我们这个年纪，对那个聚会，才有这么强烈的冲动。”

“对不起跃平，我也是这样的心情，请再给我一点时间，再等我一会儿，或许一个礼拜，或许半个月，等我把这里的事情安排一下，我一定遵守承诺，我会过去的，告诉他们我一定会来。”

跃平担心地问：“薛剑，你很忙，是吗？”

“是啊，是很忙。”

跃平犹豫地说：“我不知道该不该告诉你，肖玲她们也吩咐我先不要告诉你。”

“什么事？”薛剑紧张地问。

“胖妞生病了。”

“胖妞？”

“就是那个像百灵鸟一样会唱歌的胖姑娘。”

“我知道，她的歌声很美。她什么病？”

“不好，昨天，肖玲她们都去看她了。她说她总是怀念下乡的那段岁月，也很想念青年队的队长，她知道你是医生，她渴望你能快点来啊。”

薛剑陷入了羞惭的沉思里，他感到自己对那群真心实意的朋友亏欠太多，从分别的那个时候起，他们就盼着有聚会的日子。恍然二十多年就这样在空虚和疏忽中流失。

奶奶以她的毅力和耐心，用那双不太灵便的手照顾着爷爷，她是希望儿子能安心工作。

午饭后，薛剑来到父亲的床前，奶奶告诉他：“你爸爸吃了一碗粥，他神志很清楚，护工把他扶起来坐了一会儿，刚刚才躺下。”

“看爸爸的气色不错。”

“是啊，上午主治医生来过，说你爸爸恢复得很好。薛剑，我想，如果这样，你爸爸是不是可以出院疗养？”

薛剑说：“我也是这样想的，让爸爸出院回家，在家里疗养身体也能恢复起来。这些日子妈妈一定辛苦了。”

“我没什么，你要好好地回家休息，因为你爸爸生病，你多长时间没有好好地回过家，玫怡嘴上不说，心里也会不高兴的。”

薛剑握着妈妈那双因类风湿而关节僵硬的手，心里很感慨，这需要多少爱抚才能够让它舒展灵活起来。他感到羞愧，他没有给母亲这样的爱抚。他身心疲惫，而且每天时间仓促，在忙碌中，甚至还怠慢了远方的朋友。当他们把他当成启明星一样翘首期待的时候，他却迟迟不能过去，像故弄玄虚似的。其实，他的内心也是很急切的，在过去这么多岁月里，还有那么多真挚的目光盼着他，让他深受感动，也时常为那个聚会激动。当然，他要去参加聚会的另一个最冲动的理由，就是想见到雁媚，或者听一听她的消息。在他的心灵深处，他总是会把她当成亲人一样思念，对那段往日的恋情他太刻骨铭心。

在思忖中，他对妈妈说：“妈妈，跃平又打电话来了。”

“他们都在等你吗？”

“是啊。”

奶奶语重心长地说：“薛剑，你应该去，再忙你也要去，千万别忽略和轻视了保存了这么多年的感情，因为他们也是你生命中最重要的人。”

“我知道。”

这是一个阳光明媚的星期天，清澈的天空不浮一丝游云，繁荣的城市到处流光溢彩。正像雪晨说的，即使口袋没有钱，徜徉黄浦江岸，闲逛南京路也别有一番滋味。他们兴致勃勃地逛了很多商店，欣赏了很多商品，雁媚为雪晨买了毛线，颜色很素雅，像天空一样的蓝色，雁媚喜欢这种颜色，雪晨也喜欢。

在这个繁华拥挤的地段，有许多真挚亲切的面孔在相互对视，而他们也没有任何自卑，在感受物质的繁荣带给他们的惊喜和羡慕，即使那些东西都不属于他们，但是属于人类。让心灵上升到一个更高尚的境界，才没有任何负担地去接受卑微而又贫穷的生活。

优雅的外滩令人心旷神怡，倚扶江岸的石栏，悠然而从容地眺望黄浦江两岸。东方明珠，摩天大厦毗连现代建筑，与之遥相呼应的是风格迥异的欧式建筑，让雁媚目不暇接。这是她第一次来到这个神奇的地方。凝望着这一座座云集了古希腊式、文艺复兴式、巴洛克式、哥德式等奇伟建筑，千百年岁月沧桑，风雨摧蚀，物是人非，沉淀的是人类智慧的精华，令人感慨。

雪晨说：“每次来这里看到这些，就觉得人很伟大。”

雁媚说：“我们却很渺小。也许因为没能做什么，所以才对任何东西都不存贪心。今天来这里看到这些，心里感觉很宽敞。虽然我们贫穷，但我不认为是一件丑事，卑微也不可怕，我们站在这里一样有做人的尊严。雪晨，我们诚实做人，我们诚实做事，我们把美德带到我们的行动中。即使我们卑微，只要我们不自卑。就像阳光照不到的那间小屋，我们在外面一样可以享受到阳光的温暖。那些密如林立的房屋，即使没有一间是属于我们的，我们也不必为自己感到可怜。”

她这么谦虚，发自她内心最自然的声音，她用这么深刻的语言，诠释她内心真切的感受。她优雅的气质，朴实的美丽，凝聚着前尘今世的灵性和聪慧，把千百年漫漫修炼的品质，这么完美、明亮、虔诚地表现出来，令雪晨叹服。他给妈妈一个真实体贴的微笑，他从小都感受妈妈这样的勇气和力量。他对妈妈说：

“妈妈，我们的生活会好起来的，我们像别人一样辛勤劳动，一步步地向前迈进，我们一定会摆脱暂时的困窘。这些天我都在想，天已经转凉了，我不能让妈妈还住在那个阴冷的小屋里过到冬天。到那时，没有一点阳光的屋子里会让人过得很灰心。我在学校又兼得一份工作，我会努力做好的。等到下个月，我们去找一间阳光可以照到窗台的房子，这样会好些。”

雁媚说：“我不觉得那间房子有什么不好，它在角落里很安静，而且房租也很便宜。我想，即使过冬天也没有什么可怕的，寒冷很快就会过去，从春天到秋末的这个时间，住在那里都很适宜。雪晨，你不要为我担心，我现在很快乐，白天有工作我就感到很充实，周末你回来，我们就这样到处去看看，去逛逛，也很悠闲自在呀。”她的智慧、谦恭和朴素，让那些从身边走过的充满珠光宝气的女人也黯然失色。

薛剑从医院回家，看到薛珠在他的书房里正在翻看他的那张照片，就奇怪地问：“你在做什么？怎么突然找到这张照片？”

薛珠很惊讶：“爸爸？我在找一本书，无意中看到了这张照片。对不起爸爸，爷爷生病的这么长时间里，爸爸一定很累，都怪我。”

薛剑微笑着说：“没什么，你还在担心爷爷生病会怨你吗？他的病跟你带他们出去玩没有关系，你不要有压力。爷爷生性就喜欢游玩，即使这样躺在病床上，他也很高兴那天跟你们一起出去玩呀。现在爷爷的病已经稳定，慢慢就会好起来的。等过几天爷爷出院回家，你要好好地伺候他，给他端水洗脸，这个你会做吧？”

“我当然会做。”

薛剑对女儿感到欣慰，随手拿起书桌上的照片看了看。

薛珠问：“爸爸，照片上的人你都还认得吗？”

“认得。”

“好像那时你们就跟我现在这么大。”

“是啊，那时我们都很年轻。”他问，“妈妈呢？”

“妈妈一早就出去了。”薛珠不高兴地说，“妈妈她太专横了，强制性地把我摁在家里不让出去。上午，她安排了一个打扮得十分妖艳的女大学生来教我英语，下午，又安排了一个老气横秋的女人辅导我数学，一个星期天就这样被闷在家里，脑子都灌得死死的。昨晚，美佳打电话约我去看演唱会我都没去。当然，我不喜欢的演员我就没有兴趣看他的演唱会。只是妈妈对我太凶狠，她简直要把我的整个人生都操纵在她的手掌里随心所欲。小时候，她就强迫我学这学那，跟这个比跟那个比，稍有不如意就骂我笨蛋，没出息，像个野丫头。现在她还是这样管制我。在学校老师给我们施加压力，为升学、考试、排名次，像填鸭式的灌输给我们那些死记硬背的东西。而我们就像一部学习的机器，没有自己独立的思想和要求。从开学的第一天起，老师就严阵以待，好像马上要把我们送到高考的战场。妈妈也是这样，让我连喘息的机会都没有。家里的房子这么大，我却感到好像没有空气一样令人窒息。爸爸，我多么羡慕你们年轻的那个时候，小小的年纪就有充分的自由到广阔的世界里去。农村虽然是一个空寂得会让人厌倦的地方，但是，如果都是年轻人在一起劳动生活，那也是另一种滋味，就像夏令营一样。爸爸，有这样的经历是不是很有意义？”

薛剑肯定地点点头。

薛珠继续说：“我多想也有一场这样的经历，去体验一下农村的生活。上学有什么意思，即使去读大学又能体验什么？每天在拥挤的教室里呼吸浑浊的空气，接受的知识能新奇吗？老师把班里的成绩看得像他的生命，而同学们的心胸狭窄得只装着名次和分数。爸爸，我们这样的处境是不是在全世界面前都很可悲？到底为什么这样卖命地学？无非是考个好成绩，上个好大学，来满足家长的虚荣心和老师的功利心。现在社会的状况不都是这样子，因为家长不愿让自己的孩子做普通的人，因为孩子都不愿去做普通的事。所以，大人小孩都无休无止地在竞争。就连三岁的孩子都这样想：男孩要当大款，女孩要当明星，电视里的各种各样的才艺比赛，都出现了荣辱皆惊的现象。当看到那些小孩子因输掉比赛而失魂落魄哭泣的时候，我不认为那是他们的天真，而是后患。”

薛剑不可思议地发现，女儿有这么丰富的思维辨别能力。虽然很惊讶，但是也认为女儿说的不是完全不对，只是有一点偏激。他温和地对女儿说：“你还小，不要把事情理解得这么片面，学习是你们的任务，这是义不容辞的。当然，你是年少轻狂，还不懂得愁的滋味。你想到农村去吗？你想体验那种生活？知道我们那时在农村有多么辛苦吗？寒风刺骨的冬天要挖沟修渠，锄地积肥；炎热酷暑的夏天要抢收抢种。你以为像现在的夏令营是旅游？是游戏？一旦让你真正地去体验那种生活，我想，你会逃跑的。”

薛珠狡辩说：“爸爸，你一定说得言过其实了，有这么苦吗？看照片上的女孩，一个个都眉开眼笑呢。”

薛剑深沉地凝思着照片，那天，拍照片的情景油然浮现在他的眼前。

薛珠探过头指着照片上的雁媚说：“爸爸，她怎么披散头发不梳辫子？她为什么充满忧伤？”

她轻轻一指，触痛了薛剑心灵的伤痛，那天拍照的时候，雁媚是多么的哀愁。离别为她笼罩了一团阴影，使她找不到前方的光明，她卑微地让自己躲在一旁，不因她的株连而去影响一个人的前程。愚昧的年代，欺骗了一颗纯洁而真挚的心，也摧残了一个纯洁而深沉的感情。凝视着照片上的雁媚，薛剑深深地感到，那所谓的前程和荣誉多么使他羞愧，在得到这些的时候，他失去了最珍贵的爱情。他轻轻地对薛珠说：

“因为她与众不同。”

薛珠从爸爸的凝神中，几乎发现一个鲜为人知的秘密，她又好奇又疑惑地问：“爸爸，你跟她有故事吗？”

“故事？”

“就像爱情小说里描写的一样，邂逅、眼神、心动，然后初恋就开始了，你有过吗？”

薛剑怀疑地问：“你怎么懂这些？”

“不该懂吗？爸爸，我都快十八岁了，如果生活在你们的那个年代，或许也会经历下乡，自由浪漫地在那里能不发生一段感情吗？现在连我们高中生都已经有不足为奇的恋爱现象。琼瑶的书大肆泛滥，她把爱情的场景总是描写得那么适宜，那么巧妙，那么诱人呢。”

时间虽然过去了这么多年，薛剑只要回想起他的那段荡气回肠的恋爱经历，就恍如是昨日发生的故事。他执拗地珍藏着那段感情，不露痕迹地在女儿面前表现得这样严谨。他的额头呈现着大理石一样的坚毅，他的眼睛在凝望中是多么深邃，他内心涌动着一股激情，像沉入火山中的岩液。待他平静后，他温存地对女儿说：“你还是安下心来好好学习，别想那么多空洞的不切实际东西，爸爸也希望你能以好的成绩考上好的大学。在这不到一年的时间里，你真的应该做到分秒必争。”

薛珠笑了，她的笑很机灵，很甜美，也很狡黠。她说：“让我分秒必争？爸爸比妈妈对我还要苛刻。”

这时，听到玫怡在喊：“薛珠。”

“妈妈回来了。”她跑出去说，“妈妈，爸爸回来了。”

玫怡冷笑着：“爸爸回来了？他知道回家吗？我以为他又去了非洲。”说着，她进到书房讥讽说，“你还真回来了，那里不是离不开你吗？你回来了爸爸怎么办？医院不是要塌天吗？”

薛剑对她说：“过几天，爸爸要出院了。”

“出院又能怎样？还不是要瘫在床上吗？”她带着怨恨，瞪了薛珠一眼。

薛珠委屈地说：“妈妈，你还在责怪我吗？爸爸都原谅我了，你太不通情达理了。爸爸在医院里看护爷爷这么长时间，今天回来就看着你这冷冰冰的面孔？一点温柔都不给爸爸，小心伤了爸爸的心。”

“臭丫头，你真是什么都能说了。今天来的老师给你讲得怎么样？”

“什么怎么样？”

“你不要不在乎，考不上大学，你的人生就没有出路。”

“哪这么绝望？路有千条万条，我走哪一条都行？就是做工厂女工，或当个理发的师傅，那也是人生啊。”

玫怡惊叫道：“什么？”

“妈妈，其实我的理想和追求都很平凡，妈妈这样会挣钱对我也没有诱惑。‘袋中有米，炉边有柴’还要什么？这是大师良宽说的。”

玫怡目瞪口呆，她难以相信薛珠会有这样的思想，恼火地说：“傻丫头，多么可笑的想法，你以为袋中有米，炉边有柴就能过好的生活？你是圣人还是仙女？厌倦了天堂的锦衣玉食要到凡尘？妈妈辛苦挣钱给你幸福的生活，你是吃饱了撑的。没出息的东西，你就这样刺伤我？想做女工？做理发的师傅？这么低级的念头，你真可恶。”她挥手要向薛珠打去，又冲着薛剑嚷嚷说：“是你在这样向她灌输的吗？”

薛珠说：“妈妈，你别自以为是，职业哪有贵贱？林肯都说没有低贱的职业，只有低贱的人。没有工厂女工在缝制衣服，你就做不了服装的生意。所以，你不能轻视她们的劳动和她们的存在。”

“荒谬，真是荒谬，你从哪里接受的这种与现实格格不入的思想？还振振有词地来训斥我？可怜的丫头，不求上进的坏丫头，现在谁还有这样荒唐可笑的想法？你看看你的同学，哪一个不是在拼命学习？别人家的孩子都有崇高的理想，望着人生的塔尖攀登，可是你……”

“塔尖？塔尖能站几个人？妈妈，你别好高骛远，还是用平常的心看待我吧。即使将来我去扫大街做环卫女工，我也不会感到羞耻。”

“滚开，你这个不知羞耻的东西，你非要把我气死。”

薛珠调皮地冲着妈妈笑：“不会的妈妈，我怎么敢把你给气死？”她拿了一本书在玫怡的眼前晃了晃说，“我要看书去了，这样妈妈就会消气的对不对？放心吧妈妈，我也有远大的理想呀？我也希望以后能够考上个好大学，将来才有可能做个旅行家呀。”她快活地走了，玫怡却开始抱怨薛剑：

“你在向她灌输什么东西？你是在放任她误导她吗？让她毫无顾忌地有这样低级可怜的念头？没有一点志向，她的人生怎么办？”

薛剑说：“你多虑了，薛珠是一个聪明的孩子，她的心理素质很好，她一开始就把自己的起点定得很低，我相信她一辈子都不会有失落感。”他起身走到玫怡的身边安慰说：“别对她存有妄想，其实她很优秀，虽然学习成绩不在你的仰视中，其他方面都很出色。谢谢你玫怡，我们有这样一个女儿，我很骄傲。”

玫怡心里顿时热乎乎的，她望着丈夫，那样真切、那样坦率。虽然他们之间在性格和追求上有很大的差别，而且丈夫一向在她的面前清高自律，也从不干预她的生意。即使在她独守自己成功的荣誉而没有得到丈夫的首肯和赏识时，她也没有失望和气馁。因为丈夫的行为，是一种精神上的简约，令她欣赏。几年生意做下来，世面上形形色色的男人她都遇见过，也打过交道。像丈夫这样超凡脱俗，涅而不缁的男人还真不多见。她相信丈夫是沉雄于心的最可靠的人。但是，她的高傲，又会在丈夫面前表现得更高一筹。她不善逶迤于她的温柔，还会不自觉地把她在外面生意场上交涉的强硬的一面带回家，这让薛剑很反感。

“你回家干什么？仅仅是想在你的书房沉思吗？”

薛剑温柔地说：“这些日子你好吗？”

玫怡吃惊又怀疑地说：“你是想关心我才回家的吗？我已经习惯了你不在家的生活。薛珠小的时候你去美国，薛珠长大一点的时候你又去非洲，之间你还去了西藏，这样算下来也有十多年吧。现在连爸爸生病住院你就能在那里待这么长时间，我在你的心里也不过如此。别人夫妻是朝朝暮暮，我和你却是无休止的分别。很多我需要你的时候你却不在我的身边。你是看我很坚强的样子，才不过问我生意上的事情。你不知道我也很累吗？我也想靠在你的肩膀上歇一歇。爸爸妈妈来这里成了我的负担，薛珠成绩追不上让我伤脑筋，生意上隔三岔五不是这事就是那事，搞得我心烦意乱，我也渴望过平静的生活啊。”

薛剑阴沉地说：“你不能过平静的生活吗？那是你的欲望太高，跟我的父母有什么关系？爸爸妈妈来这里给你增加了什么负担？医院里你去过没有？从他们来到这里，是你给他们做饭吃还是妈妈做饭给你吃？薛珠要你为她伤脑筋吗？她表现得很好，也懂得很多的道理，你还要她怎样？是每门功课都考到一百分你才满意吗？生意上的事情我也劝过你，不要铺张得太大，反正你也是不听我的在自寻烦恼。你到底要挣多少钱才能知足我是不能理解。但是，我希望你用宽容和体谅的心，来对待上面的父母，下面的孩子。”

他谈言微中，玫怡却置若罔闻。她讥笑说：“好一个谦谦君子，我最讨厌你在我面前表现得这样清高深奥的样子，你是完美的人吗？把我看得这样低俗，你为什么就不能站在我的立场上来迎合我的思想？”

她蛮横的态度，打破了那种温情，薛剑又坐回到书桌旁，他不想跟她起冲突，也不想再说那些她听不进去的话。他知道玫怡讨厌他的父母来这里，他改变不了她的多嫌之怨。他唯一求全的是让父母在这里能过一种安宁的生活，他知道这样他会做得很辛苦。他已经感到很累，从医院回来他就没有平静，比平日多说了很多的话。他又开始沉默，桌子上的照片依然还放在那里没有收起来，玫怡朝他瞥了一眼，又看到了那张照片，不屑地说：

“谁触动了你的神经？怎么突然想起这帮乡巴佬？”

“别说得这么粗俗，他们曾经是和我一起生活过的兄弟姐妹。”

玫怡讪笑说:“事出有因吗？怎么从医院里回来就想到他们？你的兄弟姐妹？真好笑，难道是在你感到无助的时候，才想到他们需要他们来帮助你？”

薛剑深沉地说：“玫怡，你不会理解在我跟你相识之前的生活，你也不会有我这样的感受，在我人生最重要的时期，我是跟他们一起同甘共苦的。我忘不了他们，他们也没有忘记我，他们要搞一个聚会邀请我去参加，所以我必须要去。”

玫怡惊讶地说：“聚会？太可笑了，现在还搞这种无聊的游戏？是谁要出风头？”

“请你不要这样认为，这是我们在一起生活的我的一部分，我从来都不干预你的一部分。所以，请你体谅一下，等爸爸出院后，我就准备过去。”

玫怡拿起照片看了看，轻蔑地说：“都是一群什么样的人呀，跟现在的农民工似的，就让你这样迫不及待？”她把照片又扔到桌子上，“我不管，你要去参加聚会，我不会阻拦你。但是，你要把你的父母一起带过去，我不喜欢家里住着一个瘫痪的老人，我没有办法跟他们这样长期相处。”

薛剑气愤地说：“你怎么这样无情？从爸爸生病起你就没有表示一点同情，还这样漠不关心，他们到底是哪里妨碍了你？惹得你这样仇恨和烦恼，让你这样容不下他们？”

玫怡强词夺理说：“因为我没有习惯跟他们生活在一起，即使对我的父母我也是这样，老人有老人的生活方式，我有我的生活要求，硬要这样掺和在一起，对谁都不自在。你不能因为我有这样的习惯就说我没有爱心。与其生活在一起冷眼相觑，还不如保持一点距离。你别用这样的眼神看我，我也是处于对他们的关心，想让他们也轻松自由。难道你看不出来妈妈住在这里的拘谨？你用孝顺的心，硬把他们拉在你的身边他们也不会开心。”她似乎找到了充分地理由。

薛剑痛苦地说：“你这样的行为让我很失望。”

“我不这样以后你会更失望，与其现在就把我看成是一个不尽孝道的坏儿媳，我也不愿到以后你们都来谴责我一无是处。我从来都不会在你面前假心假意，我也不会当面一套，背后一套，我不喜欢就是不喜欢，我不能因为讨好你就勉强我自己。以前你不在家的时候，我也会经常打电话给他们嘘寒问暖，需要什么我也愿意买给他们。但是，要我这样长期跟他们生活在一个屋檐下，我无法忍受。我不能压制我的情绪，跟他们天天朝夕相处，我也不能强迫改变我自己。不是爸爸可以出院了吗？你想办法把他们弄回去，我愿意出钱为他们请个最好的保姆伺候他们。但是在我的家里不行。”说完，她绝情而任性，转身出了书房。

沉思的书房，终于只剩下薛剑一个孤独而忧愁的身影。他长久地发呆，无法做出决定，他的思想在惊疑和迷惑中麻木。让半瘫的父亲和蹒跚的母亲回到他们原来的地方，这是一个多么可耻的想法。他的心情很忧伤，刚才玫怡转身离去的背影很冷酷。在这个问题上他们简直无法沟通。她的傲气、任性和唯我独尊的个性薛剑是知道的，他理智地让自己从不去激怒她反而怂恿了她得寸进尺。那张被玫怡藐视的照片，醒目地丢在他的眼皮子底下，那泛黄的照片上留着岁月的痕迹。他把它轻轻拿起来，寻觅着照片上胖妞的踪迹。她的笑脸像一轮圆月那么明朗、快乐，还带着憧憬。他清晰地记得当年在农村时的一次打麦场上，大家兴趣盎然地在幻想六十岁以后的东西。而那些幻想的东西和那些当时根本都没有幻想到的东西却神乎其神地在他们四十岁的时候都早已实现在了他们的生活里。薛剑无法想象病魔怎么会爬到她的身上？而站在她身边的就是雁媚，那是一个多么哀婉的神情。那天叫她来照相的情景还历历在目：我不要照相，肥皂泡泡弄到眼睛里了又红又肿不好看。那场景是多么刻骨铭心啊。

星期一的早上，雁媚早早地从家里出来，当走到婴儿家门前的时候，正碰到了去晨练的孙姐："您早。"

孙姐皱着眉头说："你来得好早，快进去吧，那小两口半夜里打架了，婴儿哇啦哇啦的哭了一夜，真讨厌呀。"

雁媚感到这样的家庭对她有一种压抑。进到家里，文莉蓬乱着头发，既邋遢又怒气冲天，看到雁媚就说："以后你白天少让孩子睡觉，免得他夜里没了瞌睡来吵我们。还有，以后你不要有星期天了，知道我们昨天休息在家多累吗？"

雁媚想：几个月大的婴儿应该都是在睡眠中，这是做妈妈应该知道的常识，只有无知的妈妈才会对三四个月大的婴儿有所强求。但是，她没有跟这个乖戾的女人说什么，待他们匆匆忙忙去公司上班后，雁媚开始把又一团糟的屋子清理干净。后来婴儿醒了，她轻柔地抱他起来，给他洗脸洗手，喂他喝奶，她用最温柔的表情对婴儿微笑，用最甜美的声音跟婴儿说话，就像对雪晨婴儿时一样，毫不保留地把她的爱都送给这个在妈妈烦躁的情绪中受委屈的孩子。她轻轻地喊婴儿的名字琦琦，唤他的乳名宝宝，她抚摸他的小手，抚摸他的小脚，还问他喜欢什么？心里在想什么？婴儿什么都不知道，两只小眼睛乌溜溜地在转动。雁媚很高兴，感觉他跟雪晨小时候一样纯洁可爱。世上所有的婴儿都是这样纯洁可爱，惹人爱怜。

雁媚抱着婴儿站在阳台上，她希望让阳光来祝福这个小小的生命，让阳光来哺育他纯洁的心灵，给他温暖，让他感受爱抚。婴儿在雁媚纤柔的臂弯里舒心惬意，他没有哭闹，也没有烦躁不安，他美丽的眼睛在窥看窗外的景物，像是神情专注的样子。其实，他什么都看不懂，也没有思想。但是，他却特别地安静，他的小脸还泛淡着微微的笑意。生命的本能就是这样，在接受爱的信息的时候，他能反映出这种天然的欢悦。直到他慢慢地开始沉浸在倦舒的睡眠中。

雁媚静静地坐在婴儿的身边，婴儿轻轻的鼻息声，仿佛是一首美妙的音乐，注入到她的心里。她开始有一个小小的奢望：如果能在这里做到婴儿三岁送到幼儿园的时候就好了。那时的雪晨，已经开始工作，生活也可以安稳下来。她为自己有这样的想法开始激动：

我喜欢看着你，可爱的小精灵，当你睁开眼睛一天比一天能看懂这个世界的时候，希望你也喜欢我。雁媚含着微笑在心里对他低语，又为他掖了掖毯子，然后，脚步轻轻地去做事了。

窗外有涌动的声响，屋里却在寂静中布满了万象之外的静美，让这个小小的想法保存在心里。雁媚那样踏实、勤恳、忠诚地管理着这个家里的琐碎事务。然而，这个最朴实的想法，却很快成了泡影。

突然，这家里的女主人文莉在这天下午的时候就回来了。她进屋后东张西望，一双狐疑的眼睛在雁媚的脸上瞟来瞟去，然后她到厨房，乒乒乓乓地在找东西，又嗅了嗅婴儿的气息，把叠得整整齐齐的婴儿的衣服和尿布，胡乱地扒了扒，又用十分不理智的动作摇了摇婴儿。婴儿好像睡得很安然，没有理会她。然后，她又去翻雁媚的包包。

在雁媚看来，这像是一场混乱的发生：“你干什么？”

她恶毒地说：“你老实说，你是不是施了阴谋，让宝宝吃了安眠药？他这样昏昏沉沉地睡觉，你就可以安心了，你快说，是不是？”

她担心秃鹫会啄瞎眼睛的堪虑，让雁媚惊惑不解：“你怎么说这样的话？”

“怎么？我是在冤枉你吗？为什么宝宝总是白天睡觉？而到了晚上，就大声哭闹来折磨我们。这不可疑吗？你一定做了手脚，让他这样睡着你才可以安闲。你们这些低级的人都有一套这样的伎俩。”

这是一个令人惊骇的面目全非的诽谤，使雁媚的胸腔几乎要喷出怒火。她木然地，任这个有严重性格障碍，品格不够健全，而且病态的女人狺狺狂吠。她那阴暗的疑心，在她的脸上起着褶皱，她那突出的嘴唇，发出讹赖的叫喊，她目光蒙昧，没有看到雁媚对他们的一切善良和有利的行为，而刁钻蛮横，用那不计后果的唇齿继续胡诌：“我对你们这样的人从不产生信任，我的同事就警告我说，你们这样的人在帮人家看孩子的时候会让不懂事的婴儿吃安眠药，这样，你们就可以逍遥自在，你们把这种低劣的伎俩相互传授，竞相效仿。电视里，报纸上都有披露。我一直都很大意，还是我的同事提醒了我。宝宝天天这样睡着，不得不让我怀疑，你到底对我的宝宝做了这样的事情没有？”她狠狠地又抓住雁媚的拎包翻找，又把包里的一团毛线扯乱，“我让你在我家里织毛衣，我给你工钱，就是让你干自己的活？天底下哪有这样便宜的事情？不行，你要老实交代，你到底对我的宝宝做没做这样的事情？”

在惊疑中，雁媚的整个身体都在发抖。她被肆意侮辱，她的心又遭到了挫伤，她又遇见了一个暴戾恣睢，不辨是非，没有善心，也体会不到善心的恶人。虽然她有很高的学历，可是却这么明显的暴露出她肤浅的一面，那张猥琐的脸，简直不能给她的高学历添光彩。雁媚紧握着拳头，她真想狠狠地给她一个耳光。但是她忍了，因为婴儿就在身边。

雁媚平静地对她说：“我怀疑你有这么高的学历，却没有这么高的人格，你尖酸刻薄地让人瞧不起。请你不要用你低劣的小人的疑心怀疑我，侮辱我。我的人格和我的品质，从没有让我做任何违背常理的事情，更不会去做丑陋卑鄙的事情。你要向我道歉，我站在你的家里也有我的尊严。”

文莉有点心虚，奇怪的表情又在她那难看的脸上添加了丑恶的因素。她说：“我也是听了别人的话以后才冲动地跑回来的，知道有多么可怕吗？让这么小的孩子吃安眠药，长大了他就会有智力障碍，成了傻瓜怎么办？”

“我担心你用这样的心态养育你的孩子。”雁媚把目光落在睡觉的孩子身上，她对这个婴儿感到可怜。

文莉理屈词穷，却还满不在意地说：“既然没有这样的事情，也就算了，我又不跟你计较什么。我已经对你说过，白天别让宝宝多睡，否则他一到晚上就哭个没完。”

雁媚说：“你不跟我计较，我要跟你计较，我在你面前，既感受不到公理，也感受不到道德。请你把工钱算给我。”

“你要走？”

“是。”

“那宝宝怎么办？”

“对不起，虽然我很喜欢他，但是太遗憾了。”

文莉冷笑着说：“我不给你怎么样？你来我家看孩子还不到一个月，我为什么这么快就给你算工钱？即使你在公司上班，如果你违反约定的期限，也不会给你算工钱的。而且还要让你赔付违约金呢。”

她俗不可耐地把手叉在腰间，向雁媚挑衅。只有这种狂傲渗入到她的骨髓，她才有这样的绝技去凌辱别人。可怜的雁媚，总摆脱不掉这种对她痛苦的羞辱。但是，她有一种天然的不可屈服的意志。她没有迟疑，只是有点舍不得那个婴儿。

在她出去的时候，文莉重重地把门关上，婴儿被惊醒了。雁媚听到了婴儿的哭声，她多么想过去再抱抱那个婴儿，以她的爱抚，去唤醒那个女人的觉悟，驱走她心里的阴暗。

她在楼梯间徘徊，直到听到有上楼的脚步，她才离开。

秋天的风很凉，太阳斜过来长长的影子让人感到怅然，雁媚的心冷，比秋天还要苍凉。她很难想象她这么努力，却没有得到那个女人的认可，还要受到她的怀疑，她感到委屈。从那个家走出来后，在茫茫的街头踯躅。雪晨跟他的导师去外地做课题调查，要下个礼拜才能回来，雁媚第一次在这里感到了孤单。那个没有阳光的小屋，让她有不愿回去的念头。她在一处还留有夕阳的地方坐下来。她在想,这孤独漫长的生涯里,为什么总会遇到这样的欺辱？是她太软弱不够坚强？还是她太忍让而支持了别人的任性和无理？在她的生活经历中,她有抗争的勇气，而没有屈服精神和肉体的虚弱，她有朝人挥拳头的举措：为了父母圣洁的灵魂，为了雪晨纯洁的生命，她没有手软。而现在，她又遇上了一个冷心肠对她的人格的诋毁。尽管她被激怒了，但她还是忍了下来。

她在夕阳还没有完全退去的这个黄昏感到迷茫。她失去了一个工作，她畏惧那种空虚。人人都在忙碌，而她却又一次被抛弃。她冰凉地坐在路旁的石凳子上忧愁，看着来来往往的行人，直到夕阳不再照着她。

一个善良的心灵，总可以敏锐地感觉到阳光带给她的力量，她不再气馁，也没有眼泪，她生来就不是靠眼泪来逃避痛苦的人。她坚决地抛开烦恼，起身走回去的路，在穿过一条街道的时候，她不经意地看到一家家政服务公司的灯还亮着，门也开着。她很激动，又犹豫不决。但她不认为做家政服务的工作是低贱的，就毅然走了进去。

雁媚受到了热情的招待，一个年轻的女工作人员让她填写了申请的表格，还要她过两天来试试。

爷爷出院了，薛剑把医院里的事情做了安排后就从医院出来。他没有直接回家，而是给玫怡打了一个电话，约她出来见面。

在一个较为安静的咖啡屋，薛剑先来到这里，他不太习惯用这样的方式约见自己的老婆。他不是一个很会浪漫的人，也不会刻意去做讨自己女人喜欢的事情。他把玫怡约到外面，是不想当着父母的面，或者在家里的某个房间，在与她说话的时候怕有不妥的地方而刺激她尖叫起来。他处处谨慎，工作的严谨，培养了他这样的性格。而玫怡对什么都不以为然。她如时赶来，看到丈夫清寂而孤傲的坐在咖啡屋的一个角落里，不禁笑着说：

“怎么坐到这个位子？”

“方便跟你说话。”

他们要了两杯果汁，用一种既有修养又有礼貌的姿态面对而坐。玫怡说：

“哪来的兴致，约我在这里见面？我接到你的电话，感觉像是去赴情人约会。你从来都没有给过我这样的感受，让我体验你浪漫，很难得呀。其实，夫妻就应该这样常常约会，谈谈心里的想法，出其不意地制造浪漫，让人惊喜。这样，爱情才能保持新鲜和它相互的魅力，对不对？都说在人到中年这个不惑的年纪里是爱情最危险的时期，我才不相信这样的鬼话，即使性格不同，思想和喜好有差异，我想也能做善始善终的夫妻，就像你和我。薛剑，我忽然感到很幸福，这样跟你坐在这里喝杯饮料，说说话。你有话对我说吗？”

薛剑微笑说：“你刚刚坐下就长篇大论了一通，如果我知道你对选择这样的谈话方式感到幸福，我真应该早点这样做。我想跟你好好谈谈，有很长时间了我们都没有认认真真地谈过什么，是不是？”

“那你今天想谈什么？”

薛剑深沉地说：“玫怡，我知道你很爱我，我也很爱你。虽然有时你爱要性子，个性也要强，但是，这些都没有影响到我们的家庭。我很珍惜我们的家，对你，对薛珠。”他顿了顿，继续说，“家的意义就是这样，我们共同为之付出努力，就是让薛珠感到温暖，让父母跟着我们感到可靠。玫怡，我真切地对你说，宽容一下吧，让父母毫无顾虑地跟着我们一起生活。他们年纪也大了，要珍惜这样的日子也不会很多。爸爸都已经是快八十岁的人了，妈妈也七十好几，即使他们能够活到九十岁，差不多也就是十多年的光景。人的最终结果都要离开，这不是宿命，这是自然。所以，为了不让自己老的时候有遗憾，我们就让爸爸妈妈安宁快乐地生活在我们的身边。虽然爸爸还瘫卧在床上，妈妈也能照顾他，如果天再冷的时候，妈妈的手脚不灵便了，我们就请一个保姆来。我不会让你去伺候他们的，妈妈也不会计较你为他们做不做什么。我们唯一可做的是让他们没有任何顾虑地在这里生活。玫怡，这个家不是你一个人的，也不是我一个人的，是我们共同的。所以，在这个问题上，我们好好地商量，行吗？”

“请保姆来家里，我最讨厌外人进出我的家门。”

“你不是也请了钟点工为你清扫房屋吗？”

玫怡不高兴地说：“那是不一样的，如果让一个外人一整天地待在我的家里，我会受不了的。我的父母就从来没有想着要跟我们一起生活，他们说这样是为了都心身自由，我也需要心身自由。”

“难道爸爸妈妈跟着我们，你的心身就不自由了吗？你不是想做什么就做什么吗？”

“这样总会有点牵强，眼角的余光，每天瞥见这么多的人影，心里就是一种负担。让我花点钱我不会在乎，但是硬要住在一起我会很不舒服的。你也别生气，我不会乖张的容不下他们再多住几天，要是长时间的话我保证不了我的耐心。就像你说的，他们要活到九十岁的年纪，我更做不到。爸爸妈妈也不是你一个儿子，薛涛、薛山一样有奉养他们的义务。虽然爸爸瘫卧在床，但是，想把他们弄到薛涛那里也不是没有办法，我可以找一辆舒适的车子，把他们送过去，到了冬天上海也会很冷，广州那边还暖和些。”

薛剑阴沉的面孔充满了愠色，他说：“你早有这样的想法？找一辆舒适的车子把他们送过去？这么远的路程，爸爸还在瘫痪，你有没有脑筋？”

“是的，我没有脑筋，我不这样想，难道还有别的办法吗？现在我明确跟你说，我不愿意跟他们在一起生活。你想办法吧。”

薛剑惊愕地看着玫怡，她尖刻的语言划伤了他的胸口，他忍着怒火不想再跟她谈下去。他知道，玫怡从小到大，在养尊处优的家庭环境里早已形成了她的傲慢、任性和唯我独尊的性格，她具有的霸气，让薛剑彻底失望。片刻沉默后，薛剑说：

“好吧，既然你这么不愿意让我的父母住在这里，我不会再勉强你，我会想办法的。只是，我决定明天去参加聚会，可能要去两天。这是我多年的愿望，请你体谅一下。爸爸妈妈就让他们在家里再住几天，我回来后会为他们安排的，你不必再忧愁，我会让你心身自由的。”

“明天你就要去？这么快？那是一个什么了不起的聚会让你这么急不可待？”

“不是什么了不起的聚会，但是对我很重要。我也跟妈妈讲了，明天一早的火车，我很快就会回来。爸爸妈妈就先拜托你了。别把你傲慢的脸色摆在妈妈的面前，我不会让你委屈太久。好了，就这样吧。”

他起身准备离开，玫怡拽住了他，讥讽说：“你跟他们有什么可聚的？跑那么远的地方去，无非是看看那帮乡巴佬都怎么样了？谁过得好，谁过得不好，在聚会的现场只是给那些过得好的人一次炫耀的机会，再让那些过得不好的人自惭形秽，毫无意义。你这么急着要去，就是想让他们知道你很有出息吗？大医院里的医学专家，实在了不起。然后让他们都仰视你，羡慕你，追捧你，像众星捧月一样抬举你，让你快感；然后，你心满意足，踌躇满志，以一个了不起的姿态跟他们谈眼前的琐细，过去的逸闻，或者把旧日的苦恼、快乐和若有所失的东西都翻捡出来，津津乐道。最后，你是不是还会带着风度的微笑去约见你的旧情人？你告诉过我你在那里有一个初恋，你是不是就是为了她你才这样迫不及待？”

薛剑毫无心情地说："就这样吧，我们该回去了。"

"等等，我还要问你，在你聚会回来后，你要怎样安排你的父母？"

薛剑置之不理地走出了咖啡屋，玫怡也没有跟着出来，他们不欢而散。但是，玫怡还是对薛剑不回答的问题开始警惕。

第十八章

凌晨，薛剑悄悄推开父母的房门，他们都在深睡中，他静静地站了一会儿，把门轻轻掩上了，然后，去乘火车，前往他年轻岁月的故乡。

经过十多个小时的旅程，到晚上九点多钟的时候，他才回到这个亲切又生疏的城市。他行动低调，没有告诉跃平几点到达，只是保证说，明天上午的聚会他会准时来到。

为了这个多年的夙愿，跃平和肖玲尽了很大的努力，他们组织、策划、安排、联络，把这个聚会搞得像要召开一个什么重要会议一样隆重。

晚上，薛剑住在他父母的那个老房子里。从父母跟着薛珠到上海去以后，这套房子一直关闭着。房子不大，简朴而整洁，这是他母亲一向的生活习惯。他在这寂静的屋子里沉思，或许父母生活在自己的家里会更自然些。这家里的每一样东西，都是他们熟悉而喜爱的，让他们放弃，也是一种感情的割舍。就在他要来这里的时候，他发现母亲的神情是那样哀伤。她说：如果你爸爸不生病该多好，我们也可以跟你一起回去了。母亲的话里充满了无奈，他们已经没有了年轻人的那种任性。薛剑心里很难过，他体谅了妈妈的心切。这一晚他都在想父母的事情。假如想办法把他们送回来也未尝不可，这里的一切都很便利，社区的四周是医院、学校、商店，还有很多的大小餐馆，让他们回来，他也有理由常过来看看，他也该从繁忙中解脱出来了。

薛剑走的这个早晨，薛珠也早早地起床了，她要遵守自己的承诺，帮助奶奶照顾爷爷。她给爷爷洗脸，喂他吃饭，还讲笑话给爷爷听，她像哄孩子一样对爷爷说："爷爷，您要多吃饭，吃多了身体就会好起来。等爸爸聚会回来给您买个轮椅，我一样可以推着您到处去玩。”

爷爷高兴地咧开了嘴巴。

“爷爷，您一定要好起来，您这样躺在床上，对我就是一种压力，妈妈到现在还在责怪我呢。”

奶奶安慰说：“好孩子，千万不要有什么压力，爷爷奶奶都没有怨你，那天我们玩得多么开心啊。特别是你的爷爷，他高兴得就像是一个儿童。如果他先得了病，这样躺在床上我们还能到哪里去玩呢？唉，我们什么地方都去不了了。”

从奶奶的叹息里，薛珠感到了奶奶的忧愁，她知道爸爸妈妈每天所发生的矛盾，很多都是因为爷爷奶奶。她不理解妈妈的行为，认为她太挑剔，太吹毛求疵，太不近情理。她有时很讨厌妈妈这样的表现。她安慰奶奶说：“奶奶，您不要有什么想法，爸爸是不会让你们走的，我也不会让你们离开这里。我已经给薛珍、薛瑛写信了，让她们寒假的时候一定来这里看你们。”

“我的乖孙女。”奶奶笑了。

这时，听到玫怡在客厅里喊薛珠，她傲慢地不愿走到爷爷奶奶的房间，这使薛珠对妈妈有很大的不满：“叫我什么事？”

玫怡责怪说：“你没事做了吗？一会儿你的辅导老师就要来了。”

“我告诉她今天不要来，因为学校有演讲会。”

“既然还要到学校去，为什么一早钻到那里面不出来？你闻不到里面的气味吗？”

薛珠惊讶地说：“妈妈，你不能这样说呀，让奶奶听见了多难为情。什么气味？奶奶把房间清理得很干净，后面的窗户也开着。”

玫怡做出一副难以忍受的样子说：“我可受不了。”

“妈妈。你别用这样的表情伤了奶奶的心，爸爸回来知道了也会很难过的。你既然爱爸爸，就应该爱屋及乌，连同爷爷奶奶你都要爱。没有他们谁给爸爸生命？”

玫怡感到吃惊,她不知道是什么力量让薛珠总能站在他们的一边而与她对立，她也觉得女儿的话有一种真实的感情。但是，她的感情就是这样冷漠。她的怨恨从薛珠身上开始，她摆脱不了那种追根究底的烦恼，而制造了这样的尴尬，让奶奶别扭，拘谨，更加小心翼翼。

聚会的地点是在一个酒店的二楼，走上那弧形的楼梯，就看到了一条横幅：“年轻梦想爱今天我们在一起”。很有创意地把他们过去的经历，又引人入胜地带到聚会的现场。

上午，他们都早早地来到聚会的现场，寒暄后就开始兴致勃勃地坐在一起海阔天空。女生们谈她们的孩子、家庭、衣着，当然最津津乐道的依然是谈她们在农村时的队长，那是她们年轻时的偶像。也许是因为这个聚会有他，她们才这样活泼。男生们坐在一起悠然地抽着烟，尽管也聊得热闹，却有一种对聚会的沉思，脸上多少已经留着一点男人的沧桑。

跃平按照薛剑的意思，很努力地把青年队的队员大部分都联系到了，遗憾的是，胖妞没有等到这一天，她在半个月前去世了，就在跃平打电话给薛剑的第二天，癌症还是夺走了她的生命。这虽然是一件令人悲伤的事情，但是，在这个聚会的会场，并没有那种哀伤的阴影。生活在社会的下层，似乎也看淡了人生的伤痛。无奈、麻木、冷淡或者空想，这是老百姓的一种最典型的表现。

在等待聚会开始的时候，那个一向大大咧咧的丽平冲着肖玲说："薛队长会来吗？怎么到现在还没有见到他的身影？"

肖玲说："放心好了，早晨他还来电话说，十一点的聚会他会提前来。"

这个曾经像苹果一样的漂亮女生，现在她笑眯眯的脸已经像月亮一样圆了。她那中年发福的身材，让人能够联想澳洲袋獾的体态。她过着快乐悠闲的日子，生活得自由自在，无忧无虑。跃平忠心耿耿，为她大把大把地挣钱。她的肌肤白嫩，笑容幸福。而相对来说，那个曾经因为自己的美貌而藐视一切的金凤，就显得太寒碜了。她的容貌已经凋零，脸上布满了细细的憔悴的皱纹。当年，因父亲的影响，她也经历了厄运。在落难的时候，她随便嫁给了一个心眼好，但是却一无是处的男人。多年后，她懊悔这桩不幸的婚姻。因为没有爱情，她生活得非常痛苦，又因为没有金钱，她生活得很不甘心。最后，她不顾一切抛开了家庭和孩子，与一个比她大十多岁的建筑包工头又结了婚。那个杨三妮，跟随丈夫去了广州，回来的路很远，当联系到她来参加聚会的时候，她是多么激动，义不容辞地乘上了来这里的火车，可是到这时还没有赶到。还有其他女生，也都早早地来到聚会的会场，大家或多或少都有变化。而当年那个既严厉又泼辣的女队长叶迎香和那个胆小受气的李春莲就今非昔比了。

终于，在大家翘首等待中，薛剑走进了聚会的会场。一时间，像铁屑朝着磁极的方向，女生们疯狂地把他团团围住，肖玲更是奋不顾身，她几乎是扑了过来拍打着薛剑，责怪他姗姗迟来的脚步："你这个坏蛋，你怎么才来？知道我们昨晚在这里等了你多么长的时间吗？"

薛剑感动得只不停地说对不起。

男生也都围了过来，那个爱说俏皮话的杨学林，冲着跃平说："快管管你的老婆吧，把她从别人的怀里拉走，薛队长又不属于她。"然后，他紧握住薛剑的手高兴地说，"老兄，多年不见，你好得很啊。没有把我们这些兄弟忘掉吧？"

薛剑激动地说：“学林，我怎么会忘记你？从跃平对我说你年年都是先进生产者的时候，我多么为你感到骄傲。”

学林不好意思地说：“他怎么把这些也告诉你？”

跃平说：“薛剑，就像当年我们下乡的时候，在那间会议室你点我们的名字一样，现在你还能点出在这里的每一个人的名字吗？”

薛剑感动地看着大家，叫着他们的名字，一一跟他们握手，他的眼睛在人群里频频闪动，暗暗寻觅。他戴着一副假面具，热情而慷慨地对他们微笑，而使他们都不得窥见他来这里的另一个动机。

叶迎香走近薛剑的身边，她跟在青年队做女队长的时候已判若两人，她已经明显地出现了衰老的特征，皮肤又黑又粗糙，头发也白了许多。她的经历很坎坷，下岗、失业，丈夫又在一次车祸中丧生，留下了两个孩子，生活的重担全落在她一个人的身上。现在，她仅靠卖早饭维持生活。因为她生性要强，生意做得还不错。她说：“薛剑，我都无法站在你的面前，你一个堂堂的医学专家，而我却低贱的只能靠卖馒头和稀饭来过日子了，我自卑地甚至都不想来这里，多么难为情啊。”

薛剑说：“叶迎香，你说到哪里去了，我们真诚地来这里，是因为我们的心里，都保存着我们曾经在一起的经历，我们相聚在这里的理由，就是要加深我们对那段美好经历的记忆，让我们更亲近更了解，不是吗？”他真诚而谦虚，又像当年一样，充满魅力地把大家都吸引过来，也许就是为了他的骄傲，才有了这二十多年后的一个不寻常的聚会。

这时，一个身材娇小打扮入时的女人走到薛剑的面前：“薛队长，你还记得我吗？”

被她一问，薛剑还真想不起来她是谁，他端详了一会儿笑笑摇摇头。

她说：“我想，假如我说了我的名字，你也想不起来我是谁的，因为那时我在你的心目中是多么的微不足道。我没有任何一处显眼的地方，会让一个分别了二十多年的人还记得我。也许，我就是那种最容易被人遗忘的人。但是，假如我向你提起一件事情来，也许你就会想起我是谁了。”她做了一个很得意的姿态继续说，“那次队里包饺子，因为我，雁媚跟金凤打架了，是我跑到马房先向你告了状。当时，你犁地刚回来，看到我哭哭啼啼的样子，你的脸色很难看。那时，我心里是多么畏惧你，因为我一直都对你有敬畏感。”

那天的情景一直在薛剑的记忆中，他说：“春莲，我没有忘记你，只是你完全变了。”

她笑着说：“谢谢，还能叫出我的名字。”

丽平以一种轻蔑的，不屑的态度说：“你现在是脱胎换骨，改头换面了，可以大胆地、骄傲地站在薛队长的面前了。”

当年，这个在青年队最被人看轻的春莲，回城后竟然也交上了好运。她经人介绍，与一位在部队做志愿兵的军人结了婚。后来，她丈夫复员后，通过家里的亲戚关系，被安排在政府机关工作。后来的几年，她丈夫官运亨通，并把在工厂做女工的春莲也调了上去。她整体的改变，飞黄腾达，连她满脸的小雀斑都不翼而飞了，使那些青年队的队友都对她刮目相看。在对她羡慕的同时，更多的是嫉妒，这对很多捉襟见肘的下岗女生来说，是一个严重的讽刺。

稍停，薛剑又问：“还有谁没有来？”

肖玲说：“三妮从广州来，现在还没有赶到。胖妞不在了，她没有等到这一天。还有就是姚雁媚，我们多方打听也没有联系到她。”

薛剑忽然感到心里空空的，他要来这里的一切愿望，只是为了能看到雁媚，没有她来这里他来干什么？他不是他们想象的那么真诚和完美，他也有他内心的脆弱和自私的一部分，他在他们的面前，已经不再是纯洁无污的真实，他有点虚伪，还有点做作。

肖玲说：“胖妞在确诊为癌症的时候就没有多少日子了，我们也是在她弥留的时候去看了她。临终时，她说她最怀念的是在农村的那段时光，她最欣赏那个英俊帅气的队长，她多么希望能再看到你一次。太遗憾了，我一直没有让跃平把这个不好的消息告诉你，因为我希望你来参加聚会的心情是愉快的。”

她的话让薛剑羞愧，生病和死亡，虽然对他来说是司空见惯的事情，但是，对这样的一个生命，他忽然感到自己像犯了罪一样不可饶恕。

为华打开了音乐喊道：“好了，先来跳舞吧。”

薛剑又问：“俊生呢？”

肖玲说：“跃平找过他，他不肯来。薛队长，你还一直记着他？”

薛剑怎么可以忘记他？这个朴素而默默无闻的男生，给过他精神上很大的感动，他以他的忠诚，让一个美丽的爱情，在当时的青年队院子里没有一点的喧噪，这个秘密保存了这么久，直到现在还没有人知道。

薛剑的心里，有一个天使，讳莫如深，珍藏在他生命的最深处。在无数个晨光和晚霞中，他等待的就是这个时刻。没有她在这里，他感到一切都是那么空虚，他悄悄地坐到一边，看着他们已经不再年轻的身段随着音乐在扭动。

跃平了解他，对他说：“对不起薛剑，如果这个聚会因为缺少了他们而不够完美的话，我很抱歉。”

薛剑问：“俊生现在怎么样？”

“还是那样子，在他们县城蹬三轮车拉客。”

“他是靠这样生活吗？”

“是啊，看他还很满足的样子，他对我说，一天也能挣到十几块钱。”

“哦。你跟他们去跳舞吧，我坐一会儿。”

悠扬的舞曲，仿佛把时光转回到过去的岁月，在他们已不再年轻的心里，依然充满着年轻的热情。也许过去让他们失去了太多斑斓多彩的梦想，而现在这光怪陆离的世界，也没有把他们当成宠儿，只是在这个充满激情的时刻，他们暂时忘掉了生活的烦恼和沉重。

薛剑静静地坐在一旁，往日的那种活泼、生动、有趣的感觉，好像也恢复不过来了，一种不可名状的失望让他感到遗憾。

金凤走到他的身边：“我还可以叫你薛剑哥吗？”

“当然可以。”

“我想和你跳舞。”

薛剑轻轻一笑，摇摇头。

金凤在他的旁边坐下：“薛剑哥，那时，你对自己的前途就胸有成竹吗？”

“什么意思？”

“你应该知道，那时追求你仰慕你的人很多，可是，你却坚守着你爱情的堡垒，没有轻易涉入到恋爱的领域。”

“我不觉得有谁在追求我，我们相处的不是都很好吗？”然后，他关切地问：“金凤，你过得好吗？”

金凤摇摇头：“过得不好。”

“怎么？”

“在没有爱情没有金钱的家里，过得像地狱一样，我逃了出来。现在虽然有了点钱，可就是没有快乐的感觉。我已经无路可走，我离过一次婚，不能再离婚。都说红颜女子多薄幸，这话一点都不错。本以为漂亮就是一种资本，自以为是，骄傲自负，目空一切。谁知，厄运也会临头。有时想想，命运很会跟人开玩笑，为什么给了我美貌，却不给我幸福？对不起薛剑哥，可能是我太激动了，什么话都想对你说。这样跟你坐在一起，就想起以前的点点滴滴，知道我心里有多么欣赏你吗？我知道那时你有讨厌我的地方，我骄横，任性，也太过自恋，所以才那么嫉妒姚雁媚的美丽。如果她能来参加这个聚会，我一定会向她道歉。薛剑哥，现在我在你面前说出这些，我并不感到害臊，因为我知道你虚怀若谷，不会嘲笑我的无知和虚荣。”

“金凤，你比以前真诚多了，谢谢你能这样敞开心扉，你依然很漂亮。”

她得到了一个肯定的回答，还有一个真实的微笑，她激动地禁不住哭了。

这时，丽平过来说：“金凤，你怎么还缠着薛队长？不甘心是吗？”

薛剑开玩笑说：“我觉得丽平好像没有长大。”

她边拉来一把椅子边说：“什么没有长大，我都成大妈了。在还不觉得自己老了的时候，忽然有一天去市场买菜，一个卖菜的大男人朝我吆喝说：大婶，买萝卜吧。当时我都很吃惊，真的成了大婶了吗？唉，人有什么意思，一晃就过了一多半，整天操心忙碌，最后还能怎样？像胖妞一样什么都舍不得吃，舍不得穿，一分钱都舍不得乱花，结果，最后一样都没有带走就死了。人活着真累啊，为吃穿操劳，为子女发愁。”

薛剑说：“丽平，你怎么会有这么悲观的思想？”

“当然，你有高傲的社会地位，有养尊处优的职业，你不会体谅我们下岗人的贫困疾苦。我们生活在社会的底层，我们连做人的尊严都快没有了。为了能挣到几块钱，我们被吆喝着卖苦力。现在工厂的那种管理手段，简直是残忍和野蛮，一点人性都没有。他安排的再不合理，你只能老老实实干活，不能反抗。否则，不是罚款，就是下岗。有时，我都怀疑这个世界怎么了？为什么有那么多让人难以理解的地方？在我们没有为自己公正辩护的这种能力和没有一种敢于反抗的力量时，我们真的很卑弱。因为没有公平，人不是变得像野兽般凶狠，就会像绵羊般逆来顺受。我天生的那种桀骜不驯的个性，也被折磨得没有了棱角。贫穷让人没有气势，以前都说人穷志不穷，现在想想，人穷了还有什么志气？被人牵着鼻子唯唯诺诺，谁还能雄赳赳地昂起头？整天怀着长久的紧张、压抑、苦闷、嫉恨和恐惧，我们就不会有好心情。现在那些当官的还了得？他们过着穷奢极欲的生活，张牙舞爪。连春莲都摇身一变当上了国家干部，还有一张可跟你媲美的假文凭。真可笑。不得不让人怀疑这个社会还有多少真实的东西？唉，我说这些干什么？薛队长，你可不要笑话我，其实，我是很知足的一个人，比起那些乞丐和那些疾病缠身已经奄奄一息的人，我还算活得幸运。百万富翁又怎样？有一百双鞋子，穿在脚上也只是一双，有一百间房子，也只是睡在一张床上，吃得再好，无非是酸咸香辣，谁听说权大钱多而让他做了神仙不死？听说有一个有钱人得了绝症，他哀求医生说，要用他的钱换他的命好不好？医生摇头说：不能。薛队长，你是医生，你一定也遇到过这样的人吧？贪财的人也一定贪生，也许对穷人来说，死是一件好事，既可以解脱，又可以重生。对不对？”

她像一个不存任何思想的人，却也发表了这么深刻的言论，令薛剑吃惊。他耐心地听她抱怨、发泄、愤愤不平。他知道她性格大胆、坚决，还有点刚愎自负，她对什么都不惧怯，更不担心后果，她生来就是一个爱发牢骚的人。

肖玲走过来说：“丽平不跳舞，是不是又在愤世嫉俗地演讲？”

丽平说："是的，我在向薛队长赞美你的幸福呢。看我算什么？从农村一回来，为华就把我甩了，混蛋。"那自嘲的口气好像是从她内心深处发出来的，却也满不在乎地看看薛剑，又看看跟丁晓秋一起跳舞的为华。

到了接近十一点的时候，他们的聚会活动准备开始。三妮因火车误点还没有赶来，周建民也才刚到，他用一种怪异的表情，冷冷地跟薛剑打了个招呼就从他面前走过。他西装革履，派头十足，并带着玩世不恭的态度。他现在是一边傍着大款女人，一边勾搭着漂亮女生。但他还是老样子，头发稠密，机智短绌，举止傲慢无礼，他对来参加这样的聚会，并没有流露出他的热情、欢喜和乐趣，而更像是以一种随便的姿态，去某个食堂混一顿饭吃。

酒店的一个包厅，摆了两张大圆桌，为方便男生喝酒，女生都坐在靠里面的一张桌子上。在开宴之前，大家都推崇薛剑讲几句话。他谦虚地笑了笑。但是，大家也发现，他变得过于深沉而减少了他性格中的那些幽默和风趣的元素。从他来到这里，在一阵惊喜过后，他一直都默默地坐在一旁听多说少，仿佛有一种时间的隔膜，拉开了他们的距离。他站在两桌之间，清了清嗓音说：

"谢谢，谢谢这里的每一个人，也谢谢跃平和肖玲为这次聚会所做的努力。我真切地来到这里，在这个美好的秋天与大家相聚，我站在你们的面前，最让我骄傲的是经过这么多年的分别，我们彼此都没有忘记，而是加深了我们的思念和感情。我没有什么东西可以拿出来在你们面前炫耀的，唯一让我还继续炫耀的是，我们曾经有一段在一起的美好时光。我是你们的队长，也是你们的大哥，如果你们还喜欢这样称呼我的话，我高兴享受这样的称呼。我们普普通通，像世界上所有的人一样生活，让我们感到美妙的是，我们的心里比别人多珍藏了一份汗水和欢笑。我们一起为那片田野感动过，付出过。由此，我们就有了一个美好的好奇心在这里相聚。这样保持着我们年轻时的心情，即使老了我们也不会空虚。"他那谦恭的态度，那具有人情味的热情和智慧，还有那微微凝重的微笑和那简洁坦然的语言，让大家深受鼓舞，激动不已。他又像一颗星辰被女生仰望。

学林走过来面对女生说："当年，在青年队我们也是年少钟情的时候，难道我们就不想与你们中的某一个女生恋爱吗？错就错在你们老把目光瞅着一个人，就像现在这样子，我为你们担忧啊，这个习惯你们还没有改变。所以，那个时候我就很知趣。薛队长，我不得不说，在青年队有你的存在，对我们男生就是一个损失，因为你的笑容迷惑了她们而忽略了我们。结果怎样？你们女生的梦都成了空想，该醒醒了。"他滑稽有趣的演讲带动了大家，会场的气氛开始活跃起来，大家在笑声中听他接着说："谢谢你薛队长，你让我感到很自豪，我是多么愿意在别人面前夸耀说我有一个了不起的朋友在上海的一家大医院里做医生啊。"

他的声音那么诚恳，态度那么真挚，他粗糙的脸上洋溢着朴实的感情。虽然他还保留着以前的那点可爱的调皮样，还爱说些俏皮话。但是他身上有着多么不寻常的劳动者的品质。他二十多年如一日，坚守着一个烧锅炉的工作岗位，让薛剑都对他敬重。他握住他满是老茧的手，轻轻拍了拍他的肩膀，他们一起坐到座位上。

盛宴就要开始，服务生端上了酒菜，聚会达到了一个实惠又有趣的环节。丰盛的菜肴谁看了都欢喜，只是三妮到现在还没有来，令肖玲对她抱怨。

过会儿，三妮被一个服务生领进来：

“对不起，我来晚了。”

大家以惊喜的目光欢迎她，为华抓住她要罚她喝酒。她说：“对不起，先饶了我吧，火车误点，急得我满身大汗。大家好，太高兴见到你们。”

“三妮，好久不见。”薛剑起身说。

“薛队长，你什么时候来的？”她惊喜地问。

“昨晚，快坐下吧，大家都在等你。”

气氛在热烈中慢慢平静，在这个颇有怀旧的筵席上，男生们在喝酒，女生们在说笑，那张旧照片在她们手中传递。

丁晓秋惊呼说：“照片上怎么没有周建民？”

肖玲说：“当时他很傲慢，提前跟我们再见了。”

男生桌上，薛剑静静地坐着，一副若有所思的神情抽着烟。

周建民煞有介事地为薛剑倒了一杯酒，大言不惭地说：“薛队长，来，我敬你一杯，这当年拿锄头的手，现在又拿了手术刀，这应该是一件很奇妙的事吧？”他瓮声瓮气的腔调，既有点诡异，又有点嘲弄。在农村的时候，他就嫉妒薛剑在队员中的威信和能力，现在他还是带着这样的狎邪，在这个二十多年难得一聚的会场上，他的脸上有一种怪里怪气的假笑，他把酒杯毫不礼貌地举到薛剑的面前。

薛剑拿起酒杯与他轻轻一碰说：“我很自豪我这双握过锄头的手，我也很骄傲我的这双手又握了手术刀。之所以我们在这里相聚，是因为我们有一起握锄头的过去，那是一段很值得回味的经历，你不这样认为吗？”

他讪笑着说：“对你这种超然物外的风度我也很赞赏。但是，我不得不说，现在的白衣天使个个都是黑心肠，利欲熏心，明目张胆。特别是那些并不懂多少医学的人也最会卖弄医术，做个小手术就会寡廉鲜耻的向病人讨要红包。说的好听一点是索要，一针见血地说就是敲诈。跟社会上的强盗流氓没什么两样，唯一不同的是他们还披着洁白的外衣，装得像个天使，其实就是一只吃人的白狼。我妈妈得了癌症，已经到了晚期，医生也知道已经没有了回天之力。可是他们还是冠冕堂皇地吹嘘他们的医术，甚至还卖假药给你，真是荒唐透顶。医院的黑暗，已经让人触目惊心，那些都是杀人不眨眼的魔鬼，打着救死扶伤的幌子，哪一个不是丧尽天良的为自己敛财？我不知道薛剑医生是不是这样的医生，但是，我懂得一个道理，只要把白色的东西扔到染坊就变了颜色。这一点，薛剑医生应该知道吧？”

他的这种嫌恶的愤詈，把一种活跃的气氛顷刻带到了惊疑的思考中。薛剑从容地说：“你所说的只是医学界一小部分的败类，他们既不配做医生，也不配做人。虽然现在有一些发生在医院里的丑事令人气愤。但是，请你相信，依然有很多好医生在为病人救死扶伤。有一点我也想对你说，要知道怎样做人。”他为二十多年前发生的一件事情警告他。大家为此也在猜疑，那一次的大雨天，他们为什么打架？接着，薛剑又说：“我知道怎样做人，也知道怎样做医生。谢谢，大家继续喝酒吧，在这里没有必要谈论或者讨论这个问题，太过沉重会让人感到压抑，还是轻松一点吧。”

他用一个机智而优雅的微笑，端着酒杯来到女生的桌旁，这使她们受宠若惊。

赵军咧着嘴，笑嘻嘻，他脸上还有一块淤血的紫痕，几天前他还跟一个路人发生冲突，他仍有一怒之下就想打人的坏脾气。可是他这次却遇见了强手吃了亏。他冲着薛剑说：“薛队长，那边的女人吃起菜来都像老虎。”一句有趣的话，把聚会又带到一个活跃的气氛中。

薛剑坐到女生的席上与她们交谈，也许谈论现在远不比谈论过去更加令人兴致勃勃。就这样自然而然地把每个人的情绪完全带到过去的时光里，把她们的记忆，如碧波粼粼的闪亮点源源不断地倾泻出来。他们谈农村的生活，乡村的景色，劳动时的感受和那时的心情。虽然是一个平淡的过去，有多少感动和惊愕的故事，会让他们的笑声在这个欢跃的筵席上猝然停止？三妮在用一个奇怪的眼神寻找着谁，她出乎意料地问：“姚雁媚没有来吗？”

大家并没有多少在意，薛剑却在这一刻是多么的紧张和警惕。

然后，三妮诡秘地说：“不知道你们都听说过没有？这是我在很久以前听到的一个令人匪夷所思的事情，真的让人难以相信。”

她们的好奇心都在催促她快说，快说。

“这是好多年以前的事了，那时，我们还住在我婆婆的家里。一天，我小姑艳玲带她的朋友来家里玩，她们到我的屋里翻看我儿子的相册，那里面还夹着我们在农村时照的那张合影。突然，那个姑娘惊讶地问我：你跟我的姐姐是在一起的？我就问：谁是你的姐姐？她指着照片上站在最边上的雁媚说：就是她，我姐姐也有一张这样的照片。她对我说，她是雁媚的堂妹，叫采勤，还告诉我说，雁媚的父母去世后就寄养在她家里，她非常喜欢这个姐姐。后来，她突然问我：谁爱过我姐姐？我一愣，问：怎么？她说：我姐姐生了一个孩子。我当时惊了一跳，心想：雁媚跟谁相爱会生一个孩子？”

这个震惊的消息，把整个聚会活跃的气氛带到了一个庄严而凝重的时刻。她们惊疑而迷惑，在一阵面面相觑的猜疑中，开始对这个离奇古怪的故事，追寻它雪泥鸿爪的记忆，便不可怀疑地想到当时雁媚向叶迎香坚决请假的事件；便自然而然地都猜想到了事件的主谋一定是俊生。她们完全忽略了骤然凝滞的薛剑。在这一瞬间，像河水从血管里呼啸而过，冲淡了他的血液。他的思想、呼吸和他胸腔的起伏，都在晕眩中戛然而止。

一阵骚动后，很快又恢复到一个酣畅淋漓，觥筹交错的快乐中，谁也没刻意再去计较它的真实性。本来她们对雁媚和俊生就有一种不屑的轻视，在过去的这么多年后，听到这样一个离奇的故事，也只是以漠然的态度听听罢了。

薛剑坚持忍耐着，这突如其来的震撼，使他不敢冒险有任何举动，他从容地坐在这里冷静。然后，他丢下筷子悄然离开了筵席。他顺着甬道来到一个平台，他怕窒息想呼吸空气，他的心像漂浮着隆冬的雪一样在他的血管里融化成了泪水。他无法相信三妮所说的话，他也不敢接受这个事实。二十多年过去了，没有人知道他爱过雁媚：谁爱过我姐姐？她生下了一个孩子。这恍如隔世的感觉，就是他心里深藏永远而不能释然于怀的感情。爱的回忆，像一个奇妙的幻影：那个幽寂而深奥的雨夜，那个神圣而藐视世俗的黎晨，他们被神话的迷雾蛊惑，并流连不已地翻越了那不朽的藩篱。那一刻，爱成了永恒。一个烘托希望的梦，在岁月冷酷的旅行中，在无望的秋日里，在背信的誓言下，偶然向他呈现了这个秘密，让他怎么能承受生命的沉重？他颤悠悠地倚在平台的围栏上，他感到他的额头在冒着冷汗，他的心冰凉的在发抖，他几乎都忘记了自己在什么地方，仿佛沉陷到了一个惊魂的梦里。这时，他的身后响起了脚步声，便回头看了看，是春莲跟了过来:

“薛队长，你在这里干什么？”

恍惚中他说：“里面很闷。”

“我不相信三妮说的话，太惊异了，雁媚不是那种随便的人。我相信俊生对她很好，但是我决不相信他们之间会发生那样的事情。那段时间我也经常跟雁媚在一起，就在你走后的那个新年过后，叶迎香还让雁媚喂猪，我发现她身体很虚弱，像生病的样子。有一天，她和俊生一起从外面回来，被叶迎香严厉苛责了一顿。不久她就走了，再也没有回来。如果说谁爱过雁媚，我也一无所知，她从没有对我说过她感情上的事情，而且我也没有发现她有恋爱的迹象。我知道在青年队里，大家都疏远她，孤立她。但是，我发现你并不是这样，对那次她跟金凤打架的事，我从你的眼睛里看到了一种对弱者的同情和关怀，你没有把事情处理得那样令人担忧。薛队长，你一定也知道雁媚是一个容貌美丽，心地善良的人吧？假如三妮说的是真的，我都替她惋惜。”

薛剑沉默不语，他深邃的目光凝望着天空，他的脑海，他的心，整个是一片像天空一样的空白，他什么都不敢去想，他怕想得越多就越复杂，他就越有畏惧感。他决定去找俊生，他要从他那里得到一个结果。二十多年的浑然不知，此时此刻，他全身的每一根神经都在霍霍跳动，不能遏制。

他又装作若无其事的样子回到他的座位，谁也没有发现他的内心颤抖得厉害。她们都在不停地说这说那，也已经从农村时的话题又扯回到现在，她们还饶有兴趣地问到了薛剑的家庭、妻子和女儿。兴奋的时候，又开始担心宴席的散去，这又要等候多少个岁月的离别，才会有这样的一天相聚？眼睛里含着喜和忧，彼此望着，那份快乐和惆怅也同时宛然席上。

尽管薛剑在这个欢聚的席上，很自然地流露出他的真诚。但他知道，自己很虚伪，一直戴着一副假面具在他们的面前装模作样。他也害怕，一旦秘密揭开，他有可能成为她们心目中的那种胆小、逃避、做作、虚假和欺骗的最不诚实的人，甚至在未来的时间里他都会受到责骂。

到了晚上，大家兴致盎然，意犹未尽，要约着一起到跃平家再去聊一聊，玩玩牌。薛剑婉言谢绝了，他满腹心事，无法做得若无其事。他又回到了父母的那个房子里，情绪从来都没有像现在这样恶劣，他感到疲惫，他躺在父亲常常坐的摇椅里沉思，心情难以平静，直觉得心里有一种酸楚堵得慌。他给玫怡打了一通电话，告诉他要过几天才能回去，他没有说理由，只说了抱歉，希望她照看他的父母。因为他担心玫怡的脸色板得太难看，而让母亲拘谨。

从薛剑去参加聚会后，玫怡就无法用一种欢悦的心情面对她的公婆。早上，她在客厅里呆呆地站了好一会儿，看着婆婆颤悠悠的脚步在大厅和洗漱间来回走动，她不自觉地表现出了一种厌恶的情绪，让婆婆畏缩不安。然后，她随便打个招呼就出门了。她无心做任何事，在公司里烦躁不安地坐了一会儿，就去找朋友叶惠娟。她对她倾诉、抱怨、唉声叹气，还不停地责怪薛剑这个时候还逍遥自在地去参加什么聚会。她有很多苦恼，希望叶惠娟为她出谋划策。

她被叶惠娟觊觎了一句：“你的丈夫还真是个纯情啊。”然后就说，“不想跟老人住在一起，又不能让他们回去，最可行的办法是在离家不太远的地方给他们租一间房子让他们搬过去，再请个保姆伺候他们。把他们打发得舒舒服服，你既可以省心，他们也会夸你孝顺。事实就是这样，我对我的公婆也是这样，在一起住久了都会不客气。而且，他们也是这样想的，人越老越固执越要独立。只要让他们衣食无忧，他们是不会挑剔居住的条件。如果你没有时间常去关怀他们，就都让保姆去做，这是很简单的事情，无非是多花几个零钱，你有什么可烦恼的。”

叶惠娟的话给玫怡以启发，认为这是个好办法，不管薛剑在不在家，她要先下手为强。

叶惠娟又为她提供了一套房源，那是她姑妈的，自从去年她姑丈死了以后，她姑妈就到美国的女儿那里去了。房子虽然很小，只有一室，兼有厨卫，两个老人也够住下，而且还可以无限期的租用。玫怡很满意，她果断地把房子租了下来，并从叶惠娟那里拿到了钥匙。回家的时候，她第一次乖巧地为婆婆买了一条新鲜的鲈鱼。薛珠很高兴，她跟着妈妈进到厨房：

“妈妈，其实你是一个很通情达理的人，心地也很好，爸爸不在家，你也知道关心爷爷奶奶。可是，你为什么不能在爸爸的面前多多地表现你的这份孝心呢？这样爸爸他会多高兴啊，而且还会更加爱你。”

玫怡嘘唏着：“小丫头。”然后微笑地问：“薛珠，你是不是非常欣赏你的爸爸？”

“当然。”薛珠肯定地说：“爸爸在我的心目中是一个完美的男人，等我将来找对象的时候，就要参考像爸爸这样的人。”

玫怡讥笑说：“不好好学习，上不了好大学，就做不了一个优秀的女人。好男人会喜欢一无是处的女人吗？”

“妈妈，你就这样对我没有信心？”

“你要我怎样对你有信心？”

长大后，薛珠几乎很少看到妈妈这样系着围裙熟练漂亮地做厨房里的事情，她心里有种说不出的喜悦。她说：“妈妈，我真的很喜欢你这样，平凡而且幸福。你一生能得到爸爸这样的人，你一定比任何女人都感到骄傲。所以，对爷爷奶奶你更应该有感激之情。妈妈，让爷爷奶奶这样快乐地跟着我们一起生活，我们每个人都会感到幸福的。能这样经常吃到妈妈做的鱼，我们的家一定是最幸福最温暖的家，对不对？”她闪动着明亮的眼睛，多么亲热地想讨好妈妈。

玫怡不置可否，轻轻笑了笑说：“小嘴巴还挺能说的，这是在什么课堂上学到的？好了，去准备餐桌吧。”

在晚上的时候，玫怡接到了薛剑打来的电话，说要晚几天回来。她问他有什么事？他没说什么，只问候了一下父母就挂了，声音冰冷而深沉，令一向傲慢任性的玫怡惶然。突然，她感觉好像要丢失一样东西，却不知道是什么。她有点生气，就下楼来，看到婆婆孤独地坐在客厅那硕大的沙发里显得弱小。当然，伺候一个瘫卧在床的病人，并不是一件容易的事情，要不停地给病人端水喂药，还要洗洗涮涮，一天下来真要精疲力竭。年迈体弱的奶奶，默默地做着，对谁也不说半句委屈。她在爷爷睡着的时候，悄悄地坐在客厅的沙发上微微喘息。自从爷爷生病以来，她苍老了许多。

“妈妈，您不睡坐在这里想什么？”玫怡在婆婆的身边坐下，关切地问。

奶奶说：“你也没睡啊，我想坐一会儿。”

“您很累是不是？”

她的体贴让奶奶感动：“玫怡，我心里总在想，我们来这里真的给你添了很多麻烦，心里一直都不安。那天，薛剑走的时候，我们真应该决定跟他一起走的。所以，一直都在想，等他回来了，无论如何也要把我们弄回去。人老了，都想住在自己的家里。”

奶奶是一个明白的人，她对一切都看得很明白。也许奶奶的话，正中玫怡的心怀，她随着奶奶的想法，也说出了一番无微不至的话来：

“妈妈，我不是讨厌你们住在这里，我也是在为你们考虑。爸爸这样瘫在床上，伺候这样的一个病人要耗费多少精力？要喂他吃，要帮他洗，一盆水一盆水的端来端去，从房间到洗漱室，要穿过这么大的客厅，一天无数遍地这样来来去去，别说是您这样的老人，就是年轻人也吃不消。我也想给您请个保姆来帮助您，可是，我实在讨厌外人进到我的家里。我也知道让你们回去是不可能的。所以，我想在附近的地方为你们租一间房子，让你们舒心自由，按照你们的意愿生活。我还准备给你请个保姆去帮助您，您就可以歇下来了。有个保姆帮您做事，陪您说话，您就不会寂寞了。平日里，我们都很忙，薛剑在医院里，有时忙起来也是夜以继日。薛珠去上学，家里留下你们也是很寂寞的。这样，我给你们租一间房子，那就是你们自己的空间，买几样你们称心的家具，就完全可以把它当成自己的家。回河南也不过如此，闲暇的时候，我们还方便去看你们。爸爸万一有什么不好，薛剑就在身边不远。虽然这是我的想法，也要经得您的同意。等薛剑回来，我想他也会同意的。因为他已经看出来你们在这里很不习惯。这点我也能体会，我的父母就喜欢单独生活，他们喜欢清静，独立。我想人老了或许都有这样的心情和要求。”

奶奶两只可怜的手紧紧地攥在一起，她弱小的身子在微微颤抖，她不知道怎样表示她的想法，在这个连话都听不大懂的地方，让他们去住在一个陌生的房子里，她不知道能用什么样的力量去适应它？她不敢轻易做决定。

看着奶奶一脸的疑虑，玫怡坚决地说：“您什么都不要担心，习惯了就会好的。而且您也不要担心钱的问题，只要你们过得舒心惬意，薛涛、薛山也会支持的。请不要误解我的用意，我也是看到您整天战战兢兢地在这里，这样我的心里也会有压力。我不是那种会说话的女人，嘴巴子甜得惹人欢心，我又怕我有做的不妥的地方伤害到你们，而且还会影响到我和薛剑的关系。给一个属于你们老年人的空间，自由、安静，这就是我的初衷，您考虑考虑。”

她说得很真切，把话都说到这种分上，奶奶也不再犹豫了，就果断地说：“这个主意不错，我也很高兴过自己的生活，就是回去也是我跟你公公两个人。你决定安排吧，什么时候让我们搬过去都行，不要跟薛剑商量，免得他在外边多想，一切都由你来决定吧。”

这时，听到房间里有咕噜咕噜的声音，奶奶起身过去，不一会儿她又匆匆出来，到卫生间端了一盆热水，颤悠悠地进到房间去。

玫怡皱起了眉头。

奶奶不知是处心积虑，还是劳累过度，在她又端着盆子出来的时候，不小心把一盆脏水打翻在客厅。

“噢，天哪。”玫怡气急败坏地跑到楼上。

薛珠在她的房间做作业，听到妈妈的叫声，她急忙跑到楼下，看到奶奶尴尬又狼狈的样子，她安慰说：“奶奶，您别担心，不就是打翻了一盆水吗？我来弄。”她拿来拖布还责怪说，“奶奶，您端不动为什么不叫我？”

奶奶忧心忡忡地说：“怎么办？奶奶没用，你妈妈一定生气了。”

“她有什么资格生气？”薛珠在心里埋怨妈妈，在这件事情上，妈妈做得太不光彩，让奶奶惊吓而受伤。

一天上午，雁媚按约定来到家政服务公司，她得到了一个工作，热心的工作人员为她联系了一户人家，还极其友好地对她说：“如果不合适，你有拒绝的权力，我们还会给你工作的机会。”

这种人文的关怀，让雁媚感到温暖。只要有工作，生活就有希望，她完全相信这家家政服务公司会一直给她工作的机会。

雁媚去到顾主的家。在十九层的高楼上，她感到自己像有恐高症的晕眩。俯瞰窗外的景色，她的腿都软了。她紧张地摁响了主人家的门铃，迎面出来的是两个像獾熊一样笨重又肥胖的中年夫妇。与其说是夫妇，不如说他们更像一对老兄妹，连相貌都有点像，屋里还有一个老太婆。

男的对雁媚表现得很殷勤，他把雁媚让到他家的真皮沙发上，还为雁媚倒了杯饮料说：“高兴你来，我们正需要你，因为我妹妹的一个儿子要暂时送到我这里，他们出国要去半年的时间，那个男孩还在读小学，所以要照顾他的衣食住行。

你看我的妻子，她很胖，又很懒，每天还要去搓麻将。”

他一双喜眯眯的眼睛直勾勾地盯着雁媚，令他的女人开始恼火。这个胖女人，打扮得像人类中的一个刁滑的角色，她高高耸起的头发染成了紫红色；纹饰的眉毛像两条青黑色的毛毛虫，随着她夸张的表情在蠕动；有一撮像鸡冠花一样的刘海，高高地翘在额头上；她的发髻上还插上了像流苏一样的饰物在摆动；肥厚的脖子上戴着一根厚重的项链，整个头部给人一种焦头烂额的感觉。她对丈夫投去了苛刻的一瞥。然后，像政审一样开始有条不紊地对雁媚问道：

“你是外地人？”她的上海口音还刻意夹杂着普通话。

“是。”

“是下岗的女工？”

“是。”

“你独自一个人撇下丈夫和孩子闯到阿拉上海来了？”

雁媚很平静。

“我看你不像是来做家政的。”她开始起疑心，肿泡的眼睛一开一闭。

她丈夫说：“你的问话多么没趣，人家不是来做家政服务的到你这里来做什么？”然后，他热情地对雁媚说，“就今天开始吧，每天接送孩子，打扫房间，洗洗衣服，做做饭，就这些。”

“是。”

女的又说：“现在世面上的各类骗子很多，坏人也很多，形形色色的人用形形色色的伎俩，把人骗得不得不有防备之心。我虽然不能断定你是一个什么样的人，看你这么有姿色的女人，跑到别人家里做事情，我不知道你的男人是怎么想的？但是，我自然就会想到我会不会引狼入室？所以，我必须要先提防。如果你是一个正派的女人，我可以把你留下来在这里做事。假如，你别有用心想来达到你的什么目的的话，我可以告诉你我不太好惹。”她肥厚的嘴唇涂抹的那样血腥，还用怀疑暧昧的眼睛看看她的丈夫，又看看雁媚。

她丈夫说：“哪有人都像你说得这么坏，我看人家很善良的样子。”

她冷笑着说：“善良是表现在脸上的吗？”

那个老太婆用上海话插嘴说：“叫侬的不要找保姆，侬的偏不听，有铜钿都给人家啊。”

雁媚的心里很不是滋味，她感觉自己像一只猴子在被他们戏弄。女人的冷笑太阴森；老太婆的吝啬太恐怖，而她的心沉重得像乌云凝结的雨点在一滴一滴的下落。她不甘心受辱在这样的人家，她畏惧那个女人所说出的那种低劣的话，也畏惧那个老太婆对她的排斥。她相信自己和光同尘，却又遭遇到了这样的冷心肠。

雁媚坚决地站起来对他们说："对不起，我要走了，再见。"

她毅然走出了这个家的门。

她没有灰心，也没有气馁，就又回到了那家家政服务公司，因为那个和蔼的工作人员会用微笑再次接待她。

玫怡迫不及待地丢下了手头的工作，跑到家政服务公司去寻找合适的保姆，她打算在薛剑回家之前就把老人搬出去。她不跟他商量，也等不到他回来，她做任何事都是这样执拗，一意孤行。昨晚，奶奶打翻了一盆脏水，令她厌恶至极，她已经没有耐心容他们在家里多住一天，便无所顾忌地开始行动。她根本不去考虑薛剑回来后看到的是一个什么样的情景，感受的是一个什么样的心情，她没有体谅和顾惜别人的感情，唯我独尊，对人刻薄。

家政服务公司的工作人员，把一个从广西过来的农村姑娘安排给她，玫怡还没有做决定，这个姑娘拒绝说："俺不去伺候瘫痪的老人，俺愿意去给人家看娃娃。"

玫怡乜了她一眼说："做个小保姆也这么挑剔吗？"

姑娘又回到座位上，那里有她们一起来的姐妹。

这时，雁媚进来了，那个工作人员问："你怎么又回来了？"

雁媚说："对不起，那家不适合我。"

工作人员看看玫怡说："你们可以谈谈吗？"

在这个奇妙的时刻，两个萍水相逢的女人，就这样自然而然地彼此看看。

玫怡怀疑地问："你是来求职的？"

"是。"

雁媚看着这个雍容华贵，气质优雅的女人：她的两只仿佛在叮当作响的大耳环几乎垂到了肩上，白皙的脖子上佩戴着一条铂金的项链在闪闪发光，两只养尊处优的手上各戴了一枚宝石戒指，一只是红宝石，一只是绿宝石。她把精致的手提包挎在手臂上，两只手交叉着抱在胸前，很骄傲地把两枚闪耀着奇光的戒指呈现在别人的视线里。这不禁使雁媚相形见绌，她不自觉地用右手握住左手，因为她的手指上也戴了一枚戒指，那是雪晨送给她的，来到上海后，她一直都戴着。

玫怡温和地说："你是否愿意去照看两个老人？我看你像下岗的女工。"

雁媚不假思索地说："是的，我愿意。"

"那我们谈谈。"

在这样高贵的姿态下，她们面对面坐下。雁媚神情坦然，不露任何卑怯，她的欲望既平淡又简单，她只需要工作。她有足够的生活能力使自己无须嫉妒她人的富贵。

玫怡彬彬有礼，对雁媚微笑着说：“我们是一个很考究的人家，我不太喜欢用低俗又无知的乡下女人，她们最让人生畏的是邋遢。我认为下岗的女工，在其修养和品位上都要比她们好些。”她这样说话很高明，既显得自己大气得体，又能让对方诚心实意。

在这样一个有无量幸福的女人面前，雁媚以片刻的沉静，掩盖着自己稍有的自卑心理。她落落大方地说：“我是一个下岗女工，找一份工作是我最迫切的事情，我愿意去做如你所说的去照顾两个老人的工作。我不能现在就向你保证我能够做得很好。但是，我一定会尽心尽力。”

玫怡很满意，她从雁媚朴素又美丽的外表，看到了她内心的真实和善良。然后，她把雁媚带到那个小房子里说：“他们还没有搬过来，你先把卫生打扫干净，需要什么我会买过来。”她把钥匙交给雁媚又说：“或许明天我就让他们搬过来。我的婆婆是一个很通情达理的人，我的公公原来也是一个很开朗的人，只是他现在生病了，有些事会做得不方便，我的婆婆也可以去做。”她看雁媚有没有什么反应。

雁媚是平静的，她的眼睛和她的嘴唇不露任何的厌恶。

“那你慢慢做吧，我还有很多事情要忙。”玫怡干脆地走了。

房子很小，一居室，却很精致，中午的阳光，正好照在那个小阳台上。外面的景物很普通，遮挡眺望的视野，仍是那一幢幢高高的楼房。但是，阳台上的那片光线是最美好的风景。假如两个老人不能下楼，这里就是他们能够嗅到外面气息的最惬意的地方，雁媚首先想到了这些。然后，她从容老练地开始打扫房子，她像对自己的家一样负责，她喜欢做这些平凡的事情，让整个房间井然有序，窗明几净。

在她歇下来的时候，心想：这里以前的主人是什么样的人？即将来到的主人又是什么样的人？是什么缘分让她来到了这里？

雁媚从没有贪心、奢望和空想，她自知之明地在卑微的处境里，生活得既安宁又平静，在这个世界上，她与世无争，和光同尘，还有雪晨是她保持着一颗高贵的心向着明亮的方向不颓废。

在傍晚回家的时候，那个角落的小屋子里惊异地亮着灯，她知道是雪晨回来了。

“妈妈。”

“雪晨，你什么时候回来的？”

“下午。妈妈，我听房东阿姨说，你没有再去照看那个婴儿了？”

“是的，妈妈又找到了一份工作。”

“做什么？”

“准备照看一对老人。”

看着妈妈倔强而无奈的神情，雪晨忧伤地说：“对不起妈妈，我知道让你来这里也很难。”

“没什么。雪晨，妈妈还没有脆弱到遇到一点挫折就要去逃避，妈妈愿意工作。”她对雪晨笑着。

晚饭后，他们一如既往地喜欢交谈。

雁媚问：“雪晨，外面的情况怎么样？”

“有点不尽人意。”作为一个环境专业的硕士研究生，雪晨已经能从良知和责任感的角度来认识到他身上所承付的重量。他们在淮河的一条支流上，清楚地看到环境的污染对人类的生存是一个多么可怕的威胁和灾难。最让人寒心的是，那条本应该美丽清澈的小河，却弥漫着恶臭，污水肆溢，成片的土地成了不毛之地，任何的大树也不能在那里生长。面对这种状况，雪晨感到羞愤，痛心疾首，只能在调查的过程中，以一种责任对社会做尖锐的呼吁。当初，考研继续学习的时候，他义不容辞地选择了环境工程这个专业。他从小耳濡目染，在艰难和孤苦的生活里，如看到妈妈那颗不屈而美丽的心一样，他所追求的也是想让大地之躯充满美丽的绿荫，让河流清澈，让空气清新，让山峦安详丰腴。可是那种现状让人愤怒，这是粗野人不去重视的问题，而他们与生俱来就有一颗同大自然连在一起的心。无论生活多么艰难困苦，人情多么虚伪淡薄，他们始终把大自然当作最值得信赖和依靠的朋友。

第十九章

这个晚上，薛剑严重失眠了，他像经历了二十年一样漫长的苦苦煎熬。第二天，当肖玲和三妮主动要陪他一起去找俊生的时候，薛剑依然装得很镇定。

路途不算遥远，频频开出的班车，很快把他们带到了那个县城。这里还有他们下乡时经过的一丝记忆。只是城区的扩建和改造早已面目全非，拓宽的几条马路也抹去了当年依稀可辨的印记。几乎不费周折，他们在一个蹬三轮车的中年男人那里打听到了俊生的住处，还从他那里知道，俊生因为车祸小腿骨折躺在家里。

他们在一个杂乱错落的私人居住区找到了俊生的家。轻轻推开虚掩的门，薛剑喊道："俊生，俊生。"

过了一会儿，里面才有一个沉闷的声音："谁呀。"

肖玲说："进去吧，他也许躺在床上呢。"

他们撩开了里屋的门帘，里面很暗，只看到俊生靠在床上正探头朝外张望，看到他们，他猛然一惊，怔了好一会儿，才艰难地挪了挪腿要起来。他嗫嚅着嘴巴，睁着一双不知所措的大眼睛，呆呆地看着他们。

薛剑走到他的身边，激动地说："俊生，还记得我吗？"

他那畏缩和困惑的表情，已显现不出他那干活灵巧的特点，他微微颤抖地说："薛，薛队长是，是你吗？你怎么会来？"

薛剑摁住他要下床的冲动，说："你的腿伤得厉害吗？"

他使劲的摇着头："不，不厉害，我做梦也没有想到过你会来看我呀。"他呜呜地哭了，淌着泪水，泣不成声，哭得比女人还要柔弱，比孩子还要放肆。

"对不起俊生，我应该早点来看你的。"

他两鬓已经霜白，满脸沧桑的皱纹，生活的艰辛和贫穷，如潦倒了一样毫无锐气。过了好一会儿，他才难为情地擦了擦眼泪，看着肖玲和三妮。

“还认得我们吗？”肖玲问。

他想了想说：“你们是跟雁媚住一个屋子的。”

“对呀，我叫肖玲，她是三妮，我们跟着薛队长一起来看你。”

他轻轻地噢了声，就直盯盯地看着薛剑，神情迟疑又不安，讲不出心里要表达的语言。他对薛剑来到他的家里感到是个虚幻，他从来都不敢这样奢侈地去妄想，尽管他的心里常常怀念着他。他呆呆地，凝神的大眼睛里似乎有太多的内容，他沉默的嘴巴里也有太多想说的话。他又用奇怪的眼神去看肖玲和三妮，想把她们打发出去。

她们不懂男人的隐秘，便知趣地从屋里出来，在狭小的院子外转转看看，并开始聊她俩之间这么长久分离的点点滴滴。

屋里，俊生小声地问：“雁媚呢？”

“不知道。”

“你为什么不去找她？你从部队回来后怎么不去找她？”

“发生什么事了吗？”

俊生翕动着嘴巴难过地说：“你这样做对不起她，无论如何你也要去找她。”然后，他开始慢慢地向薛剑讲述他离开后的一段让人心碎的经历，“你参军走后，没过多久，雁媚以为自己得病了。她很虚弱，脸色也很苍白，我们都不知道这是什么病。我赶着马车，带她到南面的村子里去看一个老中医。谁知，那个老中医说雁媚不是生病，是怀孕了。当时的情景，你可以想象得到，这对雁媚是多么的可怕呀。后来，她就一直忍着。我天天都在盼你的来信，可是，没有等到你的来信，雁媚就走了。她走的那天，我追她到大路上，看到她孤零零的一个人，她很痛苦，也很无助，没有人帮她，我也帮不了她。我担心她以后怎么办，虽然我盼望你的来信，可我一个字也不认识。与雁媚分别的时候，她一遍又一遍地嘱咐我，将来有了自己的孩子，一定要让他好好念书。我永远都记得她的话。上个礼拜，我的腿摔伤后，不能蹬车挣钱了。我的儿子就对我说：爸爸，我不要上学了，我来蹬车挣钱养活你。我气得用拐杖打他。让孩子读书，将来成为有出息的人，不能像我这样子一辈子都无用，还被人瞧不起。”

他声音哽咽着，就拄着拐杖到一个老式的大立柜里，拿出一包东西，里面是一件毛衣和一封信。他遗憾地又说：

“雁媚走后，我才收到了这封信，信封上写的是我的名字，我知道你一定是写给雁媚的。你还在担心别人知道什么吗？因为不知道雁媚在哪里，我找不到她，我没有办法把信交给她。如果她看到这封信该有多好啊。可是没有，对不起，薛队长，都怪我无能。”他像一个犯了错的人一样低着头，又继续说：“这么多年里，我一直把信藏起来，这件毛衣还是那时雁媚帮我织的，我再也舍不得穿了。我珍藏着这件毛衣和这封信，那是比我生命还珍贵的东西。我的命很低贱，没有人会看得起我，在别人嘲笑我的时候，是雁媚对我说我名字的俊是英俊的俊，生是生命的生，我第一次从我的名字里面感到了我很早就去世的妈妈对我的美好愿望。我非常感激雁媚，她比任何一个女人都美丽，都善良，我不知道在哪里还能遇到像她这么好的女人。当别人都取笑我脸上的伤疤叫我疤倌而不叫我俊生的时候，雁媚她从来都不这样。她懂得尊重别人，她体惜身上有缺陷的人。还有你，薛队长，你也是最好的人。我今生能够遇到你们这样高贵的人，是我的幸运。本来，我完全可以向所有我认识的人骄傲地谈谈你们，但是，我从来都没有对任何人说过，因为我不愿意让你们的美名在说低俗话的人中间传播。我把你们珍藏在心里，甚至对我的女人也不说。她在菜场里卖菜，到中午后才能回来。我的儿子在上高中，我希望他能够上大学，像你们一样高贵。我经常对他说起你们的故事，我要让他知道，什么是世界上最好的男人，什么是世界上最好的女人。很可惜，雁媚没有跟你在一起。”

他慢慢地把心里积存的二十多年的话，像泉水般源源不断地流淌出来。在别人的印象中，他是一个最不擅长讲话的人。他木讷，还口齿笨拙。现在，他竟然能一口气讲这么多，而且还表现得思路敏捷。他情绪激动地在留意观察薛剑的反应，他告诉给了他一个生命中最重大的事件，他还不知道在这之前，薛剑已经经受过了这个重大的震撼。

薛剑紧闭的嘴唇一言不发，他手里捏着那封二十多年都没有开启的信，那信里面有他曾经的烈火柔情和铮铮誓言。而今，这泛黄的信再也没有任何意义。他叹息、羞惭、迷茫，明天，以后，他将怎样面对生活？他在俊生这里证实了那句话：谁爱过我姐姐，她有一个孩子。

他起身向俊生告别，并在他的枕下悄悄地放了一沓钞票，他不知道塞了多少，但他知道，俊生对他们的忠诚是无价的。

他们在县城里游荡了一会儿。假如走出这个拥挤的县城，就能到达他们曾经下乡的农村。尽管那里有他们许多不能忘怀的记忆。但是，现在他们没有心情再去那里。经过土地的承包，那里都改变了模样，青年队的大院已经是个杂乱的地方。

他们在一个小面馆里吃了午饭，对一直都在沉默的薛剑，肖玲问：

“你跟俊生都在谈什么？”

“哦，没谈什么，聊聊过去。”

三妮说：“他告诉你他和雁媚的事了吗？”

薛剑愣了愣说：“什么？”

“就是那个谁爱过我姐姐，她有一个孩子的事。”三妮说。

薛剑心里一阵惊颤，这句话就是出自她的口中。他便问：“三妮，你知道雁媚在哪里吗？”

“不知道，那是很早的时候，我小姑的一个朋友来我婆婆家时说的。如果想要去打听打听，或许就会知道。我也准备回婆家一趟，你们要去吗？”

肖玲说：“我真的很想去看看雁媚。薛队长，你呢？如果你不急着走，就多留两天，我有的是时间陪你。三妮，知道那时候我们多么想能这样跟薛队长在一起呀。”

“是啊。”三妮开心地应道。

片刻后，肖玲又说：“我觉得奇怪，我们跟雁媚住一个房间几年，我对她还算了解，她不是那种很随便，很轻浮的人。即使那时她再孤独，再寂寞，俊生对她再怎么好，她也不至于跟他有那样的事情。三妮，你的话可靠吗？那句谁爱过我姐姐，她有一个孩子的话我怎么都不会相信。我知道雁媚是一个聪明有头脑的人，智慧型的女人，一般都很会保护自己的贞节。没有一场轰轰烈烈的爱情，谁会轻易献身？雁媚和俊生的关系，在我看来，也就是一种相互同情的关怀，不可能有爱情。薛剑，你觉得这有可能吗？”

“不知道。”在这个事实面前，薛剑感到害怕，心慌，他只能这样虚伪地继续蒙骗她们。他陷入到了一个不可安宁的状态中，心里痛苦，不可避免地在受良心的谴责。

第二天，雁媚按照正常上班的时间，来到这个她将为之操持的屋子里。她以她的习惯，把房间又清理了一遍。她这样执着认真，流露出她对一个家的依赖。在举目无亲的这个城市，家的概念让雁媚感到模糊。哪里是个家？在那个没有阳光的小屋里栖息，意义最深的是在她和雪晨在一起的时候能够体会家的感觉。雪晨不回来，那里就没有生机。而现在，她在这个陌生又空荡的房子里等着那两个陌生的老人，她忽然感到自己像一株愁苦的苦杏树，在把它求生存的根爪伸进这里来。

还不到中午的时候，玫怡来了，她面面俱到地把一切生活所需要的物品都带了过来。然后，她环顾了整个屋子，十分满意。她又去看看厨房和卫生间，清洁得简直无可挑剔。她说：“你辛苦了，来，先坐下。”

她为雁媚拉了一把椅子，她自己坐在床沿上，以商量的口气说：“我下午让他们搬过来，第一次接触，会有点生疏，不习惯。要说呢，我应该让你一起住在这里的，这样全天照看他们我也放心得多，可是，房子实在太小，不能勉强。刚开始，我希望你待得时间长一些，多陪陪他们。以后呢，如果没什么事情，你就可以早点回去。每天也就是买菜做饭洗衣服，也许我的婆婆还会跟你争着做这些事情。如果她要愿意做就让她去做。我把你请来的目的主要是陪着他们，怕他们寂寞。平时，我跟我的先生工作都很忙，来这里的时间也很有限，所以就拜托你了。”

“是。”

“我不是一个很苛刻的人，也不会用太高的标准要求你怎样。但是，我想这也许是一个良心和感情的工作。我的婆婆也是一个比较有知识涵养的人，我希望你们相处得愉快。我的公公瘫在床上，或许会有麻烦的事情，这一点你要有心理上的准备。不过，那些污浊的事我的婆婆会不让你做的。”玫怡以她高傲的姿态，含蓄、委婉地在表现她主人的宽宥和善意。然后，她又关切地问，“你怎么愿意做这样的事情？下岗后别的都做不来吗？”

雁媚坦率地说：“下岗后，一直找不到合适的工作，而且，我又没有什么技能去做别的。”

“以前是做什么的？”

“工厂女工，在仓库做保管员。”

“哦。”她用赞赏的口吻说，“你很美，这个年纪还有这样的姿色，是很令人羡慕的。”

雁媚羞赧一笑，淡淡地说：“你这样说会让我难堪的，在你这样的高雅面前，我很容易有妄想之心。”她试图用开玩笑的口气与女主人保持一定的距离。

玫怡满足地笑了，这种喜悦的心情，多少带着一点中年不惑女人的那种虚荣心和嫉妒的心理。她有点讨好地说：“你的谈吐和气质，与那些粗俗的保姆大不相同，我最怕和那些人打交道，她们说话伧俗，动作粗鲁，没有修养，着装也不考究，邋里拉遢，我讨厌这样的女人。”她对雁媚和蔼地笑笑，又问，“你孩子多大？是男孩还是女孩？”

“男孩。”

“你丈夫是做什么的？”

雁媚没有回答。

“怎么？”玫怡固执地说：“我问你的丈夫，你怎么不回答我？”

“对不起。”雁媚起身为她倒杯水而摆脱她的追问，她从来都避讳这样的问题，她也不用是或者不是来回答，她这样答非所问，就是想迷惑那些头脑好奇的人。

玫怡心里嘀咕说：你的丈夫，不是个窝囊废，就是个大无赖，否则你不会这么敏感地躲躲闪闪。大多漂亮的女人都薄幸，这个女人也逃脱不了这样的命运。她自作聪明，枉自揣测，悻悻地拎起包包准备离开的时候，转身看到墙壁上有一面镜子，她在镜前驻足，看着镜子中的自己，像童话里的王后一样问：我没有这个女人漂亮，也没有她美丽，是不是？她的高级时装在镜子里焕发着光彩，她佩戴的珠宝在镜子里放射着光芒，好像在对她说：你比她华贵，比她富有，比她拥有的多了一百倍。她心满意足地笑了，想到自己的丈夫是一个近乎完美的男人，她没有理由使自己存有半点的妒意。

接下来的事情对薛剑来说就变得极为沉重而深远。在度过了又一个难眠的黑夜后，被黎明唤醒，急切而渴望。

在路上，肖玲突然问："薛队长，你为什么也想去看雁媚？"

他说："我们大家都聚在了一起，唯独缺少了她，我们曾经在一起劳动生活，我们没有理由把她排斥在外。既然我来了，而且还有时间，就让我们带着集体的荣誉，去看望看望她。"

她俩积极热烈地应和说："对，我们应该以集体的荣誉去看望她，让她感到这么多年以来，我们并没有在排斥她，而是真诚地在关怀她。"

而薛剑却在为自己刚才说出的话感到害臊、滑稽、虚伪，为什么还要这样虚虚掩掩？为什么不敢告诉她们说，他曾经是多么深爱过她？他感情的部分太谨慎，太优柔寡断，太没有自信，他完全可以把她们两个看作是值得信赖的朋友，他会得到她们的理解。但是，他还是那样执拗地藏着他内心的秘密。在没有看到雁媚之前，他决不会对她们做任何的坦白和解释。

三妮找到了她的小姑艳玲，很快就打听到了那个叫采勤的女人的家。遗憾的是，家里没有人。

薛剑说："那就等等吧。"

她们为薛剑的执拗感到奇怪，从和她们一起来这里，一路上他都没有说什么话。她们对他这样的行动，虽然觉得有点异样，但也没有可怀疑的迹象。在她们的记忆中，雁媚和薛剑好像并没有什么感情上的瓜葛，她们猜不出薛剑的心事，也洞明不了他的动机，只是愿意跟他在一起。而对薛剑来说，他的心里在默默地承受着感情和生命的沉重，没有人能帮他负担，讳莫如深，那是他和雁媚的事，还不能对任何人敞开，只能用一种伤害不到别人的谎话继续隐瞒。

他们等了很长时间，到快中午的时候，一个身材不高，约有四十岁左右的女人从他们的身边走过。在三妮的印象中，那个叫采勤的女子的影子已经模糊，她小姑带她来家里的时候也是十多年前的事了，那句：谁爱过我姐姐，她有一个孩子的话，仿佛也已经很久远了。

凭直觉三妮追上她问："请问，你是姚采勤吗？"

采勤一愣，恍恍惚惚地觉得这个女人面熟，怀疑地问："你是嫂子？艳玲的嫂子？"

三妮高兴地说："你还记得我？"

"当然记得，那次艳玲带我到你家去玩的时候，我知道你跟我的姐姐下乡在一起。所以对你的印象特别深刻。你怎么来这里？有事吗？"

"我们来找你。"

"找我？怎么，因为艳玲？"

"不是，我们来是想知道你姐姐在什么地方，你不是说你姐姐是姚雁媚吗？"

采勤惊异地问："怎么这时来找我姐姐？"

"我们和你姐姐曾经都在一个青年队，我们想来看看她。"

采勤惊愕地看着薛剑，眼前这个温文尔雅的男人，雪晨跟他长得多么相像，难道他就是雪晨的爸爸吗？她激动得有点不知所措："你们真的是来找我姐姐的吗？"

"是的。我们来看你的姐姐。"三妮向她介绍说："这是我们青年队的队长，专程从上海来的。她叫肖玲，我们那时跟你姐姐住在一个寝室里。你能告诉我们，你姐姐在哪里吗？"

采勤的心里很慌乱，她不知道这是一个什么结果，看着这个男的，他丝毫没有那种惊异的表现，平静得就像是来看看朋友的。她知道，二十多年前，姐姐偷偷跑回来生孩子的事他并不知道，直到现在或许还是个秘密。她说："我姐姐在省城。"

肖玲和三妮面面相觑，又不约而同地看着薛剑问："怎么办？"

采勤急切地说："去看看我姐姐吧，去看看我姐姐吧。"

她的声音里充满着哀求，并且禁不住地哭了，她的泪水让薛剑惊恐不安："你姐姐怎么了？"

"没什么，我只是有点激动，我想让你们去看看她，她会很高兴的。"

他要去找她，他一定要找到她。薛剑默默地在心里喊着，为明天的决心，即使甩开整个世界。他于家不顾，于他的工作不顾，于他生病的父亲和颤巍巍的母亲不顾，他也要去找雁媚。

中午的阳光特别好，这些日子以来，天气一直都很好，没有下雨，也没有刮风，阳台上的阳光太奢靡，雁媚舍不得丢弃，就把被子又抱到阳台上晒一晒，一会两位老人来了躺在上面会更舒服些。她又到厨房烧了一壶开水，把水瓶灌满，然后就在这里静静地等候。在这个别人的屋子里，她有一种像自己的家一样的感觉。她忽然想到，如果爸爸妈妈还活着，他们是不是也变成了老人？她就会承欢在他们的膝下，侍奉和孝敬他们，帮他们晒被褥，给他们端水喝，陪他们说说话。也许，他们的脸上布满了欢笑的皱纹，也许，他们的头上飘动着像雾凇般的白发，也许，他们落掉牙齿的嘴巴会常常开口大笑。但是，雁媚怎么也想象不出，爸爸妈妈假如真的活到老年的时候会是什么样子？

下午，在爷爷还沉沉昏睡的时候，就被几个小伙子迷迷糊糊地搬到了这里。玫怡如释重负，还做出了一种体贴入微的姿态，把奶奶拉到晒得热烘烘的床边上坐下，说："妈妈，从今天起，您就该好好地享受清闲了，您什么事都不要去管，不要去做，我请来的阿姨是专门照顾你们的。开始，您也许会有点不习惯，但是，您一定要学着过一种适应被人服侍的生活。这样安度晚年是幸福的，您不要有顾虑而放不开。有人这样来帮您洗衣服，给您做饭吃，您想吃什么就让阿姨做什么，别不好意思开口。我们花钱请保姆，既有利于我们，也有利于别人，我们也是在帮助下岗的人提供就业的机会，您这样想就对了。没事的时候，让阿姨搀扶您到楼下去散散步，一起去买买菜。阿姨是全职保姆，她一白天都会在您这里。爸爸这样傻呆呆地躺着，您跟谁说话？让阿姨陪着您，您就不会感到寂寞，时间久了，你们还会生出感情，到时候，您或许还舍不得阿姨走呢。"

她说得这样真切，这样无微不至，反而让奶奶有点局促不安，她慈祥的目光，温存地看着在整理东西的雁媚，她真的还不能适应被人照顾的生活。

玫怡又说："妈妈，我让你们搬到这里，您不会怪我吧？您看这房子整理得多舒适，多方便，就是小了点。"

奶奶说："很好呀，我没有怪你，我喜欢住在这里，房子大了我也住不习惯，你公公他是没有感觉，只要给他一张床，他住在哪里都一样。"

玫怡瞟了一眼还在睡觉的公公说："我看他气色很好，等他醒来的时候，让阿姨热杯奶给他喝。这样，您就可以不用操什么心，没事的时候，您就坐在爸爸的身边，慢慢地聊聊你们从前的事情，这样对他脑子的恢复有好处。"

"是啊。"奶奶问，"薛珠的爸爸什么时候回来？"

"不知道。"玫怡还是有点担心自己有点操之过急，薛剑回来后会不会引起冲突？她踌躇了一会儿说，"妈妈，我是不是应该等您的儿子回来了跟他商量后再让你们搬过来？"

奶奶说："没关系，他不会责怪你的，我会告诉他是我愿意搬到这里来的，你就放心好了。”

玫怡松了口气，她笑笑说：“我该走了，公司里还有事情，如果还需要什么，您就对阿姨说，或打电话给我。”

玫怡走后，奶奶似乎没有了信心，她紧张地面对雁媚，心里很过意不去。她一生的大部分时间都是在默默地承担一个女人的责任，完成三十多年的执教工作，勤俭持家，相夫教子。而现在，当享受别人的服侍的时候，她是多么别扭，还不自在。她有善良的心和真挚的怜悯，她最怕委屈了人家。

她温和地对雁媚说：“阿姨，你来坐一会儿，那些事不要急着去做，慢慢做也行。”她把雁媚拉到自己的身边坐下，微笑地看着雁媚，她所表现出来的慈爱令雁媚深受感动。第一次在别人的家里有了做人的尊严。与主人这样拉近距离，而没有了那种隔膜。人一旦这样相识，世上就没有了陌生人，也没有阻挡感情的门窗。

雁媚含笑说：“大妈，请让我在这里好好地照顾你们，我会做得很好。”

奶奶用她因类风湿而略微僵硬的手，紧紧地握住雁媚的手，意味深长地说：“失业下岗，对国家也是一个很重的负担，要用体谅的心去体谅国家目前的难处。现在是一个竞争的时代，有它的残酷性。职业没有贵贱，你在这里做事，我们一样会尊重你。时间久了，也许我们会像一家人那样相处，对不对？”

她像母亲对待女儿那样给雁媚关心和爱护，她们彼此感受到了真诚和爱，并开始相互依恋。雁媚握着奶奶的手，眼眶湿热，接受她生命在无数个阴郁而伤痛的日子里的安慰。她说：“谢谢您大妈，请让我像爱我的父母那样爱你们。如果他们能活到现在，也是你们这个年纪，我想我一定会好好地孝敬他们的。只是太可惜了，上天没有给我这个机会，在我还小的时候，在我还不懂得怎样去爱他们的时候，我就永远失去了他们。谢谢您大妈，我不知道怎么会在您的面前讲这些，我想，一定是您的爱和善良，跟我的父母一样，让我顿然有一种回到他们身边的感觉。”

奶奶爱怜地说：“可怜的孩子，怎么这么早就没有了父母？”

雁媚含泪摇摇头。在她们相互触摸的感觉中，雁媚突然发现奶奶的手有点变异，问：“大妈，您的手怎么了？”

“是类风湿，手指的关节都不灵便，到了冬天会更严重。”

“怎么不去看医生？”

“看了也是这样，这是顽固的老毛病，我也没有放在心上。”奶奶还乐观地说，“我年轻的时候，这双手也很灵巧，我喜欢织毛衣，我三个儿子从小到大的毛衣都是我织的。女人织毛衣是一种很优雅的活动。可是，现在都是买着穿，很少有人织毛衣了。特别是现在的女孩子，哪有会织毛衣的？她们也不要去学了。殊不知心灵才手巧，手巧则心灵。”

“是啊。”

“你喜欢织毛衣吗？我想你应该会织毛衣的。”

“是，手织出来的毛衣，柔软还暖和。”

奶奶高兴地说：“如果你喜欢织毛衣，你可以带到这里来织，家里哪有那么多的事情做？没事的时候，你坐在这里织织毛衣，我也喜欢看人家织毛衣。你在这里做事，首先要把这里当成是你的家一样呀。”

从黑暗中走来，想是为了阳光而来到这个世上，也许这颗伤痕累累的心最容易感受人世间的温暖。雁媚情不自禁地对奶奶的手轻轻揉摸。她怎么也想不到，这双曾经美丽又灵巧的手编织出来的毛衣，曾经那么动人地穿在一个人的身上所显露的魅力，竟是她梦里千回百转的爱情。冥冥中有一个神奇的力量，在召唤她，指引她来到这个伟大的母亲身边，接受母爱的关怀。

爷爷在沉睡中醒来，他用疑惑的眼睛吃惊地看着雁媚，他的思维既清楚又糊涂，他用含糊不清的话仿佛在说：“这里是哪里？”

雁媚亲切地向他微笑：“大伯，我是来帮助您为您服务的，在我来到您身边以后，我希望看到您一天比一天的好起来，您会做到的是不是？”

爷爷的脸上，绽放出了光彩，他高兴地点着头。

奶奶对他说：“玫怡为了让我们住得方便，把我们安排在这里。虽然这不是回到河南的家里，但是感觉也像是在自己的家里一样，还有一个好阿姨照顾我们。她煮好了奶，你喝点吧。”

爷爷心里很明白，他神情安详，宁静愉悦，目光似清泉，唇边显露出慈悲的微笑。

下午，放学回家的时候，薛珠没有跟美佳去逛音像商店。最近，美佳的心情很糟糕，她的爸爸在外面有了新欢，要跟她的妈妈闹离婚，家里一下子没有了温暖。所以，她就不想回家。她要薛珠陪她逛商店，薛珠拒绝了，因为她急着要回家照顾爷爷奶奶。爸爸去参加聚会临走的时候交给了她这样的任务，她每天都很认真地在做。

在一个路口，她闻到了一股烤山芋的味道，很香，她就买了一块要带回家给爷爷奶奶吃。

回到家里，她看到一个做钟点工的大姐姐在擦地板，妈妈还在一边反复交代要擦得干净些。薛珠不高兴妈妈这样的做法，觉得她太过分了，让奶奶也会很难堪的。她进到爷爷奶奶的房间，很惊讶地发现里面空空的，而他们已经不知去向。

玫怡说：“爷爷奶奶搬到外面去了。”

“妈妈，你是在开玩笑吗？他们怎么可以搬出去？”

“是的，妈妈一直都没有告诉你，下午他们搬过去的。”

薛珠惊疑地说：“妈妈，你怎么可以做这样恶劣的事情？”

“什么？恶劣？你奶奶一直跟我吵着要回河南去，爷爷这个样子他们怎么能走？他们不愿意跟我们住在这里，奶奶说她很不习惯，也很不舒服。我考虑了这些，所以就按他们的意愿找了一处房子让他们住过去，你奶奶很高兴的。”

薛珠难过地说：“妈妈，即使你要让他们搬走，至少也要等爸爸回来呀。你没有想后果吗？爸爸回来怎么办？他看到你这样的行为他心里该是多么伤心，多么怨恨你呀？”

玫怡不以为然地说：“他有什么可怨恨的，他丢下他的父母不管，跑到那里去寻开心，我还在怨恨他呢。我让爷爷奶奶搬出去，不是在虐待他们，而是让他们心身自由，这不好吗？”

“你让他们心身自由？那是你在家里总是一副高傲冷漠的表情，让奶奶对你感到拘束，他们怎么会在这里过得舒心？”

“你懂什么？爷爷瘫痪在床，奶奶为他操心劳累，你不做这样的事情，你能体会什么？”

“你是因为奶奶昨天不小心打翻了一盆脏水才这样的吗？如果你体恤奶奶，为什么不请个保姆来？”

“你怎么知道我没有给他们请保姆？我把他们安排得舒舒服服还要怎样？”

“即使你这么不愿意跟爷爷奶奶住在一起，至少你也要等爸爸回来后再说，你这样迫不及待地把爷爷奶奶赶出去，这是多么让人不能接受的事情。”

“什么赶出去？你别说得这么难听好不好？”

“家里的房子这么大，你却容不下爷爷奶奶在这里，妈妈，你的心也够狠的。你想过爸爸的感受没有？你这是在用刀子刺痛爸爸的心呀。”

玫怡冷笑地说：“这个不该是你担心的事情，也许他刚回来知道后会有些意外，对我也有不理解的地方。但是，当他知道爷爷奶奶在那里比在这里过得开心时，他就会知道我做了一件好事。事实也就是这样，你在这里咋咋呼呼，你爷爷奶奶他们却在那里乐着呢。”

薛珠气呼呼地转身上楼，又回头说：“妈妈，如果你老的时候，我也这样对待你，把你放置在外面，你有什么感想？”

“这是我的房子。”

“那么，你老了，我不回来看你，让你孤零零地待在这个大房子里，你又有什么感想？”

玫怡动火了：“太不像话了，臭丫头，你怎么能一句一句地跟我顶嘴？别误解了我的好意，等你看过他们了解了他们的心情后，再来跟我撒野。”

薛珠丢下书本说：“好吧，你告诉我他们住在哪里？”

玫怡安慰说：“吃晚饭，做作业，等到周末休息的时候，我跟你一起去。”

薛珠固执地说：“不行，我现在就要去。”

玫怡很无奈，她不知道薛珠为什么在没有跟爷爷奶奶长久相处的环境里生活，竟然有这么深厚的感情？她完全忽略了血脉相承的道理，她没有觉察到这种特殊的感情，是缘于薛珠的心灵对父亲的崇敬所产生的一个意志。薛珠曾对她说：既然爱爸爸，就更要爱爷爷奶奶，因为是他们给了爸爸生命。在她还没有学好数学的时候就先学会了爱。这一点玫怡心里也很清楚，学会爱，比学好任何一门功课都更重要。

晚上，在事情做完后，奶奶让雁媚早点回家。

雁媚说：“让我在你们的身边再多待一会儿。”她得到了温暖，就惧怕了一种孤独。雪晨学业忙的时候就不能常常回来，那个小屋就会很冷清。现在，在这盏柔和的灯光下，雁媚渴望用她的孤独和他们老年的孤独相互依赖，相互支持。

雁媚坐在爷爷的身旁，她暗暗地下了决心，要让爷爷麻痹的身子慢慢地恢复知觉。她虽然不懂什么医学，但是她知道生命在于运动。在爷爷还不能做什么运动的时候，也许对他按摩和搓揉会起一定的作用。只要长期不懈的努力，奇迹就会出现。她生命的品质里，与生俱来都有极为裨益的善待和报偿的机制，她来到这里得到了一份善待和呵护，她就会把善良的心付出。

这时，薛珠来了，她看到了一个只有在诗歌里赞颂的完美现象。奶奶脚步轻捷，脸上洋溢着幸福的笑容，她不再是拘泥，战战兢兢。爷爷靠在床上，有一种很安详的妙相，在他的身旁，围绕着一个亲切的目标：她像一个新的幻象，使周围的一切都静止了。一切的美和真，都集中在雁媚的身上，她在帮助爷爷按摩小腿的肌肉。薛珠凝视着这个阿姨，她的贤惠、朴素和美丽，让她第一次觉得保姆的职业也是这么神圣。她颦蹙的眉头豁然开朗，她的唇边浮动着微笑，像挂在腮帮上的两个迷人又害羞的花蕾，礼貌地对雁媚说：

“谢谢您阿姨，来这里照顾我的爷爷奶奶。”

雁媚含笑领受了她的谢意。

奶奶说：“你妈妈为我们考虑得很周到，我喜欢住在这里，我感到轻松。你爷爷今天的表现也很好，他吃了很多饭，精神也很好，心情也很好。阿姨把他扶起来，他这样靠着很舒服。回去告诉你的妈妈，不要让她担心。”

薛珠咕哝说：“只怕妈妈这样做是假惺惺，爸爸还没有回来，她就这样不顾一切地把你们弄到这里来。爸爸回来怎么办？她不考虑爸爸的心情吗？”

奶奶安慰说：“没事的，薛珠，你爸爸是一个有理智的人，他看到我们住在这里这样快乐，还怎样会去责怨你的妈妈？你妈妈做得很对，其实，我心里也早有这样的想法，人老了都有自己的习惯，就像你的外公外婆，他们不是也喜欢自己生活吗？只是你爷爷生病了不方便，如果他好好的，我们也是要回去的，在那里，我们不是也要过自己的生活吗？所以，薛珠，你不要担心，有阿姨在这里，奶奶很满足，你也看到了爷爷是这么地愉快。”

当然，薛珠也想到了这一点。自从爷爷生病以来，奶奶的心情一直很忧伤，她默默地靠自己柔弱的身体，日日夜夜地照看着爷爷，每天还要多么小心翼翼。因为在那个妈妈引以为傲的大房子里，奶奶总是惶恐不安。还有妈妈的那张冷漠而不耐烦的面孔总是绷得紧紧的，让奶奶拘谨。这些天，爸爸不在家，妈妈更没有好看的脸色，特别是那天晚上，奶奶不小心打翻了一盆水，妈妈那声刺耳的尖叫，多么严重地伤了奶奶的自尊心。而在这里，奶奶露出了久违的笑容。薛珠的心里没有了疑虑，也消除了对妈妈的怨恨，不管妈妈做得对不对，毕竟这个结果令人满意。她在这里坐了一会儿，观察到这个阿姨多么细致入微地把爷爷的水杯灌满热茶，让爷爷把药吃下，又关照奶奶早点睡觉，然后和薛珠一起离开。

她们一见如故，亲切而自然地走在一起。

“谢谢你阿姨，给我的爷爷奶奶带来了欢乐。”

“不要谢我，这是我的工作，都是应该做的。”

薛珠看着雁媚，不禁在想，这样美丽的女人，为她的爷爷奶奶做保姆是多么奇妙啊。她对她亲切地说：“阿姨，在你看来，对我妈妈这样的做法会不会有不理解的地方？”

“没有，你的妈妈或许是用另一种方式在关怀你的爷爷奶奶。”她对薛珠笑着说，“你很可爱，也很懂事，在念高中吗？”

“是，明年就要高考了。”

“你爸爸妈妈有你这样的女儿，一定很骄傲。”

薛珠不好意思地说：“妈妈很讨厌我的。”

回到家里，薛珠看到妈妈悠然地在看电视，心里不免流露出对她不满：“妈妈，你可以心身自由了是吗？”

“怎么样？你奶奶没有跟你抱怨什么吧？”

“是啊，奶奶多么感激你把他们弄到外面去呢。”

“鬼丫头。那个阿姨呢？”

“我们一起从奶奶家出来了。”

“有她照顾你的爷爷奶奶，你不放心吗？去打电话给你爸爸，把你看到的和感受到的都告诉他。”

薛珠说：“妈妈，要打电话也是你去打，是你背着爸爸策谋和实施的你的计划，即便有点功劳，也是你的。”

玫怡暗暗窃喜，她的担忧起码减轻了一半，连薛珠都认可了她的做法有人性的因素，薛剑还会责怪她什么？可是不知为什么，她的另一个担忧开始了。他去参加聚会，去了好些天，她不知道他在那里都在忙什么？连电话都不打回来，是什么让他放下生病的父亲和年迈的母亲不管？她不由得想起他在那里还有一个初恋的情人。她虽然有点怀疑，但是很快就否定了，她相信自己的丈夫，他是一个责任心很强的人。即使遇见了他初恋的情人，他又怎么能于家于父母于妻子女儿不顾呢？她放心地对薛珠笑笑说：“你爸爸不回家，一定是在那里遇见了他的旧日情人了。”

薛珠很惊讶：“爸爸在你之前，还跟别人恋爱过？”

早晨，当那缕秋日的阳光照耀在他身上的时候，薛剑又在为新的一天激动。在这个世界上，他的生命那样玄妙莫测地牵制着另一个人的生活，他还有另一个骨肉，这让他多么感动。他迫切地要把他全身心的爱流向那个生命，而不是被畏缩、逃避、懊悔。在这个讳莫如深的秘密毫不屈服地准备暴露出来的时候，他的表情依然是平静的。肖玲和三妮步步紧跟着他，她们是以好奇心和新鲜感紧紧地跟着他。她们没有任何猜疑，而觉得跟薛剑一起去看望雁娟是一件很快乐的事情。

他们在车站候车室等车，尽管薛剑的心情是多么复杂，但他还是有意地开了一句玩笑话：“肖玲，你这样陪着我，跃平会不会有想法？”

“什么想法？是想让他吃醋吗？就让他吃好了。”

“平时你们都做什么？”

肖玲说：“能做什么？无聊的时候约几个人打打牌，其实打牌更无聊，输钱赢钱心里都不会有好滋味。像我这种闲在家里的女人，做什么有意思呢？看书没有兴趣，想学学什么来提高自己的品位，又觉得是在装样装蒜。也许我们生就就是俗人，不会欣赏，也不懂高雅。去年五一节的时候，我跟跃平到北京去旅游，那故宫的人多得你挤都挤不动。能看什么呢？整整一片黑压压的人，你看我，我看你。中国人真是多得可怕，到哪里都是这样。所以，就只好守在家里看看电视，打打麻将，来消磨这种闲居的日子。有时想到市场去帮帮跃平，他还闲我妨碍他。

怎么办呢？如果我们能这样常常聚会，像走亲访友一样串串门就很有意思。薛队长，也许有一天，我和三妮会到上海去找你的。”

“我欢迎啊。”

三妮问：“你夫人怎么样？”

“什么怎么样？

“你们很相爱吗？”

“不相爱怎么能在一起？”

“也有很多不爱的夫妻呀。”

“怎么解释？”

“就是凑合着过日子。”

“怎么？你日子过得不顺吗？”

三妮说：“怎么说呢，我多么羡慕肖玲做居家的女人啊。而不像我，为了生活，为了儿女不得不整天拼命工作。我觉得社会应该给男人更多的发展空间而减少女人的忙碌；应该让家庭主妇成为一种职业而减轻男人的生活压力。家庭很重要，女人应该享受安逸。当然，女人幸福了，人类才会有幸福，不是吗？”

肖玲说：“噢，三妮，你还有这样的感慨？”

“是啊，能够没有任何负担地闲居在家里，打扫房间，烹饪美食，听听音乐，再做做自己想做的事情，女人应该享受这样的日子。就像现在，跟薛队长在一起，感觉时光回到了以前，好幸福啊。”

薛剑说：“别再纵容我了，其实，我没有你们想象得那么真实，也许你们还会发现我的虚伪，这样，你们就会对我大失所望了。”

肖玲说：“薛队长，说说实话吧，那时，你有喜欢的人吗？面对那么多女生每天都向你张望着笑脸，你总不会对感情就无动于衷吧？你心里一定喜欢过谁对不对？只是你太含蓄，太正经，对感情也太吝啬，还时刻都要顾及我们女生的感受。而且我们在这方面也为难你，甚至要挟你。所以，你才不敢表露出来，对不对？”

也许就是顾及了这些，薛剑和雁媚的爱情才成了一个掩盖最深的秘密。俊生为他那样忠诚，而他却做得那么胆小、愚蠢和自私。他很羞愧，在去寻找雁媚的时候，他终于向她们委婉地吐露了心迹：“那个时候，有几个女生我是蛮喜欢的，像肖玲比较活泼，三妮比较稳重，丽平很泼辣，晓秋、艳艳都很娇羞，女孩子的美丽很多时候都表现在性格里。如果说，因为爱情喜欢谁的话，我可以告诉你们，我真真切切地喜欢过一个人。”

“谁？”她俩异口同声地问。

他沉思着，在越来越要接近雁媚的家的时候，他感到自己很脆弱，怎么可以这样告诉她们就是雁媚呢？而让她们这样浑然不知地跟他来这里就是为了他的目的和动机，而并不是以集体的荣誉。那么，他在她们的心里一定是个真正的混蛋。他有强烈的掩盖欲，他不想把这个保藏了二十多年的秘密抖出来得太惊人，他苦笑地摇了摇头。

她俩没有追问，却从他奇怪的情绪中隐隐约约地发现了端倪。三妮轻声问：“是雁媚吗？”

肖玲也说：“我想就是她。薛队长，你喜欢过的人是雁媚对不对？如果那个时候，不是太看重她的出身，不把她当外人，我想雁媚就不会过得那么凄苦，一定会有很多人喜欢她。太可惜了，跟她住在一个房间里，从没有看到她笑过。如果她笑起来一定会更好看。薛队长，那时你喜欢她，为什么不向她表白？你也是顾及她的出身吗？”

沉默中，薛剑眼里的泪水没有流向脸颊，而是流在了心里，痛苦的犁铧撕开了他的回忆，她们从没有看到雁媚笑过，而他却深切地感受过雁媚凄美的笑容。他幽幽地说：“那时，我太软弱，也太没有勇气。”

肖玲说：“所以你来找她，这么多年你还想着她？”

“也许是这样，看到你们，就很自然地想到了她，非常想看到她。”他说得很平静，却充满了感情。她们还是怀疑，在记忆中，寻找不出过去他们有恋爱的迹象。这个靠灵犀相爱的过程，谁又能走进他的内心探赜索隐？

他们在雁媚居住的楼下看到正好从楼道里出来的平平，肖玲走向前：“请问，姚雁媚是住在这里吗？”

平平惊讶地问：“你们找雁媚？”

三妮说：“是啊，我们曾经在一起下乡，来看看她。”

这时，兰兰和另一个女人从外面过来，听说他们是来找雁媚的，都感到稀奇。兰兰说：“她不在家，她离开这里了。”

薛剑问：“她去了哪里？”他低沉的声音，听起来是多么冷厉，他脸上完全是一副不可失望的表情。

她们都惊愕地看着薛剑，面面相觑，窃窃私语。

肖玲问：“她去了什么地方？”

平平说：“不知道，她下岗了，前些时跟着儿子走了。”

说起她儿子，她们都变得非常敏感，诡秘，因为她们发现雪晨跟这个男的长得多么相像。毫不怀疑，这一定是雪晨的爸爸找来了。

兰兰问：“你是？你是她儿子的……”

她的大胆让薛剑惊慌，他急忙说：“一起下放农村的朋友。”

“朋友？你们为什么不早一点来看她？为什么要等到现在？雁媚独自一个人拉扯孩子多么可怜，孤苦伶仃，现在又下岗失业，没有人来关心她，看望她。”她说得很伤感，还动了恻隐之心。

另一个女人说：“她的儿子真有出息，那年以优异的成绩考上名牌大学，是在北京的复旦还是上海的清华？”她弄不明白，还问了旁边的平平。

“什么呀，是北京的清华，上海的复旦。好像是在上海念的书。”平平纠正说。

“对，对。”那女的接着说：“她儿子非常优秀，长得还非常英俊，我们都很羡慕，有这么好的儿子，该多么骄傲啊。”

薛剑早已被这些女人诡异的目光揶揄得无地自容，仿佛他被扒去了伪装的外衣，赤裸裸地站在她们面前。他没有心情再听她们叽叽哇哇，他知道，再在这里待一分钟，她们就会直截了当地说：你是她儿子的父亲。这将是一个多么突兀、尴尬又具有讽刺的局面。他畏缩，要逃跑，就对肖玲、三妮说：“走吧。”

这是一个失望的结果，让薛剑忽然觉得一切都是空茫茫的。虽然她俩全然不知雁媚在薛剑的心里有多么重要。但是，她们从他的神情中发现了那是一个多么深刻的往日恋情。而那句：谁爱过我姐姐，她有一个孩子的惊人事件，也在刚才的场景中隐隐约约地露出了线索。肖玲小心地说：“薛队长，刚才她们看你的眼神好奇怪啊。”

“什么眼神？”

三妮说：“我也觉得很奇怪，她们还说你是她儿子的什么，这是什么意思？难道她们在怀疑你……”她突然想起，薛剑从部队回来到青年队的那一次，当他问起雁媚得知她走了的时候，那一刻的表情，就是这样凝重得让人窒息。

他淡淡地说：“我晚上走。”

当生命中的一切苦涩与矛盾变成哀愁的时候，像嘲弄似的把他所有的深沉和骄傲、风度和品行加以蔑视。他羞愧地躲在父母的那个老房子里等待拎起行包撼然离去的时刻。他不住地在苦苦思索：我都做了什么？我又该去做什么？在这二十多年茫然不知的岁月里，他怎么会想到自己还有一个生命？他感到害怕、恐惧、心慌意乱，因为他知道他将面临的明天不再平静，有一个牵挂和责任，沉甸甸地压在他的心上。

已是落日的时候，心情也像这渐渐隐去的余光有一种怕失去的感觉。薛剑伫立在窗前，默默地思考。离乘车的时间还有几个小时，他不想再去打扰别人。

跃平还是悄然地来了，他带来了酒和菜：“让我们两个静静地在这里喝一杯吧，你这一走，还不知道什么时候再来。一场聚会，也像一场游戏，结束了，不知道还有没有什么可值得保存的东西留在心里。”

“谢谢你跃平，让我不枉此行。”

“这样就好。伯父伯母不打算回来了吗？”

薛剑深深地叹了口气说：“这是很难办的事情，我爸爸中风已瘫在床上了。”

“什么时候？”

“一个多月前。”

“你怎么不告诉我？现在谁在照顾他？”

“我母亲。”薛剑深沉地说：“我很惭愧，从下乡到现在，我就没有好好地待在父母的身边去孝敬他们，总想到他们很坚强，会自己照顾好自己，而他们也从不要求我们为他们去做什么。暑假的时候，我女儿把他们接到了上海，我心里的愿望就是想让他们从此跟着我们一起生活。我女儿也很懂事，非常孝敬爷爷奶奶，这让我很欣慰。可是，我发现我母亲在我的家里过得并不开心。也许，她过惯了自己的生活，而不习惯那里的日子；也许，她对自己的家太有依恋，舍不得他们在这里睡过一辈子的床，用过一辈子的东西。这桌子椅子都带着岁月斑驳的印记，她放弃不下。我很为难，我的妻子生性要强，又虚荣，又独断。我父亲生病后，她很不高兴，她那可怜的一点爱心是在距离中，如果让她整天面对我的父母她不会接受。她的表现既不客气，又十分难看，我也是怕委屈了我的父母。我真的想不出一个什么好办法，如果把他们弄回来，或许他们会很高兴，可是薛涛和薛山该怎样谴责我这个大哥？而且邻居也会耻笑我们的。”

“这些我能理解，人越老越喜欢依赖自己。看这里的一切，都是伯父伯母一辈子苦心经营的，也许在年轻人的眼里都是一些不屑一顾的东西，但是对他们就很珍贵。我的父母也是这样，那些根本用不到的东西一样都舍不得扔掉，而对新鲜的东西不感兴趣，这是他们生活的习惯和方式。就依他们吧，如果伯父伯母真的愿意回来，我想也未尝不可。找一个心眼好的保姆来伺候他们，我和肖玲也在这里，我们会经常来看望的，决不会让他们孤独。”

“谢谢你，可是这么远的路，怎么让他们回来？”

“没问题，我找一辆合适的车子，让伯父伯母在车上睡一觉就到了，现在的道路也很方便，不用担心。”

“好，等我回去再做决定。”

两人在这个等待分别的时刻对饮，它飘忽不定地带着各种感官的快乐和忧伤。当天空不知不觉地被黑夜笼罩的时候，他们斟满了酒杯，继续着一个最简单的会餐。

“几点的火车？”跃平问。

“十点。”

“没有见到她？”

薛剑摇摇头：“没有。”

“还在想她？”

他不语。

跃平说：“薛剑，即使那是一段很深的恋情，毕竟都过去了这么多年，想想妻子和女儿，还是忘记得好。”

“我怎么能忘记呢。”他痛苦地说，“谢谢你跃平，能给肖玲这样幸福的生活。假如我也有这样的机会，把我心中的爱情带到我的生命里，我也会很幸福。不知道你还有没有印象，雁媚是一个多么好的姑娘。太可惜了，为了我的前途，她主动离我而去。我很虚伪，也很懦弱，我没有勇气让所有人都知道我是多么爱她，甚至连你我都保密。因为我太在意别人的感受，我太注重影响，从而使我失去了她。”他那心碎的声音，以一种不是出于逃避，而是出于这么多年对爱情坚贞执着的忍受，他难过地哭了。

第二十章

昨晚下了一场小雨，天变得很清凉，空气也清新，雁媚在买菜的时候，看到集市上有卖花卉的。她喜欢这些花，想到那个阳光可以照到的阳台上，摆上一盆花景会更适宜，她就挑选了一株绽满花蕾的茉莉花，它的清香沁人肺腑。当她把花抱回家的时候，奶奶是多么的高兴：“你怎么知道我喜欢茉莉花？”

“大妈，我也喜欢，我看到阳台上空空的，摆上一盆花会让人感觉很舒服，它的香气很宜人。”

“是啊，家里有一点花草，就感觉有生机。”奶奶嗅着茉莉花的花蕾，犹如少女一般，使雁媚不禁又想到了妈妈。妈妈生前也特别喜欢花草之类的东西，她对那株茉莉花照顾得多么精心，那上面如繁星一样多的花朵，一直是雁媚记忆中保存最美好的一个真实的景物。

午后，天开始晴朗，阳光也照到了阳台上，秋天的风凉凉的，爷爷午觉醒来后，雁媚给他洗了头，换上干净的衣裳，把他移到阳台上。爷爷很舒心，一双惊异的眼睛那样专注地瞅着外面的景物，他的身边摆放着那盆茉莉花，它清幽幽的香气扑面而来。爷爷神态安详，既享受着阳光的温暖，又感受着秋天的气息。虽然他对时间和季节不再去理解，他的思维既简单又单纯，他的生活既坦然又无忧，他的身体就会像他的心灵一样健康起来。

薛剑是在第二天下午回来的。家里异常安静，他轻轻推开父母的房间，里面空无一人。他很吃惊，烦躁而愤怒。他不能容忍玫怡这样的做法，趁他不在家的时候把他的父母弄出去。他是答应过她，等他回来后会把父母安置在一个去处，而不是这样让她急得像热锅上的蚂蚁一样。他心情不好，简直糟透了，心里愤恨地在骂：这个狂傲的女人，你就这样目中无人？他给玫怡打电话的手都在发抖。对方说她出去了。他又拨打玫怡的手机，回应说您拨打的用户暂时无法接通。他摔下电话，显得很不理智，然后就茫然、困惑、焦虑、疲惫地在家里无所适从。

不久，薛珠放学回家，她惊喜地叫道：“爸爸，你什么时候回来的？”

薛剑神情严肃地说：“告诉我，到底怎么回事？爷爷奶奶在哪里？我不在家的时候，你和妈妈都做了什么？怎么可以这样？”

薛珠受了惊吓，她从没有看到过爸爸这样冷酷的表情，他一向的温和耐心，在他阴沉、愠怒、冷厉的声音中荡然无存。薛珠把课本放下，懂事地坐在爸爸的身旁说：“爸爸，您先别生气，爷爷奶奶很好，妈妈在离这不远的地方给他们租了一间房子，听起来会让您很不理解。开始，我不知道妈妈做得对还是错，知道爷爷奶奶搬出去的时候我也很生气，还跟妈妈吵了一架。后来，我去看过爷爷奶奶他们，又觉得妈妈做得很对。与其让爷爷奶奶住在这里处处谨小慎微，还不如让他们自由自在地过自己的生活。妈妈还为他们请了一个阿姨照看着他们。那个阿姨非常好，爷爷奶奶都非常喜欢。那天我去看他们的时候，正看到阿姨在帮爷爷做按摩，那情景让我很感动。不知是因为那个阿姨的行为太好，才感觉她特别的美，也不知是因为那个阿姨长得漂亮，才感到她的行为特别的好。这个极其平凡的工作，让阿姨做得这么完美，使我都觉得保姆的职业也很神圣。自从爷爷奶奶他们搬过去后，我看到他们的脸上布满了神清气爽的东西，他们在属于自己的家里心情舒畅。爸爸，让爷爷奶奶这样幸福地生活有什么不好吗？所以，您先别生气，也不要责怪妈妈，等您看过爷爷奶奶后，您就不会有任何的烦恼和担忧，而且还会感到放心。他们住的离这里不远，有三站路的距离，去看他们也很方便。”

女儿真挚委婉的思想和对他凝注的深厚敬仰，使薛剑得到了安慰。他看着女儿，心里却畏畏缩缩地感到惆怅。他还有一个儿子，他不知道这个事实将来会不会伤害到女儿纯洁的心灵？

“爸爸，您心里很难受是不是？家里房子这么大，却不能让爷爷奶奶开开心心地住在这里，这是很让人不能理解的。”

薛剑说：“如果爷爷奶奶过得愉快，他们住在哪里都可以。房子再大再好，也决定不了人的心情，如果不给他们爱的笑语，就是住在宫殿里又能怎样？”他亲切地抚摸着女儿的头，“对不起薛珠。”

薛珠很疑惑：“怎么？爸爸，您这样说我觉得很奇怪。”

“没什么，告诉我爷爷奶奶的电话号码，我先打个电话过去。”

快傍晚的时候，雪晨打电话给妈妈，说他回家想跟妈妈一起吃晚饭。电话是奶奶接的。

“您好，您是那家的奶奶吗？我想找我的妈妈。”

“好，我去叫你的妈妈。”奶奶放下电话，把在厨房做晚饭的雁媚叫过来说，“你儿子。”

打过电话，雁媚骄傲地说：“大妈，我儿子在这里读研究生，今天学校没什么事情，想和我一起吃晚饭，“

奶奶说：“那你快回去，晚饭我来做。”

“不着急，我做好晚饭再走。”

这时，电话铃又响了，雁媚随手拿起话筒：“喂。”

电话是薛剑打来的：“你好，你是那里的阿姨吗？谢谢你照顾我的父母，请帮我叫我的妈妈。”

雁媚把电话交给奶奶：“您的儿子。”

奶奶高兴地接过电话：“孩子，你回来了。”

“对不起妈妈，我不知道你们搬到了那里，爸爸他好吗？”

“你爸爸很好，我们在这里过得很开心，你不要担忧，阿姨把什么事都做得井井有条，她做的饭菜都合我们的口味，你爸爸吃得很多，精神也很好。下午，他还在阳台上坐了好长时间。”

“这样就好，我一会儿去看你们。”

放下电话，奶奶高兴地对雁媚说：“我儿子，他在这里做医生，他去参加一个朋友聚会，刚刚回来。”然后她又把这个消息去告诉爷爷。

晚饭时玫怡回到家里，她很奇怪薛剑坐在餐桌前平静的表情，说：“你什么时候回来的？连个电话都不打给我，我还以为你去参加聚会，就只会关心那些人而把家给忘了。怎么？心情不好？爸爸妈妈搬出去你感到意外吗？生气了？我是想打电话告诉你的。可是，你去参加聚会，竟忘乎所以，连一句关照的话都没给我，我还在生你的气呢。”她先声夺人，继续说，“你明明知道爸爸瘫痪在床上，竟然还有心情去参加什么聚会，跟那些二十多年都不相见的人还有什么话可说？你撇下家里不管，妈妈也像小孩一样闹情绪要离开这里，我有什么办法？所以，才去找了房子。他们虽然老了，也有独立生活的愿望，我是随了妈妈的心意才这么做的。你别这样看我，我不是想趁你不在家的时候把他们打发出去的，你可以去问问妈妈，她会告诉你她的想法。”她迫不及待地在为自己辩解。

薛剑说：“我并没有说你什么，不过，无论是妈妈要搬出去，还是你要把他们赶出去我都已经无话可说。但是，有一点我还是想对你说，这是我的父母，你不是一样也叫爸爸妈妈吗？你可以在你的父母面前撒娇、任性、欢笑，你怎样做怎样去爱他们都是应该的。可为什么你就不能在我的父母面前也撒撒娇，也高兴地笑笑，敞开你的心去爱他们。哪怕有一次你去握握妈妈的手，陪她说说话，站在爸爸的床前安慰他，像爱你的父母那样爱他们一点点。你做不到是不是？从爸爸妈妈住到这个家里，你的脸色就没有好看过。爸爸生病躺在床上，你连他们的房间都不进去，妈妈在这里拘束，谨慎，因为她从你的表情里看到你讨厌他们。妈妈要搬走，你就依了她，因为这正合你的心愿，现在你满意了吧。”他很生气地离开了餐桌。

薛珠喊道：“爸爸，要吃饭了。”

薛剑固执地走了，他急着要去看他的父母，他实在感到羞愧，家里的房子这么大，还有几间空着，却不能让父母住在这里。这悖于常理的事情，如果让薛涛和薛山知道，他们一定会谴责他的无情。但是，如果把他们弄到河南去岂不是做得更无情？他怀着怨恨和羞惭，饿着肚子从家里出来去看他的父母。

玫怡气势汹汹地对薛珠叫道：“你是怎样对你爸爸说的？你对他都讲了什么怪话？”

“我什么都没有说。”

安顿好爷爷奶奶，雁媚就提早离开了。在楼道里，迎面就遇到了一个人匆匆走来。楼道很窄，灯光也很暗淡，在彼此没有留心看一眼的时候，却彼此都谦让了一下。一个令人惊异的擦身而过，恍惚间又一个轻轻的回眸，谁也没有相信命运做了这样一个神奇的安排。

一切都没有发生，让薛剑为之心跳的是这里成了他父母的家，他是要回家来吗？

奶奶打开家门，把他迎了进去。奶奶的笑容像一朵芙蓉，动作敏捷又轻巧。爷爷半卧在床，脸上泛着红光，那发自他内心的微笑像孩子一样机灵。薛剑走过去，握着爸爸的手，也握着妈妈的手：“你们怎么样？在这里好吗？”

奶奶说：“很好啊，你不要有顾虑，我们喜欢有我们自己独立的空间。虽然房子很小，我们住得很舒心。白天阿姨来帮助我们买菜，做饭，洗衣服。她是一个好心人，她非常体贴我们，没事的时候，她就坐在你爸爸的身边帮他按摩，活动他的筋骨，还陪我说话。她对我们嘘寒问暖，无微不至。我真的很高兴，感觉像我们又有了一个女儿。平时，她要在这里待得很晚才走，因为今天她有点事，刚刚走。”

“刚才在楼道里，看到走出去了一个女人，是她吗？”

“就是她，她儿子从学校回家，想跟妈妈一起吃晚饭。”

薛剑若有所思，他默默地坐在父母的身旁，注意到了妈妈的笑容里有一种属于他们的幸福，这种幸福他再怎么努力也给予不了。每个人一生的追求，就是要有属于自己的空间，让自己像统帅一样地守住它。在母亲骄傲的神情中，她说她好像又有了一个女儿。她一生只养三个儿子，她渴望有一个女儿。而现在，照顾他们的阿姨做得就像女儿般的体贴和周到。薛剑心想：妈妈，您何止感觉又有了女儿？您一定想象不到您还有一个孙子，在您的三个如花似玉的孙女之前，实实在在有一个孙子。可是我不知道他在哪？我无法把他带到你们的面前。忽然，他想起了李静医师曾经对他说的在一次值夜班的时候看到了一个跟他长相很相像的男孩。有这个可能吗？

奶奶问："你的朋友都好吗？"

"都好。"

"那聚会的场面一定很让人激动。"

"是啊。"

"你心里有事吗？"奶奶目光犀利，她依然能察觉儿子的内心。

"没什么。"

"别对玫怡有什么抱怨，她这样做是对的，她是以女人的细心体察了我们老年人的心理。虽然她不善于表现她对人温和的一面，那是她在她工作的环境里形成的性格。其实，她也是一个好心人，她用这种方式面面俱到地关心着我们，已经做得很难能可贵了。你千万不要去说她不对，你也看到了我和你爸爸在这里很快乐。"

"我不怪她。"

雪晨给妈妈打过电话准备回家的时候，他的导师秦宜坤教授叫住了他："雪晨，跟我回去吧，师母还有真慧，我们一起去吃晚饭。"

雪晨像一个乖巧的孩子，坦白地说："导师，我刚刚给我妈妈打了电话，说我要回去跟她一起吃晚饭。"

"你妈妈在这里做什么？"

"给别人做保姆。"

"我知道了，回去好好陪妈妈吧。"

"是。"

秦教授欣慰地又说："等找个时间，我把真慧介绍你认识，因为师母经常在她的面前提到你，所以，她对你很好奇，也很想认识你。"

"我远远地见过她一次，她长得很漂亮。"

秦教授骄傲地纠正说："不要用漂亮形容她，要用美。美有一种特质，它和漂亮有本质的不同，这是内在和外在的概念。你仔细琢磨琢磨，漂亮只是表象，而美就很深奥的包含着智慧、灵性、圣洁和纯真。我的女儿就如她的名字真慧一样。”这是一个父亲对女儿的动容。

事实也是如此，世界上最美丽的东西，都是从生命中自然放射出来的，它无须任何的做作和伪装。无论高贵还是低贱，无论富有还是贫穷，美是永恒的，至高无上的。它不因你的富贵而华丽，也不因你的贫穷而形秽，它是心灵的境界，人类意志上的追求。

在那个清寂的小屋里，雪晨和妈妈一起做晚饭。他们做了米饭，难得炸了鸡翅，炒了青椒肉丝，还烧了一个蔬菜汤。菜式既简单又漂亮，香气很浓郁，诱人食欲。他们在那张铺着细花桌布的小方桌上，品尝这顿美味，心里感觉很美妙。

他们很幸福，这普普通通的幸福广布世界，他们也采撷到了自己的一份，他们很满足。

雪晨关切地说：“妈妈，你在那个奶奶家里做事累不累？都说人到了老年，脾气会变得很固执，很古怪，特别是生病的老人，行为还很刁钻，很难受人伺候，是这样吗？”

雁媚微笑着说：“你放心，这家的爷爷奶奶是和蔼善良的老人，他们非常通情达理，也尊重我的劳动，对我很爱护。有时，我都感觉他们好像是你的外公外婆。如果外公外婆还活着，他们也是这个年纪，我想我也会好好地照顾他们。现在，我在他们家里做事，就感觉像是在自己家里一样，与他们没有任何的隔膜。我很高兴能有这样的工作。现在，我只希望他们能幸福、健康，能让我待在他们身边的时间长久些。”

“这样，我对妈妈就放心了，我还一直担心你在别人家里会受委屈。”

“不会的，好人家毕竟很多，当你把真心给人家的时候，人家还你的也是真心。”雁媚笑着，决不会让那种自卑感使自己气馁，她选择了这样一个卑微的工作，她就有无所畏惧的力量来承担它。然后她问：“学习紧张吗？”

“从跟导师外出调查回来后，就一直在做试验，找资料，写报告。”雪晨神情严肃地说，“妈妈，有时我都在想这个问题，环境的污染和破坏，跟人的心灵和道德有很大的关系，那些人就是为了自己的利益甘愿堕落，而受害者也太容易忍气吞声，这都是可悲的现象。妈妈，当初，我是以理想和抱负选择了环境学的专业学习和研究的，我所有美好的愿望，就是能让我们生活的这个世界更加纯洁。但是，我的力量太渺小，一些人贪婪践踏的能力太强。当我从外面看到许多美好的事物变的丑陋，河水肮脏污浊，良田一片狼藉，天空都乌烟瘴气时，我的理想就会成为一种仇恨，一种对那些穷凶极恶的野蛮人的憎恨。有时，我也害怕这种憎恨会使自己颓废。”

雁媚说：“别让自己颓废，所以也别去憎恨，有些事不是以你的执拗而能解决和改变的。你要以积极的态度，学好你的专业，做好你的研究。相信科学的力量和人的智慧，在唤醒人的这种觉悟的时候，这一切都会得到改善。”

正如导师说的，美有一种特质，里面包含着智慧、灵性、圣洁和纯真。妈妈正是具有了这种健康独特的美，才没有屈服蹇舛困顿的命运而能表现得这样从容。

薛晨问：“妈妈，你没有恨吗？”

雁媚淡淡地说：“恨有什么用呢，如果要学会恨的话，我比谁都有理由去恨。但是，生命就这么一次，我们不能用来记仇蓄恨，而是要去做别的。你外公外婆的人格和品质，对我时时都有影响，即使在我多么受苦受委屈的时候，我总会想起那些帮助过我们的人。那个周根青师傅，他一生忠心耿耿地守护着你外公外婆的坟墓，这份恩情我们都无法回报；在我孤苦伶仃的时候，叔叔把我当亲女儿一样地照顾，采勤阿姨把我当亲姐姐；还有邻居的奶奶，都像亲人一样关怀着我。即使后来又下乡到农村，我也没有绝望，在那里我也得到了很多人的帮助。我把这些爱过我的人都铭记在心里，还有什么仇恨可以在我的体内滋长？现在，我在一个像自己的父母一样的家里做事，他们尊重我，爱护我，给我平等的权力。我觉得上苍对我很公平，即使没有给我金钱和地位，却给了我健康的身体和满足的心。还有，我得到你，就是得到了比全世界还大的幸福和荣誉，我还贪求什么？也许在现实的社会里，像妈妈这样既孤陋寡闻又离群索居的人，过得这么平庸。我没有任何的人情交往，也不与谁有瓜葛，更没有需要还出或者收回的债务。我活得很轻松，无牵无挂，除了对那些帮助过我的人心存感激外，就是想把自己该做的事情都做好。即使活得像一只没有任何能力去伤害别人的蚂蚁，又有什么可遗憾的？”

雪晨静静地聆听着妈妈的语言，他知道妈妈是以一种坚韧的毅力，在她的孤独中坚强地生活的。妈妈的气质体现着她的纯洁、聪明、善良、简单和谦卑。可以想象，在品质上与之相反的那些人的生活该是多么的污浊、空虚、乏味、愚蠢和可怜。他对妈妈说：

“人很多时候，不是因为饥饿而去贪求，而是欲望让他们贪得无厌。他们可怜的无知就会发展成狂妄，他们忽略了自己在时间的长河里只是渺小的一瞬，所以才事事不休。我跟导师出去做调查的时候，看到很多事情都对我触动很大。有一种人的贫穷，在你对他产生同情的时候，也同时产生了厌恶。我们调查的一个村子，那里每家都留守了几多孩子，得不到正规的照顾。而他们的父母都在外面打工，家乡只有年迈的老人。可以想象放任和污浊，使那些孩子过的是一种什么样的生活。我记得小时候，妈妈因为那个人家里的孩子多而没有嫁给他，你对我说你没有勇气去做别人孩子的妈妈，你怕你内心的私念会轻视和怠慢了别人的孩子。我知道那是你怕付不起责任。我想，生活的贫穷不可怕，怕的是灵魂的贫穷。我不明白那些女人为什么要多生孩子？她们不知道要有责任吗？就把这样的责任都推卸给家里的老人。当我看到污浊的河水旁的村庄跑出来的都是满身肮脏的孩子时，我都在为他们的心灵担忧。他们的大人都在做什么？为什么不用爱的方式让他们的孩子先享受到清洁呢？”

雁媚说：“别苛求他们能怎样，因为有一种人的悲哀是自己不会教育自己，而且，还缺乏了一种接受教育的能力。贫穷对谁都很可怕。也许在别人的眼里妈妈也很可怜，既卑微又寒酸，一个靠为人家做保姆来生活的女人。对不起雪晨，我不该说这些。”

“妈妈，你所给予我的是用任何金钱也买不到的人格和尊严。当我的导师问我妈妈在做什么的时候，我毫不犹豫地说妈妈在给人家做保姆。我这样回答并不觉得羞耻，也不觉得低贱。”

雁媚的眼里涌出了泪花，那不是委屈也不是痛苦的泪水，而是心在感动的时候缓缓溢出来的。其实，她从没有为自己的贫穷沮丧过，她感到自己真正的富有，雪晨是她最昂贵的财富。他有宽厚健康的体魄和坚实矫健的步伐，他有清澈明亮的眼睛和乌黑柔软的头发，他有纯洁可爱的笑容和雪白整齐的牙齿，他还有与生俱来都显高贵的气质。这都是雁媚全部的资产。

他们在这个宁静的晚上长久地交谈，这是他们心灵的共鸣，也是他们朴素的生活。

聚会回来第一天上班，薛剑就被一个老年妇女缠住了，她是几天前住院的一个罹患癌症的病人，主治医生要对她保守治疗，她却强烈要求医生为她手术。她多方打听，知道这里有一个被人推崇的薛医生，她就苦苦哀求说：

“薛医生，求你给我做手术吧，我知道我得了癌症，如果不把那个坏东西拿掉我就会死。我不想死，我害怕死，我要活着。因为我的几个儿子都发了财，他们为我盖了新楼房，那房子在整个村里都是最好的。我还没有住进去就发现得了这个病，我不甘心呀。所以医生，你一定要想办法给我开刀，治好我的病啊。”她求生的愿望非常强烈，坚决地要把她的性命交到医生的手里。

薛剑对她说：“癌症病人，最重要的是自己要有信心，要有信心战胜病魔。医生不是全能，但是会尽全力。”他对她做了全面的身体检查，细心地翻阅了她的所有病历报告，针对性地研究了她的手术方案，最后对她实施了手术。手术进行了很长时间，为防止癌细胞扩散，在病灶区域做了最彻底的刨根挖底。当薛剑从手术室出来的时候，迎候他的是患者的四个儿子，一个个都挺着肥满的肚子向他恭维，并要盛情款待他和他的助手们。

薛剑说：“我很累，请让我休息。”

他们不再坚持，亲眼目睹了一个名医的本色和风范，其中一个啧啧称羡说：“看吧，越是本事大的医生越谦虚自律。”

回到办公室，李静医师为他倒了一杯水：“薛主任，您辛苦了。”

“谢谢，你也是。”

“你去参加的是一个什么聚会？”她问。

“我下乡时的队友聚会。”

“哦，那是老早的朋友。”她说：“他们是以什么样的心情仰慕你的？”

“和从前一样，因为我是他们的大哥，还做过他们的队长，他们依然叫我薛队长。当然，最让他们感到惊奇的是，我这双曾经拿锄头的手，现在又拿了手术刀。”

“什么？你这双曾经拿锄头的手现在又拿了手术刀？听起来很幽默，这不就是在说一个农民成了一个外科医生？”李静笑了，她对薛剑一直都很崇拜，也很敬重，她从他身上也汲取到了很多有意义的东西，从而使自己的行为更为病人所依赖。

薛剑也笑了，然后，他收敛了笑容，陷入沉思。

李静又说：“薛主任，是不是感情越丰富的男人，对生活的态度越认真？看看社会上那些嫖娼包二奶的男人，那些结婚离婚又结婚离婚的男人，他们会有什么感情？所以，一个人的品质是最重要的。我现在就有一个愿望，要把我儿子培养成一个像您这样的男人？”

“是不是为时过早？”

“不早了，都说教育要从零岁开始，他都两岁多了。”

片刻，薛剑轻声问：“你说，你有一次在值夜班的时候，看到了一个跟我长得很像的男孩，是吗？”

李静微微一愣，然后兴奋地说：“是啊，当时我看到他的时候感到很吃惊，世上怎么会有长相这么相似的人？怎么？薛主任，你怎么突然问起这个？”

“没什么，突然想到了就有点好奇。”他淡淡地并若无其事地说：“是不是长相跟我相似的人，做人也做得一样？”

“我想应该是吧。那天，我看到的那个男孩相貌英俊，神态温和，那样安静地站在一旁，给人很好的印象。他的妈妈还在一边夸赞说：我的小儿子很英俊吧。”

薛剑的心里有一种空茫茫的感觉，他不知道在哪里能找到他们。那天去找雁媚的时候，他心情太紧张，行动也太匆忙，他不得而知地从那些诡异的女人中逃了出来。

晚上在家里，他会长久地坐在他的书房里发呆，想起那句：谁爱过我姐姐，她有一个小孩的话，他的心就不能平静。他把那张夹在书里的照片翻出来，想从照片上找出雁媚曾经的微笑和眼泪。对不起，雁媚。他感到自己像犯了罪一样，在多年的逃逸中惶惶不安。

薛珠悄悄进来了：“爸爸，您怎么还不睡？”

他随手把照片放回到书中说：“想坐一会儿。”

薛珠窥看到爸爸的这个细微的动作，说：“爸爸，您不是才跟他们聚会回来吗？是谁又让你这么快开始思念？”

“没有。作业做完了？”

“是。”

“学习努力吗？”

“很努力的。”

薛剑微微点头：“好。”

“爸爸，我喜欢的歌星要在上海开演唱会，我很想去看，只怕妈妈会强烈阻止我去。”

“如果不影响学习，看一场演唱会也无妨。只要别太沉溺对歌星的追捧，别把他们看得太了不起。其实他们也是普通人，只是这种职业让他们站在了舞台上成了耀眼的人。”

“我知道。其实，我对他们已经没有什么热情了，仅仅就是因为喜欢听歌而已。当有一天，我发现我喜欢的明星有负面的报道出现在报纸上的时候，我就很快会对他们开始反感，我为什么要去喜欢和欣赏那些劣迹斑斑的明星？这样会反衬我的修养和品位的低下。是不是爸爸？”

薛剑微微笑笑。

“爸爸，心里的偶像应该是完美的，就像爸爸您一样，在我的心里爸爸就是完美的爸爸。我没有把您当成偶像，是因为我们父女之间太亲密，没有距离。在我这个爱听歌的年龄，有时会带着幻想去为喜欢的歌而去喜欢唱歌的人。我想，或许，我在更成熟的时候，就不会这样了。到时候，爸爸会是我心灵的偶像。”她思想活跃，性格开朗，而且具有辨别是非的能力。她接着说，“父亲在字义上就让人感觉很神圣，称呼爸爸的时候又感觉很亲切。可是，我同学美佳的爸爸我就很鄙视，美佳都这么大了，他竟然还在外面讨小女人，让美佳和她的妈妈多伤心啊。他的爸爸怎么能这样？在妻子和女儿的眼泪面前，他能得到什么样的幸福？”

薛剑忽然感到惶恐，在纯洁的女儿面前，他身负着一个沉重的感情债务，还掩藏着一个巨大的秘密。他觉得自己是一个失败的俗物，既虚伪又怯懦。害怕有一天，他在女儿心中的那个完美的形象会訇然倒塌，因为她对父亲的理解是多么庄严。他很惭愧，已经无法奢侈地把他的爱全部都给予女儿，他要辟出一半留给他的那个儿子。他接受了那个简单而伟大的恩赐，他深邃的目光正要去寻觅到那个身躯、相貌和心灵与他息息相关的生命，他已经把他放在心里最重要的地方。他轻轻叹了口气，只对她说：“好孩子，去睡吧，爸爸想再坐一会儿。”

“爸爸，你有什么烦恼吗？是不是还在生妈妈的气？”

“没有，我没有生她的气。”

薛珠放心地笑了，她的笑很机灵，也很可爱，她退出了书房，并把门轻轻关上。

玫怡在她的卧室里坐立不安，丈夫近日来对她的态度令她费解。她想，如果是因为让老人搬出去的事他还在耿耿于怀的话，她几乎都要发怒了。但是，从丈夫看过父母回来，他虽然没有说满意，也没有表现出任何的不满。他喜欢待在书房里是他的习惯，平时玫怡不会去打扰他，只是这些天以来，更确切地说是从聚会回来，薛剑在家里所表现出来的这种不寻常的沉默，让玫怡怀疑和担忧。往往要强的女人，最惧怕的是一个男人最威严的沉默，它仿佛像一座山那样沉重。她在卧室里，焦虑地等丈夫上楼睡觉。而丈夫的怠慢，终于让她失去了耐心。她为自己刻意穿上了一件淡蓝色的睡裙，袒露着她光滑肌润的胸颈，还略施了几滴名贵的香水，带着优柔的神韵，款款下楼，在楼梯间正碰见薛珠上楼：

“你爸爸在干什么？”

“他在书房。”

“怎么不叫他上楼休息？”

“他说还想坐一会儿。”

“神经病，他想坐到天亮吗？”玫怡嘟哝说。

薛珠担心地说：“妈妈，从爸爸聚会回来，一直都很忧郁，他是不是遇上了什么不顺心的事情？”

玫怡不屑地说：“他会遇上什么不开心的事？你爸爸有一副好心肠，去到那个地方，看到的都是一群穷瘪三，他当然会难过，带去的一沓钱一分也没有拿回来，他一定是做了施主施舍给了人家。”

“妈妈，你别用这样嘲讽的口气说爸爸。在这个家里，你应该学得像梅兰一样温柔，而不是像郝思嘉那样任性，这样会让白瑞特从她的身边走掉的。”

“什么？”玫怡一脸惊愕。

“电影《乱世佳人》你不是也看了吗？那个郝思嘉任性、跋扈，结果怎么样？所以，妈妈你要试着改变自己，让自己温柔些。在一份问卷调查中，我看到这样的问题：男人喜欢什么样的女人？百分之九十多的人都喜欢温柔型的，你不知道吗？”

“臭丫头，不好好上课，在哪里看到了这些乱七八糟的东西？”

“什么乱七八糟，它是在一份很畅销的时尚杂志上刊登的。我想，如果让爸爸回答这样的问题，他一定会毫不犹豫地选定温柔型的答题。”

玫怡心里忽然感到酸溜溜的，她去到书房对丈夫说：“你要在这里待到什么时候？都十点多了还不去睡觉？”

薛剑缓缓转过头，看看玫怡。

“去睡吧。”玫怡温柔地说。

薛剑依然无动于衷。他处在一个复杂的情绪里，表情是胆怯的，态度是冰冷的。

躺在床上，玫怡用她温软的手去触摸薛剑坚实的胸脯，向他发出温存的信息。而薛剑却用一种可怕的懒惰，轻轻地移开了她的手。玫怡顿时勃然大怒：“我让你讨厌了吗？我有什么地方对不起你？让爸爸妈妈搬出去也许是伤了你的心，但也不完全是我的固执，我也是征得妈妈的同意后才行动的。我尽了最大的努力，圆满地安排好他们的生活，妈妈都满意得不得了，你还有什么可埋怨的？如果你舍不得你的父母，干脆你也搬过去好了。”

“对不起，玫怡，在这件事情上，一开始我都没有责怪你什么，爸爸妈妈他们过得很开心，我也很放心，我还有什么理由去埋怨你？”

“那你为什么对我置之不理，熟视无睹？难道我不是你的女人？”

“对不起，我有点累，我会力不从心的。”

她疑惑不解地说：“你累？为什么累？”

“不知道。”薛剑搪塞了一句，就转身躺下。

玫怡气恼地捶着他的脊背，粗鲁地说：“混蛋，你不知道，也许我知道。你去参加聚会，一定是遇到了你的昔日情人，你一定是忘不了你的那个初恋。你见到了她，你的心就被她俘了过去，你背着道德和良心的责任面对我和薛珠，无法逃避。所以，你就躲到你的书房，在矛盾中你苦苦思索，不能自拔。所以，你才会很累。”

她咄咄逼人，每一句话都那么真实地在揭破她丈夫心里的谜底。薛剑冷静地坐起来说：“你怎么把事情想得这么复杂？你往最简单的方面想一下就好了。我说我有点累，你就浮想联翩，你原本也不是一个多愁善感的女人，你什么时候开始在乎我的心情和感受？你辞职下海，你买这套房子，你不让我的父母住在这里，安排他们出去，每一样事不都是你在自作主张？你从不跟我商量，也不征求我的意见，我所有的忍让都怂恿了你。所以，你才变得这样张狂，这样目空一切，这样对我无所谓。我说我有点累，你就惊慌失措，难道你不知道人累的时候心情也不会好？”

玫怡恼羞成怒：“你是一个虚伪的家伙，你说出来的话让人听起来简直无法忍受，你为什么不干脆说今天根本不想跟我做爱。可恶的东西，你为什么要畏畏缩缩，你心里一定藏着不可告人的隐秘，为什么不敢说出来？如果不是，你一定会坦坦荡荡，你的这种怪异的沮丧让人怀疑。我知道你在骗我，你的伪装在我的面前做得像一个小丑一样拙劣，你把我当成傻瓜，你不知道女人最敏感的神经就是发现了他的男人的不忠？”

薛剑哑口无言，在内疚中，他轻轻把玫怡抽搐的肩头揽在胸前，低声说：“对不起，玫怡，我很自私，没有考虑你的感受，我知道你很爱我。”他稍停，又说：“我也是。”他说得这么苍白无力，又违心，又虚伪。严格地说，他的灵魂已不得安宁，隐秘在他心灵里的那句：谁爱过我姐姐，他有一个孩子的话早已让他心身疲惫，寝食不安。如果强迫他说出我也爱你，那真是难受。

早上，玫怡神采飞扬地做好了早饭，她像一个快乐的家庭主妇为丈夫女儿那样悉心地做了美味可口的早餐。当一家人坐下来吃饭的时候，玫怡得意的神情带着多么不寻常的微笑，她的双颊出现了幸福的红晕，她的快乐都是从心坎里跳出来的。她说：

“在每天将要从家里走出去的时候，我们这样在一起吃早饭会给一天都带来好心情的。早饭还是在家里吃的好，那些从床上爬起来就跑到外面的马路边寻早饭吃的人，总感觉他们缺少了一种可以温暖肚子的东西。”

薛珠苛刻地说：“妈妈，你不是不习惯在家里吃早饭吗？奶奶在家做的早饭你就很少吃。”

玫怡尴尬地说：“奶奶喜欢熬粥，我不喜欢吃粥，早晨还是喝点牛奶最好。怎么？薛珠喜欢跟我吹毛求疵？”

“没有，我只是随着妈妈的话题说说而已。妈妈，你可别小心眼。我也喜欢这样，大家开开心心地在一起吃早饭，心情真的很好。”

薛剑放下碗筷说：“我吃好了，你们慢慢用，我先去上班了。”

玫怡问：“要去这么早吗？”

“我想过去看看爸爸妈妈。”

薛珠说：“爸爸，你上班绕过去看爷爷奶奶是很方便的，妈妈连选房子都想得这么周到，也真是用心良苦了。”

薛剑笑着说：“小丫头，嘴巴就是厉害，你这是在表扬妈妈吗？”

玫怡讥笑说：“她就是有一张会说话的嘴巴，脑子是空的，一点思维能力都没有，上周数学测试还不及格呢。”

“妈妈，你是让我一早出洋相吗？数学学不好不是我的错，因为我对它没有兴趣。”

“别找理由，数学本来就是枯燥的东西，不是因为你有没有兴趣，而是你根本就没有刻苦学习，要小聪明你是最擅长的。”她回头看到丈夫出门，就跟着他的脚步出去，又帮丈夫整了整领带，向他挥挥手。她感到很甜蜜，也很幸福。丈夫的宽容像春天的阳光，丈夫的内涵像秋天的天空，丈夫的品格是满足她一切虚荣的力量。她关切地对薛剑说：“问问妈妈需要什么。”

薛珠高兴地说：“妈妈，看到你温柔时的样子，真的很美。”

这个举目无亲的地方，雁媚在爷爷奶奶这里像找到亲人一样，她是以一颗感恩的心在这里认认真真地做好每一天的事情。她每天都来得很早，怕自己干得太少，因为有些事情奶奶也抢着做。这样，她在这里就有了空闲的时间，像在自己的家里一样编制毛衣。她已经把雪晨的毛衣织好了，她准备帮奶奶也织一件。就在昨天爷爷睡着的时候，她陪奶奶去了附近的商场买了毛线。

每天，在忙完早上的事情后，雁媚就要去市场买菜。天气好的时候，奶奶也喜欢跟着她一起逛市场。她们搀扶着走路，没有人相信她们是主仆，而感觉她们是母女。

今天，天气阴沉沉的还刮着风，雁媚不让奶奶出去，就自己拎着篮子从楼道里出来。

这时，薛剑骑车过来，他在楼前的一条小路上与雁媚不期而遇，又匆匆而过。他根本没有留心去看那个拎着篮子买菜的女人，他眼梢的余光仅仅看到了一个侧面的身影。没有任何的惊异，也没有那种奇特的预约，平常得就像可以在任何一个地方遇到任何一个人一样。

他来到父母的家，看到父亲安详地靠在床上，问：“早饭吃过了？”

奶奶说：“吃过了，昨晚你爸爸睡得很好，早上醒得也很早，他喜欢这样靠着。”

“阿姨还没有来吗？”

“她每天都来得很早，忙完事情后，刚拎着篮子去买菜了。”

“哦。”薛剑若有所思，他印象刚才好像看到了一个拎篮子的女人。他走到父亲床前说：“爸爸的脸色很好，饭吃得多吗？”

奶奶说："是啊，他的胃口一直很好，阿姨做饭也很精心，非常合你爸爸的口味。"

"药还有吗？"

"还有，阿姨也试着在书本上寻找食物疗法呢。"

"很好。"

奶奶又问："玫怡和薛珠都好吧？"

"她们都好。"

"昨晚，薛涛、薛山都打来电话问我们怎么样，我告诉他们我和你爸爸过得很好，不要你们担心，你们没有了后顾之忧，才能安心工作。"奶奶是个明智的人，在任何时候她都不想成为孩子的负担。

薛剑握住母亲的手问："天凉了，您的手怎么样？"

"手比去年好多了，洗东西的事情都是阿姨在做。手不见凉水就不会损伤，这骨头里也没有针刺的感觉。没事的时候，这两只手就这么使劲地搓，有时阿姨也帮我搓，感觉手比以前舒服多了。你不要为我们操心，好好做你的医生，生病的人最希望有好医生。"这是母亲对他的最朴实的教诲。

"是。"他看到母亲的脸上闪现着幸福的光芒，他受到了安慰，也消除了一切忧虑而能踏实地去工作。

对平凡的人来说，这是平凡的一个小事。雁媚买菜回来的路上，看见一个佝偻的老人拄着拐杖拎着沉甸甸的一兜东西颤悠悠地走着。她没有袖手旁观，温和地对这个老人说："老爷爷，请让我帮您拎着，送您到您的家里好吗？"

老爷爷面色木然，不信任地瞅着雁媚。

雁媚微笑说："我也是买菜走到这里的，我看您拎得很吃力，让我帮您拎，跟着您走您回家的路，先把您送到您的家门口好不好？"

老爷爷犹豫、谨慎地把拎兜交给雁媚却没有松手。迟暮人的这种迟缓、猜疑和抵触心理使他不能放心。人与人之间缺少了这种信任，对这个社会来说是不健康的。只希望人人都有一个诚实善良的心，相互信任和依赖。就像雁媚和爷爷奶奶一样，他们靠真诚获得了彼此的信任，他们靠关爱而没有了距离和隔膜。

有时，雁媚喜欢扶爷爷到阳台上来，爷爷已经能够配合着颤巍巍地移动脚步。阳台上的阳光很温暖，空气很清新，那株香气怡人的茉莉花开了很久，而雁媚也总像一个乖巧的女儿，坐在他们的身旁编制毛衣，那情景就像一幅美妙的诗画，妙不可言。

奶奶不再叫她阿姨，而唤她的名字雁媚。

雁媚很感动："大妈，您就叫我雁媚吧，我喜欢您这样叫我。我已经很少听到有人叫我的名字了，我在这里孤来孤往，很少与人接触，所以就不会有人走到我的跟前叫我雁媚。您叫我雁媚，我感觉很亲切，很温暖，会让我觉得我来这里不是以保姆的身份在伺候你们，而是像女儿那样在孝敬你们。谢谢大伯大妈，你们一定要活到一百岁，给我能长期在你们身边的理由。”

让幸福绵延到天空，让爱成为不朽，无论获得或者给予，都是心灵最高尚的境界。

心一有牵挂，就完全不可放下，即使放任自己，又怎么能放得下那句：谁爱过我姐姐，她有一个孩子的话？薛剑没有向任何人说出他的心事，他让这个隐秘沉落在他的心里而感到不堪重负。然而，即使瞒过所有人的耳目，这个令他脆弱又无奈的故事，最后将会是一个怎样的结果？他要去找雁媚，心已定，不犹豫。在星期五的下午，他把医院的事情处理干净，准备用双休日的时间去打听雁媚的消息。他要去找雁媚的堂妹采勤，或者他必须要向雁媚的邻居们得到一个如实的回答。

回到家里，他简单收拾了一个出行的行包，对玫怡说：“我要外出一趟。”

“去哪里？”

他犹豫了片刻说：“不知道。”

玫怡大为不满：“不知道？不知道你出去做什么？”

“有点事情。”

玫怡疑惑不解：“什么事要让你到一个你也不知道的地方去？你是在幽默吗？还是有事情瞒着我。”

薛剑说：“我不想告诉你是不想让你想入非非，其实是一个很简单的事，我去找一个朋友。”

“去哪里找你的朋友？”

“我还不确定，因为我要打听。”

“太可笑了，你说话含糊其词，你心里一定有事，我从你的眼神就觉察到了。这么多天以来，你神不守舍的样子，不是唉声叹气，就是长久地沉默。到底什么事让你寝食不安？你不能说出来吗？我是你的妻子也不能告诉我吗？”

薛剑阴郁地说：“请不要追问我，我不想说出来的事情，是不会说出来的，尊重我吧。”

玫怡恼火了：“让我尊重你？为什么你不尊重我？夫妻之间有隐瞒的秘密吗？如果你不说出来，我就会怀疑这个秘密一定有不可告人的因素，或许还是一个不光彩的事情。”

她这样臆断使薛剑生气："我去找一个朋友，有什么不光彩？你何必要这样大惊小怪？"

玫怡敏感的神经无法停止猜测："我大惊小怪？我怀疑你言与心违。我不知道你背着我都干过什么？你装出一副清心寡欲的样子，殊不知你的面孔看上去多么虚伪。你对我敷衍了事，做得那么勉强，我感觉不到吗？你要去一个不知道的地方找朋友，这是一个什么样的朋友让你做得这样鬼鬼祟祟？"

薛剑放下了行包，默默地坐在沙发上，他又要开始沉默，几乎让玫怡崩溃，她继续说："我不是要阻止你出行的脚步，而是想得到你出行的理由，见朋友应该是坦坦荡荡，你何必做得这样虚虚掩掩？你勾动我的好奇心，想知道你要去的地方，想要见的人。爸爸出院回家，你说你要去参加聚会我都没有阻拦你。可是你聚会回来后，你情绪的变化，所微妙之处我也都看得清清楚楚。你当我是一个咋咋呼呼没有心眼的女人？你躺在床上半夜里辗转反侧我都知道，只是我的修养没有让我去惊动你。是什么心事让你这么烦忧？在我还没有向你问明原因的时候，你竟然还这样理直气壮。多么可笑，要到一个不知道的地方去找朋友？这个不知道的地方这么让你羞于启齿，紧紧隐瞒？"

她这样步步逼近，薛剑仍然拒绝，他实在没有办法把他生命中的幽会带到她的面前。他虽然不善于撒谎，但是他的表情总能暴露出他内心的一些想法。他对玫怡说："我的一个很久远的朋友，我想去看他。"

玫怡冷笑说："一个很久远的朋友？他对你有这么大的吸引？让你久久不能忘怀。是聚会时没有见到他而留下的遗憾？还是聚会时见到了他还意犹未尽？你告诉我，他对你很重要是不是？难道她就是你的旧情人？你是不是一直还在想着她？牵挂她？"

玫怡咄咄逼人，薛剑心神怠倦。女人的精明就在于她能审时度势，察言观色。她从一向循规蹈矩的丈夫的脸上，早已看到了一种能对她产生威胁的危险，不可避免地使她愤愤不平：

"如果真是这样，你记忆中的那个已经悄然淡去的初恋又重新回到你的心里，我不会谦让。为了维护我的地位和尊严，我也不会给你一个危险的可乘之机。如果你非要去看她，我跟你一起去，我也可以丢下我手上的工作与你奉陪到底。"

毋庸置疑，在没有得到任何一个危险信号的时候，玫怡隐隐约约地有一种危险的预感，她是铁了心要牢牢地抓住自己的丈夫不能有半点的疏漏，在丈夫还没有迈出家门之前，她就要羁留他的脚步。她知道丈夫对她一向忠诚，她也常常以此为傲。在当今这个权势、金钱和第三者共享共荣的现实生活中，丈夫的禀赋，给玫怡接触到的人群建立了一个很好的口碑，别人在称羡她能干的时候，更羡慕她有一个好丈夫。她心满意足，除了偶尔对丈夫任性、撒娇、发发小脾气外，最多的时候，她是以一种霸气十足的态度，深爱着丈夫。

薛剑心灰意冷，不知道自己还能干什么，他失去了一个决心，而迷迷糊糊地丢下行包，默默地从家里出来。

玫怡问："你去哪里？"

他冷冷地说："我两手空空还能去哪里？"

在外面碰见薛珠放学回来："爸爸，你去哪里？"

"不去哪，在外面走走。"

"怎么？你不开心吗？"

"没有。"

薛珠进到屋里，看到妈妈在生气，地板上还有一个行包。就问："妈妈，你们怎么了？是不是吵架了？谁要出行？"

"你爸爸要拎着包包离家出走，我阻止了他。"

薛珠笑着说："怎么会呢？妈妈，你开的玩笑多么没趣，无缘无故地，爸爸有什么理由要离家出走？"

"我说不清楚，他说他要去看朋友，却支支吾吾，闪烁其词，竟然说要到一个不知道的地方去看朋友。这听起来是多么荒唐和滑稽，分明这是他心里有鬼。从聚会回来，他就完全变了一个人，整天恍恍惚惚。我不知道这个聚会带给他的是一个什么样的震动，但是，我想事情不会那么简单。他曾经向我坦白说他有过一个初恋，是不是这个初恋又燃起了他的感情，让他不顾一切地要去找她？"

薛珠不置可否地说："妈妈，你是不是多虑了？爸爸是一个有责任的人，他不会这么轻举妄动。即使他有过初恋，去看看初恋的朋友有什么不可以？妈妈，更年期的女人都这么疑神疑鬼吗？"

"什么？"

"我是说，女人到了你这个年纪，都会出现一种情绪波动，往往还神经过敏，对不足为奇的事情会处心积虑，心生疑惑，对自己对别人都没有信任感，还经常悒悒不乐，意志消沉。这就是更年期的前兆，我们生理课里有这方面的知识。"

玫怡狠狠抓起一个沙发靠垫向她砸去："臭丫头，你是来教训我的吗？你的这门功课学得真好啊，只是考大学也派不上用场，你给我滚开，让我清静些。"

薛珠轻捷的脚步刚上到楼梯，又回头说："妈妈，如果你不相信爸爸，那么世界上的男人你还信得过谁？快去做一顿可口的晚饭，把爸爸叫回来，既然你不放他出去，就要把他拉回到你的身边，这是最重要的。《乱世佳人》的最后结局不是在提醒你吗？女人不应该太任性，太强悍，否则，白瑞特就要离家出走。我知道爸爸永远不会做白瑞特，但是，妈妈决不要学郝思嘉。”

玫怡凝神地看着女儿，这个对她抱有极大希望，又在希望中灰心丧气后不断地对她讥笑挖苦的女儿，就这样在她的眼前健康活泼地长大了。她为女儿感到欣慰，她深信丈夫永远都不会离开她们，白瑞特的离去不是因为郝思嘉的任性，而是因为失去了女儿。他们共同拥有了这么好的女儿，她会把他们紧紧地连在一起。

薛剑独自踯躅在街头，尽管行人都在匆匆忙忙，他却感到了一种孤独，像一个徒步浪迹的人。他的眼睛朝着来往的行人频频闪动，他的心情在激动中不安，他不知道为什么在这一刻他感到那么焦灼，心潮澎湃？为了保持平静，他随意走进一家商店，无心地转悠了一下，心情并没有轻松。假如，上苍向他指明一个方向，也许，从现在起他就会不住地去挨个寻找。因为丢下她，他的世界便失去了快乐。甚至绝望地想，如果今生无缘再与她相见，那么，就让他在这恨不相逢的痛苦中念念不忘。放弃她，也许就放弃了他今后的幸福；找到她，就预示着他又将失去一部分，他没有勇气去冒险。玫怡那决不善甘罢休的态度，已经明确地在向他挑衅，使他感到害怕。现在，他放弃了他的计划，但是，并不想回家，却感觉有一种冲动在指引他按着上班习惯去的那条道路朝着父母的住处走去。

按照平时的习惯，星期五的晚上是雪晨和妈妈一起吃晚饭的日子，也许对别人来说，一顿晚饭很平常，但是对他们就很珍贵。因为，在简单的饭桌旁，是他们对在外面的一切感受、认识和理解的一个沟通。可是，就在快傍晚的时候，雪晨突然打来电话对妈妈说，因为临时受到邀请，不能跟妈妈一起吃晚饭了，并保证说晚饭后会回家。

雁媚征求了奶奶的意见，问他们晚饭想吃什么？

奶奶说：“我看到篮子里有一把香菜，还有番茄，就做面吃吧，把这些下到面里会很好吃。”

“那我来做手擀面。”

奶奶高兴地说：“好啊，手擀的面条很好吃，我们都喜欢吃。在我年轻的时候，给他们做面条的时候都是手擀面条。那时，为了能省下三分钱，就是舍不得去买面条吃。其实，机器压出来的面条并不好吃，还带着一点的机油味。”她小碎的步子跟着雁媚去到厨房，神情快乐地继续说，“想想那个时候，家里有三个男孩，都是大饭量，还有你大伯，身强力壮，为他们忙一顿饭真的没少受累，每次擀面条就要和那么一大坨面。”她还用手比画了一下，乐呵呵地笑着又说：“好多年都没有吃到手擀的面条了，你做手擀面给我们吃，你大伯会特别高兴的。”

雁媚说：“大妈，如果你们喜欢吃，我就经常做给你们吃，我也喜欢吃手擀的面条，它柔软滑润，还带着一股面粉的自然香气。”

“是啊。”奶奶开始帮她择菜。

这时，她们听到有轻轻的敲门声。

奶奶放下手里的香菜，走着细碎的脚步，欢喜地去开她的家门。

这是一个偶然的相遇。

雪晨从学校出来准备回家时，在校园外的一条小路上，他遇见了导师的女儿秦真慧。如导师所说，对她只能用美来形容。她穿得非常得体，白色的衬衫外套了一件米黄色的羊绒衫，下穿一条灰蓝色的秋裙。她柔顺的长发披在肩上，头发上别了一只发卡，没有佩戴任何饰物，却显得非常高雅。她神态怡然，端庄大方，笑容迷人，她所表现出来的气质，就跟她的名字一样，既纯真，又聪慧。

她落落大方地对雪晨说：“你是姚雪晨吗？我曾远远地看到过你一次，是在我父亲的身边。”

雪晨略有害羞地说：“我也曾远远地看到过你，也是在导师的身边。”

真慧微笑着说：“爸爸很喜欢你，妈妈也在一旁怂恿，让我觉得很有意思，他们是想把你推荐给我吗？”

雪晨突然臊红了脸说：“导师不是那个意思。”

“那，跟我一起回去吧，爸爸妈妈看到这样的情景会大吃一惊的。”

雪晨迟疑地说：“对不起，我准备回家，我跟妈妈约好了，要……”

“妈妈？这么大的孩子怎么还依恋妈妈？”真慧感到奇怪，说：“我们可以找个地方坐下来谈谈吗？你打电话告诉妈妈，说你晚一些回家，让我们两个都曾经远远看到过对方的人，有一次近距离的接触，我们随便聊聊，可以吗？”

雪晨点头同意，并给妈妈打了电话。然后，他们在一个安静的小餐馆坐下。雪晨有点拘束，他还不习惯跟女孩子这样约会。

真慧显得很活泼，她说：“一般害羞的男孩，心底都很单纯，我看你害羞的样子很可爱，你常常害羞吗？”

雪晨说：“你说我害羞，那是因为我第一次跟一个女孩单独这样，我有点不习惯。”

真慧惊讶地说：“现在是什么年代了？谁还拘泥于一个不习惯？难道长这么大，你只跟妈妈在一起吃饭？你有依赖母性的癖好而忽略了你周围的女生？”

雪晨笑而不语。

她又说：“假如这么大的一个男生，整天一口一个妈妈我要这样，妈妈我要那样，会不会让人觉得很奇怪？”

雪晨认真地说：“我不觉得有什么奇怪，依恋妈妈是因为爱妈妈。也许我的出生影响了我的性格，确切地说我的性格很内向。而你就很开朗，两个性格不同的人坐在一起，应该就是这样吧，多半是你向我提问，让我来回答，或者是你不停地说，我安静地听，是这样的。”

他的谈吐很自然地流露出他的沉着、幽默和诙谐的能力，让真慧忍俊不禁：“你还蛮有趣的。”然后，她问，“你的出生怎么了？很奇特吗？”

雪晨说：“应该是吧。”

“怎么？父母离异？你是单亲家里的孩子？”

雪晨如实说：“我根本没有父亲，是我母亲独自把我生下来并独自抚养大的，也就是说我是一个私生的孩子。”雪晨喝了一口水，稍停，又说，“让你知道我是一个私生的孩子我并不感到害臊，虽然这个隐秘对刚刚听说的人会很吃惊。”

“那你的妈妈？”

雪晨深情地说：“我不知道我能用什么样的语言来如实的描绘我妈妈高贵的人品和美丽的心灵。但是，她含辛茹苦，忍辱负重地把我生下来又抚养我长大，善良和坚强是她最突出的品德。她性格很温顺，心灵也很美，尽管我们过着清贫而孤苦的生活。”

真慧很感动：“从你的语言中，我感受了你的母亲，她以勇气和爱，把你培养成一个我的父母都非常欣赏和喜爱的人。我想，假如你愿意去征得你妈妈的同意，我渴望去拜访她。”

雪晨调皮地问：“那我怎样向妈妈介绍你？”

“这要看你了。”

雪晨坦白说：“我妈妈在给人家做保姆，一个听起来很卑贱的职业，但是妈妈做得非常认真。”

真慧很惊讶：“哦。谢谢你雪晨，向我坦然地讲这些，是对我的信任吗？”

“是的，也有对我妈妈敬意的因素。”他机智地笑着又说，“妈妈虽然只有初中文化，但是她的字写得非常漂亮；妈妈的菜也做得很好吃，尽管她没有按照什么菜谱；妈妈还喜欢把家布置得很有格调，在一切简单和崇尚的活动中，妈妈都追求完美。”

“我忽然在想，一个美丽的女人，做人家的保姆该是一个多么难以形容的情形啊。”她信任地看着雪晨。

奶奶打开家门，吃惊地看到薛剑的脸上有一种难以形容的哀愁，她关切地问：“你怎么了？这时来有什么事吗？”

他低沉地说：“没什么事，不知不觉就走到这里了。”他走到父亲的床旁，“您还好吧？”

爷爷点点头。

“你们还没有吃饭吗？”

奶奶说：“阿姨正在做。你也没有吃吧？”

“嗯。”

奶奶高兴地说：“在这里吃吧，阿姨在做手擀面，你也好久没有吃到这种面了吧？”她转身去到厨房，对雁媚说，“再多做些，我儿子要在这里跟我们一起吃晚饭。”

“好。”雁媚心里莫名地在想：儿子？是那个雍容、高贵又骄傲的女人的丈夫吗？

奶奶从冰箱里拿出肉和菜说：“炒一个肉丝雪里蕻，一个番茄鸡蛋，还有青椒香菇，这些都是我儿子非常喜欢吃的菜。”她眼睛里闪烁着幸福的光芒，她的脸上是愉悦的笑容，儿子走到她的家里来吃这顿晚饭，无疑对她是个惊喜，从他们搬到这里，这还是第一次啊。她娇小的身影从厨房又走到屋里，对薛剑说，“哪天，让玫怡和薛珠也来这里吃顿饭。”她渴望有这样的日子。

薛剑说：“别让阿姨做得太多，我随便吃点就可以，玫怡不知道我来这里，或许她也做好了晚饭。”

“你打电话给她，不要让她等你太久。”

“不要管她，等不到我，她就会端起碗吃饭。”

“你跟她有什么不愉快吗？”

而在此时，玫怡也做好了晚饭，她细心地做了丈夫平时最爱吃的几样小菜，番茄炒鸡蛋，青椒肉丝，还做了一个甜品沙拉，那个玻璃盘子里呈现出的五颜六色的光彩，令她心情愉快。她耐心地等丈夫回家，在轻微的怨气中，她不知道丈夫为什么突然像孩子那样要脾气？那行李包孤零零地扔在客厅的墙角处，她相信丈夫不会走远，会冷静后回家。她让薛珠给薛剑打电话，提醒他回家吃饭。

薛珠固执地说：“妈妈，应该是你给爸爸打电话让他回家，既然你横阻了他的出行，你就要想办法哄他回家。男人有时也需要这样被哄，因为他们也有脆弱的时候。”

玫怡惊异地说：“臭丫头，你什么都懂了是不是？我怀疑你在学校根本就没有好好学习。”

“妈妈，你别这样大惊小怪，这应该是心理学。如果你能走进爸爸的心里，了解他的所需，将你的温柔展现在他回眸的背影，这该是一幅多么美的画面，你想象不到吗？”

玫怡一阵唏嘘：“你从哪里学会了这些与你实际年龄极不相称的东西？你

这么急着要长成大人，在我面前表现你的成熟吗？你都看了一些什么乱七八糟的书？引你早早走出你的纯情时代？是那些女性杂志，还是琼瑶小说？”

“妈妈，这应该是不足为奇的事，现在的女孩子哪个还傻乎乎？”她把电话递给妈妈，“快给爸爸打电话，我饿了，要吃饭。”

玫怡很不情愿地接过电话，嘴边还浮出一丝倨傲的微笑，自言自语地说：看他从家里出去的那副可怜相，是让我的心先软下来给他说好话吗？然后，她拨通电话冲着话筒大声说：“喂，你不回来吃饭吗？”

薛剑回应说：“不要等我，你跟薛珠一起吃吧，我在妈妈这里。”

“你是小孩子吗？受了委屈就跑到妈妈那里去？太可笑了，混蛋。”她气恼地把电话扔到沙发上骂道，“可恶的家伙，我还殷勤地为你做了你喜欢吃的饭菜。薛珠，我们吃饭。”

“爸爸不回来吃饭吗？”

薛剑从阳台上过来，又默默地坐回在父亲的身边。母亲因为他的来到，一直都在忙忙碌碌。她拿来了橘子、苹果，还端来了茶水，像招待贵客似的把薛剑弄得不知所措。他心里很惭愧，因为他从来都没有对父母这样殷勤。他不知道他和父母的感情，非要有这样的距离才能让母亲有这样轻捷快乐的脚步？

这时，一股热腾腾的香气弥漫到屋子里来，他朝房门看去，一个轻盈的身影从他的目光里走过。随后，奶奶就乐呵呵地来叫他去吃饭。

他说：“让我先来喂爸爸吃。”

“不用你，快坐下吃饭吧。”

奶奶把他拉到饭桌前。桌子上摆了几盘菜，虽然简单，却诱人食欲。那番茄炒鸡蛋的鲜泽，那肉丝雪里蕻的清香，还有那油渍渍的青椒，很容易让人断定这个阿姨做事的精致和考究。他思忖着怎样去厨房跟这个阿姨礼貌性地打个招呼，感谢她对父母的精心照顾，替他减轻了负担，而能使他的父母这么快乐地在这里生活。

这时，雁媚把煮好的面端出来，她微微低着头，对那个高贵而骄傲的女人的丈夫，她甚至没有敢去看他，这是她孤独生活所留下的后遗症，一个到了她这个年纪的女人还具有的一种羞怯。她盛了一碗递到薛剑的跟前：“您请吃。”又给奶奶盛了一碗。

这是一个多么奇怪的感觉，薛剑在这一刻，几乎是静止地在用他的眼睛极其固执地搜索着这个阿姨的侧面轮廓所显示的那种沉静、真挚和优雅的气质。正如薛珠说的，这个极其平凡而且卑微的职业，让这个阿姨做得这么完美，从而使她崇敬了这个职业。当然，薛剑知道这是女儿纯朴思想的反映。他静静地注视着她，她的动作是那样轻巧，她的声音是那样柔和，她所表现出来的一种扣人心弦的美，一下子都涌入到薛剑的心里来。他久久地，一动不动。突然，他开始悸动、颤抖。

这时，奶奶说：“雁媚，你也来吃饭吧，让大伯等一会儿吃，他还刚刚喝了一杯奶。”

这是一个多么震惊、愕然、怀疑的庄严时刻，人世间所有的思想和活动，人类心灵的激荡和跳跃，都像波涛汹涌。二十多年刻骨铭心的思念，深深地在他的心溪里被融化成了泪水流淌。他凝神伫立，惊疑地都不敢呼吸，看着雁媚转过的背影，随之是一个荡气回肠的沉默。

雁媚缓缓地停止了要去厨房的脚步,她预感到一个巨大的奇观就在她的身后，那束奇特的目光对她有一种强劲的吸引，使她情不自禁地回过身来。四目相视的瞬间，正如暴风雨全力冲击后的平静，一切都戛然而止。

第二十一章

夜幕降临了这座城市，到处都闪烁着灯火的光芒。就在那个后街旁的一个清静的花园里，正演绎着一曲令苍天都为之感动的生命爱情的凄美重逢。这个秋风冷冷的晚上，他们寸步不离地彼此守着对方，把他们二十多年魂牵梦绕的伤恨离愁，化作一个永恒的静止。

当泪水流向脸颊，心又在沉重的叹息，那无数个忍受生命苦乐的日子里，爱和思念是怎样不可屈服地跃入到他们心灵渴望的最深处？

他们默默地坐在一条长椅上，久久不说一句话。流失的岁月，都已经无法用任何语言来补偿。仿佛打破了沉默，就如同打破了梦一样。假如一切都还在梦里，唯一惧怕的就是梦醒时的空虚。多少个岁月的梦里，重复着这个憾然的梦境。耳畔的风声，摇曳的树梢和大自然温柔的气息，浓郁地向他们围拢过来的那种景象，都在提醒他们真实地在这里共同承受着这个巨大的相见恨晚的痛苦。

薛剑捧着低垂的头，雁媚靠在椅背上，真爱的夜里是他们最缠绵的遗憾。

雁媚轻声说：“一直以来，我都这样想，等再过十年，或者二十年，在我们变老的时候，让苍天给我一个机会，让我能见到你一次。那时的雪晨，或许早已做了父亲。他很小的时候，都希望能够找到你，他渴望像别人家的孩子一样有爸爸。”

薛剑慢慢地抬起头，他的脸上布满了泪水：“你怎么能这样？你是为我吗？这样残酷地守着你的美丽，你的纯洁和你的爱情。在我的思想、行动和睡梦每时每刻都留有你身影的时候，你却孤零零地无依无靠。对不起雁媚，我不知道怎么会这样，我怎么办？”他情不自禁地把雁媚紧紧地抱在怀里，长久地相拥而泣。

跟真慧分手后，雪晨就回家了，他在那个阴冷的小屋等了妈妈很长时间。他不知道妈妈为什么这么晚了还不回家？他焦急不安地在围墙边的那条小路上寻觅着妈妈回家时的身影。天愈晚，他愈感到不安，担心妈妈会不会发生什么事情，又怀疑那家的爷爷奶奶会不会出现什么意外？他想打电话过去询问，又怕惊动了那边的爷爷奶奶。他想，假如妈妈还在那里，就一定会打电话告诉他，假如，妈妈已经从那里回来，可是她又会去哪里呢？他心神不宁地待在那个小屋子里，害怕、焦虑、担心，最后决定还是打个电话过去。突然，他的电话铃响了……

夜晚，那攫人魂魄的电话铃突然把爷爷奶奶惊醒，奶奶颤悠悠地拿起话筒问是谁。

玫怡在电话那边喊道：“怎么回事？薛剑为什么到现在还不回家？他在做什么？是你让他留宿了吗？”

奶奶受了惊吓，声音颤抖地说：“吃过晚饭，他就走了。”她没有再说什么，当时薛剑和雁媚之间所发生的那种奇怪的情景，在她不知道是怎么回事的时候，她不想向玫怡多嘴。

玫怡又拨打薛剑的手机，可是，他的手机一直关着，这让玫怡气急败坏，她狠狠地摔了电话，愤愤不平地坐在床上开始那不着边际的猜疑。

黑夜深沉，似乎人们都早已睡了，薛剑和雁媚在这里静静地相拥。这样不知过了多久，好像一切又回到了他们年轻的时候，在继续那段缠绵浪漫的爱情。

雁媚轻声说：“我该走了，雪晨还在等我回家，他一定在担心我。”

“给他打电话，对他说你晚点回家，我不能让你这么快就从我身边走掉。虽然我也渴望看到他。雪晨，他是我的儿子啊。”

在万分紧张的时候，雪晨终于得到了电话：“喂，是妈妈吗？你在哪？发生什么事了？怎么还不回家？”

电话里，他听到一个男人浑厚的颤音：“是我，我是你妈妈的朋友，她现在在我的身边，我会把她送回家的。”

薛剑第一次对不曾某面的儿子倾听到他的声音，激动得禁不住哽咽，他把手机给了雁媚。

“妈妈的朋友？”雪晨很疑虑。

雁媚平静地对他说：“雪晨，对不起，让你担心了。妈妈偶然遇见了一个曾经认识的朋友，我们想多聊一会儿，你先睡吧，我一会儿就回家。”

“好，妈妈，夜晚你要当心。”雪晨关照了妈妈一声，但他的心里充满了疑惑，他怎么也想不起来妈妈会有一个什么样的朋友跟她在这里相遇？突然，他感到自己的心在怦怦跳，难道是妈妈偶然遇到了那个罗明叔叔？他对这样的想法也感到奇妙。然后，他放下了心，安然地躺在地铺上了。

夜深了，一切都很寂静，听得出微风触摸树叶的声音，也能感受雾气渐渐围拢过来的那股湿凉。薛剑脱去他的外衣，轻轻地披在雁媚柔弱的肩上。命运虽然无情，却没有把一切都骗去，生命因为有离别，爱情才有相逢的意义。他伸出一只手，强有力地握住雁媚冰冷的手，他要用整个心来温暖她。他惊奇地发现，雁媚手指上那枚小小的戒指在黑夜中闪着光。

雁媚对他微笑，说："这是雪晨送给我的，虽然我们都不懂得戴戒指的真正含义，但是他说，戴上戒指就会带来幸福，因为我们都渴望幸福。"

薛剑坚定地说："让我给你幸福，我一定会给你幸福。"

雁媚摇摇头说："对不起，我不是有意走到你面前的，我也不知道这冥冥之中是怎样的安排？当你的妻子问我愿不愿意去照顾两个老人的时候，我就答应了。因为我多么想得到一份工作。我不知道怎么会发生这样的事情，我几乎都不敢去想你在哪个地方。雪晨曾经问我爸爸在什么地方？我对他说，爸爸像一只断线的风筝飞得无影无踪。他是多么在意那只风筝啊。我没有想到我们会这样相遇，如果你平静的生活这样被我扰乱，我会很惭愧的。我知道你很幸福，你有一个美满的家庭，你的妻子优雅而高贵，你的女儿可爱又聪明，我不能让她们因为我而受到伤害。能见到你我就已经心满意足，我没有任何的奢望。等到天亮又一个新的一天，一切还像往常一样，我在你的父母那里，如果他们离不开我，我也离不开他们的时候，就让我安静地在他们身边，就像什么事也没有发生一样。"

"你应该知道这是不可能的，你让我像往常那样什么事都没有发生，我做不到。你知道吗？这么多年来我是多么的想你。那年，我从部队回来的第一天我就跑去找你。临走的时候，我还对爸爸妈妈说，我会给他们带来一个姑娘，如果还不能把她当成儿媳看的时候，就先把她当成女儿。因为我那样坚决地要确定我们的关系。可是，我去到那里却没有见到你。他们说你走了，又有说你跟了人。你知道当时我对你有多恼恨吗？"

"我不知道当时叔叔去要口粮的时候怎么会跟他们说那样的话，他一定是怕我没有结婚就有孩子被人知道，所以才这样加以掩盖。"

"到底是为什么要让我们在二十多年的蒙骗中虚度了这么多相思的岁月？无数个夜深人静的时候，我常常想你想得心神不宁，我是多么的放不下你。当我忽然听到那句'谁爱过我姐姐，她有一个孩子'的话的时候，我是经历了一次怎样严峻而挣扎的震惊时刻？就像海啸朝我卷来的那一瞬间，让我迷失。但是，我毫不退缩，我在到处找你，我相信会找到你。我不知道是什么在捉弄我们，非要让我们失去这么多的宝贵时间，才让我们在一起。"

雁媚疑惑地问："你见过采勤？"

"是。"

"你怎么会认识她？"

薛剑说："说来话长，我们曾下乡的队员，邀请我去参加一个聚会。我很想见你，哪怕能得到你的一点消息，我突然听到一个惊人的事实，我们的爱情创造了一个神奇的生命。可是，我在这二十多年里却浑然不知。对不起，雁媚。"他紧紧地把她抱住，泪水都滴到她的脸上。

"你见到俊生了吗？"

"我见到了他，是他告诉了我一切。"

"他好吗？"

这是一个长久的沉默。

"我想，怕是他过得也跟我一样艰难，人生有太多的无奈。"雁媚幽幽地说，"因为太看重你的前途，因为我的出身，一个虚妄可笑的年代，一个消沉停滞的思想，让我把你从我的身边推开，我好后悔。"

在她失去最多笑容的脸上，薛剑含泪向她微笑："我又来到你的身边，你无法再把我推开，让我们用共同的心智、心灵和爱情，一起去追求，去缅怀，去相濡以沫为时还不晚。"

"如果我们只是为了那曾经的爱，无视你的妻子，你的女儿，我们怎么可以去相濡以沫？命运这样戏弄了我们，在一切都无法挽回的时候，就让我在大伯大妈家里安安静静地做事。即使有幸让我做他们的女儿，我也愿意。因为我没有什么亲人，因为我已经惧怕了孤独，我别无所求。"

"我想见我的儿子。"薛剑向雁媚哀求。他必须征得她的同意，他要用他的忠实、坚定和勇气来承担这个责任，他不会畏惧，也不会退却。

夜，不知过了多久，隐隐约约听到了一天里最早的声音，上海的早晨总是醒得特别早。在即将黎明的那段黑暗的辰光，薛剑终于依依不舍地把雁媚送回到那个阴暗的小屋。小区的那个看门师傅，今天最早打开了小区的大门。

雁媚说："天快亮了，你回去吧。"

薛剑坚持要把她送到家门口。

雁媚犹豫地说："雪晨还在睡觉，我不想惊动他。天就要亮了，你也该回去了，如果你真想见到他，以后我会慢慢对他说。"

"我送你到你的家门口，我只看一眼你住的地方。"薛剑很固执。

微弱的灯光下，雪晨睡在地铺上，踏实又安宁，枕边还有一本打开的书。

雁媚坐在雪晨的身边，凝视着他熟睡的脸，这个奇特的夜晚，将会对他做一个什么样的补偿？那只早已断线的风筝，是否又飘落到他的梦里？他的脸带着睡梦中的微笑忽然醒来：

“妈妈，你什么时候回来的？我怎么一点都不知道？我等了你很长时间，迷迷糊糊就这样睡着了。妈妈，快告诉我，你到底遇见了谁？”他迫不及待地问。

雁媚的眼睛里闪着泪光，她没有任何心理准备要对雪晨说起他小时候都渴望得到的爸爸，此刻就出现在眼前。

“你是不是见到了罗明叔叔？”

雁媚惊讶地看着雪晨，在他逐渐懂事的时候，罗明闯进了他的心里，还带着那只风筝的礼物。从此，他守望着这个空虚的梦，有很长一段时间。

雁媚低声说：“我遇见了他。”

“谁？”

爸爸，一个多么生疏的称谓，既遥远又不可及。当听到妈妈说他就在身边的时候，雪晨沉默了。他许久没有说一句话，他心里充满了忧伤，不是因为自己这么多年里从没有过父爱，而是为妈妈这么多年里所经受的孤独。从他出生后的每一个被人嘲谑的日子，一个从没有父亲的孩子，是怎样睁着一双羞怯的眼睛看这个世界的？回忆像拉开的窗帘，往事又一幕一幕垂在胸前。

“妈妈。他要对你负责吗？”

“他想见你。”

天蒙蒙亮的时候，薛剑才疲惫而忧伤地回到家里。为了不惊动玫怡，他没有开灯，借着窗外微弱的亮光，悄然走到卧室，和衣倒在床上。浓浓的倦意向他袭来，他放下了所有的愁绪和叹息，很快便入睡了。

突然，玫怡翻身坐起来，她打开电灯，一束刺眼的光照在薛剑的脸上：“你是想离家出走吗？你怎么游荡到现在才回来？”她气呼呼地说。

薛剑转过身子，把那双布满泪痕的眼睛埋在他的臂弯里。

玫怡像神经质一样地拉他的衣裳，翻他的口袋，她不知道他整个晚上都在做什么？她看到窗外的天空已经泛亮，那一晚上都没有好好睡眠的眼睛开始警觉，她动作粗鲁地拽起他：“你到底怎么了？为什么现在才回家？天都亮了，你这一晚上都去哪里？”她掰开薛剑遮在脸上的胳膊，她看到了一个难以相信的情景：薛剑的脸上到处充满着伤心的泪痕，眼睛还湿汪汪的。她愣在那里，看着他，态度生硬得完全不被他的泪迹所融解，更加专横地摇动着他：“你起来，你给我说清楚，我是怎样刺痛了你，让你这样伤心？”

一连好多天，薛剑在家里几乎都不说一句话，他的沉默使家里的气氛异常凝重，玫怡几乎要在他的沉默中崩溃。

“你到底怎么了，你有什么事瞒着我？难道我阻止你出行，你就这样记恨我？你不能说出来吗？非要用这样的沉默来折磨我？”她从好言相问，到忍不住地叫喊。她像疯了一样逼着丈夫说话，哪怕一句。沉默的男人在她看来是多么可怕，想窥视他的内心，就像要看到海底一样痴心妄想。

每天除了上班，薛剑已经把大部分时间都留在了父母那里。在爸爸妈妈还不知情的情况下，他仅仅对他们说雁媚曾是他下乡时的一个同学。奶奶心里很高兴，怀疑世上怎么会有这么巧合的事情？薛剑的一个同学做了他们家的保姆，她那天然的良知和怜悯之心，更想把雁媚如女儿般呵护在身边。

薛剑来到这里，一切只是为了亲近雁媚，他失去了太多，他要挽回，他更想得到一个充分的时间，与雁媚寸步不离。然而，还是有点无可奈何。但是，他也感到了幸运，在父母的庇护下，他又获得了爱情。他怀着这样的快乐，一无其他杂念地守候在这里，即使安安静静很少说话，能这样深刻地体会着雁媚身上所显示出来的那种端庄、沉静和恬美的气息，就让他有种感动堵在他的嗓子里。他要把他的心更贴近她，让她相信他所承诺给她的幸福，不是一句空话，他在等着一个时机。

有时，他也会帮雁媚做做饭，和她一起包包饺子。在这样快乐的时候，也会触动雁媚想起在农村时和春莲一起包饺子跟金凤发生冲突的情景。

薛剑很动情，他说：“当时，我看到你那么委屈，我真想把你抱在胸前让你哭泣，让你依靠。”

“当时，我是很委屈。”

“我见过金凤，她说，如果见到你，她会向你道歉。”

雁媚说：“那都是过去的事了，她好吗？”

“离了一次婚，结了两次婚。”

“我想，那些轻易要离婚的人，往往是对生活不能满足。”

“可是……”

他的表情引起雁媚的担忧，感到他有一种逃避之嫌，他常常来这里，不敢面对他的妻子和女儿，无视她们的存在，他们不可能有任何结果。雁媚很清醒，也很理智，她总是冷静地劝他早点回家。

一天晚上，雁媚服侍爷爷奶奶入睡后，轻轻把房门虚掩上准备回家时，发现薛剑仍然在过厅里。她问：“你怎么还没有回家？”

“没有，我在等你。”薛剑凝视着雁媚，目光里有一种感情的逼迫，突然，他把雁媚抱在胸前热烈地吻她，他这样的举动，让房里躺在床上的奶奶也窥看到了。

雁媚惊慌地说：“别这样，伯母还刚刚睡下。”

薛剑低声说：“雁媚，我爱你，我每时每刻都想你，我要跟你在一起。”

雁媚轻轻推开他说：“别胡思乱想，快回家去吧，你经常待在这里太长时间，她们会有想法的。”

薛剑说：“我不管她们，我想你，难道你不想我吗？”

“不想。”

“你一定没有说实话。”

“我不能说实话，否则我会犯错。”

“我要你犯错。”

雁媚说：“不能，因为雪晨是一个端正的孩子，在他的心里，妈妈是一个纯洁的人。”

薛剑说：“他会理解的，因为我是他的爸爸。”

雁媚坚持说：“薛珠是一个纯真的孩子，她很聪明，也有个性，她有能力保护她妈妈的利益不受侵害。”

薛剑依然说：“雁媚，如果我得不到你我会受惩罚的。”

“不会的。”

“我会自己惩罚自己。”他紧紧地抱住雁媚深情地说，“我们为什么不能在一起？难道非要我们等到化石为泥的岁月，才能让我们在一起吗？”

此刻，雁媚好想回答他我也爱你，可是，不能，那是她心灵深处坚定的对爱情的认真、忠诚、谦卑和思考。她只是淡淡地说：“走吧。”

回家的路上，薛剑反复地考虑着怎样让爸爸妈妈再换一个大点的房子，让雁媚也能一起住过来。当行至家门前，看着那所大房子里渗透出来的明亮的灯光，他产生了厌倦。

他在门前徘徊，听到女儿正在对刚回家不久的玫怡抱怨说：“你们都不要回家了，留下我来照看你们的这幢大房子。本来爷爷奶奶和我们住在一起，家里的感觉多温暖。可是，你偏偏要把他们弄出去。现在，这空空的房子里，除了你炫耀的摆设还有什么？我也讨厌了，懊悔没有去做寄宿生。怪不得爸爸不肯回家，经常跟自己的父母待在一起，因为那样他感觉幸福。妈妈，你不觉得你已经失去了什么吗？”

玫怡说：“我失去了什么？我什么都没有失去，房子是我的，家是我的，女儿是我的，难道你爸爸不是我的吗？我才不管他呢，他要怎样在他的父母那里感受幸福就让他去感受好了，到困了的时候，他不是还要回家来睡觉吗？”

面对这样的家，薛剑一心只想到了那个孩子，他梦寐萦怀的是要见到他。后来他求得雁媚的同意，给他与雪晨约会的时间。雁媚答应了他，并告诉雪晨说："他非常想见你。"

"我也非常想见他。"雪晨简单的一句，流露出了他多年的渴望。他有良好的修养没有对父亲产生丝毫的怨恨。他体谅妈妈的苦衷，那不是靠个人的意志所能改变的困境，谁都没有责任。

星期六的傍晚，薛剑在一家酒店预定了一间包房，他要约见雪晨。他早早来到这里做心情的调整，因为他一直处在激动和兴奋之中。他要更谨慎，更平静地让他的感情更真实地表现在雪晨面前，他要留给儿子一个更值得信赖的形象。他着装很朴素，白衬衫外套了一件休闲夹克，看上去既平易近人又不失风度。他保持着他的沉着、骄傲，充满勇气地等着接受这份伟大的礼物。

这时，房门轻轻敲响了，他把门打开，站在他面前的竟是他二十多年做梦也不曾想到过的一个儿子。他看上去那么聪明、纯洁，带着谦逊的气质，优雅而宁静："您好。"

薛剑激动的眼睛里充满了泪水，亲切地问："妈妈呢？"

"她没有来，她说这是我们男人之间的事情。"一句轻松而深刻的话，让这个相见的场面显得如此神奇。

他深情地看着雪晨：他有一种容貌和形体的端正；一种行为和语言的端正，显露着一种思想和心灵的端正。他仿佛看到了自己年轻时的影子，心里突然涌出一股温暖的感情，他多么想去拥抱他啊。

他们久久地凝望着，往日的一切神秘感湮没了。这是一个什么魔术在你的血液里流淌着我的血？这是一个什么奇观让你成了我的？沉默孕育出这样的语声，让薛剑深受感动。他获得了一个辉煌生动的幸福，也得到了一个当之无愧的荣誉。他轻轻拉着雪晨的手，让他坐得离自己很近，并用一种诙谐的口气说：

"你长得跟我年轻时一样英俊，一定有很多女孩子喜欢你。"

雪晨羞赧一笑。

"你读到了硕士，很了不起，妈妈一定也为你付出了很多。"

"是的。"

"对不起，雪晨，我什么都没有为你做，你原谅我吗？"

"我想我们之间不存在原谅。听妈妈说，你根本不知道我的存在，不知道就不为错。"

"谢谢你，我的儿子。"

他们彼此望着，带着不寻常的微笑。尔后，雪晨坦诚地说：

“我很感激您，曾经用爱给了我生命。假如，你心里依然还有妈妈的话，我希望今后的时光是属于妈妈的。也许我这样的想法是我的自私，但是我仍这样希望。因为妈妈她太苦，太孤单。”他开始哽咽，声音里充满了苦苦的哀求。

薛剑缓缓站起来，从身后拥住雪晨的肩头，深沉地说：“我不能对你承诺什么，但是，我让你相信我依然爱着你的妈妈。这么多年，我从没有放弃我心里的这份感情。只是当时特定的因素，我们失去了继续相爱的机会。但是，我有信心，会用我今后的时光，我全部的生命去爱你和你的妈妈。只是现在，我需要一点时间。”

他那真挚的感情，不可避免地带着一种忧愁。雪晨心里也明白，这是一个很难解决的事情。沉默后，雪晨问：

“那个女孩很可爱是吗？”

“你是说薛珠？”

“是，一个多好听的名字，她应该是我的妹妹吧？”

“对，她是你的妹妹，在念高中，明年也该考大学了。”

“还有阿姨……”

雪晨感到不安，他知道父亲正处在一个危险的风口浪尖上。假如今生无缘相遇，也许对谁都相安无事。但是，当这个恨不相逢的结局呈现在面前的时候，才意味着沉重的开始。人的感情就是这样庄严，伤害到谁都是很残忍的。忽然，雪晨感到父亲很可怜，他想用一声呼喊来安慰他。他站起来，神情庄重地说：“爸爸，请允许我这样叫您一声。多少年了，虽然这叫声使我感到多么生疏，又多么难为情。爸爸，我从没有因为自己是个私生的孩子而羞耻过，你也要在我的面前显现着你父亲的荣誉。妈妈之所以这么坚强地把我养大，因为她心里从没有忘记过你。也许就是为了爱才有了我的生命。爸爸，我爱你。”

一个伟大的爱，就这样忍耐地等待着紧紧拥抱的时刻。

吹着夜晚的凉风，一对独特的父子并肩走在一条幽寂的马路上，那个暂别的依依不舍，使他们一同走了一程又一程。薛剑忽然想起了李静医师曾对他说过的，她在值夜班的时候碰见了一个跟他长得很像的一个男孩。就好奇地问：

“雪晨，你有过一次在夜里陪着一对夫妇到医院里急诊的经历吗？”

雪晨愣了一下说：“你是说房东家的叔叔忽然夜里生病我送去的那一次？”

“好像是。”

雪晨恍然笑了，说：“应该是吧，那个女医生直盯着我看，她一定感到奇怪，怎么会有一个男孩长得跟她医院里的一个医生一样？”

薛剑笑了起来，然后又惋惜地说：“当时，我也在医院里，爷爷生病我陪在他的身边。假如那天让我遇见你，我也不会相信这个世界上那就是我的儿子。我去参加一个聚会，我才知道这个惊人的事实。冥冥之中我感到一切都在为我们刻意安排，给我们相遇的机会，让我们继续相爱，对不对？”

“我想是吧，让妈妈到爷爷奶奶的身旁。我也渴望见到他们。”

“好，等我告诉他们以后，我会带你到他们的面前。我们是一家人，还有妈妈，我们不会再分离。”薛剑紧紧握住雪晨的肩头，“回去吧，告诉妈妈，我非常爱她。”

“我会告诉她的。”

转身走过几步，薛剑又回过头来高兴地说：“你送给妈妈的戒指戴在她手上非常漂亮。”

雪晨含笑说：“因为妈妈什么都没有，所以学会了睥睨珠宝，我送给她一枚戒指，只希望她能获得幸福。”

“请相信我，我一定会给妈妈幸福。”

就这样过了一段时间，薛剑再也没有向玫怡提起他要出行看朋友的事。对他这段时间的行为诡异和那张不再主动说话的嘴巴，玫怡感到奇怪。她甚至不理解丈夫不再是下班就回家，而是每天都回家很晚。她问他，不是闭口不说，就是轻描淡写。玫怡感到委屈，甚至恼火，在这个沉默的家里，她几乎憋得难受。为让自己心不在焉，她喝酒、打牌，还去跳舞，她放纵自己，也放松自己。

这天晚上，两个人都回家很晚，在家门前相遇，彼此看看，谁也不说话，像处在一场冷战中。即使夜里躺在床上，也貌合神离，谁也没有打破这傲慢的沉默。玫怡给他一个冷冰冰的脊背，捂着被子睡下。

薛剑躺在她的身边，耳濡她的呼吸，心里感到愧疚。他在无奈的哀叹中知道这不是她的错。命运要这样安排，该何去何从？生命里的爱情和伤痛，哪一样能轻易放下？他感到自己如此懦弱、优柔寡断，他甚至没有勇气面对妻子，而是以一种逃避的方式对她只字不提。

早晨，当玫怡委屈地从忧梦中醒来的时候，她睨了一眼背向着她的丈夫，这个冷酷的背影，令她的愤懑达到了极点。她对他所表现出来的这种冷漠和恶劣的态度不再漫不经心。她侧过身来，不屑地瞥他一眼，发现他脸上的泪痕无疑是最明显的。她感到吃惊、疑惑，就用一只粗暴的手使劲地摇动他：

“你给我起来讲清楚，上次我不让你出行，为什么你到现在还伤着心？白天你像个闷葫芦一样不说一句话，夜晚你在床上偷偷流泪，真是可笑死了。你还是男人吗？简直让人不可理喻。没出息的东西，我还一直把你当成我的骄傲，难道你仅仅是个可怜虫和窝囊废？我只干预你的一次行动，就对你有这么大的伤害，让你这么消沉颓废。假如，你见不到你的那个朋友会死的话，你现在就去好了，我不会再阻拦你。”

薛剑从床上坐起，低沉地说：“对不起，玫怡。”

玫怡一愣：“你还对我说对不起？”

“对不起，玫怡。”

玫怡越发感到纳闷：“怎么要这样说？你对不起我？你什么地方对不起我？你是在讥笑我的蛮横？”

薛剑终于艰难地说：“对不起，玫怡。我想跟你离婚。”

“什么？离婚？你是在开玩笑吗？”

玫怡跳下床，抓起一件衣服就朝他狠狠砸去：“你发什么神经？忽然就想跟我离婚？你是吃了什么迷魂的药才有了这样愚蠢可笑的念头？是什么惹得你非要跟我离婚？我哪一点背叛了你？仅仅是上次你说你要出行我阻拦了你，你就这样对我耿耿于怀？即使这样不足为奇的小事伤害你的自尊心，你也不能就这么提出离婚。这两个字是这么轻易说出口的吗？”

薛剑低着头，他陷入到了一种不可自拔的深愁里，在又一个孩子叫他父亲的时候，他要以什么力量来承受？

玫怡愤怒地接着说：“要跟我离婚？就要先说出一个理由。如果是我把你的父母弄出去，他们记恨我，向你挑拨，搬弄是非，离间我们的关系，我去找他们。我哪一点对不住他们又亏待了他们？”

薛剑生气地说：“别把你的愤怒强加给我的父母，这事跟他们一点关系都没有。我要跟你离婚是我自己的事情，与任何人都无关。”

玫怡冷笑了一声说：“跟他们无关？这些天你不是天天跑到那里去吗？这些时的晚饭，你不是天天在那里吃吗？他们一定在教唆你让你跟我离婚对不对？”

薛剑恼火了：“我说这事跟我父母没一点关系，你的心里怎么这样猥琐？”

“混蛋！我猥琐？你简直卑鄙透顶，你这样大言不惭地一早跟我提起离婚，你心里一定有不可告人的事情。为什么不能坦然地讲出来让我明白？难道是你医院的某个小护士勾引了你？噢，天呐，我一定要去打翻她，撕碎她。”说着，她砰得一声夺门而出，跑到了楼下。

从他们开始吵架，就把薛珠惊醒了，她隐隐约约听到了离婚两个字，她带着惶恐不安的心情，从床上爬起来。她不明白爸爸妈妈到底为什么要离婚？难道一直沉默的家里，就该到了爆发的时候？她蹑足站在父母的房门外侧听。突然，妈妈甩开房门冲了出来，她吓了一跳，然后就跟着妈妈跑到楼下：

“妈妈，到底发生了什么事？”

玫怡怒气冲冲地说：“你爸爸要跟我离婚，他跟我之间可能有第三者了。可恶的东西，他以为他很了不起吗？无视我在这个家里的价值，竟敢随便地说出这么愚蠢和毁灭性的语言。要跟我离婚？真是不知羞耻。”

薛珠说：“妈妈，你是不是曲解了爸爸的意思？他怎么会轻易说出这么不负责任的话呢？爸爸的生活一直都很严谨，怎么又会有第三者来插足或是他在外面找女人呢？爸爸绝对不是那种庸俗低劣又无品德的人。他爱爷爷奶奶，也爱这个家，他怎么敢去做那样的事情？爷爷奶奶就在身旁，他怎么敢要跟你离婚？这是多么让人不可理解啊。也许爸爸是在气头上随便说说而已。妈妈，你也别太过分了，总是对爸爸吵吵嚷嚷，这样会让他很灰心的。在这个家里，爸爸从没有大声呵斥过谁，只有妈妈你的尖叫声，唯恐外人听不到你在发脾气。人的修养，含蓄是最重要的，你不知道吗？”

玫怡瞪着她：“臭丫头，一大早你来教训我？今天，放学后你去奶奶家。”

“做什么？”

“问问奶奶，说你爸爸为什么要跟我离婚？”

“妈妈，你也这么幼稚吗？也许奶奶根本什么都不知道，你不是在节外生枝吗？让爷爷奶奶紧张，爸爸不是会更怨你？”

这时，薛剑从楼上下来：“我已经对你讲得很清楚了，这件事与任何人都没有关系，这是我的想法。你用不着疑神疑鬼，胡思乱猜。”

薛珠第一次看到爸爸发这么大的火，表情愠怒。

玫怡委屈地坐在客厅的沙发上掩面哭泣，她忽然感到自己好软弱。薛剑走到她的身旁，犹豫片刻，轻声说：“对不起玫怡，我是想等过一段时间好好跟你谈一谈的。可是，我实在没有勇气，我感到害怕。不过，一切事实的真相我都会如实告诉你，只是等我再冷静一点，等我再准备充分一点。”

玫怡和薛珠面面相觑，惊愕地看着他黯然神伤的样子。玫怡问：“怎么了？”

薛剑默默地走开了。

薛珠问：“妈妈，爸爸会有什么事？”

“不知道。”

第二天下午，最后一节自习课，薛珠找了个理由请假，她要去爷爷奶奶家。一天里，她的心情都不好，昨天早晨爸爸妈妈吵架时的情景在她的脑海里惹得她心烦意乱。生活的变故，怎么来得这样陡然？她怎么也想不到爸爸对生活的严肃认真和妈妈对一切都沾沾自满的骄傲共同组合的一个美满的家庭，也有这么世俗的一天。爸爸向妈妈提出离婚，是一个什么样的不可敞开的秘密，让爸爸这些天以来一直要躲到爷爷奶奶那里？在她的心目中，爸爸绝不是那种轻率鲁莽的男人。虽然爸爸妈妈在性格上有很大的差异，但是这并没有影响到他们和睦相处。在他们快二十年的婚姻生活里，一直是受人羡慕的夫妻。爸爸从不沾染恶习，更别说在外面找女人；妈妈虽然忙于生意，接触很多生意上的朋友，但是也从没有半点越轨的行为。他们彼此忠诚地守护着对方。而昨天早上所发生的事情令她迷惑不解，爸爸阴郁地对妈妈说对不起，难道爸爸真的做了对不起妈妈的事情吗？

她从公交车上下来，就进了一家食品店，为爷爷奶奶买了松饼，香香酥酥得很好吃。她的心情一下子变得很快活，就脚下生风地朝爷爷奶奶的家走去。

在转过一个岔口，她突然看到那个阿姨就走在她的前面，她想追上她。可是，一辆摩托车从她的身后猛然开过，她向路边躲闪了一下，刚骂了一句：野蛮，就又看到爸爸骑着自行车旁若无人地从她的身旁骑过。爸爸神清气爽地在那个阿姨的身边停下，并把阿姨手中拎的东西放到他的车篮里，又掏出手帕递给她。忽然，他们好像受了手帕的触动，爸爸沉浸在深深的凝思中。然后，还无所顾忌地帮阿姨捋了捋吹乱的头发，还用一种爱怜、温暖、深沉和体贴的方式拥了一下阿姨的肩膀，目光深情地看着她。那亲昵的样子，既像是恋爱中的缠绵情人，又像是一对恩爱夫妻。

雁媚把手帕还给薛剑说：“你回家去吧，以后不要常来这里，伯母好像发现了什么，她已经对我提出了警告。”

“她警告你什么？”薛剑微笑地问。

“伯母对我说，你们夫妻感情很好，而且你在外面从来也没有不好的表现。还说，如果你对我有感激的行为，让我避开你一下，不要迎合你。说你是男人，有时也会头脑发热。”

薛剑呵呵笑了：“妈妈真是个老精灵。”

薛珠吃惊地看着眼前的情景，她像一个狡黠的小精灵，哼了一声自语道：“如果妈妈看到这一切，就会明白她将要失去什么了。”她有极大的怀疑不敢向奶奶家走去，她无法面对那尴尬的场面。或许妈妈的疑心是对的，当男人又有了别的女人，他就会没有了理智，爸爸也是如此。他要跟妈妈离婚，难道就是为了这个女人？突然间，这个阿姨在她心目中的一切美好印象，都变得极为丑陋，她在心里暗暗地骂着：狐狸精，一个伪装得多么完美的狐狸精。她心里愤愤不平，想到妈妈真是好可怜。

这一天对玫怡来说是多么的沉重，在与丈夫冷战了几天，开口的第一句话竟然是离婚。她不能容忍丈夫这样绝情的语言，却发现他是在动真格的。他说对不起她，还说会找时间把真相告诉她，她一直在思忖这个问题。往日，丈夫的言行举止没有任何超乎寻常，他很少结交人，除了医院就是家里，生活很单调，也没有很多朋友，更少女性朋友。他循规蹈矩，把工作上的严谨也带入他的生活。她实在怀疑不到丈夫有任何出格的地方。从聚会回来，他就变得闷闷不乐，是谁在牵制他？玫怡几乎翻遍了丈夫所有的口袋、他的信件，都没有发现一点迹象。他说他会把真相告诉她，那是一个什么样的真相，隐藏在他们共同生活的二十年里不露一点破绽？

她无心做任何事情，心也静不下来。她取消了一个会议，也没有去查验刚到的一批货，她把一些急需要做的事情都撂在一边，打电话给薛剑：

“下班了吗？”

“下班了。”薛剑在母亲家的阳台上接了她的电话。

“我们约着到外面谈谈好吗？我实在迫不及待，想知道你所说的事情的真相。我们背着薛珠不让她知道，我们两个谈。不管你有没有准备，只要你把事情向我说出来，让我知道你要跟我离婚的理由，我才能做出决定。我不是那种蠢笨的离开男人就活不下去的女人，我也不是那种专制的死缠住男人不松手的女人。既然你不顾我们近二十年的夫妻感情，这么轻口薄言地向我提出离婚，我的理智也在警告我要用冷静的态度对待你这种负心人。我们出来谈谈吧，我没有耐心等着你有心里准备。马上谈。”

薛剑犹豫了一下说：“明天吧，明天我跟你好好谈。”

“现在不可以吗？”

沉默后，薛剑坚决地说：“明天谈。”

“你在哪儿？”玫怡警觉地问。

“我，我在妈妈这里。”

玫怡讥笑说：“好一个孝子，天天待在他们身边，他们该多满意啊。”说着就狠狠地把电话挂了。

奶奶走过来担心地问：“是玫怡打电话给你吗？你经常到这里来，她是不是在生气？”

“没有。”

奶奶又问：“她知道你和雁媚是同学吗？”

薛剑说：“还不知道。”

“你应该告诉她，让她也有惊奇感。上海这么大，就有这么巧合的事情让她碰上。”

薛剑苦笑了一下，他也知道，如果不是玫怡，他到哪里去找雁媚？他走到厨房，静静地站在雁媚的身后，嗅着她那温柔的气息，看到她拢向后面的黑发中有几根银丝，就突然对她有种珍惜和爱怜。

雁媚问："她让你回家去吗？"

"没有。"

雁媚说："大伯大妈有我在这里照顾，以后你下班就不要来了。你家里有妻子和女儿，你应该陪她们一起吃晚饭，这是你的本分。"

"怎么办，我不想离开你。"

雁媚认真地说："别有什么奇怪的念头，要好好爱你的妻子，在一切都相安无事的情况下，我会没有任何负担地待在这里，否则，我会离开。"

"你怎么还像以前那样倔强？你这样是为我好吗？你为什么不为自己着想。我准备让雪晨来这里，我应该让爸爸妈妈知道这一切。"

雁媚慌乱地说："不要这样，再等等。"

家里有一种冷清清的感觉，晚饭的餐桌上，已经很长时间没有薛剑的身影。薛珠和妈妈默默地吃着饭，谁也没有开口说话。下午被薛珠看到的那个情景，她不敢告诉妈妈。可是，假如爸爸是为那个女人要跟妈妈离婚的话，她想，妈妈应该知道这一切，她不能这样被蒙蔽而一无所知。

薛珠体贴地给妈妈夹了菜，然后，谨慎地问："妈妈，你从哪里帮爷爷奶奶找的保姆？"

玫怡漠不关心地说："在家政公司，那天我去的时候正碰上她。"

薛珠又问："你觉得这个阿姨她……"

玫怡只在关心着自己的事情，一个保姆、家佣，何足被她挂齿。她摆摆手："快吃饭。"

片刻后，薛珠又问："妈妈，你在跟这个阿姨交谈时，你能了解她多少？就像你在做生意的时候，你去揣摩顾客的心理，你知道她到爷爷奶奶家里的意图吗？"

玫怡惊异地问："你怎么总在提这个奇怪的问题？"

"这个问题奇怪吗？我不觉得奇怪，这个阿姨……"

玫怡不耐烦地说："我对她没有兴趣。"

"妈妈，这个阿姨是不是很漂亮，很温柔，是不是……"

"什么意思？你怎么一直在提她？"

薛珠着急地说："难道你不去想想，爸爸为什么这些天常常待在爷爷奶奶那里？"

玫怡迷惑不解，又很敏感地问："怎么？下午你去奶奶家了吗？"

“我本来要去的，可是，我没有去。”

“为什么？”

“因为，我改主意了，我怕……”薛珠支支吾吾。

“你怕什么？你也有事瞒着我吗？”玫怡感到蹊跷，她从女儿的脸上看到了一种奇怪的东西，她急切地需要女儿做出解释，“你知道什么？快告诉我，你不能向我撒谎。”

薛珠受到威逼，开始害怕，担心她说出来的话会使妈妈暴跳如雷。

“我也不知道我看到的那个情景，是不是爸爸要向妈妈提出离婚的依据。但是，我看到后心里也很生气，我不相信爸爸会这样做。”

“你看到了什么？他在做什么？”

“我看到爸爸跟那个阿姨很亲昵的样子。”

玫怡怔了怔，然后，不问青红皂白，摔下筷子就跑了出去。

“妈妈，你要做什么？”薛珠追着她，却看见妈妈拦了一辆出租车走了。她在懊恼中感到恐惧，担心妈妈会像火势蔓延一样，不知道要怎样去燃烧爷爷奶奶的家？

吃过晚饭后一个温馨的时刻，雁媚和薛剑相依坐在爷爷的床旁。薛剑似乎有意要做出这样亲昵的样子，因为他要向父母讲出这个隐藏在心中好多年的秘密。他招呼母亲也坐过来：

“妈妈，你坐到这边来，我有话对您和爸爸说。”他表情很严肃。

雁媚暗暗示意他不要说，薛剑却更大胆地握起雁媚的手，对父母说：

“爸爸，妈妈，不知道你们还有没有印象，还记不记得我很早曾对你们说过的一个姑娘？就是那年我从部队回家的那一次。我对你们说，我在农村的时候爱上了一个姑娘，我回来就是想和她确立关系，如果你们接受她，我想让她留在家里先做你们的女儿。你们还记得我这样对你们说过的话吗？”

爷爷靠在床上，两只眼睛盯着屋顶沉思着，奶奶在艰难地回忆往事。

薛剑接着说：“当时，薛涛、薛山也在家里，他们还取笑我要给他们带回一个嫂子。”

爷爷忽然从沉思中移过目光，呆呆地凝视着雁媚，奶奶也仿佛从记忆中找到了线索，她目睹儿子对雁媚所表现出来的一种毫不避讳的体贴和温情，惊疑地说：

“我想起来了，那时候你说你喜欢一个女孩，因为没有什么亲人，想把她带回家里来。她，就是雁媚吗？”

薛剑激动地说：“是啊，妈妈，我做梦也没有想到她就在你们的身边，像女儿一样地在照顾着你们。那天，当我第一次在这里遇见她的时候，我都不敢相信我是不是在梦里。当时的情景您也看到了，这么多年来，我一直都想见到她，没想到她就在这里。所以，我想，在这里给你们换一套大一点的房子，让雁媚也一起住过来。”

雁媚说：“对不起，大伯大妈，那都是过去的事，我现在没有其他的想法。如果上天让我们之间有一种缘分存在，我心甘情愿做你们的女儿伺候你们。如果，我在你们身边会给你们造成压力，我就会主动离开。我相信会有跟我一样爱你们的人来照顾你们的。”

薛剑紧握住雁媚的手说：“爸爸，妈妈，或许你们根本就没有想到，你们还有一个亲孙子，他已经长大了，在这里读硕士，我已经见到了他。”他有点哽咽。

爷爷惊异的眼睛闪着亮光，奶奶激动地浑身颤抖，她带着真切的爱怜和惊愕对雁媚说：“这是真的吗？雁媚，我们还有一个孙子？”

“是。”

“你独自抚养他，吃很多苦是不是？”奶奶不禁流了泪。

雁媚摇摇头：“没有。”

奶奶抬起泪湿的眼睛，惊异不安地对薛剑又问：“玫怡知道吗？”

薛剑说：“我还没有告诉她，是打算找个时间跟她好好谈谈的。我准备跟她离婚。”

“什么？”

“爸爸，妈妈，请不要认为我离婚是可耻的，因为我想跟雁媚在一起。”

“不可以，你不可以这样做。”雁媚为他这样的想法感到恐惧。

这时，一阵急促的敲门声让他们紧张，奶奶颤悠悠地去把门打开，顿时，玫怡像一股飓风冲了进来：“你给你儿子制造了一个什么良机，让他在这里苟且偷欢，寻欢作乐？”

奶奶哆嗦地：“玫怡。”

玫怡亲眼目睹了这个她似乎还想象不到的场面，薛剑和雁媚坐在一起，手还握着。她第一次认识了嫉妒：

“你这个贱人，我瞎了眼睛引狼入室，我所努力做的就是让你在这里勾引我的丈夫。”她蛮横地破口大骂，扑过去抓住雁媚就是一记耳光。

薛剑愤怒地抓住她的手臂说：“你竟敢放肆打人？你怎么变得这么野蛮？”

“我打她？我还要杀了她！”她极其嚣张，这样不顾颜面的放纵和轻狂，完全暴露出了她性格中的骄横和浅薄的一面，她那与生俱来的张狂个性，决不是那种轻易妥协让步的人。

薛剑十分生气："别在这里撒野，我们回去说。"他狠狠地松开她的手臂，使她向后一个趔趄。

玫怡讥笑说："天大的笑话，一个下贱的女人，给你一次做保姆的机会，你就像得到了主人一样的地位，有资格来勾引男人？真不要脸。"她又对薛剑说，"这就是你要跟我离婚的理由？"

"别在这里蛮不讲理，我告诉过你有话回去说。"

"回去说？说什么？我亲眼看到你们两个在这里好大胆地做出缠绵的动作，就只差没有像捉奸那样捉到你们。"

薛剑敛容正色："放肆，你当着爸爸妈妈的面，怎么敢说出这样低俗恶劣的话？谁给你的权力让你在这里像疯狗一样的叫，不懂羞耻吗？"

"你还跟我谈羞耻？"

爷爷被这突如其来的场面吓得面如灰色，奶奶更是战战兢兢，她紧紧挨近雁媚，仿佛要用她弱小的身躯来保护她一样。雁媚在恐惧中手足无措，惭愧地对玫怡说："对不起。"

玫怡带着侮辱的冷笑说："你滚，接下来的事情由我们家人来解决。你是谁？一个低贱的保姆，我随时都可以把你辞退。从明天起，你不要来了。"

薛剑冷冷地说："你的言行令人发指，你也滚吧。"

"哼，让我滚，不是那么容易的。"她用愠怒、尖刻、不容分说的态度说："明天开始，在这个家里，再也别让我看见这个女人，否则，我不会善罢甘休。我们回去谈，我在家里等你。"说完，她夺门而去。

如狂风呼啸而去，突然的宁静，雁媚浑身都在打颤，薛剑缓缓转过身来，轻轻拥住雁媚："对不起，雁媚。"

雁媚把他轻轻推开，对爷爷奶奶说："大伯，大妈，假如明天我不再来照顾你们，你们一定要多保重。"

"你不能走，你离开了，爸爸妈妈怎么办？"

奶奶说："雁媚，你暂时不要来，等薛剑找到大一点的房子，你搬过来跟我们一起住，我把你当成女儿，谁也不能那么残忍地让我们母女分开。"

雁媚扑向奶奶，情不自禁地喊道："爸爸妈妈，我只想做你们的女儿。"稍镇定后对薛剑说："你回去吧，我想再待一会儿，我帮大妈织的毛衣还差一点，我把它织好后再走。"

薛剑哀求说："雁媚，你不能走，你哪也不能去，我会尽快去找房子，让你和雪晨都能住过来，我们是一家人，我们不能再分开。"

就像命运是一片秋天的残云，注定了它在无驻的空中漂游不定。假如因为她的存在，破碎而刺伤了另一个女人的心，雁媚是万万不可做的。无论幸福和痛苦，她已经深深感到对谁都是一个不公平的伤害。当然，她经受的痛苦多，她承受的能力就强。她拿起还差一点就要完工的毛衣织了起来。

看着她冷静的样子，薛剑感到不安，他以警告的口吻对她说："你哪也不能去，假如你不让我更伤心的话，你明天还要来。否则，我会不顾一切，我会抛弃所有，你应该知道我不能再失去你。即使你想逃避离开这里，我也会一直追着你，你明白我的意思吗？"他那不可征服的目光直盯着雁媚，让她害怕。他继续说："假如你还像以前那样，逃避离开我，让我失望，我不会饶恕你。"

雁媚流着泪向他哀求："薛剑，假如我继续留在这里照顾大伯大妈，你必须向我保证，你不能跟你的妻子离婚，你不能让我成为她最憎恨的人。你可以把事情对她讲清楚，让她消除对你的误会，并得到她的谅解，否则我无脸留在这里。你别让我难堪，大伯大妈也不能再受到惊扰。你快回去，跟她好好谈谈，让她心如冰释，让她不再有忧烦，这样我才能安心地待在这里。你也知道在这个世界上，我没有什么亲人，在我和雪晨相依为命的孤苦日子里，我多么渴望有亲情。现在，我能来到大伯大妈的身边，尽管经历了那么多年的痛苦和孤独，为了今天，它是多么值得啊。我感受这份亲情，我怎么会轻易把它丢掉。即使为了我，你也要爱你的妻子，保护好你的家庭啊。"

"傻瓜，你应该知道我的心情，你这么说会让我更难过。在与你漫长的分离中，我的心受到多么重的伤害，你不知道吗？"他替她擦了眼泪。

"别说这些。快回去吧，好好安慰她，女人在怕失去她所珍贵的东西的时候，都会先失去理智。你要原谅她。"

奶奶也催促说："你快走吧，万一玫怡又闯过来怎么办？别再让我们担惊受怕了，你看你爸爸一直都愣在那里，他受了刺激，全身都在发抖啊。"

这个可怜的老人，忧心忡忡，暗自哀伤，只能说一些别人都听不懂的话。薛剑走到父亲的床前安慰说："爸爸，您别担心，不会有事的，我马上就回去跟玫怡好好谈谈，当她知道事情的一切时，她就不会再胡闹了。在你们离不开雁媚，雁媚也离不开你们的时候，一切都把它当成什么事也没有发生。过几天，我会把雪晨带到你们的面前，当你们看到他的时候，一定会感到是我年轻时的样子。"

他声音哽咽，爷爷也激动得流出了眼泪，他还是那样愣着，凝视着，几乎看出他要说出的话在唇边抖动着。

"雁媚，把手上的活儿放下吧，让薛剑先送你回家。明天，你还要来。爸爸妈妈会在这里等你。如果你不再来的话，我们待在这里也没有什么意义。"她拿走了雁媚手上的毛衣，把雁媚拉起来，饱含希望地说，"我多么想见到我的孙子啊。”

玫怡疯狂失态地从屋里跑出来，不计后果，忽然，她有点害怕，因为在公婆和那个女人面前，丢尽了脸面。她在想，丈夫和那个女人到底是什么关系？他们之间是不是有一段鲜为人知的隐情？从丈夫聚会回来后的种种表现，她怀疑到这一点。刚才她也从丈夫的表情中看到了他所表现出来的一种柔情似水的东西，他们之间一定有一个悠长的故事，否则丈夫不可能在这么短的时间里，跟这个女人发生这么深的恋情。想到这些，她对自己刚才的行为感到不安。在离婚的序幕刚刚拉开的时候，这无疑是最有力的言辞。虽然她知道自己总是任性、固执、独断专行。但是，她深爱自己的丈夫。在她这个将近不惑的年纪里，时时会有危机感。她在街上徘徊一阵后，把自己抛到一个酒吧，她要借着酒劲向丈夫示威，她不是那种可以妥协让步的人。

薛剑回到家里，看到薛珠一个人蜷缩在沙发里，一副害怕的样子。

“妈妈呢？”他问。

薛珠小心地说：“妈妈是不是去了奶奶家？”

“发生什么事了？你妈妈怎么突然跑过去，目中无人地在那里发疯？”

“妈妈做得很过分吗？”

“是，太过分了。”

薛珠坦白地说：“爸爸，你别怪我，早晨我听到你们吵架说要离婚，我感到疑惑，一整天都在想这个问题，你们为什么突然要离婚？下午，我逃了一节课，想去爷爷奶奶那里，我知道这些天，你都是在那里吃的晚饭。可是，当我走到那里的时候，我忽然在那条路上，看到你对那个阿姨表现得很亲密。也许我太敏感了，想到你会不会因为那个阿姨才要跟妈妈离婚的。所以，回家后，为了提醒妈妈，我一不留神就把我看到的情形都对她说了。当时，妈妈就很冲动，从屋子里跑出去，我没有拦住她。”

“她一直都没有回来吗？”

“没有，我很害怕。爸爸，我是不是闯了大祸，害爷爷奶奶也惊慌不宁？”

薛剑安慰说：“没事的，早晚都要知道。我本来也打算跟你妈妈好好讲清楚的，只是突然用这样的方法让她怒不可遏地冲到爷爷奶奶的家里大吵大闹，我很难过。”

薛珠小心地问：“爸爸，你真的有事瞒着我和妈妈吗？还是你对那个阿姨有特别的好感？是不是那个阿姨太美太善良，对爷爷奶奶照顾得无微不至让你感动，使你身不由己地对她产生了感情？是不是妈妈缺少了一种温柔，而你从那个阿姨身上得到了。所以，就不假思索地要向妈妈提出离婚？”

对女儿的一连串发问，薛剑不再犹豫。他知道女儿已经长大，可以知理明事，如果对她继续隐瞒也毫无意义，况且她也应该知道她有一个同父异母的哥哥。片刻，薛剑神情宁静，眉宇中带着骄傲，对女儿说：“跟我来。”

进到书房，薛珠问：“爸爸，有话要对我说吗？”

薛剑从一本书里拿出那张照片递给薛珠：“你看这个。”

薛珠感到奇怪，看了看照片问：

“这是爸爸年轻时的朋友和年轻时的生活，让我看什么？”

薛剑指着照片上的雁媚说：“你看看她，你仔细看看她，不觉得有点眼熟吗？你想象不到她就是在照顾爷爷奶奶的那个阿姨吗？”

薛珠惊愕地凝视着照片上的雁媚，恍然想起那一天，爸爸坐在书房里看照片发愣时的情景。当时她还满不在乎地指着照片上的雁媚说：她怎么披散头发没有梳辫子？爸爸说：因为她与众不同。就是这个与众不同的女人，在爸爸的心里珍藏了这么多年，而她和妈妈却全然不知。而且，那天她还随便问了爸爸：你跟她有故事吗？

“我跟她有一段很深远的故事。”薛剑坦白地对女儿开始讲述他所经历的一场凄美的爱情故事。他沉浸在一个完美的回忆中，往事的一切都像一个新的幻影呈现在他的眼前。他娓娓地说：

“在我们也跟你现在的这个年龄，就离开父母，离开家庭，到一个空旷、深远和不着边际的农村生活和劳动。那里，几乎看不到任何一点城市的迹象，也感受不到一点城市里的气息，就是离一条公路也有很远的路程。我们作为一个年轻的群体，同当地的农民一样劳动，一样收获。我们与他们不同的地方是，我们有独立的思想和向往，我们有快乐，有痛苦，当然也有我们的爱情。当我第一次遇见她的时候，就很喜欢，总是默默地注视她。因为当时的处境很艰难，我们的相爱遇到了一些阻力，不敢表现出彼此的爱慕，只能偷偷地靠用眼神来传递心灵的默契。当然，我们也得到了一个叫俊生的叔叔的帮助，他为我们制造幽会的机会。”

薛珠问：“他为什么要这样做？”

“因为他感到自己很卑微。他出身贫寒，没有上过学，在那里受歧视，被人瞧不起。但是，雁媚阿姨从不这样看待他，把他当作可以信赖的朋友，教他识字，还为他编织毛衣。所以，当你不经意地把你多余的一部分分给他的时候，他就会拿最好的回报给你。

“一次播种完小麦，队里集体放假，因为每次放假都是俊生叔叔留下来看门。他负责喂马，他从不离开他的马。可是那天，他却跑过来向我请求说他要回家，让我留下来照看马。我心里稍有不情愿，但还是跳下了卡车。他们都走了，留下我一个看护着那个空寂的院子和那两匹棕色的马，我吹着口哨排遣着寂寞，那空无人声的青年队大院，阴森森地让人感到恐惧。可是，我万万没有想到，在接近傍晚的时候，雁媚阿姨领着一个乡里的小姑娘回来了。我当时忽略了雁媚阿姨因为无家可归而无处可去。她本来打算借住这个小姑娘的家里，可是小姑娘外出做木工的父亲突然回来了，雁媚阿姨就让小姑娘陪她到青年队来。当然，她看到我在这里也很吃惊，我才知道这是俊生叔叔在刻意为我们安排。

“当一切都寂静无声的时候，仿佛世界上就只有我们两个人。那种在平日里的压抑，顷刻间像释放的火焰带着绚丽的色彩，让我们一起度过了轻松自由，无拘无束的美好时光。我们在马房的一堆篝火旁倾诉衷肠；我们在田间的小路上徜徉，愉快地消磨那漫长而又金光灿灿的午后良辰。当时，她穿着她妈妈留下来的非常漂亮的衣裳，在那个着装没有一点色彩的灰蒙蒙的年代，那样的着装，无疑给那个世界增添了神奇的艳丽。

“我们真心地爱着，带着甜美的希望，长久地在空旷的田野上凝望。远处的浮光掠影和色彩斑斓的地平线，慢慢地变幻出千姿百态的景象，美轮美奂，令人心旷神怡。我们怀着美好的憧憬，幻想着地平线以外的世界；我们向着苍天大地默默地私定终身；那黄褐色的土地，像大漠一样激起人的豪情。在很远处，我们看到一对蹒跚的老人在地里拾柴火，我们就奢望着能像他们那样，相依相伴，天长地久。”

薛珠被父亲沉醉的回忆感染着，她不禁惊叹说：“太美了，像诗一样浪漫，那后来呢？”

“后来，”薛剑阴郁地说，“也许就是为了她，我比任何时候都渴望能离开那里。因为我知道，我们留在农村太没有前途，生活也太没有希望。不久，征兵开始了，我竭尽全力争取到这个机会。当然，在当时的政审和调查是一个重要的环节。为了避免节外生枝，我们的交往更是小心谨慎，讳莫如深，以至于在青年队里，没有人知道我们在相爱。雁媚阿姨也是为我考虑，担心她的家庭问题，会影响到我今后的前途。所以，就在我临走的时候，向我提出了分手。这张照片上印记着她当时所有的痛苦和哀愁。虽然我离开了那里，可是我并没有忘记她。到了部队，纪律也很严明，我们失去了很多联系的机会。直到后来，我又考取了大学，就急切地去找她。可是她走了，听人说，她可能已经有人了，那个男的还帮他办理了回城的手续。我听到后很失望，也很沮丧。后来，我就再也没有得到过她的任何消息。

“上次，我去参加聚会，说真心话，我是想去见她，哪怕得到她的一点消息。

我把生病的爷爷都放在一边，我对你和妈妈也紧紧隐瞒。然而，她没有来到聚会的现场。但是，我却听到了一句话：‘谁爱过我姐姐，她有一个孩子。’她养着我的孩子，在二十多年漫长的日子里，尽管遭受孤独和耻辱，却把孩子培养得非常优秀。那天，我整理行包就是要去找她，我要为我年轻时的鲁莽承担责任，我没有勇气对你妈妈讲出这些，心里很害怕，也很紧张。你妈妈阻挡我的出行，让我心灰意冷。我从家里出来，到外面闲逛，不知不觉就去了爷爷奶奶那里。你怎么也想不到这一切都发生得那样神奇。”

薛剑从一种忘我的境地慢慢地抬起头，看着已经惊疑的女儿：“对不起，薛珠。爸爸不是你心目中完美的人，爸爸有很多的自私和懦弱，甚至还想去逃避。”

此刻，薛珠的内心是多么复杂，爸爸还有一个孩子？这多么让人意外。她问：“爸爸，您见到他了？他应该是我的哥哥还是姐姐？”

“是哥哥。”

“我可以见到他吗？”

“你应该见到他。”

“爷爷奶奶知道吗？”

“也刚刚才知道。”

“妈妈呢？”

“我还没有告诉她。”

“我想妈妈知道这一切后会理解的。”

“希望她能理解。”然后，薛剑开始担忧：“这么晚了，她怎么还不回来？”

对这突然发生的一切，玫怡感到自己神智又清醒又糊涂，她进了一个酒吧，不停地向服务生要酒，最后说话也含糊不清。一个服务生规劝她不能喝这么多。玫怡却说：

“帮我再倒一杯，我还很清醒，否则我不会这么苦恼，去把我的丈夫叫过来，我有话要问他。”

“你丈夫在哪？”

“打电话给他。”她咕咕哝哝地说出了家里的电话号码后，就一头栽倒在桌子上，醉了过去。

待把她弄回家的时候，天已经很晚了。薛剑安慰女儿去睡，自己却在妻子身旁坐了很长时间。

玫怡嘴里呼出刺鼻的酒气，还在醉梦里喃喃呓语：“我要让她走，让她走。”

早上起床后，薛剑为妻子沏好了一杯清茶，放在她的床旁。他今天要早点去上班，因为他要给病人做手术，他要不带任何烦恼去做这个手术。他在清寂的办公室里，反复审阅着患者的病历报告，他又去到病人的身旁，说一些术前最能安慰病人的话。他工作的习惯就是这样，从不吝啬他对病人的感情，总会用一句温暖的话来温暖病人冰冷的心。

当他从病房出来的时候，医生们才陆续上班，李静医师神采飞扬地向他打招呼：“您早，薛主任。”

“你早。”然后，薛剑莫名其妙地带着一种狡黠的笑看着她。

“怎么要这样看我？”李静感到奇怪。

“谢谢你。”

“谢我什么？”

“因为我欣赏你的眼力。”他诙谐地说了一句李静怎么也摸不着头脑的话。他却很开心，因为他向雪晨证实了那件事，李静用美丽的眼睛，看到了一个跟她的薛主任长得很像的男孩，她怎么也想不到，那就是薛主任真真切切的儿子。

“什么意思？”李静越发感到奇怪。

薛剑笑着：“好了，快去准备吧，一会要做手术。”然后他又给父母家里打了通电话，“妈妈，雁媚来了吗？”

奶奶说：“雁媚她来了，很早就来了。”

“来了就好，您让她听电话。”

奶奶把电话交给雁媚。

薛剑说：“雁媚，谢谢你，又来到爸爸妈妈的身边。”

雁媚说：“昨晚，你跟妻子没发生什么吧？”

“没有。”

雁媚说：“你告诉她，我来到伯父伯母这里只是为了工作，没有任何企图，你一定要让她放心。”

薛剑说：“好，我会对她说。”稍停片刻，薛剑依依不舍地，一遍一遍地喊着，“雁媚，雁媚。”

雁媚说：“你不要担心，去工作吧。”

直到上午快十点钟，玫怡才醒来。她慵懒地揉了一下惺忪的眼睛，对昨晚发生的事，她已记不得是怎么回的家。看到床头柜上一杯沏好的清茶，油然感到丈夫对她的体贴和关怀还如以前。她感到有点懊悔，怀疑自己昨晚是不是有点小题大做了？她冷静地想了想就下床了。洗漱后，喝了一杯牛奶，吃了一块松饼，然后还是带着她的骄矜之气，固执地跑到家政服务公司，又带上一个不到二十岁的农村女孩，直奔奶奶家。

午后，爷爷还在午睡中。昨晚他受了惊吓，也受了感动，今天他显得很困倦，睡了很长时间。雁媚把刚织好的毛衣套在奶奶的身上，试试合不合适。奶奶很满意，她们已经忘记了昨晚所有的不愉快，泰然自若地把她们特殊的关系，自然，贴切地转换成一种亲情关系，犹如真正的母亲与女儿。

玫怡来了，还带来了那个乡下姑娘，她改变了昨晚的那种蛮横的态度，还算温和地对奶奶说：

“妈妈，从现在起，就让这个姑娘来服侍你们。”她又回头对雁媚说，“对不起，我昨晚对你做得有点过分了，以后不会了，你离开这里吧。”

奶奶颤巍巍地对她说：“玫怡，如果你不让雁媚留在这里，我也不需要用什么人，一切就让我自己来做吧。”

玫怡不屑地说：“这不是逞能就能做的，让这个姑娘来服侍你们有什么不妥吗？”

这时，那个姑娘扑通一声就跪在奶奶脚下：“让我在这里干活吧，我会干得很好。我爸爸生病了，要住院治疗，我弟弟还在读书，家里没有钱，我要挣钱寄给他们。”

玫怡说：“怪可怜的，从贵州那么远的地方来，就为了挣一点钱。妈妈，你也是个善良的人，应该对这样命运的人有真切的同情吧？”

奶奶很无奈。

雁媚说：“大妈，留下她吧，本来家里也有点事，我也该回去了。”

奶奶不舍地说：“雁媚，你不能走。”

玫怡冷冷地说：“你走吧，最好去你该去的地方，我实在不愿看到你们外地人在这里表现出的一副可怜楚楚的样子。我也是有恻隐之心的人，我的丈夫更有一具悲天悯人的好心肠，只是你别误解了他的热情。”她从她的皮包里拿出钱递给雁媚说，“这是你的工钱，拿着，请走吧。”

奶奶惊慌地说：“玫怡，你不能这样，薛剑什么都没给你说吗？”

“他能跟我说什么？为了这个女人他要跟我离婚呢。”

雁媚依依不舍地从奶奶家出来，她也想到了，假如她的存在已经威胁到这个女人的幸福，她宁肯远离这里。

带着好奇之心，薛珠急切而渴望，想去见那个哥哥。下午第二节课后，她谎称肚子疼又请假了，她本不是那种可以耐住性子的人。爸爸年轻时的爱情，创造的一个神奇的生命，无疑对她是巨大的诱惑。她既兴奋，又忐忑不安，在雪晨的校门前徘徊了很长时间。最后，她鼓起勇气，走进校园，经人指点，一步一步地走到雪晨跟前。她吃惊地看着这个跟爸爸长得多么像的男生，就是自己的亲哥哥。

雪晨很意外："你是找我吗？"

她说："是，请原谅我的冒昧，听爸爸说，你在这里读书，我就迫不及待地找来了，因为是我们兄妹之间的事，我不需要谁来帮我们认识。"

雪晨很感激："你是薛珠妹妹？"

"嗯。"她心里一酸，眼圈都红了，似乎想要撒娇的样子。

一种血浓于水的力量，让他们顷刻间没有了陌生感，他们在一个幽雅的咖啡厅坐下来，要了两杯果汁，亲密无间地开始攀谈起来。

"爸爸昨晚给我讲了个故事，我感动了很长时间，我想人生最绝妙的一定是那种感情升华到一个更高尚的境界，我能理解爸爸的心情。"薛珠迫不及待地说。

"你是在念高中吗？你的思想很成熟。"

"不是成熟，是激进。"

雪晨微笑说："妈妈对我说你很可爱，爸爸因你也很骄傲，你的性格一定很开朗。"

"是啊。我有点男孩子的性格，从小就不会腼腆。"

"真高兴，我有了你这个妹妹。"

薛珠快活地说："你应该高兴你有三个妹妹。"

"嗯？"

"广州大叔叔家有个薛珍，西安小叔叔家有个薛瑛，她们都非常可爱。"

"是吗？"

"等你走到这个家里来的时候，这一切都是你的，你只等着接受吧。"

雪晨笑了。

"哥哥，我恨不能把什么都给你，想到这么多年你没有得到爸爸的一点爱护，我都感到很惭愧。"

雪晨安慰说："不要这样，我很幸福，我也得到了很多。爸爸给我了生命的荣耀，我完全继承了他的衣钵，我跟他长得很像对不对？"

"是。我想爸爸年轻时的模样，一定如你这般英俊。"

"玫怡阿姨很爱爸爸是不是？"

薛珠迟疑地说："哥哥，我们不要管他们好吗？现在，爸爸面临的是一个很棘手的问题，我们也无能无力。对雁媚阿姨也好，对我妈妈也好，爸爸要怎样取舍全在于他自己，我们只能以理智的态度坐以旁观。人生有一场这样的经历，也是很奇特的。"

"是很奇特，我们没有理由去责备他们任何一个人，那是他们的人生。"

"哥哥，你一定表现得非常出众。"

雪晨轻轻笑道："是要做得与众不同。"

薛珠体验到了有哥哥的光荣，她闪动着弯弯的眼睛，看着哥哥说："哥哥，你可以回家来吗？"

雪晨笑而不语。

"怎么办呢？"她轻轻叹了一声，说："其实，在我担心妈妈的同时，我更担心爸爸，我能理解爸爸的心情。当年轻时的爱情，像种子埋藏在心里的时候，它就有机会孕育出比任何时候都更要浓郁的爱情来。我体谅爸爸，假如，他面对阿姨无动于衷，那是不真实的。所以我对他没有一点抱怨。"

雪晨赞许说："你很懂事，都喜欢看什么书？"

"也没有刻意去读什么作品，学习压力重的时候就喜欢听听歌，有的歌词写得很有意思。哥哥，你喜欢听谁的歌，你有崇拜的偶像吗？"

"没有，我比较喜欢听柔和的音乐。当然，男人比较倾向于体育，我对足球就很有兴趣。"

"你是球迷？"

"说不上是球迷，因为没有行动，只是内心很有激情。"

"那你喜欢哪个球星？贝克汉姆？菲戈？巴乔？齐达内？还是罗纳尔多？"

"你知道的还不少。"

"对这些大牌球星早已耳濡目染，耳熟能详了。"

"他们各有风格，各具魅力，我都比较欣赏。你呢？听爸爸说你是个歌迷。"

"爸爸连这都告诉你了？"

"不过，女孩子在你这个年龄都会有偶像。"

薛珠害羞地笑笑："是崇拜过一阵子，很疯狂的样子，但是没有持久。冷静地想一想，那种追星的行为真是幼稚可笑。"

"你受爸爸的影响大？还是妈妈的影响大？"

"当然是爸爸，异性间总有一种微妙的，似乎也说不太明白的一种自然吸引力，这要比同性间深奥些，是这样吗？"

"你有很丰富的思想呀。"

薛珠不好意思地说："可是我是班里的差生，我的成绩不太好。"

"对哪门功课不感兴趣？"

"数学，我的脑子很笨，思维也不敏捷，对那些枯燥的数字和公式，我自己就感觉我的脑子像猪的脑袋。因为死板，不会灵活运用，套用一个公式，变一种方法我就迷了思路，妈妈总是嘲笑我。"

"那你对文科类的科目有信心了？"

“嗯，我的语文成绩在班里很高呢，我的地理成绩也总是好得出乎意料，因为我对它有兴趣，我多么渴望自己将来是一个旅行家。”

“不过，数学是考大学的一个重要课程，如果这一门功课太差，会影响到整个考大学的成绩，你现在已是高三，还有不到一年的时间，用心补习一下，总会好些的。可以让我来帮助你吗？”

薛珠高兴地说：“哥哥，太好了。你能来帮我补习数学，我们就能经常在一起了。”

“你要加油。”

“嗯，我一定加油。”

他们做了世界上最好的兄妹。在彼此的给予中，他们要开始一起做更多的事情。他们从咖啡厅里出来，快乐地手拉着手：“哥哥，爷爷奶奶在这里，我带你过去看他们好吗？”

雪晨轻轻摇摇头：“虽然这是我多么渴望的事，但是这样太突然了，我想找个合适的时间，让爸爸带着我们一块过去吧。”

“好，我可以想象，爷爷奶奶看到你一定会激动地流眼泪。因为你是他们唯一的孙子，这是很隆重的事。”

“我在担心我的出现，毕竟打破了一个宁静。对爷爷奶奶，对爸爸，对玫怡阿姨，都是不小的触动。特别是阿姨，当她知道这一切后，她会不会憎恨我和妈妈？谢谢你，薛珠。你用宽容的心主动走到我的面前，让我很感动。”

他们默默地走着，像童话里的故事。

“哥哥，你比我大很多是吗？”

“你算算。”

“我快十八岁了。”

“我二十四岁多了。”

“那应该是六岁还是七岁？”

“应该是六岁和七岁之间。”

“噢，好奇妙啊，你都要念小学了，我才是个婴儿。”

“是啊，如果那时我们在一起，我就可以抱你了。”

“哥哥，有很多女孩子喜欢你，是吗？”

“没有。”

“男孩子长得太迷人了也是个错误吗？”

“我不会犯错误。”

他们会心一笑。

“哥哥。”

“嗯？”

“你能理解一种恨不相逢和恨不相伴的旷世情愁吗？对爸爸、妈妈还有雁媚阿姨，都是一个舍不掉的感情。让他们谁能轻易放下？妈妈爱爸爸，我知道爸爸心里也爱着阿姨。让我们怎么办？我们又能为他们做什么呢？”

第二十二章

雁媚从奶奶家出来，在街头踯躅，繁华的城市向她展开的是一个冷冰冰的笑容，而无法给予她切实可靠的衣食住行。她清醒地感到，继续留下来已经没有意义，就毫不犹豫地做了决定，回到那个阴暗的小屋，简单地整理好行装，并向房东退了房租。她甚至不等雪晨回家，也没打电话告诉他就要离开这里。在关上房门之前，她回头又看了看，似乎也找不到可以留恋的东西，一切都是人家的。临走时，她交给房东大姐一封信说："假如有人来找我，你把信给他。"

刁大姐还开玩笑说："假如有几个人来找你，我把信给谁？"

"不会的。"

她在给薛剑的信里这样写道：

"能遇到你是我今生最大的梦想。现在，我可以比以往任何时候都幸福地离开这里。我已经习惯了自己的生活，即使让我在某些方面有所改变，但是，感情这部分已不是可以随心所欲的。也许年纪越大，对所谓的这种感情就会越加谨慎。所以，在我们每个人都还没有受到伤害的时候，我们不要去自责。我们已经过了那个眺望未来的年纪，而你的家人是你的全部责任，你不可以为我而逃避，而我也要为雪晨负起道义上的责任。他绝不是那种让自己妈妈幸福，而让另一个妈妈流眼泪的人。我很欣慰，雪晨终于找到了他的爸爸。我想起他小时候唱的一首歌，我把歌词写给你：落雪不怕，落雨不怕，哪怕大风吹我也要去找到我的爸爸……时隔这么多年，上苍真的眷顾了他。

"假如一个人的命运，他爱情的这部分只能一无所为，静心守望，那么就让我继续守望着。我心甘情愿把这份爱珍藏在心里直至再过二十年。请原谅我，我只能走开，因为我一直都慎重地生活在一个属于我的孤独中。我不敢尝试不属于我的生活，我已厌倦了与人纠葛，别让我去做强求的事，一切还是听从命运的安排。假如，雪晨能昂然走进你的家门去见爷爷奶奶，你一定要让薛珠没有任何的缺憾。她是一个聪明可爱的姑娘，她不能失去你和你妻子任何一方的爱，千万不要伤害到她。

“祝你们幸福，别为我担心，我会好好地生活。再见。”

雁媚从容地离开了这里。傍晚的风，更凉爽更清新地吹拂着她的额头，她的脸看上去有点苍白，目光有点阴郁，所有繁华绮丽的街头景象，对她都是徒劳和空虚的，她的心像深秋的寒气，还是有点凄凉。

她到了火车站，买了一张回去的票，在几个小时的候车中，她还是想给雪晨打个电话，因为她这样不辞而别，会让雪晨很难过，她也会舍不得。

雪晨和薛珠分手后回到寝室，他没有想到妈妈这个时候打电话给他：

“雪晨，天凉了，你要多穿衣裳。”

“是，妈妈。”雪晨高兴地说，“妈妈，我刚才跟薛珠妹妹在一起。”

“真的吗？”

“她到学校来找我，给我一个很大的惊喜，她非常可爱。”

“很好啊，有了妹妹，那一定是令人欢喜的事。你要好好地爱护她。”

“我知道。妈妈，这个周末，我想让爸爸带我去看爷爷奶奶，可以吗？”

“当然好，他们也想看到你。”

“那你告诉爷爷奶奶，说我渴望见到他们。”

“好，我会转告他们的。”从不会撒谎的雁媚对雪晨撒了个谎。她不忍心告诉雪晨她离开了那里，只想回去后对他再做详细的解释。她心里很难过，眼泪也流了，对雪晨关照了一句，就匆匆挂了电话。

下午，薛剑下班后就直接回家了，他打算跟玫怡好好谈谈，他要把对薛珠讲的故事对玫怡也讲一遍。他打电话约她早点回家，玫怡就放下了手上的活驱车回来，因为她有一颗好奇心，想知道丈夫跟那个女人到底是怎么回事。

因为昨天的事情，两个人都像受了责罚，即使在自己家里，似乎也存在了一种隔膜。玫怡轻视地耸了耸肩：“说吧。我洗耳恭听。”

薛剑心平气和地说：“你坐下，我有话对你说。”

“既然有话说，为什么不早点对我说？”

“昨晚你喝了很多酒。”

“是的，如果我不试着去喝点酒，昨晚你在家里就不能安宁。我承认我是冲动了些，我甚至不知道其中的原因就闯了过去。也许给你难堪了。但是，当我看到你们两个相偎依在一起的样子，我几乎不再莫名其妙。你真可恨，今天想跟我谈的就是那个女人？一个我从家政公司找来伺候你父母的女佣？你在这么短的时间里跟她发生感情，不觉得可笑吗？而最让我气愤的是，你的父母对你的这种行为不加制止，竟能熟视无睹，他们是在包庇怂恿你这样吗？”

“你可能误会了。”

“我误会什么？”

薛剑深沉地带着淡淡的忧伤，他移开了视线，不想与妻子对峙，在她这样蛮横的态度面前，他要讲一个伤感的故事，总有点不妥。

“对不起，玫怡。我不是曾经告诉过你，我有一个初恋吗。”

玫怡满脸疑惑，吃惊地看着丈夫，不屑地说：“跟你的妻子谈你的初恋？”

薛剑坦白地说：“是的，我可以告诉你，我没有忘记过她，我心里一直珍藏着她。”

“虚伪的家伙，你那次要去一个不知道的地方，就是要去找她？”

“我是要去找她，可是你阻拦了我，当时我非常沮丧。心想，假如今生见不到她，我就死了这份心。可是，我万万没有想到，她就在爸爸妈妈那里。”

玫怡十分惊讶：“那个保姆？就是你曾经的相好？太不可思议了，天下真是无奇不有啊。这样说来，你见到了她，所以你就开始愁眉不展，恍恍惚惚，忧心忡忡。最后还向我提出离婚，想跟她再续前缘，是这样吗？一个初恋的情人，让你这样魂牵梦绕，而我跟你朝夕相伴了这么多年，我在你心里就这么无足轻重？”

薛剑低沉地说：“对不起玫怡。我一直都想告诉你，因为缺乏勇气，我知道这件事情说出来不是那么简单，所以也很害怕。我跟她曾经有一段很深的感情，我们还有一个孩子。”

轰的一下，玫怡的整个脑袋，像炸裂后只剩下一个空空的脑壳，她骤然愣在那里。然后恼羞成怒，叫喊说：“可恶的骗子！你欺骗我这么多年，虚伪得深藏不露，现在拿出一个私生子来要挟我，向我炫耀。你感到骄傲了是吗？”

薛剑痛苦地说：“你这样羞辱我，我感到很难过。”

“难过？天呐！这算什么回事？简直荒诞不经。一个女人，养着一个私生子这么多年，现在找到你的门下，她有资格了，可以直气壮地要跟你结婚了是吗？你这个道貌岸然的家伙，我觉得你的卑鄙不是做了这样的事情，而是这么多年你用什么高超的手段对我隐瞒欺骗，而我像个傻瓜一样竟然把她引到家里来，这是一个多么荒唐又滑稽可笑的事啊。是在讽刺我吗？”她像是受了欺骗，委屈地开始抽抽起来。

薛剑生气地说："你也别在我面前大呼小叫，我之所以把事情告诉你，并不是想得到你的宽恕，而是想让你知道这是个事实。"

玫怡愤恨地说："事实？你隐瞒了我这么多年，现在却信口雌黄，一个多么冠冕堂皇的事实。这是你所有谎言中最离奇的故事吗？你一直都这么虚伪、造作，竟然在我面前表现得这么诚实、忠心，殊不知你也是个俗陋小人。我为你感到羞耻，你玷污了我对你纯洁的感情，你蒙蔽了我的心灵，你怎么面对薛珠？她把你看得这么完美，这么高尚。而现在你也有染上最可耻的而且永远也洗不清污迹的记录。噢，一个私生子，多么悲哀。不难想象，他背着这个耻辱的罪名，是怎样痛苦地长大的。"

她尖刻无情的言语，在刺伤薛剑的心灵，他不胜憾然，缓缓站起来说："别把薛珠想象得跟你一样猥琐，她是个聪明的孩子，她善解人意。如果她看到你这样凶狠的表情，听到你说的这么低劣话，她会替你害臊的。"

"薛珠也知道了这件事？"

"是的，我告诉了她。我非常感激我的女儿，她天生就有一颗宽宥的心，她带着自己的美德来看待这件事情。我相信薛珠会跟那个孩子成为世界上最好的兄妹。"

"你的父母也知道了？"

"是的，爸爸妈妈是多么感激雁媚。"

"为你们家生了个孙子？"

"她像女儿般地关爱着他们。"

忽然间，玫怡僵硬、静止地愣在那里，讷讷地说："怎么办呢？我已经把她辞退了。"

一阵可怕的沉默，薛剑峻严厉色地说："你怎么能做这样的事情？你怎么能无视爸爸妈妈的感受，在他们彼此相互照顾的时候，你怎么能残忍地让他们分开？"他的目光充满着怨恨的冰霜，心灰意冷地饿着肚子从家里出来。

天已经暗了下来，他急切地来到父母家，冷清清的屋子里，只有两个老人畏缩的身影。爷爷在床上叹息，奶奶在床旁忧虑，她对薛剑低声嗫嚅："她要雁媚离开这里，她又带来一个姑娘，这个姑娘跪着哀求我们把她留下，看她也很可怜的样子。可是，我们怎么舍得雁媚走呢？临走的时候，雁媚握着我的手，握着你爸爸的手，含着眼泪，我知道她也舍不得我们呀。你怎么不把话对玫怡说清楚？是她不能理解你吗？"

薛剑一言不发。奶奶又说：

"雁媚走后，你爸爸的心情非常不好，他表现得很烦躁。那个姑娘也怯生生的，不知道做什么好。我心里也有一种说不出的滋味，很难受。”

薛剑担心地问：“要不要把爸爸送到医院去？”

“送医院又能怎样？我看他可能是受了刺激，情绪很不稳定，吃得也不多，嘴里喃喃的。我想他是想他的孙子了，我们都想看到他。”

“会见到他的。”

“可是玫怡知道怎么办？”

“该知道的都要知道。”

晚上，天很阴沉，还刮着风。薛剑从父母那里出来就去找雁媚。那个简陋阴暗的小屋，拘谨地缩在角落里。没有灯光，门紧闭着，窗户也关着。薛剑非常焦虑，怀疑雁媚会在哪里踯躅？他在这里耐心地等着，心里酸酸的。过了很久，薛剑开始不安，他刚要给雪晨打电话，前面房东家的后门打开了，刁大姐看到黑暗处的薛剑问：“你是来找雁媚的吗？”

“是，可是她没有回来。”

“她不会来了，她走了，房子都退了。”

薛剑惊疑地：“她走了？”

“是啊，下午的时候，她拎着包走了。你等等，她留了一封信可能是给你的。”她很快拿出信来交给薛剑，又问了一句：“你跟她是什么关系？”

薛剑说了声谢谢就走了。

他的心冷到了极点，这是一个多么痛苦的晚上，他又失去了最宝贵的爱情。他进到一家餐馆，要了一碗汤面，因为到现在他都还没有吃饭。

隔窗凭眺，对面的咖啡馆里播放着音乐，那是一首深情的歌，表现得是人生的一段离别。在这忧伤的黑夜里，充满着回忆的温柔，绵绵的离愁，带给他的又是一个冷飕飕的伤痛。薛剑从这封信里，看见了他想得到的一切，他对这一切梦寐以求的东西到如今也没有得到。他离开了餐馆，那碗汤面也没有吃下。

薛珠跟哥哥分手后回家，看到妈妈头发散乱，眼睛红肿，虚弱地躺在沙发上，她惊讶地问：“妈妈，你怎么了？是生病吗？”

“妈妈比生病还要痛苦。”玫怡开始抽噎。

“妈妈，你不能原谅爸爸吗？”

玫怡从沙发上坐起，充满怨恨地说：“你怎么不告诉我爸爸对你说的故事？你有荣誉感了是吗？因为有一个哥哥就要出现在你的面前。”

薛珠恳切地对妈妈说：“妈妈，原谅爸爸吧，那是他年轻时的错误。”

“可是，他为什么要对我隐瞒？还欺骗我这么多年。我最不能容忍的是，他还伪装得像个谦谦君子，让我爱慕他。谁知他心里一直装着别人，还牵挂着一个私生的孩子。这是多么让人难以接受的事啊。”

“妈妈，爸爸他没有刻意要对你隐瞒，这件事也是在他完全不知道的情况下发生的。他去参加那个聚会，才知道他还有一个儿子。他没有告诉你，是因为他也胆怯。那段时间，你不是也发现了爸爸异常沉默吗？可以想象，爸爸的内心是多么的脆弱和复杂。”

“他什么时候告诉你的？”

“昨晚，从奶奶家回来。他给我讲了一个感人的故事。我理解爸爸的处境，有些事身不由己。”

玫怡愤愤地说：“可是，那个女人就太有心计了，她为什么要生下那个孩子？她把他生下来就是要伤害我们吗？”

“妈妈，你千万不要这样说，爸爸已经够伤心的。这个时候，他最需要的是得到妈妈的理解。我今天放学后，去找了那个哥哥，我们在一起谈了很长时间，还一起吃了晚饭。妈妈，你就接受这个事实吧。这个哥哥非常好，他在读硕士，他答应要帮我补习数学，他长得跟爸爸一样英俊。妈妈，你不感到他很无辜吗？”

玫怡疲惫地说：“去帮我弄碗泡面，我饿了。”

薛剑孤独地在街上走着，心里很痛苦，很空落，雁媚不辞而别离开了这座城市，他在怨恨这个城市的无情，没有把雁媚留下来。

他跑到学校，把还在图书室看书的雪晨叫了出来。

“爸爸，这么晚来找我有事吗？”

他痛苦地说：“妈妈走了。”

雪晨愣了一下：“妈妈为什么突然要走？”

他们在一个幽静的花台上坐下。凝思、沉默。尽管花坛里的菊花，慢慢地向他们扑来芳香，也没有减弱心里的忧伤。

“妈妈走了，爷爷奶奶怎么办？”

薛剑哀伤地叹了口气。

“爸爸，下午我和薛珠妹妹在一起。”

“你们谈得好吗？”

“是，我们谈了很多。她很开朗，也很活泼，而且还有很深沉的思想，对事物的理解也很敏锐。她是个善良的姑娘，把我当亲哥哥，我很感动，我们约好会一起去看爷爷奶奶。”

薛剑看着儿子，感到有一种东西堵在心口上，他低声说：“妈妈走了，她又回到原来的孤寂的房子里，离我们这么远，谁去安慰她。”

从父亲伤心的神情中，雪晨明白了妈妈为什么突然不辞而别。他说：

“爸爸，我想妈妈离开这里一定有她的理由。她不想给任何人带来负担，她把自己看得很卑微，从不去做伤害别人的事情。她曾经对我说，她宁愿做一只脚下的蚂蚁，使自己没有伤害别人的能力。她就是这样，从不去做让别人痛苦的事情。妈妈也很坚强，那是我外公外婆留给她的精神。她也很倔强，所以才能这样不同凡响地忍耐孤苦。在我成长的岁月里，或许也是因为担心人际关系中的那种信任危机，所以，妈妈就经常带我到大自然去亲近自然的事物，接受纯洁的熏陶。尽管在现在物质特别繁荣的时代，妈妈也从没有为自己的贫穷感到羞耻过。她依然充满着纯真的浪漫，喜欢天空和星辰，喜欢阳光和土地，喜欢河水和绿草。我太了解妈妈了，如果她真要这样离开，就让她离开吧。因为她心里有爸爸，有爷爷奶奶，一定也有阿姨和薛珠妹妹。她是一个不会为自己考虑的人，她更多的是为别人着想。所以，爸爸，您一定不要让阿姨痛苦，这就是妈妈离开这里的原因。在一切都平静下来的时候，您一定要跟阿姨像从前一样生活。”

他侧过头看到，爸爸眼里的泪水在黑暗里闪着光。

玫怡的心情依然不能平静，她不能勉强自己接受这个事实，她感到一切都对她太不公平。自从公婆来到这里，她恍恍惚惚地感到她和丈夫的关系出现了一种嫌隙。但是，她一直都装着毫不在意，不去探悉丈夫的内心。她知道，即使丈夫心里有什么想法，他不善于表达出来，而是会用一种忍耐，决不把事情朝不好的方向扩大，让一切相安无事。她过惯了这样的平静，而忽视了一个危险。她怎么也想不到丈夫的胸怀像海底那样深不可测。打开一个缺口，就会向她汹涌卷来。丈夫找到了他的旧情人，还带来一个令人瞠目结舌的私生子，这无疑是要把她的一切都拿去，抢走她的世界，夺走她的生活。

天很晚了，丈夫还不回家。她开始担忧、害怕，甚至有恐惧感，并不可避免地怀疑丈夫在跟那个女人情意缠绵，难舍难分。她心里产生出的嫉恨，让她不住地发抖。她关着灯，坐在自己的卧室里，坚持要等丈夫回家。她等的时间愈长，愈感到发慌，气喘。她思忖着怎样在丈夫回来后跟他大吵一架。后来，她还是冷静地想到，越这样不理智，就会使丈夫离她越远。她具有一定的修养，能解决他们夫妻间被第三者插足之事情。她要心平气和地拉丈夫回来，而不是暴跳如雷地把丈夫推向那个女人。

终于，她听到了楼下的开门声和蹑足上楼的脚步声。

薛剑打开卧室的灯盏，随而看见玫怡依床席地而坐。他没说什么，漠不关心地移开了视线，他脱去外衣，打开橱柜，他的冷漠令玫怡感到寒噤，她说：

“我一直在等你，我们谈谈。”

他说：“不必了，我想也没有什么好谈的，事情就是这样，一切都无法改变。”他完全一副心灰意冷的样子。

玫怡说：“我不能让她来侵夺我的生活，我不能把这一切都拱手让她，我努力营造的家，我精心呵护的感情，还有薛珠，这一切都是我的。我决不会跟你离婚。”

“没有人跟你争抢什么，我也不会再跟你提什么离婚。你尽管放心好了，该是你的都是你的。”他从柜子里拿出了一条被子和一个枕头。

“你这是干什么？”玫怡问。

“我的心很冷，没有热情再跟你同床共枕。对不起，如果说这么多年我对你欺骗的话，你也用薄情薄义对付了我。好好想想你的所作所为。既然不离婚，你就放心，别在我面前疑神疑鬼，我也不会再去找她。”他冷冷地卷着被子要走，玫怡拦住了他：

“楼下没有床铺，你要怎样睡？如果那个孩子对你很重要，我会和你一起为他弥补。”

“谢谢，他什么都不需要我们弥补。”他神情黯然地下了楼，在书房打了个地铺。他这样与她分开，只是避免一些不愉快。

雁媚不辞而别，第二天上午，才回到那个她跟雪晨真正意义上的家。家里很清寂，缺少了一点生机，而且，外面新建起来的高楼，遮挡了这里的光线和风。她放下行包，打开窗子，就立即给雪晨打了电话，她说：

“对不起，雪晨。妈妈没有告诉你我要回家。天开始冷了，我忽然感到那个墙角的小屋异常的阴冷，我没有信心在那里度过一个冬天。雪晨，不要对我有任何的牵挂，好好接受属于你的生活，相信爸爸，他会爱你的。”

雪晨激动地说：“妈妈，等等我，等我毕业时，我一定回到妈妈身边。妈妈，我还没有告诉你，我导师的女儿，她叫秦真慧，她曾经对我说，她非常敬佩您。”

雁媚很欣慰，喜悦地放下电话，开始打扫卫生。

打开一扇窗，很快就吸引了别人好奇的目光，也许别人不会因为雁媚回来而感到惊奇，而是对那次薛剑和三妮、肖玲来找她的事感到诡异。很快，邻居平平和兰兰就敲响了她的门。

她们很热情，一副诚恳的态度问：“回来了。”

“是。”雁媚带着受关怀的微笑，把她们请进了家里。

平平说：“雪晨已经工作了？”

“没有，他还在读书。”

兰兰说：“我们以为他工作了就把你带去了呢。”

“我想出去走走，所以就跟他去了。”

“你去了很长时间呦。”平平说着，与兰兰对视了一下，“雁媚，你不在家的时候，有人来找过你。”

“我不知道。”

兰兰说：“雁媚，好像雪晨的爸爸找来了，我们都怀疑是他。你也要赶紧去打听一下，不要失去这个机会。二十多年的孤独，这么艰难，现在你又下岗没有多少收入，将来雪晨要结婚买房子，这笔开销你从哪里来？还是要依靠他。”她说出这样实际的话以后，就直瞅着雁媚，看她有什么异样的表情。

雁媚很沉着，只是平淡地说：“谢谢你们的好意，我不知道我不在家的时候有谁来找过我，我也没有兴趣去打听。我回来的最大心愿，就是能找到一份事情做。你们都在做什么？”

平平说：“我们现在都在一家敬老院里上班。”

雁媚问：“那里还需要人吗？可不可以让我也去做？”

“我下午上班的时候帮你去问问，现在人手很紧，估计会需要人的。”

“谢谢。”雁媚把希望寄托给她们，她愉快地等着被接受和安排。假如能获得这份工作，也许在别人向她展开双臂的时候，她就有信心敞开心扉。

第二天，她就等到了这个好消息，她可以和她们一起去敬老院上班，这是很鼓舞人心的。她带着自己与生俱来的美德，看着那些老人慈祥又可敬的脸庞，感到亲切。

然而，很多时候，她也会情不自禁地想薛剑的父母，雪晨的爷爷奶奶，分别的日子，对他们来说也是痛苦的。

这个入冬的季节，天气异常寒冷，还不停地刮着西北风。

雁媚走了，对爷爷奶奶是个损失。那个来做事的姑娘，总是毛手毛脚，不是打碎碗，就是把锅给碰掉，那声音让爷爷奶奶不止一次的受惊吓。爷爷的身体开始反常，焦躁不安，出虚汗，昏昏欲睡，还比以前更多次的尿失禁。姑娘开始厌恶，不耐烦，蹙着眉头，退到后面。奶奶为此更加忙碌。她感到很累，手上的关节也在隐隐作痛。她不敢把这些苦楚告诉薛剑，她体谅儿子的心情，知道他正在承受一个还要大的痛苦。

雁媚的离去，几乎使薛剑失去了一种信心，他变得消沉和颓废。即使坐在父母身边，他惶然觉得自己对不起他们，他的懦弱和忍气吞声，让他的父母来这里遭受到了一种精神上的虐待，心里很忧伤。奶奶只想见到她的孙子，他答应了他们，会在这个休息日让雪晨过来。

奶奶激动地去翻看日历，时间才星期四，她很急切地说：“我和爸爸是多么想见到我们的孙子啊。”然后，她就流了泪，低声又问：“雁媚她好吗？”

薛剑低头不语，只想让心麻木，不去想她。

为此，家里也失去了往日的温馨，他带着深深痛苦的沉默，不再跟玫怡说一句话，他这样冷酷，几乎把玫怡逼疯，她的骄傲受到了丈夫无言的挫败，开始萎靡，脾气也变得暴躁，对她的员工也莫名其妙地发火。

一天，她在办公室接到朋友叶惠娟打来的电话，约她一起吃晚饭。玫怡说自己很累。但叶惠娟坚持让她过去，说还有一个重要的消息要告诉她。

玫怡心情沉闷地去赴了那个晚宴，桌子上洋溢的笑声和丰盛的菜肴，也没有让她快乐起来。席间的朋友都是成双成对，无论是真是假，她却形单影只，而被他们不住地赞美，夸她多么幸福，还有一个体贴忠实的好丈夫。她默默地吞咽着苦水，装出一副若无其事的样子，看着对面的一个轻佻的女人，漂亮的姿色带着放荡的举动，她古怪搭配的服装，以玫怡对着装的审美，觉得那样的穿着，简直是在制造笑话。不过，现在已经是一个个性完全开放的时代，想怎么样穿着就怎么样穿着，都无可厚非。

叶惠娟对她说：“我们办好了移民手续，下个月就要去澳洲。”

玫怡的眼睛猛然眨巴了一下，仿佛一下子看到了一个眼花缭乱的东西。她暗暗思忖：我怎么不想办法也离开这里？离开那个死寂般的家，离开那个沉默的几乎专制的丈夫。世界这么宽广，离开谁都能生活，既然丈夫对她如此冷漠，他们做虚伪的夫妻还有什么意义？假如卖掉公司和家里的那套别墅，将是一笔不小的数目，带着薛珠远走高飞。想到这里，心里不免慌了起来。她要沉着冷静、不动声色地去做这件事情。同时，她也很想去见见那个给她家庭带来灾难的孩子。第二天下午，她就约见了雪晨。

学校附近的咖啡屋，玫怡已坐在这里，当雪晨推门进来的时候，她惊讶地看到了这个跟她在二十年前第一眼见到薛剑时的神情几乎一样的孩子。她不露痕迹地坐在那里窥视着他，雪晨在茫然的寻找中所表现出来的沉着，使她的脸上涌起一阵难堪的潮红。这个尤物，玄妙莫测的天意，把他带到了她的面前。尔后，她微笑地对雪晨摆摆手：“坐到这里来。”

雪晨走过去，礼貌地问：“阿姨，是您在等我吗？”

“是。我是薛珠的妈妈。”她轻轻地歪了一下头，做了一个优雅的小动作，说：“你妈妈一定很为你骄傲。”

“是的。”雪晨坦然地说。

玫怡又问："从小到大有自卑感吗？"

"没有。"

"我想也是，出身和生命是两个不同的定义，即使出身卑贱，生命也一样可以高贵。就像你这样，英俊、文雅、彬彬有礼地坐在这里，或许别人还会用羡慕的眼光看你。可谁又知道你成长的岁月是多么痛苦和不幸呢。当然，在世俗的嘲笑中，像你这样的孩子，一定比别人更早地体验到了生活的艰难。"她心里又欢喜，表情又有点傲慢。

"阿姨，我从没有因为我是私生的孩子感到痛苦和不幸。我像所有的孩子一样，也是在幸福和快乐中长大的。如果说我与别的孩子有什么不同的话，那就是我比他们更早地学会了感激。我感激父亲给我生命，我感激妈妈多么坚强地把我养大。我的生命也是在一个真实的爱情中孕育的，谁有权力在我的身体的某个部位刺上一个耻辱的红字？所以，阿姨你不要用异样的眼光来区分我和薛珠妹妹的差别，我们是平等的。"

玫怡多么欣赏他说出来的话，她说：

"你可以向我谈谈你的妈妈吗？"

"我妈妈很普通，她努力工作，认真生活，仅此而已。"

"她没有什么特别的吗？"

"如果她有特别的话，那就是她比别人更懂得珍惜生活，她总会把美好善良的品质带入她的一切行动中。"

"她为什么不结婚？为什么一直要等到现在，非要出现在我们面前？"她无法控制她的情绪，流露出她的懊恼。

"对不起，阿姨，您提的问题太苛刻，我不想回答。但是我想告诉您，别把您所产生出的嫉恨和惊恐不安，臆断为别人对您的威胁。没有谁会伤害到您，您所有的幸福永远都是您的。我妈妈与生俱来就没有任何贪心，也不会去抢夺，更不会向不属于她的东西阿谀。我可以坦白地告诉您，我妈妈已经离开这里了，因为她明白，不能让自己的出现，伤害到你们任何一个人。所以，您不要对我妈妈有恶意的想法。"

"可是，你们的出现，还是打破了我们的平静，现在我跟薛珠的爸爸搞得很僵。"

"对不起，阿姨，这是一个不可否认的事实。既然曾经经历过，就会在心里留下印记，无论是现在，还是将来，无论是天意，还是巧合，作为一个比较离奇的故事，我想它迟早会发生。就像爸爸的心里，一直保存着这段记忆，谁能妄加从他的心里把它抹去？阿姨，我想对您说的是，您要用宽容和体谅的心情来理解爸爸的心情。当一块石头沉入水中时，它就会溅起水波，只有等它沉入水底，水面才会慢慢平静。所以阿姨，您就要有一个等待的时间，好好保护你们的婚姻，这也是为了薛珠妹妹。别让她的心灵受到伤害，别让她跟我一样，无论失去父爱还是母爱，对我们都很残酷。”

玫怡受了感动，她感到羞愧，油然生出一种怜悯之情。她说：“其实，我也是一个很开明、很理智、很有思想的人，看到你我还会跟薛珠的爸爸计较什么呢？你一定受了很多苦，你妈妈收入微薄，日子会过得很穷。这样吧，家里房子很大，我可以给你布置一间，你可以把它当成家，跟薛珠一样过富足的生活。”

“谢谢阿姨，我从小跟着妈妈，感到生活很富足，我没有受过任何委屈。听说您家的房子很大，可是我没有资格住进去，因为爷爷奶奶还住在外面。”

玫怡遭到了讽刺，她羞愧地说：“见过爷爷奶奶了？”

“还没有。”

沉默片刻后，玫怡又说：“薛珠很单纯。”

“她很真实。”

星期五的下午，薛剑从医院出来，他请了一个理发师傅为父亲理了发。爷爷看上去很精神，他靠在床上，目光闪烁，面带微笑，欣慰地等着明天。奶奶的脸上也带着不寻常的喜悦，想着明天看到孙子的情景，不停地问：“那个孩子喜欢吃什么？明天都要做给他吃。”

薛剑说：“妈妈，他不是客人，是您的孙子，无须做得客客气气，像对待外人似的。让雪晨和薛珠围在你们的身边，承欢在你们的膝下就好了。”

奶奶担忧地说：“那你怎么办？”

“什么怎么办？”

“玫怡还不肯原谅你吗？”

“算了，不要提她了。”

“可是，我想离婚对薛珠也不好吧？”

薛剑灰心地说：“我现在什么都不去想，我怕我想多了脑袋就会炸裂，我只想让爸爸好起来，然后，我陪你们一起回河南去住一阵子，让我把一切烦心的事都忘掉。”

“可是你爸爸这样子，他什么时候能好起来呢？”奶奶感到很绝望。

薛剑陪着父母坐了很长时间，让他们安睡后他才离开。回头时，他有一种莫名的悲哀：怎么会把父母丢在这里而自己回家？他很愧疚，感到自己软弱、邪恶，还背叛，他在向父母犯罪。他心情沉重地回到家里，看到玫怡独自坐在大厅里沉思，他没有理她，而是直径走到了书房并关上了门。

从见到雪晨后，玫怡的心情就没有平静，她想了很多，特别是那句："听说您家的房子很大，可是我没有资格住进去，因为爷爷奶奶还住在外面。"这是一句多么深刻的讽刺啊。

家里的房子很大，她第一次感到它的空寂，没有温暖，整个房子弥漫着一种像冰一样凝结的气息，她被孤独地冻在里面。心生害怕、畏惧，还有许多的羞惭减弱了她的自尊。她起身过去推开书房的门：

"我可以进来跟你谈谈吗？"

薛剑沉默地低着头。

"你已经这样讨厌我了？连抬眼看我一眼都不愿意？"

薛剑淡淡地说："什么事，你说吧。"

"没什么，只是想来谈谈我的想法。我已经去见了那个孩子。"

"什么？"薛剑猛然抬头。

玫怡平静地说："看见他第一眼，我就想起了我第一眼看到你时的情景，一个让人着迷也很可爱的孩子。他表现得很稳重，可以看出他很优秀，他具备了很高的智慧和很好的修养，这让我很佩服那个女人。那天，我在家政服务公司很巧合地碰上了她，当我们两个人站在一起的时候，我油然感到那个女人身上所显露出来的一种质朴和优雅的气质，是任何珠宝和名贵的服饰都无法媲美的，我甚至莫名地对她产生了一点嫉妒。当时，我也为自己感到可笑，我为什么要去嫉妒她呢？我们站在一起不是两个女人的关系，而是主人和仆人的关系。但是，就有那么一点奇怪，让我在她面前有一种相形见绌的感觉。我没有她漂亮，也没有她美丽，即使我穿着名贵的服装，佩戴闪耀的珠宝，我也感到不如她。我不知道这是不是天意，要这样安排我们两个人。怎么办呢？我也想了很多，我知道她在你心中的分量一定很重。你们曾经怎样的深爱过我不知道，这么多年你怎样默默地思念她我也不知道，这样看来我就是一个马大哈。我太相信我们的感情，我对你的忠诚毫无疑问，我的自信心也很坚定。可是，我却忽略了我们二十年的婚姻生活里，我在你心里只不过是一个停留太久的过客，我远远不及她在你心中的位置，这让我感到自己很可怜。不过，我终于还是能够理解。请相信我说话的真实性，我对我们的关系不再存有幻想。但是，你必须告诉我，假如没有她，你从此以后就不再会有幸福了，我就会离开你。就这么简单，你说吧。"她固执地等着薛剑回答。

"对不起，玫怡。"

"不要说对不起，我只要你说出离开那个女人你就再也不会有幸福了。这样，我就可以不再慷慨地做你的妻子而可以从容地跟你离婚了。有关离婚的事宜，我们可以商量着办。就是看在我们夫妻一场的分上，我对你在财产分割上也不会太苛刻。你可以拿走属于你的东西，要不然把房子卖了我们各分一半，你可以拿着你的一半去买一个适合你住的房子，和你的父母，和那个女人一起过幸福的生活。反正我的所作所为也伤害了你，你骂我无情无义也好，你骂我恶毒不孝敬老人也好，你怎样骂我我都无所谓。对你的父母我确实做得不够体贴，比起那个女人相差甚远。我明白了这一点，如果我多牵制你一天，你就会多憎恨我一点。与其这样，还不如让我来做得宽宏大量些，趁我们还没有到彼此憎恨的地步，我让出来，让她给你幸福。我把话说完了，你自己决定吧。”

玫怡说得很坚决，令薛剑毋庸置喙，说完她转身走出书房，并把门砰的一声关上。

地板上冰凉凉的，薛剑蜷缩在被褥里，困乏地接受这个安慰，忧愁却像浓雾塞满他心头。他嘲笑自己堕落，灰心丧气，顾虑重重，他没有勇气去想以后的事，放弃和选择对他都是两难。

夜晚起风了，风吹打着窗子，那样不祥地发出呜呜的声音。这时，突然一声刺耳的电话铃声让薛剑感到恐惧，他慌张地接了电话，听到母亲颤抖的声音在那边说：“你快过来，你爸爸他……”

这是一个极其意外的事情。半夜里，爷爷醒来，试着起床，却猛然倒在了地上，头重重地撞了下去，不省人事。当薛剑急匆匆赶来的时候，不得不面临着一个令人心惊胆战的结果。

把爷爷送到医院，薛剑亲自参与抢救。但是，最后仍是一个伤心欲绝的悲痛，一切都发生得那么陡然，那么让人意想不到，措手不及。这是一个多么恐怖的时刻。

天亮了，新的一天的晨光宛如花朵绽放。这本该是一个多么幸福美好的一天，爷爷将看到他生命中最惊喜的一个孙子。但是，命运就是这样瞬息万变，突然间让一个坚强的生命，像一颗流星划过天际，燃烧尽最后的光芒。爷爷终于没有醒来，弥留之际，他那淡然无神的眼睛，憾然地凝视着，朝着一个幽冥的方向久久微睁着。

这是一个让人肝肠寸断的日子。薛珠搀扶着一夜间变得更加苍老的奶奶，在爷爷的身旁哀恸。薛剑长跪不起，玫怡也是六神无主。薛涛、薛山两家也各从不同的地方火速赶来。如果说，爷爷死不瞑目的遗憾，那一定是他没有快乐地见到他的孙子。

幸福和悲哀，在骤然间失去和永别，对雪晨来说这是多么残酷的打击。他从小在没有任何亲情的环境中长大，渴望亲情，他寻着爷爷最后那一束苍凉的目光，带着万古的哀伤，走到爷爷的身旁跪下去。生命的恩赐，在这一刻找不到死亡和别离的痕迹，他轻声对爷爷说：

“爷爷，请让我没有任何羞愧地来到您的面前，请接受我做您的孙子，请赋予我责任，让我爱奶奶，爱爸爸，爱家里所有的亲人，并获得他们来爱我。”

冥冥之中就这么神奇，爷爷安详地闭上了眼睛，他慈祥的面孔，在一种说不出的奇妙而庄严的睡眠中。雪晨的出现，让薛涛和薛山震惊并激动不已，他们接受了他，并真诚地拥抱了他。

李静医师看到雪晨后，惊愕不已，悄悄对薛剑说：

“我必须让你知道，那晚在急救室里我见到的那个男孩就是他，到底是怎么回事？有很奇特的故事吗？”

薛剑对她说：“是有一个很深远的故事，以后我会告诉你。”他含泪又说，“我父亲太可怜，他走得太匆忙，甚至都没来得及看到他。”

“别太难过了，如果命运要这样安排，谁也无法改变。也许伯父在他最后的一瞥看到了他，才安然地闭上了眼睛。这应该是一个完美的结局，他一定含着微笑，心满意足地去了天堂。在那里，他会保佑你们所有的人。”

“谢谢。”

作为这个家里的新成员，也是长孙，雪晨捧着爷爷的骨灰，使本该是一个快乐的相见，却变成了永恒的别离。

薛剑提醒雪晨不要把失去爷爷的噩耗告诉妈妈。

雪晨说：“可是，我想应该让妈妈知道，她这么爱爷爷，还时常关心他的健康。现在爷爷不在了，我们没有必要隐瞒她。”

“妈妈她好吗？”

“她很好，在一家敬老院上班。”

“那是很辛苦的工作。”

“她喜欢这份工作，她喜欢老年人充满智慧的头脑，还带着天真的行为，这是她的特点。”

“那些受她照顾的老人会很幸福的。”

“是啊。”

事情过后，雪晨还是打电话告诉了妈妈，说爷爷走了。

当时，雁媚刚推着一个老奶奶从外面晒太阳回到房里，有人喊她去接电话，她温和地对老奶奶说：“在这等我一会儿，我马上回来。”

令她万万没有想到的是，雪晨告诉了她一个不幸的消息，她不禁潸然泪下，她心里很懊悔。在她回到老奶奶身旁的时候，她这样对她说：

“老奶奶，你一定要快乐地活得长久些。”

老人笑着说："放心吧，有你照顾着我，我不会轻易死的，我一定会活到让自己都讨厌自己的时候。"

这个朴实无华的故事结局就是这样出乎人的预料，薛涛把孤零零的母亲接到了广州，他说那里温暖些，让妈妈在他那里度过一个冬天。玫怡和薛剑办理了离婚手续。爷爷的去世，对玫怡触动很大，在不安与愧疚中，她感到自己与丈夫已经产生了一道不可弥补的裂痕，她理智而清醒，坚持要离婚。她没有申请移民，也没有卖掉公司，因为薛珠坚决说她哪里也不去。

她规劝说："国外比这里好。"

薛珠说："那里再好也是人家的国家。"

薛剑不再犹豫，要跑去找雁媚，也许失去了太多，他不能让自己再错过任何一个机会。在二十多年的忧愁、迷惑、痛苦和失望的思念和爱恋中，他仍感到自己是幸福的，因为在他心里，依然这样痴迷地珍藏着一个美丽的女人。

走之前的下午，他打电话约见雪晨："雪晨，有时间吗？"

雪晨说："哦，爸爸，还可以，怎么？"

"我们见个面，一起吃晚饭好吗？我过去找你。"

"这么远，爸爸，还是我去你那里吧，你还在医院吗？"

"你等我吧，我已经出来了。"

"哦。"

"一会儿见。"

"好。"

薛剑满怀一种美好喜悦的心情，从地铁站匆匆走出来，看见雪晨已经等候在出站口。他微笑着："走。"就带着亲爱的儿子，来到一家酒店。

"想吃点什么？"薛剑问。

雪晨说："好像没有，吃饱就行。"

服务员小姐把菜谱递过来了，薛剑翻了翻就给了雪晨："你点吧。"

"爸爸喜欢吃什么？"

"我跟你一样，好像没有，吃饱就行。"

两人会心地笑了起来。

雪晨对服务员小姐说："一条清蒸鱼，一盘炒青菜，还要一个……"

薛剑说："一个红烧肉，一个烧茄子，一个拌芦笋。"

"是。"服务员小姐礼貌地又问，"要什么饮料？"

薛剑说："拿瓶酒，要好点的。"

薛剑自然流露出来的一种妙不可言的情绪，让雪晨难以琢磨。

“雪晨，我明天要去河南。”

“去河南？是出差？”

“不，我去找你妈妈。”

“找妈妈？”

“我还没有告诉你，我和薛珠的妈妈离婚了。”

“什么时候？”

“一个多月前。”

“为什么要走到这个地步。”

“薛珠的妈妈要跟我离婚，她很坚决。”

“她的内心也会脆弱，她一定很伤心。”

“是会有一点，不过，她一直是生活的强者，而你妈妈就是弱者。”

“妈妈的内心也很坚强。”

“我知道，我是说，你妈妈所处的位置。”

“妈妈她知道吗？”

“还不知道，在我没有到达她面前时，你也先不要告诉她好吗？”

“好。”

沉默片刻，薛剑带点玩趣地问：“雪晨，你爱过吗？对女孩子。”

雪晨羞涩地说：“对我导师的女儿，感觉有那么一点，当处在静境时，总会想到她。”

薛剑感触地说：“是啊，这就是爱情。尽管我和你的妈妈分别这么多年，尽管我在我自己的生活里也坚持了这么久，可是，我对你妈妈的感情一直保持到现在。”

“妈妈也爱你，只是她太矜持，不爱表达。在她这么多年的孤独中，我知道，因为对爱情的思念，她才保存了她的容颜没有衰退，妈妈依然很美。”

薛剑激动地说：“是啊，你妈妈是陌上花，她的美丽和她的善良，不是从别人的身上借来的，而是自然之神馈赠于她的。她拥有的不是一天，不是一年，而是一生，所以才放射出这样的人性光芒。”

这是一个惬意的下午，微风轻轻地吹拂，阳光温暖地照在将要萎黄的草坪上，也照在依然盛开的菊花上。雁媚搀扶着一个老奶奶在一条木凳上坐下晒太阳。

老奶奶眯着眼睛，看着树叶就要凋零的风景说：“让我住在这里也很好啊。”她的一个很小的愿望得到了满足，脸上露着笑。

她是从一个没有真实而又冷酷的家庭里过来的，身体很弱，还有点颤抖。不一会儿，她又开始唠叨了：“我的儿子不孝，忘恩啊，忘恩，忘了我是怎样把他养大，怎样带大他的孩子，怎样为他们操劳啊。我的媳妇不好，连我的孙子也开始讨厌我了，就把我孤零零地扔到这里来。”她不停地摇着头。

雁媚安慰说：“老奶奶，把这些都忘掉吧，来到这里，就当是您的新生活的开始，您不会孤零零，我们这里的人都会陪伴您的。”

“是啊，跟你们在一起我会开心的。”她抬头看看雁媚，讨好地笑笑。然后，她看到一群飞过来的麻雀，叫道，“麻雀，麻雀。”她的情绪一下子像小孩子那样活泼起来了。

在不远处，站着一个戴墨镜身体微胖的男人，一直朝这里看着，他默默地在说：妈妈，你的凶狠、你的独断，不但毁掉了我的幸福，也毁掉了你的幸福啊。

然后，他向她们这里走过来，那情景，让人很容易感觉他是老奶奶的家人，雁媚把老奶奶搀扶起来。

来人轻轻地叫道：“雁媚。”

雁媚很惊异：“嗯？”

他摘下墨镜说：“不认识我了吗？我是罗明。”

雁媚又紧张又惊愕：“怎么会是你？你来这里……是有家人在这里吗？”

“我打听到你在这里，所以就找来了，我们谈谈。”

雁媚安顿好老奶奶回房休息，就跟罗明在这个位子上坐下。

罗明问：“这些年你好吗？”

“很好。”

“为什么还是一个人？

“你呢？”

“出走这么多年来，工作还可以，有自己的事业，生活上就要差些。我有两次婚姻，都结束了。”

“怎么会这样？是你在自己的婚姻生活里不够努力，还是太怠慢了？”

罗明感触地说：“经营婚姻远比经营事业难，找到真爱更难。雁媚，我就直接说吧，跟我走。为了十多年前我们的相爱，为了我一直珍藏着那段美好的往事。现在，我母亲已经去世了，姐姐们也对我放手了，我们的前面已经没有任何障碍了，跟我一起走吧。现在，我有宽绰的住房，我有丰厚的收入，我已经有能力给你锦衣玉食，让你过富足的生活。”

雁媚淡淡地笑笑说：“别费心事了，我什么都不需要，我也不会跟你走的。”

罗明坚持说：“雪晨呢？他一定长大了，给我他的联系方式，我来跟他谈。”

“雪晨是长大了，他曾经说你太软弱，意志太脆弱，不敢面对挫折，选择逃跑。说这不应该是男人的作风。”

罗明很惭愧，说：“是啊，我一直都很懊悔，我为我的妈妈姐姐们对你的伤害向你道歉，虽然晚了点。但是，雁媚，我一直都想着你呢。”

雁媚说：“都过去了。”

“那你一定要跟我走。”

雁媚摇摇头说：“不会的。”

“你还像以前那样执拗？”

片刻的沉默，雁媚说：“雪晨已经找到了他的爸爸。”

“嗯？结果呢？”

“他有自己的家庭。”

“那你还要为他空守吗？这样有什么意义？”

“他不在我的身边，可他在我的心里，这依然是我的生活。”

天阴了下来，一团乌云朝着太阳缓缓飘动，遮住了阳光。顷刻间，刚刚的温暖被一阵风吹得冷冷的。

薛剑来到河南，遇到了今年的第一场雪。天很冷，他踩着湿漉漉的雪水找到了雁媚的家。已是晚上，那幢楼房的每户人家几乎都亮着灯，唯独雁媚的屋里黑暗着。他焦急不安地问了一个邻居，那个邻居告诉他说：雁媚去了一个敬老院上班，你等等，因为她有时会下班很晚。薛剑独自在外面的雪地上等着，寒冷、饥饿，悄悄地向他袭来。他伫立在风雪中，那样强烈地向远处眺望，透过濛濛的夜空，他感受到庄严和宁静带给他的悸动和振奋。直到过了很久，他蓦然抬头，看见雁媚屋子亮起了灯光。他上了楼，轻轻敲了门。

“你怎么也来了？”雁媚惊讶不已。

薛剑责怪说：

“你以为你不辞而别就让一切都结束了吗？你以为你离开后我就会当什么事也没有发生过吗？你的离去让我生不如死你也无所谓？我把你珍藏在心里这么多年你也不在乎我？我今天站在你的面前，除非你亲口告诉我说你的心里已经没有了我，我才能无所顾忌地从你的面前离去。”他从口袋里掏出一样东西放到雁媚眼前的桌子上，“这是一张离婚证书，我让你对着它说出你心里真实的感受。”

雁媚呆呆地看着他，心里有点慌乱，说：“为什么要跟她离婚？为什么让她也像我一样要经受失去你的痛苦？还有薛珠，她会怎样理解？是让她开始憎恨我吗？”

“不是这样的。玫怡她要求跟我离婚，她说她不能跟一个心里装着别人的男人再生活下去，她认为这是不纯洁的生活。对薛珠而言，我只能说她长大了，已经具备了成人的思想，她很有头脑，也善解人意，她能用正确的目光看待所发生的事情。所以，我今天能够站在你面前，没有任何心理压力，我来这里的最大心愿就是想跟你结婚。雁媚，别责怪我，有时我也很自私，如果再失去你，我从此就没有了幸福怎么办？我们还不晚，我们前面还有很长的路。我记得我们在农村的时候，有一次我们坐在田埂上，看到一对在地里拾柴火的老人，我们那时就希望彼此守护着，能活得比他们还要长久。现在，我们离一百岁的愿望还有一半的时光，这么多时光对我们就足够了。让我们一样一样地去弥补，一样一样地去偿还，一样一样地用心去做，我们就不会有任何的遗憾，也不会有任何不公平的想法。今后的生活是属于我们的，让我们结婚，我已经承诺过雪晨会给你幸福，我还会带你去看看俊生，我们去告诉他，我们终于在一起了，谢谢他那时为我们所做的一切。”

雁媚轻声说：“我也很想去看看他。”

她镇定了，也快乐了，帮他解去了脖颈上的围巾，让他脱去了外衣。

薛剑亲切地说：“雁媚，帮我弄晚饭好吗？我饿了，当我在雪中又冷又饿等你回家的时候，我就感到我像是把钥匙落在了家里而进不了家门的人。我等你回家，吃你做的饭，我想这应该就是我们的生活。”

外面下着大雪，朵朵雪花漫天飞舞，透过窗口，他们看到了一个洁白的世界。